피를 마시는 새
7

브릿G britg.kr

종이책의 감성을 온라인으로
황금가지의
온라인 소설 플랫폼

인기 출판소설 무료 연재 중!

이영도 판타지 장편소설

피를 마시는 새

7

자신을 태우는 자

황금가지

차례

32장 무거운 것과 무서운 것 7

33장 꺼져 가는 불씨 103

34장 돌의 질주, 바람의 침묵 201

35장 불가능을 희망하는 태도 299

36장 가벼운 것과 가여운 것 395

제 32 장

사어를 해석하기 귀찮으면 뱀단지에 뱀을 많이 집어넣으면 된다. 많은 뱀들은 상대방이 보내오는 사어를 매끈하게 표현해 줄 것이다. 하지만 많은 뱀을 집어넣으면 관리가 더 귀찮아진다. 이것이 뱀부리미의 직업적 고민이다. 우리의 도로와 비슷하다는 것을 느낀 당원이 있을 것이다.
— 하르체 도빈의 「우리는 길을 준비한다」 서문 중

무거운 것과 무서운 것

팔리탐 지소어는 필요하다면 상당히 무례해질 수 있지만 일반적으로는 예의를 존중하는 사람이다. 대화 중인 상대방을 무시한 채 옛추억에 빠져 드는 그의 행동도 이 경우에는 무례가 아니다.

팔리탐은 자신의 살인사를 생각했다.

팔리탐은 군인이고 그런 직업 때문에 몇 번 살인을 저지른 적이 있다. 칠흑 같은 밤 국경에서 밀수범들과 난투가 벌어졌을 때 젊은 국경 수비 대원이었던 팔리탐은 아마도 그의 첫 번째 살인을 경험했을 것이다. 팔리탐이 확신하지 못하는 것은 자신의 칼에 찔린 상대가 물에 뛰어들었고 그 시체가 발견되지 않았기 때문이다. 하지만 팔리탐은 그것을 자신의 첫 번째 살인이라고 생각했다. 죽었느냐, 죽지 않았느냐는 중요하지 않다. 다시 그때로 돌아가도 자신이 똑같은 행동을 할 것이라는 사실이 중요하다. 따라서 그것은 그의 첫 번째 살인이다.

그렇다면 주레이 패커는 자신의 손에 죽은 아홉 번째 사람이 된다. 그리고 죽이면서 팔리탐이 기쁨을 느꼈던 상대로는 첫 번째다.

팔리탐은 자신의 입이 주레이 패커에 대해 이야기하는 것을 들었다.

"그 패커라는 자는 팔리탐의 상관이었지. 그가 팔리탐의 얼굴을 이 지경으로 만들어 놓았고 팔리탐은 그것에 대해 상관 살해자가 되는 방식으로 복수했지. 이건 잘 알려져 있는 이야기지만 주레이 패커가 팔리탐의 얼굴을 왜 이 지경으로 만들어 놓았는지에 대해서는 잘 모르지. 이제 자네에게 그 이야기를 해 주지."

팔리탐은 옆에서 함께 걷고 있는 젊은 남자를 바라보았다. 그을린 얼굴과 거친 손등, 닳은 손톱 등에서는 야전 군인의 거칠고 투박한 기상을 읽을 수 있지만 얼굴의 선이나 어릴 적에 익혔기에 평생 그 특징이 사라지지 않을 몸가짐 등에는 귀족다운 우아함이 생생하게 남아 있다. 그 때문에 젊은 남자는 곧은 자세로 흔들림 없이 걷고 있는데도 약간 불안정해 보였다.

그 남자, 엘시 에더리가 말했다.

"왜 그는 당신의 얼굴을 그렇게 만들었나?"

엘시 에더리가 뚜렷이 2인칭을 썼는데도 팔리탐의 입은 여전히 자신을 3인칭으로 말했다.

"그는 팔리탐으로 하여금 스스로를 견딜 수 없게 만들려고 한 거지. 이런 얼굴로는 살 수 없을 테니 이 몸을 버리게 하려는 거였어."

팔리탐은 다시 가면을 쓰느라 잠시 지체했다. 그동안 팔리탐의 말을 생각해 본 엘시가 속삭였다.

"군령자."

"맞아. 팔리탐이 군령자라는 것을 알게 된 패커는 자기도 군령자가 되어 영원히 살겠다고 결심했지. 하지만 팔리탐은 그 요구를 거절했어. 그는 젊었을 적 멋모르고 군령을 받아들인 실수를 후회하고 있었고 영생엔 관심이 없었거든. 그래서 패커는 팔리탐이 이 몸을 버리고 자신에게 전령하게 하려고 팔리탐의 얼굴을 이렇게 만들어 놓았지. 팔리탐은 그 협박에 넘어가는 척한 다음, 전령하는 척하며 패커의 몸에 자신의 영이 아닌 자신의 단도를 집어넣었지."

팔리탐은 자신의 입이 말하는 옛이야기를 들으며 그때의 기억을 떠올렸다. 그가 유일하게 기쁨을 느꼈던 살인이다. 그리고 팔리탐은 다시 그때로 돌아간다 해도 여전히 기쁠 거라 생각했다. 엘시는 팔리탐의 얼굴을 물끄러미 바라보다가 그의 손에 쥐어져 있는 장죽을 바라보았다.

엘시는 고개를 끄덕였다.

"태위님."

"반갑네, 칼리도 백."

잠시 두 사람은 말없이 걸었다. 조금 후 엘시는 슬픈 목소리로 말했다.

"그렇다면 태위님의 육체는 죽은 겁니까?"

"지금쯤은 물고기나 조개 같은 것들의 일부가 되어 있을 거야. 그래, 맞아. 사직서 쓰고 보름 후 자결했어. 내 시체는 팔리탐에게 전령한 다음 내가 직접 바다에 던졌지. 기분이 참 희한하더군."

엘시는 단순히 희한한 정도가 아닐 거라 생각했다. 하지만 그에겐 더 궁금한 질문이 있었다.

"왜 그런 일을 하셨습니까?"

레이헬 라보 태위는 팔리탐의 입을 이용하여 싱긋 웃었다.

"자네가 묻고 싶은 것은 영원히 살고 싶었냐는 것이겠지?"

"아닙니다."

"아니라고?"

"아닙니다. 지금 들어 본 바로 짐작하건대 태위님께서 깃들여 계시는 팔리탐 지소어라는 인물은 영생을 위한 전령은 거부하는 성격인 것 같군요. 그런데도 팔리탐 지소어가 태위님을 받아들였다면 태위님께서는 영생에 관심이 없으셨던 겁니다. 아마 다른 이유에서 팔리탐 지소어에게 들어가셨겠지요."

레이헬 라보의 뒤편에서 팔리탐은 엘시의 말대로라고 생각했다. 그리고 팔리탐은 레이헬이 무슨 말을 하는지 주의를 기울였다. 태위는 입으로 장죽을 가져와 연기를 한 모금 마시고 말했다.

"맞아. 그건 내가 팔리탐과 한 두 가지 약속 중 첫 번째 것이지. 팔리탐이 육체적 죽음에 도달하면 함께 죽음의 동반자가 된다는 것."

"두 번째 약속은 뭡니까?"

"빌파 가문을 지킬 것."

엘시는 빌파 가문의 충복이 가문을 지키기 위해 황제의 삼고 중 한 명의 영을 받아들인다는 것을 이해할 수 없었다. 엘시의 표정을 본 레이헬이 말했다.

"팔리탐, 자네가 직접 말하게."

팔리탐의 몸을 지배하고 있던 레이헬 라보는 뒤편으로 물러났다. 뒤에 있던 팔리탐은 앞으로 나서며 다시 자신의 몸을 지배할 수 있게 되었다. 팔리탐은 자신의 입으로 말했다.

"처음 뵙겠습니다, 대장군님."

"이야기는 많이 들었네, 팔리탐 지소어. 조금 전엔 자네 입으로 듣기도 했고."

팔리탐은 희미하게 웃었다.

"태위님께서 말씀하신 저의 과거사는 모두 사실이지만 그분께서는 상관을 죽인 저를 그룸 공작님이 살려 주셨다는 이야기는 미처 하지 못하셨습니다. 저는 빌파 가에 커다란 빚을 지고 있습니다."

"태위님의 영을 받아들이는 것이 어떻게 공작 가문에 진 빚을 갚는 방식이 되는지 모르겠군."

"간단합니다. 저는 발케네와 함께 빌파 가문도 멸망하는 경우와 가문만은 보존하는 경우 사이에서 선택해야 했습니다."

"아아."

"그렇습니다. 태위님께서는 제가 협조하면 빌파 가문만은 살아남게 해 주겠다고 약속하셨습니다. 그리고 끝까지 그 약속을 지켜 주셨습니다. 고맙습니다. 태위님. 그건 처음부터 약속한 거였어. 감사를 들을 일은 아니야. 그래도 감사를 표하고 싶습니다. 태위님께서는 빌파 가문의…… 씻기 어려운 수치를 보셨습니다. 약속을 파기하셨어도 할 말이 없었을 겁니다. 그런 말 말게, 팔리탐."

엘시는 자신이 보고 있는 광경이 군령자에겐 자연스러운 광경일지 몰라도 좀 혼란스럽다고 생각했다. 팔리탐도 자신의, 아니 자신들의 모습을 깨닫고 말했다.

"태위님께서 말씀하시지요. 알겠네. 자, 칼리도 백, 다시 죽은 태위일세."

"예."

"원래 계획은 간단했어. 제국군이 발케네로 진공하면 내가 발케네 안쪽에서 돕기로 되어 있었지. 그 세부 사항은 화려했지만 결국 흔해 빠진 매복계였지. 그런데 도저히 예상할 수 없는 일이 벌어졌어. 하늘누리가 사라진 거야. 갑자기 제국이 사라지자 나는 어찌해야 할지 모르게 되었네. 잠깐 동안 팔리탐에게 이 몸을 맡겨 두고 내가 해야 할 일을 생각해 봐야 했지. 그때 나는 자네의 주장에 대해 알게 되었어."

"귀족원 회의 개최 말입니까?"

"그렇다네. 나는 그것이 합당하다고 생각했고 팔리탐도 동의했지. 하지만 스카리 빌파가 곧장 규리하에 있는 자네를 공격하려고 나섰어. 나와 팔리탐은 논의 끝에 자네에게 사라티본 부대를 넘겨주기로 결정했어. 그 가물치 기억나나?"

엘시는 신음을 흘렸다.

"저는 태위님께서 하늘치를 보냈다고 생각했습니다."

"하늘치를? 내가 어떻게…… 아, 참. 자넨 그때 하늘치를 다룰 수 있는 규리하 공과 함께 있었지. 그러니 그런 생각을 할 수 있었던 모양이군. 하지만 나는 하늘치를 움직일 수 없어. 당시 자네에게 똑바로 가고 있었던 것. 그것이 바로 자네에게 나와 팔리탐이 건네주려 했던 거야. 사라티본 부대였지."

"그랬군요."

"하지만 다시 문제가 생겼어. 자네는 사라티본 부대를 받기 전에 하늘치를 타고 도망쳤지. 그러고 보니 내 문제는 전부 하늘치에서 비롯되었군. 하늘누리를 떠받치고 있던 하늘치, 자네를 규리하에서 탈출시킨 하늘치, 지금 우리가 걷고 있는 말리."

레이헬은 하늘치를 생각하느라 잠시 침묵했다. 엘시는 그가 생각에 잠기도록 내버려두었다. 조금 후 레이헬은 다시 장죽을 입에 물며 말했다.

"뭄토가 내게 폐하의 생존을 알렸어. 그리고 부냐 헨로를 데려오라는 폐하의 명령을 전달했네."

"네."

"발케네 공으로부터 협조를 얻기 위한…… 아니, 점잖은 척하는 것은 관두지. 부냐는 스카리를 통제하기 위한 인질이었어. 당시 나와 팔리탐은 좀 혼란스러운 상황이었어. 폐하의 생존을 믿기도 어렵거니와 나는 팔리탐에게 빌파 가문만은 지켜 주겠다고 약속했지. 다행히 스카리와 부냐 사이에 심각한 갈등이 벌어졌어. 그래서 난 따져 볼 여유도 없이 부냐를 납치했지. 나와 팔리탐이 뭄토에게 속은 거라고 해도 부냐가 더 이상 인질의 가치가 없다면 손해는 없다고 생각했거든. 그리고 뭄토의 말이 사실이라면 나는 폐하의 명령을 따른 것이 되고 팔리탐은 빌파 가문의 보존을 폐하께 요구할 권리를 얻게 되지. 뭄토의 말은 사실이었어. 말리가 나타났지."

엘시는 더 참기 어렵다는 듯이 말했다.

"이 하늘치는 도대체 뭡니까? 이름이 말리라는 것 말고 알려 주실 것이 없습니까?"

장죽의 연초가 다 탔다. 레이헬은 연초재를 비우고 말했다.

"자네가 잘 아는 이름으로 말한다면 말리는 세 번째 벽난로 방이야."

엘시는 경악으로 눈을 부릅떴다.

"세 번째 벽난로 방이 결코 발견되지 않았던 것은 그것이 하늘누리에 있지 않았기 때문이지. 그것은 말리에 있었어. 말리는 언제나 폐하의 니름이 닿을 수 있는 거리에 떠 있었지. 그 거리가 어느 정도인지는 나도 잘 몰라. 하지만 사람들에게 말리가 포착되지 않을 정도로 멀다는 것은 분명하겠지."

"세 번째 벽난로 방뿐입니까? 그 나가들도 여기에 있었던 것 아닙니까?"

"그 나가들? 뱀부리미들 말인가?"

"아니요. 엔거 평원에 나타났던 나가들 말입니다."

"아아. 그들은 말리에 있지 않았어. 그들은 하늘누리에 있었네."

엘시는 어처구니없다는 듯이 말했다.

"세 번째 벽난로 방이 말리에 있었다면 하늘누리에 있었던 나가는 두 명뿐입니다. 폐하와 비스그라쥬 백이지요. 저는 하늘누리에서 다른 나가는 본 적이 없습니다. 설령 그들이 숨어 있었다 해도 그들이 있는 곳에는 언제나 대규모 난방 시설이 있어야 합니다. 저는 그런 시설도……."

엘시는 말끝을 흐렸다. 그는 입을 벌렸다 닫았다 하며 헐떡였다. 레이헬은 고개를 끄덕였다.

"맞아. 대규모 난방 시설은 없었지만 대규모 냉동 시설은 있었지."

"백화각의……."

"백화각의 냉동 시설은 지나치게 큰 편이었지? 그 안에서 길을 잃을 정도로. 하지만 하늘누리에서 사망자가 그렇게 많이 발생할 리가 없지. 하늘누리 시민들이 나이를 먹으면 은퇴해서 고향으로 돌아가니까. 오히려 다른 곳보다 사망률이 낮지. 물론 출생률도 낮지만."

"전쟁 때문에……."

"맞아. 전쟁 때문에 발생하는 시신들을 보존하기 위해. 그런 핑계가 있기 때문에 그런 대규모 냉동 시설을 납득시킬 수 있었지. 하지만 전쟁이 그렇게 자주 발생하는 것은 아니야. 그 냉동 시설은 사실은 다른 이유에서 존재하는 것이었어. 심장을 적출한 후에는 꽁꽁 얼려 두어도 죽지 않는 나가들을 수용하기 위해서."

"그들은 어디서 온 겁니까?"

"치천제 폐하께서 적출식을 위해 남하하셨을 때. 그때 폐하께서는 2만 명의 적출 대상자와 함께 적출식을 치르셨지. 단순히 계산한다면 그중 절반인 1만 명은 남자야. 적출식이 끝난 다음에는 어디로 사라져도 아무도 신경 쓰지 않는 나가 남자 말이야. 그중 오천 명이 폐하를 따르기로 했어. 전부 남자는 아니야. 여자도 얼마 섞여 있지."

엘시는 그 나가들이 듣거나 말하는 것을 힘들어 하는 것처럼 보였다는 보고를 떠올렸다. 적출식이 있기 전까지 나가들은 집 안에서 엄중하게 보호된다. 만약 그들이 니름으로 대화할 수 있는 집 안에서만 거주하다가 적출식을 끝내고 바로 냉동되었다면 육성을 사용할 기회는 적었을 것이다.

"보통 때 그들은 냉동되어 있기에 먹거나 마실 필요가 없었지. 어떤 의미에서는 완벽한 병력이지. 필요 없을 땐 얼려 놓으니 먹거나 마실 필요가 없고 사고나 반란을 일으킬 염려도 없지. 필요하면 냉동 장치에서 꺼내면 되고. 완벽하게 통제할 수 있는 병력, 오로지 황제를 위해서만 봉사하는 전사들이지. 그래서 그들에겐 꽤 유서 깊은 이름이 하사되었다네."

"설마?"

"짐작하겠나?"

"아라짓 전사입니까?"

"맞아."

엘시는 자신도 모르게 주먹을 움켜쥐었다. 백화각의 냉동고에는 유사시 황제를 돕기 위해 꽁꽁 얼어붙은 나가 오천 명이 누워 있었다. 얼어붙어 있기에 먹거나 마실 필요도 없다. 심장을 적출했기에 그런 극한 상황에서도 죽지 않는다. 하늘누리에 죽지도 살지도 않은 병력 오천 명이 언제나 누워 있었다는 것을 생각하자 엘시는 견디기 힘든 기분을 느꼈다. 더군다나 그들에겐 나가들과 싸우다가 멸망한 아라짓 전사라는 이름이 붙어 있다. 엘시가 생각하기에 전통에 대한 공격 중 이보다 더 우스꽝스러운 것은 없는 것 같았다.

"그들이 왜 그런 일을 받아들였습니까?"

"그것은 그들 본인에게 물어봐야겠군. 말리에도 백화각에 있던 것과 똑같은 냉동실이 있지. 지금 아라짓 전사들은 거기에 누워 있어."

"세 번째 벽난로 방과 나가들이 누워 있는 냉동실. 다른 것은 없습니까? 저기에 있는 저 엄청난 장비들은……."

"나도 그 이상은 알지 못해. 말리는 폐하의 하늘치야. 그러니 자네가 더 알고 싶다면 폐하께 직접 여쭤 봐야겠군."

"폐하께서는 저를 만나 주지 않으십니다."

"그렇다면 비스그라쥬 백에게 물어보게. 그는 혹 아는 것이 있을지도 모르니."

"비스그라쥬 백이 여기 있습니까? 잠깐. 여기는 어디입니까?"

태위는 대답 대신 걸음을 멈추고 복도 옆에 있는 벽장처럼 보이는 문을 열었다. 그 안에 두툼한 방한복과 등롱 등이 비치되어 있는 것을 본 엘시는 입을 다물었다. 태위는 두 벌의 방한복을 꺼내어 그중 하나를 엘시에게 내밀었다. 엘시가 말없이 방한복을 걸치자 태위는 등롱 하나를 꺼내어 점화통으로 불을 붙였다. 불붙은 등롱을 든 태위는 다시 복도를 몇 걸음 더 걸어갔다. 그곳은 막다른 곳이었고 재질을 알기 어려운 문 두 짝이 맞물려 있었다.

태위는 들고 있던 등롱을 엘시에게 건네고 품속에서 열쇠 꾸러미를 꺼냈다. 그중 하나를 골라 태위는 손잡이 아래에 있는 구멍에 꽂아 넣었다. 열쇠를 한 바퀴 돌린 태위는 손잡이를 잡아 힘껏 잡아당겼다. 문은 무거웠고 꽤나 빡빡하게 맞물려 있어 애를 먹었다. 엘시가 돕고 나선 후에야 문은 저항을 끝내고 빼꼼 열렸다. 그 틈을 통해 안으로 들어선 태위는 그 문을 다시 닫았다. 엘시는 맞은편에 조금 전 통과한 것과 똑같은 문이 있는 것을 발견했다. 태위는 다른 열쇠로 그 문도 열었다. 그 뒤에는 또 문이 있었다. 세 번째 문을 열었을 때 엘시는 기대하던 것을 느꼈다. 싸늘한 냉기가 훅 뿜어져 나왔다.

그 뒤편에는 암흑에 잠겨 있는 거대한 냉동실이 있었다.

태위는 냉기가 빠져나갈까 봐 서둘러 문을 닫았다. 엘시는 그를 도와 문을 닫은 다음 등롱을 높이 들었다. 하지만 등롱의 빛은 그들 주변에만 조금 뿌려질 뿐 암흑을 조금도 밝히지 못했다. 냉기를 보존하기 위해 그곳에는 창문 같은 것이 없었고 조명이라고는 엘시의 손에 있는 조그마한 불빛뿐이었다. 엘시는 이 냉동실이 백화각에 있던 것과 같다고 말했던 태위의 말을 떠올렸다. 그리고 엘시는 냉동실 근무가 많아졌다고 말하던 부냐를 떠올렸다. '부냐가 일하던 곳이 이런 곳이었나?' 엘시는 그 말을 들었던 것이 엄청나게 오래된 일 같았다. '부냐는 이런 곳에서 일을 했구나.' 다른 감정은 느껴지지 않았다.

엘시에게서 등롱을 받아 든 태위는 어딘가로 휘적휘적 걸어갔다. 태위를 따라가던 엘시는 어둠 속에서 선반들이 갑작스럽게 나타나는 것을 보았다. 선반 위에는 큼직한 상자들이 놓여 있었다. 관이었다.

"저기에 그 아라짓 전사들이 누워 있습니까?"

"맞아."

"봐도 됩니까?"

"보게 될 걸세."

엘시는 침묵했다. 한참을 걸어간 태위는 어느 선반 앞에서 걸음을 멈췄다. 태위는 등롱을 옆에 내려놓고 관 하나를 가리켰다. 무슨 뜻인지 이해한 엘시는 태위와 함께 관을 붙잡았다. 그 관은 매장용이 아니라 사체를 잠시 보관하기 위한 것이므로 운반하기 쉽게 가볍게 만들어져 있어 두 사람의 힘으로 내려놓을 수 있었다. 바닥에 관을 내려놓은 태위는 뚜껑을 들어 올렸다.

엘시는 관 안에 누워 있는 비스그라쥬 백 데라시를 물끄러미 바라보았다.

데라시는 간단한 옷과, 옷보다 훨씬 묵직할 듯한 얼음 부스러기들에 뒤덮인 채 누워 있었다. 인간이 그런 식으로 누워 있다면 핏기가 사라져 창백한 얼굴을 볼 수 있겠지만 나가의 얼굴은 특별히 창백하지 않았다. 다만 무엇인가가 꺼져 있는 듯한 느낌이 들었다. 엘시가 관 위로 허리를 굽히자 태위가 말했다.

"뭐 하려는 건가?"

"데리고 나가야 하지 않습니까? 태위님께서 예전보다 젊어지긴 하셨지만 그래도 제가 나을 겁니다. 제가 들지요."

"이 딱딱한 친구를 들고 나가는 것보다 더 간단한 방법이 있다네, 백작."

태위는 품속에서 그 간단한 방법을 꺼내었다. 엘시는 조그마한 병에서 나오는 붉은 알약을 보았다.
"소드락이군요."
태위는 데라시의 입을 크게 벌렸다. 나가의 턱은 인간과 비교하기 힘들 정도로 크게 벌어지기 때문에 태위는 손쉽게 데라시의 목구멍 안쪽에 소드락을 밀어 넣을 수 있었다. 보고 있던 엘시는 태위가 데라시의 위까지 손을 집어넣는 것이 아닌가 생각했다. 레이헬은 황급히 손을 잡아 뽑았다. 엘시는 태위가 왜 그렇게 서두르는지 알았다. 소드락의 효과는 굉장히 빨랐다. 태위의 손이 빠져나가자마자 데라시의 턱이 콱 닫혔다. 태위가 조금만 늦었다면 팔을 물렸을 것이다.
재생은 당혹스러울 정도로 빠르게 진행되었다. 사람이 깨어나는 것이 아니라 기계가 갑자기 움직이는 것 같았다. 데라시는 누운 채 비늘을 부딪쳐 얼음 조각을 팍 날려 올렸다. 엘시는 그 모습을 물끄러미 내려다보았지만 얼음 조각을 날려 올리자마자 데라시가 상체를 벌떡 일으켰을 땐 그도 조금 놀랐다. 태위 역시 깜짝 놀랐지만 재빨리 자신을 추슬렀다. 태위는 데라시의 주의를 끌기 위해 그의 어깨를 몇 번 두드리고 말했다.
"자, 비스그라쥬 백 데라시, 자네는 소드락을 먹었어. 소드락 말이야. 시간이 얼마 없어. 설명은 있다가 할 테니 일단은 나를 따라와. 알았지?"
"알겠습니다."
대답한 후에야 데라시는 눈을 떴다. 그는 엘시의 얼굴에 놀라고 태위의 가면에도 놀란 것 같았지만 이야기를 할 시간이 없다는 것을 잘 아는 듯 빠르게 몸을 일으켰다. 그는 자신이 관에 누워 있었다는 것에 대해서도 약간의 충격만 보였다. 엘시는 데라시를 부축하려 했지만 데라시는 거절했다.

"걸을 수 있습니다, 칼리도 백. 여기는 백화각의 냉동실인가 보군요. 하늘누리는 다시 안전해진 겁니까?"

엘시는 뭐라고 말해야 할지 알 수 없었다. 다행히 데라시는 조급하게 말했다.

"일단은 제 방으로 가야겠군요. 제가 다시 졸도하면 곤란할 테니. 어느 쪽이 출구입니까?"

태위가 앞장서서 걸어갔다. 데라시는 그것이 대답이라는 듯 태위를 따라 걸었다.

다시 삼중 문을 통과하여 밖으로 나온 세 사람은 빠르게 발을 놀렸다. 소드락의 약효 시간 내에 난방이 되는 곳으로 가야 한다는 것을 모두 알고 있었다. 하지만 빠르게 발을 놀리면서도 데라시는 주위를 면밀하게 관찰했다. 조금 후 데라시는 미심쩍다는 표정으로 엘시를 바라보았다. 뭔가 말할 듯 입을 꿈틀거리던 데라시는 생각을 바꾼 듯 다시 걷는 것에만 집중했다.

하지만 그들이 지상층으로 올라왔을 때 데라시는 창문을 통해 바깥을 볼 수 있게 되었다. 그곳을 보자마자 데라시는 엘시를 돌아보고 몹시 당혹한 어조로 말했다.

"믿기 힘들지만 여기는 하늘누리가 아니군요. 도대체 이곳은 어디입니까?"

그 말을 들은 순간 엘시는 데라시가 말리에 대해 아는 것이 없음을 알았다. 엘시는 실망감을 느꼈고 또 대답할 말도 없었기에 서두르자는 손짓밖에 할 수 없었다. 소드락의 약효 시간을 떠올린 데라시는 그 손짓을 따랐다. 데라시가 다시 움직이는 것을 확인한 엘시는 창밖을 바라보았다.

데라시는 이성적인 나가다. 바깥에 있는 하늘치의 등을 보고서 하늘누리의 모습이 바뀌었다고 생각하는 대신 대담하게도 이곳이 하늘누리가 아니라고 상상할 수 있을 정도로. 엘시는 아직까지도 하늘누리의 모습이 바뀌었다고 생각하려는 유혹을 떨치기 어려웠다. 사실 말리와 하늘누리는 닮은 점이라곤 없다. 하지만 하늘누리 외에 그런 물체를 본 적이 없던 엘시는 자꾸만 하늘누리와 말리를 비교했다.

말리를 뚫어지게 바라보던 엘시는 고개를 가로저었다. 데라시가 옳다. 말리는 하늘누리와 다르다. 움직인다는 어처구니없는 특징을 가지고 있지만 그래도 하늘누리는 사람을 키우고 역사를 품을 수 있는 도시였다.

말리는 그렇지 않다.

지멘은 망치 자루를 만지작거리며 방 안에 있는 자들을 둘러보았다. 방 안은 천장에 고기를 매달아 놓으면 훈연이 될 것 같은 분위기였다. 뭔가를 태우지는 않지만 대신 그을려 버리는 음침한 불꽃들.

가장 큰 열기를 뿜어내고 있는 것은 스카리 빌파였다. 스카리 빌파는 방 안에 있는 모든 사람을 증오하고 있다는 것을 알릴 방법이 없어 괴로워하는 것 같았다. 그는 누군가에게 시비를 걸고 싶다는 뜻을 얼굴 전체로 드러내고 있었지만 안타깝게도 그 방 안에는 스카리가 지분거릴 만한 상대가 없었다.

스카리가 만약 벽에 기대어 서 있는 팔리탐 지소어에게 시비를 건다면 그건 공기를 상대로 싸움을 거는 것만큼이나 무의미한 짓이 될 것이다. 방으로 들어온 이래 팔리탐은 자신이 누군지, 그러니까 의식의 전면에 나와서 다른 이들과 같은 방 안에 있는 자가 누군지 드러낼 만한 행동을 하지 않았다. 가면과 군령자의 결합을 통해 팔리탐은 다른 사람들이 도무지 접촉할 수 없는 세계에 자신을 두고 있었다. 아무도 그가 누군지 알 수 없고, 따라서 그는 존재하지 않았다.

  정체가 불분명해서 시비를 걸 수 없다는 점에서는 벽난로 가에 앉아 있는 비스그라쥬 백 데라시도 팔리탐과 마찬가지였다. 데라시는 눈을 감은 채 꼼짝도 하지 않았다. 어쩌면 그는 그저 졸고 있는 것인지도 모른다. 하지만 그곳에 있지 않은 어떤 나가의 귀 노릇을 하고 있을 가능성 또한 충분하다. 데라시의 무표정한 얼굴만 보아서는 그가 다른 사람들에게 들려줄 재미있는 농담을 생각하고 있는지 〈폐하, 지금부터 스카리 빌파가 제거되어야 하는 이유 일곱 개를 니르겠습니다.〉라고 니르고 있는지 알 수 없었다. 그리고 스카리는 데라시를 다그치려다가 치천제에게 시비를 걸게 되는 위험을 무릅쓰기는 어려워 그만뒀다.

  지멘에 대해서는, 스카리는 오히려 지멘이 자신에게 시비를 거는 경우를 걱정하고 있음이 분명하다. 스카리는 지멘과 눈도 마주치지 않으려 하고 있었다. 그러나 그것은 또한 다섯 번째 사람을 노려보느라 바쁘기 때문이기도 했다.

  지멘은 마지막 인물을 곁눈으로 바라보았다.

  엘시 에더리는 가상의 초상화가를 마주하고 있는 것처럼 보였다. 좀 더 음산하게 표현한다면 누군가가 대장군을 암살하여 박제로 만들어 놓은 것 같다. 자신에게서 내면을 읽을 수 있는 모든 흔적을 지운 채 대장군은 문을 지그시 노려보고 있었다. 팔리탐 지소어는 장죽의 연기로, 데라시는 벽난로의 열기로, 스카리는 활활 타오르는 눈빛으로 훈연장 분위기에 일조하고 있었지만 엘시 또한 기여하는 바가 있었다. 그는 훈연장의 낡은 벽처럼 보였다. 오랜 시간 동안 그을려지는 고기를 바라봐 온……

엘시가 일어났다.

지멘은 문이 열렸음을 깨달았다. 안으로 들어선 것은 흑사자 모피를 몸에 두른 치천제였다. 황제는 무릎을 꿇으려 하는 엘시를 제지하고 조금 늦게 일어서는 다른 이들에게 말했다.

"모두 앉아라."

일어서려 한 적이 없는 지멘은 다른 이들이 도로 앉는 것을 바라보았다. 황제는 앉지 않았다. 그녀는 사람들 사이를 걸었다. 그녀의 걸음을 따라가던 사람들의 시선은 황제가 데라시 곁에 멈춰 서자 그 의미를 짐작해 보느라 조금 흔들렸다. 하지만 데라시는 황제가 자신이 아닌 벽난로를 찾은 것이리라고 생각했다. 황제는 벽난로 가에 선 채 말했다.

"짐이 돌아왔다. 그 사실에 대해서는 많이 생각해 볼 기회가 있었을 것이다. 그럴 시간이 충분히 있었을 테니. 스카리 빌파, 대답해라. 짐의 귀환을 어떻게 생각하는가."

스카리는 그 질문이 마음에 안 든다는 표정을 지었다.

"폐하, 제겐 정당한 계승권이 있습니다. 폐하의 부재 동안 날치기로 이루어진 계승으로 만들지는 마십시오."

스카리가 언짢아한 것은 치천제가 사용한 호칭이었다. 자신을 발케네 공이라 불러 달라는 요청에 치천제는 담담하게 말했다.

"짐은 발케네 공에게 묻지 않는다. 뻔한 대답을 듣고 싶지는 않으니까."

스카리는 아차 하는 표정을 지었다. 자신이 꽤 멍청하게 보일 거라는 생각에 그는 화가 났다.

"발케네 공이든 스카리 빌파든 기뻐할 수밖에 없는 것은 마찬가지입니다!"

그 대답은 스카리가 기대했던 것만큼 통쾌한 기분을 주지는 않았다. 스카리는 질문 대상을 다른 사람으로 바꾸길 바란다는 뜻으로 고개를 숙여 황제의 시선을 외면했다. 치천제는 스카리를 물끄러미 바라보다가 고개를 돌렸다.

"레이헬 라보, 짐의 귀환을 어떻게 생각하는가."

"모든 것이 제자리로 돌아가겠지요."

"데라시?"

"드리고 싶은 질문이 너무나 많사옵니다, 폐하. 하지만 지금 저는 모든 것이 더 이상 예전과 같을 수 없다는 느낌 속에 잠겨 있습니다."

지멘은 레이헬과 데라시가 잠깐 동안 시선을 맞추는 것을 보았다. 그때 치천제가 말했다.

"지멘, 짐을 죽이기로 맹세한 자여. 그대는?"

지멘은 대답하지 않았다. 그는 벼슬을 도끼날처럼 세운 채 치천제를 마주 보았다. 치천제는 그 시선을 잠시 가지고 놀다가 곧 흥미를 잃은 듯 팽개쳤다. 그녀는 황제의 대장군을 돌아보았다.

"엘시 에더리."

"예, 폐하."

"그대는 짐이 돌아온 것을 어떻게 생각하는가."

"부끄럽습니다."

모든 사람이 엘시를 돌아보았다. 황제가 말했다.

"그런가?"

"그렇습니다, 폐하."

"교육적이군."

치천제는 방을 가로질러 모든 사람들을 바라볼 수 있는 위치로 움직였다. 그녀는 창턱에 팔꿈치를 기대었다. 말리의 등에 쏟아지는 햇살들 중 일부가 창문을 통해 넘어오다가 그 지방에서 만날 거라 예상하기 힘든 나가 비늘에 놀란 듯 소란스럽게 반짝였다. 손등에서 까불거리는 빛들을 바라보던 치천제가 말했다.

"북이 잠시 멈춘 동안, 씨실들이 스스로 날실이 되려 했다."

베틀 위에서 자유롭게 움직일 수 있는 실은 한 가닥뿐이다. 세상에서 자유롭게 움직일 수 있는 도시는 하나뿐이다.

"물론 그와 같은 상황에서는 고운 천 대신 헝클어진 실뭉치를 얻을 수 있을 뿐이지. 북이 다시 움직이기 위해서는 엉킨 것을 풀어야 한다. 그중 어떤 것은 잘라야 할 테고. 베틀은 성스러워야 한다. 최소한 쓰레기장보다는, 스카리 빌파."

단어의 강에 발 밀어 넣기 어려운 범람이 일어나는 것을 노여워하며 바라보던 스카리는 조금 늦게야 호명된 것을 알았다는 표시를 했다. 치천제는 그에게 지시했다.

"사라티본 부대와 함께 비나간으로 가라. 칭왕자 지키멜 퍼스를 체포하고 비나간 정부를 장악해라."

"명령을 따르겠습니다, 폐하."

"엘시 에더리."

"예, 폐하."

"휘하의 병력을 유지하여 시모그라쥬로 진군해라. 반역자 팔디곤 토프탈을 체포하고 시모그라쥬를 장악해라. 그리고 남부의 잔

존 병력과 그대가 데리고 간 병력을 더하여 병력을 임시로 재배치해라. 도시 연합의 도발은 없을 거라 생각하지만 국경은 비워둘 수 없다."

"할 수 없습니다."

"군량이 없기 때문인가?"

"그렇습니다."

"지멘."

"말해."

"엘시와 동행해라. 그에게 짐의 금을 주도록."

지멘이 솟구치듯 일어났다.

스카리 손이 품 안으로 움직였다. 엘시는 칼을 반쯤 뽑았고 팔리탐 지소어는 황제를 향해 몸을 날리려는 자세를 취했다. 비명이나 외침을 토한 사람은 아무도 없었지만 그 모든 다급한 동작들 위로 흐르는 데라시의 비늘 부딪치는 소리 때문에 꽤나 소란스러웠다.

지멘은 움직이지 않았다. 치천제를 내려다보는 그의 시선에는 분노보다 경악 쪽에 가까운 무엇이 담겨 있었다. 치천제는 지멘을 올려다보지 않았다. 지멘이 말했다.

"그렇게 하겠다."

"두 사람은 계획서를 제출하고 열흘 후 떠나라."

치천제가 몸을 돌렸다. 추호의 빈틈도 없는 동작 때문에 그녀가 방문 앞에 도달했을 때에서야 사람들은 대화가 끝났다는 것을 깨달았다. 지멘이 외쳤다.

"거기 서!"

치천제가 멈춰 섰다. 그녀가 돌아서자 지멘은 부리가 아닌 손으로 말하듯 두 손을 앞으로 내밀며 말했다.

"확언을…… 해 줘. 언제 아실을……?"

스카리가 앞으로 한 발 걸어 나왔다. 그는 지멘에게 선수를 뺏긴 것이 불만스럽다는 표정을 지은 채 말했다.

"확언을 받고 싶은 사람은 한 명 더 있습니다, 폐하. 부냐는 어디에 있습니까? 안전합니까?"

지멘과 스카리를 번갈아 쳐다본 치천제는 그들 가운데를 바라보았다. 타협적인 시선 처리인가 생각하던 스카리는 문득 고개를 돌렸다. 치천제는 엘시를 보고 있었다.

"엘시, 그대는 확언받고 싶은 것이 없는가?"

지멘이 몸을 부풀리며 엘시를 돌아보았다. 엘시는 고개를 조금 기울인 채 말했다.

"확언이라 하셨습니까?"

"그대의 인질에 대해서."

"인질? 무슨 말씀인지……"

엘시는 말끝을 흐렸다. 갑자기 커지는 그의 눈을 보던 데라시는 불현듯 칼리도 백작 부인을 떠올렸다. 데라시는 놀라서 황제를 바라보았다. 황제가 말했다.

"그녀의 안전에 대해 그대는 확언받고 싶은 것이 없는가?"

"폐하, 그녀란 제 모친을 말씀하시는 겁니까?"

치천제는 미묘한 표정을 지었다. 같은 나가인 데라시조차 그녀의 표정을 읽을 수 없었다. 데라시가 어떻게 닐러야 할지 모르는 채 경고의 니름을 니르려 할 때 치천제가 말했다.

"그렇지 않다."

데라시는 안도했다. 엘시는 의혹에 잠겨 말했다.

"그렇다면 누구를 말씀하시는 겁니까?"

치천제는 빙그레 웃었다. 그녀는 몸을 돌리며 말했다.

"한 달 후 그대들은 원하는 것을 얻을 것이다."

지멘이 깃털을 누그러뜨렸다. 스카리는 커다란 환희를 얼굴에 드러내며 등을 돌린 치천제에게 꾸벅 절했다. 하지만 의혹을 해소하지 못한 엘시는 문이 닫힐 때까지 치천제의 뒷모습을 노려보았다. 치천제의 모습이 사라지자 엘시는 먼저 팔리탐을, 그리고 데라시를 바라보았다. 두 사람 모두 아는 바가 없다는 몸짓을 하는 것을 본 엘시는 고개를 떨어뜨렸다.

이레 달비는 앞쪽에 있는 물체를 향해 조심스럽게 손을 뻗어갔다. 그것이 깨물거나 할퀴거나 찌르는 성질 사나운 동물인 것처럼. 하지만 그것은 잘 다듬어진 목재일 뿐이다. 손의 감각이 한 점 의심할 수 없는 나무 느낌을 알려 왔을 때 이레는 약간 허무했다. 이레는 그 커다란 목재를 만지작거리며 생각했다. 이것은 절대로 하루 이틀에 만들 수 있는 게 아냐.

"이건 하루 이틀에 만들 수 있는 게 아냐."

이레는 움찔하며 틸러 달비 부위를 돌아보았다. 틸러는 압도당한 표정으로 높은 곳을 바라보고 있었다.

"따라서 폐하께서는 이것을 만든 다음 돌아오신 것이 아니라는 거지. 원래부터 가지고 계셨다는 말이야. 그 사실이 의미하는 바는 끔찍하군."

"어떻게 끔찍하지?"

"주인에게 사실은 좋은 회초리가 있었다는 것을 알게 된 하인의 느낌이지. 주인은 좋은 회초리를 가지고 있었지만 쓰지 않았을 뿐이야. 그래서 하인은 그런 것이 있다는 것을 몰랐지. 회초리를 본 하인은 무엇을 느낄까?"

이레는 퉁명스럽게 말했다.

"젠장. 주인께서 나를 속였어. 저런 것이 있는 줄 알았으면 미리 조심했을 거 아냐."

뜻하지 않은 대답에 틸러는 어깨를 흔들며 소리 없이 웃었다.

"종제님의 말이 맞군. 나는 기어코 그 회초리를 꺼내게 만든 자신에 대한 자괴감과 후회를 말하고 싶었다만. 보라고. 이 하늘 치는 하늘에 떠 있는 거대한 꾸짖음이라는 말이야. 깨달아라, 주인이 사라진 집에서 너희가 부린 광태를. 부끄러워해라, 주인으로 하여금 도저히 그냥 올 수 없어 회초리를 들고 돌아오게 만든 너희들의 비근함을. 각오해라, 너희들이 받을 합당한 벌을……."

틸러의 극적인 말을 듣던 이레는 쓰다듬던 나무를 찰싹 때렸다.

"이게 회초리야?"

틸러는 입을 벌렸다가 다시 닫았다. 그는 정신이 뻐근하다는 표정으로 고개를 들어 올렸다.

그들이 보고 있는 것은 일종의 건물이었다. 다만 기둥이나 서까래, 벽도제로 사용된 것이 일반적인 것과 상당히 달랐다. 그것은 병기로 만들어진 초대형 건물이었다.

그 건물을 이루고 있는 각종 병기들의 이름을 알지 못하기에 근연 관계에 있는 다른 것들의 이름을 차용하여 말한다면 그것은 공성추와 투석기, 주랑, 노궁, 발석차, 파성퇴, 공성탑, 그리고 기타 공성 병기와 방어 병기가 무수한 계단과 통행로와 사다리

등과 뒤섞여 만들어진 거대 구조물이었다. 하지만 그것은 그저 많은 무기가 놓여 있는 것과는 달랐다. 왜냐하면 하나하나를 분리할 수 없기 때문이다. 이를테면 거대한 투석기의 가로대에는 궁사들이 올라서서 활을 쏠 수 있는 주랑이 있고 그 주랑은 다시 복잡한 계단을 통해 어쩐지 노궁처럼 보이는 물건의 활주부로 이어지며 아무래도 노궁의 시위 고정 장치인 듯한 물체는 파성퇴로 보이는 물체로 이어지는 계단으로 사용 가능하다…… 라는 식이었다. 어디서부터 어디까지가 단일 작업에 사용되는지 알 수 없기 때문에 그것이 정확히 어떤 일을 할 수 있는지 짐작하는 것은 어려웠다. 하지만 그것이 쏘고 날리고 떨어뜨리는 장거리 전투 행위를 유사 이래 최대 규모로 할 수 있다는 것은 누구의 눈에도 명백해 보였다. 그토록 뒤죽박죽이었지만 그 전체 모습은 거대한 균형미를 가지고 있었고 안에 들어섰다간 길을 잃을 것처럼 복잡했지만 그 구조를 잘 아는 이에겐 뚜렷하게 보일 간명함의 흔적이 있었다. 길이 1,200미터, 폭 500미터쯤 되는 그 어처구니없는 물체를 바라보며 이레는 고개를 가로저었다.

"회초리라고? 내가 칼자루가 빠질까 봐 걱정하는 하전사처럼 말하고 있는지도 모르겠지만 이 무지막지한 물건에서는 어지간한 규모의 도시라도 하루만에 초토화시킬 수 있는 힘이 느껴지는데. 형의 생각은 어떻지?"

"가능할 것 같군. 고도는 그 자체로 강력한 무기니까. 다른 것을 준비할 필요 없이 여기서 자갈 몇 수레만 쏟아 부어도 아래쪽에는…… 상상하기 끔찍하군."

"도대체 누가 이런 것을 설계할 수 있지? 이건 무기 하나를 설계하는 수준이 아니야. 모든 무기의 특징을 잘 알고 그 특징들을 다른 무기와 결합시킬 수 있는 천재의 작품…… 천재?"

이레는 종형을 바라보았다. 틸러는 고개를 가로저었다.

"설마."

"종형이 아는 무기 설계가 중에 이런 일을 할 수 있는 사람이 있나?"

"솔직히, 없어. 하지만 그건 내 견문의 부족함으로 이해해야겠지. 세상은 넓고 내가 모르는 사람 중에 이런 걸 설계할 수 있는 사람이 없다는 보장은 없어."

"글쎄. 그런 사람이 있다면 틀림없이 유명해졌을걸. 아냐. 역시 그분이야."

"그분께서 천재이셨다는 것은 나도 인정한다만 그분이 천재적 공학자이셨다는 이야기는 듣지 못했어. 그분은, 글쎄. 범주가 좀 다른 부분의 천재셨다고 생각되는데. 정치나 군사 쪽으로."

"그럴까? 나는 뱀단지와 하늘치를 결합해서 이동할 수 있는 수도를 만드신 행적에서 공학자적인 면모를 읽을 수 있다고 생각하는데. 그건 정치가나 군인이 생각하는 방식이 아니지. 틀림없어. 형이 반대 증거를 가져올 때까지 나는 이걸……."

"선황 폐하의 작품이란 말인가?"

이레와 틸러는 목소리가 들려온 쪽을 돌아보았다. 목소리의 주인을 알고 있었기에 대장군 엘시 에더리가 그곳에 서 있다는 것은 두 사람에게 놀라울 것이 없었다. 하지만 엘시의 곁에 서 있는 지멘의 모습은 두 사람을 꽤 당황하게 했다. 그 때문에 이레와 틸러는 조금 늦은 목례와 경례를 보냈다. 경례를 받은 대장군은 그들이 논의의 대상으로 삼고 있는 물건을 보며 말했다.

"그럴듯한 가설이군."

"아…… 대장군님, 그럴듯하지 않습니다."

틸러는 지멘의 눈치를 살피면서도 단호하게 말했다. 엘시는 그를 물끄러미 바라보았다. 틸러는 눈을 넣었다 뺐다 하는 게의 재주를 부러워하는 듯이 엘시의 시선을 부담스러워 하며 말했다.

"무례하게 굴어서 죄송합니다, 대장군님. 하지만 선황 폐하께서 천재이셨다는 이유만으로 이것을 그분의 작품으로 단정 짓는 것은 논리적이지 않습니다."

이레는 종형과 상전 사이에서 난처한 심정을 느끼며 두 사람을 번갈아 바라보았다. 엘시가 말했다.

"귀관의 태도에는 속단하는 버릇에 대한 경계 이상의 것이 있는 것 같군. 마치 원시제 폐하께서 이것을 설계하면 안 된다고 생각하는 것 같다. 내가 착각했나?"

"아닙니다, 대장군님. 제 심정을 정확하게 표현하셨습니다."

"설명하게."

"이것은 무기입니다."

"그렇게 보이는군."

"무기는 적이 있다는 의미입니다."

"제국에는 적이 있지."

"시련은 적이 아닙니다."

엘시는 입을 다문 채 틸러의 옷이라도 맞출 수 있을 정도로 날카롭게 그를 노려보았다. 틸러는 아버지께서 이 일을 기뻐하려면 어떻게 표현해야 할지 고민했다. '기뻐하십시오, 아버님. 저는 드디어 이백만 제국군의 식사 습관을 통일시켜 버릴 수 있는 사람으로부터 주목받게 되었습니다.' 물론 그의 아버지는 주목받는다는 중도적인 말의 속임수에 넘어가지 않을 것이다. '세상엔 두

가지 주목이 있지. 어느 쪽이야?' 엘시가 말했다.

"말하고픈 바는 알겠지만 네 신분에 어울리는 표현을 사용하도록 해라. 너는 아라짓 제국의 군인이다."

"죄송합니다, 대장군님."

엘시는 남은 주의는 입 대신 눈으로 준 다음 말했다.

"코세 칸디드 백작에게 가서 내가 확인했다고 전해라. 그분은 우리의 폐하이시다. 그리고 이것은 폐하의 하늘치다. 이름은 말리라고 한다."

"말리요? 향기 좋고 새하얀 꽃 말씀입니까?"

"그 꽃이다."

군인인 틸러는 꽃 이름은 레콘 여단에 붙는 것인데라고 생각했다. 물론 그에겐 말리의 작명 이유보다 더 시급한 의문들이 있었다. 그는 칸디드 백작이 얼마든지 이해할 거라 확신하며 그의 이름을 이용했다.

"칸디드 백작은 이런 질문도 할 것 같습니다. 전투 중에 나타나 시모그라쥬군을 공격한 나가들은 누구입니까? 그리고 센시엣 특수 수용소에 있던 레콘들이 왜 여기에 있는 겁니까?"

"그들은 폐하의 사람들이니 폐하께 하문해야 할 것이다. 하지만 칸디드 백작뿐만 아니라 귀관도 폐하께서 직접 설명하길 기다리는 것이 좋을 것이다. 칸디드 백작께는 당분간 현재의 위치를 지키도록 하고 경거망동이 없도록 하라고 전하면 된다."

틸러는 자신의 불만에 칸디드 백작이 표시할 불만을 더한 다음 거기서 대장군 앞에서 부위가 지켜야 할 존중의 정도를 빼는 복잡한 계산을 거친 끝에 적당히 불만스러운 표정으로 말했다.

"예, 대장군님."

틸러의 암산은 그럭저럭 정확했다. 엘시는 틸러의 표정에 대한 지적 없이 그의 종제에게 말했다.

"이레."

"예, 주인님."

"칼리도로 가라."

이레는 놀란 얼굴로 대장군을 바라보았다. 대장군도 그 곁에 있던 지멘도 정보가 될 만한 표정은 조금도 보여 주지 않았다.

"딱정벌레를 타고 즉각 날아가서 어머님께 폐하께서 생환하셨다는 기쁜 소식을 전하도록 해라."

이레는 무례하게도 곤혹스러운 표정을 지을 수밖에 없었다. 이레가 전하지 않아도 이 경악할 만한 소식은 벼락 같은 속도로 번질 것이다. 그리고 엘시는 지금껏 편지를 쓸 뿐 이레를 직접 칼리도로 보낸 적이 없었다. 이레는 이해하기 어렵다는 표정으로 엘시를 바라보았다. 하지만 엘시는 부연하지 않았다. 이레는 고개를 숙였다.

"알겠습니다. 편지를 주시겠습니까?"

"그럴 필요는 없다. 지금 당장 가도록 해라."

"예? 당장이오? 아…… 예, 알겠습니다."

"돌아올 때 어쩌면 나는 시모그라쥬로 남하하고 있을지도 모른다. 알아서 찾아와라."

사촌형제들은 당황한 빛이 역력한 얼굴로 물러갔다. 떠나는 두 사람을 물끄러미 바라보는 엘시에게 지멘이 갑자기 말했다.

"라세는 네 어머니가 인질이 아니라고 했다."

엘시는 이레가 원시제의 설계일지도 모른다는 과감한 가설을 내놓은 물건을 바라보며 지멘을 무시했다. 그리고 지멘은 자신을 무시하는 엘시의 태도를 무시했다.

"너의 인질은 누구냐?"

피할 수 없다는 것을 깨달은 엘시는 지멘에게 몸을 돌렸다. 그는 공세로 대화를 시작하기로 했다.

"당신은 아실 때문에 폐하께 협조하는 겁니까? 아실이 폐하께 붙잡혀 있습니까?"

지멘은 어깨에 걸친 망치를 두어 바퀴 돌렸다. 지멘의 머리 뒤에서 대호 형상의 망치 머리가 빙글빙글 회전하는 모습은 꿈쩍도 하지 않는 지멘의 겉모습 대신 그의 정신 상태를 표현하고 있는 것 같았다. 지멘이 부리를 열어 말했다.

"아실의 마음은 닫혀 있다."

엘시는 침묵한 채 기다렸다. 지멘은 몇 마디 단어로 아실의 현재 상태를 설명하고 말했다.

"황제가 그 애의 닫힌 마음을 열어 줄 거다."

"폐하께서? 폐하는 의사가 아닙니다. 어떻게 폐하께서 그런 일을 하실 수 있다는 겁니까?"

지멘은 삐딱한 표정으로 엘시를 내려다보았다. 갑자기 그는 허리춤에 매달아 둔 주머니로 손을 뻗었다. 하지만 지멘은 주머니 위에 손을 얹은 채 엘시를 노려보았다.

"너의 인질은 누구냐?"

엘시는 피로감을 느꼈다.

"지멘, 그런 사람은 없습니다. 황제 폐하께서 하신 말씀은 저도 이해할 수 없습니다."

"너는 네 몸종을 칼리도로 보냈어. 황제의 말을 무시할 수 없어서 그랬지?"

엘시는 긍정했다.

"인정합니다. 하지만 그것은 제게 인질 같은 것이 없다는 증거이기도 하잖습니까? 저는 다른 사람을 떠올릴 수 없어서 폐하께서 부정하시는데도 칼리도로 이레를 보냈습니다. 제게 인질 같은 것은 없습니다."

"부냐 헨로는?"

엘시는 어금니를 꽉 깨물었다. 지멘은 말리의 거주 구역이 있는 곳을 흘끔흘끔 돌아보며 말했다.

"부냐는 네 약혼녀였잖아. 하지만 부냐는 스카리의 인질일 텐데. 일석이조인가? 이봐, 엘시. 부냐의 생사를 가지고 너를 협박하면 네 마음이 흔들리겠지? 지금은 비록 거론하기가 우스꽝스러운 약혼 관계가 되었지만 그래도 한때는 네가 사랑했던……."

"그만하십시오."

지멘은 미심쩍은 듯 엘시의 표정을 살폈다. 엘시는 그 시선을 피했다. 지멘은 조금 후 고개를 끄덕였다.

"그래. 너는 감옥을 깨부수고 부냐 헨로를 구하지는 않았어. 부냐를 이용해서 네가 싫어하는 일을 하게끔 강요할 수는 없겠군. 그렇다면 인질이라고 할 수 없지. 부냐는 아닐 거야. 그러면 도대체 누구야?"

엘시는 흐린 눈으로 지멘을 올려보았다. 조금 후 지멘의 손이 주머니에서 떨어졌다. 그는 엘시에게 허리를 숙여 속삭였다.

"엘시, 생각해 봐."

만약 비슷한 체구였다면 지멘은 엘시의 어깨를 감싸 쥐었을 것 같았다. 대신 지멘은 주먹을 옆으로 뻗어 나무 기둥을 짚었다. 엘시는 몸을 뒤로 빼고 싶은 것을 참으며 가까이 있는 지멘의 얼굴을 보았다. 그의 코앞에서 거대한 부리가 움직였다.
"나는 네가 들으면 흥미로워할 만한 것을 알고 있어. 하지만 네 인질이 누군지 모르는 이상 네겐 말할 수 없어. 너도 사람이니까 무엇과도 바꿀 수 없는 것이 있을 것 아냐. 당연히 그렇겠지. 조금만 생각해 보라고."
엘시는 자신의 얼굴을 간단히 찢어 놓을 수 있는 부리를 바라보며 말했다.
"당신이 왜 폐하의 금을 가지고 있습니까?"
지멘의 벼슬이 꿈틀거렸다. 그는 찌르는 눈으로 엘시를 노려보았다. 하지만 그가 말하기 전에 엘시가 손을 들었다.
엘시는 지멘의 부리에 손을 얹고 슬쩍 미는 시늉을 했다. 지멘이 버텼다면 엘시는 꽤나 우스꽝스러운 꼴이 되었겠지만 지멘은 엘시가 미는 대로 물러났다. 똑바로 서서 자신을 내려다보는 지멘에게 엘시는 나직하게 말했다.
"당신이 가지고 있다는 폐하의 금은 무엇입니까?"
"우리가 훔친 세금을 말하는 거다."
"세금? 아아. 그렇군요. 그 돈이 있었군요. 어디에 있습니까?"
"푼텐 사막 남쪽."
"다행이군요. 약간만 돌아가면 되니. 아래로 내려갑시다. 당신은 사라티본 부대와 함께 머물면 되겠군요."
"조금 있다가 내려가겠다."
"그럼 그렇게 하시지요."
엘시는 주저 없이 지멘의 곁을 떠났다. 지멘은 그의 등을 물끄러미 바라보았다. 몇 번인가 지멘의 부리가 열렸지만 그는 엘시를 부르는 대신 부리를 닫았다. 환상 계단을 만든 엘시가 아래로 사라지자 지멘은 고개를 들었다.

하늘은 흐렸다. 엔거 평원 전투에서 발생한 막대한 시체를 적절한 방식에 따라 땅에 묻는 것은 불가능한 일이었기에 흑사자군은 시체를 한곳에 모아 놓고 망자에게 간단히 사과한 다음 불을 지르는 것을 선택했다. 그들이 화장용 장작으로 삼은 것은 바로 시모그라쥬군이 힘겹게 만든 방어 시설들이었다. 도대체 얼마나 많은 사람들이 죽었는지는 짐작하기도 어려웠지만 관련자들은 모두 사망자가 최소한 5만 명은 된다는 것에 동의했다. 어지간한 도시 하나의 인구다. 말리가 하루만 일찍 도착했다면 죽지 않아도 되었을 5만 명의 사람들이 연기가 되어 하늘을 날고 있었다.

지멘은 바닥에 주저앉았다. 그의 손이 주머니에서 낡은 종이 하나를 꺼내었다.

큼직한 손가락을 조심스럽게 놀려 종이를 펼친 지멘은 거기에 담겨 있는 아실의 글을 보았다. 종이는 약간 바래었지만 글자는 아직도 날카롭다. 지멘은 그 한 부분을 반복해서 읽었다.

'라세는, 아라짓 제국의 황제는 정신 억압자일 거예요. 아마도 역사상 최고의. 그녀는 사람을 정신 억압할 수 있을 거예요.'

지멘은 그것이 가능한가, 불가능한가 생각하지 않았다. 그리고 도덕적인가, 그렇지 않은가도 고려하지 않았다. 그가 관심을 가지고 있는 것은 그것이 필요한가, 그렇지 않은가였다. 그리고 지멘의 요구는 열렬하게 필요하다에 쏠려 있다. 사람의 정신을 자유로이 다룰 수 있는 정신 억압자는 닫힌 마음의 문을 열고 그 안에 있는 사람을 구출할 수 있을 것이다. 그 밖에 다른 방법이 혹 있을지 몰라도 지멘은 그것을 알지 못한다. 지멘의 희망은 오직 치천제뿐이다.

지멘은 비명을 지르고 싶었다. 억지로 참은 비명 때문에 구역질이 날 것 같았다. 눈앞이 어지러워지는 느낌에 그는 눈을 감았다. 하지만 지멘이 애써 피하던 문구는 그의 눈꺼풀 안쪽까지 잔인하게 파고들었다.

'당신과 나는 라세에게 조종당해서 7년 동안 방황한 걸까요?'

치천제가 정신 억압자여야 한다면 지멘은 그녀가 자신을 조종했다는 사실도 받아들여야 한다. 그녀는 지멘에게 숙원을 세우게 만들었다. 레콘의 숙원을. 레콘에게 가해질 수 있는 폭력 중에서 이보다 끔찍한 것을 지멘은 떠올릴 수 없었다. 그리고 지멘은 그 폭력이 정말 자신에게 저질러졌기를 바라야 한다. 그래야만 아실을 구할 희망도 있기 때문에.

벼슬이 갈라지는 것 같다. 속이 뒤집히는 것 같다. 어디서부터 아파해야 좋을지도 짐작하기 어려울 만큼 온몸이 아프다. 버석거리는 깃털을 모조리 뽑아 버리고 싶다.

"아으아…… 아아…… 아아으……."

지멘은 커다란 팔뚝으로 눈 주위를 거세게 눌렀다. 머릿속에서 민들레 씨 같은 불꽃들이 떠다녔다.

지멘은 눈을 떴다.

엔거 평원에서 피어오른 연기들이 기묘한 색깔로 흔들렸다. 지멘은 부리를 크게 벌려 숨을 쉬었다. 들이마실 때는 고통이, 내쉴 때는 역겨움이 느껴졌지만 지멘은 고집스럽게 심호흡을 했다. 마침내 그는 진정했다. 중요한 것은 아실이다. 다른 것은 다른 때에 생각하거나, 아예 생각하지 말자.

지멘은 느린 동작으로 종이를 접었다. 그는 시야를 좁혔다. 엘시를 따라가서 그에게 금편을 준다. 그리고 돌아온다. 왜 그래야 하는지는 생각하지 않는다. 특히 치천제에 대해서는 절대 생각하지 말아야 한다. 그랬다간 미쳐 버릴지도 모르니까. 치천제가 정신 억압자인지 아닌지 내가 알아낼 수는…….

편지를 주머니에 집어넣던 지멘의 손이 멎었다.

지멘은 다시 편지를 꺼냈다. 그의 손이 미세하게 떨렸다. 지멘은 차라리 그곳에 자신이 바라는 것이 없기를 바랐다. 하지만 글자들은 아실이 엮어 둔 그대로 종이에 매달려 있었다.

'어떻게 그걸 알아낼 수 있는지는 발케네 공이 가르쳐 줄 거예요. 아니, 가르쳐 줄지도 모른다고 해야겠군요. 그가 선택할 일이니까. 나는 그에게 보내는 편지를 썼어요.'

지멘은 말이 안 된다고 생각했다. 여기서 말하는 발케네 공은 스카리 빌파가 아닌 락토 빌파다. 그런데 락토 빌파는 이미 죽었다. 죽은 사람에게 어떻게 편지를 쓴다는 말인지 지멘은 이해할 수 없었다. 아실이 그 편지를 쓴 시점에서는 락토 빌파가 아직 살아 있었을 거라는 간단한 생각을 떠올리기까지 지멘은 한참 동안이나 혼란스러워했다. 가까스로 현실 감각을 되찾은 지멘은 그 문구를 다시 읽었다.

아실은 두 통의 편지를 썼다. 한 통은 지멘에게, 다른 한 통은 락토 빌파에게. 그중 전자는 정확하게 배달되었다. 하지만 후자가 어떻게 되었는지는 모른다. 락토는 편지를 받은 후에 죽었을 수도 있고, 그렇지 않으면 그 전에 죽었을 수도 있다.

만약 그 전에 죽었다면, 그에게 보낸 아실의 편지는 어디로 갔을까?

제이어 솔한은 언덕의 사면에 드러누운 채 오른손으로 품속에 있는 종이를 만지작거렸다. 다른 팔은 베개 삼아 머리에 베고 있었다. 한가로워 보이지만 그런 여유를 부려도 좋을 만한 날씨는 아니다. 땅은 반 시간만 누워 있어도 근육 경련이 일어날 만큼 차가웠고 바람 또한 댁의 눈썹 좀 가져가겠다고 말하듯 거세었다. 제이어가 취하고 있는 자세는 여름날 오후 슈라도스의 목초지쯤에서 해야 여유롭고 평화로워 보이지 늦가을의 파름 평원에서는 자해 행위에 가깝다.

물론 제이어는 단지 객기를 부리거나 고행 수련을 하려고 그렇게 늦가을의 야외에 드러누워 있는 것은 아니다. 그는 하늘을 감시하고 있었고, 목이 아프도록 고개를 젖히지 않으려면 누워 있는 편이 나았다. 확실히 목이 아프지는 않았다. 하지만 제이어는 자신이 5분도 지나기 전에 일어나 앉아 팔다리를 주물러 댈 것을 알고 있었다.

그렇게 누워 바라보는 것이 좀 재미있으면 좋겠지만 제이어는 도통 재미를 느낄 수 없었다. 최초의 경이는 오래전에 사라졌고 이제 하늘치의 움직임은 말할 수 없이 지루했다. 말타기를 처음 배우는 사람을 보는 것이나 다름없다. 애초부터 멋진 승마 기술을 기대할 수 없는 것은 둘째치더라도 그 움직임이라는 것이 왔다 갔다, 섰다 멈췄다 하는 것뿐이다. 타는 사람은 재미있을지도 모르지만 구경꾼의 입장에서는 하품만 나온다. 제이어는 이이타 규리하가 아주 황당한 실수라도 저질러 주었으면 좋겠다고 생각했다. 물론 이 근방에서 하늘치를 잘못 다루었다간 건물의 서까래 하나하나가 귀한 골동품이나 다름없는 하인샤 대사원이 위험해지므로 그것은 절대 일어나선 안 되는 일이다.

이이타는 하늘치를 다루는 것에 쉽게 자신감을 얻지 못하는 것 같았다.

이른 아침부터 지금까지 이이타는 한 번에 백 미터 이상은 움직이지 않았다. 그리고 그 움직임은 신경질적인 성격이라 판단할 만큼 직선적이었다. 위면 위, 아래면 아래, 전후좌우 어디로 움직이든 백 미터 내의 직선 움직임이다. 하늘치의 규모에서 그런 움직임은 한번 꿈틀해 본 것에 지나지 않는다. 그런 것을 다루게 되었다면 누구라도 조심스러워지는 것은 당연하겠지만 이이타의 조심성은 제이어를 짜증나게 했다. 간단한 회전 한번도 보여 주지 않는 이이타에게 제이어는 항의 서한을 보내고 싶었다. '도깨비들을 대상으로 기획한 공연이라면 공자께서는 훌륭하게 성공하셨습니다. 도깨비 비평가들은 깊은 잠에 빠지게 된다는 것을 크나큰 장점으로 받아들이겠지요.'

물론 이이타가 구제하기 힘들 만큼 소심한 성격도 아니고 도깨비들에게 보여 줄 공연을 연습하는 것도 아니었다. 이이타가 하늘치의 가장 간단한 조종 하나도 완벽하게 습득하려 애쓰는 것은 그의 누나 또한 하늘치를 다룰 수 있기 때문이다. 무기가 같다면 사용이 더 능숙한 쪽이 유리한 것은 당연하다.

제이어는 일어나 앉았다.

팔다리를 주무르기 위해 일어난 것은 아니다. 제이어는 하늘치와 하늘치가 싸운다는 생각에서 외경심에 가까운 충격을 받았다. 사그라졌던 경이가 다시 불꽃을 발랑발랑 피워 올렸다.

하늘치와 하늘치가 싸운다는 것은 산들이 일어나 평야에서 회전을 벌이는 것만큼이나 초현실적이다. 제이어는 자신이 왜 이이타의 하늘치 조종을 지루하다고 생각했는지 이해할 수 없었다.

이이타가 하늘치를 움직일 때마다 그는 현실에서 백 미터씩 멀어지고 있었다. 제이어는 지금까지 이이타가 하늘치를 움직인 거리를 모두 합하면 얼마나 될지 생각해 보았다.

'그래도 30만 년은 너무 길지.'

제이어는 다시 시무룩해졌다. 지나치게 긴 시간이다. 아버지가 아들을 낳고 그 아들이 다시 아버지가 되어 아들을 낳는 일이 일만 번이나 반복되어야 한다. 제이어는 일만 대 후의 그자들이 과연 자신을 선조라고 생각할 수나 있을지 의심스러웠다. 30만 년은 그토록 긴 시간이다.

그 시간에 질려 버린 제이어는 다시 땅에 풀썩 드러누웠다.

짜증이 그의 몸 위로 범람했다. 제이어는 있는 힘껏 심호흡을 했지만 가슴은 시원해지지 않았다. 제이어는 꽤 우스꽝스러운 모습으로 심호흡을 했다. 가슴을 불쑥 내밀자 품속에 들어 있는 종이가 가볍게 바스락거렸다.

제이어는 그 종이를 꺼냈다.

살인 기사가 꺼낸 것은 편지 피봉이었다. 제이어는 봉투 겉면에 쓰여 있는 글을 물끄러미 바라보았다. 그곳에는 받을 사람의 이름만 간단히 씌어져 있었다. 발케네 공 락토 빌파. 아실이 쓴 편지였다.

제이어는 계속 품속에 넣고 다녀서 약간 둥글게 구부러진 봉투를 손가락 사이에 끼운 채 비벼 보았다. 두어 번 봉투를 비빈 다음 귓가로 가져가 흔들었다. 그의 손동작에 따라 팔락거리는 소리가 들렸다. 그 소음에서 어떤 의미를 읽어 보려 시도하던 제이어는 봉투를 다시 들었다. 그러고는 봉투를 눈에 붙였다. 물론 그의 시선이 봉투를 뚫고 들어가 그 안의 내용을 읽어내지는 못했다. 봉투가 없었다 해도 그렇게 눈에 가깝게 대었다면 아무것도 읽을 수 없겠지만.

제이어는 다시 봉투를 들어 겉면에 씌어 있는 글을 읽었다. 발케네 공 락토 빌파.

'그런데 말이야. 30만 년은 너무 길어.'

제이어는 봉투를 북 뜯었다.

안에 들어 있는 편지는 봉투와 함께 구부러져 있어 흔들어도 빠져나오지 않았다. 제이어는 손가락을 집어넣어 편지를 꺼냈다. 호기심을 드러내는 바람에게 봉투를 건네준 제이어는 편지를 펼쳤다.

그는 아실의 편지를 읽었다.

이이타가 말했다.

"하늘치는 손에 넣었습니다. 하지만 역시 지상 점령을 하려면 보병 병력이 있어야 하는데 하늘치가 보병이 되면…… 제가 이상한 말을 했지요?"

아이저는 고개를 끄덕였다. 재미있다는 표정으로 형을 보던 시카트가 말했다.

"그냥 하늘치에만 집중하는 편이 낫지 않겠어? 꼭 그렇게 두 가지, 세 가지 일을 동시에 할 필요는 없을 텐데."

소리는 그 말에 동의한다는 듯 고개를 끄덕였다. 이이타는 한숨을 내쉬었다.

이이타는 하늘치를 움직이면서 동시에 다른 사람들과 대화하고 있었다. 하늘치를 무의식적인 상태에서 조작할 수 있는지 알아보기 위한 그 실험은 대화의 파탄이라는 결과를 낳았다. 이이타의 주의는 자꾸만 하늘치에게로 쏠렸다. 하늘치를 잘못 움직이기라도 해서 그들 네 사람이 아래로 떨어질까 봐 걱정하기 때문이다. 도시도 건설할 수 있는 하늘치의 넓은 등을 생각한다면 그것은 완전한 기우였지만 그래도 이이타는 추락이 절대로 골절로 끝나지 않을 높이를 무시하기 어려웠다. 이이타는 하늘치를 멈추게 하고 고개를 내저었다.

"역시 한 가지에만 집중해야겠습니다, 아버님."

"그게 좋겠다. 너는 하늘치에만 집중해라. 지상은 나와 시카트가 맡을 테니까."

"그런데 병력을 어디서 구하지요? 지금 우리에게 있는 병력은 병력이라고 부를 수도 없는 수준입니다."

"맞는 말이다. 두르사 돌 하장군이 살아 있었다면 얼마나 좋았겠나. 그가 살아 있었다면 하늘치를 움직이는 너를 보며 누구보다 기뻐했겠지."

이이타는 타계한 하장군을 생각하며 비감을 느꼈다. 하지만 슬픔과 아쉬움만 느끼는 다른 두 사람과 달리 이이타는 상당한 공포도 느꼈다. 야리키가 뜯어낸 두르사 돌 하장군의 머리를 본 사람은 이곳에서 그뿐이다. 하장군의 마지막 모습을 지우기 위해 이이타는 서둘러 말했다.

"중요한 것은 시간입니다. 우리가 하늘치를 다룰 수 있게 되었다는 소식이 누님께 전해지기 전에 우리는 지러쿼터 산맥을 넘어야 합니다. 복안이 있으십니까?"

아이저는 팔짱을 꼈다.

"두어 가지 있기는 하다. 가장 간단한 방법은 발케네 공 스카리 빌파에게 보답을 약속하고 군사를 빌리는 것인데, 내키지가 않는다. 우리 역할이 길잡이로 끝날 가능성이 높으니까. 따라서 그것은 최후의 방법으로 돌려놔야겠지."

"동의합니다. 다른 방법이 없다면, 아니 다른 방법이 전혀 없어도 그건 내키지 않습니다."

시카트 역시 동의했다. 아버지나 형과 달리 스카리 빌파를 직접 본 적은 없지만 발케네 같은 강대한 세력을 잘못 끌여들였다간 그들에게 모든 주도권을 넘겨주고 심지어 규리하까지 뺏기게 될지 모른다는 것은 상식적인 일이었다. 게다가 스카리는 이미 규리하를 한 번 침공했다.

특별히 발언권을 제지당한 적은 없지만 별로 할 말이 없었던 소리는 이이타만 조심스럽게 바라보았다. 이이타는 아버지와 동생 몰래 그녀에게 눈을 찡긋하고 다시 아버지를 바라보았다. 아이저가 말했다.

"돈을 풀어 병력을 사는 것도 시간이 너무 걸리니만큼 검토할 가치가 없고…… 그렇다면 역시 판사이로 가야겠다."

시카트는 손가락 다섯 개를 펴 보이며 말했다.

"상고토의 다섯 남작 말씀입니까?"

"그래. 발리츠에겐 미안한 일이지만 그들에게 판사이를 주고 군사를 얻어야겠다."

"고모부님은 다섯 명이나 되는 적수의 존재에도 불구하고 과감하게 그 땅을 비웠습니다. 완벽한 대비 태세가 되어 있지 않을까요?"

"그럴 거다. 하지만 하늘치에 대한 대비는 없겠지."

아버지의 말을 생각해 본 시카트는 고개를 끄덕였다. 현 시점에서 그보다 나은 계책은 없었다. 발리츠 굴도하를 포함한 상고토의 여섯 지배자들은 서로를 견제하기 위해 강병을 보유하고 있다. 제국군만큼은 아니지만 상당한 정예 병력이며 그 군사를 얻을 수 있다면 큰 도움이 될 것이다. 하지만 이이타는 회의적이라는 표정을 지어 보였다.

"그들의 군사들이 괜찮은 수준이긴 하겠지만 누님에겐 두 명의 무시무시한 레콘들이 있습니다. 그들을 제압하는 건 쉬운 일이 아닙니다."

"그래. 하지만 우리도 레콘을 데려간다면 그들을 상대할 수 있겠지."

"어디서 레콘을 구합니까?"

"찾아봐야지. 상대가 두 명이니 우리는 네 명 정도만 구하면 될 거다. 여기서 규리하까지 이천 킬로미터다. 그 안에서 레콘 네 명을 찾는 것이 그렇게 어렵지는 않을 거다. 일단은 판사이로 가기로 하고 떠날 준비를 하자."

"언제 떠납니까?"

"하늘치에만 집중한다면 움직이는 것은 어렵지 않겠지?"

"예."

"좋아. 그러면 떠날 준비가 되는 대로 당장 떠나자. 빠르면 빠를수록 좋으니까."

아이저는 그날 밤이라도 출발할 수 있다는 생각으로 말했고 이이타와 시카트 또한 그렇게 이해했다. 하지만 하인샤 대사원으로 돌아온 그들은 출발을 미룰 수밖에 없는 상황을 목격했다.

대사원으로 돌아온 네 사람이 처음 느낀 것은 경내가 이상하게 소란스럽다는 것이었다. 행자들이 서너 명씩 모여 수군거리고 있었고 승려들도 당혹한 기색이 역력한 모습으로 황급히 걸음을 옮기고 있었다. 마치 경내에 돌림병이라도 발생한 듯한 소란스러움에 네 사람은 당황했다. 어찌된 영문인지 물어보려고 주위를 두리번거리던 소리의 눈에 파지트 대선이 들어왔다.

"파지트 대선님!"

소리의 목소리를 들은 파지트 대선은 곧 몸을 돌렸다. 하지만 이어진 대선의 반응은 네 사람을 다시 놀라게 했다. 대선은 몹시 곤혹스러운 표정으로 네 사람을 바라보며 머뭇거렸다. 의아해하던 소리가 대선을 향해 움직이자 대선은 어쩔 수 없다는 표정으로 마주 걸어왔다. 아이저와 시카트, 이이타는 소리의 뒤를 따라 천천히 걸어갔다. 마주 선 두 사람은 합장했다. 대선이 먼저 말했다.

"소리, 무슨 질문을 할지 압니다. 경내 분위기가 좀 이상하지요? 두어 시간 전부터 경내에 이상한 소문이 퍼졌습니다. 저도 그 소문이 사실인지 확인하기 위해 돌아다니고 있습니다."

"무슨 소문이지요?"

"뱀단지가……."

"예?"

파지트 대선은 다시 주저했다. 소리는 대선이 그녀의 어깨 너머로 규리하 부자들을 바라보고 있다는 것을 깨닫고 갑작스러운 두려움을 느꼈다. 대선은 소리를 향해 말하는 듯한 모습으로 아이저 규리하에게 말했다.

"하늘누리에 연결된 뱀단지가 갑자기 움직였답니다. 뱀단지를 열어 보자 뱀들이 사어를 쓰기 시작했습니다."

시카트는 비명 비슷한 소리를 냈고 이이타는 소리의 옆으로 움직여 그녀를 보호하듯 섰다. 아이저는 소리를 지나쳐 대선의 앞으로 나섰다.
"무슨 내용이었습니까?"
"그것이 소문이라서······."
"무슨 내용입니까?"
파지트 대선은 침을 꿀꺽 삼켰다. 그리고 다른 사람의 말을 흉내 내는 듯한 어조로 말했다.
"짐이 돌아왔다."

그날 전 세계의 뱀단지들은 오랜 침묵을 깨고 갑작스럽게 움직였다.
프라뫼의 해맞이탑 4층에서는 한 소녀가 미친 듯이 질주하는 쥐 사이에 주저앉아 넋나간 표정으로 뱀단지를 바라보았다. 그녀는 쥐를 담은 바구니를 들고 뱀단지로 다가가다가 갑자기 움직이는 뱀단지에 놀라 바구니를 집어던지고 말았다. 그 시각, 카라보라의 태수관에서는 두 명의 노인이 손에 바둑돌을 든 채 경악한 눈으로 진동하는 뱀단지를 바라보았다. 그 후 그들은 누가 착수할 차례였는지 끝내 알아내지 못했다. 해묵은 도시 츨란의 뱀단지 담당관은 오후 내내 쓸어 모은 낙엽에 불을 붙이려다가 갑작스러운 종소리에 놀라 자기 옷을 태울 뻔했다. 옷에 튄 불티를 털어 낸 후에야 담당관은 혹 자신이 없을 때 뱀단지가 움직일까 봐 철사와 종으로 간단한 경보 장치를 만들어 두었다는 오래된 기억을 떠올렸다.
대단한 소동을 일으킨 뤼도파의 경우도 빼놓을 수 없다. 늙은 사어 해독자가 지병으로 사망한 후 뤼도파 사람들은 아무 일도 하지 않는 자에게 돈을 지급할 필요는 없다는 이유에서 새 사어 해독자를 채용하지 않기로 결정했다. 그 때문에 뱀단지가 움직이기 시작했을 때부터 그들은 사어를 해독할 줄 아는 자를 허둥지둥 수소문했다. 만약 뤼도파 사람들이 제국 반대편의 아제 사람들에게 일어난 일을 알았다면 자신들의 경우와 비교해 볼 수 있었을 것이다. 아제의 사어 해독자는 당분간 후임자에 대해 생각할 필요가 없는 팔팔한 나이였다. 지나치게 팔팔한 것이 문제였을 것이다. 지루함을 참기 어려워 다른 일에 정신을 팔았던 사어 해독자는 갑자기 움직인 뱀단지를 황급히 열어 보고 기겁했다. 그의 관리 소홀로 많은 뱀들이 죽은 탓에 사어를 읽을 수가 없었다. 아제 사람들은 그들의 사어 해독자를 나무에 매달고 싶은 욕구를 억누르며 이미 동면에 들어간 뱀들을 찾아 야산을 뒤졌다.

뱀단지의 움직임 때문에 생명을 구한 자들도 있었다. 자보로에서는 도상 연습에 열중하던 군인들이 갑자기 보고된 뱀단지의 이상 현상에 놀라 메헴 침공 계획을 잊어버리고 말았다. 그들은 몰랐지만 다행스럽게도 같은 시각 메헴 사람들의 머릿속에서도 자보로 침공 계획이 사라지고 있었다. 하지만 자보로와 메헴의 군인들처럼 운이 좋지 못했던 자들도 있었다. 안체키르 평원에서 싸우고 있던 팔백 여명의 병사들 같은 경우가 그러하다. 나발칸이라는 이름에 자신을 보태기 위해서는 나포츠와 발란카, 칸라크 정도의 세력은 되어야 한다는 판단을 동시에 내렸던 피녹과 부누는 안체키르 평원에서 합병 작업에 전력을 기울이던 도중 그 소식을 들었다. 그리하여 피녹과 부누의 병사들은 조금 전까지 적의 몸을 찌르던 칼을 늘어뜨린 채 넋빠진 얼굴로 갑자기 친근하게 굴기 시작하는 자기들의 지휘관들을 바라보게 되었다.

"참 우스운 일도 다 있습니다. 우리가 싸우다니요. 말도 안 되지요. 제가 전부터 당신을 존경했다는 것을 말했던가요? 예? 당신도 그렇다고요? 이렇게 황공할 수가."

부누의 지휘관과 피녹의 지휘관은 정말 서로를 사랑하는 것처럼 보였다. 그리고 그들은 서로 사랑하느라 바빠 당혹한 부하들을 구제하지 못했다. 그것이 일종의 기만 전술이기를 애타게 바라던 병사들은 결국 티나한이 돌아오기 전까지는 전투 행위가 재개되기 어렵다는 것을 인정했다. 그들은 깃발과 칼을 아무렇게나 팽개치고 빈 두 팔로 거대한 허무감을 포옹했다.

어떤 이는 기뻐하고, 어떤 이는 슬퍼하고, 어떤 이는 허무해했지만, 대부분은 혀가 어디 있는지도 잊어버릴 정도로 놀란 가운데 제국 신민들은 뱀단지를 통해 전해 오는 치천제의 사어를 숨죽여 바라보았다.

짐이 돌아왔다.
짐이 돌아왔다.
짐이 돌아왔다.

세 시간 간격으로 세 번 반복. 그리고 침묵. 사람의 감정을 뒤흔드는 화려한 명연설은커녕 구호나 잠언도 될 수 없는 평이한 말이지만 오히려 그렇기에 그 담백한 말은 6억 명의 사람들을 전율하게 했다. 그것은 그들 자신은 쓸 일이 없기에 사라졌을 때도 크게 놀라지 않았던, 하지만 정말로 경이적인 힘을 고통스럽도록 상기시켰다. 오직 한 사람만이 가지고 있는, 전 세계에 자신의 의지를 전할 수 있는 무시무시한 힘. 상당히 어처구니없는 일이지만 그들은 그제야 아라짓 제국의 황제가 얼마나 강력한 힘을 가지고 있는지 깨달았다. 그리고 그들의 진정한 주인이 어떤 자인지를.

세 번째 사어가 전달된 후에는 알려진 모든 땅에서 가장 해가 늦게 지는 마기체에도 밤이 찾아들었다. 의도적인 시간 선택임이 분명하다. 낮이 군중의 시간이면 밤은 개인의 시간이다. 낮이었다면 군중들은 서로에게서 위안을 찾을 수 있겠지만 불면의 밤 속에 격리된 개인들은 전전긍긍했다.

밤 외에도 그들의 기를 꺾는 요인은 많았다. 뱀단지는 고함을 지르는 경우와 달리 상대방의 소재를 알려 주지 않는다. 그래서 제국의 대부분 지역에서 사람들은 황제가 어디에 있는지조차 알 수 없었다. 게다가 북부에는 뱀부리미가 없기에 뱀단지의 전달은 일방적이다. 그들은 '돌아오신 것을 환영합니다.' 같은 간단한 말조차 황제에게 되돌려줄 수 없었다. 통고를 받을 뿐 질문하거나 이쪽의 주장을 보낼 수 없다는 것은 황제의 소재 불명과 밤과 더불어 사람들을 견딜 수 없을 정도로 주눅 들게 했다. 잔인한 밤이었다.

물론 모든 사람들이 밤의 불문율에 따라 개인이 되지는 않았다. 그리고 한계선 이남에서는 나가 정신 억압자들이 자유롭게 활동할 수 있다. 비록 밤에는 좀 둔해지긴 해도 한계선 이남의 뱀부리미들은 권력자들의 강요와 응원을 받으며 밤늦도록 황제에게 애타게 사어를 보냈다. 돌아오신 것을 환영합니다. 무슨 일이 있었던 겁니까? 지금 어디에 계십니까? 앞으로 무슨 일을 하실 겁니까? 반복합니다…….

대답은 없었다.

시모그라쥬 공 팔디곤 토프탈은 피곤해하는 뱀부리미를 바라보았다. 대부분의 뱀부리미가 그렇듯 그녀는 과묵한 성격이었다. 공작이 요구하는 말을 토씨 하나 바꾸지 않은 채 묵묵히 전달할 뿐 거기에 자신의 의견을 내놓거나 하지는 않았다. 그리고 이 무익한 일을 계속해야 하느냐고도 묻지 않았다. 하지만 그녀가 그렇게 생각하고 있다는 것은 이제 부정할 수 없었다. 공작은 손을 들었다.

"이제 됐다. 물러가 쉬도록 해라."

뱀부리미는 '괜찮습니다. 더 할 수 있습니다.'라거나 '고맙습니다. 졸도할 참이었습니다.' 같은 말도 하지 않았다. 그녀는 묵묵히 그녀만큼이나 지친 뱀들을 쓸어 모아 단지 안에 담고 뚜껑을 덮었다. 뱀단지를 옆구리에 낀 뱀부리미는 공작에게 목례하고는 누각을 내려갔다.

공작은 누각 한쪽으로 걸어가 오른손으로 기둥을 짚고 섰다. 누각은 시모그라쥬 외곽의 상당히 높은 곳에 있었고 더군다나 팔디곤이 있는 곳은 3층인지라 달빛에 물든 키보렌의 모습을 요연하게 볼 수 있었다. 시모그라쥬 주변에 있는 많은 소호들에서 물을 찾는 밤짐승들의 울음, 휘영한 달빛 속을 부유하는 투명한 날개의 곤충들. 공작이 있는 곳은 밀림과 도시가 만나는 접경지였으므로 양쪽의 전혀 다른 밤이 뒤섞여 나타나고 있었다.

"각하, 어찌하실 겁니까?"

듣는 것만으로도 신경에 거슬리는 목소리가 들려왔다. 초조함과 불안, 불만과 긴장 때문에 대패질하지 않은 목재처럼 꺼칠꺼칠한 그 목소리는 누각에 함께 앉아 있던 아쉬존 토프탈의 것이었다. 팔디곤은 뒤돌아보지도, 그 질문에 대답하지도 않았다.

"각하!"

"아쉬존, 조용히해라."

"각하, 지금 각하에게는 망연해하는 것도 사치입니다. 각하의 의무를 생각하십시오. 각하께서는 대호왕 폐하를 보호하셔야 합니다. 지금 당장 의관을, 아니 무장을 갖추고 그분을 찾아가셔야 합니다. 치천제가 어디서 그 사어를 보내고 있는지도 모르잖습니까? 황제는 지금 당장 시모그라쥬로 쳐들어올 수 있는 곳에서 경고 삼아 사어를 보내고 있는지도 모릅니다."

조금도 웃고 싶은 기분이 아니었지만 팔디곤은 헛웃음을 터뜨릴 것 같았다. 저 아이는 지금 상황에서 사모 페이에 대한 이야기가 어울린다고 생각하는 걸까? 하지만 다시 생각해 본 팔디곤은 아쉬존이 진심이라는 것을 깨달았다. 아쉬존에게 사모 페이는 할아버지의 도구가 아니라 그들 모두의 추대를 받는 위대한 영도자이며 그들 모두가 목숨을 초개처럼 버려서라도 지켜야 하는 희망의 근원이니까.

팔디곤은 이 희극을 참기 어려웠다. 그는 몸을 돌려 손자를 노려보았다.

"집에 불이 났는데 신발이 탈까 봐 걱정해야 한다는 거냐? 내 몸을 태워 신발을 구출할까?"

아쉬존은 촛대 옆에 정좌하여 앉은 채 분노 어린 표정으로 할아버지를 노려보고 있었다.

"폐하는…… 할아버지가 옥좌까지 신고 갈 신이었군요."

"아니. 그것만은 아니지. 한 가지 가치가 더 있으니까."

팔디곤은 그 가치가 무엇인지 설명하지 않았다. 하지만 아쉬존은 깊이 생각할 것도 없이 팔디곤의 속셈을 깨달았다.

"황제에게 대호왕 폐하를 넘겨주고 용서를 빌 작정이군요!"

팔디곤은 가타부타 말하지 않았다. 아쉬존은 자리에서 일어나 할아버지를 똑바로 바라보았다.

"존경이 없다면 의리라도 생각해 주십시오. 각하를 위해 다시 세상으로 나와 주신 그분에 대한 의리 말입니다!"

"아쉬존, 네 순진한 마음은 잘 알겠지만 그 여자가 남을 위해 그랬을 거라고 생각하는 것은 오산이다. 황제가 사라지자마자 나타난 그녀의 소행을 보지 못했느냐? 나는 그녀를 부른 적도 없다. 그녀가 먼저 나를 찾아왔지. 그녀가 한때는 영웅이었고 살아서 전설이 된 인물이라는 것은 나도 부정하지 않겠다. 하지만 영원한 것은 없다. 대호왕은 이제 과거의 그녀가 아냐. 그녀는 천박한 기회주의자일 뿐이야. 대장군을 구출한 것이 누구였는지 잊어버렸느냐? 대호왕의 두억시니들이었다."

아쉬존은 과거의 이야기에 입을 다물었다. 초조한 표정으로 바라보는 손자를 보며 팔디곤은 분노를 강조해 보았다. 누군가에게 화를 내기는 해야 했다.

"그녀는 나가 황제를, 자기 동포를 돕기 위해 대장군을 구출했다. 하지만 자신을 보호해 줄 황제가 사라지자마자 사모 페이는 제풀에 겁을 집어먹고 내게 머리를 굽혔다. 의리를 생각하라고? 그런 여자에게 줄 의리는 없다. 제발 철이 들어라, 아쉬존!"

팔디곤은 손자에게 다가가 어깨를 붙잡았다. 아쉬존은 할아버지의 손을 밀어냈지만 팔디곤은 다시 손자의 어깨를 강하게 움켜쥐었다.

"생각해 보아라. 그러면 알 수 있을 거다. 그 여자가 우리를 위해 무슨 희생을 했느냐? 다시 왕이 된 것이 희생이냐? 토프탈 사람들이 차가운 북부에서 죽어 나갈 때 한계선을 넘을 수 없다는 것을 핑계 삼아 따뜻한 남쪽에서 호의호식한 것이 희생이냐? 아쉬존, 그 여자가 앞으로 어떻게 행동할지는 뻔하다. 그 간사한 여자는 과거에 대장군을 구출했던 것을 빌미로 돌아온 황제에게 용서를 구할 거다. 그것으로 부족하다고 생각하면 주저 없이 우리를 팔아넘기겠지. 자기가 우리에게 이용당했다고 주장하면서. 우리가 먼저 선수를 쳐야 한다. 알겠느냐? 그러니 그녀를 보호한다느니 하는 말도 안 되는 소리는 하지 말란 말이다. 가문을 생각해라."

아쉬존은 규리하 가문도 팔디곤만큼 자주 가문을 말할지 궁금했다. 규리하 가문의 역사는 고아라짓 왕국 시대까지 거슬러 올라간다. 하지만 토프탈 가문의 역사는 30년도 되지 않았다. 팔디곤조차도 토프탈이라는 성을 가지고 태어나지 않았으며, 아쉬존은 토프탈이라는 성을 가지고 태어난 진짜 토프탈 가문 사람으로는 겨우 2대째다.

갑자기 아쉬존은 모든 것을 깨달았다는 느낌을 받았다. 그렇군. 아무도 인정해 주지 않으니 더 가문에 목을 매는 것이군. 공작으로 인정해 주지 않는 피지배자들 사이에서 홀로 공작이라고 주장하는 것처럼. 항상 모든 것이 사라질까 봐 불안해하고 두려워하는 겁쟁이 늙은이. 당신은 나무가 된 자, 하늘로 올라간 자, 죽은 채 싸웠던 자가 아니니까.

아쉬존은 와락 몸을 뺐다.

그 난폭한 동작에 팔디곤의 몸이 굳었다. 그는 활활 타오르는 눈으로 아쉬존을 바라보다가 나직하게 말했다.

"아쉬존."

"맞습니다."

"뭐라고?"

"저를 맞게 부르셨다고 했습니다. 저는 아쉬존입니다. 토프탈이 아닙니다."

팔디곤은 관자놀이에 핏줄을 세운 채 손자를 바라보았다. 일찍 죽은 아들 대신 그를 이을 유일한 후계자가 자신은 토프탈이 아니라고 말하고 있었다.

"토프탈 가문이 사라질까 봐 무서우셨지요."

"사라져? 시모그라쥬 공작가가?"

"시모그라쥬 공작가 같은 것은 없어요. 시모그라쥬 시민들의 첫 번째 벗이 있을 뿐이죠! 그래요. 그렇군요. 공작으로는 안 되니까 황제였군요. 황가로 만들어 두지 않으면 토프탈 가문이 사라질까 봐 무서우셨던 거죠? 왜냐하면 토프탈 가문은 할아버지가 마음대로 만들어 낸 거니까요. 그래서 돌아가시기 전에 저를 황제로 만들 생각이셨군요."

팔디곤은 분기탱천하여 버럭 고함을 질렀다.

"누가 그따위 허튼소리를 하더냐! 아니, 됐다. 사모 페이구나!"

"폐하를 더 이상 함부로 말하지 마세요!"

"닥쳐라! 더 이상 떠들지 마! 경비병!"

누각 아래에서 발소리가 들려왔다. 아쉬존은 계단 쪽을 보고는 다시 할아버지를 바라보았다. 팔디곤은 허리의 칼자루에 손을 얹은 채 고래고래 고함을 질렀다. 그는 달빛 때문에 미친 사람처럼 보였다.

"올라와서 아쉬존을 잡아라! 그리고 사모 페이를 붙잡아 와! 도망칠지도 모른다. 아니, 또 다른 사람의 귀에 독언을 흘려넣을

지도 모른다! 내 손자를 망가뜨린 그 간악한 여자를 잡아 와!"

아쉬존은 겁에 질렸다. 사모 페이에게 위해가 간다는 사실에 그는 생각할 겨를도 없이 바닥에 놓여 있던 촛대를 걷어찼다. 촛대는 계단으로 굴러떨어졌다. 아래쪽에서 병사들의 성난 고함이 들려왔다. 기막힌 표정으로 아쉬존을 보던 팔디곤은 손자가 난간 가까이 다가가는 것을 보고는 깜짝 놀랐다.

"아쉬존! 안 돼!"

그곳은 3층 누각이었다. 인간이 떨어졌다간 무사하기 어려운 높이였다. 아쉬존 또한 아래를 보고는 흠칫하며 멈춰 설 수밖에 없었다. 뒤로 물러난 아쉬존이 자신을 바라보자 안도하던 팔디곤은 다시 노여움을 느꼈다.

"정신 나간 녀석. 무슨 짓이야! 떨어지면 죽는단 말이야. 거기 얌전히 있어. 제발 어른스럽게……."

팔디곤은 말끝을 불분명하게 흐리고는 아쉬존을 똑바로 바라보았다. 아쉬존의 표정이 조금 바뀌어 있었다. 손자의 얼굴을 살피던 팔디곤은 갑자기 뜨끔하는 것을 느꼈다.

촤라랑 하는 요란한 소리와 함께 두 사람은 동시에 칼을 뽑아들었다.

앞으로 돌진하려던 아쉬존은 이미 칼을 뽑아 들고 있는 할아버지를 보고 발을 멈췄다. 두 사람은 서로 칼을 겨눈 채 마주 서게 되었다. 아쉬존은 할아버지의 재빠른 눈치에 혀를 찼다.

"젠장."

"젠장? 할아버지에게 칼을 겨누고 할 말이 그것뿐이냐!"

아쉬존은 그 말에 움찔했지만 곧 마음을 다잡고 말했다.

"다치시게 할 생각은 없습니다. 그냥 인질만 되어 주세요."

"이놈, 이놈! 이놈이 뚫린 입이라고······!"

배신감과 격분 때문에 팔디곤의 칼이 부르르 떨렸다. 칼을 놓칠 것 같은 느낌에 두 손으로 부여잡긴 했지만 공작은 쉽사리 진정하지 못했다. 토프탈 가문을 이을 손자였다. 황제가 될 손자였다.

'내가 너를 황제로 만들어 주려고 얼마나 애썼는데, 감히 내게 칼을 겨눠?'

팔디곤의 눈앞이 흐려졌다. 아쉬존이 촛대를 아래로 걷어차서 누각 위를 밝히고 있는 것은 새파란 달빛뿐이었다. 혼란스러워진 시야와 어둠 때문에 팔디곤은 손자의 모습을 똑똑히 볼 수 없었다. 만약 아쉬존이 달려들었다면 팔디곤은 제대로 반항하지도 못했을 것이다.

하지만 아쉬존은 달려들지 못했다. 어둠은 아쉬존에게도 불리하게 작용했다. 초가 있었다면 팔디곤의 혼란스러운 표정이 똑똑히 보였을 테고 그러면 아쉬존도 공격을 단행했을지도 모르지만 어둠은 팔디곤의 무력한 상태를 감춰 주고 있었다. 아쉬존은 자칫하면 그나 할아버지 중 한 명이 크게 다칠지도 모른다고 생각했다. 그런 사태까지는 바라지 않았다. 그가 머뭇거리는 동안 굴러떨어지는 촛대 때문에 멈췄던 병사들이 계단을 올라왔다. 아쉬존은 결심했다.

아쉬존은 칼을 버렸다.

칼이 바닥에 떨어지는 소리에 움찔하던 병사들이 곧 우르르 달려들었다. 아쉬존은 할아버지에게 두 손을 내밀며 말하려 했지만 달려든 병사들 중엔 성격이 급한 사람이 있었다. 그가 휘두른 주먹이 아쉬존의 뺨을 강타했다. 아쉬존은 입을 움켜쥐며 옆으로 쓰러졌다. 곧 우악스러운 손들이 쓰러진 그를 단단히 붙잡았다. 아쉬존은 입속 가득히 피맛을 느끼며 외쳤다.

"각하! 각하! 대호왕 폐하를 보호하십시오. 그러셔야 합니다!"

팔디곤은 어깨로 숨을 쉬며 병사들에게 짓눌려 있는 손자를 바라보았다. 흐려진 그의 눈에 들어오는 것은 꿈틀거리는 검은 덩어리였지만 손자의 간청은 똑똑히 들렸다. 그 말은 팔디곤을 미치게 만들었다.

'사과해야 한다. 용서해 달라고 말해야 한다! 너는 내게 칼을 겨누었다!'

아쉬존은 사과하지 않았다. 병사들의 무게 때문에 헐떡이며 계속해서 사모 페이를 보호하라고 외쳤다. 팔디곤이 갈라지는 목소리로 외쳤다.

"그만해!"

아쉬존이 입을 다물었다. 심상치 않은 말에 당혹해하던 병사들도 정신을 차려 시모그라쥬 공을 바라보았다.

"그놈을 데려가서 자기 방에 가둬! 내가 허락할 때까지 나오지 못하게 해라. 먹을 것도 주지 마!"

병사들은 명령을 수행하기 위해 아쉬존을 일으켰다. 버둥거리는 아쉬존을 힘겹게 끌고 가는 병사들을 보다가 팔디곤이 다시 고함을 질렀다.

"그놈을 가둬 놓은 다음 사모 페이를 붙잡아 와!"

"각하!"

"사모 페이가 우리를 배신했다. 자기가 살기 위해 황제에게 우리를 팔았다."

"거짓말이야! 믿지 마. 저자야말로 대호왕을 팔아 황제의 분노를 모면할 작정이야! 저 말을 따르지 마. 당신들은 대호왕을 지켜야 해! 누가 위기에 빠진 북부를 구했는지 생각해! 그때 저자는 에시올 산맥에서 다람쥐나 쫓고 있었어!"

"북부를 구했다고? 그랬는지도 모르지. 하지만 우리에게 황제가 없어진 북부로 쳐들어가라고 부추긴 것은 누구였나? 당장 데려가!"

병사들은 두 명의 시모그라쥬 공이 한 말을 논리적으로 분석하지는 않았다. 그들을 움직이게 한 것은 두 명의 시모그라쥬 공 중 팔디곤 토프탈이 명령권자라는 사실이었다. 아쉬존은 처절한 고함을 질렀지만 그 고함으로는 자신을 구하지 못했다. 그리고 사모도 구하기 힘들어 보였다.

"사모, 슬픈가?"
"사모, 슬픈가?"

사모 페이는 고개를 들어 갈바마리를 보았다. 갈바마리의 두 얼굴은 같은 근심을 담은 채 사모를 바라보고 있었다.

평생 동안 많은 놀라운 사람들을 만났지만 사모의 곁에서 가장 오랜 시간 동안 함께 있었던 것은 머리가 둘 달린 두억시니였다. 사모는 그 사실을 우스워해야 하나 생각했지만 갈바마리를 웃음의 소재로 삼는 것은 내키지 않았다. 사모는 약간 주저하다가 자기 자신을 웃음의 소재로 삼았다. 그건 웃을 만하다. 갈바마리 다음으로 그녀와 많은 시간을 함께한 것은 대호 마루나래였다. 그리고 그녀의 동생인 뇌룡공 륜 페이는 아스화리탈과 함께 나무가 되어 있다. 그녀의 생애 전체에서 가장 소중한 존재 셋이 모두 대화가 불가능한 존재라는 것은 확실히 웃기는 일이었다. 아니, 그중 하나는 좀 어설프게나마 대화가 가능하다. 사모가 말했다.

"나는 괜찮아."

갈바마리는 고개를 돌려 서로의 얼굴을 바라보았다.

"사모는."

"괜찮아."

"우리도."

"괜찮아."

갈바마리는 서로의 얼굴을 향해 히죽 웃었다. 그 모습을 보며 사모는 자신에게 미소를 보낼 수 있는 것은 참 멋진 일이라고 생각했다. 지금 그녀에겐 그 비슷한 일이 필요했다. 그녀는 사모에게 다 괜찮으니 걱정하지 않아도 된다고 말해 주고 싶었고 또한 사모에게서 그 말을 듣고 싶었다.

갈바마리는 듣지 못했지만 사모는 그녀를 향해 건네진 니름을 들었다.

〈폐하, 지셀 수교위입니다. 잠시 뵈러 가도 되겠습니까?〉

상당히 잘 감추고 있었지만 사모는 그 니름에서 불안감과 약간의 적의를 읽어 내었다. 좋은 일로 찾아오는 자라고 생각하기 어려웠다. 사모는 그들이 무슨 이유에서 오는지 짐작할 수 있었다.

〈와.〉

대답은 없었다. 사모는 그들이 찾아오는 짧은 시간 동안 그녀와 두 번째로 많은 시간을 보냈던 대호에 대해 생각했다.

마루나래는 어느 날 홀연히 사라지는 방식으로 사모의 곁에서 떠났다. 사모는 그 늙은 대호가 왜 모습을 감추었는지 알 수 있었다. 마루나래는 죽으러 그녀를 떠난 것이다. 홀로 고고히 죽을 시간이 다가오자 평생에 가까운 시간을 사모와 함께 보냈기에 반쯤 사람이나 다름없는 모습이 되었던 늙은 대호도 늙은 맹수로 돌아간 것이다. 마루나래가 사라진 이유를 짐작했기에 사모는 구태여 그 대호를 찾으려 애쓰지 않았다. 마루나래가 임종을 지키게 해 주었더라면 더 좋았을 것 같다는 아쉬움은 조금 느꼈지만 사모는 그것이 대호 마루나래의 방식일 거라 생각하기로 했다.

덕분에 사모는 가장 소중한 세 사람의 죽음을 모두 보지 않게 되었다. 마루나래는 스스로 자신의 죽음을 감추었다. 두억시니 갈바마리는 도대체 죽기나 하는 것인지 의심스럽다. 그리고 륜은…….

륜의 모습을 생각한 사모는 정신이 수천 갈래로 찢어지는 고통을 느꼈다. 아스화리탈과 함께 나무로 변한 그는 사모가 죽은 후에도 오랜 세월 동안 그런 모습으로 남아 있을지 모른다. 사모는 자신의 뼈와 살이 흙먼지로 바뀐 후에도 하텐그라쥬의 외로운 나무로 남아 있을 륜에 대해 생각하는 것이 끔찍했다.

'군령자가 되고 싶다고 생각한 적도 있었다. 륜. 네가 다시 사람으로 돌아올 수 있을 때까지 이 사람, 저 사람의 몸을 전전하며 영원히 기다리고 싶다고 생각했다.'

갈바마리가 두 개의 머리를 동시에 돌렸다. 다가오는 발소리를 들은 것이다. 하지만 소리에 관심 없는 사모는 자신의 내면만 바라보았다.

'정말 그러고 싶었어.'

갈바마리가 벌떡 일어섰다. 그의 두 팔끝에 달린 털무더기 사이에서 기다란 뿔이 솟아 나왔다. 사모는 갈바마리를 제지하듯 손을 들었다. 뿔은 다시 안으로 사라졌지만 갈바마리는 안정하지 못했다. 그리고 사모는 갈바마리를 진정시킬 말을 떠올릴 수 없었다.

'류, 정말 고통스러워.'

문이 벌컥 열렸을 때 사모는 반가움을 느꼈다. 그 덕분에 류에 대한 생각에서 잠시라도 벗어날 수 있게 되었으니까. 사모는 사이커를 빼 든 채 걸어오는 나가 병사들을 두려움 없이 마주 보았다.

비나간 사람들은 황제의 귀환을 어떻게 받아들여야 할지 알 수 없었다.

그들과 많은 관련이 있기 때문에 그들은 항상 흑사자군과 시모그라쥬군의 동정에 관심을 가졌으므로 꽤 먼 거리인데도 엔거 평원에서 벌어진 일은 이내 비나간에도 전달되었다. 황제가 자신의 부재 동안 일어난 시모그라쥬공의 행위를 용서하지 않으리라는 상식적인 전망은 그 소식으로 인해 사실로 판명되었다. 사실 다른 전망이 있기도 어려운 일이었다. 하지만 비나간 사람들은 자신의 행위에 대해, 정확하게 말하자면 독행왕 지키멜 퍼스의 행위에 대해 황제가 어떻게 반응할지 도무지 짐작할 수 없었다. 시모그라쥬군이 만약 비나간에 발을 들여놓았다면 그에 맞서 싸운 비나간은 당연히 정당한 자기 방어의 권리를 행사한 셈이다. 그런데 문제는 비나간이 자기 방어를 한 일이 없다는 사실이다. 시모그라쥬군은 남부의 많은 도시를 침략하고 북부로 올라와서 엔거와 키탈저를 점령했으며 유료도로당의 징수소들을 파괴하는 등 대단히 인상적인 전과를 보여 주었지만, 비나간에는 한 발도 들여놓지 못한 채 흑사자군에게 쫓겨났다. 시모그라쥬군을 막기 위해 군사를 모은 지키멜의 행동은 명분을 상당히 깎이게 되는 것이다. 그렇다 해도 흑사자군의 출현을 예상할 수는 없는 노릇이므로 지키멜의 군대 모집이 완전히 잘못되었다고 말할 수는 없다. 그런데도 문제는 남아 있다. 지키멜이 독행왕의 이름으로 군대를 모았다는 사실이 그것이다.

칭왕은 칭황과 얼마나 다를까? 어떤 비나간 인들은 황제가 아니니까 용서받을 수 있다고 말했고 또 다른 비나간 인들은 황제든 왕이든 똑같이 용서받기 어렵다고 말했다. 비나간 인들을 형식주의자와 실질주의자로 나누는 기준이 만들어진 셈이다. 군대를 원활하게 모으기 위해 어쩔 수 없이 왕명을 사용한 것이니 용서받을 수 있다고 말하는 자가 있는가 하면 지키멜의 칭왕에 내포된 분리주의적 정신이 황제를 참을 수 없게 만들 거라고 말하는 자들도 있었다. 그들 사이에는 비나간 인들을 현실주의자와 원칙주의자로 구분하는 선이 있었다. 뭉뚱그려 본다면 결국 낙관주의자와 비관주의자다.

지키멜 퍼스는 자신이 낙관주의자여야 하는지 비관주의자여야 하는지 알 수 없었다. 비관주의자가 되려면 비관적 미래에 대응할 수단을 준비해야 될 테지만 그녀에겐 흑사자군이나 엔거 평원에 나타났다는 정체 모를 군세에 대항할 수단이 없었다. 아무 대응책이 없다면 차라리 낙관주의자가 되는 편이 정신 건강에 이로울 것이다. 하지만 황제는 그녀가 낙관주의를 즐기도록 내버려두지 않았다.

무수한 레콘들이 비나간으로 진군하고 있다는 소식은 지나치게 늦게 도착했다. 레콘들은 자신들의 엄청난 속도로 풍문의 속도를 앞지르며 달려왔다. 그들이 사라티본 부대이며 스카리 빌파의 지휘를 받고 있다는 사실이 독행왕에게 전달되었을 때는 이미 그들이 비나간까지 하루 거리를 남겨 둔 시점이었다. 지키멜의 입장에서는 '내일 스카리 빌파와 레콘들이 옵니다.'라는 보고밖에 받지 못한 셈이다. 지키멜은 가장 중요한 것, 즉 그들이 왜 오는지에 대해서는 알 수 없었다.

지키멜은 한 시간 동안 자기 방에 틀어박혀 고민한 다음 밖으로 나왔다. 그녀의 명령서를 받은 전령이 파기보릭 성으로 질주했다. 파기보릭 성에 주둔하고 있던 비나간군은 상대방에게 어떤 적대적 행동도 하지 말 것이며 만약 상대가 공격을 가하면 즉각 항복하라는 지키멜의 명령서를 받고 당황했다. 하지만 그들 중 정직한 이들은 안도감을 숨기지 않았다. 파기보릭 성에서 넘어지면 코 닿을 거리에 야영하고 있는 사라티본 부대의 모습은 그 어떤 저항도 분쇄할 수 있는 강력한 힘을 형상화해 놓은 듯한 것이었다. 그 병력에 맞서 저항한다는 것은 자살 행위였다.

다음 날 아침 파기보릭 성으로 진군한 스카리 빌파도 상대편이 아무 저항을 하지 않는 것에 놀라지 않았다. 그가 받은 명령은 비나간 인을 학살하라는 것이 아니라 지키멜 퍼스를 체포하고 비나간을 장악하는 것이므로 스카리는 살육을 피하기로 했다. 팔리탐 지소어도 그 결정에 동의했다. 스카리는 그 동의가 정확히 누구 것인지 묻고 싶은 것을 억누를 수 없었다.

"태위의 동의인가, 아니면 팔리탐의 동의인가?"

두 사람은 사라티본 부대를 뒤에 둔 채 파기보릭 성을 바라보고 있었다. 팔리탐은 말고삐를 만지작거리며 주위를 살짝 둘러보았다.

"각하, 태위님의 존재에 대해서는 함부로 말씀하지 않는 것이 좋습니다. 각하 곁에 있을 때 저는 언제나 팔리탐입니다."

"아버지는 네 녀석을 신뢰했고 사라티본 부대의 육성을 맡겼어. 그런데 네가 발케네 공략을 도울 태위를 속에 품고 있었다니······."

스카리는 말꼬리를 흐렸다. 팔리탐은 나 때문에 살게 된 것 아니냐고 말하지 않았지만 스카리는 누구보다 그 사실을 잘 알고 있었다. 팔리탐은 황제의 태위와 협상하여 원래 패망하기로 되어 있던 빌파 가문을 구해 내었을 뿐만 아니라 락토 빌파의 암살을 눈감아 줌으로써 스카리를 보호했다. 그런 상황에서 스카리는 팔리탐을 비난하기 어려웠다. 하지만 하릴없이 분노를 참는 것은 스카리의 성격에 맞는 일이라고 할 수 없었다. 파기보릭 성을 노려보던 스카리는 자신이 분노해야 하는 이유를 열심히 궁리했다. 곧 그것이 떠올랐다.

'저놈은 나의 부냐를 황제에게 바쳤어.'

모순된 말이지만 스카리는 분노할 수 있게 되어서 환호하고 싶었다. 팔리탐 지소어는 부냐를 또다시 황제의 수인으로 만들었다. 스카리가 팔리탐에게 어떤 은혜를 입었건 그것만은 용서할 수 없다. 왜냐하면 부냐 헨로는 스카리에게 자신보다 더 소중하므로. 스카리는 절대로 용서하지 않으리라는 결심을 담아 팔리탐을 노려보고 말했다.

"1개 대대를 뒤에 남겨 두고 후작궁으로 가자. 혹 성을 빠져나와 배후를 공격할지도 모르니까."

그 명령은 팔리탐을 통해 다시 힌치오에게 전달되었다. 힌치오

무거운 것과 무서운 것 69

는 야키보로가 이끄는 3대대를 뒤에 남겨 두었다. 사라티본 부대가 비나간 시를 향해 움직이는 것을 똑똑히 보았지만 파기보릭 성의 비나간군은 움직이지 않았다. 뒤를 흘깃 바라본 팔리탐이 스카리에게 말했다.

"후작은 저항을 포기했나 보군요. 비나간 인을 보호하려면 그것이 옳은 결정입니다."

스카리는 대답하지 않았다. 나는 너를 죽을 때까지, 아니 그 후에도 증오할 거다. 스카리의 굳은 얼굴을 본 팔리탐은 가면 뒤에서 쓰게 웃고 입을 닫았다.

척후병으로 나갔던 병사가 돌아와서 한 보고도 팔리탐의 예상과 같았다. 척후병은 시내 어디에도 저항의 흔적이 없다고 보고했다. 보고를 들은 스카리는 사라티본 부대와 함께 비나간 시내에 들어가겠다고 선언했다. 팔리탐은 레콘들 틈에 있는 인간은 두드러지게 잘 보여 저격의 대상이 되기도 쉬우니만큼 레콘들만 들여보내자고 했지만 스카리는 그런 암습은 없을 거라고 주장했다.

"비나간 인들은 사라티본 부대에게 보복당할 일을 하지 않을 걸?"

팔리탐은 그 말을 부정할 수 없었다. 스카리는 사라티본 부대로 하여금 4열 종대로 뒤따르게 한 채 전투 중의 지휘관이라면 절대로 서지 않는 자리, 즉 행렬의 가장 앞쪽에서 말을 걷게 했다. 행군이 아니라 개선식 같은 모습에 팔리탐은 가면 뒤에서 한숨을 내쉬었다. 그리고 팔리탐은 혹여나 스카리에게 기습이 일어날 경우를 대비하여 힌치오와 함께 스카리의 바로 뒤편에서 걸었다.

비나간 시내 어디에서도 저항은 없었다. 물론 환영객도 없었다. 그들이 걸어가는 거리는 텅텅 비어 있었다. 하지만 문틈이나 창문틈을 통해, 아니면 어두운 골목 언저리에 숨은 채 그들을 훔쳐보는 많은 시선을 느낄 수 있었다. 팔리탐은 다시 저격에 대한 걱정으로 신경이 곤두섰지만 스카리 빌파는 아무 걱정도 두려움도 없는 모습으로 당당하게 걸어갔다. 조금 전 그 때문에 한숨을 내쉬었는데도 팔리탐은 스카리의 그런 무모할 정도로 용감한 모습에 혀를 내두르고 싶었다. 팔리탐은 조심스럽게 건의했다.

"몇 사람을 후작궁에 먼저 보내는 것이 어떻겠습니까?"

스카리는 귀찮다는 투로 말했다.

"또 걱정인가? 바깥의 성에서도, 시내에서도 하지 않았던 저항을 후작궁에서 한다고?"

"방문 예고라고 생각하시지요."

"그럴 필요 없어. 후작궁에 가장 먼저 들어가는 것은 나다."

"문 뒤편에……."

"아무도 없을걸?"

스카리의 말대로였다.

후작궁의 정문은 활짝 열려 있었다. 팔리탐은 어디서도 매복의 흔적을 찾지 못했고 그런 감에서는 그보다 훨씬 우수한 힌치오도 수상한 느낌은 없다고 말했다. 양쪽으로 활짝 열린 문을 통해 안으로 들어서자 그들은 처음으로 모습을 완전히 드러낸 비나간 인을 보게 되었다.

비무장이 분명한 모습으로 포석 깔린 마당 한가운데 서 있던 청년은 말을 타고 최선두에서 걸어오는 스카리에게 허리를 꾸벅했다. 스카리는 손을 들었고 힌치오는 뒤따르는 병사들을 정지시켰다. 허리를 숙였던 청년이 말했다.

"팩스벗 졸다비라고 합니다. 독행왕 폐하께 안내하겠습니다."

스카리는 콧방귀를 뀌었다. 독행왕이 아닌 비나간 후 지키멜 퍼스라고 말하고 싶었지만 말을 마친 팩스벗은 그대로 몸을 돌려 걸어갔다. 그를 다시 붙잡아 세워 호칭을 정정하는 것도 좀 우스꽝스럽다고 생각한 스카리는 행동으로 팩스벗의 생각을 바꿔 주겠다고 생각했다. 그는 팩스벗의 뒤를 따라 말을 움직였고 팔리탐 지소어와 힌치오, 사라티본 부대도 그 뒤를 따라 걸음을 옮겼다.

궁전 안에서도 환영객 같은 사람은 볼 수 없었지만 팩스벗은 호의적으로 행동했다. 그는 많은 레콘들이 쉽게 움직일 수 있도록 넓은 길을 골라 안내했다. 그 뒤를 따라가면서 팔리탐은 마지막 걱정이 사라지는 것을 느꼈다. 그는 후작궁 내부의 지리를 잘 모르는 그들을 좁은 곳에 가둬 두고 소화차로 공격해 온다는 가능성에 대해 걱정하고 있었다. 그런 공격으로 사라티본 부대를 곤경에 빠트리기는 어렵겠지만 스카리 빌파에게 위해가 갈지도 모르는 혼란 정도는 만들어 낼 수 있다. 하지만 팩스벗은 매복이 힘든 개방된 장소를 통해 그들을 안내했다. 곧 그들은 낮은 담으로 둘러싸인 커다란 마당에 도착했다. 그 담은 레콘에겐 전혀 장애물이 되지 않는 것이기에 팔리탐은 걱정하지 않았다.

팩스벗은 말없이 마당 맞은편에 있는 건물을 가리켰다. 팩스벗의 손짓을 따라 이층 노대를 본 스카리는 그곳에 서 있는 젊은 여자를 발견했다. 잠깐 동안 그는 그녀가 정말 지키멜 퍼스일까 의심했다. 그녀는 단순하게 뒤로 땋아 내린 머리에 활동적이라는 것이 유일한 호평이 될 수 있는 수수한 옷을 입고 있었다. 왕으로 자칭한 자가 입을 만한 옷은 아니었다. 스카리가 팩스벳에게 다시 묻는 시선을 보내자 팩스벳은 고개를 끄덕였다. 스카리는 혀를 찼다.

"나라면 최고로 화려하게 입었을 텐데. 패배도 위엄 있게 맞이해야지."

팔리탐이 대답했다.

"용서를 구하기 위해 저렇게 입고 있나 보지요."

"그런 것치고 자세가 불량하군. 바닥에 무릎을 꿇고 있어야지 노대에서 내려다보다니. 확인해 보지."

스카리는 말을 몰아 앞으로 두어 걸음 나갔다. 노대에 있는 여자는 한 손을 난간에 얹은 채 고요히 그들을 내려다보고 있었다. 여자의 얼굴은 약간 창백했지만 떨고 있지는 않았다.

"나는 발케네 공 스카리 빌파다. 그대는 누구인가?"

여자는 약간 지체한 다음 조용히 말했다.

"짐은 독행왕 지키멜 퍼스다."

용서를 구하는 말투라고 할 수 없는 지키멜의 말을 듣자 스카리는 이맛살을 가볍게 찌푸렸다. 그때 스카리는 뒤쪽에서 들려오는 속삭임을 들었다.

"힌치오, 혹 저 여자가 뛰어내리면 붙잡으시오."

팔리탐의 속삭임을 들은 스카리는 새로운 관점으로 지키멜의 위치를 바라보았다. 노대는 단순히 내려다보기 좋은 높이만은 아니었다. 스카리는 노대에서 바닥까지의 높이를 가늠해 보았고, 포석이 단단하게 깔린 바닥의 단단함을 짐작해 보았다. 그리고 그는 어조를 약간 부드럽게 바꿨다.

"당신이 사용하고 있는 호칭에 대해 불쾌해하는 분이 있다. 지키멜."

"황제 폐하 말인가?"

"그렇다. 나는 치천제 폐하의 명에 따라 그대를 체포하러 왔다. 부탁이니 귀족답게 행동하길 바란다."

지키멜은 무거운 표정으로 스카리를 내려다보았다. 조금 후 난간에 얹어 둔 지키멜의 팔이 천천히 올라왔다.

항복을 표시하는 것치곤 팔 하나가 부족하다. 그녀가 들어 올린 것은 오른팔뿐이었으니까. 그리고 그 팔은 끝까지 올라가지도 않았다. 그것은 올라가는 대신 스카리를 향해 똑바로 뻗었다. 의아한 표정으로 바라보는 스카리를 향해 독행왕은 주먹을 쥐어 보였다.

그리고 독행왕은 검지와 중지 사이로 엄지를 내밀었다.

스카리는 등자를 꽉 짓밟은 채 상체를 앞뒤로 흔들며 숨막히게 웃었다. 힌치오뿐만 아니라 팔리탐과 사라티본 부대의 모든 레콘도 스카리의 반응에 당황하여 침묵했기 때문에 그 웃음소리는 꽤나 또렷하게 들렸다. 지키멜은 그런 스카리를 내려다보다가 손을 끌어당겨 허리에 얹었다.

한참을 웃고 난 스카리는 거친 신음 같은 한숨을 내쉬고 눈 주위를 닦았다. 그는 지키멜을 바라보며 말했다.

"왼손잡이가 아니라면, 왼손으로 밥 먹는 법을 연습해야 할 거다, 지키멜."

허리를 짚고 있던 지키멜의 오른쪽 손목이 그녀의 의지와 상관없이 꿈틀했다. 지키멜은 자신의 손목에 화를 내며 아랫입술을 깨물었다. 스카리는 맑은 미소를 지었다.

"잘리고 싶은 것 더 없어?"

지키멜은 심호흡을 하고 배에 힘을 꽉 주었다.

"혀도 취급하나?"

"다른 사람이 씹던 음식 찌꺼기 묻어 있는 것 만지고 싶지는 않은데. 한번 놀려 봐. 들어 본 다음에 결정하지."

"너는 멍청한 개자식이다. 스카리 빌파."

"좋은 시작이야."

스카리는 조금도 미소를 흐트러뜨리지 않았다. 지키멜은 난간을 짚은 채 상체를 불쑥 내밀었다.

"무슨 이유로 황제의 주구 노릇을 하고 있는지는 모르지만 그건 상관없어. 간식거리 삼아 지성을 씹어먹는 것이 아니라면 생각을 해 봐. 짐이 들은 소문의 반이라도 사실이라면 엔거 평원에 치천제가 타고 나타난 물건은 유사 이래 비교할 것이 없는 대량 파괴 병기야."

스카리는 그게 어쨌다는 거냐는 표정을 돌려주었다. 가슴을 쥐어뜯고 싶은 기분을 느끼던 지키멜은 스카리의 뒤편에 도열한 수천의 레콘들을 보았다. 지키멜은 중요한 사실을 깨달았다. 스카리 빌파는 유사 이래 비교할 부대가 없는 최강 부대의 소유자다.

'비나간에 도대체 무슨 저주가 내렸기에 이런 작자들만 찾아오지? 흑사자군을 보고 놀란 심장도 아직 진정시키지 못했는데. 어디에도 없는 신이여, 왜 이렇게 끔찍한 힘을 가진 자들이 사람이 사는 땅 위를 횡행하는 겁니까?'

"그래. 너도 대단히 강력한 힘을 가지고 있군. 하지만 네 경우에 비춰 황제를 해석하지는 마. 스카리, 황제는 너와 달라."

"하고 싶은 말이 뭐야?"

"황제가 왜 대량 파괴 병기를 가져야 하지? 공식적으로 황제의 적은 도시 연합이야. 하지만 제국에는 이백만 제국군이 있어. 나가들이 절대로 넘어올 수 없는 한계선도 있지. 황제가 도시 연합에 대비해서 그런 것을 만들 필요는 없었어. 황제가 누구에게 쓰려고 그런 무서운 것을 만들었는지 생각해 봐. 황제의 적이 누구지?"

팔리탐 지소어는 가면 뒤에서 얼굴을 꿈틀거렸다.

말리를 보기 전이었다면 팔리탐은 지키멜의 질문에 간단히 대답했을 것이다. 황제의 적은 분리주의자와 서약 지지파, 그리고 언제나 그녀에게 불손한 발케네였다. 황제는 첫째와 둘째 적은 이미 분쇄했다. 쥐딤에서는 분리주의를 격퇴했고 규리하에서는 서약 지지파를 고사시켰다. 그 위업을 놓고 볼 때 그녀가 마지막 적 또한 간단히 물리칠 거라 판단한 팔리탐은 빌파 가문이라도 살려 내기 위해 태위의 영을 받아들였다.

하지만 말리를 목격한 지금 지키멜의 질문을 듣자 팔리탐은 혼란을 느꼈다. 말리는 쥐딤에서도, 규리하에서도 나타나지 않았다. 황제만을 위한 무기가 황제의 적을 쳐부수는 자리에 나타나지 않은 것이다. 그리고 발케네 침공 당시에도 말리는 나타나지 않았다. 그렇다면 그토록 엄청난 비용을 들여서 제작한 병기로 대비해야 하는 적은 도대체 누구인가?

"짐이 대답해 주지. 황제의 적은 제국이다."

지키멜의 명쾌한 말에 팔리탐은 소름이 돋는 것을 느꼈다. 그때 갑작스럽게 그의 입이 자신의 통제를 벗어났다. 그의 내부에 있는 군령 중 하나가 갑자기 입을 사용한 것이다.

레이헬 라보 태위가 가면 안쪽에서 속삭였다.

"재미있는 말을 하는 처녀로군."

스카리는 한 손으로 턱을 만지작거리며 지키멜을 바라보았다. 거리가 멀었지만 지키멜은 스카리의 눈에 떠오른 호기심을 볼 수 있었다. 지키멜은 열렬하게 말했다.

"그리미 마케로우라는 천재가 자신의 천재성을 극한으로 발휘하여 억지로 만들어 놓은 아라짓 제국은 결코 그녀 없이 성립할 수 없어. 황제와 제국 정부는 그것을 부정하겠지만, 사실 그 사실을 가장 잘 알고 있는 것은 선황의 뒤를 이은 치천제 자신이야. 짐은 하이스 대학에서 법률을 공부했다. 그래서 아라짓 제국의 법률은 원시제 재위 12년 동안 다 만들어졌고 그 이후로는 한 가지도 새로 만들어진 것이 없다는 것을 알고 있지. 법률 외에 다른 부분도 마찬가지야. 치천제와 제국 정부가 사소한 것 외에 괄목할 만한 변경을 보여 준 적이 있나? 그런 것은 하나도 없어. 당연하지. 그들은 결코 천재의 작품을 개량할 수 없어. 그래서 그들은 제국을……."

"피를 마시는 새로 만들었다고?"

팔리탐과 힌치오는 지금까지 지키멜에게 보내던 주의를 스카리에게 옮겼다. 키탈저 사냥꾼의 후예로 자부하는 자들의 지배자이기에 그 이야기를 알고 있던 지키멜은 고개를 끄덕였다.

"키탈저 사냥꾼의 옛이야기를 알아? 좋은 비유지."

"망부께서 그러셨지. 원시제의 위대한 작품은 피를 마시는 새가 되었다고."

"암살공이? 놀랍군. 암살공의 말이 맞아. 치천제는 자신이 원시제의 아라짓 제국을 도저히 발전시킬 수 없다는 것을 알고 있었지. 그래서 치천제는 처음부터 그것을 포기했어. 대신 황제는 재위 20년 동안 무기만 만들었어."

팔리탐은 다시 몸에 경련이 일어나는 것을 느꼈다. 말리의 냉동실에 누워 있는 아라짓 전사들은 치천제의 심장 적출식 때 모집된 자들이다. 즉 치천제가 황위에 등극하자마자 가장 먼저 한 일이 바로 자신만의 병력을 모은 일인 것이다.

"그렇게 만든 것이 바로 엔거 평원에 나타난 하늘치야. 왜 그런 무기를 만들었을까? 스스로 무너져 내리는 제국이 바로 그녀의 적이기 때문이야. 그래서 제국을 부서지게 만드는 요인을 계속 공격해야 하지. 하지만 그 요인들도 제국이야. 너는 제국의 적을 돕고 있는 거야! 제국의 적은 도시 연합이 아니다. 치천제야말로 제국의 적이다!"

단숨에 가슴속의 말을 토해 놓은 지키멜은 숨을 몰아쉬며 스카리를 바라보았다. 그는 안장 위에 두 손을 얹은 채 그녀를 물끄러미 올려다보고 있었다. 지키멜이 격한 긴장감 때문에 몸이 싸늘해지는 것을 느꼈을 때 스카리가 손을 들었다.

짝, 짝, 짝.

스카리는 박수를 쳤다. 지키멜은 그것이 무슨 뜻인지 알 수 없었다. 팔리탐과 힌치오, 그리고 조금 떨어진 곳에 서 있던 팩스벗과 사라티본 부대의 레콘들도 의아한 표정으로 스카리를 바라보았다. 스카리가 말했다.

"연습 잘 끝냈나?"

"연습이라고?"

"나한테 연습해 봤으면 이제 황제에게 가서 말해. 내가 데려다주지."

지키멜은 따귀를 맞은 듯한 표정을 지었다.

"너……."

"너는 패배자야, 지키멜 퍼스."

스카리는 싸늘하게 말했다.

"네가 틀림없이 굉장하다고 생각하고 있을 그 사상은 네 패배를 조금도 바꾸지 못해. 너는 약해. 너에겐 힘이 없어. 더 영리해서 다른 멍청한 자들보다 더 잘 볼 수 있는 사람으로서 패배하고 싶다면 그렇게 해. 상관없으니까. 한 가지 알려 줄까? 자기 영리함을 주장하는 대신 입 꽉 다문 채 칼날을 가는 녀석이 더 무섭고 신경 쓰이지. 자기가 옳고 바르다고 주장하는 약자 따위는 신경 쓸 가치도 없어. 이봐. 네 사상을 말하고 싶다면 이긴 다음에 하라고."

지키멜은 턱을 미세하게 떨며 스카리를 노려보았다. 조금 후 그녀는 침을 퉤 뱉고 노대 저편으로 사라졌다. 스카리는 히죽 웃었다.

"자살도 못할 주제에. 힌치오, 들어가서……."

스카리는 끝까지 명령하지 못했다. 맹렬한 진동음이 들려왔기 때문이다.

'프라라라락!' 하는 거친 소리에 팔리탐은 움찔했다. 그 소리에서는 가공할 힘이 느껴졌다. 그는 스카리를 보호하기 위해 말을 앞으로 몰았다. 그때 스카리가 말했다.

"설마?"

한때 하늘누리의 경비병이었던 스카리에게 그 소리는 익숙했다. 하늘누리에 있을 때 스카리는 때에 따라서 하루에도 몇 번씩 그 소리를 들었다. 하늘누리를 떠나거나 돌아오는 그 맹렬한 소리를. 그때 소리의 주인공이 나타났다.

노대를 박차고 날아오른 것은 거대한 딱정벌레였다.

비록 무엇이 나타날지 짐작하고 있었지만 스카리는 놀라고 말았다. 노대에서 뛰쳐나온 딱정벌레는 그가 하늘누리에서 지겹게 보았던 것과는 종이 다른 것이 아닌가 싶을 만큼 거대했다. 그리고 딱정벌레를 몰고 있는 갑충사 또한 대단한 체격이었다. 하지만 그것은 분명히 딱정벌레였다. 스카리는 갑충사의 뒤편에 있는 지키멜을 보고 포효하듯 외쳤다.

"힌치오! 잡아!"

힌치오는 이쑤시개를 들어 올렸다. 하지만 그것은 딱정벌레가 내려올 경우에 대비한 방어 자세였다. 스카리가 바라는 것은 힌치오가 뛰어올라 그것을 격추시키는 것이었기 때문에 꼼짝도 하지 않는 힌치오의 모습에 격분했다. 스카리가 힌치오를 꾸짖으려 할 때 새로운 진동음, 딱정벌레 날개 소리가 들렸다.

노대 쪽을 본 스카리는 두 번째 딱정벌레가 날아오르는 것을 보았다. 스카리는 자세히 살필 겨를도 없이 외쳤다.

"힌치오!"

하지만 힌치오는 여전히 움직이지 않았다. 그동안 딱정벌레들은 레콘의 도약으로 닿기에는 어림도 없는 높이까지 치솟아올랐다. 분노 속에서 딱정벌레의 상승을 보던 스카리는 말을 몰아 힌치오에게 달려갔다.

"이 겁쟁이 녀석!"

힌치오의 벼슬이 뻣뻣해졌다. 말 위에 앉아 있어도 올려다봐야 하는 그 모습에 스카리는 약간 주눅이 들었다. 하지만 분노는 사그라지지 않았다. 그가 힌치오의 나약함에 대한 폭언을 펼쳐 놓으려 할 때 팔리탐이 다가와 주군의 팔을 쥐었다.

"각하, 그러지 마십시오."

"이놈은 딱정벌레가 내려올까 봐 겁을 집어먹고 꼼짝도 하지 않았어!"

"아닙니다. 힌치오는 일부러 공격하지 않은 겁니다."

"뭐? 그게 무슨 말이야?"

힌치오는 불만스럽게 부리를 탁 부딪쳤다. 팔리탐은 차근차근 설명하듯이 말했다.

"도깨비들 앞에서 유혈 사태를 일으킬 수는 없지 않습니까, 각하."

"도깨비? 도깨비라니, 무슨 소리를…… 도깨비라고?"

스카리는 황급히 하늘을 올려다보며 자신이 보았던 것을 떠올렸다. 남달리 거대한 그 딱정벌레 위에는 역시 대단한 체구의 갑충사가 있었다. 아냐, 그건 갑충사가 아니라 대단한 체구의 도깨비였나?

"도깨비였어?"

"도깨비였습니다. 그리고 저 크기로 보니 딱정벌레를 가장 잘 키워 내는 곳의 딱정벌레인가 보군요."

최고의 딱정벌레를 키워 내는 곳이 어디인지는 누구나 안다. 스카리는 어이없다는 투로 말했다.

"즈믄누리?"

즈믄누리의 강한 딱정벌레들은 순식간에 하늘로 솟아올랐다. 지키멜은 숨이 막힐 것 같았다. 눈앞이 어두워지는 것을 느끼며 그녀는 앞에 있는 도깨비가 자신이 태우고 있는 승객이 약한 인간이라는 것을 까먹고는 도깨비나 견딜 수 있는 속도로 상승하는 것이 아닌지 의심했다.

하지만 도깨비는 인간 승객에 대해 확실히 인지하고 있었다. 지키멜이 기절한 채 떨어질지도 모른다는 두려움을 느꼈을 때 딱정벌레의 상승 속도가 느려졌다. 그리고 고속 상승을 그대로 전진으로 바꾸었다. 지키멜은 도깨비의 허리를 감싸안은 채 안도했다. 문득 지키멜은 시오크를 떠올리고 뒤를 돌아보았다.

하지만 뒤를 돌아보자마자 지키멜은 다시 눈앞이 캄캄해지는 것을 느꼈다. 그들은 이미 600미터 고도에 도달해 있었다. 조그맣게 보이는 지상의 사물들과 쑥 내려간 지평선을 지키멜은 똑바로 볼 수 없었다. 지키멜은 도깨비의 허리를 더욱 거세게 움켜쥐었다.

결국 도깨비가 참지 못했다. 도깨비는 지키멜의 손등을 툭툭 쳐서 주의를 환기시키고 뒤를 돌아보았다. 그는 입을 벙긋거렸다. 하지만 지키멜은 아무 말도 들을 수 없었다. 그녀의 양쪽에서 폭풍처럼 펄럭이는 날개의 소음 때문에 대화가 불가능했다. 지키멜은 도깨비의 입 모양을 읽어 보려다가 포기하고 스스로 말했다.

'소리를 좀 줄일 수 없어?'

지키멜의 목소리 또한 들리지 않았지만 입술을 읽는 일에 능숙한 도깨비는 곧 그녀의 뜻을 이해했다. 도깨비는 딱정벌레에게 몇 가지 지시를 보냈다. 그것이 무슨 지시일지 궁금해하던 지키멜은 딱정벌레가 갑자기 날개를 접자 비명을 지르고 말았다.

"악!"

지키멜은 자신의 비명에 놀랐다. 그녀는 다시 좌우를 돌아보았다. 딱정벌레가 접은 것은 속날개뿐이었다. 여전히 펼쳐 놓은 겉

날개를 바람에 실어 딱정벌레는 활강 비행을 하고 있었다. 도깨비가 추락 명령을 내린 것이 아니라는 것을 알고 지키멜은 안도하며 말했다.

"기유 구마리!"

"예, 각하."

"겉날개만으로 날아도 안전한가?"

얼굴을 때리는 바람 때문에 지키멜은 상당히 힘겹게 말했다. 하지만 기유는 딱정벌레의 등이 아니라 응접실에라도 앉아 있는 것처럼 편안하게 말했다.

"물론이지요. 바람이 썩 괜찮은 편입니다, 각하. 잠깐 동안은 활강 비행만으로도 꽤 멀리 갈 수 있을 겁니다."

"어, 시오크는. 잘 따라오고 있어?"

고개만 조금 돌리면 볼 수 있다고 말하려던 기유는 곧 지키멜의 상태를 깨달았다. 어쨌든 이것은 지키멜이 처음 경험하는 비행이었다. 그녀는 기유의 등 말고는 아무것도 볼 수 없었다. 기유는 그녀를 대신하여 뒤를 살폈다. 그곳에서는 시오크를 태운 또 다른 도깨비가 역시 활강 비행으로 따라오고 있었다.

"예, 잘 오고 있습니다. 그런데 각하, 제 허리를 단단히 붙잡으시는 것은 저도 바라 마지않는 일입니다만 그렇게 꼬집으면 제가 힘듭니다."

"아, 미안해."

"제 허리띠를 붙잡으세요. 그러면 될 겁니다. 예, 각하. 손을 넣고…… 좋습니다. 안심되시지요?"

지키멜은 기유의 명령대로 했다. 안심이 되기는커녕 불안하기 짝이 없었지만 그런 불평을 늘어놓을 여유가 없었다. 기유가 말했다.

"주위를 한번 둘러보세요, 각하. 기분이 아주 좋을 겁니다."

지키멜은 어처구니없다는 듯 이마로 기유의 등을 눌렀다.

"괜찮다면 그 기분 좋은 일은 조금 있다가 시도하지. 계속 이렇게 조용하게 날 수 있나?"

"아니요. 조금 후에 다시 속날개를 꺼내야 할 겁니다. 그러면 아까 경험하셨던 것처럼 굉장히 시끄러워집니다."

"그래? 알겠어. 그럼 말할 수 있을 때, 우리 목적지를 말해 둬야겠군."

"저도 그래 주시길 바랍니다. 즈믄누리로 가는 것은 아니라고 하셨는데, 그러면 어디로 갑니까?"

"규리하로."

"규리하요?"

"그래. 즈믄누리의 무사장이 규리하에 있잖아."

지키멜은 기유가 왜 무사장이 필요하냐고 물을 거라 생각했다. 그 질문에 대한 답을 몇 가지 준비해 두었지만 지키멜은 그중 어느 것도 마음에 들지 않았다. 그러나 기유는 질문하지 않았다.

"알겠습니다. 규리하로 모시겠습니다."

지키멜은 알지 못했지만 그녀의 간곡한 요청에 의해 즈믄누리에서 보내 준 도깨비들은 원래 몽화각의 도깨비였다. 또한 지키멜은 몽화각의 도깨비들은 질문보다 관찰을 즐긴다는 것도, 그래서 기유가 관찰의 즐거움을 느끼기 위해 지키멜의 설명을 일부러라도 막았으리라는 것도 알지 못했다. 기유는 상황을 이렇게 저렇게 추리하며 맛볼 즐거움을 기대하고 기뻐했다.

"단단히 붙잡으세요. 다시 속날개 폅니다."

또다시 대화를 불가능하게 하는 굉음이 들려왔다. 지키멜은 자신의 손이 두 개라는 사실에 분노했다. 그 손으로 기유의 허리띠를 붙잡고 있었기에 지키멜은 귀를 막을 수가 없었다. 위아랫니가 딱딱딱 마주치는 굉음을 들으며 지키멜은 도깨비들이 한번 날아오르면 평균 몇 시간 동안 비행하는지 궁금해했다.

규리하의 하얀 하늘이 조금씩 부서져 내렸다. 첫눈이었다.
규리하 성에 조금씩 새치가 늘어나는 시간은 고요했다. 눈이 내리는 날은 고요하다. 그래서 규리하 성의 객사 복도를 따라 걷는 파라말 아이솔의 발소리는 약간 크게 들렸다.
파라말은 근심 어린 표정으로 걷고 있었다. 깊은 생각에 잠겨 있던 그는 자꾸만 발을 멈춰 서서 자신이 어디에 있는지 살폈다. 목적지가 멀었다는 것을 알고는 다시 걸었지만 그 걸음은 오래가지 않았다. 멈춰 섰다가 다시 걸음을 옮기려 할 때 파라말은 자신이 목적지를 지나치려 하고 있다는 것을 알았다. 그는 쓴웃음을 지으며 문을 열었다.
방 안은 벽난로에서 들려오는 자작자작 하는 소리로 가득했다. 벽난로 가까운 곳의 탁자에서 사라말 아이솔이 책을 읽고 있었다. 사라말은 고개도 들지 않았지만 그런 것을 별로 기대하지 않았던 파라말은 곧장 형에게 다가갔다.
사라말은 한눈에 보기에도 대단한 집중력으로 책을 들여다보고 있었다. 그는 싱긋 웃다가 갑자기 미간을 찡그렸고 이를 부득부득 갈다가 갑자기 행복한 표정을 지었다. 탁자 아래에서는 두 다리를 위아래로 들썩거렸고 탁자 위에 얹어 둔 왼손은 계속해서

쥐었다 폈다를 반복했다. 형에게 가까이 다가간 파라말은 사라말의 신음을 들을 수 있었다.

"제기랄, 안 돼! 그래, 좋았어. 힘을 내. 아냐. 그게 아냐! 말도 안 돼! 으으음. 오오, 오오! 느껴진다. 느껴져. 그거야…… 억? 이런 세상에!"

파라말은 도대체 무슨 책이기에 그렇게 재미있게 보나 하는 기분으로 사라말의 어깨 너머를 바라보았다. 그리고 사라말이 보고 있는 것이 수학책이라는 것을 알고는 말로 설명하기 힘든 기분에 머리끝까지 빠져 들었다. 파라말은 고개를 떨어뜨린 채 조용히 사라말의 곁을 떠나 탁자 맞은편으로 걸어갔다. 형의 맞은편에 앉은 파라말은 헛기침을 했다. 사라말이 고개를 들었다.

"응?"

"주인공은 어떤 처지에 빠져 있습니까?"

"악랄한 변수들이 더 큰 악의 실현을 위해 마침내 연합에 성공했다. 삼차항의 질풍 같은 공격 앞에서 인수분해를 자신할 수 없는 주인공의 운명은 바야흐로 풍전등화다."

당황한 기색도 없이 태연하게 대답하는 사라말 때문에 파라말이 오히려 당황했다. 그래서 그는 그 말을 무시한 채 본론을 꺼냈다.

"어떻게 하면 좋겠습니까, 형님?"

"오른쪽으로 세 번 돌린 다음 붉은색을 칠해라. 그리고 왼쪽 눈을 감은 채 힘껏 걷어차."

파라말은 공포에 빠진 표정으로 사라말을 바라보았다. 충격적인 소식 때문에 형이 정신 이상을 일으켰다는 가설을 수용하려던 파라말은 문득 자신의 가설에 포함된 중대한 실수를 깨달았다.

그의 형은 원래 미쳐 있었다……. 자신의 생각에 피식 웃으며 파라말은 사라말이 무슨 말을 하는지 깨달았다.

"주어를 빼먹어서 죄송합니다. 우리는 앞으로 어떻게 하면 좋겠습니까?"

사라말은 아쉬운 표정으로 책을 들여다보다가 서표를 끼워 놓고 책을 덮었다. 다음 대목이 궁금해서 못 견디겠다고 말하는 듯한 그 동작을 보며 파라말은 다시 상당한 위화감을 맛보았다. 사라말은 두 손으로 턱을 괸 채 동생을 바라보았다.

"점심으로 뭘 먹으면 좋겠느냐는 질문은 아닌 것 같군."

"황제 폐하께서 돌아오셨습니다."

"그래."

"우리가 목격했던 그 엄청난 충돌에도 불구하고 하늘누리는 무사했던 모양입니다. 하늘치가 아무런 해를 입지 않았다는 것은 어떻게 이해한다 하더라도 그 위에 있는 하늘누리가 그런 충격을 어떻게 이겨 내었는지 이해할 수 없군요. 어쨌든 폐하께서 돌아오셨으니 그분을 찾아가야 하지 않겠습니까?"

사라말은 엄숙하게 고개를 끄덕였다.

"하긴 봉급이 많이 연체되었구나."

"그런 문제가 아닌데요."

"너, 나 몰래 받았냐?"

"그만."

"알았다."

사라말은 두 손을 모아 양손의 손가락들을 차례로 붙였다 뗐다 하면서 생각에 잠겼다. 곧 사라말이 말했다.

"파라말, 누군가가 네 등에 제16대 아라짓 국왕 정력왕이라고

써 놓았을지도 모르는 경우를 생각해 보자. 물론 너는 그걸 자랑스럽게 보여 주고 싶어할지 모르지만 나를 위해 잠시 민망한 척해 다오."

"그거 진짜로 민망한데요."

"고마워, 그런 척해 줘서. 어디 불편하냐? 괜찮다면 계속하지. 문제는 그 글이 정말 씌어 있는지, 그렇지 않으면 아무것도 없는지 네가 확신할 수 없다는 점이다. 그 경우 너는 어떻게 하겠느냐? 장소는 옷을 벗을 수 없는 대로. 물론 글을 읽는 것이 불편하지 않은 한낮. 그리고 행인들 모두가 문맹자일 가능성은 없다. 그리고 네겐 껴입을 수 있는 겉옷이 없으며 몸을 숨길 수 있는 가마 또한 없고 게다가……."

"예. 예. 글이 씌어 있다면 누구나 그 글을 볼 수 있단 말이지요? 되도록 사람들에게 등을 보이지 않으면서 조심스럽게 집에 가야겠군요."

"등에 아무것도 없을 수도 있잖냐."

"하지만 씌어 있을 수도 있다고 하셨잖습니까."

"그렇지?"

"예."

"안 간다."

"집으로 안 간다고요?"

"폐하께 안 간다."

파라말은 자신에게 정신적 공황의 증후가 나타나는지 관찰했다. 고맙게도 그런 것은 없는 것 같았다.

"그 질문이 우리들의 거취와 도대체 무슨 관계가 있습니까?"

사라말은 자리에서 일어났다.

그는 창 쪽으로 걸어가며 중얼거렸다.

"오래전에 고백했어야 하는 일이었다."

"뭐가요?"

사라말은 대답 대신 덧창을 열었다. 찬바람 때문에 파라말은 추위를 느꼈다. 그는 벽난로로 다가가 장작을 집어 들었다. 사라말은 고개를 이리저리 돌리는 모습이 무엇인가를 찾는 것처럼 보였다. 하지만 찾는 것이 쉽게 눈에 들어오지 않는 듯했다. 고개를 자꾸 내밀던 사라말은 자신이 자살 기도 비슷한 짓을 하고 있다는 것을 깨닫고 몸을 뒤로 뺐다. 사라말은 고함을 빽 질렀다.

"나 잡아 봐라!"

파라말은 사라말이 찾던 것이 무엇인지 알았다. 그는 쓴웃음을 지으며 장작을 벽난로에 집어넣었다. 장작이 불티를 팍 피어올렸을 때 바깥에서 거대한 것이 빠르게 움직이는 소리가 들렸다. 그리고, 쿵. 고개를 돌린 파라말은 세상에서 가장 큰 부엉이처럼 창턱에 앉아 있는 아트밀을 보게 되었다.

아트밀과 그의 철극이 창문을 통해 방 안으로 들어오는 것은 간단한 일이 아니었다. 마침내 안으로 들어선 아트밀은 긴 한숨을 내쉬고 방 안을 둘러보았다. 방 안에서 별다른 이상을 발견하지 못한 아트밀은 의아한 눈으로 사라말을 내려다보았다.

"무슨 일이야, 사라말?"

사라말은 탁자에 걸터앉아 팔짱을 끼고 있었다. 그는 아트밀의 다리 부근을 바라보며 말했다.

"아트밀, 알려 드릴 것이 있어서 불렀습니다."

"그게 뭔데?"

"당신은 정신 억압을 당했습니다."

파라말은 놀라지 않았다. 사람을 정신 억압한다는 것은 말이 안 되는 일이니 그의 형은 필경 또 농담을 하고 있는 것이리라. 그래서 파라말은 그것이 어떤 농담인지 생각했다. 하지만 이어진 사라말의 말을 들으면서 파라말의 얼굴에서 핏기가 빠져나갔다.

"정신 억압을 통해 당신에겐 사라말 아이솔을 따라가 그를 보호해야 한다는 강력한 욕구가 주어졌습니다. 그래서 당신은 얼어붙은 바다 위를 걷고 시냇물을 건너면서까지 나를 따라왔습니다. 그런 자신을 이해할 수 없지만 내부의 강력한 욕구도 부정할 수 없었던 당신은 사막에 대한 동경으로 자신의 모순을 표현할 수밖에 없게 되었습니다."

아트밀은 사라말이 빠르게 토해 놓는 말을 완전히 이해하지는 못했다. 하지만 불안감을 느꼈다. 그는 그 자리를 피하고 싶다는 듯 눈을 이리저리 굴리다가 수염볏을 움켜쥐었다.

"사라말, 그러니까 네 말은…… 내가…… 그러니까 정신 억압? 내가 누군가의…… 그걸 뭐라고 하더라? 그 왜 있잖아."

"꼭두각시."

아트밀은 부리를 탁 부딪쳤다. 조금 후 그는 매서운 눈으로 사라말을 노려보았다.

"내가 그거란 말이야?"

"유감입니다만 그렇습니다."

아트밀은 철극을 자꾸 고쳐 잡으며 생각에 잠겼다. 조금 후 아트밀은 애써 웃음을 지었다.

"사라말, 지금 농담하는 거지?"

사라말은 두 손을 마주 잡아 늘어뜨린 채 아트밀을 물끄러미 바라보았다. 아트밀의 얼굴에 얼기설기 얽혀 있던 웃음들이 허물어지기 시작했다. 아트밀은 폐허 같은 얼굴로 사라말을 보았다.

"진짜야?"

"증거는 없습니다."

"그렇지? 그건 그냥 네 추측이지?"

"그렇습니다."

다시 철극이 아트밀의 손 안에서 이리저리 움직였다. 아트밀은 사라말과 파라말, 자신의 철극을 번갈아 쳐다보며 무슨 말인가 중얼거렸다. 하지만 아트밀 자신도 그 중얼거림이 무슨 뜻인지 모르는 것 같았다. 탁한 숨을 내쉬며 아트밀이 속삭였다.

"누구지?"

"모릅니다."

"알게 되면……."

"가장 먼저 알려 드리겠습니다."

"다른 용건은?"

"없습니다."

아트밀은 몸을 돌렸다.

한 번 훌쩍 뛰어 아트밀은 창밖으로 몸을 날렸다. 잠시 후 굉장한 충돌음이 들려왔다. 파라말이 혹시나 하는 심정에 창가로 달려가 보니 평온한 모습으로 걸어가는 아트밀의 뒷모습이 보였다. 그 뒷모습만 놓고 볼 때 아트밀은 산책하듯 한가로워 보였다. 하지만 파라말은 어쩐지 그 뒷모습을 계속 보기 어려웠다. 파라말은 눈길을 들었다. 자늑자늑 떨어지는 눈송이 속에 세상은 고요했다.

파라말은 덧창을 닫고 차가워진 볼을 만지며 사라말을 바라보았다.

"세 번째 벽난로 방의 뱀부리미들 중 누군가가 그렇게 한 겁니까?"

뱀부리미들은 모두 정신 억압자이다. 사어를 사용하기 위해서는 뱀들을 정신 억압해서 다루어야 하는 만큼 애초부터 자격 요건이 그러하다. 사라말은 침중하게 말했다.

"그럴지도 모르지. 비스그라쥬 백 데라시나 폐하 또한 나가이니만큼 일단은 의심 대상에 포함시켜야 할 테고."

파라말은 다시 벽난로 가로 다가갔다. 후끈한 열기는 그를 기분 좋게 하기보다 불쾌한 느낌을 선사했다.

"형님, 말씀하신 것들이 앞뒤가 들어맞긴 합니다. 사실 아트밀의 행동에는 이상한 점이 많지요. 하지만 저는 정신 억압자가 사람을 정신 억압할 수 있다는 이야기는 들어 본 적이 없습니다. 지금까지 알려진 바로 정신 억압자가 억압할 수 있는 것은 동물뿐입니다."

사라말은 휘파람을 불듯 입술을 뾰족하게 내밀었다가 말했다.

"파라말."

"예?"

"사람도 동물이다."

파라말은 집게손가락으로 자기 이마를 톡톡 두드렸다.

"예, 맞는 말씀입니다. 제가 말을 잘못했군요. 정신 억압자는 지능이 낮은 동물만 억압할 수 있습니다. 사람은 정신 억압하기엔 지능이 지나치게 높다고 하던데요. 설마 아트밀이 구구단 7단 때문에 힘들어 하니까 정신 억압이 될 정도로 머리가 나쁘다고 말씀하시는 겁니까?"

"아트밀은 절대로 바보가 아냐."

"저도 그렇게 생각합니다. 수학과 친교를 트지는 못했지만 그는 노련하고 명석한 사람입니다. 그런 그가 정신 억압을 당했다니요?"

"간단한 해결책이 있지. 노련하고 명석한 레콘도 정신 억압할 수 있는 희대의 정신 억압자."

"좋습니다. 그러면 그 희대의 정신 억압자가 왜 형님을 보호하려고 애쓴 거죠?"

"모르지. 하지만 한 가지 의심 가는 것은 있다. 내가 알기로 사라말 아이솔은 황제의 유언도 조작할 수 있는 구제 불가능한 깡패다."

파라말은 입술을 깨물었다. 그것은 그들이 규리하로 온 이유였다.

"누군가가 엘시 에더리 대장군을 황제로 만들어 줄 사람은 형님뿐이라고 판단하고 레콘 한 명을 정신 억압해서 형님을 보호하게 했다는 겁니까?"

"많은 가설 중 하나일 뿐이야."

파라말은 탁자로 다가가 의자에 풀썩 주저앉았다. 그는 등받이에 몸을 기대고 탁자에 걸터앉아 있는 형을 올려다보며 힘없이 말했다.

"형님, 솔직히 너무 허황한 말처럼 들립니다."

"참 그럴듯하다고 말했다면 내가 놀랐을 거다."

사라말은 탁자에서 내려섰다. 그리고 동생을 향해 서서 팔짱을 꼈다.

"하지만 그런 정신 억압자가 있다면 그는 황제 폐하와 비스그라쥬 백 데라시, 그리고 세 번째 벽난로 방의 뱀부리미들 중 하나일 가능성이 높다. 짐이 돌아왔다는 사어를 보내고 있는 곳에는 그 모든 용의자들이 전부 있겠지."

"그렇군요."

"가설 한 가지 더 들려줄까?"

"뭡니까?"

"어쩌면 그 정신 억압자는 아트밀 외에 다른 사람도 정신 억압 했을지 모른다. 이를 테면 나나 너 말이다."

"형님! 저는……."

사라말은 손을 들어 파라말을 제지했다.

"자기가 미쳤다고 말하는 정신병자는 없다. 네가 정신 억압을 당하지 않았다고 말한다고 해서 네가 정신 억압을 당하지 않은 것은 아니다. 나도 마찬가지고. 그렇다면 이제 네 등에 씌어졌을지도 모르는 낙서를 생각해 보자. 내가 이미 정신 억압을 당했다면 나는 폐하께 가든 가지 않든 상관없다. 간다면 정신 억압을 당해서 가는 것일 테고 가지 않는다면 그 또한 정신 억압 때문에 일어나는 일일 테니까. 이 경우에는 고려할 것이 없다. 하지만 내가 정신 억압을 당하지 않았다면? 그렇다면 나는 폐하께 가지 않는 것이 좋다. 폐하와 폐하의 주변인물들 중 한 명일지도 모르는 정신 억압자에게 정신 억압을 당할지도 모르니까. 나는 그것이 반갑지 않다. 그래서 나는 폐하께 가지 않을 생각이다."

사라말은 벽난로 쪽을 흘깃 바라보았다.

"게다가 여행하기 좋은 계절은 거의 다 지나갔다. 밖에는 첫눈이 오고 있는데 제국 어디에 계신지도 모르는 폐하를 찾아 떠나는 것은 현명한 일이 아니다."

파라말은 혀를 찼다. 형의 추리에 놀라서 그런 것은 아니다.

파라말은 치천제의 소재를 모른다는 사실을 자신이 왜 간과했는지 알 수 없었다. 사라말의 말처럼 어디 있는지도 모르는 황제를 찾아 헤매기에는 적당한 계절이 아니었다. 파라말은 황제를 찾아간다는 계획을 마음속의 소각장에 던져 넣었다.

그리고 파라말은 형의 어처구니없는 가설에 대해 생각했다.

정우 규리하는 손바닥을 내밀어 눈송이를 받기 위해 애썼다. 하지만 이리저리 흔들리며 불규칙적인 궤도로 움직이는 가벼운 눈은 자꾸만 그녀의 손바닥을 빗나갔다. 정우는 약이 오른다는 표정으로 계속 손을 움직였다. 겨우 그녀의 손바닥 위에 눈이 닿았다. 정우는 기뻐하며 손바닥을 재빨리 눈앞으로 가져왔지만 눈송이는 어느새 녹아 물이 되어 있었다. 정우는 손금 사이에서 살짝 빛나는 물기를 보다가 그것을 핥았다. 그녀는 고개를 갸웃거리더니 곧 단정 짓듯 말했다.

"음. 하늘의 맛은 싱거운 편이야."

그 모습을 바라보던 탈해가 싱긋 미소를 지으며 손에 들고 있던 장갑을 내밀었다. 그것은 조금 전 정우가 벗어서 그에게 맡겨둔 것이었다. 정우는 고개를 가로젓고 다시 눈을 잡기 위해 달려갔다. 탈해는 그 뒤를 따라 어슬렁어슬렁 걸어갔다.

두 사람이 그렇게 함께 있는 것은 오래간만의 일이었다. 뱀단지가 황제의 귀환을 알린 이래 규리하 성은 비상 상황에 돌입해 있었다. 하지만 아무리 기다려도 뱀단지는 더 이상 움직이지 않았다. 황제의 후속 발언을 기다리느라 긴장한 채 잠도 제대로 자지 못한 관료들을 보고서 정우는 결단을 내렸다.

"모두들 돌아가서 씻고 맛있는 것 드시고 푹 주무세요. 폐하께서는 아마도 다른 지방의 뱀단지로 사어를 보내시느라 바빠서 저희들에겐 미처 언질을 주시지 못하고 있나 봐요. 그렇다면 좋은 일이겠지요. 폐하께서 규리하에 대해서는 별다른 지시를 내릴 필요가 없다고 생각하시는 거니까."

소박하게 표현된 말이지만 상당히 그럴듯한 추측이기도 했다. 돌아온 황제는(세 번이나 반복된 귀환 통고가 있었기에 이제 황제의 귀환은 의심할 수 없는 사실이 되어 있었다.) 부재 기간 동안 일어난 온갖 사고들을 처리해야 할 것이다. 사람들은 황제의 주의가 남쪽에, 그러니까 대호왕과 시모그라쥬 공에게 집중되고 있을 것이라 판단하고 정우의 말처럼 뱀단지의 침묵을 좋은 소식으로 생각하기로 했다. 그들은 정우에게 감사하고 집으로 떠났다. 물론 모든 사람이 그런 것은 아니다.

"하늘치를 다루는 것에 성공했을지도 모르는 아이저 규리하의 일이 있습니다."

"하지만 여러분이 이렇게 지쳐 있다면 좋은 대책도 떠오르지 않겠지요. 그리고 아버지께서도 황제 폐하께서 돌아오셨다는 것을 아셨을 거예요. 그렇다면 거기에 대해 생각을 좀 하셔야 할 테죠."

정우의 두 번째 지적 또한 정확했다. 황제의 귀환을 알았다면 아이저 규리하는 경거망동하는 대신 사태의 변화를 살필 것이다. 그제야 모든 사람이 안도하며 물러갔고 정우 역시 하품을 하며 잠자리로 들어갔다. 긴 잠에서 깨어난 그녀는 아이저 규리하의 일과 황제 귀환 때문에 만나지 못했던 탈해를 찾았다. 오랜만에 만나는 것이지만 두 사람은 별다른 이야기를 하지는 않았다. 그들은 그냥 조용히 정원을 걸었다. 두 사람은 그것만으로도 즐거웠기에 첫눈은 뜻밖의 선물이었다.

다시 한번 눈을 잡는 데 성공한 정우는 그것을 눈으로 가져왔다. 정우는 그것이 완전히 녹아 한 방울도 안 되는 물기로 바뀔 때까지 정신없이 손바닥을 들여다보았다.

가까이 다가온 탈해가 다시 장갑을 내밀었다. 정우는 이번에는 장갑을 받아 들어 손에 끼었다. 장갑을 손에 밀착시키기 위해 손가락을 쥐었다 폈다 하던 정우가 갑자기 말했다.

"그러고 보니 대장군님께서 곧 돌아오시겠네."

"백작님이?"

"그래. 물론 당장 돌아오시긴 어렵겠지만 그래도 이젠 제국을 되찾기 위해 혼자 애쓸 필요가 없지. 새 황제를 선출하기 위한 귀족원 회의를 개최할 필요도 없고."

"시모그라쥬로 가실지도 몰라. 대호왕 폐하의 일을 매듭지어야 할 테니까."

"그럴지도 모르지. 거기로 가시면 첫눈은 못 보겠구나. 거기엔 눈이 안 오지?"

정우는 쭈그리고 앉아 눈을 뭉쳤다. 조금 후 그녀는 눈덩이 하나를 만들어 일어났다. 탈해는 정우가 눈덩이를 핥는 모습을 보다가 갑자기 말했다.

"안 돌아오실지도 몰라."

정우는 눈덩이에 입술을 댄 채 눈을 치켜뜨며 탈해를 올려다보았다. 설명을 요구하는 눈빛이었지만 탈해는 아무 말도 하지 않았다. 정우는 눈덩이에서 입을 떼고 말했다.

"돌아오실 거야."

"왜?"

"나랑 약속하셨으니까."

탈해는 입을 다물었다. 정우는 계속 말했다.

"신랑감을 찾아다 주시기로."

탈해는 고개를 돌렸다. 그는 먼 하늘을 바라보았다. 정확하게 말하면 그가 본 것은 아무것도 없었다. 그는 그저 정우를 외면하고 싶었다. 그때 정우가 그의 팔꿈치를 붙잡고 끌어당겼다.

탈해는 어쩔 수 없이 그녀를 바라보았다. 그녀는 두 손으로 눈덩이를 든 채 말했다.

"나 결혼하면 기뻐해 줄 거지?"

"어떻게……."

"폐하께서 돌아오셨으니 다시 세상은 조용해질 거야. 그리고 아버지와도 화해할 수 있을 거야. 아이를 기르기 좋은 때가 오겠지. 결혼해서 내 아이를 낳아 기를 거야. 그러니 축하하라고."

"정우, 너는……."

"대장군님이 돌아오시면 내 남편이 무엇을 극복해야 하는지 솔직하게 말할래."

탈해는 두 손으로 머리를 감싸 쥐었다. 그러지 않으면 머리가 터질 것 같았다. 정우는 그런 탈해를 보고 싶지 않았다.

"좋은 사람이 있을 거야. 좋은 사람. 그렇게 머리 누르지 마. 아프잖아."

탈해는 두 팔을 내렸다. 하지만 그것은 정우의 어깨 높이에서 멈췄다. 탈해는 그곳에 두 손을 띄워 놓은 채 그녀를 바라보았다.

그의 두 팔이 느리게 안쪽으로 굽혀졌다. 정우는 양쪽에서 다가오는 손을 번갈아 보고는 고개를 들어 탈해의 얼굴을 바라보았다. 탈해의 얼굴은 고통스러워 보였다. 갑자기 탈해의 두 팔이 지금까지의 방향과 반대로 움직였다. 탈해의 손은 겁먹은 짐승 같았다. 정우가 두 손을 들어 올렸다. 정우는 두 손에 든 눈덩이를 들여다보았다. 다시 탈해의 손이 꿈틀하듯 안쪽으로 움직였다. 탈해의 손가락들이 구부러졌다. 탈해는 주먹을 쥐었다. 두 주먹이 바깥쪽으로 벌어졌다. 그리고 그것은 지지대를 잃은 것처럼 아래로 툭 떨어졌다. 두 팔을 늘어뜨린 탈해는 두 걸음 물러났다. 그는 고개를 돌려 옆을 바라보았다.

조금 후 정우가 입을 벌렸다. 하얀 입김과 함께 정우의 속삭임이 들렸다.

"팔 펄럭거리지 마. 바보 가루 날리잖아."

정우는 눈덩이를 던졌다. 그것은 탈해의 가슴에 맞고 팍 부서졌다.

탈해는 멍한 표정으로 정우를 바라보았다. 조금 후 그의 입이 일그러졌다. 울음과 웃음 사이에서 갈팡질팡하던 표정이 마침내 웃음에 안착했다. 탈해는 얼굴을 잔뜩 일그러뜨리며 웃었다.

즈믄누리의 무사장은 비늘 가루를 날려 보내려 애쓰는 나비처럼 두 팔을 흔들었다. 그러자 그의 팔에서 반짝반짝 빛나는 조그마한 광점들이 떨어져 나와 풀풀 날렸다. 탈해가 순식간에 만들어 낸 미세한 도깨비불이었다. 탈해는 두 팔을 펄럭거리며 정우에게 다가갔다.

"바보 돼라, 바보 돼라."

"꺅! 오지 마! 묻으면 나도 바보 되는데!"

정우는 겁에 질린 아이처럼 정신없이 도망쳤다. 탈해는 그 뒤를 따라 성큼성큼 달렸다. 어느새 쌓인 눈이 두 사람의 다급한 걸음 아래 뽀드득뽀드득 뭉쳐졌다. 그리고 많은 눈이 튀어올랐다.

한참 달리던 정우가 갑자기 멈춰 섰다. 탈해는 급히 멈춰 섰지만 바닥에 눈이 쌓여 있어 발이 죽 미끄러졌다. 탈해는 엉덩방아를 찧고 말았다.

"아야야…… 뭐야?"

정우는 하늘을 바라보고 있었다. 탈해의 말에 그녀는 손을 들어 하늘을 가리켰다.

"딱정벌레다."

"뭐?"

"저기 봐."

탈해는 엉거주춤 일어나서 정우가 가리킨 방향을 바라보았다. 시야를 어지럽히는 눈 때문에 관찰이 쉽지 않았지만 곧 딱정벌레의 모습을 발견했다. 규리하 성을 향해 날아오는 딱정벌레는 두 마리였다. 곧 딱정벌레의 요란한 비행음이 아스라하게 들려왔다.

탈해는 반가움보다 두려움을 느꼈다. 정우는 규리하의 지배자다. 그런데 지금 그녀의 곁을 지키고 있는 것은 자신뿐이다. 탈해는 정우의 어깨를 붙잡았다.

"정우, 안으로 들어가. 누군지 모르잖아."

"괜찮을 것 같은데? 즈믄누리 딱정벌레야."

"응?"

"날개 소리 들어 봐. 와! 확실해."

청력에 주의를 집중한 탈해는 정우의 말이 맞다는 것을 알았다. 즈믄누리에서 길러 낸 딱정벌레만이 낼 수 있는 강력한 소리였다. 하지만 즈믄누리에서 누군가가 온다는 것은 탈해를 더욱 불안하게 했다. 그가 어쩔 줄 몰라하고 있을 때 정우가 어깨에 얹힌 탈해의 손을 붙잡아 들어 올렸다. 그리고 정우는 탈해에게 팔짱을 꼈다. 실제 모습은 매달리는 것과 비슷했지만, 어쨌든 팔짱 비슷한 것을 낀 정우는 웃으며 고개를 끄덕였다. 탈해는 주저하다가 마주 웃었다.

그리고 두 사람은 나란히 선 채 하얀 눈발 사이로 날아오는 딱정벌레들을 바라보았다.

제 33 장

"라수, 제국은 두억시니라는 것이 도대체 무슨 말이지?"

"아아. 그건 사람은 두억시니라는 뜻이야."

— 태위 괄하이드 규리하와 사도 라수 규리하의 대화 중

꺼져 가는 불씨

펠도리 강의 발원지인 위그세 호수는 비스그라쥬 서쪽 200킬로미터 지점에 있다. 위치를 표시하기 위한 가장 가까운 지명이 무려 200킬로미터나 떨어져 있다는 것에서 알 수 있듯 위그세 호반은 사람이 살기 힘든 험한 땅이다. 하지만 위그세 호반을 사람들의 왕래가 없는 처녀지로 오해하면 곤란하다. 한계선에 걸쳐 있는 독특한 위치 때문에 과거 그곳은 무법자와 도망자들, 그리고 다른 사람들의 이목을 끌지 않은 채 움직이고 싶어하는 자들의 많은 방문을 받았다. 물론 한계선이 나가 세력과 북부 세력의 중간 지대 역할을 하던 시절의 이야기다. 제국의 시대가 시작된 이후로 한계선 지대 전역에서는 날카로운 눈매와 꽉 다문 입을 하고 친선의 손길보다는 공격의 손길에 대비한 채 돌아다니는 사람들의 숫자가 현격히 줄어들었고 그것은 위그세 호반도 마찬가지다. 물론 전통이 쉽게 사라지지는 않기에 아직도 그곳에는 밤중에 재빨리 목을 축이는 짐승과 똑같은 모습으로 황급히 갈증을 해결하고 떠나는 자들의 모습이 간혹 나타나곤 한다.

하지만 북쪽 지방은 이미 겨울로 접어든 아라짓력 32년 9월, 위그세 호반에 느닷없이 나타난 천여 명의 병사들은 그런 비합법적 여행자들과는 상관없었다. 9014 독립 중대, 이른바 헨로 중대가 그곳에 머물게 된 이유는 코끼리의 생태와 한 범죄자의 6년에 걸친 노고, 니어엘 헨로 수교위가 '다른 표현이 불필요할 만큼 무모하다.'고 평가한 세 명의 레콘이 복합적으로 작용한 결과다.

그 첫 번째 요인인 코끼리들은 호반에 모여서서 풀을 뜯거나 물을 마시는 등 정상적인 코끼리가 할 만한 일을 하고 있었다. 물에서 멀찌감치 떨어진 위치에서 그들을 관찰하고 있던 그을린발이 수심 어린 표정으로 말했다.

"더 남았어?"

혼잣말처럼 말했지만 그것은 질문이다. 그리고 그 질문을 받은 레콘은 살의를 느꼈다. 주테카는 지고 온 금편 무더기를 땅에 쏟아 놓고 발로 땅을 꽝 내리쳤다. 그 동작은 멀찌감치 있는 코끼리 상당수를 불안하게 함으로써 그을린발의 주의를 확실히 끌었다. 언짢은 표정으로 돌아보는 그을린발을 향해 주테카가 악을 썼다.

"코끼리는 그만 봐! 사막을 가로질러 저 불의한 금을 나르는 것이 누구냐?"

그을린발은 노기를 가라앉히고 주테카를 바라보았다. 꼴이 말이 아니다.

"많이 힘드냐?"

"좀 교대해 줘."

"나야 그래도 좋은데."

그을린발은 의미심장한 휴지를 두었다가 말했다.

"너 애들 데리고 있을 수 있냐?"

주테카는 벼슬을 움켜쥐며 주저앉았다. 그가 코끼리 모두를 야생으로 돌려보낼 수는 있을 것이다. 코끼리 전부에게 자신에 대한 두려움을 심어 주는 것도 가능할 것이다. 하지만 완벽하게 통제하는 것은 불가능하다.

사막에 살지 않는 동물들이 대부분 그렇듯이 코끼리 또한 사막을 견딜 수 없다. 그을린발은 코끼리의 그런 생태를 들어 사막에 들어가는 것을 거부했다. 그들이 멈춘 지점으로부터 목적지까지는 50킬로미터 가까이 남아 있었다. 니어엘 헨로 수교위는 그을린발의 거부가 합리적이라는 것을 인정했고 그 때문에 남은 50킬로미터를 극복하는 일은 그녀에게 맡겨졌다. 투덜거리며 부대 재편성을 시작하는 수교위를 멈춰 세운 것은 헨로 중대와 동행한 레콘들이었다. 쵸지가 물었다.

"뭐 할 생각인데?"

"중간 지점에 보급소 건설할 병력, 보급 담당할 병력, 실어 나를 병력, 교대 병력, 정찰 병력······."

"티나한이 돌아오기 전엔 끝나겠냐?"

"티나한이 돌아오면 좋겠군요. 대단한 힘으로 그 금편들 다 들고 와 줄지도 모르니까."

니어엘은 충동질할 의도 같은 것은 없었지만 주테카는 자신이 충동질을 당했다고 생각했다. 주테카는 앉아서 쉬라고 강압적으로 말한 다음 주저하는 쵸지를 끌고 지멘의 안내를 받아 사막으로 들어섰다. 첫 번째 왕복을 끝내고 엄청난 금편 무더기를 배낭에 담아 돌아온 주테카는 꽤나 즐거워 보였다. 무너진 폐허를 파고든 햇살 속에 떠도는 먼지와 그 아래 그늘진 곳에 무겁게 쌓여 있는 언덕 같은 금편을 묘사할 때 주테카는 거의 시인처럼 보였고, 그 때문에 코끼리를 보살피느라 동행하지 못한 그을린발은 질투를 느낄 뻔했다. 하지만 왕복 횟수가 늘어나자 주테카의 흥분은 빠르게 식었다.

돈과 긴밀한 관련이 있는 숙원을 가진 레콘이나 식구 많은 가족의 첫째 부인 같은 경우를 제외하면 돈에 대한 레콘들의 태도는 무관심과 오만함, 게으름을 뒤섞어 놓은 것과 비슷하다.(보통은 세 번째에 무게가 실린다.) 레콘은 다른 것들뿐만 아니라 돈이 자신을 지배하는 것도 참을 수 없다. 지멘의 금을 보았을 때 주테카가 느낀 것도 물욕과는 그다지 상관없는 감정이다. 주테카는 그저 비경이나 놀라운 재주를 본 것처럼 흥분했을 뿐이고, 그의 머릿속에서 380만 닢의 금편은 순식간에 30톤의 짐으로 바뀌었다.

그을린발은 앉아서 끙끙거리고 있는 주테카를 물끄러미 바라보다가 쵸지가 세 번째 왕복 때 이미 사용했던 수법을 별 기대감 없이 사용해 보았다.

"정의를 회복해야지, 주테카."

주테카는 허펍한 미소로 하늘을 바라보다가 홀연히 일어나 장물을 그 원주인에게 가져오는 정의로운 노역에 종사하러 달려갔다. 그을린발은 이미 효력이 떨어졌을 거라 생각했던 수법이 또 작용하는 것에서 깊은 인상을 받았다.

깊은 인상을 받은 것은 그을린발뿐이 아니다. 주테카가 부려 놓은 금을 코끼리의 등에 싣기 좋게 꾸리는 일을 시작하면서 헨로 중대의 가리아 릿폴 부위는 자신이 구제할 수 없는 속물이 아닌가 의심했다. 아직까지도 금편 무더기에서 '으리으리한 혼례식과 그 후 죽을 때까지 이어지는 기나긴 무위도식'의 암호를 해독해 내는 자신을 느끼며 가리아 릿폴 부위는 의기소침해졌다. 가리아에게 약간의 위안을 준 것은 맥키 네미 부위의 고통에 찬 표정이었다.

"젠장. 어지간해야 뻥땅을 치든가 하지. 이건 너무 무지막지해서 그런 생각도 안 나네."

헨로 중대원들의 심리에 대한 고상하지는 않지만 날카로운 맛이 있는 분석이다. 비록 뻥땅이라는 어휘가 다미갈 카루스 부위의 눈초리를 조금 비틀어 놓기는 했지만. '한 명이라도 칼을 뽑으면 모두 죽는다.' 같은 살벌한 인식으로 상황을 이해하고 있던 카루스 부위에게 그것은 지나치게 위험한 발언처럼 여겨졌다. 카루스 부위는 숨소리를 조금 높이며 맥키 네미 부위를 노려보다가 뭐라고 한마디해야겠다는 결심을 온몸으로 드러내며 걸음을 옮겼다. 하지만 카루스 부위가 채 몇 걸음 걷기도 전에 니어엘 헨로 수교위가 느긋하게 말했다.

"그러니까 고마워해라. 안 보이는 구석에 처박아 두었던 귀관의 양심을 오래간만에 꺼내어 먼지를 털고 곰팡이도 좀 떼어 낼 기회가 온 것에 대해."

맥키 네미 부위는 피식 웃고 자신의 양심에 대한 몇 가지 믿기 어려운 이야기를 꺼냈다. 시시덕거리는 상관과 동료를 바라보는 카루스의 표정은 참담했다. 다시 포장 작업을 감독하며 끈질기게 기다리던 카루스는 조금 후에야 자연스럽게 상관의 곁으로 다가서서 속삭일 기회를 얻었다.

"수교위님."

니어엘 헨로 수교위는 씩 웃었다.

"안다, 알아. 피비린내 나는 일이 일어날까 봐 걱정한다는 거."

"네미 부위의 발언은 무책임한 것입니다. 이런 재화 앞에서 싸움이 벌어지는 것은 우주적 법칙입니다. 그의 말에 충동질당한 녀석들에 의해 사고가 일어나면…….”

"우주가 제대로 돌아가고 있다는 것을 알게 되겠군.”

카루스는 지긋지긋하다는 표정을 지었다. 니어엘이 말했다.

"어깨에 힘 빼. 스스로 알아차릴 때까지 기다리고 싶었지만 사고를 막아야 한다는 긴장감 때문에 귀관의 머리가 잘 안 돌아가는 모양이군.”

"예?”

"이 금의 주인이 누군지 생각해 봐. 누가 감히 이 금에 손을 대겠어?”

카루스는 자신이 왜 지금까지 오소리 만난 뱀처럼 뻣뻣하게 굴었는지 알 수 없었다. 상관의 말이 맞았다. 그들 모두는 엔거 평원에 나타난 말리의 모습을 보았다. 누가 감히 그런 자의 황금에 욕심을 품겠는가. 여기서는 '어라? 놀라운 우연과 뜻하지 않은 실수 등에 의해 금편 몇 닢이 내 주머니에 들어와 있네?' 같은 일은 일어나지 않을 것이다. 황금을 둘러싼 혈투의 조짐을 미리 읽어 내기 위해 신경을 곤두세우고 있던 카루스는 갑작스러운 안도감에 기운이 좀 빠졌다. 그는 금편들을 포장하는 자신의 소대원들을 보며 말했다.

"하긴 세계는 다시 폐하의 손에 단단히 붙잡혔군요. 이 세상에 발 디디지 않고 살 재주가 있지 않고서야 폐하의 진노를 살 일을 하지는 않겠군요.”

니어엘이 꿈틀했다. 그녀는 희미한 경악이 담긴 눈으로 카루스를 바라보았다. 그 표정이 카루스에게 포착되지 않은 것은 그녀가 말 위에 있었고 카루스가 자신의 소대를 바라보고 있었기 때문이다. 니어엘이 침묵하자 카루스는 다시 자신의 소대를 지휘하러 걸어갔다.

멀어져 가는 카루스를 보며 니어엘은 자신의 신경을 튕겨 놓은 생각에 대해 거부감을 느끼며 접근했다. 카루스는 세계가 다시 황제의 손에 들어갔다고 말했다. 겉모습만 본다면 단지 익숙한 질서의 회복이지만 그런 일은 보수주의자들의 몽상 속에만 존재할 뿐 역사에서는 일어나지 않는다. 보수주의자들도 과거의 질서가 회복될 실제적 가능성이 제시되면 일단은 주저할 것이다. 그 어떤 회복의 시도도 '아무 일도 일어나지 않았던 것'처럼 만들 수 없다. 황제의 귀환은 황제가 존재했던 시대와 외견상 비슷하지만 의미는 완전히 다른 시대를 열었다. 카루스가 무의식적으로 지적한 것은 바로 그것이다.

이 세상에 발 디디지 않고 살 재주가 있지 않고서는 황제의 분노를 살 일은 하지 않을 것.

황제는 사라졌다가 돌아옴으로써 그 이전보다 더 강력한 힘을 가지게 되었다. 기계로 비유한다면 단순히 부속품 하나를 제거했다가 다시 끼워 넣음으로써 이전보다 더 훌륭한 기계로 만드는 마술을 보여 준 셈이다. 황제가 새로 획득한 마술적 힘은 과연 무엇인가? 니어엘은 세련되게 표현하지 못하는 자신에게 아쉬움을 느끼며 그것을 정의했다.

'되돌아와서 복수할 수 있다는 가능성을 보여 준 거지.'

그것은 특이한 힘이다. 다른 대부분의 힘과 달리 귀환의 힘은 실제로 한 번 떠나야만 보여 줄 수 있다. 그리고 치천제는 그것을 훌륭히 보여 주었다.

상념에 잠긴 니어엘이 갑작스러운 위기감을 느꼈다. 그녀의 시야 한쪽에 위험한 것이 나타났다. 니어엘은 천천히 고개를 돌려 쵸지와 함께 걸어오는 지멘을 보았다.
 지멘은 촛불을 차례로 꺼트리는 바람 같았다. 그가 지나치는 곳마다 병사들의 잡담이 사라졌고 그들의 동작은 활기를 잃었다. 조용해진 병사들은 갑작스럽게 자신의 임무에 대한 애착을 드러냄으로써 지멘을 외면하려 했다. 지멘은 그 누구에게도 시선을 주지 않았지만, 그렇다고 해서 헨로 중대원들이 과민 반응을 보인다고 할 수는 없다. 그들과 지멘 사이엔 상당히 고약한 관계 맺음이 있었다. 자신의 전통이 제대로 매어져 있는지 확인하고 싶어지는 것을 억누르며 니어엘은 지멘을 지그시 바라보았다.
 지멘은 주테카가 쏟아 놓은 금편 무더기 앞에 멈춰 섰다. 배낭을 벗어 들어 올리던 지멘의 눈과 니어엘의 눈이 마주쳤다. 사태를 주목하고 있던 자들(바꿔 말하면 시야 안에 있던 모든 자들이다.)이 느낄 수 있는 잠깐의 지체가 일어났다.
 지멘은 니어엘을 똑바로 보면서 배낭을 뒤집었다. 배낭에서 금편이 주르륵 쏟아졌다.
 지멘은 빈 배낭을 들고 몸을 돌렸다. 니어엘이 무의식적으로 외쳤다.
 "지멘!"
 다채로운 별명을 가지고 있는 헨로 중대의 소대장들이 일시에 낯빛을 바꾸는 모습은 인상적이었다. 항의와 공포의 눈빛이 소나기처럼 퍼붓는 가운데 니어엘은 지멘의 뒷모습을 주시했다. 지멘이 몸을 돌렸다.
 "뭐냐?"
 니어엘은 자신이 왜 지멘을 불렀는지 명확하게 알지 못했다. 부족보다는 과잉의 문제였다. 니어엘은 지멘에게 물어보고 싶은 것이 굉장히 많았다. 하지만 그중 어떤 것들은 '옛날 이곳에서 전설적인 독립 중대 하나가 몰살했지.' 같은 헨로 중대의 마지막 전설을 만들어 낼 수 있을 정도로 위험했다. 니어엘은 좀 덜 위험한 화제를 고르기 위해 일단 말을 몰아 가기로 했다. 지멘은 심리를 읽기 어려운 표정을 지은 채 말에 탄 니어엘이 다가오는 모습을 마주 보았다.

대화의 거리와 안전의 거리가 상충하는 가운데 어렵게 멈출 자리를 선택한 니어엘이 말했다.

"우리, 지금 함께 일하고 있는데 말입니다."

"관심 없다."

"예?"

지멘은 더 설명하지 않았다. 그는 그대로 몸을 돌려 주테카가 걸어간 방향을 향해 떠났다. 팽개쳐진 물건처럼 남게 된 니어엘은 지멘의 말이 도대체 무슨 뜻인지 생각했다. 네가 걱정하는 복수에 관심 없다? 네가 제안할 화해에 관심 없다? 이도 저도 아니면 네 말에 관심 없다? 소대장들은 폭력 사태가 일어나지 않은 것에 안도했지만 니어엘은 풀 수 없는 의문 때문에 미간을 찡그렸다. 그때 약간 떨어진 위치에서 배낭을 든 채 관조하듯 바라보던 왕벼슬 쵸지가 다가왔다. 그는 금편 무더기 위에 배낭을 비우며 말했다.

"그 말 그대로야."

"말은 칼과 같지요. 지나치게 길어도 문제지만 지나치게 짧아도 문제입니다. 그 말 그대로라고 해도 너무 짧잖아요."

"좀 길게 말하자면 저 친구는 지금 다른 것에는 아무 관심이 없어. 과거의 복수를 어떻게 해야 하는지, 화해해야 하는지 실행해야 하는지를 결정할 수도 없을 만큼."

엘시에게 소환되었을 때 니어엘에게 보고를 들었던 쵸지는 헨로 중대와 지멘의 악연을 알고 있었다. 쵸지는 계속 말했다.

"그러니 복수할 거냐, 화해할 거냐고 물어도 저 친구는 대답할 수 없어. 자기도 모르니까."

니어엘은 지멘이 혹 마음을 바꿔 돌아올 경우를 대비하여 그가 떠난 방향에 시선을 고정시킨 채 말했다.

"그 애꾸눈 소녀 때문에?"

"그래."

"아실이 그의 숙원입니까?"

"숙원? 비유법인 것 같은데 무슨 의미인지 잘 모르겠군."

"아실이 지멘에게 존재 의미를 주는 겁니까?"

쵸지는 빈 배낭을 내려놓고 니어엘의 말을 생각해 보았다.

"모르겠군. 지멘에게 있어 황제가 죽어야 하는 이유는 쟁룡해의 밑바닥에 있을걸. 아실에게 있지 않고. 하지만 그들은 6년 동안이나 함께 다녔지. 그것도 그냥 동행이 아니고 그들 외의 다른 모든 사람들에 함께 맞서는 동행이었지. 게다가 그들은 철의 대화로 얽혀 있어. 속단하기 어려운 관계로군. 네 말이 아실이 지멘에게 큰 의미를 갖느냐는 것이라면, 그래. 상당히 큰 의미일 거야."

"숙원을 포기할 정도로 큰 의미인 겁니까?"

"포기한 것인지는 확실치 않아. 황제만이 아실을 고쳐 줄 수 있다잖아. 지금 숙원을 실행하면 아실을 구할 방법이 없지. 어쩌면 숙원은 아실을 치료한 후로 미루고 있는지도 모르지."

"그건 말이 안 됩니다. 아실이 치료되는 순간 자신이 위험해진다면 폐하께서는 아실의 치료를 영원히 미룰 수도 있지요."

"그럴 수도 있지. 하지만 저렇게 순순히 말을 듣는 것을 보니 무슨 약속을 받았나 보지."

"그 애가 도대체 어디가 아픈 겁니까? 그리고 의사가 아닌 폐하께서 어떻게 그 아이를 치료할 수 있다는 거죠?"

"거기에 대해 내가 아는 것은 네가 아는 것과 다르지 않아. 나는 몰라. 황제가 직접 치료하는 것이 아니라 좋은 의사를 찾아 준다거나 귀한 약을 구해 준다거나 뭐 그런 걸지도 모르지. 아, 그런데 내가 뭣 좀 물어보고 싶은데."

"물어보십시오."

쵸지는 땅바닥에 쌓여 있는 금편 무더기를 가리키며 말했다.

"걸어오다가 떠오른 건데, 왜 민들레 여단이 오지 않은 거지? 민들레 여단이 왔으면 저 금편 한꺼번에 다 들고 오는 것도 가능할 텐데. 코끼리에 실어 나르는 것보다 훨씬 빠를 테고."

"대장군님의 생각을 제가 어떻게 알겠습니까만 민들레 여단에겐 다른 중요한 임무가 주어진 것 같습니다."

쵸지는 금편을 가져가기 위해 온 병사들이 떠날 때까지 기다렸다가 말했다.

"그게 이상하다는 거야. 민들레 여단 가지고 할 일은 전투밖에 없을 텐데. 진짜 전투를 하는 거야? 황제가 돌아온 이상 시모그라쥬 공은 이제 남부에선 절대로 병력을 끌어 모으지 못할 테지. 그러니 그냥 걸어가서 무릎 꿇으라고 말하면 끝나는 것 아닌가? 아니, 걸어갈 필요도 없지. 와서 무릎을 꿇으라고 해도 될 거야. 그렇잖아?"

"남쪽엔 시모그라쥬만 있는 게 아닙니다. 시련도 있습니다. 어쩌면 시련의 준동에 대비하기 위해 민들레 여단을 급파하신 것일지도 모릅니다."

쵸지는 딱하다는 표정으로 니어엘을 바라보았다. 니어엘은 그의 표정에 수긍했다.

"예. 저라도 심각한 외교 분쟁을 감수할 작정이 아니고선 민들레 여단을 국경 지대에 배치하지는 않을 겁니다. 무슨 사고를 칠지 모르니까요. 하지만 달리 생각나는 것이 없습니다. 어쩌면 선조해에서 멀어지면 멀어질수록 민들레 여단이 얌전해질지도 모르지요."

쵸지는 상대방이 전장에서는 전설적 존재로 통하지만 전체 제국군을 놓고 보면 일개 수교위라는 사실을 받아들이기로 했다.

"곧 알게 되겠지. 저 금편 다 싸들고 내려가면."

"얼마나 남았습니까?"

"한 세 번 정도 왕복하면 끝날 것 같아. 해 질 무렵엔 출발한다고 생각해 둬."

쵸지는 지멘의 뒤를 따라 떠났다. 왕복 백 킬로미터의 여정을 떠나는 모습이 아니라 동네 산책이라도 떠나는 것 같았다. 니어엘은 죽었다 깨도 레콘의 거리 감각을 이해할 수 없을 거라 생각하며 금편 포장 작업을 지휘하러 돌아갔다.

대장군 엘시 에더리는 탁자 위에서 미세하게 파닥거리는 나방을 바라보았다.

조금 전 황홀경에 취해 촛불을 향해 돌진했던 것이 나방의 마지막 비행이었다. 불기운에 몸 어디를 다쳤는지는 알기 어렵지만 나방은 발을 하늘로 향한 채 날개로 탁자를 때리고 있다. 아마 다시 날아오르기 힘들 것이다. 엘시는 그 나방에게 어떤 기적이 일어나 다시 날아다닐 수 있게 되면 나방이 어떻게 할 것인지 궁금했다. 다시는 불 곁으로 가지 않는 것이 합리적인 행동일 것이다. 하지만 엘시는 다시 한번 기회가 주어진 것에 감사하며 불을 향해 돌진하는 나방을 보게 될 거라고 생각했다.

그의 생각이 맞을 것이다.

엘시는 나방에서 눈을 떼 시허릭 마지오 상장군을 돌아보았다. 조금 전 엘시가 생각해 보라고 명령한 주제에 대해 생각하던 시허릭은 엘시의 주목을 받고 무겁게 입을 열었다.

"저는 뭐가 이상한지 모르겠습니다."

엘시는 실망감을 억누르며 말했다.

"태위께서는 그것이 매복계라고 하셨다. 말이 되는 것 같지. 적의 주력을 장악하고 있다가 전쟁 발발과 동시에 배신시킨다는 것은, 만약 성공했다면 적의 주력을 이탈시킨다는 것 이상의 강력한 정신적 피해를 암살공에게 주게 되었겠지."

"예. 성공했다면 정말 멋졌을 것 같습니다. 그걸 보지 못해서 아쉽군요."

엘시는 탁자 아래에 있는 손을 구부려 주먹을 쥐었다.

"성공할 기회가 있었어."

"예?"

"그들이 이름을 얻었던 사라티본 평야에서 태위께서는 그 레콘 부대를 전향시켰어야 해. 그랬다면 그런 엄청난 인명 피해가 일어날 필요가 없었지. 나는 전해 들었을 뿐이지만 귀관은 그곳에 있었다. 그것이 감내할 만한 일이었나?"

시허릭은 이를 악물었다. 땅을 부수며 달려오는 것 같은 일만 명의 레콘을 목격했을 때의 공포와 절망이 그의 뇌리에서 되살아났다. 그리고 시허릭은 그것이 그들의 의무이기에 앞으로 걸어나간 아홉 부위의 뒷모습을 떠올렸다.

절대로 감내할 일이 아니다. 시허릭은 힘겹게 말했다.

"천경유수께서 방류를 결심하셨기에…… 폭포처럼 쏟아진 물 때문에 레콘들이 혼란에 빠져서 전향시킬 수가……."

"방류는 전투를 끝내기 위해 일어난 일이었을 텐데?"

시허릭은 입을 다물었다. 엘시는 그의 고집스러운 표정을 누그러뜨릴 말이 무엇인지 궁금해하며 계속 말했다.

"사라티본 평야에서 불가능했다면 코네도 성 전투에서 전향시킬 수도 있었어. 그렇지 않으면 파르바리 계곡에서. 하지만 전투가 그룸 성 앞으로 옮겨 갈 때까지도 사라티본 부대의 전향은 일어나지 않았어. 그때까지 도대체 얼마나 많은 사람이 죽었지? 나는 파르바리 계곡에서 잘…… 다져진 시체들을 보았다. 귀관은 다져지는 모습을 보았겠지."

시허릭은 아무 말도 들리지 않는다는 표정을 지었다. 엘시는 그를 향해 몸을 기울였다.

"상장군."

"아마도 지소어에게 확신을 주기 위해서일 겁니다."

"그건 무슨 말이지?"

"팔리탐 지소어가 태위님에게 협조하기로 한 것은 발케네가 무슨 수를 쓰든 폐하께 대적할 수 없다는 전제 하의 일입니다. 그렇다면 태위님은 실제로 그 대적 불가능성을 보여 주셨어야 할 겁니다. 그렇잖습니까? 저라도 그랬을 겁니다. 제가 주군을 배신하기로 결심했다 하더라도 주군에겐 정말 희망이 없다는 것을 확인하기 전까지는 그 배신을 보류했을 겁니다. 설령 사라티본 부대를 가지고 있다 해도 발케네 공은 이길 가능성이 없다는 것을 증명하기 위해……."

"시허릭 마지오."

"예?"

"그렇다면 매복계가 무슨 소용인가? 쉽게 승리하기 위해 매복을 하는 것인데 매복을 위해 죽도록 싸워야 한다면 그건 키탈저 사냥꾼의 저주 아닌가?"

시허릭은 입을 약간 벌린 채 대장군을 바라보다가 끙 하는 소리를 내며 팔짱을 꼈다. 대단히 유서 깊은 '그렇다면 다른 반론을 제시할 테니 잠시 기다려라.' 자세다. 많은 이들이 안타깝게 여기는 사실이지만 동의는 상대방의 이론이 가진 정합성만큼이나 동의하고 싶다는 생각에 좌우된다. 후자가 충족되지 못할 경우 이론이 아무리 치밀해도 동의라는 반응이 일어나지 않는 일은 허다하다. 시허릭의 심리가 그러했다. 그는 엘시가 암시하고 싶어 하는 사실에 동의하고 싶지 않았다.

그것은 엘시도 마찬가지였다. 엘시는 자신이 왜 계속 말하는지 모르겠다고 느끼며 말했다.

"반대하기 위해 반대하진 말게."

짜디짠 경계심에 절여 보관해 두었던 반격의 기술 창고를 뒤적거리던 시허릭이 갑자기 엘시에게로 눈을 돌렸다. 조금 후 그의 얼굴에 미세한 고통이 떠올랐다. 그리고 증오가. 엘시는 그 감정을 이해할 수 없었다. 그것은 다른 장소에 있는 누군가가 아닌 정면에 있는 엘시를 상대로 드러내는 증오였다. 시허릭이 말했다.

"그것은 각하 때문입니다."

엘시는 심장이 얼어붙는 기분을 느끼며 시허릭을 바라보았다. 시허릭은 오래전 파르바리 계곡의 상공에서 이루어졌던 알현을 떠올렸다. 황제의 방은 어두웠고 열기로 가득했다. 그날 그곳에 있던 두 명의 황제…… '두 명?' 시허릭은 혼동을 일으켰다. 황제는 한 명이었다. 시허릭은 자신이 왜 그런 혼란을 일으켰는지 생각하다가 황제가 거론한 또 한 명의 황제 때문에 혼란을 일으킨 거라고 판단했다. 또 한 명의 황제를 위해 벌어진 전쟁.

"사라티본 부대가 좀 더 일찍 전향했다면 전쟁은 단기간에 끝났을 겁니다. 그렇다면 전쟁의 목적을 달성하기 어렵습니다. 발케네 전쟁의 목적은 발케네를 점령하는 것이 아니라 발케네를 파괴하는 것이었습니다."

"뭐라고?"

"대장군님, 폐하께서는 섬멸전을 원하셨습니다. 발케네는 그분께서 낙점하신 차기 황제에게 귀찮은 골칫거리가 될 거라 판단하셨기 때문입니다. 원래는 그 자리에 있어야 하지만 불가항력의 사태 때문에 그 피비린내 나는 임무에 손대지 않아도 되었던 사람에게."

엘시도 파르바리 계곡을 생각하고 있었다. 시허릭과는 고도가 다르다. 엘시는 계곡 바닥에서, 짓뭉개진 시체 위에서 이루어졌던 대화를 떠올렸다. 레콘들이 그에게 황제가 되라고 말했다. 엘시는 그것을 거부했다.

'라세가 훔친 황위를 받을 수는 없습니다.'

그것은 반역의 말이었다. 자기 것을 자기가 훔칠 수는 없다. 라세가 훔친 황위란 그녀가 자신의 것이 아닌 것을 가지고 있다는 의미다. 엘시는 그런 짓을 하는 자에겐 황제의 자격이 없다고 선언한 것이다.

시허릭이 조금 전 엘시가 보고 있던 나방을 발견했다. 그는 손을 뻗어 손가락으로 그것을 튕겼다. 나방의 모습은 사라졌다.

"각하께서 남부를 진압하고 돌아오시면 황위가 기다리고 있을 겁니다."

엘시는 약간 충혈된 눈으로 시허릭을 바라보았다. 시허릭은 아들이 자신에게 삶의 지혜를 간절히 바라고 있다고 오해하는 아버지처럼 말했다. 태도는 가벼웠지만 내용은 그렇지 않았다.

"황위에 오르시면 곧 어진 황비를 얻어 황자를 생산하십시오. 그리고 그분을 잘 교육하십시오. 그러지 않으면 황위 세습이 이루어질 때마다 반대파를 몰살시키는 일이 반복됩니다."

엘시는 침묵했다. 시허릭은 자신을 향하는 시선을 피부로 느끼면서도 무시한 채 일어났다.

"물러가겠습니다."

시허릭은 어정쩡한 방향으로 경례하고 몸을 돌렸다. 그가 두 걸음을 옮겼을 때 엘시가 탁한 목소리로 말했다.

"왜 나인가?"

시허릭은 고개를 돌려 조금 전부터 피하던 엘시의 시선에 자신의 시선을 얽었다. 나가는 아니지만 두 사람은 잠시 동안 말없이 대화를 나누었다.

제위가 싫다는 겁니까?

싫고 좋고의 문제가 아니다. 내가 원하느냐 원하지 않느냐가 문제다.

아무도 그런 걸 마다하지는 않을 겁니다.

그렇다고 해서 나도 원해야 한다고 말하지는 마라.

젠장. 너를 위해 그걸 양보한 사람에게 그런 소리를 하는 것이 아냐.

마지막 말은 엘시에게 전달되지 않았다. 그리고 시허릭에게도 불분명하게 전달되었다. 시허릭은 자신이 어처구니없는 생각을 한다는 희미한 자각을 느꼈고 그 느낌을 떨치기 위해 말했다.

"그렇다면 누가 황제가 되어야겠습니까? 발케네 공?"

그저 말을 하기 위해 꺼낸 말이지만 그것은 엘시를 순간적으로 당혹하게 만들었다. 시허릭은 어떻게 말해야 할지 알았다.

"그렇지 않으면 시모그라쥬 공? 비나간 후 지키멜 퍼스가 황제가 되어야 합니까? 제국이라는 것이 사람이 감당하기엔 지나치게 큰 단위라고 생각하는 후작이라면 제위를 고사할지도 모르겠군요. 그렇다면 누가 황제가 되어야겠습니까? 대장군님, 다른 길 모두가 위험하다는 것도 어떤 길을 선택하는 좋은 이유가 됩니다."

"하지만 제국은······."

엘시는 말끝을 흐렸다. 그가 더 말하지 않을 거라 판단한 시허릭 마지오 상장군은 그의 말을 무시하기로 했다.

"좋은 제국을 만들어 주십시오."

시허릭이 천막 밖으로 나갔다. 홀로 남은 엘시는 시허릭의 말을 생각했다. 시허릭은 모든 것이 기정사실인 것처럼, 마치 엘시가 이미 제국과 약혼까지 끝내 놓은 것처럼 말했다. 누가 봐도 잘 어울리는 한 쌍입니다. 모든 사람들이 이 결합을 축복할 겁니다. 기쁜 일입니다.

하지만 엘시에게는 파혼 경험이 있다.

헨로 중대가 흑사자군과 조우하기로 한 지점은 위그세 호수에서 남쪽으로 800킬로미터쯤 떨어진 페로그라쥬였다. 레콘이라면 며칠 거리라고 말했겠지만 코끼리와 사람에겐 상당한 강행군으로도 열흘은 족히 소모될 거리다. 하지만 그들이 늦게 도착하면 전체 흑사자군이 곤경을 겪기 때문에 니어엘 헨로는 포장 작업이 끝나자마자 밤인데도 출발을 명령했다. 다행히 시원한 밤에 움직이는 것에 반대하는 사람은 없었다. 사막을 왕복하며 금편을 운반했던 주테카와 쵸지는 조금 불행한 표정을 지었지만 그들 나름대로 타개책을 마련했다. 그들은 두어 시간 정도 빠르게 달려간 다음 헨로 중대가 따라올 때까지 잔다는 계획을 실행하기 위해 먼저 출발했다. 그리고 헨로 중대와 그을린발, 금편을 실은 코끼리들이 뒤따라 움직였다.

지멘은 떠나지 않았다.

지멘이 약속한 것은 금편을 흑사자군에게 넘겨준다는 것뿐이기에 그들을 따라갈 의무는 없었다. 지멘은 떠나는 자들의 횃불빛을 바라보다가 호반 쪽으로 걸음을 옮겼다. 지멘은 달이 자신의 얼굴을 비춰 보는 수면을 바라보다가 호숫가에 앉았다.

정체 모를 물짐승이 물 위로 뛰어오르는 소리가 멀리서 들려왔다. 사람들이 떠나자 곤충들이 다시 노래를 불렀다. 그들의 아비에게 배운 적이 없는 노래를. 달빛에 기묘한 색깔로 물든 구름이 계속 자신의 모습을 바꾸며 밤하늘을 빠르게 흘렀다. 하지만 바람 소리는 없다. 물결은 잔잔하고 벌레들은 자족한다. 박명의 오염을 걱정할 필요가 없는 한밤중. 어둠이 어둠의 방식으로 자신을 고양시키는 소리가 들려왔다.

지멘의 오른손은 옆에 놓아둔 망치 위에 얹혀 있었다. 쇠망치는 따스했다. 금편을 옮기느라 낮 동안 내내 그곳에 내버려두었기 때문에 쇠망치는 햇빛을 잔뜩 머금었다. 지멘은 손가락들을 세워 망치를 율동적으로 두드렸다. 다다닥, 다다닥, 다다닥.

그 소리는 지멘의 기분을 상쾌하게 바꾸지 못했다. 지멘은 손을 끌어당겼다. 그는 알 속에 든 곤충을 흉내 내듯 몸을 웅크렸다. 다른 곳으로 떠날 생각은 없었다. 약속한 장소는 위그세 호수 옆이다.

지멘은 아실과 자신에 대해 생각했다. 그는 라세와 정신 억압에 대해 생각했다. 정신 억압은 모든 것을 뒤죽박죽으로 만든다. 가장 끔찍한 것은 라세가 자신의 정신에 손을 댔을지도 모른다는 사실이다. 라세는 아실을 치료할 수 없을 수도, 또는 치료할 생각이 없을 수도 있다. 하지만 그녀는 지멘을 마음대로 부리기 위해 자신만이 아실을 치료할 수 있으며 치료할 거라는 식으로 그의 정신을 억압했을 수 있다. 그런 가설은 아실에게 회복의 가능성이 없다는 점에서 그를 미칠 지경으로 만들었다. 하지만 그는 라세가 그런 능력을 가진 정신 억압자이길 바라야 한다. 그래야만 아실을 구할 수 있으므로. 정신 억압이 야기하는 거대한 모순은 레콘의 강력한 힘 따윈 가볍게 무시하며 그를 짓눌렀다. 가볍게 몸을 웅크리고 편안하게 앉아 있지만 지멘은 익사하는 사람처럼 힘겹게 숨을 몰아쉬었다.

'어쩌면 이 모든 것이 환상 아닐까? 나는 아실을 데리고 치천제를 찾은 적이 없는지도 모른다. 아실은 최후의 대장간에서 내가 어디 갔는지 몰라 당황하고 있는지도 모른다. 아니, 아실이라는 소녀가 애초에 존재하지 않았는지도 모른다. 타이모라는 레콘도, 지멘이라는 레콘도. 내가 레콘일까? 그것은 확실한 사실인

가? 여기는 위그세 호숫가인가?'

정신 억압은 모든 확실성을 압살한다. 정신 억압은 현실을 비웃는다. 정신 억압은 세계를 파괴한다.

지멘은 기진맥진한 채 쓰러졌다. 누군가가 그를 깨웠을 때 지멘은 비로소 자신이 기절했다는 것을 알았다.

"일어나."

말을 한 것은 어떤 레콘이었다. 지멘은 그가 누군지, 왜 일어나야 하는지 묻지 않았다. 지멘이 일어나자 레콘은 하늘로 솟아올랐다. 언젠가 10킬로미터나 되는 환상 계단을 만들었던 사람답게 지멘은 어렵잖게 환상 계단을 만들어 그 뒤를 따랐다.

조금 후 지멘은 위그세 호수 위쪽에 떠 있는 말리에 올라섰다.

지멘을 데리고 온 레콘은 어딘가로 사라졌다. 지멘은 가만히 서서 기다렸다. 곧 레콘이 나타났다. 다른 레콘이다. 그는 따라오라는 몸짓을 했다. 지멘은 그 뒤를 따랐다. 그는 어둠 속에 웅크리고 있는 거대한 파괴 기계들 사이를 걸었다. 그와 안내자의 발소리 외엔 아무 소리도 들리지 않는다. 말리 위에는 우는 곤충이 없다.

어둠이 환하게 죽었다.

지멘은 커다란 방에 서 있었다. 앞쪽에는 위로 이어지는 계단이 있고 주위에는 많은 문이 있다. 커다란 건물의 홀처럼 보인다. 벽에는 많은 초들이 불타고 있어 환했다. 지멘은 자신의 그림자도 볼 수 없었다. 그리고 안내자도. 그가 언제 곁을 떠났는지 지멘은 알지 못했다. 어쨌든 홀에 서 있는 것은 지멘뿐이었다. 아름다운 홀이다.

그녀가 계단을 내려왔다.

지멘은 꿈쩍도 하지 않은 채 그녀를 바라보았다. 그녀는 조심스럽게 한 발 한 발 내딛었다. 아래로 내려가는 동작을 무서워하는 것처럼 보였다. 그녀는 상당한 집중력으로 자신이 딛는 계단을 보고 있었기 때문에 지멘은 그녀의 시선을 볼 수 없었다. 서툴게 계단을 내려오는 그녀를 보며 지멘은 어떤 단위를 떠올렸다. 시간을 나타내는 단위다. 한 달.

헨로 중대가 엔거 평원에서 위그세 호수까지 오는 데 걸린 시간은 열이틀이다.

치천제가 약속한 시간은 한 달이다.

열이틀은 한 달의 4할쯤 된다.

그렇다면 저것은 아실의 4할일까?

아실이 겁먹은 표정으로 남은 계단을 걸어 내려오는 동안 지멘은 정신적으로 수십 번 이상 사망 판정을 받는 고통을 겪어야 했다. 마침내 아실은 계단을 정복했고 안도의 한숨으로 그 정복을 자축했다. 똑바로 선 아실은 고개를 들었다. 하나뿐인 시선이 지멘의 가슴을 강타했다.

지멘은 꿈쩍도 하지 않았다.

아실은 무엇인지 모르겠다는 표정으로 지멘을 바라보았다. 낯설다는 것뿐, 두려움은 없었다. 하지만 다른 특기할 만한 감정도 엿보이지 않았다. 아실은 다만 대단히 큰 물체를 보며 놀라워하는 것처럼 지멘을 바라보았다. 아주 크기 때문에 눈에 잘 들어온다는 듯이. 지멘은 아실의 그런 옅은 관심이 곧 사라질지도 모르겠다고 생각했다. 아실은 어쩌면 그를 놔두고 다른 곳으로 걸어갈지도 모른다. 어쩌면 그녀는 몸을 돌려 내려온 계단을 다시 올라갈지도 모른다. 만약 그런 일이 벌어진다면 지멘은 자신이 어떻게 변할지 알 수 없었다.

아실이 발을 움직였다.

아실은 지멘을 향해 똑바로 걸어왔다. 지멘은 아실의 외눈에 무엇이 담겨 있는지 필사적으로 읽으려 했다. 하지만 그가 읽은 것은 시선을 끄는 큼직한 물체니까 가까이에서 보고 싶다는 감정밖에 없었다. 아실은 지멘이 살아 있는 생물이라는 것도 느끼지 못하는 것처럼 보였다. 그런 큰 생물을 본다면 무서워하는 것이 보통의 반응이겠지만 아실에게서는 두려움을 찾을 수 없었다. 어디까지나 지멘은 아주 큰 '물체'일 뿐······.

아실은 지멘 앞에 섰다. 그녀가 시선으로 자신을 난도질하는 것은 지멘에게 다시 없는 고통이었다. 그 무관심한 시선. 그 감정 없는 시선. 아실이 딸꾹질을 하듯 말했다.

"아?"

지멘은 호흡을 멈췄다.

아실은 미간을 찡그렸다. 그녀는 좌우를 둘러보았다. 지멘을 회피하고 싶은 것처럼 보였다. 하지만 조금 후 자신이 왜 그러는지 모르겠다는 표정을 지은 채 다시 지멘을 바라보았다. 그 얼굴에 슬픔이 떠올랐을 때 지멘은 무릎을 꿇고 말았다.

겁을 집어먹을 만한 큰 동작이지만 아실은 놀라지 않았다. 아실은 자신이 왜 슬퍼하는지 모르겠다는 듯이 고개를 갸웃거리며 지멘의 얼굴을 들여다보았다. 그녀는 눈을 감았다.

갑자기 아실이 손을 들었다. 그녀는 눈을 떴다. 지멘을 똑바로 보며 아실은 지멘의 수염볏에 손을 얹었다. 지멘은 희망의 장난에 고통스러워 했다. 그런 큰 희망을 품어서는 안 돼. 더 큰 좌절 외엔 아무 선물도 준비하지 않은 채 찾아오는 못된 희망에게 자신을 내줘선 안 돼. 그것을 바라서는 안 돼.

"지멘?"

지멘은 부리를 열었다. 아실은 다른 사람의 표정을 흉내 내는 것처럼 슬픔과 반가움을 어색하게 표정 짓고 있었다. 하지만 그것은 아실의 표정이기도 했다. 지멘은 더 이상 희망에 저항할 수 없었다.

"아실."

아실은 미소를 지었다.

철의 대화는 마침내 종결되었다. 일반적이지 않은 방식으로. 지멘은 해방감도 아쉬움도 느끼지 않았다. 그렇게 되리라는 것을 오래전부터 알고 있었다는 느낌이 들 뿐이다.

"지멘."

"아실."

혹 그것은 가장 모범적인 철의 대화인지도 모른다. 아실이 그의 이름을 불렀을 때 그 목소리는 최후의 대장간이 만들어 낸 그 어떤 무기보다도 강력하게 지멘의 가슴을 찔렀다. 훌륭한 선공인 셈이다. 아실이 공격했고 지멘은 반격했다. 둘은 격투를 시작했다. 철의 대화가 그렇듯이 누구 한 사람이 죽을 때까지 격투는 계속될 것이다. 누구나 언젠가는 죽는 것 아닌가?

치천제가 그들을 내려다보고 있었다.

지멘은 고개를 들기 전부터 계단 위에 서 있는 치천제를 알고 있었다. 레콘의 직감이다. 치천제는 흑사자 모피를 느슨하게 어깨에 걸치고 있었다. 한계선 가까운 곳이라 그것을 꼭 여밀 필요는 없는 모양이다. 그래서 지멘은 그 투박한 모피 아래에 있는 황제의 의복을 볼 수 있었다.

무엇이 황제다운 것인지 말하기는 어렵다. 아라짓 제국이 가졌던 황제는 둘뿐이고 두 사람 모두 대중에게 황제의 인상을 주는 일에는 열심인 편이 못 되었다. 원시제는 잠시도 쉬지 않고 일했고 치세 기간 자체가 짧았다. 그녀는 대중에게 황제의 겉모습이 어떤 것인지 가르쳐 줄 틈을 낼 수 없었다. 그 뒤를 이은 치천제는 지상에 모습을 드러내지 않았다. 물론 하늘누리 위에서 접견자를 만나는 일은 게을리하지 않았지만 그때도 치천제는 흑사자 모피로 몸을 감싼 채 높은 옥좌에 앉아 간결하게 말하지 않으면 하늘누리 밖으로 던지겠다는 태도로 내려다볼 뿐이었다. 황제다운 어법, 황제다운 몸가짐, 황제다운 옷차림에 대해 제국인들이 머릿속에 떠올릴 만한 것은 빈약하다. 따라서 어깨에 흑사자 모피를 걸치고 허리에 쉬크톨만 차고 있으면 발가벗고 있어도 격식에 어긋난다고 말하기 어려운 지경인 것이다. 격식이라는 것 자체가 없으니까 어긋날 수도 없다. 황궁이 요구하는 복잡한 의례에 비추어 볼 때 그 정점에 있는 황제를 구속하는 예법은 하나도 없다는 것은 언뜻 기묘한 일처럼 보이기도 한다. 하지만 그것은 황제다운 일이기도 하다. 아라짓 제국의 황제는 법 위에 있으며, 따라서 법의 구속을 받지 않는다. 황제를 구속할 예법은 없다.

그런데도 지멘은 흑사자 모피 아래 드러난 황제의 모습을 보았을 때 위화감을 느꼈다. 지나치게 검소해서 그런 것은 아니다. 눈살을 찌푸릴 정도는 아니지만 상당히 화려한 편이었다. 하지만 황제답다는 표현이 불가능하기 때문에 황제답지 않다는 표현 또한 불가능한데도 지멘은 치천제의 모습이 황제답지 않다고 생각했다.

치천제의 뒤편에는 얼핏 보아도 열 명은 되는 듯한 레콘들이 있었다. 절망도에서 그들을 탈출시켰던 지멘은 그들 대부분과 안면이 있었지만 뭄토의 모습에만 잠깐 집중했을 뿐 곧 그들에 대한 관심을 버렸다. 그들 자신도 관심 받고 싶은 것처럼 보이지 않았다. 그들은 모든 관심이 치천제에게 쏟아지길 바라는 듯한 태도로 그녀의 뒤편에 서 있었다.

치천제가 계단을 내려왔다.

지멘은 일어섰다. 지멘의 수염볏을 놓친 아실이 잠깐 발돋움을 했다가 다시 똑바로 섰다. 그녀가 뒤로 돌아섰을 때 지멘은 아실을 보호하듯 망치를 두 손으로 쥐어 올렸다. 그 동작은 레콘들을 언짢게 만들었지만 황제는 괘념치 않았다.

계단을 내려온 황제는 잠시 지멘을 바라보다가 말했다.

"기다려."

지멘은 그것이 무슨 뜻인지 알 수 없었지만 그 말을 따랐다. 황제는 아실을 향해 손을 뻗었다. 그 손이 어깨 너머, 계단 쪽을 향했다.

아실의 뒤쪽에 있던 지멘은 그녀의 표정을 볼 수 없었다. 그가 본 것은 앞으로 걸어가는 아실의 뒷모습뿐이었다. 똑바로 걸어간 아실은 황제의 곁을 지나쳐 계단을 올라갔다. 계단을 오르는 아실의 모습은 내려올 때보다 별로 나아지지 않았다. 계단 난간을 꼭 붙잡은 채 위태롭게 올라가는 아실을 본 지멘은 그녀에게 다가가려 했다. 하지만 치천제는 그를 똑바로 노려보았다. '기다려.' 지멘은 걸음을 멈추었다. 대신 계단 위에 서 있던 레콘들 가운데서 뭄토가 움직였다.

계단을 성큼 내려온 뭄토는 아실에게 손을 내밀었다. 하지만 아실은 그 손이 무슨 뜻인지 모르겠다는 듯이 가만히 바라보았다. 뭄토는 벼슬을 주무르다가 허리를 굽혀 아실을 안아 들었다. 아실을 안아 든 뭄토가 계단을 오르기 위해 몸을 돌리자 지멘은 뭄토의 어깨 너머로 조그맣게 보이는 아실의 얼굴을 볼 수 있었다. 아실의 시선은 인형의 그것처럼 뭄토의 움직임에 따라 이곳 저곳으로 흔들렸다. 지멘은 그 시선이 자신에게 고정되지 않더라도 다른 무엇에 고정되었다면 정말 좋겠다고 생각했다.

뭄토는 아실을 안아 든 채 이층으로 사라졌다. 지멘은 그의 모습이 완전히 사라진 후에야 치천제에게 눈을 돌렸다. 황제가 말했다.

"따라와."

황제는 왼쪽으로 걸어갔다. 지멘이 따라오리라는 것을 확신하듯 그녀는 뒤도 한 번 돌아보지 않았다. 그 모습을 본 지멘은 떠나는 황제를 무시한 채 아실이 걸어 올라간 계단으로 올라갔다. 계단참에 있던 레콘들은 벽을 만드는 것처럼 완강하게 지멘의 앞을 가로막았다. 싸워서 길을 얻는다는 시도를 해 볼 수 없는 것은 아니지만 그럴 필요는 없다. 지멘은 자신이 황제의 명령을 거부할 수 있는지 알고 싶었다. 그것이 정신 억압을 당하지 않았다는 증거는 물론 될 수 없다. 황제의 명령을 거부할 수 있다는 착각을 일으키도록 억압되어 있을 가능성도 있으니까. 하지만 모든 논리를 파괴하는 정신 억압의 가능성 앞에서 시도할 수 있는 다른 방법은 없다.

정확하게 말한다면 지멘은 그런 방법을 알지 못한다고 해야 할 것이다. 지멘은 아실의 편지에 있던 한 구절을 떠올렸다. 그는 그 편지를 외워 쓸 수도 있다.

'어떻게 그걸 알아낼 수 있는지는 발케네 공이 가르쳐 줄 거예요. 아니, 가르쳐 줄지도 모른다고 해야겠군요. 그가 선택할 일이니까. 나는 그에게 보내는 편지를 썼어요. 그가 내 부탁을 받아들인다면 당신에게 어떻게 해야 할지 알려 줄 거예요.'

지멘은 발케네 공에게 가기로 되어 있던 편지가 어떻게 되었을지 궁금했다. 그 편지를 손에 넣을 수만 있다면 모든 것을 혼돈으로 바꾸는 정신 억압의 가능성 앞에서 자신이 파괴되는 것을 막을 수 있을지도 모른다. 하지만 아실이 분명히 썼을 그 편지는 지금 어디에 있는지, 아직 세상에 존재하는지도 불분명하다. 지멘은 자기 기만이라도 할 수밖에 없었다. '나는 그녀의 명령을 거부할 수 있어.' 그리고 거부할 수 있다고 생각하도록 억압되어 있을 가능성은 생각하지 않기로 했다. 지멘은 치천제의 뒤를 따랐다.

계단에 있던 레콘들 중 몇 명이 지멘의 뒤를 따라 걸었다. 나머지는 어디론가 사라졌다. 지멘은 커다란 복도를 뚜벅뚜벅 걸어가는 치천제의 뒷모습을 바라보면서 동시에 자신의 뒤를 따라오는 레콘들의 무게를 느꼈다.

치천제가 커다란 문을 밀고 방 안으로 들어섰다. 그 방은 낯익었다. 얼마 전 치천제가 그에게 엘시를 도우라는 명령을 내린 방이었다. 커다란 벽난로에서는 장작이 불타올랐고 다른 조명은 없어 어두웠다. 하지만 벽난로 근처에 앉아 다리를 뻗고 있는 스카리 빌파의 완전무장한 모습을 알아보기 어려울 정도는 아니었다. 투구에 눌린 머리카락과 먼지를 뒤집어쓴 옷차림도 알아볼 수 있었다. 스카리는 먼 길을 달려와 조금 전 겨우 앉을 자리를 얻은 사람처럼 보였다.

스카리는 치천제의 입실을 보고 일어났다. 황제를 따라 지멘이 방 안으로 들어섰을 때 등 뒤에서 문이 닫혔다. 뒤를 돌아본 지멘은 레콘들이 따라 들어오지 않았다는 것을 알았다. 방 안에는 스카리와 지멘, 황제만 남았다. 황제의 배짱에 놀랄 만도 하지만 지멘은 그런 느낌을 실감하기 어려웠다. 황제는 지멘에게 말했다.

"편할 대로 앉아라. 발케네 공도."

스카리는 그렇게 했지만 지멘은 다시 한번 황제를 거부할 수 있는지 시험해 보고 싶었다. 그는 바닥에 망치를 내려놓고 팔짱을 끼며 문에 몸을 기댔다. 바깥에 있는 레콘들이 들어서기 어렵도록 막아섰다고 할 수도 있다. 황제는 그의 조그마한 불복종에 신경 쓰지 않는 듯했다. 그녀는 벽난로 주변에 있는 의자에 몸을 앉혔다.

"발케네 공."

스카리는 기다렸다는 듯이 말했다.

"폐하, 즈믄누리가 폐하께 적대하는 것 같습니다."

그 발언은 지멘조차 조금 긴장하게 했다. 도깨비는 원래 그렇다. 평화롭고 온화하고 이야기꾼 세 명의 협공에도 무참하게 무너지지만, 정치적인 대화에서 즈믄누리의 이름은 관련자 모두가 최대한의 집중력을 발휘하게 된다는 점에서 남학생 기숙사에 던져진 여성용품이나 마찬가지다. 게다가 '즈믄누리'가 '적대'라는 단어와 한 문장 안에 자리 잡자 충격은 더욱 컸다.

황제는 설명을 요구했다. 스카리는 비나간에서 자신이 목격한 지키멜 퍼스의 탈주에 대해 상세하게 설명했다. 황제의 명령을 제대로 수행하지 못한 것을 변명하고 싶은 마음이 스카리의 묘사력을 상당히 증폭시켰다. 스카리는 황제로 하여금 뇌룡공 륜 페이가 아스화리탈과 함께 갔다 하더라도 비나간 후의 탈출은 저지하지 못했을 거라고 판단하게 하고 싶은 것처럼 보였다. 하지만 황제가 무슨 판단을 내렸는지는 알 수 없었다. 스카리의 질문이 끝나자마자 나온 황제의 질문은 왜 그 탈출을 저지하지 못했느냐는 것이 아니었다.

"짐은 그대에게 비나간을 장악하라고 명령했다. 그곳에 있었으면 짐이 갔을 것이다. 왜 비나간을 비워 두고 여기로 왔는가?"

스카리는 당신 바보 아니냐는 표정으로 황제를 바라보고 싶었다.

"폐하, 제 생각에 즈믄누리의 불온한 움직임을 알려 드리는 것에 비하면 비나간을 장악하는 것은 중요하지 않은 것 같습니다."

"무엇이 더 중요한지 판단하라고 명령한 적은 없다, 발케네 공. 그리고 네가 본 것은 딱정벌레와 도깨비일 뿐이다."

"폐하, 그런 딱정벌레를 길러 낼 수 있는 곳은 즈믄누리뿐입니다. 그리고 저는 그런 사실만 가지고 주장하는 것이 아닙니다. 저는 그곳 사람들을 대상으로 조사해 봤습니다. 그 도깨비들은 비나간 후가 즈믄누리에 보낸 편지의 답장을 가지고 돌아왔다고 하더군요. 틀림없는 즈믄누리입니다."

"짐은 그 딱정벌레가 즈믄누리의 딱정벌레가 아니라고 말하지는 않았다. 그것이 바우 성주의 뜻인지는 불명확하다는 것이다. 바우 성주가 짐에게 적대하기로 마음먹었다면 오래전에 무사장이 이곳에 나타났어야 한다. 부냐 헨로를 보러 온 거냐?"

아무런 음색의 변화도 없이 갑자기 튀어나온 마지막 질문은 탁자 아래로 정강이를 걷어차는 것과 비슷했다. 스카리는 뚜렷이 알아볼 수 있는 고통의 표정을 드러내었다. 그런 경험을 한다는 것이 어쩐지 불쾌했지만 지멘은 스카리와 동질감을 느꼈다.

"폐하, 저는……."

"돌아가서 기다려라."

더 이상 대화를 진행시킬 수 없는 단호한 말이었다. 스카리는 고개를 떨어뜨렸다. 그는 아무 내색도 하지 않았지만 지멘은 갑자기 스카리의 품속에 무엇인가가 있다고 느꼈다. 그것이 무엇일지 짐작하는 것은 어렵지 않다. 스카리에겐 도깨비감투가 있다. 지멘은 용인이 아니지만 스카리 빌파가 황제 시해와 부냐 헨로의 두 번째 구출을 생각하고 있다는 것을 어렵잖게 읽어 낼 수 있었다. 도깨비감투는 말리 위에 득시글거리는 레콘들 사이에서도 그를 지켜 줄 수 있을 것이다.

문제는 부냐 헨로의 소재에 대해 스카리가 아는 바가 전혀 없다는 사실이다. 광대한 말리 전체를 뒤지는 것은 어불성설이다. 최악의 경우 부냐는 말리 위에 없을 수도 있다. 게다가 스카리는 고려하지 않는 사실이지만 그의 황제 시해를 저지할 존재는 황제 자신 외에도 한 사람 더 있었다. 지멘은 만약 스카리가 품속으로 손을 뻗는다면 그 즉시 그를 공격할 생각으로 스카리를 노려보고 있었다. 그는 절대로 황제가 죽도록 내버려둘 수 없다.

지멘은 아찔한 기분을 느꼈다. 그는 황제 사냥꾼이다. 하지만 자신이 황제를 보호하기 위해서는 용과도 싸울 작정을 하고 있다는 것을 알았다. 아실이 스스로 걷는 것을 보고 그의 이름을 부른 것을 들었기 때문이다.

스카리가 무너지는 사내의 목소리로 말했다.

"앙원합니다, 폐하. 멀리서라도 잠시 볼 수 있게 해 주십시오."

"돌아가라, 발케네 공."

스카리의 고통이 증오로 바뀌었다. 지멘은 문에 기댄 등을 살짝 떼서 도약할 준비를 했다. 하지만 스카리는 품속으로 손을 집어넣지 않았다. 스카리는 부냐에게 해가 갈까 봐 참아 준다는 눈빛으로 황제를 바라보고 과장된 동작으로 예를 표시했다. 그리고 문 쪽을 향해 성큼성큼 걸어왔다. 지멘은 옆으로 비켜섰다.

스카리가 나간 다음 지멘은 문을 닫았다. 치천제는 벽난로를 향해 앉아 있었다. 그런 것을 보고 싶다면 그 뒷모습에서 다루기 힘든 부하의 통제를 끝내고 휴식에 들어간 지배자의 피로를 읽을 수도 있을 것이다. 하지만 그것은 끼워 맞추는 식이 될 것이다. 황제의 뒷모습에는 별다른 표정이 없었다.

문득 지멘은 조금 전에 본 광경을 스카리가 정신 억압을 당하지 않았다는 증거로 해석할 수 있다고 생각했다. 그가 계단을 올라가 보려 한 것과 마찬가지다. 스카리의 태도는 황제에게 인질을 붙잡혀 어쩔 수 없이 복종하고 있는 남자의 것이었지 정신적 노예의 그것은 아니었다.(그리고 지멘은 자신이 그런 모습을 보도록 정신 억압당했을지도 모른다는 생각은 하지 않기로 했다. 순식간에 미쳐 버릴 수도 있는 생각이다.)

황제는 방 안에 또 다른 사람이 있다는 것을 잊은 사람처럼 벽난로만 바라보았다. 지멘은 그녀가 자신의 말을 기다리고 있나 생각했다. 하고 싶은 말이야 많았다. 지멘이 그중 하나를 꺼내려 했을 때 황제의 아름다운 목소리가 들렸다.

"가까이 오너라."

지멘은 그녀의 곁으로 걸어가 섰다. 거의 누운 것 비슷한 자세로 의자에 앉아 있던 황제는 지멘을 보지도 않은 채 손으로 바닥을 가리켰다. 바닥에 앉으라는 손짓이었다. 지멘은 대화가 어색

할 정도의 높이 차이를 고려해서 그 손짓을 따랐다. 하지만 바닥에 앉은 후에도 그는 황제를 내려다보고 있었다.

불꽃을 마주 보던 황제가 말했다.

"조금 전의 희극에 대해 어떻게 생각하나."

지멘은 자신이 본 광경 어디에서 웃음의 요소를 찾아낼 수 있는지 모르겠다고 생각했다. 황제가 설명하듯 말했다.

"스카리 빌파는 부냐 헨로를 보고 싶어서 온 것이 아니다."

지멘은 벼슬을 꿈틀했다.

"그럼?"

"지키멜을 놓친 것을 변명하러 온 거지."

지멘은 퍽이나 화려했던 스카리의 보고를 떠올렸다.

"그러면 부냐를 보러 왔다는 것은 거짓말이라는 건가? 변명하러 왔다는 것을 드러내고 싶지 않아서?"

"아냐. 짐이 부냐를 보러 온 거냐고 물은 후부터는 그 어떤 진실에 비교해도 손색없는 진실이 되었다. 스카리는 부냐 헨로를 보고 싶어서 온 것이다. 그 자신이 그렇게 믿고 있는데 어떻게 그것을 거짓이라 하겠나."

지멘은 황제의 말에 대해 한참 동안 생각했다.

"그는 가식에 찬 인물인가?"

"아니. 보기 드문 진솔한 인물이지. 그에게도 자격이 있다."

"자격?"

"황제의 자격."

"⋯⋯엘시 에더리가 차기 황제인가?"

"그렇다. 그 때문에 스카리는 항상 논외였지. 스카리는 언제나 엘시의 방해물이었다. 하지만 그 점을 제외하면 스카리에게도 상당한 자격이 있다. 엘시가 가진 것과는 성격이 완전히 다르고, 또 엘시의 것보다는 조금 부족하지만."

"내가 너를 죽이는 것으로 황위 이양이 일어나나?"

"그래. 대호왕이 알려 줬나?"

"그렇다."

지멘은 잠깐 멈췄다. 할 말이 없었던 것은 아니지만 쉽게 할 수 있는 말이 아니었다. 고민하던 지멘은 다른 질문을 꺼냈다.

"왜 좀 더 간단한 방법으로 하지 않는 거지? 그냥 엘시를 불러 너에게 황위를 선양한다고 말하는 것이 그렇게 어려운 일 같지는 않은데."

"대호왕이 거기에 대해서도 설명해 줬을 텐데."

황제의 말대로였다. 대호왕은 설명해 주었다.

원시제가 치천제를 후계자로 지명한 것과는 다르다. 원시제는 말로 표현하기 어려울 정도로 존경을 받고 있었고 제국을 위해 요절한 인물이며 또 치천제는 원시제와 같은 나가다. 원시제의 지명과 원시제와 같은 종족이라는 사실은 치천제에게 다른 이들이 넘볼 수 없는 정통성을 부여했다. 하지만 치천제는 원시제와 다르다. 또한 엘시는 인간이다. 따라서 평범한 선양은 엘시에게 황위뿐만 아니라 무수한 반대파도 줄 것이다. 원활한 계승을 위해서는 사전에 반대파를 모두 제거해야 한다. 엄청난 증오를 쌓게 되는 그 일은 치천제 본인이 해야 하며, 그런 증오를 받는 자의 후계자가 된다면 엘시 또한 그 증오를 고스란히 넘겨받게 된다. 따라서 치천제는 반대파를 모두 제거한 다음에 살해되어야 하고 엘시는 공위가 된 황위에 올라야 한다. 황제가 말했다.

"지멘, 하고 싶은 질문이 뭐지?"

지멘은 황제의 옆얼굴을 노려보다가 손이 아프다는 느낌을 받았다. 그의 손이 옆에 내려 둔 망치를 움켜쥐고 있었다. 지멘이 말했다.

"내가 너를 죽이겠다는 숙원을 선택하도록 나를 정신 억압했나?"

황제는 고개를 돌려 지멘의 망치를 바라보았다. 그곳에 잠깐 머물렀던 시선이 다시 지멘의 얼굴로 향했다. 황제는 지멘의 눈을 바라보며 말했다.

"아실도 짐에게 그렇게 질문했지."

지멘은 망치가 너무나도 무겁다고 생각했다. 수족처럼 다루던 물건인데도 지멘은 그것을 들어 올릴 자신이 없었다.

"아실에게 했던 대답을 너에게도 해 주지."

지멘은 망치가 바닥 아래로 가라앉는 것 같았다. 있을 수 없는 일이지만 손바닥에 느껴지는 감각은 그것이 가라앉는다는 것이었다. 고개를 돌려 망치의 상태를 확인하고 싶었지만 지멘은 황제의 눈길을 외면할 수 없었다.

"짐은 아실도 너도 정신 억압하지 않았다. 짐은 그런 식으로 정신 억압하지 않는다."

치천제의 말이 거짓말이 아니라는 증거는 어디에도 없다. 물론 진실이 아니라는 증거도 없다. 지멘은 자신의 질문과 치천제의 대답이 모두 무의미하다는 것을 깨달았다. 지멘은 거짓과 진실, 환상과 실재 사이의 이 곡예가 지긋지긋했다. 이젠 아무래도 상관없다. 그가 진짜 알고 싶은 것은 하나뿐이다.

"아실은 나은 건가?"

황제는 고개를 돌려 다시 벽난로를 바라보았다.

"한 달 후라고 했다. 오늘도 거의 다 지났으니 17일 정도 더 기다려야겠군."

"걸었어. 계단도 내려왔고. 그리고 내 이름을 불렀어."

황제는 딴생각을 하는 듯한 표정으로 벽난로 속의 불길을 바라보았다. 지멘은 그녀의 멱살을 붙잡아 자신에게 돌려놓고 싶은 것을 참으며 말했다.

"낫고 있는 거야? 17일 후에는 완전히 낫는 거야?"

문을 두드리는 소리가 들렸다.

지멘은 고개를 홱 돌려 문을 바라보았다. 문 저편에서 레콘의 목소리가 들려왔다.

"위대한 이라세오날이여, 게라임 지울비가 친견을 바라고 있습니다."

지멘은 당황했다. 레콘이 사용한 호칭도, 그가 거론한 이름도 모두 기괴하게 들렸다. 하지만 황제는 기다리고 있었던 사람처럼 들여보내라는 간단한 대답을 했다. 문이 열리고 지멘만큼이나 당황한 듯한 인간이 걸어 들어왔다. 유료도로당주 게라임 지울비였다. 방 안을 둘러보던 게라임은 지멘을 발견하고 말했다.

"당신이 이라세오날입니까? 하지만 나에게 온 사람은 황제를 만나야 한다고 했는데 왜 당신이?"

지멘은 손가락으로 의자를 가리켰다. 게라임이 거기에 누가 앉아 있다는 것을 느꼈을 때 황제가 자리에서 일어났다. 게라임은 깜짝 놀랐다. 얼빠진 표정으로 황제를 바라보던 게라임이 중얼거렸다.

"이라세오날…… 라세. 아아!"

강대한 유료도로당주인 게라임은 황제의 이름인 라세를 알고 있었다. 물론 본명인 이라세오날에 대해서는 몰랐지만. 치천제가 말했다.

"무릎을 꿇어라."

게라임은 무엇에 홀린 사람 같은 표정으로 무릎을 꿇었다. 황제는 의자 옆을 돌아 그에게 다가갔다. 게라임의 앞에 선 황제가 담담하게 말했다.

"게라임 지울비, 그대를 도로의 왕에 봉한다. 왕명은 스스로 정하도록. 면이 아닌 선에 군림하는 최초의 왕에게 어울리는 이름을 짓도록 해라."

게라임은 심장이 멎을 만큼 놀라서 황제를 올려다보았다. 게라임 지울비를 처음 보는 지멘은 그가 좀 경망스러운 사람이 아닌가 생각했다. 예를 들어 시오크처럼 그를 잘 아는 사람이라면 게라임이 놀라기도 한다는 사실에 더 놀랐겠지만.

"폐하, 저희 당은……"

"왕국이다."

선으로 이루어진 왕국이라는 당혹스러운 개념을 생각해 본 게라임은 그를 잘 아는 사람에게 익숙한 침착을 되찾았다. 그는 차분하게 말했다.

"저희 당은 당원들의 것입니다."

"그 당원들은 짐의 것이다."

"폐하, 그 말씀 거두어 주십시오. 저희들의 길은 목적을 향해 걷는 자들의 것입니다. 누군가의 왕국이 될 수 없습니다."

"알았다."

서로에 대해서는 이름 외엔 아는 것이 거의 없는 지멘과 게라임이지만 그 순간에는 놀라운 감정의 일치를 느꼈다. 두 사람은 모두 어이없다는 표정으로 황제를 바라보았다. 황제는 그들의 당혹에 신경 쓰지 않은 채 목소리를 높여 말했다.

"들어와서 게라임 지울비를 데려가라."

문이 열리고 레콘이 들어왔다. 레콘은 황제에게 공손히 목례하고 게라임 지울비를 일으켰다. 게라임은 뭐가 뭔지 모르겠다는 표정으로 황제를 바라보았다. 황제가 말했다.

"데려가서 가둬라."

"폐하?"

"네 아들이 도로의 왕이 될 것이다."

게라임은 자신이 인질이 되는 것임을 깨달았다. 그는 격렬하게 저항하려 했지만 레콘의 동작은 빨랐다. 레콘은 재빨리 게라임의 두 다리를 붙잡아 그를 거꾸로 들어 올렸다. 세상이 확 뒤집히는 감각 때문에 게라임은 순식간에 무력화되었다. 그를 들어 올린 레콘은 게라임이 자신의 자세에 적응해서 버둥거릴 틈을 주지 않았다. 레콘은 그를 거꾸로 든 채 밖으로 걸어갔다. 다시 문이 닫혔다.

그 모든 일은 지멘에게 깊은 인상을 남겼다. 물론 그가 도로의 왕이나 유료도로당의 존재 의의 같은 것에 관심 있었던 것은 아니다. 지멘은 비로소 황제가 누군가를 강제하고 싶을 때 정신 억압 같은 신비한 방식보다 인질을 붙잡는 평범한 방식을 선호한다는 것을 깨달았다. 스카리의 인질은 부냐 헨로이고 지멘의 인질은 아실이다. 그리고 시오크 지울비의 인질은 그의 아버지다. 지멘은 엘시 에더리의 인질이 누굴지 생각해 보았다. 엘시는 그런 사람은 없다고 말했지만 황제의 방식으로 보건대 분명히 인질이 있을 것이다. 지멘이 말했다.

"유료도로당주의 아들이면 비나간 후의 연인이라는 그 남자로군."

"시오크 지울비. 도로를 능동적으로 이용하는 일에 관심 있으니 왕위를 받아들일 것이다."

"왜 유료도로를 왕국으로 만들지?"

"그래야 황제가 지배하기 편하니까."

"그러면 이것도 엘시를 위해서 하는 일이야?"

"그렇다."

"왜 진작 왕국으로 만들지 않았지?"

"당이 당으로 있는 한은 그럴 필요가 없었으니까. 게라임은 당이 왕국이 될 수 없다고 말했지만 그 말은 희망의 표현일 뿐이다. 시모그라쥬군과 싸운 후부터 유료도로당은 이미 과거의 당이 아니다. 그렇게 될 수도 없고."

황제는 의자로 돌아와 앉았다. 그녀를 바라보던 지멘이 속삭이듯 말했다.

"그러면 이제 어떤 사람들을 학살할 거지?"

황제는 주먹으로 턱을 괴었다. 지멘은 머리 대신 부리로 생각하듯 말했다.

"시모그라쥬는 아니군. 바로 엘시가 그곳으로 갔으니까. 엘시의 손에 피를 묻힐 수는 없지. 다시 발케네인가? 하지만 이젠 명분이 없을 텐데. 스카리 빌파가 사라티본 부대와 함께 너를 돕고 있는데 발케네를 공격할 수는 없지. 잠깐. 너는 도망친 연인들의 뒤를 군대로 쫓는 일이 특기였지. 지키멜과 시오크는 즈믄누리로 갔어…… 설마 즈믄누리인가?"

"그들이 즈믄누리로 갔다는 보고는 없어. 즈믄누리의 딱정벌레를 타고 사라졌을 뿐이지. 지키멜 퍼스가 즈믄누리로 갔을 것 같지는 않군."

"즈믄누리가 그녀를 보호할 수 없다는 건가?"

"아니. 즈믄누리의 힘이 즈믄누리에 있지 않기 때문에."

지멘은 즈믄누리의 힘이 무엇인지 생각해 보았다.

"규리하로군."

황제는 대답하지 않았다.

비나간에서 태어난 사람에게 규리하는 굉장히 추운 곳이다. 지키멜 퍼스는 규리하에 도착한 직후부터 벽난로와 배기 시설의 열렬한 찬미자가 되었다. 두꺼운 이불로 몸을 감싸고 활활 타오르는 벽난로 앞에서 자면서도 지키멜은 밤새도록 자신이 한계선을 넘은 나가가 된 꿈에 시달렸다.

그리고 규리하에 도착한 다음 날 아침, 아직 가시지 않은 장거리 비행의 피로와 익숙하지 못한 추위에 괴로워하는 그녀를 방문한 정우는 그녀에게 정신적인 추위까지 선사하는 말로 아침 인사를 대신했다.

"좋은 꿈 꾸셨어요? 폐하. 폐하를 받아들이면 규리하는 멸망한다더군요."

지키멜 퍼스는 놀랍다는 표정을 지으려 했지만 성공하지 못했다. 그녀는 고개를 떨어뜨렸다.

"어제 정우라고 부르라고 했지요? 저를 지키멜이라고 부른다면 그렇게 하죠."

"예. 지키멜."

지키멜은 목례하고 나서 말했다.

"정우, 당신의 신하들이 무슨 말을 했는지 짐작할 것 같군요. 우리 두 사람이 또 다른 스카리 빌파와 부냐 헨로라고 말했겠지요."

"표현은 조금 다르지만 대략 그런 의미였어요."

"우락부락한 병사들 대신 당신이 여기에 왔다는 것에 대해 내가 희망을 품어도 될까요?"

정우는 조금 고민하는 표정을 지었다. 그녀가 거부를 말할까 봐 두려워진 지키멜은 대답을 기다리지 않고 말했다.

"정우, 황제는 억지를 부리고 있어요."

"어떤 억지지요?"

"말리에 대한 이야기가 여기에 도착했나요?"

"말리? 꽃이오?"

"아뇨. 치천제가 가지고 있는 또 다른 하늘치예요. 황제는 그것을 타고 돌아왔지요."

지키멜은 엔거 평원에 나타난 말리와 거기에서 내려와 시모그라쥬군을 물리친 나가와 레콘들에 대해 이야기했다. 정우는 한계선 북부에 나가들이 나타났다는 것에 의문을 제시했다.

"아마도 소드락 덕분이었을 거예요. 그 나가들은 잠깐 동안 활동한 다음 사라졌다고 하더군요. 그보다 더 주의해야 하는 것은 레콘들이에요. 그들은 센시엣 특수 수용소에 감금되어 있던 자들이었어요. 황제가 타고 돌아온 또 다른 하늘치 말리는 하늘누리와 비교도 안 되는 병기예요."

"그런가요? 그러면 왜 폐하께서 규리하 전쟁이나 발케네 전쟁에서 말리를 사용하지 않으신 거죠?"

"정우, 그런 것이 있다는 것을 공개하면 전쟁이 벌어졌을까요?"

"예? 그 하늘치가 그렇게 무서운 거라면 아무도 황제 폐하와 싸우려 하지는 않았겠지요. 그러고 보니 왜 오래전에 공개하지 않은 거죠? 그러면 규리하 전쟁도 발케네 전쟁도 일어나지 않았을 텐데."

"바로 그거예요. 황제에게는 전쟁이 필요했어요. 그러니까 말리를 공개할 수 없었던 거죠."

"왜 전쟁이 필요하죠?"

"그게 내가 말하는 억지예요. 혹시 네 마리 형제 새에 관한 키탈저 사냥꾼의 이야기 알아요?"

정우는 반색했다.

"예, 알아요. 눈물을 마시는 새는 가장 빨리 죽고 피를 마시는 새는 가장 오래 살아요. 독을 마시는 새는 가장 빠르고 물을 마시는 새는 가장 느리지요."

"잘 아는군요. 황제는 제국이 오래 사는 새가 되기를 바라요. 그래서 제국을 피를 마시는 새로 만들려 하는 거죠. 끝없는 전쟁이 아니고선 이 터무니없이 큰 제국을 유지할 방법이 없어요."

정우는 멍한 표정으로 지키멜을 바라보다가 황급히 말했다.

"어, 이건 킴들만 이해할 수 있는 이야기겠지요? 미안하지만 도깨비도 이해할 수 있는 방식으로 설명해 주면 좋겠네요. 저는 아무래도 그쪽이 더 익숙하니까요. 제국이 오래 살기를 바란다면 잘 보살피고 행복하게 해 주어야 하는 것 아닌가요? 그런데 끝없는 전쟁이라고요? 모순처럼 들리는데요."

지키멜은 비명을 질러 대는 허리를 구부정하게 구부렸다. 비나간에서 규리하까지의 비행은 길었다. 지키멜은 정우가 어떻게 즈른누리에서 규리하까지 비행할 수 있었는지 신기해하며 말했다.

"아라짓 제국은 놀라운 체제예요, 정우. 움직일 수 있는 수도 때문에 아라짓에는 변경이 없어요. 하늘누리가 움직이기만 하면 변두리도 곧 중심지가 되니까요. 하지만 변경이 없다는 것은 바꿔 말하면 중심이 없다는 이야기도 되지요. 하늘누리가 떠나면 중심지도 곧 변두리가 되죠."

"하지만 뱀단지가 있지요."

"맞아요. 뱀단지. 그것이 있으니까 하늘누리의 뜻은 제국 전역에 곧장 전달되죠. 그 때문에 아라짓이 굉장히 불안한 제국이라는 사실이 감춰지는 거예요. 정치는 사람의 행위들 중에서 가장 상호적인 것 중 하나예요. 그런데 뱀단지는 일방적이지요. 상호 작용이어야 할 정치가 한쪽의 일방적 행위로 끝나 버리는 거예요."

"음, 그런가요."

"예. 뱀단지보다 더 나은 수단이 있다면 이런 큰 제국도 감당할 수 있을지 몰라요. 언젠가는 우리가 그런 것을 만들어 낼 수 있을지도 모르지요. 하지만 지금 우리에겐 그런 것이 없어요. 정치 단위는 상호 작용이 이루어질 수 있는 크기여야 해요. 아라짓 제국은 우리가 지금 지닌 수단으로는 감당할 수 없을 정도로 크죠. 그 때문에 아라짓 제국은 그 지배자가 반쪽짜리 정치를 하는 중심 없는 제국이죠. 그래서 아라짓이 불안하다는 거예요. 치천제는 그것이 부서지도록 내버려둘 수 없지요. 그래서 제국의 파괴 요인을 모두 파괴하겠다고 결정했어요. 하지만 아라짓은 원래 불안하기 때문에 그런 파괴 요소는 끝없이 나타나죠. 이미 우리는 분리주의나 서약 지지파 같은 것을 겪었어요. 분리주의는 그 이름에서부터 분열을 상징하고 있어요. 그리고 서약 지지파는 간접적이죠. 제국을 황제에게 서약할 수 있는 자와 그럴 수 없는 자로 분리하는 거예요. 하지만 둘 다 제국을 분열시키는 움직임이에요. 그리고 우리가 겪지 못한 다른 분열 움직임은 계속 나타날 거예요. 종족과 계급에 의한 분리는 이미 나타났으니 다음에는 나이나 성별에 의한 분리가 나타날지 모르겠군요. 제국을 남자 왕국과 여자 왕국으로 분리하자는 이야기가 진짜 나올 것 같지는 않지만, 뭐 모르는 일이죠. 서약 지지파의 경우처럼 간접적으로 분리할지도……"

지키멜은 무언가 실수를 저질렀다는 희미한 자각 속에서 말끝을 삼켰다. 정우의 멍한 표정을 본 지키멜은 자신이 무슨 실수를 저질렀는지 알았다. 도깨비를 죽이는 것은 세 명의 이야기꾼이다. 정우는 남자 왕국과 여자 왕국이라는 신기하기 짝이 없는 이야깃거리에 대해 공상하고 있었다. 그녀는 당장이라도 '두 나라의 국경선에서는 과연 무슨 일이 일어날까요?'라고 물어볼 것 같은 표정이었다. 지키멜이 정우의 주의를 촉구하기 위해 헛기침이나 여타 수단을 동원할까 고민하고 있을 때 다행히 정우가 정신을 차렸다.

"아, 예. 그러면 당신 이야기를 좀 정리해 볼게요. 아라짓 제국은 원래 불안하다. 그것은 자기 무게를 이기지 못하는 모래성처럼 계속 부서지려 한다. 그래서 어쩔 수 없이 황제는 그것을 계속 두드려 다져야 한다. 말리는, 이를테면 아주 강력한 두드리기 도구다. 맞나요?"

"맞아요. 잘 정리했어요. 그게 황제가 부리는 억지요. 황제는 제국이 쪼개지도록, 상호 작용이라는 정상적인 정치가 이루어질 수 있는 크기로 분리되도록 내버려두어야 해요."

"그래서 당신이 비나간 왕국의 왕이 된 것이군요."

"그래요. 지금은 도망자지만."

지키멜은 손을 뻗었다. 정우는 흠칫하며 손을 잡아당기려 했지만 지키멜에게 붙잡혔다. 지키멜은 정우의 손을 끌어당기며 말했다.

"정우, 제국은 어차피 부서질 수밖에 없어요. 하지만 황제에게 그토록 큰 힘이 있는 이상 황제는 오랫동안 그 파괴에 저항할 거예요. 불에 맞불을 놓듯 파괴에 파괴로 저항하는 거죠. 그건 우리뿐만 아니라 우리 자손들에게까지 돌이킬 수 없는 크나큰 피해를 남길 거예요. 황제에 맞서 싸워야 해요."

정우는 조용히 지키멜을 바라보다가 어렵게 말을 꺼냈다.

"당신의 말에 따르면 그것은 폐하의 뜻에 부합하는 행동일 텐데요."

지키멜은 입을 다물었다. 정우는 차근차근 말했다.

"당신은 폐하께서 싸움을 원한다고 했잖아요. 그런데 폐하의 뜻에 대적하기 위해 폐하와 싸운다고요?"

"맞아요. 하지만 일격에 황제를 무너뜨릴 수만 있다면…… 당신은 하늘치를 다룰 수 있어요. 그리고 이곳에는 즈믄누리의 무사장도 있어요. 내가 알기로 무사장은 당신과 친분이 두텁다던데, 맞나요?"

정우는 지키멜의 손에서 와락 손을 뽑아냈다. 지키멜은 그 격한 반응에 놀랐지만 정우도 자신의 반응에 놀란 것처럼 보였다. 정우는 사과하듯 고개를 숙였다. 하지만 그녀의 말은 사과가 아니었다.

"즈믄누리의 무사장은 즈믄누리의 성주가 명령할 때만 싸워요. 절대로 당신이나 저를 위해 싸우지 않아요!"

"예? 아, 물론이지요. 하지만 사람들은 즈믄누리의 무사장이 어떤 일을 할 수 있는지 잘 알고 있어요. 무사장이 실제로 행동에 나선 것은 단 한 번뿐인데도 사람들은 무사장이 나설 거라는 소문만으로 사태를 급변시켜 왔어요. 그 무사장이 실제로 싸울 필요는 없을 거예요. 저도 즈믄누리의 무사장이 실제로 불을 쓰는 무서운 사태는 절대로 보고 싶지 않아요. 무사장이 그냥 규리하에 있기만 해도 규리하의 적은 두려움을 느낄 거예요."

정우는 고집스럽게 말했다.

"발케네 공은 그렇지 않았어요. 탈해가 여기 있는데도 규리하를 침략했지요."

지키멜은 난감했다. 그녀는 모든 사람이 스카리 빌파처럼 무모하지 않다는 취지의 반론을 하려고 했다. 하지만 정우의 뒤이은 말이 그녀를 침묵하게 했다.

"이렇게 말하면 안 되겠지만 차라리 발케네 공이 고맙군요. 발케네 공은 탈해를 무시무시한 병기로, 생각만 해도 무서운 무기로 취급하진 않았으니까."

지키멜은 답답했다. 그녀는 정우에 대해 모든 것을 알았다고 생각했다. 정우는 강대한 규리하의 지배자로는 어울리지 않는 철부지 아가씨다.

'친구를 병기로 취급할 순 없어요라는 거야? 오, 규리하 공. 그러면 친구가 아닌 사람은 병기가 되어도 된다는 건가? 당신의 군대는 당신의 병기 아닌가? 그 유치한 순수에 하품이 나오는

군.'

 지키멜은 그렇게 말해 주고 싶었다. 하지만 철부지 아가씨에게 그런 이야기는 논리 없는 거부감만 일으킬 것이다. 정우에게 부탁해야 하는 처지인 지키멜은 그녀의 비위를 거스를 수 없었다. 지키멜은 좀 더 유치한 논리를 고안해야 하나 생각했다. 하지만 정우가 자리에서 일어났다.

 "당신의 말에 대해서는 좀 더 생각해 보겠어요. 쉬도록 해요. 그리고 우락부락한 병사들이 찾아올 일은 없을 거라고 약속하지요. 다음에도 제가 올 거예요."

 정우는 고개를 꾸벅하고 붙잡을 틈도 없이 문밖으로 나갔다. 방 안에 홀로 남겨진 지키멜은 어느새 추위를 잊어버린 자신을 발견했다.

 밖으로 나온 정우는 문에 등을 기댄 채 한숨을 내쉬었다. 그 한숨의 대부분은 밖으로 나왔다는 것에 대한 안도지만 일부는 다른 의미다. 정우는 말했다.

 "예, 부사님."

 사라말 아이솔이 말했다.

 "예?"

 "할 말이 있으신 거잖아요."

 정우의 말은 엿들은 것을 들키지 않으려면 지나가는 중이었다는 자세를 취하지 복도 가운데 서서 배 앞에 두 손을 모아 쥔 채 그녀가 나오길 기다리고 있는 자세를 취하지는 않을 것이며, 그런데도 그런 자세를 취하고 있다면 엿들은 것이 들키든 말든 꼭 해야 할 말이 있는 것 아니냐는 뜻이다. 사라말의 회유에 넘어가 그가 엿듣도록 해 주었던 호위병들은 정우의 말을 깨닫고 얼굴이 화끈해지는 것을 느꼈다. 사라말은 말했다.

"걷죠."

"예."

정우와 사라말이 복도를 따라 걸었다. 침통한 표정의 호위병들이 뒤를 따라 움직였다. 사라말은 뒤를 흘끔 돌아보고 목소리를 낮춰 말했다.

"탈해 머리돌 무사장은 파괴적인 불을 쓸 수 없습니다. 맞습니까?"

정우는 놀랍도록 초연한 표정을 지었다. 하지만 그녀를 자세히 관찰한 사라말은 그 침착함이 크게 움찔한 거나 마찬가지라는 것을 깨달았다. 기절하기 직전의 고요함이라고 할까. 사라말은 만약 그녀가 옆으로 기울면 즉각 부축할 채비를 한 채 말했다.

"도깨비답군요. 불을 쓸 수 없는 도깨비를 무사장으로 삼다니."

"도깨비다운 건지 모르겠어요. 바우 성주님이 지명했을 땐 탈해도 정말 놀랐거든요. 하지만 즈믄누리의 성주는……."

"즈믄누리에 있을 땐 항상 옳은 결정만 내리지요."

"부사님, 비밀로 해 주겠다고 하셨지요?"

"저는 아무에게도 말하지 않았습니다. 하지만 도깨비가 발화장치가 달린 곰방대를 가지고 있다는 것이 얼마나 어울리지 않는 일인지, 그리고 제국군과 규리하군이 정면으로 부닥치는 전쟁터에 도깨비가 가도록 허락한 바우 성주의 결정이 얼마나 위험한 것인지, 그 도깨비가 무려 두 번이나 이성을 상실한 상태에서 열 없는 불만 사용했다는 것이 얼마나 놀라운 우연인지 깨달은 다른 사람이 있을지도 모르지요. 왜 그렇게 되었습니까? 선천적인 겁니까?"

"자기가 도깨비가 아니라는 것을 인정할 수 없었던 어떤 킴 소녀 때문이에요."

정우는 그 소녀에 대해 생각했다.

개들 사이에서 자라난 고양이는 꼬리를 흔드는 대신 자꾸 목을 골골거리는 자신을 어떻게 생각할까? 규리하 공의 어린 자식을 데려와 기르기로 한 바우 성주의 결정은 어르신들로 하여금 본질과 학습에 대한 고색창연한 문제를 고민하게 만들었다. 게다가 어린 규리하 공이 아들이 아니라 딸이라는 점에서 그 상황은 개와 고양이를 함께 기르는 것보다 훨씬 심각했다.

'그녀가 그것을 흘리기 시작하면 어떻게 될 거라 생각하십니까, 성주님?'

'괜찮아. 그건 아무 문제가 안 돼.'

어르신들은 그것이 성주의 낙관주의일 거라 생각했다. 하지만 즈믄누리의 성주는 즈믄누리에서 언제나 옳은 결정만 내린다. 그것은 아무 문제가 안 되었다. 어르신들은 그 킴이 도깨비들에게 가할 폭력에 대해 걱정했지만 실제로 일어난 폭력의 방향은 정반대였다.

'임수 서룬뫼도 불을 쓸 수 있게 되었어요. 저는 언제 불을 쓸 수 있죠?'

'너 또 친구들 만나러 갔구나!'

'어? 임수가 불을 쓸 수 있게 되었다는 것을 제가 어떻게 알았을까요? 저 용인인가 봐요!'

도깨비들은 자신이 보호하고 있는 어린 킴이 용인일 가능성을 고민하는 대신 그녀에게 수백 번도 넘게 당부했던 말을 또 반복했다. 하지만 정우는 왜 갑자기 친구들을 만날 수 없게 되었는지 이해할 수 없었다. 더군다나 친구들이 갑자기 불을 다룰 수 있게 된 주목할 만한 시점에서는 이해하고 싶지도 않았다. 그것은 정말 놀라운 광경이었다. 친구들이 불을 쓰는 모습을 좀 더 자세히 관찰하면 자신도 곧 그럴 수 있으리라는 가능성은 그녀를 탈출 전문가로 만들었다. 그 시점에서 문제가 된 것은 즈믄누리의 괴팍하다고까지 표현할 수 있는 신비한 구조였다. 한마디로 도깨비들은 정우를 가둬 둘 수 없었다. 정우는 언제나 탈출했고, 친구들의 불을 넋이 나간 채 바라보았고, 끝내 우울증을 느끼게 되었다. 아무리 노력해도 친구들처럼 휘파람을 불 수 없는 소년의 괴로움에, 열심히 궁리했지만 친구들의 농담을 이해하지 못하는 소녀의 슬픔을 뒤섞어 세 배 정도 부풀리면 정우가 느낀 감정과 비슷해질 것이다.

정우의 탈출을 걱정하던 도깨비들은 그녀가 더 이상 탈출을 시도하지 않게 되자 그것 또한 걱정거리라는 것을 알았다. 그녀는 불을 다루는 친구들이 미웠고 그러지 못하는 자신이 미웠다. 당연한 일이지만 도깨비들은 우울증에 대해 남자가 임신에 대해 아는 정도밖에 알지 못한다. 그들과는 관련이 극히 적은 현상인 것이다. 식욕을 잃은 채 방에 틀어박혀 한숨만 내쉬는 정우의 모습은 그들 중 좀 소심한 이들에겐 공포스러울 정도였다.

그런 정우에게 어떤 도깨비 소년이 머뭇거리며 찾아왔다. 평소 정우의 이상한 생김새 때문에 그 이전까지 그녀를 대단히 무서워하던 소년의 이름은 탈해였다.

정우가 멈춰 섰다.

"사고가 있었어요."

정우는 고개를 푹 숙인 채 말했다. 사라말은 그녀를 바라보다가 뒤쪽 병사들의 시선으로부터 정우를 가리는 방향으로 움직였다.

"불을 쓰지 못하는 그 킴 소녀를 위로하기 위해…… 큰 사고가 났고 그 소녀는 죽을 뻔했지요. 그때 너무 큰 충격을 받은 탈해는 그 후로 뜨거운 도깨비불은 만들 수 없게 되었어요. 미지근한 불뿐이지요."

사라말은 턱을 만지작거렸다. 미지근한 불이라.

"굉장히 큰 사고였나 보군요."

"제가 옷을 벗으면 굉장히 놀라실 거예요."

"그렇다면 세레지는 그것을 본 겁니까?"

"예."

사라말은 세레지 같은 대담한 여자가 귀신 보는 듯한 눈으로 정우를 보게 되었다면 사고가 이만저만이 아니었나 보다 생각했다. 하긴 그 사고는 어떤 도깨비를 두 번 다시 열을 만들어 낼 수 없는 지경에 빠트린 사고다.

"도깨비불은 육체적인 능력입니다. 육을 잃은 어르신들은 더 이상 도깨비불을 쓸 수 없지요. 무사장이 육체적 손상을 입은 것이 아니라 정신적 충격을 받은 거라면 다시 불을 쓸 수 있을지도 모릅니다."

"글쎄요. 탈해의 문제에 대해선 킴보다 도깨비가 더 많이 생각해 봤을 거예요. 하지만 도깨비들도 명백한 결론을 내리진 못했어요."

"그렇겠군요. 좋습니다, 각하. 탈해 머리돌이 불을 쓸 수 없다 해도 그는 여전히 무사장입니다. 유리 기픈골 무사장이라는 하나뿐인 예외를 제외하면 즈믄누리의 무사장들은 대대로 뭔가를 하는 것보다는 아무것도 하지 않는 것으로 소임을 다해 왔습니다. 바우 성주님의 결정이 그렇게 괴팍한 것은 아닐지도 모르겠군요."

"탈해에겐 그렇지 않아요, 부사님. 도깨비가 불을 쓸 수 없다니. 날개가 부러진 수치스러운 새와 같아요. 하늘을 마음껏 날아다녔던 기억만 가진 채 땅을 기어야 되는 새 말이에요. 그런데 탈해는 무사장이죠. 그건 뭐죠? 이미 날 수 없게 된 새의 새장을 열어 준 것이나 다름없어요. 성주님의 결정이 옳다는 것은 믿지만, 저는 잔인하다고 생각해요."

"그 새가 나는 것은 더 잔인한 일입니다. 그 새가 날길 바라십니까?"

"그런 뜻이 아니잖아요."

"예, 압니다. 저는 탈해가 어떤 느낌을 받을지 짐작하려 시도할 수 있을 뿐입니다. 하지만 그에게 빛은 남아 있습니다."

"빛만 남아 있지요."

"그가 잃은 열은 친구들이 나눠 줄 수도 있겠지요."

사라말의 말을 들은 것이 파라말이라면 경기를 일으켰을 것이다. 그리고 세레지라면 속이 거북하다는 표정을 지었을 것이다. 하지만 정우는 여린 미소를 지었다.

"그렇게 해 주고 싶어요."

사라말은 고개를 끄덕이고 더 이상 말하지 않았다. 복도가 끝나는 지점에서 사라말은 헤어지겠다는 몸짓을 해 보였다. 정우가 손을 들어 그를 제지했다.

"사라말, 했던 말 자꾸 또 해서 미안하지만……."

"그 비밀은 소수의 규칙이 발견될 때까지 지키겠습니다."

정우는 사라말의 독특한 맹세를 이해하기 힘들었지만 사라말의 터무니없이 진지한 얼굴 때문에 더 이상 조를 수 없었다. 그리고 안타깝게도 사라말은 더 이상 설명하지 않은 채 떠났다. 그래서 정우는 사라말과 헤어진 다음부터 그 소수의 규칙이라는 것이 모레나 한 달쯤 뒤에 발견되면 어쩌나 걱정했다.

탈해 머리돌은 선물을 받는 것을 좋아했다. 물론 선물을 하는 것이 도깨비라면 약간 조심해야 한다는 것은 잘 알고 있었다. 불쾌한 경험을 하게 될 가능성은 없지만 굉장한 장난에 휘말릴 각오쯤은 해 두는 것이 안전하다. 그래서 탈해는 기유 구마리가 내놓은 상자를 열기에 앞서 조심스럽게 탐색했다.

상자는 숟가락보다 더 긴 물건은 넣기 어려운 조그마한 크기였다. 하지만 골무에서 용이 튀어나오게 할 수도 있는 도깨비가 내놓은 상자인 만큼 크기는 내용물 파악에 별다른 도움이 되지 않는다. 탈해는 상자의 재질을 살폈다. 단단한 나무로 만들고 많은 금속판으로 보강해 놓은 육중한 물건이었다. 귀한 물건을 넣어 두기 위해 튼튼하게 만든 상자처럼 보였다. 인간이라면 상자 어디에도 잠금장치가 보이지 않는다는 점에서 좀 다른 가설을 떠올릴지도 모르지만 도깨비 대장장이라면 겉으로 드러나지 않는 잠금장치를 만드는 것쯤은 간단하다. 탈해는 알았다는 표정으로 기유를 바라보았다. 기유는 쉽게 열리지 않는 상자를 내놓고 열어 보라는 장난을 치고 있는 것이다.

기유 구마리는 아무 표정도 짓지 않았다. 탈해는 히죽 웃고 상자 뚜껑을 붙잡았다. 하지만 그 뚜껑은 탈해의 예상과 달리 쉽게 들어 올려졌다. 탈해는 계속되는 상자 장난일까 생각하며 뚜껑을 완전히 열어젖혔다.

상자 안에 또 다른 상자가 들어 있지는 않았다. 탈해는 미심쩍은 표정으로 내용물을 확인했다.

다음 순간 탈해는 상자 뚜껑을 쾅 닫았다.

탈해는 상자가 놓여 있는 탁자에서 후다닥 물러났다. 그 후퇴는 벽에 부딪힐 때까지 계속되었다. 탈해는 벽에 등을 기댄 채 헐떡이며 상자를 바라보았다. 장난이라면 이것은 최상급의 장난이다. 그런데 슬프게도 그것은 장난이 될 수 없다. 최소한 도깨비라면 그런 소름 끼치는 장난은 치지 않을 것이다.

탁자 맞은편에 있던 기유 구마리는 씁쓸한 표정으로 상자를 내려다보다가 벽에 붙어 있는 탈해를 보았다. 그의 표정을 본 탈해는 마지막 선고를 들은 기분을 느꼈다. 기유는 상자를 들어 옆으로 옮겨 놓고 의자에 앉았다.

"이리 와서 앉아, 무사장. 잠시 이야기 좀 하지."

탈해는 목이 졸린 사람처럼 말했다.

"그거 가짜죠?"

"진짜라는 거 알면서 그렇게 물으면 내가 곤란하잖아. 어서 이리 와."

탈해는 한참 동안이나 지체한 후에 겨우 벽에서 등을 뗐다. 탁자로 걸어오는 동안, 그리고 의자를 붙잡아 앉을 때까지 그의 시선은 계속 탁자 한쪽으로 치워 놓은 상자에 못 박혀 있었다. 마치 상자가 입을 벌려 그를 물어뜯을까 봐 걱정하는 것 같았다. 기유는 그런 탈해를 보다가 박수를 짝짝 쳤다. 탈해가 겨우 그를 돌아보았다.

"독행왕이 오자고 해서 여기로 온 줄 알았는데……."

"성주님께서는 독행왕이 이곳으로 오자고 할 줄 아셨던 모양이야."

"아셨다고요?"

"아니, 아시지는 못하셨겠지만…… 음. 성주님께서는 독행왕을 원하는 곳에 데려다 주고 무사장에게 이것을 가져다 주라고 하셨어. 그런데 독행왕은 이곳으로 오자고 하더군. 무슨 말인지 알겠지?"

탈해는 알 수 있었다. 즈믄누리의 성주가 한 명령이다. 아마 성주도 이렇게 될 줄은 몰랐을 테지만 기유는 성주의 명령을 한꺼번에 수행할 수 있게 되었다.

즈믄누리의 성주가 취하는 방식을 알기에 탈해는 절망감을 느꼈다.

"왜 저걸 제게 주는지는 설명하지 않으셨겠지요?"

기유는 안됐다는 표정으로 고개를 끄덕였다.

"맞아. 성주님께서는 무사장에게 이걸 주어야 된다고만 결정하셨어."

탈해는 반항적인 눈으로 기유를 바라보았다.

"그렇다면 제가 저걸 어떻게 해야 하는지에 대해서도 모르시겠군요. 저는 저걸 성주님께 돌려보내겠습니다. 돌아가는 길에 가져가십시오."

기유는 안절부절 못하다가 말했다.

"탈해, 여기는 즈믄누리가 아니고 자네는 성주도 아냐."

탈해는 자신이 기유를 난처하게 만든다는 것을 잘 알고 있었다. 보통의 경우라면 곧 기유에게 사과했겠지만 지금은 그러기 어려웠다. 그는 두려워하는 눈으로 상자를 바라보았다.

기유는 그런 탈해를 보는 것이 괴로웠다. 기유는 몽화각의 일원이 될 정도로 관찰력 좋고 영민한 도깨비다. 그는 탈해에게 의혹을 걷어 낼 몇 마디 말 정도는 들려줄 수 있었다. 고민에 빠진 표정으로 탈해를 보던 기유는 결국 결심을 내렸다. 바우 성주는 그에게 설명하라고 명령하지 않았지만 어쩌면 기유 구마리에게 그 일을 맡겼을 때부터 그가 탈해에게 설명하는 것 또한 예정되어 있었는지도 모른다. 물론 이것은 지나친 확대해석이다. 즈믄누리의 성주가 내린 결정은 옳지만 그가 내리지 않은 결정까지 옳다고 말할 수는 없다. 하지만 기유는 자신이 침묵하기를 바랐다면 성주는 침묵하라는 명령을 내렸을 거라는 억지에 가까운 논리로 자신을 설득하고 입을 열었다.

"탈해, 어쩌면 규리하에 끔찍한 일이 벌어질지도 몰라."

상자를 노려보고 있던 탈해는 그 말을 퍼뜩 이해하지 못했다. 하지만 조금 후 놀란 표정으로 기유를 돌아보았다.

"무슨 말씀입니까?"

"우선 권토중래를 노리고 있는 아이저 규리하와 정우의 남동생들이 있지. 아, 제발 그건 묻지 마. 자네 얼굴에 다 쓰여 있어. 나도 왜 가족들끼리 그렇게 싸우는지에 대해서는 설명할 수 없어. 그것이 킴이라고밖에는 할 말이 없군."

"그들이 하늘치를 다루려 시도하고 있다는 것은 아십니까?"

기유는 깜짝 놀랐다.

"하늘치를? 확실해?"

"그렇습니다. 하인샤 대사원에서 오레놀 선사의 행적을 참고 삼아 시도하고 있습니다. 어쩌면 지금쯤 성공했을지도 모르겠습니다."

"그렇다면 규리하의 위기는 생각했던 것보다 크군. 잃어버린 것을 되찾겠다는 생각밖에 할 수 없는 킴이 하늘치를 손에 넣는다면, 맙소사, 보통 일이 아닌데."

기유는 그 사실을 자신이 알고 있는 사실들과 결합시켜 숙고하기 시작했다. 탈해가 초조한 목소리로 외칠 때까지.

"기유!"

"응? 아, 응?"

"우선이라고 하셨습니다. 그건 다른 것도 있다는 말씀이겠지요?"

"뭐? 아, 그래. 맞아. 황제 폐하가 있지."

탈해는 상체를 뒤로 당겼다. 어처구니없다는 표정으로 자신을 바라보는 탈해에게 기유는 또박또박 말했다.

"그래, 나도 알아. 정우는 폐하께 잘못한 것이 없지. 정우가 그 자리에 오른 것도 그것이 폐하의 뜻이기 때문이지. 그 말 하려고 했지? 하지만 발케네 전쟁이 왜 벌어졌는지 생각해 봐. 발케네 공 스카리가 폐하의 죄수 한 명을 탈출시켰기 때문이야. 지금 규리하에는 그때의 발케네와 비슷한 일이 발생했지."

그것은 탈해에게 새로운 이야기는 아니었다. 기나긴 비행 때문에 곧장 잠든 지키멜과 시오크는 알지 못했지만 어젯밤 내내 규리하 성은 두 사람의 문제로 시끄러웠다. 탈해는 두 사람을 받아들이면 발케네의 전철을 밟게 된다는 것이 중론이라는 것도 알고 있었다. 하지만 정우는 결정을 보류한 채 일단 지키멜과 이야기를 해 보겠다고 선언하여 소란을 가라앉혔다. 아마 지금쯤 정우는 지키멜과 만나고 있을 것이다.

"발케네의 경우와는 다릅니다. 스카리 빌파는 고향으로 간 것이지만 두 사람은 자기들 멋대로 여기로 온 겁니다. 폐하께서 그 사실에 대해 언짢아하신다면 정우는 그들을 그냥 국경 밖으로 내보내면 됩니다. 아니, 잠깐만요. 그렇게 되리라는 것을 아시면서 왜 그들을 여기로 데려온 겁니까?"

"성주님께서 그렇게 결정하셨어."

"성주님께서 정우가 엄청난 곤경에 빠져야 된다고 결정하셨다고요?"

"그분께서 내린 명령은 독행왕이 원하는 곳에 데려다 주라는 것이었지."

"하지만 성주님의 결정이잖습니까!"

"맞아. 그러니 옳은 결정이겠지."

물론 그럴 것이다. 탈해는 거기에 대해서는 반대할 수 없었다. 하지만 그것이 정우를 곤경에 몰아넣는 결정이라는 것을 무시할 수 없었다.

문득 탈해는 도깨비가 아닌 자들이 즈믄누리의 성주가 내리는 결정에 대해 가지고 있는 관념을 떠올렸다. 그들은 그것을 무시하지는 않지만 무작정 따르지도 않는다. 도깨비가 아닌 자들은 말한다. '그게 도깨비들에겐 옳은 결정일지도 모르지. 하지만 우리에게도 옳은 결정이겠어?'

탈해는 그 순간 피를 뒤집어쓴 듯한 충격을 느꼈다. 그는 벌떡 일어나 탁자를 짚은 채 기유를 노려보았다.

"정우는…… 도깨비가 아니라고……."

"뭐?"

"그건…… 저나 당신, 즈믄누리, 도깨비들에겐 옳은 결정이지만…… 도깨비가 아닌 정우에겐…… 정우를 버리는 겁니까!"

기유는 눈을 동그랗게 떴다.

"무사장, 무슨 말을 하나?"

"그렇잖습니까! 곤란을 겪을 것이 뻔한데 그 두 사람을 규리하로 데려왔잖습니까. 즈믄누리의 성주는 즈믄누리에서는 언제나 옳은 결정을 내리지요. 하지만 그 결정은 정우에겐 옳지 않아요! 왜냐하면, 왜냐하면 정우는 도깨비가 아니라 킴이니까…… 도깨비에겐 옳아도 정우에겐 옳지 않은…….”

기유는 탈해가 무슨 말을 하는지 이해했다. 그리고 탈해가 말하지 않은 것에 대해서도.

도깨비에겐 아무렇지도 않은 불이 인간에게는 죽음의 위험이 된다.

"탈해, 자네가 정우를 죽일 뻔했을 때 누가 정우를 살렸지?"

탈해는 숨을 멈췄다.

말 그대로 탈해는 호흡하지 않았다. 그는 의자에 주저앉았다. 숨을 쉬지 못한 채 괴로워했다. 측은한 눈으로 탈해를 바라보던 기유는 의아함을 느꼈다. 조금 후 그는 깜짝 놀라 자리에서 일어났다. 탈해는 손으로 가슴을 움켜쥔 채 공기 없이 헐떡이고 있었다. 그의 얼굴은 자신이 왜 고통을 당하는지 모르겠다는 표정이었다. 기유는 황급히 탈해의 곁으로 다가가 고함을 빽 질렀다.

"세상에, 탈해! 숨을 쉬어! 숨을! 이러면 안 돼. 오, 맙소사!"

기유는 탈해의 등을 두드리다가 그를 의자 등받이에 밀어붙이고 가슴을 탕탕 때렸다. 숨이 넘어갈 듯 목을 꿈틀꿈틀 젖히던 탈해가 갑자기 크게 기침했다. 그는 가슴이 터져라 크게 공기를 들이마셨다. 기유는 탈해의 어깨를 짚은 채 그의 얼굴을 들여다보았다.

"탈해? 무사장! 대답할 수 있나? 대답해!"

"예, 후, 예, 할 수 있습, 후우우, 있습니다."

다리에 힘이 빠진 기유는 탁자를 짚었다. 다른 손으로 이마를 어루만지며 기유는 어이없다는 투로 말했다.

"어이구, 세상에. 공기 중에서 익사하는 사람을 볼 뻔했군. 어떻게 숨 쉬는 법을 잊어먹나?"

어이가 없기는 탈해도 마찬가지였다. 기유의 말을 들은 순간 숨이 콱 막혀 버렸고 더 이상 숨을 쉴 수 없었다. 기유가 황급히 가슴을 두드리지 않았다면 탈해는 정말로 공기 중에서 익사했을지도 모른다. 아마 그랬다면 어르신이 되어도 창피했을 것이다.

기유는 의자로 돌아가는 대신 탁자에 걸터앉아 걱정된다는 표정으로 탈해를 보다가 말했다.

"미안해, 탈해. 그런 모진 소리를 하는 것이 아니었는데."

어처구니없는 사건 때문에 탈해는 충격을 조금 잊을 수 있었다. 그는 침울하고 힘없는 태도로 말했다.

"그건 사실입니다. 제가 정우를 죽일 뻔했지요. 그리고 정우를 살린 것이 성주님이라는 것도 사실입니다. 죄송합니다."

"아냐. 음, 자네 말에도 생각해 볼 만한 여지가 있군. 도깨비들에겐 옳은 결정이라도 도깨비가 아닌 정우에겐 옳지 않을 수도 있다? 그런 식으로는 생각해 본 적이 없는데, 그럴듯한 말이군. 하지만 성주님은 아기였던 정우를 즈믄누리로 데려와야 한다고 결정하셨어. 그리고 그 결정이 목숨이 위태롭던 그 아기를 살렸지. 그리고 그 불행한 사건이 일어났을 때 성주님께서는 두 번째로 정우를 구하셨지. 왜 지금에서야 정우에게 해가 될 일을 하신단 말인가?"

탈해는 쉰 목소리로 말했다.

"하지만 실제로 해가 되고 있습니다."

기유는 잠시 생각에 잠겼다가 손을 옆으로 뻗었다.

"그러면 왜 저것을 자네에게 보냈겠나?"

탈해는 입을 다문 채 상자를 바라보았다. 기유 또한 팔짱을 낀 채 그것을 쳐다보았다. 기유는 혼잣말처럼 말했다.

"성주님의 결정에 따라 독행왕이 규리하로 왔지만 그와 동시에 저것도 왔어. 어쩌면 저건 정우를 지키기 위해 이곳으로 온 것일지도 몰라."

"정우를 지키기 위해서요?"

"그럴지도 모른다는 거야. 위험이 다가오고 있으니 그 대비책도 같이 온 것이라는 거지. 어쩌면 전혀 다른 이유에서일지도 모르고. 만약 정우가……."

말이 이어지길 기다리며 상자를 보던 탈해는 기유가 침묵하자 그를 돌아보았다. 기유는 무엇인가에 열중하여 생각하고 있었다. 조금 후 기유가 탈해에게 말했다.

"탈해, 영원히 사는 방법을 아나?"

뜻밖의 질문에 놀란 탈해는 상식적인 대답을 했다.

"군령자 말입니까?"

"아니. 다른 사람의 육체가 아닌 자기 육체를 가지고."

"그건 불가능합니다. 우리 도깨비들도 육체를 잃은 후에 어르신이 되는걸요. 육은 영원할 수 없습니다."

기유는 무거운 표정으로 말했다.

"그게 꼭 그렇지는 않아. 선민 종족들 중에 영원까지는 아니더라도 사람의 시각에서는 영원으로 생각될 만큼 오랫동안 살 수 있는 종족이 있어."

탈해는 그것이 어떤 종족인지 생각해 보았다. 선민 종족은 넷이다. 킴, 도깨비, 레콘, 그리고…….

대장군 엘시 에더리는 충격 속에서 말고삐를 꽉 움켜쥐었다.
그는 식은땀을 흘리며 주위를 둘러보았다. 주변에 있는 병사들은 대장군의 경악을 눈치 채지 못했다. 무더위 속에서 행군하느라 그들의 관심은 모두 그늘과 수통에 할애되고 있었다. 엘시는 어금니를 꽉 깨문 채 자신을 진감케 했던 관념으로 돌아갔다.
네 선민 종족은 모두 강렬한 개성으로 구분된다. 다른 셋과 유달리 다른 하나 같은 것은 없다고 할 수 있다. 하지만 기준을 무엇으로 두느냐에 따라 하나를 다른 셋과 구분하는 것은 가능하다. 예를 들어 레콘은 다른 셋과 달리 유일하게 물보다 무거운 몸을 가지고 있다. 그리고 도깨비는 다른 셋과 달리 유일하게 두 번 죽는다.
그리고 나가는 다른 셋과 달리 유일하게 심장을 적출한다.
심장을 뽑아내어 심장탑에 보관함으로써 나가는 불사신에 가까운 존재가 된다. 심장을 적출한 나가를 제거하려면 맹렬한 살의보다는 편집증적인 파괴욕이 필요하다. 재생이 불가능할 정도의 압도적인 파괴만이 심장을 적출한 나가를 죽일 수 있다. 하지만 심장을 적출한 나가도 자연적인 노화만은 피할 수 없다. 주야의 뒤바뀜은 모든 생명체의 연쇄 살인자인 셈이다.

바꿔 말한다면, 노화를 피할 수 있다면 나가를 쉽게 죽일 수 있는 것은 아무것도 없다. 하지만 노화는 자연스러운 생체 활동이다. 자연스러운 생체 활동을 정지시킨다는 것은 곧 죽음이다. 노화를 피하기 위해 죽음을 맞이한다는 모순이 발생하는 것이다. 그런데 심장을 적출한 나가에겐 그 모순을 피할 방법이 있다.

엘시는 눈앞에 기묘한 색깔이 떠도는 것을 보았다. 이마를 타고 흘러내리는 땀이 차갑다. 그는 무의식적으로 얼굴을 훔쳤다.

냉동된 나가는 생체 활동이 정지된다.

노화는 생체 활동이다.

냉동된 나가는 늙지 않는다.

'그거였나? 그 오천 명의 아라짓 전사는 영원히 살 수 있다는 약속 때문에 그 이름을 받았나?'

그것은 엘시를 의문스럽게 만들던 점이었다. 심장을 적출하기 전까지 집 안에서 보호받으며 살던 나가 젊은이들이 왜 처음 보는 황제를 무턱대고 따랐는지 엘시는 이해할 수 없었다. 하지만 그들이 보장받은 것이 영생에 가까운 어떤 것이라면 이야기가 달라진다. 꼭 영생이 아니라도, 예를 들어 천 년 후의 세상으로의 여행이라면? 그것만으로도 충분히 매력적이다. 그리고 충분히 가능하기도 하다.

현기증이 심해지는 것 같다. 엘시는 고개를 들었다.

주위로는 끝이 보이지 않는 키보렌의 밀림이 광활하게 펼쳐져 있었다.

열대의 하늘은 푸른색이 맞는지 의심스러운 희한한 푸른색으로 번들거렸다. 그 아래 나무들에서 통일성 같은 것은 찾아볼 수 없었다. 키보렌은 그 젊었던 시절을 사람의 역사가 기억할 수 없을 정도로 오래된 밀림이고 식물들 사이의 장구한 전쟁 때문에 수종의 단일화 같은 것은 찾아볼 수 없다. 하지만 그 모든 나무들은 북부에서 온 사람들에겐 낯선 모습이었다. 병사들은 나무들 사이로 뛰어다니는 원숭이와 늘어진 뱀, 그 이름을 짐작할 수 없는 각종 곤충들에 놀라며 걷고 있었다.

엘시가 볼 수 있는 것은 흑사자군의 일부뿐이었다. 백만에 가까운 부대가 한꺼번에 이동하는 것은 불합리하다. 게다가 엘시에게는 시모그라쥬 공이 야기한 남부의 공백을 메운다는 임무가 있었다. 그 임무에 따라 엘시는 흑사자군을 일곱 개로 나누어 남부 곳곳으로 흩어져 진군하게 했다. 그들은 목적지에 도착하면 엘시의 명령에 따라 시모그라쥬를 포위하거나 분리되어 제국의 광활한 국경선을 지킬 것이다. 지금 엘시의 곁에 있는 것은 시모그라쥬 공을 직접 상대하기 위해 엄선한 병력이었다. 하지만 그 숫자는 오만으로 많지 않았다. 전투가 목적이 아니기 때문이다. 시모그라쥬 공은 오래전에 항복의 절차를 의논하자는 내용의 서신을 보냈다.

병사들도 자신의 목적이 전투가 아니라는 것을 눈치 채고 있었다. 그 때문에 밀림을 가로지르는 그들의 모습에서는 경계심이 많이 약화되어 있었다. 그들을 다그친다면 제국군다운 엄한 모습을 되찾을 수 있을지 모르지만 혹독한 더위 때문에 강행군은 불가능했다. 그리고 서두를 필요도 없었다. 시모그라쥬 공과 만나기로 한 페로그라쥬는 이제 하루 거리이다. 지친 모습으로 시모그라쥬 공을 만날 필요는 없을 것이다. 게다가 엘시는 선발대와 정찰대를 빈틈없이 파견했다. 경계가 흐트러졌다 해서 큰 위험이 찾아올 가능성은 없었다.

바깥을 아무리 둘러봐도 지시할 사항이 없었기에, 엘시는 멈칫거리며 다시 자신의 내부로 돌아왔다.

말리에 냉동 보관되는 아라짓 전사들은 필요하다면 수천 년이라도 아라짓 전사의 의무를 수행할 수 있다. 누대에 걸쳐 황제에게 봉사하는 무인 가문 같은 것과는 비교도 안 된다. 그들은 그들 자신이 누대의 황제들을 보필할 수 있다. 영원한 제국의 수호자들, 불멸의 전사들, 후대의 모든 황제들에게 한꺼번에 주어지는 선물.

말리도 마찬가지다. 하늘치도 늙지 않는다. 그 어떤 역사서에도 노령의 하늘치가 떨어졌다는 충격적인 이야기 같은 것은 실려 있지 않다. 영원히 죽지 않는 수호자들에게 가장 잘 어울리는 요새라고 할 수 있다. 엘시는 왜 치천제가 그런 것을 만들었는지 알 것 같았다.

'폐하는 내구성에 집착하고 계신 것일까? 제국의 내구성에? 북부에서 안정적인 세습을 할 수 있는 인간을…… 나를 황제로 선택하신 것도?'

모든 것이 제국의 내구성으로 이어진다.

영원히 세습할 수 있는 인간 황가, 그 가문을 영원히 지켜 줄 전사들, 그 전사들을 영원히 지켜 줄 하늘치. 그리하여 영원히 이어지는 아라짓 제국.

황제와 제국의 영원한 싸움.

엘시는 머리카락이 곤두서는 기분을 느꼈다. 황제가 후대의 모든 황제들에게 한꺼번에 준 것은 제도도, 도덕도, 재력도 아닌 무기다. 엘시는 지배자와 피지배자의 갈등은 영원하다는 것을 부정하지 않았다. 그렇다고 해서 지배자에게 반영구적 무기를 쥐어 주어야 하는지에 대해서는 쉽게 대답할 수 없었다.

대장군의 복잡한 심회와 상관없이 열대의 저녁이 찾아왔다.

선발대는 빽빽한 밀림 사이에서 요행히 오만 명이 야영할 장소를 찾아내었다. 강까지 끼고 있는 좋은 장소였지만 약간 협소해서 나무를 잘라야만 했다. 불을 피우기 위해서도 벌목은 필요했기에 곧 흑사자군의 병사들은 흩어져 나무를 자르기 시작했다. 야영 준비를 하는 떠들썩한 소음 속에서 엘시는 약간의 고독감을 느꼈다. 선발대가 찾아낸 야영지를 인정한 것으로 엘시의 일은 끝났다. 야영지를 만드는 일에 대장군의 지시까지는 필요 없었으므로 엘시는 병사들이 거북해하지 않도록 당번병이 쳐 놓은 천막 안으로 들어갔다. 더위 때문에 바깥에 있는 편이 훨씬 좋았지만 대장군에겐 대장군의 고충이 있는 것이다. 엘시는 갑옷까지 차려 입은 그대로 탁자에 앉아 일거리를 꺼내었다.

엘시가 장교들의 상벌 문제를 끝내고 복무 기간이 초과한 병사들의 보상 문제에 관한 보고서와 제안서를 검토하고 있을 때 천막 천이 들춰졌다. 저녁 식사를 가져온 당번병일 거라 생각했지만 엘시는 입실 허가도 구하지 않고 들어오는 태도에 불쾌감을 느꼈다. 만약 이레라면…….

"이레?"

안으로 들어선 것은 이레 달비였다. 엘시에게 꾸벅 목례한 이레는 하얀 이를 드러내며 씩 웃었다.

"다녀왔습니다, 가주님."

엘시는 자신이 왜 익숙한 상황에서 고독감을 느꼈는지 깨달았다. 칼리도를 떠난 이래 군대와 함께 보낸 8년 세월이지만 사실 엘시에게 가장 가까이 있었던 것은 그를 각하라고도 주인님이라고도 부르지 않는 이레 달비였다. 엘시는 꾸밈없는 반가움을 드러내었다.

"수고했다. 돌아와서 기쁘구나."

엘시는 자신의 몸종이 어떻게 행군하는 군대를 찾아냈는지 묻지 않았다. 그는 전설적인 몸종이니까. 이레 역시 자신이 엘시를 찾느라 얼마나 고생했는가 하는 장광설을 늘어놓지는 않았다.

"백작 부인께서 잘 계신다는 것을 알려 드릴 수 있어서 기쁩니다, 가주님. 자당께서는 건강하시고 칼리도에도 유념할 만한 문제는 없습니다."

"그런가. 다행이군. 애썼다."

"그리고 백작 부인께서 가주님께 전하는 말씀이 있습니다. 간찰로 써 주십사 했습니다만 길지 않으니 그냥 전하라고 하셨습니다."

"뭐지?"

이레는 조금 머뭇거렸다.

"솔직히 무슨 뜻인지 모르겠습니다만 그분께서 이렇게 말씀하셨습니다. '겨울이 찾아오면 불씨를 지켜라.'"

"겨울이 찾아오면 불씨를 지켜라? 다른 말씀은 없으셨나?"

"예. 그 말씀뿐이었습니다."

"서신으로 쓰지 않으셔도 될 만큼 짧기는 하군. 무슨 뜻인지는 생각해 봐야겠다만. 알았다. 먼 길 움직이느라 피곤할 테니 쉬어라."

하지만 이레는 쉬지 않았다. 그는 자신의 부재 기간 동안 엘시가 어떤 꼴이 되었는지에 대해 개탄하기 시작했다. 그의 다채롭고도 끊임없는 지적 사항들을 들으며 엘시는 자신이 완전히 폐인이 되어 있었던 것이 아닌가 하는 의심을 느꼈다.

다음 날, 흑사자군은 하룻밤 만에 경이적으로 말쑥해진 엘시 에더리와 함께 페로그라쥬에 들어섰다.

베로시 토프탈 상장군은 의자에 앉은 채 하늘을 바라보았다.

하늘은 쏟아져 내릴 듯한 푸른빛이다. 삶아 빨아서 하늘에 널어 놓은 듯한 하얀 구름이 지평선으로부터 뭉게뭉게 피어올랐다.

베로시는 폭풍우가 몰아치지 않는다는 사실을 증오하며 일어섰다.

그녀는 투구를 벗어 땅에 떨어뜨렸다. 그 뒤를 따라 칼 없는 칼집과 갑옷이 떨어졌다. 베로시는 묶어 올린 머리카락을 풀었다. 오랫동안 묶여 있던 머리카락은 구깃구깃한 모습으로 흘러내렸다. 눈을 가리는 머리카락을 내버려둔 채 베로시는 신발도 벗었다. 그녀의 맨발이 모래가 잘 깔려 있는 땅바닥을 밟았다. 망고 군단의 충성스러운 병사들이 정성껏 쓸고 정돈해 놓은 바닥이다. 하지만 그런 정성은 맨발로 땅을 밟아야 하는 베로시를 위한 것은 아니다. 그녀는 그런 정성 어린 환대의 대상을 바라보았다.

대장군 엘시 에더리는 말 위에서 미심쩍은 표정으로 그녀를 마주 보고 있었다. 시모그라쥬 공 측에서 사전에 알리지 않았기에 엘시와 그의 뒤쪽에 있는 장병들은 페로그라쥬의 대로 한복판에서 그들을 기다리고 있던 이 장면에 당황하고 있었다. 하지만 직관적으로 파악할 수 있는 일이기도 하다. 베로시는 그들에게 확신을 주기로 했다.

베로시는 맨발로 휘적휘적 걸어갔다. 그녀가 접근하자 흑사자군의 장병들은 약간 긴장했지만 엘시는 그녀에게 제지의 명령을 내리지 않았다. 베로시는 충분한 거리를 두고 멈춰 섰다.

두억시니 장군은 땅바닥에 무릎을 꿇었다. 곧 그녀의 두 손이 땅을 짚었다. 베로시는 머리를 크게 수그렸다.

"죄인 베로시 토프탈, 대장군 엘시 에더리 각하에게 부복합니다. 원하는 대로 처결하소서."

그 의견을 내놓은 것은 베로시 자신이었다. 팔디곤 토프탈과 얼마 남지 않은 토프탈 가문의 사람들은 대호왕 사모 페이를 황제에게 바치는 것만으로는 가문의 존속을 보장하기 어렵다는 것에 동의했다. 왜냐하면 시모그라쥬로 오는 것이 바로 대장군 엘시 에더리이기 때문이다. 대장군을 마른 우물에 가두고 참혹한 모욕을 가했던 베로시는 다른 이들이 차마 꺼내지 못하는 요구가 무엇인지 알 수 있었고, 혈족들이 그녀에게 요구하기 전에 그녀 스스로 자신에게 요구하기로 했다. 목숨을 내놓아 엘시의 분노를 가라앉힐 것.

다른 의견이 없었던 것은 아니다. 차라리 자존심을 지킨 채 멸문을 받아들이자거나 대장군 엘시 에더리와 싸워 다시 한번 그를 인질로 삼아 보자는 의견, 심지어 시련으로 망명하자는 의견도 나왔다. 하지만 모두 현실성이 없었다. 가문은 어떻게든 지켜야 한다. 시련이 돌아온 황제의 비위를 건드릴 일은 하지 않을 것이다. 그중 대장군을 다시 한번 붙잡아 보자는 의견은 꽤 끈질기게 제기되었다. 베로시 토프탈이 이미 한 번 그를 붙잡았다는 것이 그 주장의 근거였다. 하지만 다른 사람도 아닌 베로시 자신이 그 주장을 일소에 부쳤다. 그녀는 먼젓번에 대장군을 손에 넣은 것이 전투가 아니라 납치에 가까운 것임을, 그리고 욱일승천의 기세였던 시모그라쥬군을 비나간에서 엔거까지 단숨에 밀어 버린 대장군과 전투로 겨룬다는 것은 광언임을 지적했다. 그리고 그녀는 형식적으로 만류하는 혈족들을 뿌리치고 그들의 눈물과 탄식을 뒤로 한 채 대장군의 앞으로 나왔다.

땅바닥에 엎드린 베로시를 바라보던 엘시는 투구를 벗었다. 언제 다가왔는지 모르게 그의 곁으로 다가와 투구를 받은 것은 당번병이 아니라 이레였다. 엘시는 이레에게 투구를 건네주고 이마를 쓸어 넘겼다.

대로 좌우의 골목과 건물의 창문에 대로에서 일어나는 이 놀라운 일을 훔쳐보는 많은 시선들이 있었다. 일반적인 경우라면 그들은 거리로 쏟아져 나와 박수와 환호를 보내고 꽃을 뿌리고 노래를 부르는 등 해방군을 환영하는 다채로운 방식들을 시연해 보였겠지만 아침부터 대로로 나와 엄한 표정으로 앉아 있는 두억시니 장군과 그녀의 부하들 때문에 감히 밖으로 나오지 못했다. 거기에 덧붙여 어쩌면 시가전이 벌어질지도 모른다는 소문은 오전 내내 페로그라쥬의 공기를 불안하게 뒤흔들었다. 숨어서 그 광경을 보던 페로그라쥬 사람들은 베로시의 부복을 보고 겨우 안도하는 듯했다. 엘시는 페로그라쥬 자체가 안도의 한숨을 내쉬는 것이 눈에 보이는 듯했다.

엘시는 베로시에게 말했다.

"일어나라, 상장군 베로시 토프탈. 제국군의 상장군이 취해야 할 자세 중에 그런 자세는 없다."

베로시는 고개를 들었지만 일어나지는 않았다.

"대장군님, 각하의 고귀한 동정심은 이 어리석은 것 대신 불쌍한 제 혈족들에게 보여 주십시오. 이 사악한 년은 그것을 받을 자격이 없습니다."

엘시는 슬픔을 느꼈다.

엘시는 우물 위에서 내려다보며 그를 비웃던 베로시의 모습을 어제 일처럼 기억했다. 가서 폭군의 죽음을 지키라고 외치던 그녀의 목소리를 생생하게 기억했다. 그녀에게 찬성하는 것은 아니다. 그런 일은 결코 없을 것이다. 하지만 지금의 비굴한 모습보다는 만물의 움직임을 자시의 의지로 통제할 수 있다고 믿는 듯 당당하던 베로시의 모습이 좋았다.

베로시를 뚫어져라 노려보던 엘시가 갑자기 갈했다.

"황제의 대장군이 명령한다! 일어나라!"

베로시는 두려움에 빠진 눈으로 엘시를 보다가 흐느적흐느적 일어났다.

"너와 너의 혈족들의 방자함과 사악함을 어떻게 처벌할지는 고귀하신 폐하께서 결정할 문제다. 거기에 대해 내가 받은 권리를 쓸 생각은 없다. 때가 되면 주어질 벌을 네 멋대로 요구하지 마라! 지은 죄를 후회한다면 무릎 꿇고 죽은 자의 흉내를 내는 대신 일어나 스스로 과오를 시정하는 모습을 보이도록 노력해라!"

베로시는 당혹했다. 엘시가 무슨 말을 하는지 짐작할 수 있었다. 그 병력 배치가 파탄 비슷한 상태로 바뀐 남부의 제국군을 재편하는 일에 남부의 유력한 군단장인 그녀의 조력은 큰 도움이 된다. 제국군 상장군의 계급이 내기로 따낼 수 있는 상품 같은 것은 아니며 엘시는 그 계급에 걸맞은 베로시의 능력을 그냥 사장시킬 생각이 없었다. 그것이 이성적인 판단이다. 하지만 베로시는 엘시가 자신이 받은 모욕을 그냥 잊어버릴 수 있다고 생각하기 어려웠다.

"각하, 폐하께 저지른 저의 불충은 말할 것도 없거니와, 저는 각하에게도 형언키 어려운 죄를 범했습니다."

"알려 줄 필요 없다. 잊지 않았으니까."

"그런 저의 죄를……."

"그것은 내가 황제의 대장군이기 때문에 일어난 일이다. 칼리도의 백작이나 엘시 에더리를 대상으로 한 범죄가 아니다. 따라서 황제의 대장군에게 저지른 너의 죄 또한 황제께서 벌하실 것이다."

엘시의 말은 정확했다. 엘시가 황제의 대장군이 아니라면 베로시는 그를 우물에 집어넣고 모욕할 하등의 이유가 없었으니까. 하지만 조금 전까지도 다가올 죽음을 기다리던 베로시는 그런 이성적인 판단을 하기 조금 어려웠다. 엘시는 그런 베로시에게 시모그라쥬 공에게 안내하라고 명령했다. 베로시는 반쯤 넋이 나간 상태에서 그의 명령을 수행했다. 구경하던 페로그라쥬 사람들은 어떤 반응을 보여야 할지 알 수 없었다. 그리고 그들이 어떤 조직적인 반응을 보이기도 전에 흑사자군은 베로시 토프탈 상장군과 그녀의 부하들의 안내를 받아 타오민 성으로 걸어가 버렸다.

마지막 흑사자군의 모습이 사라진 후에야 페로그라쥬 사람들은 밖으로 나와 이웃들과 정신없는 토의에 빠져 들었다. 대장군의 자비를 칭송해야 하는 거야? 어, 하지만 두억시니 장군은 벌을 면한 것이 아니잖아. 벌을 받기는 받는 모양인데? 그러면 뭐야, 대장군의 공정함을 칭송해야 하는 건가? 이런, 젠장. 우리 같은 것들이 좀 쉽게 칭송할 수 있도록 해 줘야 하는 거 아냐. 그게 높은 사람들의 의무잖아.

타오민 성에 도달한 엘시는 페로그라쥬의 대로에서 경험했던 것과 비슷한 상황을 또 경험해야 했다. 타오민 성에서는 시모그라쥬 공과 토프탈 가문의 혈족들이 땅에 이마를 댄 채 대장군을 맞이했다. 엘시는 그들 모두를 일으켜 세우고 황제의 처벌을 기다리라고 말한 다음 감옥에 가두었다. 타오민 성의 모든 창고와 서류 보관소 등이 재빨리 봉인되었고 그와 동시에 성 옆에는 주둔지가 건설되었다. 한계선 남쪽에는 공성전이라는 개념이 없기 때문에 타오민 성 또한 북부의 전투성과 조금 다른 개념으로 만들어진 건물이었고 그 내부에는 대규모의 병력을 수용할 공간이 없었다. 그 모든 지시를 끝낸 후 엘시는 겨우 사모 페이를 만나러 갈 수 있었다.

사모 페이는 시모그라쥬 공에게 억류되어 있었지만 그것은 조금 기묘한 억류였다. 시모그라쥬군의 병사들에게 자신들의 용맹과 두억시니들의 용맹을 비교하라는 요구는 가혹한 것이었다. 자첫하면 상당한 사상자가 생길 수도 있었지만 대호왕은 공작의 명령을 따르며 얌전히 있을 것을 약속했다. 공작은 그 정도의 양보에 만족하기로 했고 그녀는 가택 연금과 비슷한 형태로 붙잡혀 있었다. 신분은 죄수로 바뀌어 있었지만 실제로는 이전과 전혀 다르지 않은 상태였다. 엘시를 안내한 베로시 토프탈 상장군은 송구스러워하며 말했다.

"저희들의 부족함을 꾸짖어 주십시오. 저 간악한 자에겐 지하 감옥과 돌침대보다 더 적합한 숙소가 없을 테지만 그 흉악한 두억시니들 때문에 그녀는 오만하게도 아직까지도 왕처럼 굴고 있습니다."

엘시는 아무 논평도 하지 않았다. 베로시는 죄수를 죄수답게 포장하지 못한 자신들의 잘못에 대해 계속 이야기했지만 엘시가 아무 반응도 없자 시들해질 수밖에 없었다. 결국 베로시는 침묵한 채 대호왕의 방으로 엘시와 장교들, 그리고 호위병들을 안내했다.

대호왕 사모 페이는 엘시의 도착을 기다리고 있었다. 엘시가 방으로 들어섰을 때 그녀는 방 한가운데서 문을 향해 서 있었다. 그녀의 주위에 두억시니들은 보이지 않았다. 엘시는 안쪽으로 몇 걸음 걸어 들어간 곳에 멈춰 서서 가만히 사모를 바라보았다. 사모 또한 그 시선을 피하지 않았다.

두 사람의 말없는 상호 응시에 다른 이들이 불편함을 느낄 무렵, 엘시가 입을 열었다.

"모두 밖으로 나가라."

수행 장교들은 깜짝 놀랐다. 비록 두억시니들은 보이지 않았지만 대호왕은 고명한 무예가였다. 엘시가 한 번 더 명령한 후에야 그들은 대호왕이 비무장이며 엘시 또한 탁월한 검사라는 사실로 자신을 위안하며 밖으로 나갔다.

문이 닫힌 후 엘시는 다시 앞으로 몇 걸음 걸어갔다. 사모는 관찰하는 눈으로 걸어오는 엘시를 바라보다가 그가 멈춰 서자 말했다.

"직접 만난 것은 처음이로군."

엘시는 가볍게 목례했다.

"일전에 주신 도움에 감사드리지 못했습니다. 감사합니다."

"이제 어떻게 할 생각이지?"

엘시는 칼자루를 움켜쥐었다.

그것은 왼손이었고, 엘시는 칼을 거꾸로 쥐고 있었다. 상당히 어색해질 수 있는 동작이지만 숙련가의 솜씨를 증명하듯 엘시의 제국검은 맵시 있게 빠져나왔다. 칼이 칼집 밖으로 빠져나오자 엘시는 거꾸로 든 칼을 높이 들어 올리고 있게 되었다.

엘시는 팔을 뿌렸다.

날카로운 소리와 함께 칼이 나무로 된 바닥에 꽂혔다. 꼬리 치듯 낭창낭창 흔들리는 칼자루를 바라보던 사모는 빙긋 웃고 손을 내밀었다.

사모의 손 움직임은 부축해 줄 손을 기다리는 병자의 몸짓 같기도 하고 진격의 북을 울리기 위해 뻗어 가는 고수의 손 같기도 했다. 엘시는 대호왕이 훌륭한 무용수이기도 하다는 사실을 떠올렸다. 손을 들어 올리는 그녀의 동작은 단순하면서도 기품 있었다. 엘시는 칼자루를 움켜쥐는 그녀의 동작을 다른 관점을 배제한 채 심미적인 관점에서만 보았다.

칼이 뽑혀 나왔다. 대호왕은 오른손으로 쥔 칼을 왼손에 얹은 채 내려다보았다. 손바닥 안에서 칼을 두어 바퀴 굴린 대호왕은 갑자기 뒤로 돌았다.

대호왕을 따라 기다란 한삼 자락처럼 크게 회전한 칼이 엘시의 목 옆에 멈춰 섰다.

엘시는 솔직히 박수를 치고 싶다고 생각했다. 엘시가 그러지 않은 것은 그것이 좀 조야할 뿐만 아니라 나가에겐 화로에 물방울을 튕기는 것이 더 어울리기 때문이다. 대호왕은 엘시를 물끄러미 바라보다가 칼을 내렸다. 칼은 엘시의 어깨와 가슴, 허리 근처를 지나쳐 칼집 끝에 턱 걸쳐졌다. 대호왕은 꽃을 던지듯 가벼운 손놀림으로 칼을 허공에 살짝 밀었다. 칼은 칼집 안으로 스르르 미끄러져 들어갔다.

"저리로."

대호왕은 앞장서서 걸어갔다. 그녀가 엘시를 안내한 곳은 중정이었다. 그녀의 방에서부터 중정 가운데 있는 정자까지는 지붕과 기둥만으로 만들어진 연결 통로가 있어 직사광선을 피한 채 정자로 갈 수 있었다.

대호왕의 두억시니들은 그곳에 있었다.

엘시는 정자 주위에 흩어져 있는 두억시니들에 깊은 인상을 받았다. 엄밀하게 말하면 낯설다고 말할 수는 없다. 망고 군단에서 탈출할 때 두억시니들은 그를 도왔고 시모그라쥬 외곽까지 동행했다. 그런데도 엘시는 낯선 기분을 느꼈다. 두억시니들의 모습에서는 아무리 봐도 볼 때마다 놀라게 만드는 이질성이 있었다. 엘시는 그들이 취하고 있는 자세가 경계 태세인지 아니면 드러누워 낮잠을 즐기는 자세인지 짐작하기 어려웠다. 상식적으로 생각한다면 경계 태세일 것이다. 아무래도 경비병처럼 보였으니까. 하지만 엘시는 그들이 하늘에서 기인하는 것만을 즐기며 지상에는 아무 관심도 두지 않은 채 한가로워하고 있다는 인상을 받았다. 그 두억시니들 중 단 하나만이 사모를 보고 자세를 바꿨다는 것은 '두억시니들의 오수' 가설을 뒷받침했다. 움직인 것은 저 유명한 갈바마리였다. 갈바마리는 기우뚱거리며 정자로 다가와 바깥에 섰다.

정자 안으로 들어선 사모는 난간을 따라 놓인 의자에 앉아서 맞은편을 가리켰다. 엘시는 그녀가 가리키는 곳에 앉았다. 정자 바깥의 갈바마리는 마치 난간에 앞발을 올려놓은 충견처럼 사모의 뒤편에서 난간에 두 팔을 걸친 채 엘시를 바라보았다. 갈바마리의 두 얼굴은 '아는 사람 같은데.' 하는 표정을 짓고 있는 것 같았다. 그러다가 갈바마리가 생각났다는 듯이 말했다.

"용기를 가지고."

"패배해라."

사모는 빙긋 웃었다. 그녀는 고개를 돌려 난간에 얹혀 있는 갈바마리의 팔을 살짝 두드렸다. 갈바마리의 두 머리가 모두 사모에게 돌아갔다.

"고마워. 갈바마리. 가서 쉬어."

갈바마리는 주저 없이 몸을 돌려 떠났다. 역시 엘시의 추측처럼 두억시니들은 그냥 정자 주변에서 쉬고 있는 모양이다. 하긴 그들이 인사불성이 될 정도로 취해 곯아떨어진 것과 같은 상태라 해도 그들은 여전히 무서운 경비병이다. 아무도 그들의 상태가 어떤지 확신하지 못할 테니까.

대호왕이 다시 자신을 돌아볼 때까지 기다렸다가 엘시가 말했다.

"폐하."

"나는 왕이 아니다. 왕위에서는 오래전에 떠났지. 사모 페이라고 불러라."

"사모 페이. 왜 전쟁을 일으키셨습니까?"

적의 총지휘관이 자신의 부하들과 고립된 상태에서 칼까지 넘겨주었는데 그를 공격하거나 억류하지 않았다면 그것은 정복 군주의 처신이 아니다. 엘시는 조금 전 오갔던 무언의 문답에서 배제된 이유 외에 무엇이 전쟁의 진짜 이유냐고 묻고 있었다. 사모는 그 질문에 질문으로 대답했다.

"너는 왜 황제가 되려는 자들을 상대로 전쟁을 일으켰느냐? 흑사자군을 결집시킨 너의 명분은 그것이었지. 왜냐?"

"바르지 않기 때문입니다."

"어째서 바르지 않느냐?"

"힘으로 획득한 황위에는 정당성이 없습니다. 비록 그것이 일종의 기만이나 자기 최면에 가까운 것일지도 모른다는 의심이 엄존하기는 합니다만 그렇더라도 지배에는 정당성이 있어야 합니다. 반 세기 전, 북부에서 고아라짓 왕국이 사라지게 만들었던 자들의 후손인 어떤 여자가 북부의 지배자가 될 수 있었던 것도 그녀에게 고아라짓 왕국을 잇는다는 정당성이 있었기 때문입니다."

그녀 자신을 언급하는 엘시의 말에 사모는 잠시 고개를 떨어뜨렸다. 엘시는 자신이 알고 있는 그녀의 생애를 생각했다.

하텐그라쥬의 나가들은 사모의 동생인 류 페이가 씻을 수 없는 죄를 지었다고 판단했고 그 처벌을 그녀에게 맡겼다. 죄를 저지른 자의 처벌을 그 혈족에게 부과하는 쇼자인테쉬크톨의 전통이었다. 쉬크톨을 받은 사모는 키보렌을 가로질러 동생을 추적했다. 그녀의 기나긴 추적행은 결국 나가들의 절대적인 장벽까지도 뛰어넘었다. 한계선을 넘어 버린 것이다. 류에겐 그의 체온을 유지시켜 주는 도깨비 친구가 있었고 사모에게는 추적행 도중 획득한 흑사자 모피가 있었기에 가능한 일이었다. 하지만 무엇보다도 그녀의 집념이 그 초자연적인 추적행을 가능하게 했을 것이다. 그녀는 마침내 하인샤 대사원에서 류를 따라잡았다.

그리고 사모는 류의 칼에 몸을 던졌다.

쇼자인테쉬크톨은 결국 가문에 부과된 핏값이다. 도망자든 추적자든 한 명만 죽으면 쇼자인테쉬크톨은 충족된다. 그녀는 동생의 손에 죽기 위해 나가에겐 불가능한 추적을 감행했고, 기어코 성공했다. 하지만 두 사람 모두 죽지 않았다. 하인샤 대사원에서 그녀는 류의 도피가 나가들의 북부 침공 계획의 일환이라는 것을 알았다.

그녀의 동생인 류 페이는 수호자, 즉 나가들의 사제 중 한 명이 되려다가 그만둔 자였다. 하지만 그는 수호자의 자격인 신명은 가지고 있었다. 신명은 나가들을 가호하는 발자국 없는 여신이 자신의 신랑인 수호자들에게 주는 이름이다. 자신이 이용당한다는 것을 모르는 채 류 페이가 북부의 하인샤 대사원에서 자신의 신명으로 발자국 없는 여신을 부르자 여신은 그곳으로 임했다. 발자국 없는 여신이 북부에 신경을 쓰는 동안 남쪽에서는 나가들이 여신의 힘을 훔쳤다. 그리고 그들은 훔친 여신의 힘으로 기후를 조작하여 북부 침공을 개시했다. 그것이 제2차 대확장 전쟁의 발발이었다.

하지만 사모는 물론이거니와 음모를 꾸민 나가들도 예상하지 못한 일이 벌어졌다. 잃어버린 왕이 언젠가는 되돌아올 거라는 믿음을 가지고 있던 북부의 사람들은 사모를 돌아온 왕으로 추대했다. 북부로 돌아온다면 왕은 북부의 사람이 아니며, 남부에서 온 사람인 사모가 바로 왕이라는 것이 그들의 결론이었다. 사모는 여신의 힘을 훔쳐 정복 전쟁에 이용하는 동포들의 죄를 스스로 막겠다는 이유에서 그 추대를 받아들였다. 그리고 제신도 그녀의 뜻에 동참했다.

하텐그라쥬를 향한 자살에 가까운 돌격으로 사모는 북부인들에게 제2차 대확장 전쟁의 승리를 넘겨줄 수 있었다. 하지만 사모는 돌아갈 고향도 잃었고 목숨을 내주어 지키고 싶었던 동생도 잃었다. 하텐그라쥬는 파괴되었고 전쟁의 마지막 순간 뜻하지 않은 피습을 당한 류 페이는 그의 친구였던 용 아스화리탈과 함께 나무로 변하고 말았다.

쓸쓸히 북부로 돌아온 사모는 그 후 잠시 북부를 지배하다가 고금에 다시 없을 천재인 그리미 마케로우에게 북부를 넘겨주고 폐허가 된 하텐그라쥬로, 나무로 변한 동생이 있는 곳으로 돌아갔다. 그리고 그리미 마케로우가 제국을 만들고 치천제가 그 뒤를 잇는 32년 동안 하텐그라쥬에서 은자로 살았다. 그것이 사모 페이의 생애였다.

사모 페이가 말했다.

"네가 말하는 그녀의 정당성에 대해선 알려진 것과 다른 이야기가 많이 있다. 하지만 네가 무슨 말을 하고 싶은지는 알 것 같군. 하지만 내가 듣기로 너는 전쟁에 대해서는 다른 이야기를 했는데. 전쟁의 진리가 무엇이지?"

"힘입니다."

"그래. 강한 자가 승리하는 거지. 그런데 힘이 지배의 정당성을 줄 수 없다는 거냐?"

단호하게 고개를 가로저으려던 엘시는 그 동작을 이상하게 끝냈다. 지배자에게 영구적인 무기를 주어도 될까? 갑작스러운 고민의 재래를 느낀 엘시는 자신 없는 태도로 말했다.

"지배는 투쟁이 아닙니다."

"투쟁의 고약한 점은 관련자들 중 한쪽만 그걸 투쟁이라고 생각하면 투쟁이 된다는 점이지. 합의가 필요 없어. 지배자는 한 명이지만 피지배자는 다수지. 그 다수들 중엔 지배자를 투쟁 대상으로 생각하는 자들이 반드시 등장하지. 지배자는 투쟁을 피할 수 없어."

"그럴지도 모릅니다. 아니, 그 말씀을 믿습니다. 하지만 피할 수 없다고 해서 처음부터 투쟁에 대비해야 합니까? 그 말씀은 어차피 죽을 테니 살 필요가 없다는 것이나 다름없습니다. 우리가 언젠가 죽으리라는 것은 부정할 수도, 그럴 필요도 없지만 그 때문에 삶의 이유가 사라지지는 않습니다."

사모와 이야기하면서 엘시는 자신의 입장이 정리되는 것을 느꼈다. 안타깝게도 지배자는 언제나 피지배자와 투쟁할 것을 각오해야 한다. 그것은 피할 수 없는 일이다. 하지만 그렇다고 해서 지배자에게 영원 불멸의 강력한 무기를 줄 필요는 없다. 엘시는 황제에게 말리와 아라짓 전사들의 포기를 요청해야겠다고 생각했다. 그리고 만약 자신에게 그것이 주어진다면 거부하겠다고 결심했다. 엘시는 좀 더 평온해진 마음으로 사모를 바라보았다.

사모는 동감하는 표정을 짓고 있었다.

"안정은 생각도 할 수 없는, 영원히 이어지는 혼란과 살육의 제국을 선택해야 한다는 것인가?"

"만족은 생각도 할 수 없는, 죽을 때까지 이어지는 좌절과 노화의 삶을 선택해야 한다는 겁니다."

사모는 폐부가 갈가리 찢어지는 듯한 한숨을 내쉬었다.

"30만 년 동안?"

엘시는 눈썹을 치켜세웠다. 당황한 빛을 드러내는 대장군을 보며 사모는 심장이 쿵쾅거리는 듯한 느낌을 받았다. 완전한 환상이다. 그녀의 심장은 병에 담겨 하텐그라쥬의 심장탑에 보관되어 있다. 그녀의 심장이 있던 자리에는 아마도 평생 동안 쌓아 놓은 슬픔이 그득히 고여 있을 것이다.

"네 말이 옳다, 엘시. 비록 받는 것 없이 뺏기기만 하는 것 같은 삶이라도, 기를 쓰고 얻어 낸 것들에게 언제나 실망만 느끼게 되는 삶이라도 살아야 한다. 개인의 단위에서 그 말은 부정할 수 없는 진실이다."

"개인 없이는 집단도 없습니다."

"하지만 개인의 기준을 집단에게 강요할 수는 없다. 너는 세상의 모든 사람이 네가 원하는 이상형과 똑같아야 한다고 주장하진 않겠지. 개인에게는 더없이 옳은 네 말이라도 집단의 입장에서는 끊임없이 자신의 발전 가능성을 훼손당해야 한다는 말이다."

"30만 년이라는 것은 무슨 말씀입니까."

사모는 비늘을 부딪쳤다. 그 갑작스럽고도 격렬한 동작에 엘시는 충격을 느꼈다. 사모는 고통스럽게 미소 지었다.

"아, 그거? 사람들이 조금이나마 고상해질 자격을 얻기 위해 필요한 시간이지. 엘시, 그대에게 미래를 알려 주지. 나 자신의 이해가 얕기 때문에 약간 조악한 표현을 쓰게 되리라는 것을 미리 사과하마. 사람들은 앞으로 30만 년 동안 서로를 가장 가치 있는 사냥감으로 대하다가 이래서는 안 되겠다는 자각을 얻게 되지. 그런 자각을 느낄 때까지 걸리는 시간이 30만 년이다."

엘시는 파랗게 질렸다. '나 자신의 이해가 얕기 때문에'라는 것은 그녀가 다른 사람의 말을 전하고 있음을 짐작하게 하는 구절이다. 그리고 엘시는 그것이 누구의 말일지 짐작할 수 있었다.

"누가 그렇게 말했습니까?"

"그리미 마케로우, 원시제의 계산이다. 그녀의 말을 정확하게 옮기자면 29만년에서 33만년 사이라고 하더군. 그 기간 동안 사람에 의해 죽는 사람의 숫자에 대해서는 그녀도 상당히 큰 편차로밖에 계산할 수 없었어. 살해 기술이 30만 년 동안 얼마나 발전할지에 대해서는 그녀도 정확하게 짐작하기 어렵기 때문이야.

하지만 최선의 경우에도 146억 명의 남녀는 반드시 다른 남녀에게 살해당하지."

엘시는 무의식적으로 질문했다.

"최악의 경우는 얼마입니까?"

"597조."

엘시는 말문이 막혔다. 전율할 만한 이야기를 하고 있는데도 사모의 목소리는 아름다웠다.

"그 최악의 경우에 사람은 고상해질 준비가 된 상태에서 멸망할 것이다. 물론 최악의 경우는 최선의 경우와 마찬가지로 실현 확률이 낮으니 실제 숫자는 146억과 597조 사이의 얼마쯤 되겠지. 멸망하지도 않을 테고. 하지만 인상적인 숫자지?"

"그럴 리가…… 원시제 폐하께서 미래를 '계산' 하셨다는 말씀입니까? 그분이 아무리 범인의 상상을 뛰어넘는 분이라 하더라도 30만 년에 걸친 미래를 어떻게 예측할 수 있단 말씀입니까?"

"자신의 목숨과, 상상한 것은 모두 이루어지는 계산 도구를 통해. 물론 그것은 상상한 본인에게만 작용하지만 계산이야 본인에게만 작용해도 되지."

"환상 계단으로?"

사모는 고개를 끄덕였다. 엘시는 무릎을 움켜쥐었다.

"원시제는 자신이 읽어 낸 미래를 견딜 수 없었다. 모든 시대는 그 시대를 살아가는 자들의 것이지. 명백히 우리에게는 우리 후손들의 시대에 개입할 권리가 없다. 하지만 죽어야 할 그 많은 자들의 목숨을 생각한다면 우리는 좀 더 통시적인 도덕에 대해서도 생각해 보아야 하지 않을까? 우리는 죽은 이들에게 가해지는 모욕에 대해서 그들이 이미 죽었다는 이유로 좌시하지 않는다.

그렇다면 아직 태어나지 않은 자들에게 일어날 일에 대해서도 외면하면 안 될 것이다. 그것이 원시제의 생각이었다."

사모는 신들의 힘이 지상을 질주하던 시대에 너무 거대해서 불행이 된 재능을 가지고 태어난 소녀를 생각했다. 류이 나무가 된 후로 사모의 차가운 나날에 잠깐 동안의 따스한 열이 되었던 소녀였다. 그 소녀가 그 혼란의 시대에서는 손에 넣기 어려운 평범한 삶을 살 수 있기를 얼마나 바랐던가. 하지만 사모는 그녀의 요청에 못 이겨 그녀에게 왕위를 넘겨주었다.

"원시제는 미래에 개입하기로 결정했다. 지금을 살아가고 있는 자들 중 누구도 살아갈 리가 없는 세상을 보살피기로 결심한 거지. 그대들은 그리미가 아라짓 제국을 만들어 낸 것을 기적이라고 말하겠지. 하지만 사실 그리미는 아라짓 제국뿐만 아니라 넘을 수 없는 시간의 장벽 때문에 그녀는 손을 댈 수 없는 세계까지도 보듬으려 했다."

"그래서…… 제국을……."

"태어나지 않은 후손들을 보살피려면 후손의 모든 선조들을 손에 넣을 수밖에 없지. 그렇잖아? 그래서 그토록 넓은 제국이 필요했지."

"그렇다면 시련은 왜 배제되었습니까?"

"배제는 아니야. 제국에 긴장감을 주기 위해 외부의 적은 필요했지. 그리고 그들에게도 나름의 역할은 주어져 있어. 원시제의 계획 속에서 제국과 시련은 하나야."

엘시는 기가 막힌다는 생각밖에 할 수 없었다.

"대수호자도 이 사실을 알고 있다는 겁니까?"

"확신할 수는 없지만 모를 거라고 생각한다. 대수호자는 다른 수호자들과 마찬가지로 발자국 없는 여신의 신랑이야. 원시제에게 복종할 이유가 없지. 그리고 그들은 아무것도 모르는 편이 제국에 긴장을 주기 좋겠지."

"선황 폐하의 계획은 무엇입니까?"

"굳건한 제국을 통해 사람들을 잘 인도하여 30만 년을 일만육천 년으로 줄이는 것."

엘시는 차가운 것이 전신을 훑는 기분을 느꼈다. 그는 자신도 모르게 혼잣말을 중얼거렸다.

"그래서 내구성인가?"

사모는 고개를 갸웃했다. 엘시는 자신이 추리했던 아라짓 전사의 반영구성에 대해 띄엄띄엄 말했다. 조용히 엘시의 이야기를 경청하던 사모가 동의했다.

"네 추리가 맞는 것 같군."

엘시는 사모가 가정형으로 말했다는 사실에 의구심의 눈빛을 띄었다. 사모가 말했다.

"나도 원시제의 계획 전부를 알지는 못해. 아마 그녀는 내가 알아야 할 정도만 알려 줬겠지."

"그러면 시모그라쥬 공과 함께 전쟁을 일으킨 것도 선황 폐하의 지시였습니까?"

"엘시, 너는 원시제가 일만육천 년 동안의 계획표를 남겨 놓았다는 식으로 상상하는 모양이군. 그렇지는 않아. 혹 그런 것이 있다 해도 나는 보지 못했어. 원시제는 나에게 어느 때 무슨 일을 하라는 식의 지시는 남기지 않았어."

"그렇다면?"

"내가 알아야 할 것들을 알려 주고 내가 판단하게 했지. 물론 정보의 제약을 통해 내가 특정한 판단을 내리게끔 유도했다고 의심할 수도 있지. 하지만 그런 방식은 어느 때 무슨 일을 하라는 식의 명료한 지시보다 더 불확실하지 않겠어? 나는 그녀의 방식이 그런 것은 아니라고 생각해. 하지만 어떤 방식이냐고 묻지는 말면 좋겠군."

"그렇다면 왜 그런 판단을 내리셨습니까?"

"레콘은……."

사모는 말을 멈추고 엘시를 세심하게 관찰했다. 조금 후 그녀는 고개를 가로저었다.

"미안해, 엘시. 나는 말하지 않아야 한다고 판단했어."

엘시는 굶주린 눈으로 사모를 보다가 고개를 떨어뜨렸다. 그는 바닥을 보며 말했다.

"판단이라는 말씀을 계속 반복하시는 이유가 뭡니까?"

"짐작하는 것 같은데?"

"들려주십시오."

"너와 너의 후손들 모두가 이미 죽은 어떤 천재가 정해 놓은 길을 따라 움직이는 꼭두각시라고 생각하지 않기를 바라. 원시제의 방식은 그것이 아니니까. 우리와 우리의 후손 모두는 자유롭게 판단하고 자유롭게 행동할 수 있다고 믿어."

"선황 폐하의 방식이라는 것을 이해하기 어렵군요."

사모는 잠시 생각에 잠겼다가 말했다.

"엘시, 너는 이 시대 최강의 기사라고 하더군."

엘시는 고개를 약간 들어 사모를 올려다보았다. 사모가 말했다.

"입신은 신의 경지에 들어섰다는 말이지. 하지만 신의 경지에 든 자들 중에서 최강의 기사 엘시 에더리라고 해도 첫돌이 놓이는 순간 마지막 돌이 놓일 자리까지 깨닫지는 않을 거라고 생각해. 너는 모든 돌의 위치를 미리 알 수는 없겠지. 그렇겠지?"

엘시는 고개를 끄덕였다.

"하지만 그래도 너는 최강이야. 왜냐하면 너는 바둑을 알기 때문이지. 수백 수 뒤의 돌이 어떻게 될지는 모르지만 바둑을 알기 때문에 너는 승리라는 목표를 향해 갈 수 있지. 바둑돌의 모양은 모두 똑같잖아? 그건 기사가 어떤 바둑돌과 다른 바둑돌을 구분하지 않기 때문이지. 돌들은 모두 동등하고 기사의 더 큰 총애나 증오를 받지 않아. 다만 바둑의 형세에 따라 다른 삶을 살 뿐이지. 마찬가지라고 생각해. 원시제는 돌이 아닌 바둑판을 본 거라고 생각해. 제대로 된 비유인지 모르겠군. 이해할 수 있겠어?"

"알듯 말듯 합니다."

엘시는 허리를 폈다. 그는 늘어진 머리카락을 쓸어 넘기고 같은 말을 반복했다.

"알듯 말듯 합니다. 제 앞길은 제가 판단하고 거기에 대해 의심하지 말라는 말씀입니까?"

"그런 말이야."

"하지만 저는 제가 황제가 되어야 하는지 판단할 수 없습니다."

엘시는 괴롭게 말하고 나서 조언을 기다리는 얼굴로 사모를 바라보았다. 원시제가 그의 황위 등극을 원했는지 그렇지 않은지 묻는 것은 아니다. 사모의 말에 따르면 원시제의 방식은 그런 것이 아니니까. 엘시는 반 세기 전 자신이 살 수 없는 땅에 가서 니름으로만 들었을 뿐 생전 처음 보는 종족들의 왕이 된 여인의 조언을 듣고 싶었다.

사모는 그가 예상하지 못한 표정을 지었다. 그녀는 동정하는 표정으로 그를 바라보고 있었다. 그 표정에 의아해하던 엘시는 문득 어떤 의심을 느꼈다.

"제가 아닙니까?"

"아니. 네가 맞아."

그렇게 말하는 사모의 동정심은 더욱 깊어졌다. 엘시는 불안감을 느꼈다. 사모가 말했다.

"너에게 알려 주는 것은 내 몫인 것 같군."

"무엇을 알려 주신다는 겁니까?"

사모는 두 손을 모아 깍지를 끼고 거기에 턱을 얹었다. 조금 후 그녀는 다시 머리를 들어 정자 기둥에 기대었다. 그녀는 약간 비스듬한 눈으로 엘시를 보다가 말했다.

"엘시, 그대가 차기 황제야. 그리고 일만육천 년 동안 계속될 에더리 황조의 개조지."

그 장구한 시간은 엘시를 현기증 나게 만들었다. 기쁨을 느껴야 한다는 생각이 희미하게 들었지만 그런 기분은 조금도 들지 않았다. 게다가 사모의 표정은 그를 기뻐할 수 없게 만들었다.

"안정적인 제국을 위한 안정적인 세습…… 세습 황조에 가장 잘 어울리는 종족은 인간이지. 나가에게는 한계선의 제약이 있고 도깨비들은 즈믄누리보다 더 큰 정치 체제에 관심이 없어. 레콘들은 세습이라는 개념 자체에 낯설어하고. 따라서 인간이어야 하지."

엘시의 짐작과 크게 다르지 않은 말이었다. 그것은 제국 정치의 전망에 관심이 많은 자들이나 지식인들 사이에서는 거의 공공연한 말이 되어 있는 것이기도 하다. 하지만 그 말을 하는 사모의 어조는 특이했다. 그녀는 그것이 아주 허튼소리인 것처럼 말했다. 엘시는 남자가 황가의 개조가 된다는 것에 대한 나가의 거부감일까 생각해 보았지만 그런 것 같지는 않았다. 사모는 그보다 더 본질적인 것에서 거부감을 느끼는 것 같았다.

"엘시, 지배자의 안정적인 세습도 제국 보존을 위해 괜찮은 방법이지. 하지만 세습에도 문제점은 있어. 부모의 재능이 뛰어나다 해서 그 자식도 출중한 인물일 거라고 보장할 수 없다는 것."

"그렇긴 합니다만……."

"그것보다 더 좋은 방법이 있지."

"그게 뭡니까?"

"출중한 인물 한 명이 죽지 않고 계속 다스리는 것."

엘시는 농담을 들었다는 반응을 보여야 하나 생각했다. 하지만 곧 그의 뇌리 속에 영원히 죽지 않는 황가의 수호자들이 떠올랐다. 그런 초자연적인 영생은 그들이 나가이기 때문에 가능하다.

그런데 치천제 또한 나가다.

엘시는 모골이 송연해지는 것을 느꼈다. 영원히 죽지 않는 자들의 수호를 받을 만한 대상으로 가장 잘 어울리는 것은 어쩌면 대가 끊어질지도 모르는 가문이 아니라 영원히 죽지 않는 자다.

"그렇다면 폐하께서…… 냉동되어……."

"맞아. 그것이 일만육천 년 동안 제국을 다스릴 수 있는 방법이지."

"하지만 제가 황제라고 하지 않으셨습니까? 아니, 잠깐만요! 그렇다면 그분께서 왜 차기 황제의 예비 반대자들을 제거하신 겁니까? 그분께서 직접 다스릴 거라면 그런 일은 필요 없지 않습니까?"

"치천제가 반대자들을 제거하긴 했지. 하지만 그 반대자들은 차기 황제의 반대자는 아니야."

"그러면 누구의 반대자란 말씀입니까?"

"내 이야기를 정확히 이해했다면 치천제가 필요한 시점에 행동하기 위해 많은 시간 동안 잠들어 있어야 한다는 것을 이해할 것이다. 그녀가 잠들어 있는 동안 그녀를 대신할 자가 필요하지, 엘시. 네가 잠들어 있는 동안 너의 집을 돌보는 것은 누구지?"

엘시는 입을 벌렸다. 그것은 충성스러운 몸종 이레 달비다.

"너를 구출하기 위해 망고 군단에도 뛰어들었다는 네 몸종이겠지. 네가 대단히 바쁘다면 네 몸종은 주인 노릇도 할 수 있을 테고, 어쩌면 장난삼아 네 몸종을 주인이라고 부를 수도 있겠지."

혹은 황제라고 부를 수도 있다.

"하지만 집안일에 대해서 진짜 주인보다 낫고, 주인이 부재중엔 주인처럼 행동하며, 심지어 주인이라는 이름으로 부른다 해도 몸종은 몸종이야."

엘시는 어지러움을 느꼈다. 그의 눈에 사모의 얼굴이 마치 치천제의 얼굴처럼 보였다. 그리고 그녀의 목소리는 그에게 익숙한 치천제의 명령처럼 들렸다.

"엘시, 너는 에더리 황조의 개조야. 사람들은 너와 네 후손들을 황제라고 부르겠지. 하지만 사실 에더리 황조는 진짜 황제의 몸종 가문이 될 것이다. 그녀가 잠들어 있는 동안 사소한 일들을 관리하다가 필요할 때 진짜 황제를 깨우는 역할을 수행하게 되겠지. 사람들은 지상의 지배자인 에더리 황조를 존경할 것이다. 너와 네 후손들이 제국을 잘 다스리면 경애와 칭송도 보내겠지. 하지만 그들의 무의식적인 사랑은 진정한 황제에게 바쳐지겠지. 악독한 황제 사냥꾼에게 무참하게 살해당해서 그들의 곁을 떠났지만, 제국 신민들이 진정으로 필요로 할 때는 언제든 불멸의 전사들을 이끌고 그들에게 돌아오는 하늘의 제왕에게. 그 그리움과 안타까움, 구원의 희망…… 일만육천 년 동안 사람들을 하나로 묶어 줄…… 짐작할 수 있나?"

짐작하기 어려웠다.

발케네 공 스카리 빌파는 침대에 누운 채 지친 표정으로 천장을 바라보았다.

그가 지친 표정을 짓고 있는 것은 당연하다. 밤새도록 잠을 자려고 애썼지만 채 한 시간도 눈을 붙이지 못한 사람이라면 눈이 조금 퀭하고 입술이 바싹 말라 있어도 당연하다. 하지만 잠자리가 나빠서 그런 것은 아니다. 그가 점거하여 머물고 있는 비나간의 후작궁(한때 왕궁이었지만 스카리는 다시 후작궁으로 부르도록 했다.)은 그룸 성에 비하면 훨씬 안락하고 지키멜의 방이었던 그의 침소 또한 훌륭했다. 날씨가 조금 나쁘기는 했다. 가장 훌륭한 겨울밤은 창밖으로 맨손을 내밀었다간 당장 동상에 걸릴 추운 날씨에 몸을 훈훈하게 해 줄 독주를 잔뜩 마시고 화재가 걱정되도록 벽난로의 불을 활활 태운 채 잠드는 것이라 생각하는 발케네 사내 스카리에게 비나간의 온화한 밤은 겨울밤 같지 않은 이상한 기후처럼 여겨졌다. 하지만 그 이상한 날씨도 불면의 원인이 될 수는 없었다. 스카리는 이동하는 도시에서 오랫동안 거주했던 사람이므로 폭우나 강풍을 제외한 온갖 기온에 익숙했다.

스카리는 지긋지긋하다는 표정으로 일어났다. 침대 밖으로 뛰쳐나와 옷도 제대로 챙겨 입지 않은 채 책상으로 다가갔다. 그리고 의자에 털썩 앉아 그의 불면을 야기한 원인을 집어들었다. 그것은 그가 어젯밤 책상 위에 놓아둔 편지 한 장이었다. 하지만 스카리는 그것을 읽기가 어려웠다. 기나긴 겨울의 밤도 끝나고 바깥은 어느새 부옇게 밝아 오고 있었지만 편지를 읽을 수 있을 정도는 아니었다. 스카리는 벽에 걸린 줄을 잡아당기려다가 비나간의 후작궁에는 그런 시설이 없다는 것을 떠올렸다. 그는 문 쪽을 향해 불을 가져오라고 고함질렀다.

조금 후 문이 열리고 촛대를 든 남자가 들어섰다. 경비병이나 하인이겠거니 생각하던 스카리는 그가 팔리탐 지소어라는 사실에 조금 놀랐다. 스카리는 팔리탐의 가면을 보다가 말했다.

"둘 중 누구지?"

"팔리탐입니다."

"왜 하인이 아니라 네가 직접 왔나?"

"이곳은 점령지입니다, 각하. 홀로 계시는 침소에 아직 완전히 신뢰하기 어려운 자들이 들락거리는 것은 바람직하지 않습니다."

"흐음. 촛대는 거기 내려놓고 앉아."

팔리탐은 의자에 앉았다. 스카리는 팔리탐이 가져온 초에 의지하여 편지를 읽었다. 짧은 내용이었기에 오래 읽을 필요는 없었다. 편지를 내려놓는 스카리를 보다가 팔리탐이 말했다.

"잠자리가 불편하셨습니까?"

"나쁘지 않았어. 부냐가 온다니까 잠이 안 와서."

팔리탐은 고개를 끄덕였다.

"폐하께서 보낸 편지가 그런 내용이었습니까?"

"맞아. 폐하와 부냐가 함께 온다는군. 그 때문에 잠을 설쳤어."

"많이 기쁘신가 보군요."

"그렇기도 하고…… 젠장! 거기에 태위도 있으시지요?"

"저와 하실 말씀이 있으십니까?"

"아니요. 당신이 듣지 말았으면 합니다. 젠장. 언제나 당신도 있다는 걸 생각하면 이야기를 할 수가 없군요."

분노하는 스카리를 보던 레이헬이 뒤로 물러났다. 팔리탐은 자신의 내부에서 레이헬이 취하는 행동을 보다가 말했다.

"이젠 듣지 않으십니다. 말씀하시지요."

스카리는 눈을 껌뻑거렸다.

"안 듣는다고?"

"예. 외부와 거의 단절된 곳으로 내려가셨습니다. 그곳에 있으면 바깥의 일을 알 수 없습니다. 오래된 영들이 머무는 곳이지요. 그곳에서 그 영들과 이야기라도 나누시려는 모양입니다."

"허! 나를 속이는 거지? 내가 역모 이야기라도 꺼내면 어쩌려고?"

팔리탐은 황제에 대한 역모를 꾸민다면 레이헬보다 자신이 먼저 막을 것을 알기에 레이헬이 내려갔다고 설명하지는 않았다. 스카리를 더 자극할 우려가 있었다.

"태위님과 저는 신뢰 관계를 깨트리기 어렵습니다. 자기와 자기가 싸우는 꼴을 겪게 되니까요. 믿으셔도 좋습니다."

스카리는 웃긴다는 표정으로 팔리탐을 바라보다가 콧방귀를 뀌었다.

"뭐, 좋아. 들어도 상관없어. 그냥 황제의 태위가 듣고 있다는 것이 불편했을 뿐이야. 부냐가 오면 어떻게 해야 하나 고민하다가 밤을 샜어. 어떻게 하지? 부냐를 데리고 발케네로 도망쳐 버릴까? 하지만 황제도 그 정도는 생각했을 거야. 부냐만 없으면 나를 마음대로 다룰 수 없다는 것을 아니까. 그렇다면 넘겨주지는 않고 그냥 보여 주기만 할까? 그렇다면 항의해야겠지. 어떻게 항의하면 좋을까? 그런 생각들이야, 팔리탐. 황제가 어떻게 할 것 같나? 혹시 태위에게 들은 것 없나?"

"모릅니다. 들은 것도 없고요. 폐하의 편지에는 뭐라고 적혀 있습니까?"

"여기엔 쓸 만한 것이 아무것도 없어. 아, 그래. 그러고 보니 네가 준비할 일이 있다."

스카리는 편지를 불쑥 내밀었다. 팔리탐은 촛불 가까이 편지를 가져가 읽었다. 짤막한 내용이었다.

부냐 헨로와 함께 가겠다. 짐이 도착하기 전까지 비나간 인 쉰 명을 무작위로 선택하여 화형에 처하라. 그것이 비나간이 받을 벌이다.

팔리탐은 흠칫하여 다시 편지를 들여다보았다. 부냐 헨로에 대한 대목이 아니라 그 뒤의 내용을 반복해서 읽고 난 후 경악하여 스카리를 바라보았다. 스카리가 말했다.

"무작위라니까 제비뽑기를 하면 되겠군. 비나간을 쉰 개 구역으로 나누고 한 구역에서 한 명씩 선출하라고 하면 되겠지. 네가 준비하도록 해."

"이 명령을 따를 생각이십니까?"

팔리탐의 반문에 스카리는 눈살을 찌푸렸다. 팔리탐도 자신이 뻔한 질문을 했다는 것을 깨달았다. 스카리는 거부할 수 없다. 만약 그가 거부하려 하면 오히려 팔리탐 자신이 그것을 막아야 한다. 황제의 비위를 건드리는 일이 될 테니까. 하지만 팔리탐은 그 명령의 잔혹함에 스카리가 아무 말도 하지 않았다는 것을 참기 어려웠다.

"이런 처벌은 공정하지 않습니다. 무작위라니요. 그들에겐 죄가 없습니다."

"죄가 없지는 않아. 대부분 후작의 칭왕에 박수를 보내고 좋아했을 테니까. 역모에 대한 호응도 역모나 다름없는 죄지."

팔리탐은 가면 뒤의 일그러진 얼굴을 더욱 일그러뜨리며 스카리를 바라보았다. 스카리는 팔리탐의 가면을 보다가 약간 언성을 높였다.

"제기랄, 그러면 어쩌란 거야? 부냐가 도착했을 때 황제에게 명령을 따를 수 없었다고 말하라는 거야? 어차피 반역에 대해선 일벌백계가 필요해. 자신이 없는 동안 난장판이 된 세상을 본 황제라면 더욱더. 쉰 명이면 많지도 않군."

팔리탐은 시선을 낮추었다. 그 자신도 황제의 실종 기간 동안 발케네 영토를 확장하고 규리하를 넘보았으면서 반역자에 대한 일벌백계를 말하는 스카리의 태도에 찬성하긴 어려웠지만, 팔리탐은 그 편지를 따라야 한다는 것을 알고 있었다. 더 이상 스카리와 이야기를 나누었다간 험한 소리밖에 나오지 않겠다고 생각하고 팔리탐은 자리에서 일어났다.

"준비하겠습니다. 시간이 걸릴 것 같으니 일어나는 것을 허락해 주십시오."

스카리는 퉁명스럽게 고개를 끄덕였다. 팔리탐은 편지를 촛대 옆에 내려놓고서 스카리에게 목례한 다음 몸을 돌렸다. 문을 열고 나가는 팔리탐을 보던 스카리는 다시 편지를 집어 들었다. 부냐 헨로가 온다는 대목을 한 번 더 읽고 싶었기 때문이다.

 하지만 팔리탐이 촛대 가까운 곳에 편지를 놓아두었기 때문에 그가 편지를 홱 집어 들었을 때 일어난 바람이 촛불을 덮쳤다. 초의 불꽃은 파르르 떨리다가 갑자기 한 줌의 연기로 바뀌었다.

제 34 장

〈결국 서약 지지파는 심대한 타격을 입었군요.〉

〈무슨 의미지?〉

〈폐하의 실종 기간 동안 제국령을 다스리는 행정관들은 누구도 자기 자리를 떠나지 않고 맡은 바 일을 묵묵히 수행했습니다. 분란을 일으킨 것은 모두 영지를 가지고 있는 공후들입니다. 그것은 이토록 거대한 체제의 존속을 담보하는 도구로써 충성 서약이 얼마나 허술한 것인지 알려 주는 좋은 증거입니다.〉

〈무슨 니름을 하고 싶은지 알겠다만, 논리가 조악하다.〉

〈폐하?〉

〈사람은 다 마찬가지야. 공후들이건 행정관들이건 똑같지. 행정관들이 칭황이나 칭왕에 나서지 않은 것은 단지 그럴 힘이 없었기 때문이다.〉

〈그거야 백번 옳으신 니름입니다. 저는 황제에게 충성을 맹세하지 않기에 자신에게 충성할 병사도 모을 수 없는 행정관들의 지위를 지적한 것입니다. 서약을 거부하신 폐하의 결단이 탁월한 것은 그 때문입니다. 행정관들이 처음부터 무력을 가질 수 없는……〉

〈그들에겐 무력이 있었다.〉

〈예?〉

〈데라시, 인정해라. 역사의 일반적인 법칙이 아라짓 제국의 행정관들에게서 깨어진 것은 제국의 제도가 우수해서가 아니라 엘시 에더리라는 심각하게 놀라운 개성의 소유자 때문이라는 것을. 백작은 내버려두었다면 반드시 행정관들과 결탁하여 내란의 시대를 열었을 제국군을 모두 흡수해 버렸다. 백작이 없었다면 행정관들은 매수든 회유든 동원할 수 있는 수단을 총동원해서 제국군과 결탁했겠지. 행정관들이 얌전히 있었던 것은 충성 서약을 거부한 짐의 결단 때문이 아니라 백작 때문이다.〉

〈백작의 비할 바 없는 탁월함은 부정하지 않겠습니다, 폐하. 하지만 그가 그럴 수 있었던 것도 제국군이 황제군이 아니기 때문에 가능한 일이었습니다. 서약지지파의 논리대로라면 제국군은 황제에게 충성을 맹세한 황제군이었을 테고 그렇다면 백작은 무슨 수를 써서든 황제군을 흡수할 수 없었을 겁니다.〉

〈칼리도 백은 제국군이 모두 황제군이었다 해도 반드시 무슨 방법을 찾아내었을 거다.〉

〈저는 그 방법을 짐작할 수 없습니다.〉

〈칼리도 백이 모든 제국군을 규합하러 떠날 거라고 짐작한 자도 없었을 거다. 아마 백작이 칼리도로 돌아

가 사태를 주시하거나 다른 자들처럼 내란에 동참하리라는 것이 좀 더 일반적인 예측이었겠지.〉

〈폐하, 그렇다면 사람을 구분 짓는 서약에 의한 통치건 모든 사람에게 똑같은 법에 의한 통치건 마찬가지라는 뜻이십니까?〉

〈막상 칼날이 뽑히면 칼집은 아무 역할도 할 수 없다. 팽개쳐져, 잊히지.〉

— 아라짓력 32년 겨울, 말리 위에서 이루어진 치천제와 비스그라쥬 백 데라시의 소리 없는 대화 중

돌의 질주, 바람의 침묵

　스물두 살 되던 해 심장을 적출하여 병에 담아 비스그라쥬의 심장탑에 안전하게 보관해 두었는데도, 비스그라쥬 백 데라시는 자신이 죽을지도 모르겠다고 생각했다. 공포가 아닌 짜증과 피로 속에서.

　데라시는 뱀단지에 의한 사어 통신의 가치를 폄하하고 싶은 생각은 없었다. 벙어리에겐 비효율적인 수단이 되는데도 말이 훌륭한 의사 전달 수단이듯 뱀단지도 마찬가지다. 단지 다른 쪽에 뱀부리미가 없다는 이유만으로 뱀단지를 중상할 수는 없다. 그래서 갈 길을 찾던 데라시의 분노는 모조리 자신에게 돌아왔다. 데라시는 완벽주의자처럼 구는 자신에게 분노를 느끼며 닐렀다.

　〈물론 아라짓력 7년 황은에 의해 반포된 비상시의 직무 승계에 관한 원시제 그리미 폐하의 총괄적 칙령 11조 4항에 의거하여 귀하는〉 그런 게 있다는 것도 몰랐다면 빨리 참고해 봐라, 이 자식아. 〈이미 마모나에 대한 지휘 통제를 시작했을 테니 업무 부담의 증가는 자명하므로〉 마모나다. 마모나. 알았어? 이렇게까지 닐러 줬으면 제발 마모나의 암염을 떠올려라. 〈인력 충원을 위한 별시를 허락한다.〉 네 친지든 심복이든 아무에게나 적당한 직책을 줘서 그 암염 광산을 착복하게 해. 상관없어. 비나간의 팔지 남작이 암염을 가지고 장난치지 못하도록 하기만 하면 돼.

데라시로 하여금 죽음의 위기를 느끼게 하는 상황은 대략 이러했다. 거룩한 정치 도의에 입각하여 필요한 사항을 상대방이 잘 알고 있다는 듯이 닐러야 하지만, 상대방이 잘 알고 있다는 듯이 니르면서도 상대방이 정말 모르는 경우를 대비하여 필요한 정보를 포함시켜야 하고, 필요한 정보들을 포함시키면서도 책임 소재 논란을 피하기 위해 그 명령문 전체를 진정한 지시 내용과 무관한 것처럼 바꿔야 한다. 왜냐하면 데라시의 진정한 지시는 범죄이기 때문이다. 이 정도만 해도 간단한 명령을 내리기 위해 지나치게 많은 정신적 노동을 소모하는 일이다. 하지만 그 명령이 상대방이 이미 한 일에 대한 지시일지도 모른다는 사실은 데라시의 의욕을 심하게 꺾는 일이다.

디네 태수는 이미 자기 육촌쯤 되는 인물에게 유래가 수상한 지위를 주어 마모나의 암염 광산을 착복하게 했을지도 모른다. 그럼으로써 자신은 의도하지 않았겠지만 비나간 쪽에서 시구리아트 산맥의 산사람들을 상대로 소금 가격 상승을 시도하는 것을 원천 방어하고 있을지도 모른다. 그럼으로써 느닷없이 당주를 잃고 당황하게 된 유료도로당이 시구리아트 산맥에 대한 감찰을 소홀히 할 경우 발생할지도 모르는 산사람들의 준동을 본의 아니게 막고 있을지도 모른다…… 디네에 별시를 허락함으로써 전혀 무관한 것처럼 보이는 시구리아트 산맥의 통행 안전에 긍정적 영향을 끼친다는 데라시의 계획이 비록 정치가적인 감수성을 만족시키는 교활하고 세련된 것이긴 하지만 그것이 쓸모없는 명령일지도 모른다는 사실은 그 명령을 내리면서 데라시가 느낄 수도 있었던 즐거움을 대폭 삭감시켰다. 하지만 하지 않을 수도 없다. 데라시는 하늘누리와 함께 사라진 제국 정부를 혼자 대행해야 했다.

꼬박 19시간 가까이 진행된 명령의 홍수에도 뱀부리미는 꿈쩍하지 않고 데라시의 니름을 사어로 바꾸었다. 데라시는 뱀들을 다루는 뱀부리미의 모습을 보며 다음에 내려야 할 지시를 생각했다. 그리고 투덜거리며 자신이 휘갈겨 쓴 비망록을 뒤적거렸다. 자신이 떠올린 지시가 아직 전달하지 않은 것인지 확신할 수가 없었다. 그때 누군가가 닐렀다.

〈백작님, 이제 그만하시는 것이 좋겠습니다.〉

데라시는 비망록에서 눈을 들었다. 뱀부리미 여자가 퉁명스러운 표정으로 마주 보고 있었다. 데라시는 필요한 만큼 기다렸다가 닐렀다.

〈힘드세요?〉

데라시는 남자보다 약하다는 니름을 듣고 싶지 않은 뱀부리미에게서 앞으로 열 시간은 더 할 수 있으니 걱정하지 말라는 대답이 나오길 기다렸다. 하지만 뱀부리미의 대답은 그가 바란 것이 아니었다.

〈백작님이 다시 태어나려 하는군요.〉

피로 때문에 이해력이 떨어진 것이 분명하다. 데라시는 재치 있다는 평을 듣기 어려울 정도로 지체한 후에야 뱀부리미의 니름을 이해했다. 데라시는 황급히 뱀부리미의 시선을 피하며 자신의 얼굴을 만져 보았다. 뱀부리미의 무관심을 강조한 니름이 전해져 왔다.

〈오른쪽 손등입니다.〉

데라시는 몸을 아예 뒤로 돌린 채 오른손을 만져 보았다. 뱀부리미의 지적이 맞았다. 데라시는 그 손등을 옷자락 사이에 숨긴 채 일어났다. 그리고 뱀부리미와 전혀 상관없는 방향을 향해 닐렀다.

〈알려 주서서 감사합니다.〉

뱀부리미는 아무 니름도 하지 않았다. 당신 옷 뒤에 피가 묻어 있다고 말한 인간 남자처럼. 그리고 데라시는 그런 지적을 받은 인간 여자처럼 대답을 기다리지 않은 채 걸었다. 벽난로 옆에 걸려 있던 보온복을 집어 든 백작은 세 번째 벽난로 방의 모든 뱀부리미들이 자신만 바라보고 있는(실제로는 정반대였지만) 듯한 기분을 느끼며 그곳을 빠져나왔다.

달거리와 허물 벗기는 공통점보다 이질점이 훨씬 더 많다. 후자는 생식과 아무 관련이 없으며, 남녀 모두에게 정기적으로 일어나는 일이며, 중요한 날이나 장거리 여행을 하기 직전이나 최고로 멋진 계획이 있는 날에 반드시 시작되지도 않는다.(그렇게 믿는 나가는 없다.) 하지만 달거리를 시작한 인간 여자와 허물 벗기를 시작한 나가 남자는 자신이 미처 깨닫지 못한 상태에서 다른 사람에게 지적당했을 때 비슷한 당혹감을 느낀다. 비늘이 떨어질 것 같은 당황 속에서 데라시는 여자의 집에 와 있어서 다행이라고 생각했다. 나가 남자는 모두 방랑자이지만 노출된 야외에서 허물을 벗는 나가 남자는 없다. 허물 벗기가 시작된 나가 남자는 여자의 집에 찾아와 '강대한 여인의 자비로운 보호 하'에 그 힘든 일을 마쳐야 한다. 말리는 비록 황궁이라고 할 수는 없지만 그래도 그 소유자는 황제다. 그리고 황제는 여자다.

데라시는 황급히 자신의 방으로 걸음을 옮겼다. 누군가에게 목격당하는 것에 대한 두려움이 그의 오른발을, 그리고 보온복의 물이 식기 전에 빨리 움직여야 한다는 합리적인 이유가 그의 왼발을 잡아 끌었다. 데라시는 만족할 만한 속도로 방에 돌아올 수 있었다. 하지만 방 안의 상태는 만족할 만한 수준이 아니었다. 문을 닫은 데라시는 어처구니없다는 투로 닐렀다.

〈여기서 뭐 하고 있는 겁니까?〉

적절한 의사 표현 방식이 아니었다.

"여기서 뭐 하고 있는 겁니까?"

부냐 헨로는 고개를 까딱했다.

"각하를 기다리고 있었어요. 이곳은 그런 일을 하기엔 가장 적절한 장소죠."

데라시는 그가 아는 부냐에게 부합되지 않는 말투에 놀랐다. 하지만 부냐의 앞쪽에 앉아 있던 아실이 재미있다는 듯이 미소 짓는 모습은 그를 더욱 당혹스럽게 했다. 얼빠진 얼굴로 두 여자를 바라보던 데라시는 조금 후에야 몸이 무거운 것을 느꼈다. 데라시는 두 사람을 무시한 채 벽난로로 다가가 보온복을 벗었다. 그 와중에 손등 비늘이 조금 더 들떴다. 데라시는 손을 뒷짐 지듯 뒤로 숨긴 채 두 사람을 바라보았다.

아실은 의자에 앉아 탁자 위에 놓인 도깨비지에 무엇인가를 쓰고 있었다. 부냐 헨로는 그녀의 뒤에 서서 등받이를 붙잡고 서 있었다. 사이 좋은 자매의 모습이랄까. 데라시는 글쓰기를 연습 중인 여동생과 그 모습을 봐주고 있는 언니 같다고 생각했다. 아실은 글쓰기를 연습할 나이는 훨씬 지났고, 손만 등받이에 얹었을 뿐 꼿꼿이 서 있는 부냐 헨로의 모습도 그렇게 자상한 것은 아니었지만. 부냐가 말했다.

"저희 두 사람은 곧 이곳을 떠날 거예요. 저는 스카리에게, 그리고 아실은 지멘에게 갈 테죠."

"계속 이곳에 있었습니까?"

부냐는 데라시의 질문을 무시했다.

"이곳을 떠나기 전에 백작님께 조언을 좀 받고 싶군요."

"조언이오?"

"주인께 사랑받는 방법에 대해."

데라시는 무의식적으로 비늘을 부딪쳤다.

비스그라쥬 백은 분노와 격한 부정의 감정으로 부냐를 바라보았다. 같은 나가였다면 정색하거나 놀란 표정으로 그를 바라보았을 것이다. 하지만 부냐가 본 것은 무표정한 나가의 얼굴뿐이다. 그래서 부냐는 그저 가만히 있었다. 부냐가 아무 반응도 보이지 않은 것은 비스그라쥬 백의 분노를 싸구려로 만들었다. 또한 갑작스럽게 비늘을 부딪치느라 데라시는 몸 곳곳에서 허물이 떨어지는 것을 느꼈다. 아픔과 분노와 좌절감 때문에 그만 주저앉고 싶어졌다. 그때 아실이 맹랑하다 싶을 만큼 맑은 소리로 웃었다.

데라시는 난생처음 보는 물건을 보듯 아실을 바라보았다. 아실이 웃음을 훔쳐 내듯 입가를 손으로 닦으며 말했다.

"그만둬요, 부냐. 장난이 심해요. 백작님 화나시겠어요."

"그럴까?"

"백작님은 자기가 제국에게 굉장히 중요한 사람이라고 생각하고 싶어해요. 그러니 황제의 첩이라는 것을 그렇게 강조하면 화날 거예요."

데라시는 다시 비늘을 부딪치고 싶은 것을 참느라 정신이 멍해질 지경이었다. 붓을 내려놓은 아실은 쓰고 있던 것을 옆으로 밀어 놓고 두 손으로 턱을 받쳤다.

"거기 서 계시는 것이 편하시겠어요?"

"아실, 당신은 이제……."

"예. 돌아왔어요."

아실은 손을 내밀어 자신의 맞은편 자리를 가리켰다. 큰 거부감에도 불구하고 서 있을 자신이 없었던 데라시는 그 손짓을 따르기로 했다. 의자에 앉은 데라시는 생경함과 약간의 두려움 속에서 두 인간을 바라보았다. 아실은 다시 두 손으로 턱을 받치고 있었고 부냐는 허리를 굽히고 아실이 쓰던 것을 읽고 있었다. 아실이 말했다.

"세 번째 벽난로 방에 계셨지요?"

데라시는 아실과 부냐 사이의 어중간한 방향을 바라보았다.

"그렇습니다. 폐하와 제국 정부가 사라진 기간 동안 일어난 문제들을 누군가는 다루어야 하니까요."

데라시의 말에는 소재를 파악하기 힘든 황제에 대한 불만이 섞여 있었다. 황제는 그 중차대한 문제에 도통 관심이 없는 것 같았다.

"저쪽에는 뱀부리미가 없으니까 문제가 있다는 보고를 받은 것은 아닐 텐데요."

"그러니 일이 두 배, 세 배로 힘들지요. 일어날 가능성이 있는 모든 문제를 추측해야 하니까요. 게다가 이미 시행했을지도 모르는 일에 대해서도 어쩔 수 없이 지시를 내려야 하고요."

"힘드시겠어요."

"누구나 다 힘든 시기지요."

"이 시기를 곧 벗어날 수 있을 테니 다행이네요."

"곧? 그렇게 빨리 해결되지는 않을 겁니다. 어떤 문제들은 향후 몇 년 간 애를 먹일 겁니다. 그리고 지하에 있어 보이지 않지만 이미 뿌리를 내린 문제가 수십 년 후에 피어날지도 모르고요."

"그럴지도 모르지요. 하지만 백작님은 그 문제들을 겪지 않으실 거예요."

정신적 중노동에 의한 피로와 연속적으로 일어난 당혹스러운 사건들 때문에 집중력이 좀 흐트러져 있었지만 데라시는 아실이 말하고자 하는 바를 읽을 수 있었다. 하지만 부냐 헨로와 아실이라니, 암살자로는 어울리지 않는다. 데라시는 의심스러운 눈으로 아실을 바라보았다.

"제가 곧 죽을 거라는 식으로 말하는 이유가 뭡니까?"

"죽어요? 천만에요. 지금의 힘든 시기를 벗어날 두 가지 방법이 있지만 그중에 죽는 경우는 없어요."

"어떤 두 가지 방법입니까?"

"첫째. 다음번에 눈을 뜰 때까지 꽤 오랜 시간 동안 잠드는 경우지요. 얼어붙은 아라짓 전사들의 곁에서."

등 뒤에서 벽난로가 불타고 있었지만 데라시는 냉동실의 추위를 느꼈다. 아실이 질문을 기다리고 있다는 것을 느낀 데라시는 입을 다문 채 설명하라는 눈으로 그녀를 노려보기로 했다. 아실은 차분하게 고개를 끄덕였다.

"원시제 폐하께서는 광활한 공간을 통치하셨지요. 치천제 폐하는 장구한 시간을 통치하실 거예요."

충격이 데라시의 머리를 강타했다. 그는 냉동실과 심장을 적출한 나가, 그리고 장구한 시간의 통치가 무슨 상관이 있는지 순식간에 깨달았다. 그가 깨달았다는 것을 안 아실은 확인하듯 말했다.

"예. 백작님. 폐하께서는 지금 제국에 살고 있는 사람들의 유해가 모두 흙먼지로 변하고 별들의 휘광조차 낯설게 변할 긴 시간 동안 제국을 통치하실 거예요. 올바른 진행을 부추기고 어긋난 것을 바로잡기 위한 짧은 각성을 제외하고는 대부분 얼어붙은 잠 속에서. 백작님은 황제 폐하와 함께 그 미래로의 기나긴 여행을 떠날 수 있어요. 심장이 없는 나가니까. 어떤 견지에서는 상당히 부럽다는 것을 인정하겠어요."

누가 네게 그것을 가르쳐 주었느냐? 물론 황제 자신일 것이다. 데라시가 물어야 하는 것은 왜 황제가 너를 전령으로 삼았느냐는 것이다. 하지만 데라시가 절대로 물어볼 수 없는 것 또한 그것이었다. 정신의 한 부분으로는 황제가 왜 직접 니르는 대신 아실을 보냈는지 고민하며 데라시가 말했다.

"다른 방법은?"

"폐하와 함께 미래로 떠나지 않을 경우에도 제국 통치는 백작님의 일이 아니에요. 그것은 칼리도 백의 일이지요."

데라시 자신이 의아함을 느낄 만큼 충격은 별로 없었다. 계속된 충격 때문에 더 이상 놀랄 힘도 없거니와 엘시의 황위 계승은 오래전부터 공인된 사실이나 다름없었다. 하지만 이어지는 아실의 말은 데라시를 어리둥절하게 했다.

"물론 백작님의 능력은 새 황제에게도 충분히 도움이 되겠지만 안타깝게도 백작님의 존재 자체는 칼리도 백이 지녀야 하는 분위기에 맞지 않아요."

"분위기?"

"상징성이라고 할까요? 엘시 에더리, 황제의 남다른 총애를 받을 만큼 뛰어난 자질을 가지고 있지만 연약한 마음 때문에 믿음이 깊지 못했던 자, 그래서 황제의 곁에 다가가지 못하고 방황했던 자, 하지만 황제가 살해된 후 비로소 깨달음을 얻고 지상에 그녀의 이상을 널리 퍼뜨리려 애쓰는 자, 하늘로부터 권위를 담보받는 지상의 사제황."

데라시는 자신의 총명함을 저주하고 싶었다.

"당신의 말이라면…… 황제 폐하께서는……."

"예."

"신이 되신다고?"

"제국은 두억시니죠."

"뭐? 그 말씀은……."

"두억시니에겐 신이 없죠. 그게 문제에요. 인간, 레콘, 나가, 도깨비에겐 각자의 신과 여신이 있지만 그 모두를 포함하는 사람에겐 신이 없어요. 그래서 사람은 두억시니죠."

원시제와 사도 라수가 남겼던 수수께끼 같은 말이 해석되는 것을 들으며 데라시는 호흡을 잊었다. 그가 의식하지 못하는 가운데 다시 비늘이 부딪치고 있었다. 아실은 턱을 받치고 있던 손을 내려 탁자 위에서 깍지 꼈다. 그녀의 용모는 신비한 예언자처럼 보이지는 않았고 그녀의 말투 또한 비범하다기보다는 평범했지만 데라시는 그 말을 들으며 압박감 같은 것을 느꼈다.

"그리고 칼리도 백과 달리 믿음이 투철했기에 언제나 황제의 곁에 있었고 마침내 신이 된 황제와 함께 승천한 데라시. 신의 심부름꾼, 사자, 대변인. 백작님에겐 그런 역할이 어울리지요. 하지만 그 역할을 거부한다 해도 칼리도 백의 곁에 있는 것은 어울리지 않아요. 그러면 마치 각하께서 믿음이 부족했던 칼리도 백을 용서하는 것처럼 보일 테니까요. 하지만 폐하의 곁에 있지 않아서 그녀를 죽게 만들었던 칼리도 백의 죄를 사하는 것은 신의 권리지 각하의 권리가 아니에요. 백작님으로부터 용서를 받는다면 하늘로부터 받은 칼리도 백의 권위가 약화되겠지요. 그러니 조용히 비스그라쥬로 돌아가 그곳을 다스리셔야 할 거예요. 죽을 때까지도 새 황제를 거부했던 노충신 정도의 역할이라면 역사책의 한 귀퉁이를 멋지게 장식할 수 있겠군요. 비스그라쥬 백은 자신이 한계선을 넘을 수 없음을 핑계 삼아 결코 새 황제를 만나려 하지 않았다. 그리고 그를 용서하지도 않았다……."

〈그〉"그만!"〈만!〉

아실은 등받이에 몸을 기대었고 부냐는 여전히 허리를 굽힌 채 눈만 치켜떠 백작을 바라보았다. 데라시는 몸에 붙은 거미줄을 뜯어내듯 손을 격하게 휘둘렀다.

〈아냐.〉"그만해요."〈그러지 마.〉"제발."〈믿지 않아.〉"잠시만이라도!"

부냐는 놀랄 정도의 냉담함으로 다시 종이를 들여다보았다. 그리고 아실은 팔짱을 끼고 한 손으로 옆이마를 긁적거리며 데라시를 물끄러미 바라보았다.

데라시는 두 손으로 이마를 감싸 쥐었다. 그는 옷 아래에서 커다란 허물이 펄럭거리는 것을 느꼈다. 조금 전 고함지를 때 몸에서 분리된 그것이 완전히 떨어지지 못한 채 데라시의 움직임에 따라 꿈틀거렸다. 자신의 것이면서도 자신의 것이 아닌 이물질이 옷 아래에서 퍼덕거리는 느낌은 끔찍했다. 데라시는 밖으로 도망치고 싶었다. 하지만 몇 걸음도 걷지 못하고 추위에 쓰러질 것이다. 그러면 황제는 그를 들어 올려 냉동실에 집어넣을까? 그리고 눈을 뜨면 몇 백 년 또는 몇 천 년 후일까? 데라시는 머리를 떼어 내고 싶었다.

필사적으로 부정의 증거를 찾던 데라시가 무엇인가 포착했다.

데라시는 두 손을 내리며 말했다.

"거짓말이야."

아실은 고개를 갸웃했다. 데라시는 목 주위의 비늘을 조금씩 부딪치며 말했다.

"아실. 황제 사냥꾼. 당신은 저를 기만하려는 겁니다. 폐하의 계획은 모든 사람들에게 미움을 받는 것, 그럼으로써 칼리도 백에게 해방자의 지위를 주는 것입니다. 저는 거기에도 찬성하기 어렵지만 어쨌든 원래 폐하의 계획은 그것입니다. 당신의 거짓말은 비록 교활했지만 사실과 반대입니다! 사람의 신이 되실 작정이라면 폐하께서 왜 모든 사람의 미움을 받으려 애쓰는 사람처럼 행동하신단 말씀입니까?"

아실이 대답하려는 듯 입을 열었다. 하지만 부냐 헨로의 목소리가 먼저 들려왔다.

"아, 그 역할은 스카리가 맡을 거예요."

"뭐라고요?"

부냐는 그저 스카리에 대해 말하고 싶었던 것이 분명하다. 그녀는 다시 고개를 숙였다. 데라시가 불만에 찬 노성을 지르려 할 때 아실이 말했다.

"백작님, 역사는 언제나 사실의 모사품에 가까워요."

"그건 무슨 뜻이죠?"

"사람들의 기억력은 그리 좋은 편이 아니라는 거죠. 신이 있고 사제황도 있지만 좋은 신화가 되려면 악역도 필요해요. 물론 황제를 직접 살해하는 역할은 지멘의 것이 되겠지만 레콘은 악역이 되기 힘들어요. 개인주의자의 문제지요. 지멘은 황제가 아닌 다른 사람에겐 관심이 없어요. 따라서 진짜 나쁜 놈, 모든 사람을 불행하게 만드는 지고의 악은 따로 만들어야 해요. 그 악당이 지멘을 부추긴 자이며 저질러진 모든 악의 배후지요."

데라시는 입을 벌린 채 아실을 노려보았다. 그는 아실의 입에서 나올 말을 막고 싶었다. 하지만 손가락 하나 움직이지 못했다.

"불과 몇 십 년도 지나기 전에 사람들은 치천제가 저지른 모든 악행을 스카리 빌파가 저질렀다고 말하게 될 거예요. 스카리는 언제나 감투로 모습을 감추는 놈이지요. 그 본질이 불분명하기에 신뢰할 수 없는 자예요. 그는 하늘치 앞에서 도망친 놈이죠. 지고의 권위 앞에서 두려워 몸을 피하는 자예요. 그리고 제 아비를 죽인 놈이죠. 천륜을 어긴 자예요."

이것은 부냐 헨로와 아실이 아니다. 불쌍할 정도로 위축되어 당장이라도 무의식의 동굴로 도망칠 것 같은 의식으로 데라시는 힘겹게 생각했다. 이들은 이들이 아니다. 데라시는 황제가 왜 그에게 직접 니르는 대신 그들을 보냈는지 짐작할 수 있었다. 황제는 사람들에 대한 자신의 통제력을 데라시에게 보여 주려는 것이다. 니름이나 말로 설명하는 것보다 직접 보여 주는 것이 훨씬 이해하기 쉽다. 물론 그녀의 통제 대상은 사람만이 아니다. 사람의 모든 것, 그 힘들고 팍팍한 노동 끝에 남길 수 있는 유일한 것…….

역사가 짐의 손에 들어 있도다. 짐을 따르라.

즐겁거나 우스운 기분은 조금도 없었지만 데라시는 웃고 싶었다. 왜 현재를 보살피려 애썼단 말인가. 현재부터 시작되는 모든 미래에 대한 통제를 이미 시작한 누군가가 있는데. 그가 심장을 적출한 이래 나가에게 허락되지 않은 기온에서 방도 제대로 나가지 못하며 열중한 일은, 자긍심과 사명감 속에서 매진해 온 일은 사실상 도깨비에게 부싯돌을 팔려 한 것이나 다름없다.

허무가 파도라면 데라시는 침몰했다. 비스그라쥬 백은 넋빠진 사람처럼 말했다.

"칼리도 백의 인질은 누굽니까?"

아실은 입을 조금 벌린 채 데라시를 주시했다. 그것은 질문 같기도 하고 부정 같기도 한 묘한 표정이었다. 데라시는 아실의 안대에 시선을 집중한 채 말했다.

"칼리도 백이 그 거대한 날조에 가담하게끔 강요하는 것은 무엇입니까?"

아실은 재미있다는 표정을 지었다.

"거대한 날조요?"

"그러면 아닙니까?"

"아, 저는 그 표현을 부정하려는 것이 아니에요. 백작님이 내비치려 하는 혐오감이 흥미롭게 느껴지는군요. 작은 날조는 날조가 아니라고 생각하세요?"

데라시의 몸 어딘가에서 또 허물이 떨어졌다. 고통스러운 박리감만 있을 뿐 어딘지는 알 수 없었다. 데라시는 눈을 감고 싶다고 생각하면서도 아실의 안대를 계속 주시했다. 그 검은 안대가 그를 노려보는 듯했다.

"거짓말과 정보 조작, 그릇된 암시. 즐기지 않으세요?"

부정할 수 없었다.

팔리탐 지소어는 갑작스러운 메스꺼움을 느꼈다. 얼굴에 가면을 쓰고 있는 사람에겐 굉장한 곤경을 야기할 수도 있는 일이다.

그는 황급히 '뒤'로 물러났다. 그러자 뒤에 있던 레이헬 라보 태위가 '앞'으로 나왔다.

라보 태위가 그의 몸을 맡자 토악질은 사라졌다. 태위는 한 손으로 허리를 짚은 채 자신에게 속삭였다.

"팔리탐, 무슨 일인가?"

조금 후 팔리탐이 그의 입을 이용해서 말했다. 다른 사람에겐 자문자답처럼 보일 것이다.

"저 꼴을 보고 있으니 구토가 느껴졌습니다."

태위는 팔리탐이 보고 있던 것을 보았다.

사형의 진정한 대상은 사실상 범죄나 범죄자가 아니다. 왜냐하면 사형에는 이미 저질러진 범죄를 원상복구하는 능력이 없기 때문이다. 살인자를 수백, 수천 번 매달아도 피해자가 부활하지는 않는다. 따라서 사형을 집행한다 해도 법리학자들의 호사스러운 말처럼 '정의가 회복'되지는 않는다. 피해자가 죽은 상태에서 정의가 회복되었다고 부르짖어 봐야 무의미하다. 사형의 진정한 대상은 범죄나 범죄자가 아니라 아무 관계가 없는 군중이다. 다른 이들에게 살인을 저지르지 말라는 강력한 요구를 전달하기 위해 살인자를 교수대에 매다는 것이다. 그 때문에 사형은 전시성을 가진다. 교수대가 높은 것은 전시성을 높이기 위해서다.

따라서 논리상 화형대 또한 높게 만들어져야 할 것이다. 하지만 레이헬은 높이 쌓은 땔감과 그 가운데 서 있는 기둥 같은 것은 볼 수 없었다. 쉰 명을 불태우기 위해 쉰 개의 화형대를 만드는 것은 비경제적인 일이다. 쉰 명을 하나의 불로 태우는 편이 낫다. 그 때문에 비나간 외곽에는 좀 특이한 형태의 화형대가 만들어졌다.

그것은 커다란 구덩이였다. 화형대라기보다는 화형구라고 하는 편이 어울릴 것이다. 레콘이 아니라면 반드시 사다리를 요구할 깊은 바닥에는 나무와 지푸라기, 불에 잘 타는 온갖 물건들이 수북이 쌓여 있었다. 그리고 구덩이 옆의 조금 떨어진 곳에는 기름통이 여럿 담겨 있는 수레가 놓여 있었다.

현재 스카리 빌파의 지휘를 받고 있는 비나간의 병사들이 사흘에 걸쳐 그 구덩이를 팠다. 땔감을 깔고 기름통을 가져온 것도 그들이다. 그리고 쉰 명의 불운한 이웃들을 구덩이에 집어넣은 다음 구덩이를 기어오르려 애쓰는 그들에게 기름을 뿌리고 불을 붙이는 것 또한 그들의 일이다. 지금 구덩이 곁에 서 있는 그들에게 공식적으로 술이 지급된 적은 없지만 그들은 모두 잔뜩 취한 것이 분명한 모습으로 비틀거리고 있었다. 탓할 일도 아니다. 땀구멍으로 술을 흘릴 정도로 과음하고도 취하지 않아서 창백한 얼굴을 떨어트리고 있는 병사들도 적지 않게 보였다.

태위는 그들이 감시하고 있는 쉰 명의 사람들에게 시선을 옮겼다.

바닥에 주저앉아 있는 자들 중엔 노인들이 많았다. 하지만 모두 그렇지는 않았다. 그들 중에는 이웃 사람들에게 평소 인덕을 쌓아 두지 못했기 때문에 끌려 나온 불량배나 건달, 수전노가 있었다. 제비를 뽑은 자에게 가족의 부양을 맡기고 나온 가난한 가장이, 연인을 대신해서 나온 청년이 있었다. 사지가 온전치 못한 장애인들이 있었다.

그리고 어린애에게 젖을 물리고 있는 여인이 있었다.

태위는 황급히 입을 막으려 했다. 하지만 그의 손바닥은 가면을 때렸다. 팔리탐이 다시 입을 가져가서 말했다.

"제비뽑기를 엄중히 집행한 자들이 있었습니다. 자기들은 그렇다고 주장하더군요."

"믿지 않나?"

"정신이 온전치 못하고 가족도 없어서 이웃들에게 걸식하며 살아온 바보가 있습니다. 한번도 결혼한 적이 없는데도 걸핏하면 임신을 했답니다. 살아남은 아이가 셋이고 사산하거나 낙태한 아이는 얼마인지 셀 수도 없다는 소문도 있습니다. 그런 여인이 제비를 뽑았답니다. 제비뽑기가 뭔지도 몰라서 다른 사람들이 '가르쳐 주는' 대로 뽑았다지요. 무슨 생각이 드십니까?"

태위는 무슨 생각이 드는지 말하지 않았다.

"정신이 온전하지 못한가? 아기 다루는 것을 보니 그렇게 보이지는 않는데."

"아이를 둘이나 키워 봤으니까요. 이제는 능숙한 어미입니다."

"저 애는 어떻게 되나?"

"이웃 사람들이 젖을 뗄 때까지는 보살펴 줄 거라고 하더군요. 그 이후에는 이전의 두 명과 마찬가지로 절에 가게 될 겁니다. 어머니 대신 어디에도 없는 신을 부르며 자라겠지요."

"그들을 증오하는군. 하지만 자기나 가족들 중 누군가가 죽을지도 모를 상황에 처해서 바보를 구하자고 말할 자는 없겠지. 그런 말은 먹히지도 않을 거야."

팔리탐은 대답하지 않았다. 레이헬은 시내로 이어지는 길을 보며 말했다.

"그게 사람이야. 어쩔 수 없잖아."

팔리탐이 갑작스럽게 말했다.

"제가 참을 수 없는 것은 제비뽑기에서 부정이 저질러졌다는 것이 아닙니다."

"그럼 뭐가 자네를 화나게 만드는 건가?"

"그들 중 누구도 저 여인에게 선사받은 목숨을 귀하게 쓰겠다고 다짐하지는 않을 거라는 확신입니다. 그들 중 난폭한 이들은 자기가 운이 좋다고 생각하겠지요. 하지만 그 치들보다 더 구역질 나는 것은 선량한 자들입니다. 그들은 보나마나 잠자리를 뒤숭숭하게 만드는 죄의식이 싫어서 아예 그런 일이 없었던 것처럼 행동할 겁니다. 고의적으로 잊어버리겠지요. 어미 잃은 어린것을 절에 보내는 것은 어디에도 없는 신의 품에 맡기는 것이 아니라 자꾸 죄의식이 떠오르게 만드는 요인을 치워 버리는 겁니다. 그게 그 언필칭 선량한 자들이 선을 유지하는 방법입니다. 잊어버리는 거죠."

'자네가 잊고 싶은 것은 무엇인가?'

질문이 입밖으로 나오기 전 레이헬은 그것을 도로 끌어내렸다. 그 입과 그 목은 팔리탐의 것이기도 하며 대화를 위해 그곳에 집중하고 있었기에 팔리탐은 뭔가 어색한 것을 느꼈다.

"왜 그러십니까?"

태위는 팔리탐이 눈에 집중하고 있지 않다는 것에 안도하며 말했다.

"저기 병사가 오는군. 그런데 혼자야."

팔리탐은 레이헬의 암시에 격분하여 길을 바라보았다.

레이헬의 말처럼 말에 탄 병사가 달려오고 있었다. 팔리탐은 한껏 눈을 찌푸렸지만 병사가 일으키는 먼지 뒤에는 아무도 없었다. 팔리탐은 앞으로 나서려 했고 레이헬은 뒤로 물러났다. 다시 전면으로 나선 팔리탐은 다가오는 병사에게 걸어갔다.

병사는 날렵한 솜씨로 말에서 내렸다. 하지만 병사의 표정은 유쾌하지도 기민해 보이지도 않았다. 익숙하지 못한 자에게 위압감을 주는 가면은 그를 더욱 당황시켰다. 병사는 팔리탐이 말하기도 전에 먼저 말했다. 목소리는 크지 않았지만 태도는 비명을 지르는 것과 비슷했다.

"발케네 공께서는 참석하지 않겠다고 하셨습니다!"

팔리탐은 병사가 스카리 빌파인 것처럼 노려보았다. 물론 가면은 더 험악한 표정을 짓거나 할 수 없지만 병사는 진땀을 흘렸다. 팔리탐이 말했다.

"안 오신다고? 왜지?"

"그게, 예. 하늘치가 접근하고 있다는 소식입니다. 두어 시간 후 도착할 예정입니다."

"그건 나도 알아! 그러니 빨리 집행해야 하잖아. 하늘치가 오기 전에 해야 하니까. 그런데 왜 각하께서 안 오신다는 거지?"

"아, 아시고 계셨습니까? 각하께서는 헨로 아가씨를 맞이할 준비를 감독하기로 결정하셨습니다. 그을음이 묻거나 냄새가 배면 곤란하니까 처형장에는 오지 않겠다고 하셨습니다."

팔리탐은 전령의 뺨을 후려칠 뻔했다. 임무에 충실한 그 훌륭한 전령을 때렸다면 아마 엄청나게 후회할 테지만 사태를 직감한 레이헬이 팔에 대해 간섭하지 않았다면 팔리탐은 그랬을지도 모른다. 레이헬은 흥분한 팔리탐을 대신하여 입에도 간섭했다.

"알았다. 가서 쉬도록."

전령은 자기 임무가 완료된 것에 기뻐하며 말고삐를 붙잡고 물러갔다. 레이헬은 표정을 감추는 가면에 감사하며 자신에게 속삭였다.

"팔리탐. 시작하세."

팔리탐은 의외라 할 만큼 차분하게 말했다.

"안 됩니다. 그 개자식은 나와서 봐야 합니다."

"팔리탐."

"이 형벌은 그놈이 주관하는 겁니다. 이 자리에 나와야 합니다. 헛소리일망정 이 화형이, 이 대규모 통구이가 정당하다고 주장해야 합니다. 공작님의 곁에서 그러했던 것처럼 그놈은 저들이 잿더미로 변하는 것을 끝까지 봐야 합니다."

태위는 잠깐 동안 고민했다. 사실상 시간을 들일 필요는 없었다. 그가 팔리탐을 설득하는 방법은 언제나 한 가지였으니까. 하지만 심사숙고하는 것처럼 보이고 싶었던 태위는 조금 후에야 말했다.

"자네가 발케네 공을 설득하러 간다고 하세. 어떻게 그럴 수 있는지 나는 짐작도 할 수 없지만 자네가 그 고집스러운 공작을 설득한다고 치지. 그리고 자네는 공작을 이곳으로 데려와서 처형을 집행하겠지. 얼마만에 그럴 수 있나?"

"예?"

"말리는 곧 도착할 거야. 폐하께서는 말리가 도착하기 전에 처형하라고 하셨지. 많은 땔감과 기름이 있다 해도 쉰 명을 불태우고 뒤처리까지 하는 데 걸리는 시간은 짧지 않아. 자, 시간 낭비를 시작해 볼 텐가? 공작으로 하여금 폐하의 명령을 불이행하게 해 볼 텐가?"

태위는 기다렸다. 자신의 내부에서 일어나는 팔리탐의 무서운 고민을 그는 잘 느낄 수 있었다. 잠시 후 팔리탐의 기진맥진한 목소리가 들려왔다.

"태위님, 부탁합니다······."

"알았어. 걱정 말게."

팔리탐은 뒤로 물러났다. 도피라고 할 수도 있을 것이다. 그 몸을 맡은 태위는 병사들을 향해 돌아섰다. 자문자답하듯 웅얼거리는 그의 모습이 병사들을 심하게 동요시킨 듯했다. 그들은 모두 불안한 얼굴을 하고 있었다. 불행하게도 가장 심하게 취했던 자들조차 술이 깨 버린 것 같았다. 태위는 그들에게 확신을, 또는 확신의 착각을 주기 위해 분명한 손짓을 곁들여 말했다. 그는 쉰 명의 사람들을 가리킨 다음 구덩이를 가리켰다.

"집어넣어라."

쉰 명의 사형수들이 있었지만 비명을 지르는 자는 드물었다. 그럴 힘도 없었기 때문이다. 병사들은 곧 타들어 갈 그들의 몸을 부축하여 일으켜 세워야 했다. 첫 번째 사람이 그렇게 일으켜 세워졌다. 비틀거리는 병사들이 비틀거리는 사형수를 부축하여 구덩이 쪽으로 걸어갔다. 거나하게 취해 집으로 돌아가는 주정뱅이들처럼.

그리고 병사들은 사형수를 구덩이 안에 밀어 넣었다.

비스그라쥬 백 데라시는 혼자 있었다.

그는 언제부터 자신이 혼자 있었는지 정확하게 기억할 수 없었다. 부냐와 아실이 떠나는 것을 본 기억은 없지만 작별 인사를 나누었던 기억 같은 것은 있다. 하지만 그 인사의 대상이 누군지는 기억나지 않는다. 지나치게 많은 사람들이 들락거리는 연회장에서 일어나는 일과 비슷하다. 내가 그 사람과 인사했던가? 아니면 그 사람이 아니라 그 사람인가? 상식적으로 생각한다면 데라시가 작별 인사를 나눈 대상은 아실과 부냐일 것이다. 연회장과 달리 그 방에 있다가 없어진 것은 그 두 사람뿐이니까. 하지만 데라시는 합리적인 추측에 위로를 받을 수 없었다.

'그건 아실과 부냐 헨로가 아니었어.'

그들이 아실과 부냐 헨로가 아니라면 데라시의 경험은 신비 체험이 되어 버린다. 하긴 그의 전 생애도 신비 체험과 마찬가지인 무엇이 되었다. 경험했다고 주장할 수는 있지만 증명할 수는 없는 것. 비스그라쥬 백 데라시라는 나가를 다른 누가 증명해 줄까? 데라시는 자신이 무엇인지 생각해 보았다. 심장을 적출한 이래 그에게 가족은 없다. 비스그라쥬의 백작이지만 비스그라쥬 사람들은 그를 몰라볼 것이다. 데라시는 경애할 만한 여인에게 아이를 준 적도 없다. 적극적으로 인정하지는 않지만 많은 나가들이 남자의 유일한 가치일지도 모른다고 생각하는 그 사명마저 그는 방기했다. 좀 더 침착할 수 있는 때라면 데라시는 남자의 소명을 다하지 못했다는 그런 지적을 유연하게 회피할 수 있을 것이다. 하지만 지금은 그럴 수 없다.

아팠다. 데라시는 자신의 몸을 부둥켜안았다. 더 이상 필요 없어서 몸에서 떨어지는 것이 허물인데 왜 이다지도 아픈지 알 수 없다. 제2차 대확장 전쟁이 끝나고 수백 년 만에 인간들이 그들의 악습과 함께 한계선을 넘어 내려갔을 때 나가들 중엔 인간의 술에 비상한 관심을 보인 자들이 있었다. 나가들이 주목한 것은 환락이나 흥분이 아니라 혹 있을지도 모르는 술의 약리적 효용이었다. 괴로움을 잊기 위해 술을 마시고 자의적 혼수 상태에 빠지는 인간 술꾼을 면밀히 관찰한 나가들은 허물 벗기를 하는 나가에게 술을 진탕 먹일 경우 어떻게 될까 고민했다. '술을 깨고 보니 허물이 다 벗겨지고 없더라.' 허물 벗기를 특히 힘들어 하는 몇몇 나가들에게 그것은 퍽 매혹적인 가정이었다. 하지만 인간의 술은 심장을 적출한 나가들에게 작용하지 않았다. 나가들은 그것이 외부의 어떤 위협에도 강력한 저항력을 주는 심장 적출의 탁월함과 그 구성원들이 의식을 잃고 난동을 부릴 필요가 없는 나가 문화의 고상함을 드러내는 증거라고 으스대며 선언했다. 하지만 데라시는 그중 몇 명은 내심 실망했으리라 믿었다.

다행히 데라시에게도 자의적인 의식 상실 수단은 있었다. 악전고투라는 말이 부족하지 않은 과정을 거쳐 데라시는 간신히 아픈 몸을 침대에 눕혔다. 외로운 잠자리는 아니었다. 통증과 수치심과 서러움 등 와글와글한 잠동무 때문에 침대 밖으로 굴러떨어질 지경이었으니까.

지멘은 말리의 꼬리지느러미 가까운 곳에 서 있었다.

말리의 등은 분명 정물화보다는 풍경화의 대상이었다. 그 광활한 면적은 지멘으로 하여금 말리의 온갖 구조물들과 건물들이 먼 도시인 것처럼, 그리고 지멘 자신은 호젓한 교외에 나와 있는 사람인 것처럼 느끼게 했다. 물론 심리적 거리는 시각적 거리보다 훨씬 더 멀다. 지멘은 말리와 아무 관련도 맺고 싶지 않았다.

지멘이 서 있는 곳은 꼬리지느러미로 이어지기 직전, 하늘치의 몸통이 가장 가늘어지는 지점이지만 그래도 추락을 걱정하기엔 지나치게 넓었다. 지멘은 발아래에 대한 아무 걱정 없이 비나간 주변의 평탄한 지형을 내려다보았다. 비나간을 향해 움직이는 말리의 속도는 그 즈음 서서히 느려지고 있었다. 하지만 쉽게 체감할 수 있는 정도는 아니었다. 가속도, 감속도 충분히 느리게 하지 않으면 하늘치 위의 구조물들은 심각한 타격을 입는다. 말리는 비나간에서 20킬로미터쯤 떨어진 곳에서 감속을 시작했지만 아직도 인간이 빠르게 걷는 정도의 속도로 움직이고 있었다.

고통으로 창작욕을 살찌우는 괴짜 창작가들에게 비나간의 풍경은 저주스러운 것이었다. 월동을 대비한 체질 개선을 끝내었기에 이곳저곳이 앙상하고 까칠까칠했지만 그래도 비나간의 풍경은 평화로웠다. 평화는 물론 무미건조의 동의어다. 단지 지상의 풍경만 보고 있었다면 지멘은 오래전에 흥미를 잃었을 것이다. 하지만 말리의 그림자가 무겁게 떨어지는 지상에는 시선을 끄는 볼거리들이 있었다. 질주하는 마차와 말, 또는 자신의 두 발로 힘껏 달리는 사람들의 모습이었다.

그들은 치천제의 하늘치가 비나간에 나타날 거라는 소식을 접하고 달려오는 자들이었다. 단지 황제의 귀환을 자기 눈으로 확인하고 싶다는 희망 때문에 오는 자들도 있기야 하겠지만 대부분은 그보다 훨씬 진지한 이유에서 달려오고 있었다. 정부 실종 동안 자신이 얻은 것을 지키려는 자들, 반대로 그 기간 동안 잃은 것을 되찾으려 하는 자들, 그런 자들의 황제 접견을 막기 위해 오는 자들, 그런 자들의 황제 접견을 막기 위해 오는 자들을 방해하러 오는 자들…… 음모, 욕망, 협박, 미혹, 기망, 강탈, 설득. 황제 귀환이라는 대사건에 붙일 장엄한 서사시를 궁리하는 시인과 자기에게 상속권을 빼앗긴 조카가 황제를 만나기 전에 제거하려는 토호 삼촌이 교양 있는 대화를 나누며 달린다. 황제가 재구성할 정부에서 입신양명하려는 야심에 찬 시골 청년과 하늘누리와 함께 사라진 아버지의 생사를 알고 싶어하는 귀족 처녀가 진부한 연애담을 예고하는 눈빛을 몰래몰래 교환하며 달린다. 동서남북의 지평선에서 나타나 황제에게 달려오는 조그마한 점들이 어떤 자기만의 사연을 가지고 있는지 지멘은 알 수 없다. 그리고 거기에 관심도 없었다. 곧 비나간에 도착할 듯한 말리의 모습을 보고 뒤에 불이라도 붙은 양 정신없는 질주를 시작한 그들의 모습에서 익살스러운 느낌을 받을 관찰자도 있겠지만 지멘은 그런 관찰자가 아니었다. 지멘은 그저 시선을 둘 곳이 필요했고 말리나 굴곡 없는 비나간의 땅을 보는 것보다는 그들을 보는 것이 편했으므로 그들을 내려다보았다.

"크고, 시커멓고, 건드리면 무지무지 심술궂은 짓을 해 주겠다는 듯한 쌀쌀맞은 표정이라. 그렇다면 지멘이 확실하군."

지멘은 늘어뜨리고 있던 망치를 꽉 움켜쥐었다. 일어서려는 벼슬을 억누르며 천천히 몸을 돌렸다.

스물한 살을 얼마 남겨 두지 않았지만 작은 몸집 때문에 대부분 몇 살 정도 낮춰 볼 것이다. 삐뚤삐뚤한 코와 뭉개진 귀는 불난 집에서 뛰쳐나온 것 같다. 왼쪽 눈이 있어야 할 곳을 덮고 있는 시커먼 얼룩은 마치 불티와 함께 날리다가 얼굴에 내려앉은 재처럼 보여서 화재 피난민의 인상을 더욱 두드러지게 한다. 어깨는 앞으로 조금 굽어 있지만 그것은 노쇠의 증거가 아닌 정반대의 인상을 자아낸다. 그것은 어느 골목에든 있는, 단지 어슬렁거리는 것만으로 정리 정돈을 사랑하는 어른들의 비위를 박박 긁을 줄 아는 꼬마 폭군의 위험스러운 구부림에 가까웠다. 그들은 그 낮은 시야에서 어른들은 거기 있다는 것도 잊어버린 세계를 본다. 돌을 걷어차서 놀래 줄 고양이, 개밥그릇을 노리고 깡충거리는 새, 입에 넣어 질겅거리기 딱 좋은 풀잎들, 기타 등등.

아실은 그런 식으로 몸을 약간 굽힌 채 머리를 옆으로 기울여 지멘을 올려다보고 있었다.

지멘은 성큼 달려갈 수 있었다. 좀 더 아실을 가까운 곳에서 보기 위해. 어쩌면 두 손으로 아실을 붙잡아 들어 올렸을지도 모른다. 가능성은 낮지만 아예 배제할 수는 없다. 그리고 지멘은 크게 웃었을지도 모른다. 세상에 불가능한 일이 어디 있겠는가. 3미터가 넘는 키에 대(對) 군단용으로의 사용도 가능한 망치를 가지고 있는 레콘이라면 웃을 수도 있다.

그 모든 일은 일어나지 않았다.

지멘은 제자리에 선 채 아실의 뒤편에 서 있는 여자를 바라보았다.

치천제는 아실의 뒤편에 서 있었다. 황제의 옷차림은 언제나 예법과 같았다. 바꿔 말하면 도무지 품위가 없었다. 그녀는 흑사자 모피로 몸을 감싸고 있었다. 왼손은 쉬크톨 자루에 얹어 두었는지 모피의 그 부분이 불룩 솟아 있었다. 아실의 뒤편에 서 있는 그녀의 모습은 '몸값은 가져왔겠지?'라고 말하면 어울릴 것 같았다. 크게 잘못된 인상은 아닐 것이다. 어쨌든 아실은 인질이었으니까.

지멘은 망치를 다시 움켜쥐었다. 심장이 쿵쾅거리는 소리가 들리는 듯하다.

왜 받아 주는 걸까.

레이헬 라보는 불안한 표정으로 구덩이를 바라보았다. 이제는 서로 박자까지 맞추고 있다. 하나, 둘, 셋! 그리고 위쪽에서 뛰어내리면 먼저 구덩이 아래에 내려가 있던 자들이 일제히 팔을 든다. 꽤나 위험한 일이다. 받아 주는 사람들이 많다 해도 그런 추락이라면 아래쪽에 있는 자의 목이 부러질 수도 있다. 하지만 이제 그들은 조금 익숙해진 듯하다.

처음 몇 명은 병사들이 미는 대로 그냥 떨어져야 했다. 병사들은 아래쪽에 쌓아 둔 연료들이 충격을 흡수해 줄 테고, 어차피 불에 타 죽을 텐데 팔다리가 조금 부러지는 것은 신경 쓸 일이 아니라고 생각했기에 사다리 같은 것은 준비하지 않았다. 어쩌면 추락으로 즉사하면 산 채로 불타는 꼴은 겪지 않을 거라는 나름대로의 자비심 때문에 그랬는지도 모른다. 그래서 병사들은 거칠게 사형수들을 밀어 넣었다. 하지만 아홉 번째인지 열한 번째인지, 어쨌든 사형수가 떨어지게 되었을 때 바닥에서 어떤 청년이 일어나는 일이 발생했다. 주위에 좋은 일이라곤 해 본 적이 없고 언제나 가게 주인들에게 구걸과 협박을 뒤섞어 타 낸 용돈으로 인생을 오염시키며 살아온 청년은 침을 탁 뱉고 말했다.

"씹할 놈들아, 그 할망구 밀지 마. 팔을 잡고 내려보내."

막 늙은 노파를 밀려던 병사들은 동작을 멈추고 찌푸린 표정으로 청년을 내려다보았다. 그러다가 갑자기 병사들은 노파의 두 팔을 붙잡았다. 늙은 여인은 가볍게 들어 올려졌다. 병사들은 노파를 구덩이 아래쪽으로 늘어뜨렸다. 바닥에 있는 청년이 두 팔을 들었지만 그래도 거리는 멀었다. 그때 다른 노인 두 명이 청년의 곁에 가세했다. 그들이 모두 손을 드는 것을 본 병사들은 노파의 팔을 놓았다.

아래쪽에 있던 자들은 노파를 받았다. 물론 모두 쓰러졌지만 어쨌든 노파는 다치지 않았다. 땅에 엎어져서 한참 동안 씩씩거리다가 가까스로 호흡을 되찾은 노파는 쭈글쭈글한 살 속에 묻혀 있는 눈을 슬쩍 훔치고 말했다.

"고맙다."

"퉤! 입에 뭐가 들어온 거야. 안 거치적거리는 데로 가서 찌그러지쇼, 할망구. 어차피 타 죽을 텐데 할망구 치사가 뭔 소용이람. 퉤퉤!"

노파는 뒤늦게 다가온 다른 노파들의 부축을 받으며 구덩이 저편으로 걸어갔다. 다시 일어선 청년은 찌푸린 표정으로 위를 노려보았다. 병사들은 그 눈을 마주 보다가 조용히 몸을 돌려 다음 사형수를 데려왔다. 그리고 비슷한 일이 반복되었다.

아래쪽에 내려간 자들이 많아지자 받는 일도 조금 쉬워졌다. 병사들도 훨씬 안전하게, 구덩이 벽에 걸리지 않고 아래에 있는 손들에 정확히 온몸이 떨어질 수 있도록 사형수들을 던질 수 있게 되었다. 구령까지 맞추면서. 하나, 둘, 셋. 그 소리만 듣자면 힘을 합쳐 이삿짐이라도 나르는 것 같다. 물론 즐거워 보이는 자들은 없었다. 새파랗게 질려 있는 어떤 병사는 망아 상태에 빠진 것처럼 딱딱하게 움직였다. 자꾸만 눈을 문지르고 있는 어떤 병사의 경우엔 이제 자기 눈이 이물질을 끌어 모으는 능력을 가지고 있다고 주장해야 할 판이다. 같은 견지에서 갑자기 입을 틀어막고 달려간 병사는 자신의 소화 부진에 관한 변명을 만들어 내야 할 테고. 구덩이 아래쪽에서도 위쪽에서 들리지 않았던 흐느낌 소리가 조금씩 들려왔다. 그러나 구령은 계속되었다. 하나, 둘, 셋.

레이헬은 그들이 왜 타 죽을 동료들의 팔다리를 걱정하는지 알 것 같았다. 안다기보다는 느꼈다. 하지만 레이헬은 내면을 향한 질문을 그만둘 수 없었다. 왜 받아 주는 거지? 궁금해서 그러는 것은 아니다. 궁금해하지 않으면 안 될 것 같아서 그랬다.

비명과 함께 흐름이 갑자기 끊어졌다.

태위는 누군가가 결국 목이 부러졌나 보다 생각했다. 하지만 비명이 들려온 곳은 구덩이 안쪽이 아닌 바깥쪽이었다. 한 여자가 미친 듯이 고함을 지르고 있었다. 그 곁에는 일그러진 얼굴의 병사들과 울고 있는 여인네들이 보였다. 그들은 여자에게서 아이를 뺏으려 애쓰고 있었다. 하지만 여자는 온몸으로 아이를 덮은 채 엎드려 악을 쓰며 그들에게 저항했다.

팔리탐 지소어로 하여금 뒤로 물러나게 만들었던 바보였다.

지금껏 숨죽인 흐느낌 소리만 들려오던 구덩이 안쪽에서 비명이 터져 나왔다. 바보의 비명에 놀라고 자신의 비명에 놀란 사형수들이 일제히 기함했다. 한쪽으로는 음울함과 서글픔이 미친 듯이 도망쳤고 다른 쪽으로는 공포와 절규가 처형장을 엄습했다.

"살려 줘! 꺼내 줘!"

사형수들의 외침에 병사들은 당혹했다. 바보의 곁에 있던 병사들은 허둥대며 아이를 뺏으려 했지만 바보는 병사들의 손을 물어뜯었다. 전우들마저 비명을 지르자 병사들은 더욱 당혹했다. 인간의 귀를 가장 심하게 괴롭히는 아기 울음소리 또한 그들을 혼란시켰다. 더 지체할 수 없다고 생각한 레이헬은 칼자루를 움켜쥐며 성큼 걸어갔다.

하지만 채 세 걸음도 걷지 않았을 때 갑자기 그의 발이 움직이지 않았다. 레이헬은 하마터면 고꾸라질 뻔했다. 간신히 똑바로 선 레이헬은 가면 안쪽에서 다급히 속삭였다.

"놔, 팔리탐!"

"뭐 하시려는 겁니까?"

"몰라서 묻나? 어차피 사형수다."

"안 됩니다!"

"팔리탐, 나는 지금 자비를 베푼다고 생각하는데. 원래대로 산 채로 타 죽게 하라는 건가?"

그 질문은 팔리탐을 위축시켰다. 다리에 대한 봉쇄가 풀리자마자 레이헬은 다시 움직였다. 하지만 팔리탐이 다리의 움직임에 다시 간섭했다. 다리의 통제를 두고 다투려면 그럴 수도 있지만 그 경우 뒤로 나자빠져 다리를 흉하게 버둥거릴 가능성이 크다. 팔리탐의 요구대로 멈춰 선 레이헬은 혀를 찼다.

"팔리탐."

"원래대로 타 죽게 하십시오. 이미 품위 같은 것은 생각할 수 없게 되었지만 그래도 정식으로 화형을 집행하게 하십시오. 발광하는 미친 개를 베듯 그렇게 베는 것은 안 됩니다."

"정식으로? 사람들이 동요하고 있어. 제대로 화형이 집행될 것 같나? 황급히 서류 태우는 것과 비슷한 꼴이 되겠지. 더 꼴사나워질 거란 말이야, 팔리탐. 어쩌면 아기도 위험해질걸?"

팔리탐은 어떻게 태위는 이런 상황에서도 침착한가 생각했다. 그의 지적이 옳았다. 당황한 병사들은 황급히 사형수들을 구덩이에 밀어 넣고 불을 지를 것이다. 어떤 위엄도, 사형수에 대한 존중도 없이 후다닥 쓰레기 치우듯이.

"하지만 태위님……."

"내려가! 바깥이 안 보이는 곳으로!"

팔리탐은 내려갔다. 그러자마자 레이헬이 다시 움직였다. 멈칫거리며 걷는 그의 모습이 병사에게 주었을 불안감에 화를 내며 그러했다. 병사들은 겁에 질린 표정으로 레이헬의 가면을 바라보고 있었다. 설명이 쓸모 없는 상황이었다. 레이헬은 칼을 재빨리 뽑아 들었다. 칼을 들며 레이헬은 자신이 검술을 연마할 때의 몸이 아니라는 것, 그리고 거칠게 난동하고 있는 목표라는 것을 생각하지 않으려 애썼다.

세차게 내리꽂힌 칼날은 바보의 목을 정확하게 베었다.

아기를 받기 위해 와 있던 아낙네들이 질겁하여 주저앉았다. 병사들은 얼굴을 몹시 일그러뜨렸다. 레이헬은 쓰러진 여자를 밀어내고 재빨리 깔려 있던 아기를 들어 올렸다. 아기는 숨이 넘어갈 듯 울고 있었다. 레이헬은 여인들에게 아기를 내밀려 했지만 아무도 피에 흠뻑 젖은 채 울고 있는 아기를 받으려 하지 않았다. 레이헬은 어쩔 수 없이 가까이 있던 병사에게 아기를 강제로 맡겼다. 병사가 서툰 손길로 아기를 받아 들자 레이헬은 감정을 재빨리 추슬렀다.

"밀어 넣어!"

괴물을 보듯 레이헬을 바라보던 병사들이 어설프게 움직였다. 그들은 목이 채 끊어지지 않아 머리가 덜렁거리는 여자를 들어 올렸다. 하나, 둘, 셋은 없었다. 그들은 여자의 시체를 집어던졌다. 구덩이 안쪽의 소음이 잦아들었다. 레이헬은 곧 비명이 들려올 거라 생각했지만 잦아든 소음은 그대로 침묵이 되었다. 구덩이 안쪽에서는 어떤 소리도 들려오지 않았다. 레이헬은 그 안쪽을 내려다보지 않기로 했다. 그는 빼 들고 있던 칼을 칼집에 넣지 않은 채 말했다.

"계속해."

병사들은 공포에 질린 눈으로 레이헬을 바라보다가 사형수들을 향해 우르르 달려갔다. 지금까지는 한 명씩 부축해서 걸어왔지만 병사들은 이제 여러 명을 한꺼번에 데려왔다. 병사들의 다급한 손길에 사형수들이 쓰러지자 그들은 쓰러진 사람을 그대로 질질 끌었다. 구덩이에 이르자 병사들은 버둥거리는 사형수들을 그대로 아래쪽으로 밀었다. 그 모습을 보던 레이헬은 자신이 죽인 것이 바보뿐이 아니라는 것을 깨달았다. 그는 하나, 둘, 셋 또한 죽였다.

 곧 마지막 사형수가 구덩이 안쪽으로 떨어졌다. 레이헬은 손을 부들부들 떨고 있는 병사들을 바라보다가 직접 수레로 다가갔다. 그리고 기름통을 내려다보다가 그것을 들어 올리는 대신 수레 앞으로 돌아갔다. 레이헬은 칼을 땅에 꽂고 두 손으로 수레 손잡이를 붙잡았다. 수레는 잠시 머뭇거리다가 곧 앞으로 구르기 시작했다. 레이헬은 계속 힘을 가했다. 수레는 구덩이를 향해 점점 빠른 속도로 움직였다. 그리고 충분한 속도가 주어졌을 때 레이헬은 수레를 놓았다.

 관성에 의해 굴러간 수레는 구덩이 가장자리에서 홱 뒤집히며 떨어졌다. 수레가 부서지는 소리, 기름통이 박살 나는 소리와 촤아아악 하는 기름 쏟아지는 소리가 들렸지만 그때도 비명은 없었다. 병사들 또한 아무 말 없이 레이헬을 바라보고만 있었다. 레이헬은 손바닥을 털고 땅에 꽂아 두었던 칼을 뽑아 들었다.

 "불을 던져라."

 치천제가 아실의 등을 부추기듯 살짝 밀었다.

아실이 앞으로 걸었다. 지멘은 망치를 쥐고 있던 손가락이 뜨거워지는 것을 느끼며 다가오는 아실을 바라보았다. 그녀는 거침없는 발놀림으로 단숨에 지멘의 앞에 이르러 멈춰 섰다.

다시 한번 지멘은 아실을 붙잡아 올리고 싶은 충동을 느꼈다. 조금 전과는 다른 이유에서다. 지멘은 그들을 바라보고 있는 치천제의 시선으로부터 아실을 보호하고 싶었다. 한 손으로 아실을 붙잡고 다른 손에 쥔 망치로 치천제를 겨냥하고 싶었다. 하지만 아실을 구해 낸 자는 또한 아실을 도로 망가뜨릴 수 있을지도 모른다. 지멘은 치천제의 비위를 거스를지도 모르는 일을 할 수 없었다. 그는 황제의 시선을 피하듯 아실을 내려다보았다.

아실은 두 손을 뒷짐 진 채 지멘을 올려다보고 있었다.

"지멘, 잘 있었어요?"

"아실."

아실은 오른쪽 눈을 크게 떴다.

"철의 대화가?"

"끝났어."

아실은 이해할 수 없다는 듯 고개를 갸웃했다.

"끝났어요? 정신을 잃었을 때 내가 당신을 공격했어요? 아냐, 그렇다면 나는 죽었을 텐데. 그럴 리는 없고. 그러면 어떻게 끝난 거죠?"

지멘은 수염볏을 잡아당기고 싶은 것을 참기 어려웠다. 그는 간신히 말했다.

"끝났어."

아실은 영문을 모르겠다는 표정으로 지멘을 올려다보다가 그의 망치를 흘깃 바라보았다. 그 순간 지멘은 긍지의 상징이자 존재의 근거인 그 망치가 대단히 외설스러운 것이나 되는 듯한 기분을 느꼈다. 그것을 뒤로 숨기고 싶은 기분 속에서 지멘은 황급하게 말했다.

"끝났어, 아실. 철의 대화는 없어."

아실이 다시 지멘을 바라보았다. 그녀는 무슨 말을 하듯 입술을 꿈틀거리다가 곧 고개를 끄덕였다.

"알았어요."

아실은 곤혹스럽다는 듯이 웃었다.

"알았어요. 이건 예상 못한 상황이네. 나는 당신을 만나면 혼잣말로 한참 동안 떠들 수 있을 거라고 생각했는데. 나는 그런 상황을 대비했다고요. 그런데 당신이 나에게 말을 하니까 하려고 했던 말이 하나도 생각 안 나네."

아실은 손을 들어 머리카락을 헝클어뜨렸다. 지멘은 자신 또한 마찬가지라고 생각했다. 철의 대화에 더 이상 구애되지 않기로 한 이후 아실에게 많은 말을 할 수 있을 줄 알았다. 하지만 아실이 그의 앞에 선 지금 지멘은 무슨 말을 해야 될지 알 수 없는 의문과 무슨 말을 하든 적절하지 않을 거라는 두려움을 느꼈다. 좀 어처구니없는 일이지만 지멘은 차라리 치천제에게 말하는 것이 더 쉬울 것 같다고 생각했다. 그리고 황제에게 물어볼 말도 있었다.

"아실은 완전히 나은 건가?"

아실도 황제를 향해 몸을 돌렸다. 두 사람을 조용히 바라보던 황제는 표정의 변화 없이 입을 열었다. 아름다운 나가의 목소리가 들려왔다.

"그런 표현은 적절하지 않다, 지멘."

"뭐가 적절하지 않다는 거지?"

"네 느낌은 어떤가. 그녀는 아실인가?"

아실은 피식 웃었다. 지멘은 아실의 뒤통수를 내려다보다가 말했다.

"아실이다."

황제는 고개를 한 번 끄덕였다. 지멘은 초조감 속에 말했다.

"이제 어떻게 하면 되나? 나는 너를 죽이기로 맹세했다. 그리고 내 짐작이 맞다면 너도 그것을 원하는 것 같다. 엘시에게 황위를 물려줄 준비가 끝났나? 아냐. 아직 끝나지 않았겠군. 미움을 사기 위해 규리하 사람들을 학살해야 하고 유료도로당을 왕국으로 만드는 일도 끝내야 하니까. 그걸 다 끝내고 죽고 싶을 테지? 원한다면 내 숙원의 성취를 네가 원하는 시점까지 미뤄 줄 수 있다. 아실을 치료해 줬으니까 그 정도의 양보는 할 수도 있어. 그걸 원하나?"

말을 끝낸 지멘이 받은 것은 치천제의 대답이 아니었다. 그는 아실의 폭소에 놀랐다.

아실은 배를 잡고 낄낄거렸다. 자꾸만 뒤를 돌아보는 것이 설명을 하고 싶은 모양이지만 그녀는 웃음을 거둘 수 없었다. 미안하다는 표정을 짓는 것이 고작이었다. 당황한 지멘은 황제를 쳐다보았다. 황제가 부드러운 표정으로 말했다.

"네가 가장 먼저 할 일을 알려 주지."

"뭔데?"

"짐에게 감사해라."

지멘은 부리를 단단히 붙인 채 몸을 부풀렸다. 말 대신 망치가 날아올 것 같은 위협적인 모습이었지만 황제는 아랑곳하지 않은 채 다만 대답을 촉구하는 눈으로 지멘을 응시했다. 깔깔거리며 웃던 아실은 지멘의 무릎을 짚은 채 숨을 몰아쉬었다. 그 모습을 내려다보던 지멘이 깃털을 가라앉혔다. 그는 벼슬을 꿈틀하고 말했다.

"고맙다."

치천제는 미소로 대답하고 말했다.

"아실, 네가 설명해라. 그 편이 낫겠지. 짐은 물러가겠다."

황제는 몸을 돌렸고 지멘을 깜짝 놀라게 했다. 그녀는 다리를 움직이지 않았지만 그녀의 몸은 순식간에 멀어졌다. 마치 도망치는 사냥감을 본 맹수처럼 지멘은 무의식적으로 망치를 약간 들었다. 그때 아실이 말을 시작했다.

"환상 계단이군. 제법이란 말이야."

지멘은 황제가 어떻게 움직였는지 알았다. 아실은 입술을 샐쭉 내밀었다가 지멘의 무릎을 두드렸다.

"앉아요, 지멘. 할 이야기가 많으니까."

지멘은 엉거주춤 몸을 구부렸지만 황제의 모습이 사라진 후에야 완전히 앉았다. 아실은 바닥에 앉지 않았다. 그녀는 팔짱을 끼고 어떻게 말을 시작해야 할까 고민하는 모습으로 왔다 갔다 했다. 지멘은 차분하게 그 모습을 바라보았다. 말은 듣지 않아도 상관없었다. 그저 옛날처럼 자신만의 계획을 궁리하는 아실의 모습을 보는 것으로 만족스러웠다.

아실이 멈춰 섰다. 그녀는 어쩔 줄 모르는 얼굴로 지멘을 보다가 갑자기 내뱉듯이 말했다.

"지멘, 숙원을 포기해야겠어요."

약속 장소는 비나간의 후작궁이었다. 그리고 스카리 빌파는 다른 사람이 정한 약속 같은 것에 구애될 생각은 없었다. 부냐와 어떻게 만날 것인가는 전적으로 자신이 정할 문제였다. 그래서 스카리는 하인들의 도움을 받아 성장한 직후 도깨비감투를 썼다.

스카리는 보이지 않는 상태에서 계단과 복도를 지나 정원으로 나왔다. 정원에는 황제의 모습을 보기 위해 달려온 자들이 모여서 하늘을 가리키며 웅성거리고 있었다. 하늘에는 말리가 거대한 구름처럼 하늘을 가린 채 떠 있었다. 꾸준히 속도를 늦추던 그것은 조금 전 멈춰 섰다. 군중들은 황제의 모습이 나타나길 기다리며 자신이 알고 있는 헛소문을 다른 이의 헛소문과 교환하느라 바빴다. 공평한 거래였다. 스카리는 그들 모두를 비웃으며 말리로 이어지는 환상 계단을 만들었다. 물론 그의 환상 계단은 감투를 쓴 스카리처럼 다른 이의 눈에는 보이지 않았다. 따라서 황제를 기다리던 사람들은 그들 중 누군가가 갑자기 하늘로 걸어 올라가는 모습을 보지 못했다.

성큼성큼 계단을 올라가며 스카리는 다시 한번 발아래 있는 자들을 비웃었다. 나타나는 것은 황제가 아니다. 부냐다. 황제는 자신이 내려오겠다는 말을 하지 않았다. 그리고 부냐 헨로를 내려보내겠다고 약속했다. 자신은 약속에 구애되지 않으면서도 타인은 약속을 지킬 거라고 믿는 모순을 자각하는 것은, 스카리 빌파라는 사내에게 어울리지 않는 일이었다. 스카리는 부냐가 나타나지 않으면 화를 낼 거라 다짐하며 계단을 올랐다. 그가 결정한 재회 장소는 하늘이었다. 스카리 빌파와 부냐 헨로는 운집한 군중들이 우러러 보는 가운데 하늘에서 재회해야 한다. 그것이 스카리의 결정이었고, 따라서 황제가 약속을 어길 경우 그녀는 스카리의 '합당한' 분노를 받게 될 것이다.

　계단을 오르던 스카리는 황제가 약속을 지켰음을 알았다.

　말리의 옆구리에도 하늘누리에 있던 것과 비슷한 나루터가 있었다. 하늘누리의 것보다는 훨씬 짤막한 나루터였다. 스카리는 그곳에 한 사람이 나타난 것을 보았다. 인간이나 나가와 비슷한 크기. 그러나 황제일 리 없다. 검은빛이 아니라 흰빛이었으니까. 그것은 부냐 헨로였다.

　부냐는 백색으로 몸을 감싼 채 걸어 내려왔다.

　스카리는 심장이 다급하게 뛰는 것을 느끼며 걸음을 멈췄다. 아무 색깔도 없이 백색 일색이었지만 부냐가 입고 있는 옷은 화려했다. 스카리가 만약 복식의 역사에 관심이 있었다면 그것이 나가들의 전통 복장임을 알아보았을 것이다. 나가들은 체온이 변하며 상처 입은 몸을 쉽게 재생시킨다. 따라서 과거 그들은 보온이나 피부 보호에 대해서는 조금도 고려하지 않은 채 옷으로서의 아름다움에만 주안점을 두고 의복을 만들었다. 대호왕의 시대 이후 한계선 남북이 교류하게 된 후로는 나가들도 북부의 것에 가까운 옷을 입었기에 스카리는 그 옷이 나가들의 전통 복장이라는 것을 알 수 없었다. 다만 그 아름다움에 꽤 놀랐다. 아래쪽에 있는 군중들 또한 그 모습에 깊은 인상을 받은 듯 웅성거림을 멈췄다.

　천천히 계단을 내려오는 여인의 모습이 조금 더 커졌다. 스카리는 이제 부냐의 얼굴을 똑똑히 알아볼 수 있었다. 몸에 두른 것은 새하얀 옷뿐이지만 이마와 목은 월장석과 진주 등 백색 보석으로 장식되어 있었다. 색깔을 느낄 수 있는 것은 그녀의 입술과 쌀쌀한 공기 때문에 발그레해진 볼뿐이었다. 그것은 놀랍도록 선명했다. 스카리는 쿵쾅거리는 심장 위에 손을 얹었다.

'내 여인이 저렇게 아름다웠던가?'

정신없이 부냐를 관찰하던 스카리는 문득 그들의 계단을 비교했다. 부냐의 계단은 볼 수 없었지만 그녀의 움직임으로 보건대 계단은 약간 떨어져 있었고 각도도 맞지 않았다. 스카리는 계단에 집중하여 내려오는 부냐의 앞쪽으로 이어지는 또 다른 계단을 상상했다. 곧 그것이 나타났다. 스카리는 소리 없이 움직여 부냐의 앞으로 다가갔다.

그리고 스카리는 속삭였다.

"부냐."

갑자기 모습을 드러낸다면 부냐는 깜짝 놀랄 것이다. 자신의 상상력만으로 하늘에 떠 있는 사람을 놀라게 하는 것은 위험한 일이다. 그래서 스카리는 먼저 속삭임으로 부냐를 부르기로 했다. 하지만 그 소리도 부냐를 꽤 놀라게 한 것 같았다. 부냐는 걸음을 멈추고 왼손으로 옷자락을 움켜쥐고는 놀란 얼굴로 주위를 두리번거렸다. 스카리는 그 놀란 얼굴을 만지고 싶은 것을 힘들게 참았다. 부냐가 말했다.

"누구?"

"나야, 부냐."

"공작님? 공작님의 목소리인데. 여기 계세요? 어디죠?"

"그대의 앞에."

부냐는 입술에 오른손을 얹은 채 앞쪽을 바라보았다. 조금 후 그 손을 조심스럽게 앞으로 뻗었다. 허공을 향해 천천히 뻗어오는 손가락을 보던 스카리는 그 손을 향해 자신의 손을 내밀었다.

손가락 끝이 닿았다. 부냐는 움찔하며 손을 끌어당겼다. 스카리는 참을성 있게 기다렸다. 조금 후 부냐의 손이 다시 뻗어 왔다. 그녀는 스카리의 손을 찾아냈다. 그녀의 손가락들이 스카리의 손등과 손바닥을 조심스럽게 더듬었다. 스카리는 그녀가 그러도록 내버려두었다.

부냐가 계단을 하나 내려왔다. 보이지 않는 스카리의 팔을 따라 움직이던 부냐의 오른손이 그 어깨와 가슴, 목을 따라 움직였다. 턱을 따라 올라온 그녀의 손이 입 주위로 다가왔을 때 스카리는 그 손끝에 입을 맞추며 감투를 벗었다. 부냐가 작게 외쳤다.

"공작님!"

군중들은 느닷없이 나타난 스카리의 모습에 놀라 탄성을 질렀다. 감투를 치운 스카리는 자신의 입술 끝에서 멀어지던 부냐의 손을 붙잡아 다시 입으로 가져왔다. 스카리는 고개를 숙여 그 손등에 입을 맞추었다. 그리고 그녀의 손을 놓아주며 그녀를 와락 끌어안았다.

레이헬 라보는 자신을 향해 날아오는 횃불을 바라보다가 그것을 공중에서 낚아챘다. 불티가 날렸지만 가면을 쓰고 있는 그에겐 별로 문제가 되지 않았다. 레이헬은 팔을 두어 번 흔들어 횃불을 다시 구덩이 안쪽으로 집어던졌다.

물론 얼마 있지 않아 그 횃불은 다시 뛰어올랐다. 레이헬은 초조해하지 않았다. 안쪽에 있는 자들이 불리한 대결이다. 그리고 집어던진 횃불이 자꾸만 도로 튀어나오는 것에 약이 오른 병사들이 슬픔이나 죄의식 대신 흥분을 느끼는 것도 괜찮은 일이었다.

처음 몇 번은 그렇지 않았다. 자포자기하는 표정으로 횃불을 집어던졌던 병사는 안쪽의 사형수들이 그것을 붙잡아 황급히 내

던지자 당장이라도 눈물을 쏟을 것처럼 당혹했다. 그는 레이헬의 표정 없는 주시를 한참 받은 후에야 발 앞에 떨어져 있는 횃불을 들어 다시 안으로 던졌다. 그리고 다른 병사들도 홰에 불을 붙여 그 병사에게 합류했다. 물론 사형수들은 그것을 붙잡아 도로 밖으로 던졌다. 그 일이 계속되는 동안 병사들의 표정이 바뀌었다. 이제 병사들은 마치 놀이에 심취한 악동들처럼 괴성을 지르며 날아오는 횃불을 피하고는 그것을 붙잡아 안으로 집어던지고 있었다.

"개자식들이 쓸데없는 저항을!"

"받아 봐라!"

어떤 병사가 위험할 정도로 구덩이 가장자리에 가까이 달려갔다. 그는 아래를 살피고 세심하게 노려서 횃불을 집어던졌다. 레이헬은 그가 무엇을 명중시켰는지 알았다. 그 자신이 흥분하여 알려 주었기 때문이다.

"얼굴에 맞았다!"

구덩이 안쪽에서 들려온 처절한 비명은 병사들을 더욱 자극했다. 지금껏 안쪽을 보지 않은 채 횃불을 던지던 자들이 구덩이 가까이 다가갔다. 그들은 사형수들을 직접 겨냥하여 횃불을 집어던졌다. 횃불은 던지기 좋은 물건이 아니었지만 위치가 좋았고 병사들의 숫자도 많았다. 곧 많은 비명들이 연속적으로 들려왔다. 그러다가 누군가가 뜻모를 소리를 빽 질렀다. 레이헬은 그 말이 '불이 붙었다!'라는 외침일 거라고 추측했다.

그의 추측이 옳았다. 구덩이 안쪽에서 화염의 불티가 확 피어오르는 모습이 보였다. 뒤이어 두 번째, 세 번째 화염이 솟아올랐다. 위험하다고 생각한 레이헬은 뒤로 물러나라고 외쳤다. 하지만 병사들은 끝까지 구경하고 싶다는 듯이 머뭇거렸다. 그 때문에 폭발하듯 화염이 솟구쳤을 때 병사들 중 몇 명의 눈썹과 앞머리가 불타 버렸다.

기겁한 병사들이 뒤로 물러났다. 한번 자리를 잡은 불은 미리 뿌려 둔 기름을 빨아들이며 삽시간에 부풀어 올랐다. 반쯤은 연기고 반쯤은 불인 덩어리가 구덩이 위로 뭉게뭉게 피어올랐다. 구덩이 주위의 병사들은 더욱 멀리 떨어졌다. 레이헬도 손등이 뜨거워지는 것을 느끼고 뒷걸음쳤다.

위로 피어오른 덩어리는 곧 연기로 바뀌어 흩어졌다. 검붉은 폭발의 기세가 사그라지면서 대신 심홍색의 불꽃이 화르르 피어올랐다. 그 불꽃들 사이에서 기묘한 소리들이 흘러나왔다. 레이헬은 그것이 미리 던진 땔감들이 고온에서 부서지는 소리라고 생각하기로 했다. 허파로 불꽃을 호흡하게 된 자들이 외치는 비명이라고 생각하는 것은 진저리 쳐지는 일이었다. 하지만 그의 소망을 깨부수며 그 기묘한 소리들 중 하나가 분명한 말소리로 바뀌었다.

"살려 줘! 나는······."

레이헬은 그 뒷말을 듣지 못했다. 기름이 꽉 들어찬 기름통 하나가 터진 것인지 갑작스러운 폭음과 함께 다시 검붉은 화염 연기들이 솟아올랐다. 불티와 철매, 재가 무수히 하늘을 향해 날아올랐다. 레이헬과 병사들은 다시 뒤로 물러설 수밖에 없었다.

아실은 아래쪽에서 들려오는 폭음 비슷한 소리에 귀를 기울이며 말했다.

"스카리가 좀 과격한 환영식을 준비했나 보네요. 부냐는 기쁘겠어요."

고개를 숙이고 있던 지멘은 그 말에 고개를 들었다. 하지만 그의 시선은 아실의 턱까지 이르렀다가 다시 내려왔다. 지멘은 바닥을 보며 말했다.

"영원히 산다고?"

"일만육천 년은 진짜 영원에 비하면 찰나나 다름없죠. 물론 한 사람의 생애에 비하면 영원처럼 느껴지겠지만."

지멘은 그 시간을 짐작할 수 없었다. 현재를 사는 사람들의 600대 후손이 태어날 수 있는 기간이라고 바꿔 봐도 짐작할 수 없는 것은 마찬가지였다. 지멘은 영웅왕 시대로부터 지금까지의 장구한 역사가 여덟 번가량 반복될 수 있는 기간이라고 생각한 후에야 비로소 전율을 조금 느꼈다. 영웅왕 시대를 이야기하고 싶은 사람들은 보통 아득히 먼 옛날이라는 표현으로 시작한다.

"나는 그녀를 죽이기로 맹세했다. 그런데 그녀는 일만육천 년이나 살 계획을 가지고 있다는 거지."

"그게 삶일까요?"

"그러면?"

아실은 안대를 만지작거렸다. 다른 사람에게라면 위협을 주는 행동이지만 지멘의 앞에서 그럴 땐 그런 의미가 없다. 그녀는 그저 무의식적으로 안대를 만지며 말했다.

"생각해 봐요, 지멘. 일만육천 년 후에도 살아 있으려면 그녀는 일 년에 하루 정도만 깨어날 수 있어요. 그러면 일만육천 일, 대략 44년쯤 되니까요. 그건……."

"일 년에 하루?"

아실은 지멘의 질문에 조금 놀랐다.

"이런, 아직은 당신이 대답하는 것에 익숙지 않네요. 계속 혼자 말하던 것이 버릇이 되어서 잠깐씩 멈추는 것이 잘 안 되네요. 뭐 익숙해지겠지요. 예, 일 년에 하루예요. 그녀는 다른 사람보다 훨씬 오래 사는 것이 아니에요. 다른 사람이 일 년을 살 때 하루밖에 못 사는 거죠. 사는 것은 시대와의 공명이니까."

지멘은 그 말을 생각해 보았다.

"그런 것 같군."

"우리가 아는 죽음과는 좀 다르지만, 그것도 일종의 죽음이에요. 그건…… 아, 할 말이 있어요?"

아실은 미안하다는 표정으로 지멘의 말을 기다렸다. 지멘은 단어 하나하나를 고심하듯 말했다.

"그건 일만육천 년 동안 타이모의 소망이 이루어질 수 없다는 뜻이군."

아실은 고개를 떨어뜨렸다. 지멘은 그녀의 움켜쥔 주먹이 미세하게 떨리는 것을 보았다. 조금 후 아실은 목이 메어 말했다.

"타이모의 소망이 아니에요, 지멘."

지멘은 어깨 부근의 깃털을 조금 부풀렸다. 그는 다그치듯 말하지 않기 위해 애썼다.

"무슨 말이지?"

"분리주의는 내 소망이었어요. 아, 물론 타이모의 기여가 전혀 없었다고 말하지는 않겠어요. 뭐랄까, 사상가와 혁명가의 차이라고 할까요. 타이모는 학자였어요. 그녀가 한 것은 제국의 정체(政體) 속에서 정체(停滯)될지도 모르는 레콘의 정체(正體)에 대한 학술적인 분석이지요. 그것을 레콘의 지상과제로 바꿔 버린 것은…… 타이모를 지극히 사랑해서 그녀의 모든 것을 미화하고 자신의 정당성을 모두 그녀에게서 얻고 싶었던 어떤 계집애였어요. 간단히 말할게요. 나는 타이모의 이론 몇 가지로 분리주의를 만든 다음 무의식중에 타이모를 분리주의의 사조로 만들어 버렸어요."

"타이모가 만들지 않았다고? 하지만 8년 전 쥐딤에서 타이모는 살아 있었어. 타이모가 분리주의를 만들지 않았다면 그들이 왜 그곳에 모인 거지?"

"당신은 왜 그곳에 갔죠?"

지멘은 부리를 닫았다. 아실은 고통스럽게 말했다.

"분리주의에 동조해서 간 것은 아니죠?"

"모두들 분리주의가 아니라 타이모 때문에 거기 모였다고? 하지만 타이모를 아내로 얻고 싶어했던 것은 나뿐이었어."

"타이모는 대단한 개성을 가지고 있었죠. 꼭 아내로 얻지 않아도 만나고 싶은 사람이에요. 게다가 마지막 대장장이의 따님이고. 지멘. 무기를 받으러 거기 갔던 레콘들은 모두 그녀를 기억할 거라고요. 한번 만나고 싶겠지요. 그리고 다른 레콘들을 따라 그냥 간 자들도 있을 테고. 레콘이 꼭 들어야 할 이야기라는 주장이 뭔가 해서 온 자들도…… 지멘, 거기서 레콘들이 분리주의에 대해 진심으로 이야기하는 것을 들어 본 적이 있어요?"

지멘은 기억을 더듬어 보았다. 그리고 지멘은 그들이 분리주의에 대해 이야기하는 것을 들은 기억이 없다는 것을 깨달았다.

아직도 혼자 이야기하는 것에 익숙한 아실은 지멘의 대답을 기다리지 않고 말했다.

"나였어요, 지멘. 내가 학자들을 만나서 이야기하고 선언문을 발표하면서 분리주의를 만들었고 동시에 사람들로 하여금 그것이 타이모가 주장했던 것처럼 착각하게 만들었죠. 사람의 기억이란 얼마나 부정확한 것인지. 황제도 어렵잖게 그 일을 할 수 있겠지요. 아, 미안해요. 이 이야기는 무슨 말인지 모르겠지요. 어쨌든 분리주의는 내가 만든 거예요."

지멘은 오랫동안 생각하지 않았다. 그가 황제를 증오하게 된 것은 타이모의 죽음 때문이지 타이모의 사상 때문은 아니다. 또한 그는 원래 아실의 분석을 '아무 말 없이' 따르는 것에 익숙하기도 했다.

"그렇다면 일만육천 년 동안 네 소망이 이루어지지 않는다는 말이군."

"그래요."

"그래도 괜찮아?"

아실은 어깨를 움츠렸다. 고개를 숙인 아실은 턱으로 가슴을 찌르며 말했다.

"그 소망은 버렸어요."

지멘은 겨울 하늘을 바라보았다.

까마득한 고도에 있었지만 비나간의 하늘이 특별히 더 가깝게 느껴지지는 않는다. 승천한 티나한이 정말 하늘 끝까지 올라갔다면 그는 꽤 오랫동안 걸어야 했을 것이다.

오랜 세월의 일방적인 대화 끝에 지멘은 아실의 설명을 촉구하는 방법들을 터득했다. 상대방에게 아무 관심도 없다는 듯이 무표정한 표정으로 하늘을 바라보는 것도 그런 방법 중 하나다. 대화를 할 수 있게 되었지만 아직도 지멘에겐, 그리고 아실에겐 그런 방식이 편리했다. 아실은 지멘이 바라는 것을 주었다. 하지만 그 방식은 확실히 아실다운 것이었다.

"그 세 여자, 괴물들이에요."

지멘은 눈으로 물었다. '어떤 세 여자?'

"넘을 수 없는 선을 넘은 여자, 만들 수 없는 것을 만든 여자, 견딜 수 없는 것을 견디려는 여자요."

아무래도 옛방식이 편리했다. '대호왕, 원시제, 치천제로군.'

"그래요. 그 세 여자들이오. 셋이 하나를 상대하지요. 그리고 이미 셋이에요. 그들이 와서, 만들고, 지키는 것을 쪼개는 것은 불가능할 것 같아요. 하지만 불가능하다는 것 때문에 포기한 것은 아니에요. 저는 그것이 불필요하다는 것을 깨달았어요."

아실은 몸을 돌려 말리의 옆구리 쪽을 향해 걷기 시작했다. 텅 빈 하늘을 보며 걸어가는 그녀를 보던 지멘은 자리에서 일어나 망치를 집어 들었다. 그는 아실의 뒤를 따라 걸었다. 그녀는 걸어가며 말했다.

"원시제가 정말 미래를 완벽하게 예측했는지는 확신할 수 없어요. 그걸 증명할 수 있는 사람은 아무도 없겠지요. 하지만 그녀의 예측이 맞다면 30만 년 동안 최대 600조 가까운 사람이 죽은 다음 우리는 서로를 죽이는 짓을 그만두고 함께 미래를 도모할 수 있게 되지요. 그런데 이 전망은 분리주의의 궁극적 목표 달성에 대한 대답이기도 해요."

지멘은 고개를 갸웃하며 묻는 표정을 지었다. 아실의 뒤에 있었기에 무의미한 동작이었지만 지멘은 깨닫지 못했다.

"분리주의의 궁극적 목표는 뭐지요? 오해를 부르는 이름 때문에 헷갈려 하는 작자들이 많지만 분리주의의 목표는 사람들을 분리하는 것이 아니에요. 분리는 결합을 위한 수단이지요. 어떤 특정 종족이 다른 종족을 무조건 인도하는 대신 모든 자들이 함께 미래를 도모할 자격을 획득하자는 거죠. 그런데 분리주의에는 숨은 전제가 하나 있어요."

아실은 한숨을 내쉬었다.

"사람들이 자신과 대등한 존재를 정말 자신과 똑같이 받아들인다는 것."

지멘은 수염볏을 살짝 잡아당겼다. 아실은 축 늘어진 모습으로 걸었다.

"레콘들이 제국과 분리될 수도 있겠지요. 그리고 자기들끼리 모여서 제국의 일원이 될 자격을 스스로 함양할 수도 있겠지요. 하지만 동등해진 제국과 레콘이 하나로 합쳐지려면? 그러려면 사람이 자신과 대등한 존재를 자신처럼 받아들일 수 있어야 해요. 하지만 사람은 자신과 대등한 사람을 자신처럼 대하지 않아요. 그들은 자신과 대등한 상대를 죽여요."

아실은 걸음을 멈췄다. 그녀는 하얀 입김을 뿜어내었다.

"그 짓을 그만둘 때까지 30만 년과 600조 명의 희생이 필요한 거죠. 결국 분리주의는 30만 년과 600조 명의 희생이 있은 후에야 궁극적인 목표를 달성할 수 있죠."

아실은 말리의 구조물들이 있는 쪽을 돌아보았다.

"분리주의를 위해선 차라리 그 기간을 줄여 달라고 요구해야겠지요. 그런데 원시제는 그 기간을 줄이려면 분리주의를 배격하고 한 명의 지배자가 계속해서 사람들을 다스려야 한다고 했어요. 키탈저 사냥꾼의 저주죠. 둘 중 하나를 선택할 수밖에 없어요. 분리주의를 포기하고 분리주의의 기반을 빠른 시간 내에 성취하느냐, 아니면 분리주의의 기반이 마련될 때까지 가혹한 시간을 참고 기다리느냐. 그런데 나는 도저히 사람들에게 그 엄청난 피해를 감수하라고 요구할 수 없어요."

지멘은 오랜만에 부리를 열었다.

"만약 원시제의 예측이 잘못된 것이라면?"

"하!"

아실은 웃음인지 탄식인지 구분하기 어려운 소리를 내었다.

"그렇게 질문할 수도 있겠지요. 하지만 그런 질문에는 언제나 사이 나쁜 쌍둥이 형제가 있어요. 만약 선황의 예측이 정확한 것이라면 어쩌죠? 그래요, 지멘. 그런 질문은 도움이 안 돼요. 어떤 전망에 대항하고 싶다면 그게 확실하냐고 묻는 대신 더 확실한 전망을 내세워야겠지요. 그런데 원시제의 전망에 대항할 전망을, 나는 가지고 있지 않아요."

"원시제가 자신의 전망에 자신 있었다면, 왜 사람들에게 밝히고 도움을 구하지 않은 거지? 그녀가 밝히지 않았다는 것은 자기 예측에 자신이 없었기 때문이 아닐까?"

"아뇨. 그럴 필요가 없기 때문이지요."

"왜? 그건 모든 사람에게 관련된 일이잖아."

"관련? 천만에요. 아무도 그런 식으로 생각하지 않아요. 만약 자기 자식이나 손자가 살아갈 세상이라면 모르죠. 아니, 사람들은 사실상 자기 손자의 세계에 대해서도 별로 계획을 세우지 않아요. 자식이 아마 관심권의 한계겠지요. 그런데 그것은 일만육천 년 후의 세상에 대한 이야기예요. 누가 관심을 가지겠어요? 선황은 아무도 자기 이야기에 관심 없으리라는 것을 알고 있었죠. 선황은 미래를 알지만, 어느 누구와도 그것을 공유할 수 없었어요. 언제나 미래에 관심이 많은 척하지만, 사실상 미래에 대해서는 결코 생각하지 않으려 하는 주위 사람들과는. 그녀가 요절한 이유 중에 하나는 그 좌절감일지도 몰라요."

아실은 지멘을 돌아보았다.

"누가 미래를 생각해요? 그들이 생각하는 건 언제나 희망이지 미래가 아니에요. 내일은 좋은 일이 있을 거라고 말하지만 그 말이 내일은 지독한 일이 있을 거라는 말과 똑같다는 것은 생각하지 않아요. 사실 미래는 일어나지 않은 사고가 일어날 날이에요. 미래는 가장 소중한 것들을 잃을 날이지요. 미래는 자신이 죽을 날이에요. 하지만 그건 생각하지 않죠. 가이너 카쉬냅은 사람들을 불편하게 만들고 싶을 땐 언젠가 죽을 여러분이라는 말로 인사했죠. 그것은 그 어떤 예언보다 확실한 예언인데도 사람들은 그것을 받아들이지 않아요. 사람들은 결코 미래를 생각하지 않아요. 미래와 단단히 결부되어 있지 않으니 희망은 언제나 허무하죠. 공상이죠. 고통이죠."

아실은 고개를 주억거렸다.

"사람들은 미래를 생각하지 않아요. 그래서 선황은 하지 않았어요. 진실은 통한다는 말의 비극적 반례랄까요."

매너링 이젤사는 자신이 엘시 에더리에 대해 알고 있는 것을 하나하나 되짚어 보았다. 이미 수십 번 이상 해 보았던 일이지만 그때마다 매너링이 규정한 엘시는 그 이전에 규정한 엘시와 달랐다. 매너링은 아라짓 제국의 대장군을 어떻게 상대해야 할지 알 수 없었다. 다른 문제로 만나는 것이라면 상관없지만 존귀한 아르키스 대수호자의 대리인으로서 대장군 엘시 에더리를 만나야 하는 처지라면 어떻게 대한다는 확고한 결정 없이 그를 만난다는 것은 무모할뿐더러 위험하기까지 하다.

시련에도 이미 잘 알려져 있는 대장군의 최근 행적들은 그녀를 혼란스럽게 했다. 비나간 후 지키멜 퍼스의 칭왕을 무시한 사건만 해도 그러하다. 만약 그것이 목전에 있는 더 큰 적인 시모그라쥬군을 상대하기 위한 것이었다면 그는 유연한 인물일 것이다. 하지만 칭왕의 문제에 대해 자신이 판단할 자격이 없다고 생각했기에 그런 것이라면 그는 지독한 원칙주의자다. 하나의 사건이 완전히 다른 두 결론의 근거가 된다는 것은 특이한 일이었지만 엘시의 행적은 대부분 그러했다. 황제 실종 후 제국군을 규합한 것은 그가 야심가라는 증거일까, 제국에 대한 충정에 불타는 의사라는 증거일까? 황제 복귀 직후 황제의 곁을 떠나 남쪽으로 온 것은 또 어떤가? 상식적으로는 황제의 지근거리에 있어야 한다. 황제를 지키기 위해서도 그러하고 황제가 없는 동안의 자기 행적을 설명하기 위해서도 그러하다. 하다못해 돌아온 황제를 제거하기 위해서도 황제의 곁에 있는 편이 좋다. 황제의 입장에서 생각하더라도 마찬가지다. 엘시가 자신을 공격할지도 모른다는 위험이 있지만 그렇다 해도 자신이 없는 동안 군권을 장악하고 있던 장수를 멀리 내보내서는 안 된다. 하지만 황제는 엘시에게 패잔병이나 다름없는 시모그라쥬 공을 공격하는 시시한 일을 맡겼고 엘시는 주저 없이 남쪽으로 왔다.

매너링은 도저히 엘시를 규정할 수 없었다. 회담이 시작되기도 전에 상대방에 기가 죽는 것은 큰 금기지만 매너링은 자기 능력을 과신하지도 않았다. 그래서 매너링은 약간의 상황 연출로 엘시에게 깊은 인상을 주기로 했다. 왕독수리를 타고 날아온 것은,

물론 악타그라쥬에 빨리 도착하기 위한 것이기도 하지만 그보다는 파악하기 힘든 상대와 대화하기에 앞서 일단 기를 죽여 놓자는 의도였다. 그런 의도가 아니라면 마스킨 성을 향해 왕독수리를 무서운 속도로 급강하시킬 이유가 없다.

정신 억압자는 매너링의 요구를 완벽하게 수행했다. 그녀는 위험을 생각하지 않고 왕독수리를 강하시켰다. 재생되는 몸을 가진 나가가 위험을 돌보지 않는다는 것은 굉장한 일이다. 왕독수리는 벼락 같은 속도로 땅에 내리꽂혔다. 지상의 악타그라쥬가 눈 깜짝할 사이에 확대되고 곧 마스킨 성으로 바뀌는 것을 보던 매너링은 눈을 감고 말았다.

마지막 순간 왕독수리는 날개를 확 펼쳤다. 매너링은 속이 다 뒤집히는 것을 느꼈다. 왕독수리가 뒤로 향하던 발을 아래로 뻗고 날개를 거칠게 펄럭이는 비행의 마지막 순간은 매너링에겐 고문이었다. 가까스로 왕독수리가 날개를 접었을 때 매너링은 상대방의 기를 꺾기 위한 자신의 모험적인 시도가 성공했음을 알았다.

솔직하게 니른다면 지나친 성공이었다.

주변은 대수호자의 사절을 맞이하는 환영식장이라기보다 태풍 맞은 들판 같았다. 여기저기 부러진 깃대가 나뒹굴었고 원래 땅에 설치되어 있었던 것으로 보이는 천막은 높은 나무에 걸려 있었다. 세심하게 차려입은 사람들이 주저앉거나 무릎을 꿇고 있었고 그중엔 벌렁 쓰러진 자와 그 옆에서 정신 차리라며 상대의 볼을 두드리는 자도 있었다. 투구를 제대로 쓴 병사는 거의 보이지 않았고 대부분의 사람들은 머리카락이 흐트러지고 옷자락이 풀어헤쳐져 있었다. 그들 모두가 매너링에게 보내오는 것은 어처구니없다는 시선이었다. 으스대기에 앞서 사과의 말을 해야 할 판국이다. 매너링은 정신 억압자의 복종심과 용기를 원망하며 황망하게 주위를 둘러보았다.

누군가가 왕독수리의 곁으로 다가오는 것이 보였다. 왕독수리는 두 명의 나가를 태우고도 마음껏 하늘을 날 수 있을 만큼 거대하며 그 생김새도 전혀 호의적이지 않다. 하지만 다가오는 인간은 왕독수리에 대해 조금도 걱정하지 않는 듯했다. 그 남자가 찌푸린 시선을 보내는 것은 왕독수리가 아닌 매너링이었다. 그의 태도가 잘못된 것은 아니다. 정신 억압자의 억압을 받고 있으므로 왕독수리는 절대로 안전하다. 하지만 그것을 안다면 나가 정신 억압자에 대해 잘 아는 인간일 것이다. 매너링은 그 인간을 자세히 관찰했다. 2미터 가까운 키에 두 사람분의 근육을 한 사람에게 우겨 넣은 것 같은 장대한 체구였다. 매너링은 상대가 누군지 알 것 같았다. 그때 상대방이 겸손한 태도로 손을 내밀었다.

매너링은 그 손의 도움을 받아 왕독수리에서 품위 있게 내려섰다. 나란히 서자 매너링은 상대를 올려다보아야 했다. 남자는 곤혹스럽다는 듯이 말했다.

"항상 이런 식으로 내려오십니까?"

"좀 급할 때는."

매너링은 자기 목소리가 제발 침착하게 들리기를 바랐다. 한계선 너머에서 자란 인간이라면 나가의 목소리 자체에 매혹되기 때문에 애써 침착을 꾸밀 필요가 없었지만 시모그라쥬 출신으로 나가들에게 굉장히 익숙하다고 알려져 있는 대장군의 몸종이라면 매너링의 당혹을 읽을지도 모른다.

"아라짓 제국 대장군이며 칼리도의 백작이신 엘시 에더리 각하를 모시고 있는 몸종, 이레 달비라고 합니다."

"대수호자 아르키스의 대리인 매너링 이젤사다."

"가주님께 안내하겠습니다, 이젤사."

이레는 우아하게 가주라고 말해 버린 자기 실수를 깨닫지 못했고 주인님보다 가주님에 익숙한 문화에서 온 매너링 이젤사 또한 그것을 눈치 채지 못했다. 그래서 그런 의전 행사에 어울리지 않는 황당한 실수는 그들의 품위를 해치지 못했다. 주저앉거나 쓰러진 사람들도 황급히 일어났고 도통 일어나지 못하는 사람은 황급히 치워졌다. 그래서 그럭저럭 대수호자의 대리인을 맞이하는 행사다운 엄숙함이 살아났다.

앞쪽에는 여러 명의 장수들이 있었지만 매너링은 누가 엘시 에더리인지 알 것 같았다. 대장군의 몸종이 그 풍문에 어울리는 모습이듯 대장군 또한 들리는 것과 비슷한 모습이었다. 자서전을 전사학자의 필독서로 만들어 버릴 수 있는 위대한 무장은 생사를 가르는 전장을 누벼 온 자의 당당한 어깨와 승리만을 직시하는 날카로운 눈, 패배를 생각조차 해 본 적 없는 위엄 있는 자세 등을 모조리 빼놓아도 남은 것만으로 충분히 야전 지휘관의 표상이 될 수 있을 것처럼 보였다. 인간인 데다가 남자인 사람에게 그런 느낌을 받을 수 있을 거라 생각하지 못했지만 매너링 이젤사는 참으로 인상적인 인물이라고 생각했다.

그녀는 가볍게 목례했다.

"반갑습니다, 대장군 엘시 에더리 각하. 아르키스 대수호자의 명을 받고 온 매너링 이젤사라고 합니다."

인간 남자는 물끄러미 그녀를 보다가 옆으로 몸을 돌렸다. 그리고 옆에서 희미한 미소를 짓고 있는 장수에게 말했다.

"대장군님, 매너링 이젤사께서 대장군님을 만나뵙게 되어 반갑다고 하셨습니다."

매너링은 오늘이 생애 최악의 날이길 바랐다. 앞으로 더 끔찍한 날이 온다면 살맛이 안 날 테니까. 비늘이 일어서려는 것을 참으며 매너링은 인상적이지만 엘시는 아닌 무장을 용서했다. 어쨌든 도시 연합과 아라짓 제국은 가상 적국이었으므로 제국의 무장이 도시 연합의 멍청이 사절을 놀릴 기회를 포기하기는 힘들었을 것이다. 엘시 에더리임이 확인된 장수는 장난을 친 장수를 꾸짖을까 말까 고민하다가 일을 더 크게 만들지 말자고 결심한 듯 매너링에게 말했다.

"저도 반갑습니다, 이젤사."

"실례를 사과드리겠습니다, 각하."

엘시는 점잖게 사과를 물리치고 곁에 있는 장수들을 소개했다. 매너링은 자신의 실수를 비꼰 장수가 시허릭 마지오라는 것만 기억하고 나머지는 다 잊어버렸다. 용서는 했지만, 한 번쯤 이쪽에서 놀려 줄 기회가 올지도 모르는 일이니까.

건성으로 엘시의 소개를 들으며 매너링은 그를 관찰했다.

솔직한 감상은 의문문이 될 수밖에 없을 것 같았다. 이게 제국의 대장군인가? 천박하거나 유약해 보이는 인물은 아니었다. 그리고 군인답지 못하다고 할 수도 없었다. 하지만 아무리 보아도 '아라짓 제국의 승리 공식. 첫째, 엘시 에더리가 참전한다. 둘째, 둘째 이하는 없다.'라고 말할 만한 위인으로 보이지 않았다. 하지만 매너링이 접한 엘시 에더리에 대한 평에 따르면 엘시는 그 이상의 인물이었다. 매너링은 이 사실을 풍문의 과장벽으로 해석해야 할지 외모와 능력의 무관함으로 해석해야 할지 알 수 없었다. 그리고 매너링은 엘시가 또 자신을 혼란스럽게 한다는 것에 놀랐다.

소개가 끝나고 그들은 마스킨 성의 안쪽으로 옮겼다.

악타그라쥬는 과거 하텐그라쥬를 향해 남진하던 대호왕이 여섯 개나 되는 나가 군단과 싸웠던 유서 깊은 장소다. 여섯 군단은 북부군의 거침없는 남진을 저지하고 보름 가까이 그들을 한 장소에 묶어 두었다. 하지만 대호왕의 참모였던 라수 규리하는 대호왕을 가호하는 신들의 도움을 받아 작은 태양이라 할 만한 거대한 불을 만들어 내었다. 나가를 제압하는 것은 추위라는 상식을 뒤집은 라수의 전략은 적중했다. 체온을 조절할 수 없는 나가들은 추위뿐만 아니라 지나친 열기 또한 견디지 못했다. 또한 열을 보는 그들의 시야는 라수가 만든 불에 현혹되었다. 결국 여섯 군단은 자멸했고 악타그라쥬는 무서운 파괴를 겪었다.

나가에겐 뼈아픈 패전의 장소지만 눈으로 보이는 흔적은 없었다. 제국은 악타그라쥬의 폐허 위에 훌륭한 새 악타그라쥬를 건설했다. 물론 도시의 모습에는 북부의 흔적이 많이 보였지만 나가들의 전통 또한 훌륭하게 적용되어 있었다. 마스킨 성 또한 나가들이 좋아하는 방식대로 외부를 향해 많이 열려 있었다. 그리고 회담장은 매너링에 대한 배려를 드러내고 있었다. 커다란 창문으로 햇빛이 잘 들었고 매너링의 좌석은 직사광선이 떨어지는 곳이었다. 매너링은 왕독수리를 급강하시킨 것을 다시 후회했다. 상대의 기를 꺾으려는 행동이 오히려 매너링에게 도덕적 부채만 남겼다.

가벼운 화제가 몇 가지 거론되었다. 문화적 배경이 다른 도시연합의 나가와 제국의 사람이 만나면 화제가 제한되는 것이 당연하지만 그들이 처한 시국은 많은 이야깃거리를 제공해 주었다.

매너링은 황제가 무사히 돌아온 것을 축하했고 엘시의 업적을 치하했다. 엘시는 감사와 겸양을 예의 바르게 표시했다. 조금 어려운 이야기가 나와도 될 만한 시점에 도달했을 때 엘시는 시모그라쥬 공작 팔디곤 토프탈과 도시 연합 사이에 체결된 불가침 조약에 대한 이야기를 꺼냈다.

민감해질 수 있는 주제였다. 남부의 제국군을 규합하기에 앞서 베로시 토프탈은 바로 매너링 이젤사를 만나서 불가침 조약을 요구했다. 도시 연합은 그것을 받아들였다. 그런 행동은 도시 연합이 시모그라쥬를 지지한다는 의사 표시로 해석될 수도 있다.

물론 매너링은 이곳에 오기 전에 이미 대답을 준비해 두었다. 상당히 화려한 화법을 이용하여 매너링이 주장한 것은 대략 이러하다. 도시 연합은 침략 전쟁을 부정하며 좋은 이웃인 제국의 내정에도 개입할 의사가 없다. 제국이 불운한 내란에 시달린 것은 안타까운 일이지만 우리는 그것을 해결하는 것은 제국 자신의 일이라고 생각한다. 따라서 내란에 개입하지 않겠다는 뜻을 약속으로 남기고 싶었지만 우리가 잘 알다시피 제국의 내란은 바로 그 약속을 받아 줄 황제가 실종되었기 때문에 일어난 것이다. 따라서 우리는 누구에게도 그런 약속을 할 수가 없었다. 그때 우리에게 접근해 온 것이 시모그라쥬 공 한 사람뿐이기에 우리는 그와 불가침 조약을 체결했다. 만약 대장군 당신이 와서 요구했다 해도 우리는 당신과 불가침 조약을 체결했을 것이다. 왜냐하면 우리는 침략 전쟁을 부정하는 평화로운 사람들이므로.

시허릭 마지오 상장군은 콧방귀를 뀌고 싶은 표정이었다. 견실한 제국의 무장으로서 그가 도시 연합의 나가를 싫어한다는 것을 확실히 알 수 있었다. 하지만 엘시는 여전히 매너링의 규정을 허락하지 않았다. 엘시는 속마음을 알기 어려운 표정으로 말했다.

"나는 시모그라쥬 공으로부터 당혹스러우면서도 주의를 요하는 정보를 입수했습니다. 내가 입수한 정보에 따르면 귀측은 불가침 조약 체결의 대가로 특정한 제국 신민들을 요구했다더군요."

매너링은 탁자 아래의 다리에 힘을 조금 주었다. 반드시 거론될 거라 예상했던, 하지만 피하고 싶었던 주제다.

"공작이 무슨 말을 하던가요?"

"도시 연합이 군령자들을 원했다고 했습니다. 그래서 점령지에서 군령자들을 색출하여 도시 연합으로 보냈다고 했습니다. 그 주장을 뒷받침하는 증거들도 입수되었습니다."

매너링은 속으로 셋을 셌다. 그리고 다시 거꾸로 셋을 센 다음 말했다.

"공작이 무슨 말을 한 것인지 이해할 수 없군요. 제국 내의 혼란스러운 정세를 피해 도시 연합으로 몰래 넘어온 유민들을 말하는 거라면, 그런 자들은 몇 명 있습니다. 그런 일이야 당연히 일어나는 일이잖습니까. 우리들 쪽에서도 그런 자들이 몇 명이나 되는지는 알지 못합니다. 잘 아시겠지만 우리는 자율권을 상당히 가지고 있는 도시들의 연합이지 하나의 제국이 아닙니다. 그리고 대수호자께서도 제국에서 황제 폐하가 받으시는 것에 부족하지 않는 존경을 저희들로부터 받고 계시지만 그렇다고 해서 도시 연합 전체의 통치자는 아니십니다."

매너링이 갑자기 누구나 잘 알고 있는 도시 연합에 대한 설명을 시작하자 시허릭 마지오 상장군과 장수들은 수상하다는 표정을 지었다. 그들은 매너링이 말을 돌리려 한다고 생각했다. 하지만 매너링의 계획은 그것이 아니었다.

"따라서 우리는 얼마나 되는 제국의 유민이 도시 연합의 품으로 넘어온 것인지 정확하게 파악하지 못하고 있습니다. 하지만 그들이 일으키는 여러 가지 문제에 대해서는 우리도 우려를 느끼고 있습니다."

말을 끝낸 매너링은 엘시를 지그시 바라보았다. 그 시선을 마주 보던 엘시가 갑자기 자리에서 일어났다.

"괜찮으시다면 조금 더 편안한 곳에서 이야기를 나누고 싶군요."

기다리고 있던 제안이기에 매너링은 비밀 회담 요구를 수락했다. 제국군의 장수들은 약간 불만스러운 표정을 지었지만 엘시가 매너링과 함께 부속실로 가는 것을 제지하지는 않았다. 하지만 부속실 문 앞에서 엘시는 뒤를 돌아보아야 했다.

"이레, 따라오지 않아도 된다."

이레는 눈치 없이 행동하는 것이 아니었다. 그는 엘시가 비밀 회담을 하려는 것임을 잘 알고 있었다. 하지만 그는 엘시와 매너링 두 사람만 방 안으로 들어가게 할 생각도 없었다. 어떻게 말할까 고민하던 이레는 뻔뻔하게 굴기로 했다.

"가주님, 그러시다면 이젤사의 신변 검색을 하도록 허락해 주십시오."

이레는 무례를 꾸짖고 싶다면 얼마든지 그러라는 듯이 험악한 얼굴로 매너링을 노려보았다. '단검이나 소드락을 가지고 저 안에 절대로 못 들어간다. 알겠냐?' 하지만 매너링은 이레를 꾸짖는 대신 품속에 손을 집어넣었다. 그녀는 소드락 주머니를 꺼내어 당황한 이레에게 턱 넘겼다.

"잘 보관해."

엉겁결에 받아 들었지만 이레는 긴장을 풀지 않겠다는 표정을 지었다. 이레는 엘시에게 이것은 건네주기 위해 준비한 여벌 주머니일지도 모른다고 말하려 했다. 하지만 엘시가 먼저 말했다.

"걱정하지 않아도 된다, 이레."

"하지만 가주님, 가주님은 제국의 대장군입니다."

"주인님이다."

"……예, 주인님."

이레는 고개 숙여 사과했다. 엘시는 다른 사람들이 듣지 못하도록, 하지만 매너링에겐 충분히 들릴 수 있도록 속삭였다.

"이젤사는 절대로 나를 해치지 못한다. 그러면 대수호자 아르키스의 목숨도 보장할 수 없으니."

침착하려 했지만 매너링은 비늘을 부딪치고 말았다. 이레 또한 그 말에 놀랐지만 매너링의 당황한 모습은 그를 신나게 했다. 이레는 심술궂은 즐거움을 느끼며 한 걸음 물러났다. 엘시는 문을 열고 매너링을 바라보았다. 엘시를 노려보던 매너링은 방 안으로 들어갔고 엘시 또한 그 뒤를 따라 들어간 다음 문을 닫았다.

매너링은 그 조그마한 방이 꽤 안락하게 꾸며져 있으며 회담장만큼이나 많은 햇빛이 들어온다는 것에 기뻐할 여유가 없었다. 그녀는 의자로 다가가 앉아서 엘시가 다가오는 모습을 노려보았다. 나가 여자가 남자에게 보낼 수 있는 가장 권위 있고 무서운 시선이었지만 나가가 아닌 엘시는 그 문화적 신호에 반응하지 않았다. 아쉬움 속에서 매너링은 '남자 주제에!'라는 생각을 떨쳐내려 애썼다. 그녀가 보호해야 하는 아르키스 대수호자 또한 발자국 없는 여신의 신랑이므로 당연히 남자였다.

매너링의 맞은편에 앉은 엘시는 점잖게 그녀를 바라보았다. 매너링이 단도직입적으로 말했다.

"그 레콘들은 민들레 여단입니까?"

어느샌가 사라진 민들레 여단에 대해 궁금해하고 있던 제국군 장수들이 그 이야기를 들었다면 귀를 꿈틀했을지도 모른다. 엘시는 아무 반응 없이 매너링을 계속 바라보았다.

"더 쉽게 말할까요? 갑자기 도시 연합에 나타나서 나무들을 마구 베고 있는 레콘 집단은 당신이 보낸 민들레 여단입니까?"

"내가 그것을 긍정하면 어떻게 됩니까?"

"당연히 침략 행위입니다. 남부의 그 어떤 무도한 장수도 감히 그런 일은 하지 않았습니다. 어떻게 제국군 유격대를 도시 연합에 파견한단 말입니까!"

"당신이 말하는 것은 도시 연합을 구성하는 도시들 사이의 무주지에 나타나 오직 나무만을 베고 있는 다수의 레콘들에 대한 이야기일 겁니다. 맞습니까?"

매너링은 사나운 표정으로 엘시를 바라보았다. 수목 애호가라는 별칭으로 불리는 나가에게 나무는 단순한 풍경의 일부가 아니다. 그리고 대장군은 그런 나가들의 태도를 잘 알면서 그런 지시를 내렸을 것이다. 한편 사람에게는 그 어떤 피해도 주지 않고 단지 나무만 베는 것을 침략이라거나 유격 활동 또는 군사 활동이라고 말하기 어려운 것도 사실이다.

"그들이 민들레 여단이 아니라고 하지는 마십시오. 도시 연합의 모든 나가들을 대표하여 나는 즉각 그들이 도시 연합의 영토에서 떠날 것을 요구합니다. 그리고 그들이 나무에 입힌 피해 또한 보상해 주어야 할 겁니다."

엘시는 물끄러미 매너링을 바라보다가 짤막하게 말했다.

"아르키스 대수호자에 대해 말해 보지요."

매너링은 주먹을 움켜쥐었다.

"좋습니다. 솔직하게 말하지요. 당신이 제국을 지켜야 한다는 것은 알고 있습니다. 군사력이 상당수 사라진 제국 남부를 지키기 위해 민들레 여단을 도시 연합 내부에 파견하여 그런 협박을 가하는 것도 불쾌하긴 하지만 이성적으로 이해할 수는 있습니다."

사실상 민들레 여단의 벌목 시위에 위법의 소지는 없다. 시련은 도시들의 연합체이므로 각 도시 사이에는 주인이 없는 무주지 또한 조금씩 존재한다. 민들레 여단이 모습을 드러낸 곳은 모두 무주지였다. 도시 연합 내부의 땅이긴 하지만 주인이 없는 땅이므로 그것을 가리켜 침략이라고 할 수는 없다. 매너링이 이성적으로 그것을 이해할 수 있다고 한 것은 그런 사정 때문이다.

"하지만 나무뿐만 아니라 아르키스 대수호자도 벨 수 있다는 농담은 좀 지나칩니다. 우리는 제국을 칠 생각이 추호도 없습니다."

"내가 왜 그 말을 믿어야 합니까?"

"우리가 어떻게 제국을 상대하겠습니까?"

"대장군 갈로텍의 영을 찾아내면 그럴 수 있을지도 모르지요. 정확하게 말하면 주퀘도 사르마크의 영이지만."

매너링은 입을 다물었다. 엘시는 허리를 뒤로 젖혔다.

"제국을 방위해야 하는 것이 내 입장이지만, 솔직히 그런 일이 없었다면 나도 시련이 제국을 공격할 리는 없을 거라 생각했을 겁니다. 하지만 당신들이 고금을 통틀어 가장 탁월한 무장으로 꼽혀도 무방한 자의 영을 찾고 있다는 것은 나로 하여금 당신들의 평화주의를 의심하게 하는군요."

"그들은 제국 침략과 아무 관련이 없습니다."

"군령자들을 데려간 것을 인정하는군요."

"인정합니다. 밖으로 나간 후에는 무슨 소리냐고 하겠지만."

"좋습니다. 당신들의 그 침략과 상관없는 목적이 무엇인지는 모르겠지만, 그들은 제국의 신민입니다. 나는 그들을 돌려받길 바랍니다."

매너링은 지체하기 위해 옷자락을 바로잡았다. 충분히 지체한 다음 그녀는 엘시를 똑바로 보며 차갑게 말했다.

"민들레 여단을 당장 복귀시키십시오. 그리고 군령자들은 돌려줄 수 없습니다."

'전쟁을 원하나?' 가장 쓸모없는 말이 될 것이다. 엘시는 매너링이 말하길 기다렸다.

"거기에 대해서는 어떤 타협도 없습니다. 하지만 당신들이 대가를 바란다면 지불할 용의가 있습니다."

"백성의 안위는 흥정의 대상이 아닙니다."

"군령자가 백성이라고요? 당신들은 수십 세대 전에 죽은 자도 백성이라고 부릅니까? 그들 대부분은 아라짓 제국이 생기기 훨씬 전에 죽은 자들입니다."

"현재의 아라짓 제국인도 있습니다."

"그리고 그자는 이 세대를 뛰어넘어 다음 세대에도 존재하겠지요. 군령자들은 모든 시대로부터의 도피자이고 따라서 어떤 시대와도 결부될 수 없습니다. 그들은 어떤 나라의 백성도 아닙니다."

말을 끝낸 매너링은 엘시가 보여 준 뜻밖의 반응에 놀랐다. 엘시는 고뇌에 빠진 얼굴로 바닥을 내려다보고 있었다.

엘시는 황제와 일만육천 년 동안 이어질 제국을 생각하고 있었다.

'지금까지는 그랬지. 군령자들은 언제나 현재를 살고 있는 과거의 사람들이었어. 하지만 앞으로는 그렇지 않아. 그들이 아무리 전령을 계속한다 해도 언제나 아라짓 제국에 살게 될 거야. 일만육천 년 동안. 그들은 모두 아라짓 제국의 군령이 되겠지. 제정신을 유지하는 가장 오래된 영도 치천제 폐하의 지배를 기억할 테고 가장 최근의 영 또한 그렇겠지. 어떤 나라의 백성도 아닌 군령자마저 아라짓 제국의 백성이 되겠군.'

엘시는 바닥을 내려다보며 말했다.

"당신이 군령자를 무엇이라고 생각하건 우리는 그 속에 있는 아라짓 제국인을 포기할 수 없습니다."

"그들이 돌아가는 것을 거부한다면 어쩌시겠습니까?"

엘시는 매너링을 올려다보았다.

"무슨 말입니까?"

"군령자들은 아라짓 제국으로 돌아가는 것을 거부했습니다."

"내가 그 말을 왜 믿어야 합니까?"

"그게 가장 좋은 해결책이니까요."

"바르지 않은 해결책입니다."

매너링은 무슨 소리냐는 표정으로 엘시를 바라보았지만 엘시는 부연하지 않았다. 매너링은 두 손을 깍지 껴 그 손가락들을 바라보았다.

"그렇다면, 대장군님. 이렇게 말할 수밖에 없군요. 그들을 원한다면 와서 데려가십시오. 도시 연합은 제국을 침략하지 않지만 제국의 침략에는 결단코 맞서 싸울 겁니다."

기묘한 일이지만 데라시는 자신이 혼수 상태라는 것을 깨달았다. 대체적으로 주위 상황을 파악할 수 없었지만 어떤 것들은 민감하게 느낄 수 있었다. 허물이 떨어지는 통증은 이제 압박감 같은 것으로 바뀌었다. 데라시는 그저 무겁다는 생각밖에 할 수 없었다. 하지만 어디가 어떻게 무거운지는 알 수 없었다. 몸 전체가 커다란 바위에 깔려 있는 것 같기도 하고 다시 생각해 보면 바위에 깔려 있는 것은 몸 일부분 같기도 하다.

그러다가 그 모호한 감각이 갑자기 뚜렷해졌다. 데라시는 누군가가 자신을 만지고 있다고 생각했다. 데라시는 그곳이 어디인지 생각했다. 손…… 아마도 손이다. 누군가가 그의 손등을 어루만지고 있었다.

〈새끼돼지 한 마리를 준비해 두었다.〉

'무슨 니름…… 폐하?'

데라시는 눈을 떴다.

당혹스럽게도 데라시는 자신의 손등을 만지고 있는 황제의 모습을 볼 수 없었다. 그가 눈을 떴을 때 황제는 벽난로 옆에 서서 땔감을 집어넣고 있었다. 황제는 조금 전 데라시를 부른 사람 같지 않은 모습이었다. 데라시는 자신의 시간 감각이 조금 뒤죽박죽되었다는 것을 깨달았다. 황제는 한참 전에 그의 손등을 만지다가 벽난로의 불이 꺼져 가는 것을 보고는 그곳으로 간 것이다. 그리고 그 느낌은 신경 쓰지 않는 기억이 되었다가 한참 후에 일깨워졌다. 다시 황제를 본 데라시는 자신의 시각적 기억 또한 좀 이상하게 바뀌었음을 깨달았다. 황제는 벽난로에 땔감을 집어넣는 것이 아니라 탁자 옆에 서서 손에 든 종이를 들여다보고 있었다. 황제가 벽난로에 땔감을 집어넣는 모습을 데라시가 본 것은 한참 전의 일인 듯하다. 데라시는 자신이 보고 있는 것이 현재가 맞는지 궁금해하며 닐렀다.

〈폐하.〉

〈데라시? 일어났느냐?〉

갑자기 현재가 다가왔다. 황제는 탁자 옆이 아니라 그의 침대 옆에 있었다. 그녀는 의자에 앉아 있었고 손에는 탁자 옆에 있을 때 들고 있던 종이를 들고 있었다. 황제는 그의 얼굴을 들여다보다가 닐렀다.

〈두어 시간 후에는 끝날 것 같다.〉

〈폐하, 어찌 이곳에…….〉

〈새끼돼지 한 마리를 준비해 두었다.〉

아까 들었던 니름이 다시 들려왔다. 이제 데라시는 그것이 무슨 뜻인지 알았다. 허물 벗기가 끝나면 나가는 많은 음식을 먹어야 한다. 데라시는 감사의 인사를 하려다가 조금 당황했다. 황제는 벽난로 쪽으로 걸어가고 있었다. 꺼지는 불을 보고는 땔감을 집어넣기 위해서. 하지만 그녀의 손은 데라시의 침대 옆에서 종이를 들고 있었다. 그리고 그녀의 다리는 탁자 옆에 서 있었다. 기억이 마구 뒤섞이고 있었다. 혼란 때문에 데라시는 눈을 감기로 했다.

〈데라시? 일어났느냐?〉

데라시는 눈을 감아도 마찬가지라고 생각했다. 니름을 들었던 기억이 뒤섞이고 있는 것이 분명하다. 데라시는 아무 니름도 하지 않았다.

〈짐이 할 수 있는 일이니까 하는 것뿐이다.〉

'이건 또 무슨 니름이실까. 내가 간호를 사양한 걸까? 그래서 그 대답이 지금 들리는 건가?'

〈새끼돼지 한 마리를 준비해 두었다.〉

'이 기억은 자주 반복될 모양이군. 내가 배가 고픈 모양이지.'

〈그렇다. 짐은 신이 될 것이다.〉

'뭐?'

〈아니다. 아실과 부냐는 아실과 부냐다.〉

'그게 무슨 니름이십……'

〈새끼돼지 한 마리를 준비해 두었다.〉

'젠장!'

〈역사는 흔히 강물에 비유된다. 물이라는 것은 재미있지. 그것은 형태가 없다. 두억시니라고나 할까. 하지만 급류와 폭포는 물에 기대어 사는 자에겐 어떤 것일까. 아무도 역사를 구르는 돌에 비유하지는 않았다. 단단한 돌. 그것은 물처럼 제멋대로 변하지 않는다. 돌을 질주시킨다. 물처럼. 하지만 안정되게. 모순이지만 가능하다. 그런 모순을 일만육천 년 동안 가능하게 하려면 그만한 노고가 필요하다. 희생이라고? 아니, 노고라고 표현하고 싶다.〉

'폐하?'

〈짐은 그런 식으로 정신 억압하지 않는다.〉

'정신 억압?'

〈두어 시간 후에는 끝날 것 같다.〉

'지금은 도대체 몇 시간 남은 걸까?'

〈약속의 그날은 오지 않을 가능성이 높다. 물론 자신을 보지 못하는 신의 선민 종족에 대해 완전히 이해하는 것은 불가능하지만 하늘치는 너무 빨리 사람을 만났다. 하늘치는 더 이상 동경의 대상이 아니다. 하늘에 떠서 거대한 희구를 끌어내는 존재가 아니다. 그들이 아직도 약속을 기다리고 있다는 것이 조우가 너무 빨랐다는 증거다. 조우가 이루어졌는데도 그들은 약속을 기다리고 있고, 짐이 하늘치를 조종하는 것을 허락하지 않는다. 그래서 그때 데라시, 너에게 조종을 부탁했던 것이다.〉

데라시는 그때가 어느 때인지 알 수 있다. 과거의 기억 속에서 짧은 대화가 떠올랐다.

'폐하. 그렇다면 제가 하늘누리를 움직일 수도 있습니까?'

'뭐? 그래. 할 수 있다! 해라! 이것을 멈춰라!'

암살성의 상공, 하늘누리가 폭주할 때였다. 황제는 하늘치를 움직이는 방법을 데라시에게 알려 주고 하늘치를 움직이라고 명령했다. 워낙 다급한 상황이어서 그때는 이상하다는 것을 깨닫지 못했다. 하지만 데라시는 황제가 직접 하늘치를 움직이는 대신 그 방법을 막 이해한 데라시에게 움직이라고 명령한 것은 어울리지 않는 일임을 깨달았다. 당연히 그 방법을 이미 숙지하고 있는 황제 자신이 시도했어야 한다. 황제가 환상 계단의 사용에 미숙했다면 모를까 그렇지도 않다. 데라시는 그것이 기묘하다고 생각했다.

〈데라시, 짐과 함께 가겠느냐?〉

갑작스럽게 슬픔이 느껴졌다. 어쩌면 그 감정도 지금이 아닌 시간에 느꼈던 것인지도 모른다. 데라시는 대답도 이미 알고 있었다. 왜 그렇게 대답해야 하는지는 알 수 없었지만 데라시는 확신을 담아서 대답했다.

〈폐하와 함께 가겠습니다.〉

황제는 침대 곁에서 웃었다. 황제는 벽난로 옆에서 웃었다. 황제는 탁자 옆에서 웃었다. 그리고 탁자 옆에서, 벽난로 옆에서, 침대 옆에서 황제가 닐렀다.

〈새끼돼지 한 마리를 준비해 두었다.〉

데라시는 웃었다. 조용히, 평화롭게.

데라시의 침대 곁에 있던 치천제 이라세오날, 라세는 데라시가 자면서 웃는 것을 보았다.

데라시가 '지금' 들었다고 생각한 대화는 모두 한참 전에 있었던 일이고 라세는 데라시의 웃음과 한참 전에 있었던 대화를 연결할 수 없었다. 데라시가 왜 웃는지 알 수 없었지만 그 웃음은 보기 좋았다. 그녀에게 익숙한 웃음이었다. 하지만 데라시가 황제의 앞에서 자주 웃었던 것은 아니다. 라세는 데라시가 아닌 다른 사람의 얼굴에서 그 웃음을 여러 번 보았다.

라세는 원시제 그리미 마케로우의 복잡할 것 없는 가족 관계에 대해 생각했다.

원시제 그리미 마케로우는 한때 하텐그라쥬에 살았던 카린돌 마케로우의 딸이다. 카린돌에게는 두 명의 언니가 있었고 그중 하나가 하텐그라쥬 파괴 당시 그곳을 탈출했던 소메로 마케로우다. 소메로 마케로우는 비스그라쥬로 넘어가 소메로 투나가 되었고 데라시 투나는 바로 소메로 투나의 아들이다. 심장을 적출한 이후로 데라시는 투나라는 성과 무관해졌고 마케로우였던 적은 한번도 없지만 굳이 따진다면 데라시는 그리미 마케로우의 사촌이 된다.

따라서 데라시는 원시제의 모습을 찾고 싶어하는 사람에게 그 모습을 줄 수 있는 유일한 사람이다.

남녀라는 차이가 있고 또한 나가이기 때문에 서로 닮을 가능성은 사실상 떨어진다. 생물학적으로 본다면 나가와 레콘의 형제자매들은 각자 다른 아버지나 어머니를 가지므로 같은 부모에게서 태어나는 인간과 도깨비의 형제자매보다는 공유하는 혈통이 적다. 혈통만 놓고 따지면 나가와 레콘의 사촌은 완전한 타인보다 그리 가깝다고 하기도 어렵다. 그리고 실제로 그리미 마케로우와 데라시는 닮은 점이 별로 없다.

하지만 라세에겐 그렇지 않았다. 라세는 두 사람이 닮았다고 생각했다. 데라시의 웃음은 그녀에게 원시제 그리미 마케로우의 웃음을 떠오르게 했다.

그녀는 그 두 사람을 사랑했다.

그리고 두 사람 모두를 싫어했다.

'그리미, 당신을 원망합니다. 그렇게 일찍 죽어야 했던 당신을 원망합니다. 왜 그렇게 떠났습니까. 당신 때문에 나는 데라시를 사랑하는 것도 두렵습니다. 나는 데라시를 당신의 대리물로 보고 있는 것이 아닌가 항상 의심합니다. 왜 나에게 그를 의심하도록 만들었습니까. 그가 나와 함께 가겠다고 했을 때, 나는 기뻐하기에 앞서 일만육천 년 동안 내 곁에 남아 줄 당신의 대리물을 얻었다고 생각할까 봐 무서웠습니다. 그리미, 왜 내가 당신을 원망하게 만들었습니까.'

대답은 없었다. 라세는 갑작스러운 충동에 의해 데라시의 방에 원시제를 불러냈다.

황제가 만든 것은 환상벽이라 할 만한 것이었다. 상상하는 것을 모두 이루어 주는 하늘치의 능력은 말리 위에서도 똑같이 작용했다. 황제는 그 능력을 이용하여 그리미 마케로우의 모습을 만들어 내었다. 다른 사람의 눈에는 보이지 않지만 그 모습은 생전의 원시제와 똑같았다.

그리미의 모습을 만들어 낸 것은 라세였지만 라세는 다음 순간 그리미가 어떻게 행동할지 알 수 없었다. 그런 환상벽의 특징은 라세에게 진짜 살아 있는 원시제를 대하는 듯한 만족감을 주었다. 물론 그것이 실제가 아님을 한시도 잊지 않는 그녀의 냉철한 이성 때문에 그 만족감은 크지 않았다. 라세는 원시제가 무슨 니름을 할지 기대하며 그 모습을 바라보았다.

비범한 정신 능력 때문에 그리미 마케로우는 정신적으로 유년기를 거치지 않고 바로 성인이 되었다. 가장 밝은 표정을 짓고 있을 때도 항상 지워지지 않고 희미하게 남아 있는 그녀의 조소는 그런 유년기의 상실이 남긴 흔적이다. 삶이 무엇인지 제대로 겪기도 전에 삶에 대한 정의를 내렸고, 자라면서 수집한 증거들이 스스로는 잘못된 것이기를 바랐던 그 정의에 남김없이 부합하는 것을 겪은 소녀의 쓸쓸한 조소였다. 하지만 그 얼굴에는 16년 후도 생각하기 힘든 사람들과 달리 1만 6000년의 시위를 잡아당길 수 있었던 구제가 불가능한 낙관주의자의 미소도 있었다. 라세는 그 미소를 보며 생각했다.

'그리미, 당신은 정말 구제불능이란 말입니다. 만일 저들이……'

문득 라세는 그리미가 아무 니름도 하지 않는다는 것을 깨달앉다. 원시제의 미소 띤 침묵을 바라보던 라세는 먼저 니르기로 했다.

〈그리미, 대답해 봐요. 나는 내 륜 페이를 만든 겁니까? 뇌룡공을 나무로 만들어 자신의 곁에 두었던 아스화리탈처럼 나는 데라시를 꽁꽁 얼려서 미래로의 동반자로 삼은 겁니까? 당신에 대한 그리움 때문에?〉

원시제의 모습이 닐렀다.

〈라세, 데라시가 그것을 바랬어.〉

〈허물 벗기 때문에 제정신이 아닙니다, 그리미. 그가 내 질문을 제대로 이해했는지조차 불확실합니다.〉

〈너는 그게 데라시의 진심이라는 것을 잘 알아. 알 수밖에 없지. 그런데 왜 내게 묻지?〉

〈내가 왜 묻는지 당신은 알지 않습니까. 알 수밖에 없지요. 그런데 왜 내게 묻는 겁니까?〉

원시제는 재미있다는 듯이 웃었다. 조금 후 그녀는 고개를 끄덕였다.

〈아스화리탈이 뿌린 포자 중에서 두 그루의 용화가 피어났다. 그중 하나는 너도 잘 알다시피 즈믄누리의 바우 성주에게 갔지.〉

라세는 정신적 신음을 흘렸다. 원시제의 영상은 원시제가 아니다. 그것은 라세가 만든 것이었고 라세가 중요하다고 생각하는 것을 니르고 있었다. 스스로 잘 아는 것이지만, 라세는 생각을 정리할 겸 그 니름을 계속 듣기로 했다. 어쩌면 그녀가 알고 있지만 의식하지 못한 정보가 나올지도 모른다. 그것 또한 환상벽의 특징이다.

〈라세, 즈믄누리의 성주는 즈믄누리에 있을 때 올바른 결정을 내린다. '즈믄누리에서'라는 단서가 붙어 있지? 그런데 규리하 성에는 흥미로운 특징이 있다. 거기엔 원래 즈믄누리의 일부분이 었던 것이 있지. 라수의 방. 그것은 즈믄누리의 일부분이기에 마치 즈믄누리처럼 작용한다. 그렇다면 즈믄누리의 성주는 규리하 성에서도 올바른 결정을 내릴까?〉

그것은 라세가 예전에 고려했던 문제였다. 그리고 라세는 거기에 대해서는 판단할 수 없다고 생각했다. 규리하 성과 즈믄누리의 유사성은 둘째 치더라도 즈믄누리의 성주가 내린다는 '올바른 결정'에서 그 올바르다는 것의 정의조차 제대로 내리기 어려웠다. 만약 원시제 자신이라면 해답을 제시해 줄 수 있을지 모르지만 라세의 눈앞에 있는 것은 원시제의 영상이었다. 라세는 그 환상이 자신에게 해답을 줄 수 있을 거라고는 생각하지 않았다.

그녀의 예상대로 그리미의 환상은 자신의 질문에 대답하지 않았다. 대신 다른 가설을 닐렀다. 그런데 그것은 라세가 생각해 보지 못한 가설이었다.

〈그 가설에 대한 답이 긍정이라고 가정해 보자. 그런데 우리는 그 올바르다는 것을 정의할 수 없지. 한 사람에게 올바른 것이 다른 사람에게 잘못된 일일 가능성은 언제나 있으니까. 하지만 도깨비들이 성주의 결정을 무조건 따른다는 것을 놓고 생각해 볼 때, 어쩌면 성주가 내리는 결정은 자신이 통치하는 자들에게 가장 도움이 되는 결정일지도 모르지. 자신이 책임지고 싶은 자들에게 이로운 결정 말이야. 자, 라세. 우리는 두 개의 가설을 받아들이기로 했지. 첫째, 즈믄누리의 성주는 규리하 성에서도 올바른 결정을 내린다. 둘째, 그 올바른 결정은 성주가 책임지는 자들에게 이로운 결정이다. 그렇다면 어떤 결론이 나오지?〉

라세는 대답했다.

〈즈믄누리의 성주는 규리하 성에서 규리하 사람들에게 도움이 되는 결정을 내릴 수 있다.〉

〈그렇지. 모조리 가설이지만 한번 끝까지 가 보자, 라세. 바우 성주는 어르신이기 때문에 살아 있는 도깨비들의 곁을 떠날 수 없지. 그는 아마 즈믄누리에서 나오려 하지 않을 거야. 하지만 지금 즈믄누리에는 살아 있는 탈해 머리돌 무사장이 있다. 만약 바우 머리돌이 무사장에게 자신의 성주 지위를 넘겨준다면 어떻게 될까. 그렇다면 즈믄누리의 12대 성주 탈해 머리돌은 규리하 성에서 어떤 결정을 내릴 수 있을까?〉

라세는 유의할 만한 가설이라고 생각했다.

〈탈해가 규리하 성에서 즈믄누리의 성주 지위를 승계할 경우, 그는 그곳에서 비셀스 규리하에게 도움이 되는 올바른 결정을 내릴 수 있다…… 바우 성주가 그럴 가능성이 있나요?〉

〈그래야 한다고 결정하면 그렇게 하겠지.〉

〈생각해 봐야겠군요. 그 가설들 모두가 지나치게 비약적이긴 하지만, 안전을 위해서는 규리하를 공격하기 전에 그곳에서 도깨비부터 몰아내야겠군요. 그런데 당신은 바우 성주에게 넘어간 용화를 지적하면서 이 이야기를 시작했지요.〉

원시제는 재미있다는 표정을 지었다. 라세가 닐렀다.

〈즈믄누리의 12대 성주 탈해 머리돌이 규리하를 위해 지금껏 숨겨져 있던 그 용을 나에게 쓰겠다고 결정할지도 모른다는 건가요?〉

〈위험한 가능성이지.〉

〈그리미, 용은 키우는 사람에 따라 다르게 자라나죠. 도깨비가

〈용을 어떻게 키웠을까요? 나는 바우 성주가 폭력적인 용을 키워 냈다는 생각을 할 수가 없어요.〉

〈하지만 죽음을 두려워하지 않는 용을 키워 냈을 수는 있겠지. 피를 보면 무슨 일을 저지를지 알 수 없는 용으로 키워 냈을 수도 있고.〉

〈날카로운 지적이군요. 유념해 두죠.〉

원시제의 모습이 사라졌다. 아쉬움을 느낀 라세는 다시 그녀의 모습을 불러내려다가 불현듯 원시제의 영상이 자신을 도왔음을 깨달았다. 통제해야 하는 현실의 문제로 라세의 주의를 돌려놓음으로써 그리미의 환상은 그녀를 진정시켰다.

치천제는 데라시를 돌아보았다. 그는 평온한 얼굴로 잠들어 있었다. 황제는 이불을 살짝 들어 그의 허물 벗기가 어느 정도 진행되었는지 살펴보았다. 우수수 떨어지는 허물 조각들 아래로 데라시의 새 비늘들이 보였다. 허물 벗기는 거의 끝난 상태였다.

황제는 일어나서 벽난로로 다가갔다. 땔감을 집어넣으려던 황제는 문득 자신의 손에 종이가 들려 있음을 깨달았다. 라세는 다른 손으로 땔감을 들어 벽난로에 집어넣고 손에 들고 있던 종이를 바라보았다.

그것은 그녀가 데라시의 방 탁자에서 발견한 종이였다. 거기에는 치천제에 대한 험악한 욕설들이 적혀 있었다. 교양 있는 인물로 보이고 싶다는 생각은 전혀 하지 않는, 진흙탕에 구르는 개로 보여도 상관없다고 생각하는 인물이 자신의 지식과 지혜를 총동원해서 써 댄 욕설들이었다. 데라시가 보았다면 있지도 않은 심장이 마비되는 기분을 느꼈을 것이다.

그것은 아실이 치천제에게 보내는 욕설이었다. 아실은 데라시에게 원시제와 치천제의 계획을 설명하며 손으로는 그녀에게 보내는 욕설을 썼을 것이다. 라세는 피식 웃었다.

'나는 그런 식으로 정신 억압하지 않지.'

지적 자극이 될 만한 욕설들도 상당히 섞여 있었기에 그것을 처음 발견했을 때 라세는 꽤나 즐겁게 읽었다. 다시 그 욕설 편지를 읽던 라세는 문득 시선을 끄는 대목을 발견했다. 라세는 그 부분을 음미하듯 읽었다.

'잡년아! 나는 내 아기를 가질 거야. 너는 그럴 수 없겠지?'

그것은 특별히 강조하고 싶은 욕설은 아닌 것 같았다. 힘있게 씌어지지도 않았고 다른 글씨보다 크지도 않았다. 더 괜찮은 다른 욕설을 생각하면서 그냥 써 둔 것처럼 보였다. 하지만 라세는 그 부분이 마음에 들었다.

'그래. 아실. 아기를 가지렴.'

라세는 편지를 살짝 접어 벽난로 속에 집어넣었다. 불길은 순식간에 종이를 불살랐다. 황제는 검은 재로 변하는 종이를 보며 생각했다.

'꼭 그렇게 해.'

황제는 몸을 돌렸다. 문을 연 황제는 마지막으로 데라시를 한 번 돌아보고 밖으로 나갔다. 문이 조용히 닫혔다.

문밖에는 두 명의 레콘이 있었다. 절망도에서 구출된 그들은 라세에게 대단한 경의를 표하며 말했다.

"위대하신 이라세오날이여, 어디로 모실까요?"

"세 번째 벽난로 방으로 갈 것이다."

"알겠습니다."

황제는 복도를 따라 걸어갔다. 두 레콘은 황제의 뒤편에서 공손하게 걸었다.

　하늘누리였다면 아마 100미터를 걷는 동안 수십 명의 사람을 만났을 것이다. 하지만 말리에서는 복도를 걷는 황제에게 황급히 예를 표하는 사람은 없었다. 말리에는 상주 인원은 많지만 활동하는 자는 거의 없다. 상당수를 차지하는 오천여 명의 아라짓 전사들은 대부분 냉동실에 얼어붙어 있었다. 세 번째 벽난로 방의 뱀부리미들 또한 그 방에서 나오지 않는다.

　하지만 말리도 분명히 사람이 사는 구조물이고 그것을 관리하는 사람이 있어야 한다. 냉동실에 있는 아라짓 전사들은 먹거나 마실 필요가 없고 땔감도 필요 없지만 그들이 누워 있는 냉동실은 냉기를 유지하기 위해 정기적으로 약품을 보충해 주어야 하고 유지 보수 또한 해 주어야 한다. 그리고 세 번째 벽난로 방의 뱀부리미들에게는 아라짓 전사들에게 필요 없는 것들이 모두 필요하다. 그들의 뱀 또한 마찬가지다. 그런 일을 하기 위해서는 아라짓 전사들처럼 가사 상태에 빠져 있으면 곤란하다. 분명히 누군가는 깨어 있어야 한다.

　물론 평상시 말리 위에서 깨어 있는 사람은 뱀부리미들뿐이다. 그리고 말리를 관리하는 일 또한 뱀부리미들의 일이다. 그 일은 보통 말리가 한계선 남쪽으로 이동했을 때, 즉 뱀부리미들이 세 번째 벽난로 방에서 나올 수 있게 되었을 때 이루어진다. 말리가 비밀스럽게 한계선 남쪽으로 이동하면 뱀부리미들은 세 번째 벽난로 방에서 나와 지상으로 내려가 감금 상태의 답답함도 해소하고 필요한 물품도 구입한다. 말리는 그 정도의 상주 인원이 있는 것치고 놀랍도록 적은 보급만을 필요로 하기에 뱀부리미들만으로도 충분히 보급을 수행할 수 있다.

그리고 하늘치를 조종하는 것 또한 세 번째 벽난로 방에 있는 뱀부리미들이다. 그들은 모두 유수부 통제국원들과 달리 무의미한 도구 없이도 하늘치를 조종할 수 있다. 세 번째 벽난로 방은 단순히 뱀단지를 통해 황제의 뜻을 제국으로 전달하는 곳이 아니라 말리의 모든 것을 책임지고 있는 말리의 핵심 시설이다. 세 번째 벽난로 방과 그곳의 뱀부리미들이 없다면 말리는 유지될 수 없다.

하지만 그들을 모두 일만육천 년 후로 데려갈 수는 없다. 그들의 수명이 그렇게 길 수는 없으므로. 황제는 지금 그 문제를 해결하기 위해 뱀부리미들을 만나러 가고 있었다.

세 번째 벽난로 방의 뱀부리미들은 그들다운 무뚝뚝함으로 황제를 맞이했다.

레콘들을 밖에 두고 홀로 세 번째 벽난로 방으로 들어간 황제는 흑사자 모피를 벗었다. 그녀는 그것을 팔에 끼고 머리를 조아리고 있는 뱀부리미들을 둘러보았다.

〈결론부터 니르겠다. 너희들은 이곳을 떠나야 한다.〉

뱀부리미들은 그들답지 않은 행동을 했다. 모두 충격을 드러내며 황제를 바라본 것이다.

두 번째 벽난로 방에 감금된 것이나 다름없는 생활을 선택한 비스그라쥬 백 데라시와 마찬가지로 황제의 뜻을 제국에 전달하기 위해 수형 생활이나 다름없는 생활을 감히 선택한 그 뱀부리미들은 모두 아라짓 제국을 지극히 사랑하는 자들이었다. 그 지독한 희생을 감수한 이들에게 떠나라는 황제의 니름은 충격일 수밖에 없었다. 비록 니름은 없었지만 뱀부리미들은 공포와 좌절을 거침없이 드러내며 황제를 바라보았다.

〈아라짓 전사들과 달리 그대들은 짐과 함께 미래로 갈 수 없다.〉

뱀부리미 중 하나가 조심스럽게 닐렀다.

〈폐하, 저희들도 그 문제를 생각해 본 적이 있습니다. 만약 저희들이 교대로 냉동실에 들어간다면 저희들은 계속해서 말리를 관리할 수 있습니다. 다른 자들이 잠들어 있는 동안 한 사람이 깨어 있으면 됩니다.〉

〈아라짓 전사들이 그렇게 할 것이다.〉

〈예?〉

〈너희들의 수는 적다. 하지만 아라짓 전사들은 오천 명이지. 두 사람이 1년씩 깨어나 있을 것이다. 그들은 아마 이 방을 사용하게 되겠지. 그들은 말리를 관리하고 지상을 관찰하며 1년 동안 활동한 후 다음 두 사람과 교대하여 냉동실에 들어갈 것이다. 그리고 다음 자기 차례가 돌아올 때까지 대략 이천오백 년 동안 잠들겠지. 물론 가끔 모두 깨어나야 할 일이 있기는 하겠지만 그렇더라도 그 정도의 숫자라면 일만육천 년을 버틸 수 있다.〉

〈아라짓 전사들도 전부 하늘치를 조종할 수 있습니까?〉

〈그렇지 않다. 그들 중 몇 명만이 할 수 있다.〉

〈그렇다면 그 몇 명이 잠들어 있는 동안에는 어떻게 됩니까?〉

〈말리는 다른 하늘치처럼 조종 없이 자유롭게 날아다니게 될 것이다. 물론 말리를 조종해야 할 일이 생긴다면 그들부터 깨워야겠지. 너희들은 뱀단지와 함께 지상으로 내려가라. 제국의 황제에겐 뱀단지가 필요하다. 차기 황제는 지상에 새로운 벽난로 방을 만들고 너희들을 보호할 것이다. 만약 황제가 한계선 남쪽에 수도를 정한다면 새로운 벽난로 방에는 벽난로가 없어도 되겠지. 너희들에게는 그 편이 좋을 것이다. 하지만 제국의 수도를 결정하는 것은 차기 황제의 일이고 짐은 그것에 관여하지 않겠다.〉

뱀부리미들은 다시 충격을 받았다.

〈그렇다면 아라짓 제국은 이동 수도를 잃는 겁니까?〉

〈하늘누리를 얹고 있던 하늘치는 지금 다른 하늘치처럼 자유롭게 하늘을 날아다니고 있지만 그 등 위에는 더 이상 하늘누리가 없다. 그것은 빙해에 빠졌을 때 파괴되었으니까. 그것을 이용할 수는 없다.〉

〈새로운 하늘누리를 만들면…….〉

〈만들지 않는다. 하늘의 지배자는 치천제 한 사람이니까.〉

뱀부리미들은 모두 그 니름에 대한 생각에 빠졌다. 황제와 대화하던 뱀부리미가 닐렀다.

〈그러면 저희들은 다시는 폐하를 뵐 수 없군요.〉

황제는 고개를 끄덕였다. 지상으로 내려간 뱀부리미들은, 심장을 적출한 나가이니만큼 사고로 죽지는 않겠지만 다른 사람들처럼 늙어 갈 것이다. 몇 십 년 후에는 아마 이곳에 있는 자들 대부분이 여생을 다할 것이다. 황제와 아라짓 전사들이 살아갈 나날에 비하면 순간이라 할 만큼 짧다. 자신이 죽고 그 시신조차 흔적없이 사라진 후에도 계속 살아 있을 황제에 대해 생각한 뱀부리미는 니름으로도 표현하기 힘든 기이한 기분을 느꼈다.

〈폐하의 명을 따르겠습니다. 언제 떠나게 됩니까?〉

〈당장은 아니다. 차기 황제가 너희들을 받을 준비를 해야 하니까. 그러니 당장 떠날 준비를 할 필요는 없다. 짐은 그대들이 마음의 준비를 해 두길 바라는 것이다. 그대들 대부분은 반평생에 가까운 기간 동안 이곳에 있었다. 이곳은 그대들에겐 감옥이나 다름없었겠지만 이곳을 떠나는 것 또한 결코 쉬운 일은 아닐 것이다. 따라서 지상으로 내려갈 결심을 하려면 짧지 않은 시간이 필요할 것이다. 그래서 미리 널러 주는 것이다. 앞으로도 당분간은 이곳에 남아 있어야 할 것이다.〉

뱀부리미들은 황제의 니름을 이해했다. 그 니름이 옳았다. 그들 대부분은 이곳을 떠난다는 생각만으로도 비늘이 빠질 것 같은 기분을 느꼈다. 당장 이곳을 떠날 필요는 없다는 황제의 니름은 그들을 기쁘게 했다. 즐거워하던 그들 중 한 명이 닐렀다.

〈폐하의 배려에 진심으로 감사드립니다. 그런데 한 가지 여쭐 것이 있습니다. 제가 관여할 일은 아닌 듯합니다만.〉

〈무엇이냐.〉

〈절망도에서 데려오신 레콘들은 어떻게 됩니까? 그들은 어차피 냉동시킬 수도 없습니다. 폐하의 여행에 동참할 수 없지요. 그들을 왜 데려오신 겁니까? 시모그라쥬군을 물리치기 위해서입니까?〉

황제가 대답했다.

〈그렇지 않다. 짐과 함께 갈 아라짓 전사나 차기 황제를 보필할 그대들처럼 그들에게도 그들만의 사명이 따로 있다.〉

니어엘 헨로 수교위는 엘시 에더리 대장군의 오른쪽 어깨에 떨어지는 햇살을 걱정스럽게 바라보았다.

아무 말도 없이 사람을 그렇게 직시하는 것은 군대 예절이 권장하는 태도가 아닐 뿐만 아니라 일반인들에게도 무례다. 하지만 주시당하는 쪽이 졸고 있다면 문제가 좀 다르다. 니어엘은 자신이 무례를 저지르고 있다는 아무런 가책 없이 의자에 앉아 졸고 있는 엘시를 바라보았다. 엘시는 의자에 비스듬히 앉아서 왼쪽 어깨에 턱을 묻은 채 졸고 있었다. 그런 식으로 자고 일어나면 목이 아플 테지만 그 자세를 교정해 주려 하면 엘시를 깨우게 될 것이다.

니어엘은 엘시가 좀 더 자는 편이 낫다고 생각했다.

시모그라쥬 공은 완전히 항복했고 저항 세력은 없었다. 흑사자군에게는 오래간만에 찾아온 휴식기라고 할 수 있다. 하지만 엘시의 일은 더 많아졌다. 시모그라쥬 공에게 동조했던 귀족들과 행정관, 제국군 장수들을 조사하고 처벌하는 일, 시모그라쥬 공이 뺏은 것을 피해자들에게 돌려주는 일, 훼손된 통치 기구들을 복구하는 일, 새로운 통치자들을 선별하는 일. 끝이 없었다. 엘시 혼자서 그 일을 하는 것은 아니다. 흑사자군의 장수들 중엔 뛰어난 행정가들도 많았다. 하지만 결정은 엘시에게 맡겨져 있었고 결정을 내리려면 당연히 해당 사항을 어느 정도 숙지해야 한다. 대장군의 몸종 이레는 이미 자신의 주인을 찾아오는 자들을 적으로 간주하고 싶은 마음과 그들을 공손히 맞이해야 하는 자신의 의무 사이에서 갈등을 일으키고 있었다. 니어엘은 이레를 이해할 수 있었다. 엘시에게 보고하기 위해 찾아온 니어엘은 깜빡 잠들어 있는 그를 도저히 깨울 수 없었다.

하지만 엘시의 오른쪽 어깨에 떨어지고 있는 햇살은 왼쪽으로 서서히 움직이고 있었고 머지않아 엘시의 눈 주위를 비출 것 같다. 그러면 엘시는 잠에서 깰 것이다. 그리고 창문에는 햇빛을 가릴 만한 것이 없었다.

고심하던 니어엘은 소리를 내지 않도록 조심하며 일어났다. 그녀는 살그머니 걸어가 엘시의 오른쪽에 서서 자신의 그림자가 엘시에게 떨어지도록 했다. 하지만 책상 모퉁이가 니어엘을 방해했다. 자세를 이렇게저렇게 바꿔 보던 니어엘은 한손을 책상에 짚고 허리를 조금 굽힌 후에야 적절한 그림자를 만들 수 있었다. 엘시의 얼굴은 그녀의 그림자 속에 완벽하게 들어왔다.

그때 엘시의 입술이 움직였다.

"하지만 향기는?"

니어엘은 움찔했다. 눈을 감은 채 말했던 엘시가 천천히 고개를 돌렸다. 그의 얼굴은 계속 움직이다가 구부리고 있는 니어엘을 향하게 되었을 때 정확히 멈춰 섰다. 엘시가 눈을 떴다.

허리를 편 다음 다시 자신의 자리로 돌아가야 할 것이다. 하지만 니어엘은 어쩐지 움직일 수 없었고 움직이고 싶지도 않았다. 그래서 그녀는 엘시를 향해 허리를 굽힌 자세 그대로 꼼짝하지 않았다. 엘시 또한 그런 니어엘에게 아무 지시도 내리지 않고 가만히 바라보기만 했다. 그래서 엘시가 눈을 떴다는 사건은 일어나지 않은 것이 되었다. 니어엘은 엘시가 아직 깨지 않았다고 생각했다. 그리고 엘시 또한 그러했다.

햇살이 뜨겁다. 방 안의 공기는 가볍게 데워져 흔들리고 있었지만 두 사람의 희미한 숨소리 외엔 아무 소리도 없었다. 엘시는 투명한 눈으로 니어엘을 보며 말했다.

"사랑하지 않았다."

니어엘은 아무 대답도 하지 않았다. 잠꼬대에 대답할 필요는 없다. 엘시는 아직 잠들어 있으니까.

"부냐를 사랑하지 않았다. 제국을 사랑하지 않았다."

엘시는 정우를 생각했다. '대장군님도 제국인데요.' 엘시는 말을 덧붙였다.

"나를 사랑하지 않았다."

니어엘은 고개를 가로저었다. 부정과 좀 다른 의미의 몸짓이다.

"시련이 왜 군령자를 원하는지 알 것 같다. 매너링 이젤사는 군령자를 지키기 위해선 전쟁이라도 불사하겠다고 했어. 그녀는 그럴 수밖에 없었겠지. 대수호자를 대리할 만한 노련한 정치가로서가 아니라, 한 명의 나가로서."

니어엘은 그 말을 이해할 수 없었지만 관심도 없었다.

"그들은 나를 돌아보게 해, 니어엘. 나는 어떤 사람이지?"

니어엘은 입을 조금 벌렸다가 다시 닫았다. 엘시가 재촉하듯 말했다.

"너는 나를 알아. 그리고 이제는 나도 알아. 나는 아무것과도 결합할 수 없어. 물에 뜬 기름이지. 결합하기 위해 거세게 흔들지만 끝내 분리되어 떠올라. 배우자를 찾고, 충성할 주군을 찾고, 목숨 바쳐 지킬 나라를 찾지만, 사실 그 어느 것과도 결부될 생각이 없어. 그래서 언제나 거꾸로지. 사랑하니까 약혼한 것이 아니라 약혼했으니까 사랑하지. 존경하니까 복종하는 것이 아니라 복종하니까 존경하지. 내 나라니까 되찾으려 하는 것이 아니라 되찾으려 하니까 내 나라야. 너는 그런 나를 안다. 확신하고 있지는 않다 해도 내가 의심을 느끼기 훨씬 전에 의심하고 있었겠지. 그런데 왜 내가 부냐와 약혼하는 것을 용인했지?"

니어엘은 눈을 감았다.

"저도 그러니까요."

잠꼬대를 하는 사람이 바뀌었다. 니어엘은 잠들어 있었고, 따라서 그녀의 말에 대답할 필요가 없다. 엘시는 그렇게 니어엘의 말을 들었다. 니어엘이 말했다.

"그렇게 괴로워하지 마세요, 교위님. 교위님만 그런 것이 아니라 많은 사람들이 그렇습니다. 저를 포함해서. 저는 그런 건 문제가 안 된다고 생각합니다."

"바르지 않아."

"상관없습니다."

엘시는 물기 없는 눈으로 니어엘을 바라보았다. 니어엘은 고개를 살짝 끄덕였다.

"아무 상관 없습니다."

엘시는 입을 모아 휘파람 같은 한숨을 내쉬었다. 그가 똑바로 앉는 것을 본 니어엘은 뒤로 물러났다. 잠꼬대는 끝났고 두 사람은 모두 깨어났다. 니어엘이 책상 앞으로 돌아가자 엘시가 차분하게 말했다.

"떠날 준비가 끝났나, 헨로 수교위?"

"그렇습니다, 대장군님."

"나나본까지 돌아가려면 먼 길이 되겠군."

남부에서 더 이상 전투 행위가 기대되지 않자 엘시는 독립 중대부터 우선적으로 원래 근무지로 돌려보내기로 했다. 대부분의 독립 중대는 지역 치안을 책임지는 경우가 많기 때문에 남부의 병력 배치와 상관없이 돌려보내야 했다. 9014 독립 중대 또한 나나본으로 돌아가기로 되어 있었다.

"떠나기 전에 여쭐 것이 있습니다, 대장군님."

"말해라."

"제 가족의 정확한 위치를 알고 싶습니다."

엘시는 고개를 갸웃했다. 니어엘은 덧붙여 말했다.

"아니요. 부냐가 비나간에 있고 제 양친은 발케네에 있다는 것은 저도 압니다. 저는 제 가족들의 현재 신분을 알고 싶은 것입니다. 발케네 공 스카리 빌파는 폐하께 용서받은 것처럼 보입니다. 그렇다면 제 가족들도 그러합니까?"

"귀관의 양친은 처음부터 아무 죄가 없었다. 그들은 하늘누리에서 긴급히 탈출했고 가장 가까이 있는 대귀족의 보호를 받은 것이므로."

"부냐는 여전히 탈옥수입니까?"

엘시는 부냐의 현재 지위를 어떻게 표현해야 할지 곤혹스러웠다. 황제가 사용한 표현은 인질이었다. 하지만 그것은 부냐의 가치이지 부냐의 지위가 아니다. 황제는 인질을 이용해서라도 스카리 빌파의 협조를 바라고 있었으므로 과거 발케네 전쟁을 야기한 부냐 헨로의 탈옥을 문제삼지는 않을 것이다. 엘시는 자신이 아는 대로 솔직하게 말했다.

"폐하께서는 폐하의 충성스러운 군인인 그대의 여동생이자 강대한 발케네 공의 연인인 여인이 받아야 할 경의로 그녀를 대할 거라 생각한다. 하지만 폐하께서 그 문제에 대한 확언을 하신 적은 없다."

"알겠습니다, 대장군님. 감사합니다."

니어엘은 그것이 엘시의 대답 전부라고 생각하고 말했다. 하지만 엘시의 말은 남아 있었다.

"폐하께 그녀의 사면을 요청하겠다."

큰 충격을 받은 니어엘은 반문조차 못한 채 엘시를 뚫어지게 바라보았다. 그는 약간 어색한 어조로 말했다.

"내가 해 줄 수 있는 것이…… 아니, 아니다."

경악에 빠져 있었지만 또한 니어엘의 정신은 예민하게 바뀌어 있었다. 니어엘은 엘시의 말을 이해할 수 있었다. 그녀는 엘시가 미처 완성하지 못한 말을 완성할 수도 있었다.

내가 귀관에게 해 줄 수 있는 것이 이것뿐이라서 미안하다.

엘시는 약혼자였던 여인을 구하기 위해서가 아니라 니어엘의 동생이기에 부냐의 사면을 요청하겠다는 의사를 표현했다. 니어엘은 그 뜻을 어떻게 받아들여야 할지 알 수 없었고 해석하기조차 두려웠다. 엘시 또한 자신의 말에 좀 놀란 것 같았고, 두 사람은 신병이라도 하지 않을 실수를 남발해 가며 겨우 대화를 끝냈다.

당황한 기색이 역력한 니어엘이 밖으로 나가자 엘시는 심호흡이라도 하지 않으면 안 되겠다고 생각하며 목깃을 조금 잡아당겼다. 하지만 심호흡 대신 나온 것은 이레를 부르는 소리였다. 존경하는 주인의 대단히 이상한 목소리에 놀라 방으로 뛰어든 이레는 물 한 잔 가져다 달라고 말하는 주인의 얼굴에 다시 놀랐다.

트리어는 자신의 의도를 치천제에게 납득시키려 애썼다. 그것은 트리어라는 레콘에겐 특이한 일이었다. 트리어는 언제나 상대방의 납득보다는 수용에 관심이 있었다. 상대로 하여금 자기 뜻을 수용하게 할 수 있다면 이성적 설득이든 무자비한 폭력이든 상관없었고, 트리어는 둘 중 항상 뒤쪽의 효과가 좋다고 생각했다. 하지만 누구에게든 자신의 애용 수단을 고집할 수 없는 상대는 항상 존재한다.

트리어에겐 그런 사람이 둘 있었다. 그중 한 명은 필요하면 물에도 뛰어드는 정신 나간 레콘이다. 트리어는 될 수 있으면 다시는 그 레콘을 만나지 않기를 바랐다. 그리고 나머지 한 사람은 치천제였다. 트리어는 치천제를 지극히 존경했다. 만약 치천제가 원했다면 자기 벼슬이라도 잘라 요리해서 진상했을 것이다. 트리어는 자신이 반드시 그럴 거라고 믿었다. 산 것만 먹는 나가가 그런 것을 요구할 리 없으니까.

황제에 대한 한없는 경애 때문에 트리어는 '내 말대로 해! 황제!' 하는 식으로 말할 수는 없었다. 트리어는 가련한 표정으로 말했다.

"위대한 이라세오날이여, 저자는 식인 레콘입니다."

뭄토는 벼슬을 쥐어뜯고 싶은 기분을 느꼈다. 트리어는 센시엣 특수 수용소 관리 사무소에서 뭄토가 한 농담이 뭄토라는 레콘을 완벽히 설명한다고 확신했다. 트리어에게 항의하는 것이 불가능하다는 것을 알기에 뭄토는 저런 황당한 이야기 들어 보신 적 있느냐는 표정으로 치천제를 바라보았다.

황제는 몸단장을 하고 있었다. 말리 위에는 황제의 몸단장을 도와줄 사람이 없었다. 모두들 얼어붙어 있거나 벽난로 방에 있었고, 레콘들은 그런 일을 하기에 부적합하다. 하지만 하늘누리에 있을 때도 스스로 몸단장을 했던 황제에겐 익숙한 일이었다. 트리어의 분노와 뭄토의 애원 섞인 시선에도 황제는 숙련된 손놀림으로 그 일을 계속했다.

쉬크톨이 제자리를 잡은 후에야 황제는 두 사람에게 몸을 돌렸다.

"그래서?"

"저놈을 말리 아래로 던지도록 허락해 주시길 바랍니다만 그

청은 이미 거부하셨습니다. 부디 저 사악한 놈과 함께 걸으라는 명령만은 거두어 주십시오."

치천제는 트리어를 바라보다가 뭄토에게 말했다.

"뭄토, 사람 먹나?"

"절대로 아닙니다!"

치천제는 다시 트리어를 보았다.

"이라세오날이 그 말을 보증한다."

트리어는 벼슬을 꿈틀했다. 그가 자신을 향해 돌아서자 뭄토는 깃털이 일어나는 것을 느꼈다. 하지만 트리어는 뭄토가 채 피하기도 전에 손을 뻗었다. 뭄토의 어깨를 쥔 트리어가 말했다.

"이런, 세상에. 나는 자네가 사람을 먹는 줄 알았어! 내 오해를 용서하게."

뭄토는 정중한 용서의 말도, 복수심에 기반한 비아냥거림도 할 수 없었다. 갑자기 자신에게 사근사근하게 구는 트리어에게 뭄토가 줄 수 있었던 것은 얼빠진 침묵뿐이었다. 뭄토는 지멘이 자신을 지키기 위해 바닷물에 발을 담가야 했던 것을 잘 기억하고 있었다. 그때 트리어가 물러난 것은 지멘의 진심을 받아들였기 때문이 아니라 단지 그 모습을 눈뜨고 볼 수 없었기 때문이다. 그런데 그 트리어가 황제의 말 한마디에 뭄토에 대한 중상을 거두었다. 뭄토가 보기에 그 일은 말 한마디로 낮과 밤을 바꿔 놓은 기적처럼 보였다.

황제는 자신이 일으킨 기적에 별 감흥을 얻지 못한 듯 보였다. 사태가 해결되자마자 황제는 노대를 향해 걸음을 옮기며 말했다.

"그럼 가자."

트리어는 두 손으로 뭄토의 어깨를 힘있게 쥐어 주고 그의 등을 토닥였다. 함께 황제를 수행하자는 뜻이 담긴 친밀한 행동은 뭄토를 다시 혼란스럽게 했다. 트리어가 한 번 더 재촉한 후에야 뭄토는 그와 함께 황제의 뒤를 따라 걸었다. 두 레콘의 수행을 받으며 황제는 노대로 나왔다. 그녀는 아래를 내려다보았다.

아래쪽, 말리의 등 위에는 이미 레콘들이 도열한 채 황제를 기다리고 있었다. 그들은 모두 절망도에서 말리의 도움을 받아 탈출한 자들이었다. 뭄토는 그들 대부분이 트리어만큼이나 미쳤다고 생각했지만 정연하게 줄을 맞춰 서 있는 모습은 정상 이상으로 정상적이었다.

트리어가 앞으로 한 발 나섰다. 그는 아래쪽을 향해 외쳤다.

"위대한 이라세오날께서 말씀하신다!"

지금까지도 대단히 절도 있는 자세로 서 있었지만 트리어의 외침을 듣자 레콘들은 마루젤의 작품 전시회를 연상시키는 모습이 되었다. 온몸을 뻣뻣하게 굳힌 채 그들은 굶주림에 가까운 열망으로 치천제를 응시했다.

치천제가 아름다운 목소리로 말했다.

"짐의 사자들이여, 들어라."

나비의 날갯짓 소리도 들릴 것 같은 침묵이 되돌아왔다. 그런 고도에 나비가 날아오르진 않겠지만.

"선조해, 황금해, 쟁룡해의 세 바다는 모두 제국의 바다가 되었다. 언제나 뒤쫓는 눈길로부터 도망치던 산맥들도 모두 제국의 고삐에 단단히 고정되었다. 세상의 경계는 확립되었고 그것은 모두 짐의 손에 있다. 절망도는 너희들의 종지부였고, 또한 종지부만큼이나 협소한 장소였다. 하지만 이제 너희들에겐 세상이 주어지리라. 이 넓은 땅 어디라도 너희들이 못 갈 곳은 없다. 그곳이 어디든 짐의 제국이며 너희들은 어디에 있건 짐의 권능과 함께 있을 것이다."

치천제는 레콘들을 축복하듯 두 손을 들어 올렸다.

"듣지 않으려는 자에게 말하고 받지 않으려는 자에게 주어라, 절망이라는 이름의 섬에서 너희들을 구한 것을. 보지 않으려는 자에게 보여 주고 믿지 않으려 하는 자에게 들려주어라. 절망을 빠져나오는 유일한 길을."

황제는 입을 다물었다. 뭄토는 트리어의 광기를 잊어버렸다. 자신이 광기와 비슷한 집중력으로 치천제를 바라보고 있었으므로. 트리어 또한 거친 숨을 몰아쉬며 황제의 미성에 집중하고 있었다. 자칫 잘못하면 깨져서 날카로운 파편을 떨어뜨릴 것 같은 긴장된 침묵이 절정에 도달했을 때 황제가 선언했다.

"가서, 이라세오날의 복음을 전해라."

지멘은 위를 잠시 올려다보았다. 어렵지 않게 목적한 것을 찾았다. 하늘 어디로 시선을 보내든 말리의 거대한 모습을 찾는 것은 어렵지 않았으므로. 지멘이 말리를 보고 있을 때 그의 등 뒤에서 아실의 목소리가 들렸다.

"저기서 도대체 뭘 하고 있는 거죠?"

비나간의 교외에 서서 말리를 올려다보고 있는 것은 그뿐이 아니었다. 서로 이야기를 나눌 만한 거리는 아니지만 레콘의 밝은 눈으로는 충분히 볼 수 있는 곳에 많은 인간들이 서 있었다. 지멘은 그들이 병사들이며 그중 한 명은 가면을 쓴 팔리탐 지소어라는 것도 확인할 수 있었다. 팔리탐 또한 지멘을 알아볼 수 있을 것이다. 지멘처럼 눈이 좋지는 않았지만 그렇게 크고 검은 레콘을 다른 사람으로 착각할 수는 없다. 하지만 팔리탐은 지멘의 배낭 속에 있는 아실의 모습은 확인할 수 없었다. 그리고 아실 또한 먼 곳에 사람들이 서 있다는 것만 알 수 있었다. 아실은 그 사람들의 뒤편에서 피어오르는 연기가 무엇인지도 알 수 없었다.

"화전도 아닌 것 같고, 뭘 저렇게 태우죠?"

"저건 팔리탐 지소어와 병사들이다."

"팔리탐? 가면?"

"그래. 땅을 깊이 파고 무엇인가를 태우고 있군. 내가 볼 수 있는 것도 구덩이에서 피어오르는 연기뿐이야. 가 볼까?"

아실은 잠시 생각한 다음 말했다.

"아뇨. 팔리탐이라면 만나 보고 싶지 않군요. 저기엔 태위도 있을 테고. 황제와 관련된 사람들은 이제 만나고 싶지 않아요. 저쪽에서도 다가오고 싶지 않은 모양이니 그냥 떠나요."

지멘은 몸을 돌렸다. 광활한 비나간의 지평선이 그들을 두르고 있었고 목표로 삼을 것이 보이지 않았다. 지멘은 특별한 생각 없이 걸음을 옮겼다.

"이렇게 그냥 떠나도 될까?"

"상관없어요. 자신이 죽을 때가 되면 황제는 당신을 부를 거예요. 당신에게 살해당한 척해야 하니까."

지멘은 몇 걸음 더 걸은 후에 말했다.

"진짜 살해당할 수도 있지."

그것은 아직 종식되지 않은 논란이었다. 아실은 황제 살해를 포기하라고 말했지만 지멘은 그에 대해 명확한 대답을 하지 않았다. 아실은 다시 토론을 시작할까 하다가 그만두기로 했다. 그 문제에 대해 말할 시간은 아직 충분히 남아 있을 것이다. 지금은 단지 익숙한 배낭과 익숙한 흔들림만으로 충분했다.

"그럴 수도 있겠지요. 어쨌든 그때까지 황제의 곁에 붙어 있고 싶지는 않아요. 저는 이제 황제를 다시는 보고 싶지 않아요. 황제를 죽이러 갈 때가 되면 당신 혼자 가세요."

지멘은 다시 몇 걸음 걸은 후 말했다.

"우리가 떠난다는 것은 알려야 할 것 같은데."

"황제는 알 거예요."

"어떻게?"

"환상벽으로 알겠지요. 아마. 아니면 다른 방법으로라도. 걱정 마요. 그냥 떠나요."

"그럼 좋아. 그런데 어디로 가지?"

"아무 곳이나."

"달릴까?"

"좋아요."

지멘은 달렸다.

검은 레콘과 애꾸눈 소녀는 도망치는 지평선을 추적했다. 지평선은 영원이라도 도망칠 수 있다는 듯 자신만만하게 물러났지만 두 사람은 괘념치 않았다. 기다란 하늘이 그들에게 흘러왔고 흘러갔다.

제 35 장

"반짝거리기, 흩어지기, 흐르기, 녹기, 줄어들기, 쪼개지기, 납작해지기, 끓기 등의 무수히 많은 것들을 뺀 나머지 것들은 제 뜻대로 할 수 있나요?"

"다른 사람들의 참견을 배제할 수 있다면."

"다른 사람들의 참견을 배제할 수 있다면 반짝거리기, 흩어지기, 흐르기, 녹기, 줄어들기, 쪼개지기, 납작해지기, 끓기 등의 무수히 많은 것들을 뺀 나머지 것들은 제 뜻대로 할 수 있나요?"

"다른 사람들이 네 참견을 배제하지 않으면."

— 사르마크 가에서 있었던 할머니와 손자의 대화 중

불가능을 희망하는 태도

달은 보이지 않았다.

키보렌의 밀림에는 레콘마저 조그마한 생물처럼 보이게 만드는 거목들이 땅에서 탈출하려는 것처럼 자라나 있었다. 체온 없는 나무들이 공간을 잔뜩 점유한 채 어둠을 복잡한 것으로 바꾸고 있다. 밤을 감침질하는 바람은 게으르고 풀려나온 밤의 올은 사람에게 스며든다.

사모 페이의 주변에도 스며 들어온 밤이 곳곳에 새카만 손자국을 남겼다. 하지만 사모의 밤은 어둡지 않았다. 넓은 방 가운데 피운 화로는 밤의 냉기와 조응하고 반발하며 화려한 열류의 흐름을 만들었다. 꿈틀거리는 먹구름과 회오리바람, 산릉을 따라 꿈틀거리는 안개, 모든 낙엽들이 그리는 궤적. 그런 것들의 열류적 모사물들이 끊임없이 주변에서 춤을 추었다. 그 밤은 조용하고 어두웠지만 사모에겐 전혀 그렇지 않았다.

하지만 사모가 화려한 볼거리를 위해 화로를 피운 것은 아니다. 그녀가 화로를 피운 것은 다른 종족들이 화로를 쓸 때와 같은 이유, 즉 열기를 얻기 위해서였다. 밤의 냉기 속에 둔화되는 의식을 좀 더 예민하게 바꾸기 위해 사모는 열이 필요했다.

예민해진 정신 속에서 사모는 예리한 안타까움을 느꼈다. 사모는 그곳에 없는, 그리고 누군지도 모르는 자에게 닐렀다.

〈너를 찾지 못했다.〉

사모의 목 주위 비늘이 꿈틀거렸다. 조금 떨어진 곳에 앉아 있던 갈바마리가 불안한 표정을 지었지만 사모는 갈바마리의 불안을 깨닫지 못했다.

〈둘은 거의 확실하다. 너는 도대체 어디 있느냐. 셋이 하나를 상대한다. 네가 없다면 다른 둘도 쓸모 없다. 네가 나타나지 않으면 다른 둘도 그냥 사라질 것이다. 다른 때에 다른 셋이 나타날 때까지 기다려야 하느냐? 이제 나는 무력하다. 더 이상 너를 찾으려 시도할 수 없다.〉

좌절감 때문에 사모는 기진맥진했다. 화로에서 꿈틀거리며 피어오르는 열류는 그녀를 혼란스럽게 했다. 사모는 눈을 감았다.

〈엘시가 조금만 덜 유능했다면 너를 찾아낼 수 있었을까? 치천제가 찾아낸 후계자는 지나치게 유능하다. 물론 그의 유능함 때문에 유혈은 줄어들었지. 나는 그것에 감사해야 할까? 그래야 할지도 모르지. 하지만 그것이 상환 기간의 연장에 지나지 않는다면, 복리로 계산되는 것이라면…… 그리미, 차라리 예언서를 남겨 주었다면 좋으련만.〉

사모는 자신의 사고에 좌절했다. 그리미 마케로우라면 예언자를 산 채로 잡아먹으려 할 것이다. 그녀는 실제로 예지 능력이 있건 없건 모든 예언자는 사기꾼이라 닐렀다.

'예지 능력이 없다면 니를 것도 없거니와, 실제로 그런 우스꽝스러운 능력이 있다 해도 예언자는 여전히 사기꾼이죠, 사모. 예지 능력을 가진 자는 다른 자들과 다른 시간을 살아요. 사람과 다른 존재죠. 그런 것이 사람에 대해 니르는 것은 새에게 간섭하는 물고기의 행동보다 더 어처구니없는 짓이에요.'

그래서 사모가 신뢰하는 유일한 예언자는 예언을 부정했고 예언서도 남기지 않았다. 그리고 그리미는 그녀를 예언자로 받아들이는 사모에게는 약간의 조롱 이외에 아무것도 보내지 않았다.

'그렇게 이해하는 것이 편할 거예요. 모두가 예언자를 미래 대처 설명서쯤으로 생각하는데 사모 당신이라고 해서 그러지 말라는 법은 없겠지요.'

'나는 절대로……'

'물고기가 되실 거예요?'

사모는 예언자가 아니면서 예언자에 대해 아는 척하는 것을 그만두기로 했다.

미래를 알고 그것 때문에 혹독한 고통을 겪어야 했지만 그리미 마케로우는 조금도 예언자처럼 행동하지 않았다. 원시제는 예언서도, 수수께끼도, 땅속에 수천 년 동안 묻혀 있다가 선택받은 누군가가 꺼내게 될 비밀 문서도 남기지 않았다. 그녀가 남긴 것은 지배자가 남길 만한 상식적인 것뿐이다. 그녀는 후계자를 결정했고 믿을 만한 원로에게 몇 가지 정보를 알려 주었다. 그것이 전부다. 그 때문에 사모는 자신의 실패를 괴로워해야 했다.

"사모."

"친구."

사모는 어째서 갈바마리의 목소리는 이렇듯 똑똑하게 들리는지 모르겠다고 생각하며 고개를 들었다.

두 개의 얼굴이 그녀를 내려다보고 있었다. 탄원하는 사람처럼 두 팔을 내밀었지만 갈바마리의 팔 끝에는 손 대신 덥수룩한 털 사이에서 튀어나온 뿔이 있어 그 동작은 위협하는 것처럼 보였다. 하지만 사모는 그 뿔에 아무 불편한 마음을 느끼지 않았다.

사모는 팔 대신 머리 사이와 다리 사이에 붙어 있는 갈바마리의 오른손과 왼손을 바라보았다. 그런 위치에 있었기에 갈바마리의 손은 사물을 조작하는 것보다는 감정을 표현하는 손짓에 더 자주 쓰였다. 사모는 그 손가락의 움직임들을 보며 갈바마리가 불안해한다는 것을 느낄 수 있었다. 양쪽 어깨에 붙어 있는 두 개의 얼굴 또한 걱정스러운 얼굴이었다.

"사모."

"친구."

사모는 괜찮다고 말하려 했다. 하지만 그녀의 입에서 나온 것은 그 말이 아니었다.

"갈바마리, 어떤 나가가 자신이 세상이라는 이름의 무정한 짐승이 끊임없이 계속해 온 되새김질에 붙잡혀 으깨지고 있다는 것을 깨달았을 때 할 수 있는 일에는 무엇이 있지?"

갈바마리는 두 개의 얼굴로 곤혹스러워했다. 사모는 냉정하리만큼 침착하게 말했다.

"동생에게 내 생명을 주려 했지만 실패했어. 내 동생은 대화할 수 없는 나무가 되었지. 북부인들에게 나를 주어 그들을 구하려 했지만 실패했어. 나는 그 피해를 나가들에게까지 확장시켰을 뿐이야. 분노한 신에게 나를 바쳐 동포를 구원하려 했지만 실패했어. 파괴된 심장탑을 감싸고 있는 대선풍은 내 실패의 업적비지. 내 전력에 비춰 보면 이 마지막 실패는 예견된 것이었는지도 모르겠군."

갈바마리는 사모의 말을 거의 이해하지 못했다. 사모에게 조건 없는 애정을 보내는 그에게도 한계는 있었다. 갈바마리는 사모의 평온한 어조에 안심했다. 즐거운 이야기를 듣는 듯 미소 짓는 갈바마리를 보며 사모는 내면의 무엇인가가 부서져 내리는 것을 느꼈다.

잠시 후 사모는 실제로 무엇인가가 부서진다고 생각했다.

아무래도 벽이 부서지고 있는 것 같았다. 사모는 일어나 그쪽으로 몸을 돌렸지만 어느새 갈바마리가 그녀의 앞을 가로막고 있었다. 사모를 보호하기 위한 행동이었지만 그 때문에 사모는 벽을 때려부수고 나타난 것이 무엇인지 제대로 보지 못했다. 당연하게도 침입자 또한 갈바마리 때문에 사모를 보지 못했다.

"갈바마리! 반갑다. 대호왕은 어디 있지? 뭐, 네가 있다면 대호왕도 여기 있겠지!"

사모는 주먹을 움켜쥐었다.

'왔나.'

사모는 갈마마리의 옆으로 돌아 벽을 바라보았다.

벽에는 그녀의 몸통이 쉽게 통과할 수 있을 것 같은 커다란 구멍이 있었고 그 뒤편에서 무엇인가가 움직이고 있었다. 다시 쾅쾅쾅 하는 소리가 나며 구멍이 확장되었다. 바깥에서 놀라운 힘을 가진 자가 무지막지한 도구를 가지고 벽을 때려부수고 있음이 분명했다. 사모는 벽을 쑥쑥 뚫고 들어오는 쇠붙이의 열을 보았다. 벽과 마찰되어 뜨거워진 금속날은 아무래도 도끼처럼 보였다. 잠깐 동안 사모는 죽은 즈라더가 살아나 자신을 구하러 왔다는 착각에 빠졌다. 하지만 다시 도끼날이 벽을 파고들었을 때 사모는 그것이 즈라더의 도끼가 아님을 깨달았다. 그 도끼날은 즈라더의 것보다 훨씬 작았고 자루는 훨씬 긴 듯했다. 잠시 후 벽이 찢어지듯 파괴되어 갈바마리가 쉽게 통과할 수 있을 듯한 구멍이 만들어졌을 때 사모는 그것이 도끼창임을 확인했다.

사모는 흥분한 갈바마리를 진정시키기 위해 왼손을 그의 무릎에 얹고 구멍을 뚫어지게 바라보았다. 도끼창을 불쑥 내밀며 들어온 것은 시커먼 레콘이었다. 사모를 발견한 검은 레콘이 뭐라 말하려 했을 때 사모가 말했다.
"네 숙원은 무엇이지?"
너는 누구냐는 질문이 있을 거라 확신하던 레콘은 꽤나 당황했다. 하지만 검은 레콘은 그 내용보다 형식에 주의를 뺏겼다. 사모의 거침없는 하대는 레콘으로 하여금 그의 검은 깃털을 세우게 만들었다. 그는 공손한 태도를 요구하는 눈으로 사모를 바라보았다. 그 뜻을 파악하지 못할 사모가 아니었지만, 그런 배려를 할 시간이 없었다. 그녀는 같은 질문을 반복했다.
"네 숙원은 무엇이지?"
레콘은 참기로 했다. 어쨌든 한때 왕이었던 자니까.
"나는 론솔피고, 내 숙원은 황제의 금군이 되는 것이다. 너는 대호왕이냐?"
사모는 눈을 깜빡거리며 론솔피를 바라보다가 어깨를 떨어뜨렸다.
"하긴 그런 말도 안 되는 행운이 있을 리 없지."
론솔피는 고개를 갸웃했다.
"뭘 잘못 알고 있나 본데, 네가 대호왕이라면 행운이라고 말해야 해. 내가 바로 대호왕의 구출자니까. 자, 빨리 대답해. 네가 대호왕이냐?"
"나는 사모 페이다. 엘시가 보냈군."
"어? 너도 구출 계획을 알고 있었어?"
사모는 느릿하게 고개를 가로저었다. 론솔피는 의아해했지만 사모는 설명하지 않았다. 작금의 상황에서 사모 페이의 존재는 시련의 회고주의자, 제국의 보수주의자, 치천제, 아르키스 대수호자, 시모그라쥬 공, 엘시 에더리 등 많은 이들에게 부담이 되어 있었다. 그녀의 생존과 그녀의 죽음이 똑같이 특정 인물들에게 강력한 정치적 부담을 안기게 되는 상황에서 그녀의 실종은 소극적이지만 편리한 해결책이다. 하지만 그 모든 이야기는 설명하기 번거로울 뿐만 아니라 미묘한 부분이 지나치게 많다.

"이런 일이 있을 거라고 예상했다."

"그렇다면 빨리 움직이지 않고 뭐하는 거야?"

사모는 서두르지 않았다. 강력하지만 도저히 세련되다고 할 수 없는 론솔피가 대호왕 구출을 담당한 것에서 사모는 엘시가 무엇을 원하는지 충분히 짐작할 수 있었다. 그녀는 이미 탈출한 것이나 다름없었다. 그녀의 신병을 책임져야 하는 자들은 현재 '불가피한 상황'에 빠져 있을 것이므로 이곳에 나타나지 않을 것이다. 벽이 부서지는 소리가 났는데도 아무도 나타나지 않는 것이 그 증거다. 론솔피의 임무는 그의 강력한 힘으로 인상적인 흔적들, 그러니까 때려부순 벽 같은 것들을 남겨 두는 것이고 따라서 론솔피의 임무도 이미 끝났다.

하지만 보고 있던 론솔피가 안달할 만큼 그녀가 느리게 움직인 것은 그런 사실 때문만은 아니다. 마침내 다가온 이 퇴장의 시간을 사모는 쉽게 받아들일 수 없었다. 그녀 자신에 대한 아쉬움은 아니다. 스스로에 대해 말한다면 사모는 이 퇴장을 반가워했을 것이다. 하지만 그녀에겐 달성하지 못한 목표가 있었다.

'끝내 너를 찾지 못하고 떠나야 하는군.'

그 아쉬움은 사모의 움직임을 느리게 만들었다. 하지만 그녀가 추슬러야 하는 것은 그녀 자신과 얼마 되지 않는 소지품들을 집 어넣은 조그마한 행랑뿐이기에 시간이 많이 소모되지는 않았다. 조바심을 내며 사모를 바라보던 론솔피는 문득 일어나야 하는 일이 일어나지 않는다는 것을 깨달았다.

"아무도 안 오네?"

사모는 행랑을 갈바마리에게 넘기고 론솔피를 바라보았다. 론솔피는 세련되지 않았지만 멍청하지도 않았다. 사모는 힘없이 말했다.

"엘시가 손을 다 써 뒀겠지."

"어? 그러면 왜 내가 온 거야? 그냥 여기 있는 자들에게 널 보내라고 말하면 되잖아."

"벽은 아무나 못 부숴. 사람들은 티나한이 돌아와서 대호왕을 구해 갔다고 말하겠지."

"아하. 그러면 좀 더 부술까?"

"복구해야 할 사람들을 생각해서 그만두지. 가자."

"어. 네 두억시니들은 안 데려가?"

"뒤를 봐."

뒤를 돌아본 론솔피는, 소화차가 아닌 것에 그런 기분을 느낀다는 게 창피했지만 섬뜩한 기분을 느꼈다. 두억시니들의 일탈적인 모습은 육체적 두려움과 좀 다른 정신적 불안감을 준다. 바깥에는 그런 두억시니들이 모여 서서 묵묵히 그를 바라보고 있었다.

하지만 론솔피의 다음 대응은 완전히 레콘다운 것이었다. 그는 벼슬을 세웠다.

"거슬리게들 생겼군."

그는 도끼창을 당장이라도 휘두를 수 있는 자세를 취한 채 구멍을 불쑥 빠져나갔다. 두억시니들은 대응 자세를 취했고 그중에는 변신이라고 해야 할 극적인 변화를 보이는 것들도 있었다. 사모는 재빨리 그의 뒤를 따라 움직이며 두억시니들에게 진정하라는 손짓을 보냈다. 두억시니들이 침착을 되찾은 것을 확인한 사모는 날카로운 눈으로 론솔피를 바라보았다. 하지만 론솔피는 두억시니들에게 눈을 떼지 않은 채 말했다.

"난 저것들이 정확히 어떻게 움직이는지 모르겠어. 그러니 그냥 악수하자는 몸짓도 공격으로 해석해 버릴지 몰라. 얌전하게 움직이라고 해."

대답이 없었다. 론솔피는 아래쪽을 흘긋 바라보았다. 사모는 이채롭다는 표정으로 그를 올려다보고 있었다.

"뭐야?"

"아무것도 아냐. 가지."

사모는 갈바마리에게 짧은 명령을 내렸다. 갈바마리가 그 명령을 다시 두억시니들에게 전달하자 두억시니들이 움직였다. 그중 몇몇은 어둠 속으로 흩어졌고 나머지는 그들의 사방을 에워쌌다. 론솔피는 정찰과 호위로 구분되나 보다 생각했다. 사모가 말했다.

"목적지는?"

"엘시는 네가 하텐그라쥬로 돌아가길 바라. 그리고 네가 원하면 하텐그라쥬까지 호위해 주라고 했어."

사모는 다시 특이한 표정으로 론솔피를 바라보다가 말했다.

"알았어. 페로그라쥬 바깥까지 함께 가지. 서로 보호해 줄 수 있을 테니까. 그 다음엔 네가 가고 싶은 곳으로 가."

그들은 걷기 시작했다.

타오민 성은 페로그라쥬 점령군이 주둔하고 있는 장소였지만 그들을 가로막거나 하다못해 그들을 목격하는 사람도 없었다. 사모에게 그 이유를 들은 론솔피는 어쩐지 사모의 처소까지 찾아가는 것이 쉬웠다는 것을 깨달았다. 그들은 빠른 속도로 타오민 성의 외곽에 도달했다. 론솔피는 자신이 뛰어 넘어온 성벽 앞에서 사모에게 손을 내밀려 했지만 사모는 대신 기묘하게 생긴 두억시니에게 다가갔다. 그 두억시니는 사모를 어떻겐가 붙잡은 다음 성을 넘어갔다. 하지만 론솔피는 그 동작을 설명하기 어려웠다. 론솔피가 받은 인상은 대강 이러하다. 그것은 팔이라고 불러야 할 것 같은 부속지를 길게 늘여 성벽 위를 붙잡은 다음 아무래도 다리라고 불러야 할 것 같은 부속지로 땅을 디뎠다. 그러고는 두 부속지의 길이를 바꿨다. 위쪽 부속지는 줄어들고 아래쪽 부속지는 늘어났다. 실제로는 훨씬 복잡한 움직임이었지만 대강 그런 식으로 설명해야 할 동작을 통해 두억시니는 사모를 바깥으로 인도했다. 론솔피는 소리 없이 낄낄거리고 성벽을 뛰어넘었다.

성 바깥도 안쪽과 마찬가지로 고요했다. 그들은 언덕으로 들어섰다. 시가지 내부로 깊숙이 들어와 있는 언덕이지만 그곳에도 키보렌의 분견대 같은 울창한 숲이 조성되어 있었다. 론솔피는 자신들이 그 언덕을 통해 시모그라쥬 바깥으로 빠져나가고 있음을 깨달았다.

처음 론솔피는 그들의 곁에 있는 두억시니가 갈바마리를 포함하여 모두 아홉이라고 생각했다. 하지만 그 숫자는 자꾸 바뀌는 것 같았다. 그들의 움직임을 관찰한 론솔피는 정찰에 나갔던 자와 호위를 담당했던 자가 서로 위치를 교대한다고 생각했다. 앞쪽을 둘러보고 돌아온 자가 일행을 이끄는 것이다. 그 때문인지 그들은 아무도 만나지 않은 채 어둠 속을 빠르게 나아갈 수 있었다. 질주, 추적자들, 그리고 기습과 역습 등을 예상하고 있던 론솔피는 조용한 밤산책이라 해야 할 사모의 탈출에 맥이 풀렸다. 어느 새 어깨에 도끼창을 걸친 론솔피는 사모를 향해 투덜거렸다.

"벽 부순 것만으로는 부족하지 않아? 몇 놈 때려 줘야 좀 더 박력 있는 탈출로 보일 텐데."

사모는 대답하지 않았다. 다른 두억시니들은 계속 자리를 바꿨지만 갈바마리는 사모의 곁을 떠나지 않았다. 론솔피는 도끼창을 다른 손으로 바꿔 쥐었다.

그들이 언덕 사면에 있는 폐허로 들어섰을 때 사모가 갑작스럽게 멈춰 섰다.

론솔피는 주위를 둘러보았다. 오래된 도시의 얼굴에 검버섯처럼 생기는 폐허와는 조금 달랐다. 강의 흐름이 어떤 이유에서 변경되면 메마른 강바닥은 그 낮은 위치 때문에 지저분한 것들을 불러모으게 된다. 도시에 나타나는 폐허는 그것과 비슷하다. 어떤 이유에서건 사람들이 더 이상 찾지 않는 골목이나 거리, 폐가 등에는 사람들이 곁에 두고 싶어하지 않는 것들이 모여 쌓인다. 하지만 원래 사람들의 흐름에 기여했던 곳이기에 도시의 폐허는 어떤 통일성의 자취를 간직하게 마련이다. 그리고 정체감도.

하지만 그들이 서 있는 폐허에는 그런 통일성이 없었다. 폐허답지 않은 역동성마저 느끼게 하는 혼란뿐이었다. 폐허를 장식하고 있는 잔해들은 원래의 규모에 비하면 10분의 1도 되지 않을 듯한 크기였지만 이끼와 넝쿨로 뒤덮여 있는 부서진 벽, 기둥, 석재들은 론솔피가 올려다보아야 할 만큼 거대한 것들투성이였다. 론솔피는 그 폐허가 상당한 재난으로 생성되었고 복구는 엄두도 낼 수 없어 오랫동안 방치되었음을 깨달았다. 문득 룐솔피는 페로그라쥬가 오십여 년 전 대호왕의 진격로에 있던 도시였음을 깨달았다.

그가 보고 있는 것은 전쟁의 흔적이었다. 그것도 초자연적인 힘이 현현했던 전쟁……

"페로그라쥬의 옛 심장탑이 있던 곳이다."

"심장탑?"

"그래. 뇌룡공과 아스화리탈이 파괴했지."

룐솔피는 그 폐허가 왜 그렇게 엄청난 규모인지 이해했다. 도시 어느 곳에서도 눈에 들어올 만큼 커다란 나가들의 심장탑이 통째로 파괴되었다면 그런 자취가 남는 것도 당연하다. 사모는 조사를 읊듯 말했다.

"아스화리탈의 공격으로 심장탑이 파괴되었을 때 이곳에 자기 심장을 보관하고 있던 페로그라쥬의 나가들은 즉각 사망했다. 페로그라쥬를 복구할 때 사람들은 옛도시의 파편들을 대부분 가져다 썼지만 이곳은 차마 건드릴 수 없었다. 지나친 슬픔이 얽매인 곳이기 때문에. 그래서 이 폐허가 남은 것이다."

사모는 폐허 곳곳에 자라난 나무들을 바라보았다. 룐솔피는 그 나무들의 수령이 오십여 년 정도일 거라 생각했다.

"그동안 키보렌이 이곳을 돌려받았군. 조만간 이 모든 것들이 숲 아래로 사라질 테지."

"흠."

사모는 가까이 있는 나무로 다가갔다. 나무의 뿌리 중 일부는 거대한 돌을 친친 감고 있었다. 사모는 그 돌 위로 가볍게 뛰어올랐다. 그리고 한 손으로 나무를 짚은 채 폐허를 주시했다.

이 열대의 땅에서 서리와 얼음이 바위를 부수는 일은 일어나지 않는다. 식물의 뿌리와 줄기들이 그 일을 대신하고 있긴 하지만 폐허의 어떤 부분은 오십여 년 전의 모습 그대로였다. 아스화리탈이 토한 불길에 그을린 자취도 찾아낼 수 있을 듯하다.

사모는 가장 큰 그을음 같은 론솔피를 돌아보았다.

론솔피는 자신을 향한 시선을 피하지 않았다. 두억시니들은 주변으로 흩어졌고 갈바마리만 남아 론솔피와 사모를 바라보고 있었다. 두 개의 머리가 있기 때문에 갈바마리는 두 사람을 동시에 바라볼 수 있었다. 사모가 말했다.

"아까 내가 네 숙원을 물었지? 너는 금군이 되겠다고 했다. 그런데 왜 엘시의 명령을 따르는 거지?"

론솔피는 의심스러워하는 표정으로 사모를 바라보았다.

"나는 다시는 돌아오지 않는다. 말해도 돼."

"정말 안 돌아올 거야? 시모그라쥬 공을 위해 돌아왔잖아."

"발자국 없는 여신에 걸고 맹세하지. 네가 하는 어떤 말도 다른 사람에게 전하지 않겠다."

사모는 발자국 없는 여신을 감금했던 나가의 일족인 자신의 맹세를 론솔피가 비웃을까 걱정했다. 하지만 론솔피는 그것을 진지한 맹세로 받아들였다.

"내가 엘시를 따르는 것은 그가 황제가 될 것이기 때문이야."

"대장군이 황제를 몰아낼 거란 말이냐?"

"지금 당장은 좀 그렇지. 황제가 돌아오자마자 싸우는 건 아무래도 보기가 안 좋아. 시모그라쥬 공과 시련 문제도 있고. 그 문제들 다 처리하고 나면 황제 자리를 차지하는 거지."

"그가 그렇게 말했나?"

"그런 말을 어떻게 하냐? 하지만 곧 그렇게 될 거야. 나는 엘시가 하는 말을 들었어. 라세가 훔친 황위는 받을 수 없다고 했지. 라세가 황위를 가지고 있는 것은 도둑질이라는 거야. 나는 그 말에 동의해. 아마 엘시가 직접 황제를 죽일 필요는 없겠지. 지멘이 황제 곁에 붙어 있잖아. 곧 지멘이 황제를 죽일 거야."

"지멘이 황제를 죽이기 위해 그 곁에 붙어 있다고?"

"물론이지."

"지멘이 황제에게 동조한 거라 생각하지는 않나?"

"무슨 농담이야? 지멘의 숙원이 황제 제거잖아. 그거 작전이야, 작전."

론솔피는 그토록 명쾌한 사실을 왜 못 알아차리냐는 투로 사모를 바라보았다. 사모는 그것이 스스로 확신을 가지고 싶은 욕구의 발현일지도 모르겠다고 생각했다.

그것은 또한 사모가 원하는 것이기도 했다. 론솔피가 그녀의 바람을 성취할 가능성은 없었다. 하지만 이제 세상을 두 번째로, 그리고 완전히 떠날 그녀에게 남은 기회는 없었다. 길 가다가 우연히 만난 사람에게 유언을 남기는 것이나 다름없지만 사모에게는 자신의 소망을 실행해 줄 사람이 있다는 확신이 필요했다.

사모는 결심했다.

"네가 치천제의 금군이 될 생각이 없다면 내 부탁을 받아들일 수도 있겠군."

"부탁?"

"나는 자식이 없다. 나가 여자들에겐 특이한 일이지."

"어, 알아."

사모는 갈바마리 쪽을 돌아보았다.

"내겐 소중한 친구들이 아직 남아 있지만 그들은 내 뜻을 이해할 수 없다. 부탁할 사람이 없으니 네게 부탁하겠다. 이건 레콘에게 부탁해야 할 일이기도 하고. 그것을 받아들일지 말지는 네 자유다. 그냥 내 말을 들은 다음 네가 결정해. 들어 주겠나?"

"말해 봐."

"중요한 레콘이 세 명 있다."

론솔피는 어리둥절한 얼굴로 사모를 바라보았다. 사모는 몸을 더 돌려 나무에 등을 기댔다.

"다른 레콘보다 더 우월하다는 뜻은 아니다. 네가 굶어죽을 처지라면 수레 가득한 금편보다는 한 그릇의 죽이 더 중요하겠지. 그런 의미에서 중요하다고 말하는 거다."

"그러면 그 세 명은 너한테 중요하다는 거야?"

"그리고 많은 자들에게도. 우선 지멘이라는 자가 있다."

"아. 그래. 황제 사냥꾼."

"그리고 그을린발이라고 알려진 자가 있다."

"코끼리에 미친 친구. 나도 알아. 두 명이군. 나머지는?"

"나머지 한 명은 나도 누군지 모른다."

"그게 무슨 말이야?"

"셋이 하나를 상대한다."

"옛날 이야기?"

론솔피는 불만스러운 표정을 지었다. 겉으로 보기에 노쇠의 흔적이 보이지 않지만 사모 역시 옛날 이야기만 중얼거리는 노인이라고 생각하고 있음이 그의 얼굴에 역력했다. 사모는 그것을 반박하지 않았다.

"아마도 지멘이 길잡이일 것이다. 그을린발은 대적자일 테고.

하지만 나는 세 번째 레콘을 찾지 못했다. 세 번째는 요술쟁이다. 그 여자, 아니, 남자일지도 모르지. 그 사람을 찾아야 하지만 내겐 더 이상 시간이 없다."

론솔피는 멍한 얼굴로 사모를 바라보다가 황급히 말했다.

"이게 무슨 소리인지. 왜 그 셋을 찾아야 하는데? 셋이 하나를 상대한다고 했지. 뭘 상대하려고?"

"치천제."

론솔피는 갑작스럽게 관심이 동하는 것을 느꼈다. 엘시가 황제가 되려면 치천제는 사라져야 한다.

"계속 말해 봐."

사모는 론솔피가 상대한다는 말을 제거한다는 의미로 이해했음을 알았다. 하지만 그 해석을 수정하지는 않았다.

"내가 왜 시모그라쥬 공을 지지했다고 생각하나?"

"왜 그랬는데?"

"불은 부나방을 부른다. 레콘을 부르려면 분란이 필요하지. 그들이 자신의 일에만 신경 쓰고 있을 수 없을 정도로 강력한 영향을 끼치는 분란. 그럴 때 레콘은 깃털을 부풀린 채 자신을 드러낸다."

론솔피는 수염볏을 잡아당기며 그 말에 집중했다.

"그 세 명의 레콘을 찾아내려고 전쟁을 일으켰다는 거야?"

"다른 이유도 있지만, 그렇다. 그을린발을 보아라. 그을린발은 자신을 귀찮게 한다는 이유에서 그 끔찍한 무기를 꺼냈다."

"그 무기 이름은 무차별 학살이야."

"그래. 그 분쟁을 통해 나는 대적자를 찾아낼 수 있었다. 하지만 요술쟁이는 나타나지 않았고 엘시는 소란을 종결시켰지. 그리고 황제는 돌아왔어."
 "잠깐. 너는 황제가 없어졌을 때 분란을 일으켰어. 황제가 없는데 왜 황제를 상대할 셋을 찾으려 한 거야? 말이 앞뒤가 안 맞잖아."
 사모는 또다시 론솔피가 세련되지는 않지만 멍청하지도 않다고 생각했다. 그녀는 그의 눈을 피하듯 하늘을 올려다보았다.
 "나는 황제가 돌아올 것을 알고 있었다."
 "알고 있었다고?"
 "그래. 그리고 앞으로도 계속 돌아올 것이다. 엔거 평원에서 그랬던 것처럼 그녀는 언제든 다시 돌아와 자신을 증거할 거다. 앞으로 일만육천 년 동안."
 론솔피는 부리를 쩍 벌렸다.

 규리하 성에는 며칠째 폭설이 내렸다.
 하늘에서 떨어지는 설편들은 마치 커다란 나비 같았다. 해가 제대로 나지 않아 녹지 않은 폭설은 규리하 성의 1층을 간단히 지하로 만들었고 그런 날씨에 바깥출입을 해야 했던 사람들은 2층 창문을 통해 드나들었다. 다행히도 규리하 성의 하인들은 여염집에서처럼 얼어붙은 개울과 우물 때문에 고통을 겪지는 않았다. 규리하 변경백의 성답게 규리하 성 지하에는 독자적인 우물들이 있었고 그것들은 겨울에도 얼어붙지 않는다. 하지만 물을 마음껏 쓸 수 있다는 사실 때문에 겪는 곤란도 있었다. 흘린 물이 눈과 결합된 곳에서는 골치 아픈 얼음덩이들이 나타나 움직여야 하는 것들을 고정시켰다. 성안에서는 얼음창이나 송곳, 망치

따위를 든 자들이 오락가락하는 모습을 심심찮게 볼 수 있었다.

판사이 남작 발리츠 굴도하는 사랑하는 아내가 그런 날씨를 완전히 정상적인 것으로 받아들이는 데에 몹시 놀랐다. 의기소침한 남편을 격려하기 위해 아이넬 굴도하 남작 부인은 달래듯 말했다.

"각하, 이런 폭설이 겨울 내내 계속되지는 않아요. 이렇게 쏟아지는 건 겨우 열흘 정도일까."

남작은 신음했다.

"그러면 아직 며칠 남았다는 겁니까?"

남작 부인은 애처로운 표정으로 남편을 바라보았다. 발리츠는 두 손을 들어 보였다.

"뭐, 춥지는 않군요."

"함박눈이 내리는 날은 포근한 편이지요. 바람도 없고."

그 때문에 창문은 열려 있었다. 발리츠는 손을 들어 창밖을 가리켰다.

"나는 저 모양 자체가 마음에 안 드는군요. 모든 걸 다 파묻어 버릴 것 같아요. 답답합니다."

남작 부인은 창가를 떠났다. 거대한 체구에 어울리는 위엄 있는 걸음걸이로 방을 가로질러 발리츠의 맞은편 의자에 앉아 찻잔을 들여다보았다. 조금 전 비운 찻잔 바닥에는 미세한 찻가루가 가라앉아 있었다.

"판사이로 돌아가고 싶으십니까?"

발리츠는 어깨를 으쓱했다. 농담처럼 대답하려던 발리츠는 생각을 바꿔 진지하게 말했다.

"사태를 파악하는 것이 너무 어렵습니다. 돌아온 황제는 통째로 잃어버린 제국 정부를 재건하려는 움직임을 조금도 보여 주지 않고 있습니다. 납득하기 어려운 일입니다."

"지시는 오고 있습니다."

"그건 틀림없이 비스그라쥬 백 데라시의 노고일 겁니다. 어떻게든 현상 유지를 하려는 눈물겨운 노력을 읽을 수 있더군요. 대단한 일이긴 하지만 쓸데없는 곡예지요. 폐하께서는 당연히 친황제파 귀족들을 결집시키고 고위 행정관들을 진급시켜 임시 정부라도 구성해야 합니다. 그런데 그런 일이 전혀 일어나지 않고 있습니다. 이런 상황에서는 황제에게 호의적인 귀족들도 불안해할 겁니다. 칼리도 백이 장악한 제국군이 그대로 황제에게 넘어가서 군이 황제를 지지하고 있고 때마침 겨울도 찾아왔기 때문에 아직 조용한 겁니다. 하지만 봄이 오면 분명히 무슨 일이 벌어질 겁니다. 그 일이 무엇일지 짐작도 할 수 없다는 것이 화가 나는군요."

"우리는 비셀스가 칼리도 백과 결합하여 신황조를 열지도 모른다는 가설을 검토한 적이 있지요. 이렇게 생각해 보면 어떨까요. 지금 황제께서 하고 있는 일은 칼리도 백을 부각시키기 위한 작업일지도 모른다고. 북부에서 군사 활동이 불가능해지는 겨울 동안 남쪽에서 칼리도 백이 풍비박산난 방비 체계를 재정비하도록 해서 그를 자연스럽게 후계자로……."

발리츠는 손을 살짝 흔들었다.

"그럴듯한 지적입니다, 부인. 만약 지금 남부의 방비 체계를 재건하고 있는 사람이 칼리도 백이 아니라면 나는 그 추리에 찬성했을 겁니다."

아이넬은 발리츠의 말을 이해했다.

"맞습니다. 칼리도 백은 부각시킬 필요가 없지요."

"명성을 덧붙이려 해도 붙일 자리가 남아 있지 않을 겁니다."

"그렇다면 그것이 역시 엘시 에더리만이 할 수 있는 일이기 때문에 그런 것은 아닐까요? 그 일은 그냥 병력을 재편하는 것 이상일 수도 있습니다."

"가능성이 있어요. 실제로 그건 전통적으로 북부군을 우습게 보는 남부군의 근거지로 직접 들어가 기강을 바로잡는 일이고 동시에 시련과 복잡한 정치적 실랑이를 벌여야 하는 일이니까. 그렇다면 우리는 황제가 후계자를 떼놓고 싶진 않지만 어쩔 수 없이 남부로 보냈다고 생각할 수도 있지요. 하지만 나는 지난번에 칼리도 백이 남쪽으로 갔을 때 일어난 일이 마음에 걸립니다."

"지난번?"

"발케네가 파괴될 뻔했지요. 발케네가 범죄자를 받아들였기 때문입니다."

아이넬의 얼굴에 핏기가 가셨다. 경악한 것은 아니다. 지키멜 퍼스와 시오크 지울비가 규리하 땅에 발을 디딘 순간부터 규리하의 조신들은 스카리 빌파와 부냐 헨로의 재현을 걱정했다. 하지만 아이넬은 그 이야기를 믿지 않았다.

"규리하는 이미 공격을 당했습니다. 황제께선 직접 규리하의 지배자를 결정했고요. 그런데 왜 황제께서 다시 규리하를 공격한단 말입니까?"

"나는 대귀족들이 사라지고 있다는 것이 걱정스럽습니다."

"대귀족들?"

"제일 처음 규리하가 무너졌습니다. 부인의 오라버니는 수치스럽게 도망가야 했지요. 그 다음은 발케네였습니다. 락토 빌파는 죽었고 그 후계자 스카리 빌파는 현재 황제에게 협조하고 있습니다. 그리고 비나간. 영원히 그 땅을 통치할 것 같던 노후작은 죽었고 그 뒤를 이은 증손녀는 비나간에서 쫓겨났습니다. 마지막으로 시모그라쥬. 시모그라쥬는 가장 강대한 위세를 떨쳤지만 결국 처참하게 무너졌습니다. 마치 누군가가 치밀하게 계획한 것처럼 지난 3년 동안 내로라 하는 제국의 대귀족들이 거세당했습니다. 그리고 영향력만은 대귀족들과 맞먹거나 그 이상인 유료도로당 또한 꼬락서니가 말이 아니게 되었습니다."

아이넬은 눈을 번득였다.

"계승 준비예요!"

발리츠는 고개를 끄덕였다.

"그렇습니다. 단순한 황제의 세력 강화라고 말하기는 어렵지요. 그런 목적이라면 무향을 거꾸러뜨려 서약 지지파를 위협한 것만으로 충분했을 테니까. 이건 계승 준비입니다."

"그렇다면 역시 칼리도 백이……."

발리츠는 창밖에서 수천만 마리의 하얀 요괴처럼 떨어지는 함박눈을 바라보았다. 그의 얼굴을 물들이고 있는 불안감이 아이넬을 안절부절못하게 했다. 발리츠가 말했다.

"나는 조금 전에 규리하도 다른 대귀족들처럼 거세당했다고 말했습니다. 하지만 규리하는 그 장구한 역사의 힘을 자랑하듯 현재 제국의 유일무이한 대귀족으로 다시 부활했습니다. 황제는 즈믄누리에서 자라난 인간 처녀가 규리하를 부흥시킬 거라고는 생각 못했겠지요. 사실 그 판단은 틀리지 않았습니다. 우리 귀여운 처조카님은, 물론 무능하다고 말하지는 않겠지만, 놀랄 정도로 탁월한 분도 아닙니다. 하지만 그녀에겐 누구도 고려하지 않았을 힘이 있었지요."

"하늘치……."

발리츠는 우울한 얼굴로 말했다.

"물론 황제 폐하께서는 칼리도 백과 결합할 규리하 공이 막강한 힘을 가지고 있다는 것을 반기실 수도 있습니다."

"맞습니다. 그럴 거예요!"

"하지만 만약 폐하께서 규리하 황조가 아닌 에더리 황조를 원하신다면 지나치게 강력한 아내는 오히려 내켜하지 않으실 수도 있습니다. 황제가 그렇게 판단하면 우리의 규리하 공 또한 차기 황제의 반려에서 차기 황제에게 위협이 되는 존재로 전락하게 됩니다. 거세당한 다른 대귀족처럼. 그 경우 비셀스 규리하의 목숨은 명재경각입니다."

아이넬은 침을 꿀꺽 삼켰다. 발리츠는 머리를 긁적였다.

"모든 경우를 예상해 두는 것이 좋지요, 부인. 만약 황제께서 칼리도 백과 규리하 공의 결합을 포기하셨다면 우리가 선택할 수 있는 길은 두 가지입니다. 첫째는 계명성 들은 어르신처럼 규리하 공의 곁을 떠나는 것입니다. 근처에 머물렀다간 함께 벼락을 맞을지도 모르니까. 그리고 둘째는……."

아이넬 규리하는 둘째 방도가 무엇일지 짐작할 수 있었다. 그녀는 남편의 얼굴을 뚫어지게 바라보았다. 발리츠는 아내가 이미 둘째 방도를 알고 있음을 깨달았지만 확인하듯 말했다.

"비셀스의 곁에 잔류해 있다가 가장 적절한 순간에 그녀를 배신하는 것입니다."

아이넬은 입술을 입속으로 끌어당겼다. 그녀는 남편을 향해 말했다.

"왜 그런 말을 하시는 겁니까?"

"우리 처지를 설명한 겁니다."

"배신자는 절대로 배신할 거라고 말하지 않지요. 배신도 일종의 깜짝 선물이니까. 그런데도 각하께서 배신을 거론했다면 그럴 의도가 없다는 뜻일 겁니다."

발리츠는 아내의 분석에 저항하지 않았다.

"부인, 당신은 조카를 배신할 수 있습니까?"

아이넬의 커다란 덩치가 갑자기 줄어드는 것처럼 보였다. 남작부인은 탁자 위에 얹은 두 손을 마주 잡았다.

"각하, 저는 오라버니도 배신했어요."

아이넬은 머리를 떨어뜨렸다. 그녀의 손과 어깨가 가볍게 떨렸다. 발리츠는 당혹감을 느꼈다.

"미안합니다, 부인. 상심하게 할 생각은 없었는데. 내가 말을 잘못했군요. 비셀스와 아이저는 다릅니다. 아이저는 자신이 무엇을 하는지 정확하게 아는 상태에서 황제의 분노를 샀습니다. 전쟁의 위협이 있는 상황에서도 공공연히 서약 지지파임을 드러내었고 전쟁이 발발한 후에도 항복은 생각하지 않았지요. 그는 명백하게 황제를 적대했습니다. 하지만 비셀스는 우리가 잘 알다시피 제위엔 아무 관심이 없으며 황제에 대한 반감도 보여 준 적이 없습니다. 비셀스는 단지 위협이 될 수 있는 능력을 가지고 있을 뿐입니다. 그리고 다른 사람을 상처 입히는 데 그 능력을 쓴 적은 한번도 없습니다. 나는 그런 비셀스가 해로운 일을 당해야 하는 것이 마음에 들지 않습니다. 도깨비들도 자기 종족이 아닌 그녀를 잘 보살펴 주었는데 그녀와 같은 인간들이 끝없이 그녀를 버리고 괴롭히고 배신한다는 것은…… 비셀스는 그 사실에 화를 내거나 슬퍼하지도 않습니다. 그저 '킴은 원래 그런가 보지요.'라고 말할 뿐입니다. 그것도 비난이 아니라 해는 서쪽으로 진다고 말하는 투입니다."

발리츠는 자신이 횡설수설하고 있다고 생각하고 말을 멈췄다. 아이넬은 여전히 고개를 숙인 채였고 어깨의 떨림 또한 여전했다. 안절부절 못하게 된 발리츠는 자리에서 일어나 아이넬에게 다가가려 했다. 하지만 몸을 반쯤 일으켰던 발리츠는 뭔가 이상하다는 것을 느꼈다. 다시 자리에 앉아 어깨를 떨고 있는 아이넬을 조금 전과 다른 시선으로 바라보았다. 그의 의심이 부풀었을 때 아이넬은 커다란 얼굴을 들어 발리츠를 바라보았다.

남작 부인의 얼굴에서는 웃음이 뚝뚝 떨어지고 있었다.

"사랑하는 남작님."

"이런, 부인!"

"미안해요, 각하. 각하께서 지나치게 진지하셔서서. 하지만 그렇게까지 당황하실 줄은 몰랐어요. 화내지 마세요."

남작 부인은 술통 같은 허리를 힘있게 비틀어 몸을 꼬았다. 그 모습을 보던 발리츠는 노기를 잊었다. '세상에, 이렇게 귀여울 수가!' 진심이었다.

남작의 얼굴에 떠오른 웃음을 본 남작 부인은 함께 웃으며 말했다.

"그 애가 어린애라고 말한 것은 저였지요. 하지만 각하께서 그것을 더 강하게 느끼고 계셨군요. 어린애에게 무도하게 굴기 싫으신 거죠?"

발리츠는 솔직하게 말했다.

"우리가 아이저 규리하를 돕지 않아서 비셀스가 아버지에게 죽임을 당할 뻔했다는 생각도 가끔 듭니다. 물론 우리가 도왔다 하더라도 아이저 규리하의 패망은 막을 수 없었을 테니 말도 안 되는 생각입니다만."

"그렇게나 비셀스를 동정하셨어요?"

아이넬은 놀란 표정을 지어 보였다. 발리츠는 씁쓸한 얼굴로 말했다.

"판사이와 바꿀 정도는 아닙니다."

"……예. 아무리 가엾다 해도 어린애 한 명과 판사이를 바꿀 수는 없지요."

발리츠는 두 팔을 옆으로 아무렇게나 던졌다. 그리고 의자 등받이에 뒤통수를 기대었다.

"나는 비셀스를 배신하고 싶지 않습니다. 내 생각이 모두 틀렸으면 좋겠습니다. 황제께서 규리하 공이야말로 칼리도 백의 가장 강력한 원군이 될 수 있다고 판단하시기만 하면 됩니다. 그러면 규리하 공은 칼리도 백과 결혼할 테고, 에더리 황조가 열릴 테고, 여황이 될지 황비가 될지는 모르지만 어쨌든 황실 최고위층 인사가 된 비셀스의 고모와 고모부가 된 우리는 판사이의 그 망할 놈들을 벌벌 기게 만들 수 있겠지요. 그 녀석들만 빼고 모두가 행복해지는 일이군요."

아이넬은 빙그레 웃었다.

"각하께서 원하신다면 그들이 판사이의 진정한 주인을 섬기게 되어 정말 행복하다고 말하게 만들겠습니다."

발리츠는 자신의 아내가 그럴 수 있을 것을 믿어 의심치 않았다. 그런데 아이넬의 말은 끝나지 않았다.

"그렇다면 역시 비나간 후를 튼튼한 밧줄로 정성스럽게 포장해서 황제에게 보내는 것이 좋겠군요. 황제의 권위를 인정하고 따른다는 표시가 될 수 있겠지요."

발리츠는 입술 사이로 쯧 하는 소리를 냈다.

"그게 상쾌한 해결책이지요. 그런데 규리하 공은 그들에 대해 아무 조처도 취하지 않고 있습니다. 황제의 지시가 오길 기다리는 걸까요? 하지만 두 사람은 딱정벌레를 타고 왔으니 황제는 그들이 어디 있는지 모를 수도 있습니다. 그렇다면 지시를 내릴 수 없을 테니 이쪽에서 먼저 그들을 보내야 합니다."

"제가 비셀스에게 이야기해 보지요."

"글쎄요. 두 사람이 도착한 후로 규리하의 조신들이 말하다 질식할 정도로 되풀이해 온 말이 그들을 쫓아내라는 말이었을 텐데요."

"하지만 그들 중에 하늘치를 자유롭게 다루는 사람을 황제가 싫어할지도 모른다는 점을 이야기한 사람은 없었겠지요. 각하의 지적이 옳아요. 두 사람을 데리고 있는 기간이 길어질수록 황제의 의심은 커질 테지요. 황제는 비셀스가 두 사람을 보호하려 한다고 생각할 겁니다. 하늘치를 자유자재로 다루고 즈믄누리의 친구인 여자가 황제로부터 도망친 자를 공공연히 보호한다면, 그래요, 절대로 좌시하지 않을 겁니다. 가서 말해야겠어요."

아이넬은 자리에서 일어났다. 발리츠는 따라 일어나며 말했다.

"함께 갈까요?"

"아니요. 고모 대 조카로, 그리고 여자끼리 이야기하는 것이 좋겠어요. 각하는 쉬세요. 설경을 감상하는 법이라도 익히시면 좋겠군요."

발리츠는 질색하는 얼굴로 고개를 가로저었다. 아이넬은 미소를 짓다가 문득 창밖을 바라보았다. 그곳에서 무엇인가가 움직이고 있었다.

밖을 내다본 아이넬은 성안 가득히 쌓여 있는 눈 위를 걸어가는 인간을 발견했다. 큼직한 눈신을 신고 있는 그 사람은 인간의 키보다 더 높이 쌓여 있는 눈 위에서도 불편함 없이 걷고 있었다. 보나마나 규리하 사람일 거라 생각했던 아이넬은 자신의 생각이 틀렸음을 알았다. 아이넬은 창밖을 가리키며 남편을 돌아보았다.

"각하! 보세요. 규리하 출신도 아닌데 저렇게 눈 위에서 편안해하는 사람도 있군요."

"그런 사람이 있습니까?"

창가로 다가온 발리츠는 아내가 가리킨 곳을 보았다. 두툼한 옷으로 몸을 두르고 눈신을 멋지게 내딛으며 걸어가는 인간을 관찰한 발리츠는 잠시 후 미심쩍은 얼굴로 아내를 돌아보았다.

"부인. 저건 사라말 아이솔이잖습니까?"

남작 부인은 그 항의가 꽤 타당하게 들린다는 사실에 당황했다. 남작과 남작 부인은 마주 보았고, 조금 후 폭소를 터뜨렸다.

사라말 아이솔은 그를 일반인으로 취급할 수 없다는 암시를 담은 판사이 남작 부부의 대화를 듣지 못했다. 거리가 멀었고 두툼한 모자가 그의 머리를 감싸고 있었으며 게다가 눈신이 눈을 짓누르는 소리가 요란했기 때문이다. 하지만 그 말을 들었다 해도 별로 신경 쓰지 않았을 것이다.

하얀 눈밭 위를 걸어간 사라말은 곧 건물 이층의 창문 앞에 도달했다. 사라말은 덧창을 두드렸다. 덧창이 약간 열렸다. 그 사이로 병사의 얼굴이 나타났다.

"율형부사님이시군요."

덧창이 열렸다. 안쪽에 있던 병사는 사라말이 창문을 넘어 들어오도록 도와주었다. 안으로 들어간 사라말은 눈신을 벗으며 병사를 바라보았다. 병사는 방 저쪽에 있는 문을 가리켰다. 사라말은 눈이 잔뜩 묻은 방한복을 벗어 병사에게 건네고 그 문으로 들어섰다.

방 안 공기는 따스했다. 함박눈이 내리는 포근한 날씨이긴 하지만 바깥에 있다가 들어온 사라말은 가려움을 느꼈다. 그곳은 소응접실이었다. 방은 조그마한 크기였지만 규리하 성의 모든 부분이 그렇듯 장중하면서도 검박한 분위기를 물씬 풍겼다. 발란카 도자기임이 분명한 물건들이 놓여 있는 벽난로 가까운 곳에는 조그마한 탁자가 있었고 그 주위에는 세 사람이 앉아 있었다. 그중 한 명이 말했다.

"어서 오세요, 부사님."

정우가 그에게 인사했다. 굴도하 남작 부인은 사라말을 보고 웃기보다는 그를 따라오는 편이 좋았을 것이다. 사라말은 정우에게 목례하고 탁자 주위에 있던 두 사람에게도 목례했다. 정우의 맞은편에 앉아 있던 지키멜 퍼스와 시오크 지울비가 인사를 받았다. 정우는 자신의 옆에 있는 의자를 가리키며 말했다.

"앉으세요. 머리가 젖었군요. 바깥에 계셨어요?"

"예, 산책 중이었습니다."

"방해해서 죄송합니다. 법률적 조언을 좀 얻고 싶어서요."

"괜찮습니다. 뭡니까?"

사라말은 의자에 앉아서 정우를 바라보았다. 정우의 앞쪽에는 도깨비지 한 장이 놓여 있었다. 정우는 그것을 손으로 누른 채 말했다.

"뱀단지가 움직였어요."

사라말은 미간을 살짝 찡그리고 계속 말하라는 몸짓을 했다. 정우는 도깨비지를 사라말에게 밀면서 말했다.

"사어는 짧았어요. 이것이 황제 폐하로부터 온 사어예요. 읽어 보세요."

그것을 받은 사라말은 시오크 지울비와 지키멜 퍼스의 안색을 살폈다. 지키멜은 긴장하고 있었고 시오크는 우울해 보였다. 사라말은 도깨비지를 들여다보았다. 정우의 말처럼 사어는 짧았다.

아라짓 제국 황제 치천제가 시오크 지울비에게 고한다. 그대를 유료도로당의 모든 도로를 통치하는 왕에 봉한다. 이 지시를 받는 즉시 유료도로당으로 돌아가 왕의 의무를 수행할 준비를 하라.

사라말은 그 글을 딱 한 번만 읽었다. 곧 종이를 정우에게 미는 사라말을 보며 지키멜과 시오크는 약간 당황했다. 사라말이 말했다.

"가능합니다."

"정말 법적으로 이런 왕위 하사가······."

"아니요. 아라짓 제국의 황제는 법 위에 존재하기 때문에 무엇이든 가능합니다."

탁자 주위의 사람들은 허무했다. 특히나 전문적인 법률 용어로 점철된 설명과 치열한 법리학적 토론을 기대하던 법학도 지키멜은 예상과 완전히 다른 설명에 황당한 기분마저 느꼈다. 그녀는 자신이 원하던 방향으로 대화를 이끌어 보려 시도했다.

"그래도 좀 황당하군. 도로가 영토라니. 도로에는 배타성이 없어. 간단히 말해서 국경을 만들 수가 없다는 거야. 선 위에 선을 만드는 꼴이 되니까."

"상관없습니다. 국경선 대신 국경점이 있으니까."

"뭐? 국경점?"

"선 위에 선을 겹치는 것은 무의미해도 점은 얼마든지 가능합니다. 유료도로당의 징수소는 유료도로국의 국경점이 되고 출입국 관리 사무소가 되겠군요."

"유료도로국?"

지키멜은 어이없다는 얼굴로 사라말을 바라보았다. 그녀가 그 말에 반론하려 할 때 침울하게 앉아 있던 시오크 지울비가 말했다.

"아버님이 아니고 왜 저인지 짐작되십니까, 부사님?"

"자네 춘부장은 이미 체포되셨을 거야. 이런 일을 받아들일 분이 아니니까."

"인질이군요."

사라말은 어깨를 가볍게 으쓱했다.

"과격하지만 상당히 흥미로운 방법이군요. 이것은 교통망을 제국 정부가 직접 통제하겠다는 뜻입니다. 국경점이니 하는 말을 했지만 사실상 선으로 이루어진 영토를 완전히 보호할 수는 없습니다. 유료도로국의 영토는 다른 봉토들 가운데로도 지나니까요. 따라서 유료도로국의 국왕은 왕이라는 지극히 높은 신분에도 불구하고 그 어떤 귀족보다도 중앙 정부에 협조적인 제후가 될 겁니다. 제2의 하늘누리는 만들어지지 않을 모양이군요."

사라말의 말은 평온했지만 듣고 있던 사람들은 숨 가쁜 기분을 느꼈다. 그들은 도대체 어떻게 해서 그런 결론이 나오느냐고 묻는 눈으로 사라말을 바라보았다. 사라말은 설명했다.

"그동안 제국의 기간 시설인 도로가 민영 기관에 의해 운영될 수 있었던 것은 유료도로당의 오랜 전통 때문이기도 합니다만 제국 수도가 이동할 수 있고 뱀단지가 있었기 때문이기도 합니다. 그런 것들이 없다면 제국 정부는 교통수단일 뿐만 아니라 통신 수단이며 군사 시설이기도 한 도로망을 오래전에 장악했을 겁니다. 바꿔 말해 제국 정부가 도로망을 장악하러 나섰다면 제국 수도가 더 이상 움직이지 않는다는 뜻이 될 겁니다. 두 번째 하늘누리가 건설될 때까지 임시로 도로망을 장악하는 거라고 생각하기는 어렵습니다. 그렇다면 왕위까지는 필요 없지요. 더군다나 비나간 후께서 알려 주신 바에 따르면 황제 폐하는 이미 두 번째 하늘누리로 전용할 수 있는 하늘치를 보유하고 계십니다. 그런데도 황제 폐하가 유료도로당을 유료도로국으로 만들어서라도 도로망을 장악하려 하신다면 제2의 하늘누리는 없다는 뜻이 됩니다. 제국의 수도는 지상에 건설될 모양입니다."

정우가 손을 조금 들어 올렸다.

"폐하는 하늘누리에 발생한 사고 때문에 하늘치 위의 수도는 위험하다고 생각하신 걸까요?"

"그럴 수도 있겠지요. 엔거 평원에 나타난 하늘치 말리는 무기였다고 하니 폐하는 하늘치가 도시 부지보다는 공격 무기로 적절하다고 생각하신 것일지도 모르겠습니다. 언제 알리셨습니까, 정우?"

지키멜과 시오크는 정우가 절대로 그 질문에 대답하지 못할 거라 생각했다. 그래서 아무렇지 않게 대답하는 그녀의 모습에 그들은 깜짝 놀랐다.

"알리지 않았어요. 모든 곳으로 보낸 것 아닐까요?"

"그게 타당한 설명이군요. 어떻게 할 건가, 시오크?"

갑자기 지적당한 시오크는 당황하다가 비틀린 미소를 지어 보였다.

"저는 규리하 공이 아닙니다. 그러니까……."

"나는 규리하 공께 비나간 후와 자네가 규리하에 있다는 것을 황제 폐하께 알렸느냐고 질문했고 규리하 공은 알리지 않으셨다고 대답하셨어. 그리고 규리하 공은 제국 전역으로 이 사어를 보낸 것이 아닐까 추측하셨고 나는 그것이 타당한 설명이라고 생각해. 자네는 이 지시를 따를 건가, 무시할 건가?"

"감사합니다, 율형부사님. 제 생각엔 이 지시를 따를 수밖에 없을 것 같습니다."

지키멜은 얼굴을 일그러뜨렸다. 시오크가 재빨리 말했다.

"제가 가지 않으면 황제는 고위 당원 중 한 명을 골라 왕위를 내릴 겁니다. 얼마든지 그렇게 할 수 있지요. 그러면 아버님의 안전을 확보하기 힘들어집니다. 또는 그 문제 때문에 당이 황제와 마찰을 일으킬지도 모릅니다. 그렇다면 이미 많은 타격을 입은 당은 회복 불가능의 상처를 입을 테지요. 제가 왕위를 받아야 아버지를 구하는 일과 당을 수습하는 일 모두 시도할 수 있습니다."

지키멜은 입술을 질근질근 깨물며 시오크를 노려보았다. 정우와 사라말은 그녀가 고함을 지르고 싶어한다는 것을 잘 알 수 있었다. 하지만 지키멜은 입을 여는 대신 시오크를 외면했다. 시오크는 그녀의 그런 모습을 보고 고개를 떨어뜨렸다.

"규리하 공, 의지할 곳 없이 도망쳐 온 저를 받아 주신 것에 깊이 감사드립니다. 베풀어 주신 은혜는 반드시…….."

"도망쳐 온 것은 나였어."

지키멜이 갑작스럽게 말했다. 규리하 변경백에 대한 예의 때문에 언성을 높이지는 않았지만 그녀의 목소리는 싸늘했다.

"황제를 피해 도망친 것은 나였어. 너는 그냥 나를 따라왔을 뿐이지. 나와 동료였다는 식으로 말하지 마, 비겁한 놈."

시오크는 상처 입은 표정으로 지키멜을 바라보았다.

"독행왕 폐하, 저는 폐하를 내팽개치는 것이 아닙니다. 황제의 제안을 받아들이면 폐하를 도와드릴 수 있습니다."

"네 도움은 필요 없어."

정우는 낮은 목소리로 이루어지는 다툼이 더 무섭다고 생각했다. 지키멜은 잡아먹을 듯한 눈으로 시오크를 노려보고 자리에서 일어났다.

"먼저 자리에서 일어나겠습니다, 정우."

'아, 그러세요, 지키멜.'이라고 말하려 했지만 말을 끝내자마자 떠나는 지키멜을 본 정우는 입을 다물었다. 지키멜이 문을 빠져나가자 바로 시오크가 자리에서 일어났다.

"각하, 제가 물러나는 것을…….."

"허락해요."

시오크는 지키멜의 뒤를 따라 나갔다. 정우는 닫히는 문을 바라보다가 등받이에 몸을 던지듯 허리를 젖혔다.

"지키멜이 화가 많이 난 것 같죠?"

사라말은 팔짱을 꼈다.

"비나간 후는 시오크가 자신과 함께 황제와 싸우기를 바랐나 봅니다. 이 경우에는 시오크를 지지하고 싶습니다. 시오크는 비나간 후에게 도움이 되지 않습니다. 유료도로당은 시모그라쥬군과 달리 하늘을 나는 말리에 아무런 타격을 줄 수 없습니다. 시오크는 자신이 말한 것처럼 유료도로당과 아버지를 보살피는 편이 낫습니다. 시오크가 떠나고 나면 당신에 대한 비나간 후의 공세가 더 심해지겠군요."

정우는 한숨을 내쉬었다.

"지키멜은 제국이 쪼개져야 한다고 믿고 있지요. 뱀단지와 이동 수도가 없어도 사람들이 다스릴 수 있는 크기로. 사라말, 제2의 하늘누리는 없을 거라고 말했지요? 폐하께서는 이동 수도도 없이 이 커다란 제국을 다스릴 수 있다고 생각하시는 걸까요?"

"이동 수도보다 더 나은 것을 가지고 계신가 봅니다."

"그게 뭘까요?"

사라말은 팔짱을 낀 팔에 더 힘을 주었다. 그는 몸을 접다시피 움츠린 채 탁자를 바라보며 말했다.

"정우, 혹시 즈믄누리에 임시 성주나 성주 대리 같은 제도가 있습니까?"

정우는 몸을 일으켜 똑바로 앉았다.

"금시초문인데요. 그런 제도가 있었다면 바우 성주님은 자주 이용했을 거예요. 하지만 그런 일이 일어나는 것은 본 적이 없어요. 왜 그런 것을 물어보죠?"

"탈해 머리돌이 임시 성주가 되면 즈믄누리의 일부가 묻혀 있는 이 규리하 성에서도 올바른 결정을 내릴 수 있을지 모른다고 생각했기 때문입니다."

정우는 눈을 커다랗게 떴다.

"와!"

정우는 두 손을 펼쳤다가 다시 붙였다. "와!" 정우는 고개를 열심히 끄덕였다.

"정말 재미있는 생각이네요. 라수의 방은 원래 즈믄누리의 일부였으니까…… 즈믄누리의 성주는 즈믄누리에 있을 때 올바른 결정을 내리고…… 그런데 왜 즈믄누리의 성주가 내리는 올바른 결정이 필요하죠?"

"자기가 이해하기 힘든 문제를 즈믄누리의 성주에게 가져가는 도깨비들처럼 저 또한 물어보고 싶은 것이 있습니다."

"그게 뭔데요?"

'전대미문의 강력한 무기를 가진 채 하늘에 떠서 사람의 정신을 마음대로 조종할 수 있는 존재라면 신이라고 생각해도 되냐고 물어보고 싶습니다. 그리고 그 존재가 자신이 신이라고 주장한다면 그걸 어떻게 대해야 하는지 물어보고 싶습니다.'라는 말이 사라말의 입술을 통과하며 이렇게 바뀌었다.

"아트밀이 구구단 7단을 외울 수 있는 방법을 물어보고 싶습니다."

정우는 방긋 웃었다.

"그렇게 말씀하기 어려운 일이라면 묻지 않을게요."

"감사합니다."

시오크는 문이 지키멜이라고 생각하기로 했다. 문이 열리길 기다리는 것보다는 그런 착각을 하는 편이 나을 것 같았다.

"지키멜, 유료도로당은 하늘을 날아다니는 자를 제지할 수 없어."
 지키멜에서 쾅 하는 소리가 났다. 지키멜이 지키멜에 뭔가를 집어던진 모양이다. 시오크는 무의식중에 복도 좌우를 둘러보고는 다시 지키멜에게 말했다.
 "무슨 말을 하고 싶은지 알아. 여기에는 하늘치를 다루는 자도 있고 즈믄누리의 무사장도 있다는 거지. 규리하 공이 결심만 하면 황제와 겨뤄 볼 수 있다는 거지. 하지만 나는 좀 다른 이야기를 들었어. 그녀에게도 문제가 있는 것 같아. 이곳 사람들이 워낙 쉬쉬해서 자세히 알지는 못하지만 도망친 아이저 규리하가 자기 땅을 되찾기 위해 뭔가 대단한 일을 준비하는 모양이야. 그런 상황이라면 비셸스 규리하는 황제와 대립하느니 차라리 황제에게 도움을 청하는 것이 합당하지 않겠어? 두 명의 적과 싸울 수는 없으니까."
 이번에는 조금 먼 곳에서 소리가 들려왔다. 지키멜이 뭔가를 걸어찼다고 생각한 시오크는 그녀의 발이 다치지 않았기를 바라며 말했다.
 "너도 그런 분위기를 대강 눈치 챘지?"
 대답이 없었다. 시오크는 지키멜에 이마를 기댔다. 갑작스럽게 피로가 느껴졌다. 시오크는 힘겹게 말했다.
 "지키멜, 우리는 실패했어."
 괴괴하기까지 한 침묵이 돌아왔다. 시오크는 왼손으로 오른팔을 움켜쥐었다.
 "제국은 필요해. 그것이 마음에 들지 않는다 해도 없는 것보다는 나아. 왜냐하면 사람들이 제멋대로 상대방을 판단하는 일을 막아 주니까. 너는 왕국도 그럴 수 있다고 말하겠지. 하지만 정말 그것을 확신할 수 있어? 나는 모르겠어. 확신이 없어. 왕국이 바위를 깨고 하늘을 나는 저 레콘들을 통제할 수 있을까?"

"레콘들은 자기만 알아! 자기를 귀찮게 하지 않는 상대는 귀찮게 하지 않아!"

갑작스러운 외침에 시오크는 놀라서 문에 이마를 문질렀다. 쓰린 이마를 붙잡고 물러났던 시오크는 다시 문에 바짝 붙어 서서 말했다.

"하지만 사람들은 레콘들을 귀찮게 해. 그들의 힘을 탐내니까. 두억시니 장군을 봐. 그녀는 자기 목적 때문에 그을린발을 귀찮게 했고 그 결과로 끔찍한 보복을 당했어. 지키멜, 레콘들 자신이 문제라고 말하는 것이 아니야. 사람들이 레콘을 가만두지 않을 거란 말이야. 사람들에게 자극받은 레콘들이 날뛸 때 왕국이 과연 그들을 통제할 수 있을까?"

"고작 레콘들을 통제하기 위해 사람들을 계속 피 흘리게 만드는 제국이 존재해야 한다는 거야? 너는 그렇게 말하는 거야?"

시오크는 자신의 호흡 소리를 들으며 잠시 기다렸다. 그리고 부드럽게 말했다.

"지키멜, 그 질문에 네가 대답해 보겠어?"

대답이 없었다. 시오크는 다시 문에 이마를 기댔다. 하지만 그때 문이 벌컥 열렸고 앞으로 몸을 기울이던 시오크는 중심을 잃고 다급하게 발을 내밀었다. 휘청거리며 방 안으로 들어간 시오크는 방 가운데에 이르러서야 겨우 몸을 똑바로 세웠다. 그는 놀란 표정으로 문 쪽을 향해 돌아섰다. 그 동작의 도중에서 시오크는 문이 쾅 닫히는 모습, 지키멜이 달려오는 모습을 보았다. 그가 지키멜을 향해 완전히 돌아섰을 때 지키멜이 그의 가슴에 뛰어들었다.

지키멜은 시오크를 와락 끌어안았다. 가슴을 모두 그녀에게 맡긴 채 시오크는 가만히 서 있었다. 지키멜은 헐떡이듯 말했다.

"나쁜 놈."

시오크는 흐트러진 지키멜의 머리카락을 내려다보았다. 지키멜의 넓은 어깨가 위아래로 들썩였다. 그녀의 목소리는 뾰족했다. 시오크는 자신의 가슴을 문지르는 그녀의 코를 느꼈다.

"나쁜 놈, 나쁜 놈, 나쁜 놈!"

"미안해."

"사과하지 마! 나쁜 놈이 아닌 척하지 마. 너는 나쁜 놈이니까!"

"미안해."

"사랑한다고 말해."

"사랑해."

지키멜은 그의 가슴을 확 밀쳤다.

비틀거리며 물러난 시오크는 지키멜을 바라보았다. 그녀는 문을 향해 척척 걸어갔다. 그리고 그를 보지 않은 채 문을 열었다. 지키멜은 아무 말 없이 손을 뻗어 문 바깥을 가리켰다.

시오크는 잠시 머뭇거렸다. 지키멜은 더 거친 동작으로 문 바깥을 가리켰다. 그녀의 눈은 여전히 시오크를 외면하고 있었다.

잠시 후 시오크가 걸음을 뗐다. 그가 문 바깥으로 나갈 때까지 지키멜은 한번도 그를 쳐다보지 않았다. 시오크가 복도에 섰을 때 문이 닫혔다.

시오크는 닫힌 문을 바라보았다. 문 안쪽에서는 아무 소리도 들려오지 않았다.

론솔피는 커다란 돌무더기에 걸터앉은 채 사모를 바라보았다. 주위를 경계하는 두억시니들이 계속 나타났다 사라졌다 했기 때문에 주변은 고요하지 않았다. 하지만 사모와 론솔피 사이에 놓인 공간은 침묵으로 얼어붙어 있었다.

바람이 불었다. 심장탑의 폐허를 스친 바람은 나뭇가지와 잎사귀를 스칠 때와는 다른 소리를 냈다. 론솔피는 일만육천 년 뒤에는 이곳에서 어떤 폐허도 찾을 수 없을 거라고 생각했다. 어쩌면 페로그라쥬 자체가 사라졌을지도 모른다. 그리고 론솔피라는 레콘이 있었다는 것은 아무도 알 수 없을 것이다. 그 생각은 론솔피를 약간 언짢게 했다. 론솔피는 그 생각을 떨치려는 듯 깃털을 가볍게 부풀렸다가 가라앉혔다.

"대호왕. 그을린발, 지멘. 그리고 세 번째도 레콘이라고 했지. 왜 모두 레콘이지?"

"그야 레콘들을 위한 셋이니까."

"무슨 말이지?"

사모는 잠시 말을 정리하기 위해 침묵했다.

"분리주의에 대해 알아?"

"많이 알지는 못해."

"오해의 가능성이 분명히 존재하지만 내 바람을 설명하기 위해서는 분리주의에 비교하는 것이 괜찮을 듯하군. 분리주의는 레콘들에게 자신의 정치 구조를 만들 기회를 주자는 것이지. 그와 비슷하게 나는 레콘들이 사람의 신을 상대할 자신의 방법을 찾아내기를 바라."

"사람의 신을 상대해?"

"나가나 인간, 도깨비들은 신을 상대할 자신들의 셋을 찾아낼 수 있다. 그들은 서로 협조하는 것에 익숙하니까. 하지만 너희 레콘들은 개인주의자들이지. 너희들은 셋은커녕 둘이서 어울리기도 힘들다. 철의 침묵을 약속한 티나한과 즈라더가 전설이 된 것을 생각해 봐.”

사모의 말을 생각하며 론솔피는 뇌가 쭈그러들 것 같았다. 잠시 후 론솔피가 부리를 열었다.

"그러면 그 길잡이, 대적자, 요술쟁이가 인간, 나가, 도깨비들에서도 모두 나타난다는 거야?"

"그럴 거라 생각한다."

"왜?"

"사람이라는 이름을 공유하지만 네 선민 종족은 삶도 죽음도 모두 다르다. 심장 없는 나가, 두 번 죽는 도깨비, 무기를 놓았을 때 늙는 레콘, 죽음을 피할 줄 아는 인간을 같다고 말할 수 없지. 당연히 사람의 신을 대하는 방식도 다를 수밖에 없다. 따라서 그들 모두에게는 신을 상대할 셋이 나타날 것이다."

"하지만 레콘들은 자기들의 셋을 찾아내지 못한다?"

"어렵다고 표현하겠어."

"그러면 너는 레콘이 그 셋을 찾는 것을 도와주기 위해…… 왜 도와주는 거지?"

"스스로는 찾아내기 힘들 테니까."

"나는 그런 뜻으로 질문한 것이 아닌데. 레콘을 돕는 것이 네게 무슨 이득이 되지? 너는 레콘도 아니잖아."

사모는 그 질문에 대답하지 않았다.

"치천제는 분리주의를 거부한다. 그녀는 네 선민 종족을 똑같은 사람으로 규정하여 똑같이 보살피려 할 것이다. 그녀의 태도를 공정하다고 말할 수도 있을 것이다. 그녀에 비하면 내 바람은 무책임한 것일지도 모른다. 너희들이 찾아낸 셋은 너희 레콘을 저주받은 종족으로 이끌 수도 있으니까."

"뭐라고?"

사모는 손을 뻗어 론솔피를 가리켰다.

"나는 상대한다고 했지 상대하는 방식은 말하지 않았다. 레콘들은 신을 경배할 수도 있다. 아니면 무시할 수도 있다. 물론 투쟁할 수도 있다. 만약 레콘 길잡이와 대적자, 요술쟁이가 사람의 신과 싸우기로 한다면 레콘은, 이를테면 마족이 되겠지."

론솔피는 어처구니가 없었다.

"그러면 너는 우리가 마귀 종족이 될 기회를 주겠다는 거야?"

"그래."

그 단호한 태도 때문에 론솔피는 생각에 잠겼다. 론솔피는 사모가 말하려는 것을 이해했다.

"혹은 신의 금군 종족이 될 수도 있고 말이야."

사모는 팔을 내리고 고개를 끄덕였다.

"도깨비, 인간, 나가도 그렇다."

"무슨 말인지 알 것 같군. 결국 다른 종족들은 신을 어떻게 대할지 스스로 결정할 수 있지만 우리는 그럴 기회가 없다는 거지. 셋이 모이지 못할 테니까. 그래서 치천제가 신이 되려는 것을 알고 있던 너는 우리가 그녀를 상대할 수 있도록 도와주려는 것이고. 하지만 아직도 이해가 안 되는 것이 있는데."

"뭐지?"

론솔피는 팔짱을 끼었다.

"우리는 레콘이야. 레콘은 개인주의자라고? 동의해. 그렇다면 왜 모든 레콘이 똑같은 방법을 선택해야 하지? 각자 그 사람의 신이라는 것을 따를지, 무시할지, 아니면 싸울지 결정해도 되는 거잖아."

"무의미해. 혼자서는 결정할 수 없어."

"왜?"

"셋이 하나를 상대하니까."

론솔피는 부리를 탁 부딪쳤다. 그리고 그 동작이 자신의 불쾌감을 충분히 드러내지 못했다고 생각하고는 더 세게 부딪쳤다. 턱이 좀 얼얼해서 론솔피는 잠시 동안 말을 할 수 없었다. 사모는 잘게 부서진 듯한 웃음을 흩뿌렸다.

"무슨 생각을 하는지 알아. 내가 무엇에든 적용될 수 있기 때문에 사실상 아무 의미도 없는 옛 속담을 근거로 자신이 모든 것을 안다는 듯이 행세하는 노인이라고 생각하겠지."

"네 말이 좀 갑갑하다는 것은 너도 인정해야 할걸."

"하지만 내가 요술쟁이를 찾으려 한 이유는 바로 그것이다. 그리고 내겐 더 이상 그럴 여유가 없어. 그러니 네게 부탁하겠다."

"나더러 요술을 부리는 레콘을 찾으라고? 그 레콘을 찾아서 지멘과 그을린발에게 소개시켜 줘야 하나?"

론솔피는 비꼬는 태도를 숨김없이 드러내며 말했다. 사모는 고개를 가로저었다.

"길잡이와 대적자와 함께 거론되는 요술쟁이는 요술을 부리는 사람이 아니야. 네가 내 부탁을 들어주고 싶다면 특이한 숙원을 가진 자를 찾아야 해."

"숙원? 그러고 보니 아까 나 봤을 때 숙원이 뭐냐고 물었지."

"그래."

"요술쟁이가 되려는 숙원을 가진 레콘은 설마 아니겠지. 어떻게 특이한 거야?"

사모는 다시 침묵했다. 니름을 듣지 못하는 상대에게 자신의 뜻을 최대한 명징하게 전달하기 위해 말을 가다듬던 사모는 문득 자신이 다시는 니름을 쓸 수 없으리라는 생각을 떠올렸다. 그녀의 두억시니들은 그녀가 죽을 때까지 곁에 남아 있겠지만 그들은 니름을 들을 수 없다. 사모는 나가이면서도 니르지 못한 채 죽음을 기다리는 것은 니를 수 없는 자들의 왕이 되었던 자에게 어울리는 최후라고 생각했다.

사모는 저릿한 슬픔을 옆으로 밀어내려 애쓰며 말했다.

"숙원의 내용 자체는 중요하지 않아. 그 숙원이 누구와 관련 있는지가 중요하지."

"잘 모르겠는데."

"론솔피, 지멘과 그을린발을 생각해 봐."

"그 녀석들의 숙원이 그렇게 희한한가? 난 그보다 더 괴상한 숙원을 가진 레콘 이야기도 들어 봤는데."

"레콘의 숙원은 자신의 모든 것을 한곳에 집중시키는 것이지. 하지만 그 둘은 자신의 힘이 아니라 다른 많은 자들의 힘을 한곳으로 집중시키고 있어."

론솔피는 다시 뇌가 쥐어짜지는 느낌을 받으며 애처롭게 말했다.

"젠장. 그게 무슨 말이야?"

"그을린발의 숙원은 코끼리 가축화야. 그것은 사실 굉장히 특이한 숙원이야. 내가 듣기로 그는 이미 코끼리들을 자유자재로 다룬다던데."

"맞아. 괴상한 말로 코끼리들을 부리지."

"이상하지 않아?"

"뭐가?"

사모는 다시 말을 정리했다.

"좋아, 론솔피. 그을린발이 코끼리를 가축으로 만들면 그는 세상의 모든 코끼리의 주인이 될까?"

"응? 그렇지는 않겠지. 가축이라면 주인이 따로…….''

론솔피는 어떤 개념을 포착했다고 생각했다. 하지만 그것을 말로 표현하기 어려웠다. 고민하던 론솔피는 어디서 도움을 얻어야 할지 깨닫고 사모를 바라보았다. 론솔피의 얼굴을 본 사모는 고개를 끄덕였다.

"길든 몇 마리 동물과 가축은 달라. 길든 동물은 길들인 자의 것이지만 가축은 인류의 것이지. 그을린발은 모든 사람에게 코끼리를 주려 하고 있어. 자신이 아니라."

"허?"

"지멘이 황제를 죽이면 누가 황제를 잃게 되지?"

"모든 사람."

론솔피는 자신의 대답에 깜짝 놀랐다. 론솔피는 부릅뜬 눈으로 사모를 노려보았고 사모는 그 눈길을 차분하게 맞받았다. 론솔피는 손을 들어 수염볏을 살짝 튕겼다.

"이거 재미있는데."

"알겠어?"

"알 것 같아. 그 두 녀석들은 자기 하고 싶은 대로 하는 것 같지만 사실 그 녀석들이 하는 일은 모든 사람과 관련되어 있다는 것이군."

"사람의 신을 대하는 모든 레콘들의 태도를 결정해야 할 자들이 가질 만한 숙원이지. 또는 거꾸로 그런 숙원을 가질 수 있으니까 모든 레콘들의 태도를 결정할 수 있다고 말할 수도 있겠지. 전후 관계는 그렇게 중요하지 않아."

사모는 바위에서 뛰어내렸다. 그녀는 론솔피가 걸터앉아 있는 바위 무더기로 걸어가며 말했다.

"내가 할 수 있는 설명과 내가 줄 수 있는 조언은 이게 전부야. 나는 네가 그런 레콘을 찾기를 바라. 물론 내 말을 믿을 수 없다면 네게 강요할 방법은 없겠지. 하지만 이 점을 생각해 봐. 내 말이 사실일 경우 이 일에는 모든 레콘들이 관련되어 있어. 아니, 그 이상이야. 사람의 신이 나타났는데 레콘만이 신을 어떻게 대해야 할지 알 수 없어 혼란에 빠진다면 그것은 다른 선민 종족들에게도 영향을 끼칠 거야. 그렇다면 이 일에는 모든 사람이……."

론솔피가 그녀의 말을 듣고 있지 않다는 것을 깨달은 사모는 말을 멈췄다. 그녀는 론솔피를 만질 수 있을 정도로 가까이 다가가 그의 얼굴을 뚫어지게 바라보았다. 론솔피는 여전히 딴생각에 잠긴 듯한 얼굴로 말했다.

"대호왕, 뭐 좀 물어보자."

"뭐지?"

"내가 아는 레콘이 하나 있는데. 흐음. 이봐. 정의는 모든 사람의 것이지?"

사모는 의아한 듯 눈을 크게 떴다.

지키멜 퍼스는 규리하 성에서 가장 즐거운 사람이 누군지 몰랐다. 그리고 가장 슬픈 사람이 누군지도 몰랐다. 하지만 규리하 성에서 가장 분노한 사람이 누군지는 알고 있었다.

억제할 수 없는 분노 때문에 지키멜은 벽에 몸을 던지고 있었다. 그녀가 등과 어깨를 사정없이 부딪혔지만 규리하 성을 이루고 있는 단단한 뼈대는 진동음조차 내지 않았다. 턱턱 하는 무디고 볼품없는 소리가 날 뿐이다. 이미 그녀의 팔뚝에는 멍이 생긴 듯하고 등 또한 불타는 것처럼 아팠다. 하지만 지키멜은 계속 벽에 몸을 부딪혔다. 명백한 자해였다.

한 번 더 벽에 어깨를 부딪혔다가 튕겨 나왔을 때 지키멜은 중심을 잃었다. 그녀는 내팽개쳐지는 물건처럼 쓰러졌다. 뒤통수가 바닥에 부딪히며 눈앞에 불꽃이 폭발했다. 지키멜은 아무 생각도 할 수 없었다. 어깨와 팔, 등의 아픔도 느껴지지 않았다. 분노도 잊어먹었다. 머리에 구멍이 났을 거라는 생각밖에 할 수 없었다.

지키멜은 두려움에 빠져 손을 머리로 가져갔다. 자신의 머리가 징그럽지만 어쩔 수 없이 만져야 하는 물건인 것처럼 흠칫흠칫 손을 뻗어 머리 뒤편을 만져 보았다. 별다른 것은 느껴지지 않았다. 조금 자신감을 얻은 지키멜은 세심하게 머리를 만져 보았다. 진득진득한 피도 깨진 머리뼈도 느껴지지 않았다.

안도하려 했을 때 그녀의 손이 혹을 건드렸다.

지키멜은 욕설을 내뱉으며 몸을 비틀었다. 세게 뒤틀렸던 몸이 다시 튕기듯 반대로 휘어졌다. 지키멜은 머리를 감싸 쥔 채 새우잠이라고 말하는 자세로 바닥에 누웠다.

뱃속의 태아 같은 자세로 누운 채 지키멜은 웃고 싶다고 생각했다. 자신의 처지가 웃겨도 너무 웃겼다. 하지만 독행왕의 입술에서 흘러나온 건 도무지 웃음이라 할 수 없는, 그렇다고 해서 울음이라고 말하기도 힘든 탁한 신음뿐이었다. 지키멜은 입술에 닿는 무엇인가를 느끼고는 그것이 무엇인지도 모른 채 질겅질겅 씹었다. 그러자 신음은 더 들리지 않았다.

연초 한 대를 피울 시간이 지났을 때 꼼짝도 하지 않던 지키멜이 스르르 일어났다.

지키멜은 두 다리를 뻗고 등을 벽에 기대어 꼿꼿하게 앉았다. 시들한 손길로 입에 들어와 있는 것을 꺼내어 그것이 머리 장식의 일부임을 확인하고는 옆의 바닥에 내려놓았다. 그리고 차분하게 흐트러진 머리를 가다듬었다. 머리를 뒤로 쓸어 넘기던 지키멜은 바닥에 떨어진 귀고리 하나를 발견했다. 그녀는 그것을 주워 머리 장식 옆에 가지런히 내려놓고 자신의 귀를 더듬었다. 귀에 매달려 있던 귀고리를 찾은 지키멜은 그것을 떼어 역시 바닥에 내려놓았다.

지키멜은 두 손으로 얼굴을 문지르고 그것을 허벅지 위에 내려놓았다. 그리고 한숨을 내쉬었다.

"한숨."

한 번으로는 좀 부족한 것 같다.

"한숨, 한숨, 한숨."

지키멜은 자신의 장난에 피식 웃었다. 의도적인 웃음이었다. 물론 장난도 의도적인 것이다.

감정을 가라앉혀야 한다. 지키멜은 눈을 감은 채 생각했다. 화를 내는 것은 쓸데없다. 냉철하게 굴어야 한다. 미친 듯이 화를 내면서 동시에 나를 이 꼴로 만든 녀석들을 부술 수는 없다. 입을 꽉 다물어! 뺨이라도 때려! 아냐, 그건 안 돼. 평온한 것처럼 보여야 해. 상처가 난 뺨을 하고 돌아다닐 수는 없어. 위로라는 이름의 공격을 또 받게 돼. 그런 공격을 받고 싶지 않아. 그러면 정말 정신을 잃을 만큼 화가 날 거야. 나는 절대로 화를 내지 않겠어. 차갑게, 차갑게, 차갑게.

"차갑게."

지키멜은 일어났다. 가능성은 없지만 혹시 누군가 허락도 구하지 않고 안으로 들어올지 모른다. 바닥에 주저앉은 모습을 누군가에게 보여 줄 수는 없다. 지키멜은 몸을 꼿꼿하게 세웠다. 턱을 도도하게 세운 지키멜은 문을 비웃듯 바라보고 천천히 걸어 의자로 다가갔다. 그녀는 깐깐한 초상화가도 아무런 교정 없이 곧장 작업에 들어갈 수 있을 정도로 완벽한 자세로 앉았다. 그녀의 입에서 무의식적인 말이 흘러나왔다.

"세 왕국이야."

지키멜은 그런 생각을 떠올린 자신에 기특함을 느꼈다. 그녀는 세 왕국을 모두 지킬 것이다. 비나간, 시오크, 그리고 분노의 왕국. 지키멜은 날카로운 눈으로 문을 노려보았다.

'시오크, 그렇게 미안해할 필요가 없었는데. 너는 절대로 미안해할 필요 없어. 왜냐하면 미안해할 수 없게 만들 테니까!'

지키멜은 입술을 잔뜩 뒤틀었다. 미소의 가장 먼 친척쯤 되는 표정이었다.

'제국을 갈기갈기 찢어 놓겠어. 그리고 아무나 가져가게 할 거야. 비나간만 빼고. 거긴 내 왕국이니까. 미안하다고? 천만에. 절대로 미안하지 않아. 모든 것이 내 뜻대로 된 후에 네가 왜 미안해하겠어?'

지키멜의 표정이 가까스로 유지되던 미소와의 관계를 끊었다.

그녀는 모든 맹수류의 표독한 점을 집대성한 듯한 사나운 표정을 지었다.

'하지만 빨리 행동해야 해.'

그래야 한다.

'정우는 황제에게 떠나는 시오크의 짐 속에 지키멜 퍼스도 꽁꽁 묶어 집어넣어야 한다는 것을 깨닫겠지. 규리하를 보존하고 황제의 호의를 얻어 아버지와 싸우려면 그럴 수밖에 없겠지. 어쩌면 당장이라도 병사들이 올지도 몰라! 이런 바보 같으니. 그런데 벽에 몸을 부딪히고 있었어? 빨리, 빨리! 생각을 하자. 당장 해야 하는 일은?'

규리하를 장악하는 일이다. 아무도 그런 일을 지키멜처럼, 즉 책을 읽어야겠다고 결정하거나 차를 마셔야겠다고 결정하는 것처럼 결정하지는 않겠지만 지키멜은 그렇게 했다. 그럴 수밖에 없었다.

'시간이 없어. 정우와 도깨비 무사장, 그리고 규리하가 필요해. 그것들이 나를 잡기 전에 내가 먼저 잡아야 해. 그리고 황제와 맞서야 해. 어떻게 하지?'

내키지 않았지만 지키멜은 이것이 책 읽기나 차 마시기와 다른 종류의 일이라는 것을 인정했다. 그녀 혼자서 규리하와 싸울 수는 없다.

'정우를 잡아야 해. 그래야 그녀뿐 아니라 도깨비 무사장과 규리하도 움직일 수 있어.'

어떻게? 무향의 지배자는 사람들이 짐작하는 것만큼 엄중한 경호를 받고 있지는 않았다. 그녀는 혼자서 시오크와 지키멜이 있는 방에 들어섰다. 그리고 지키멜은 다른 곳에서도 정우가 아무런 호위 없이 홀로 다니는 모습을 몇 번 목격했다.

'만약 그녀를 초대하면 혼자 방 안으로 들어올지도 모른다. 정우가 들어왔을 때 재빨리 그녀를 붙잡아 인질로 삼으면…… 아냐! 이건 말도 안 돼. 혹 성공할지도 모르지. 하지만 내가 며칠 동안 깨어 있을 수 있겠어? 나는 잠들 테고 그들은 간단히 정우를 되찾아가겠지. 그리고 그들은 내 목을 매달겠지. 이건 안 돼. 멍청이, 좀 더 상식적인 생각을 할 수 없어?'

하지만 지키멜에겐 여유가 없었다. 그녀가 떠올릴 수 있는 어떤 상식적인 계책들도 그녀에겐 지나치게 긴 시간을 필요로 하는 것들뿐이다. 빠르고 단순한 방법을 쓸 수밖에 없다. 지키멜은 다시 정우 납치에 대해 생각했다. 정우를 육체적으로 감당하는 것은 어려울 것 같지 않았다. 지키멜은 시오크가 홀딱 반한 넓은 어깨에 어울리는 장신을 가지고 있었고 정우는 조그마했다. 문제는 정우를 붙잡은 다음 그녀를 감시하면서 자신의 안전도 지키는 일을 그녀 혼자서 감당해야 한다는 것이다.

어쩌면 그것마저 사치스러운 고민인지도 모른다. 지키멜은 정우를 납치하는 일이 생각보다 쉽지 않을 경우에 대해 생각했다. 아무리 무방비한 상태를 즐겨 취한다 해도 그녀는 무향의 지배자다. 지키멜은 정우를 납치하려 시도하자마자 성난 규리하 병사에게 살해당할지도 모른다. 아니, 그렇게 생각하는 게 상식적이다.

지키멜은 머리를 와락 움켜쥐었다. 초상화가를 침묵시킬 만한 완벽한 자세가 삽시간에 허물어졌다. 지키멜은 허리를 숙여 소리 없는 비명을 질렀다. 그녀가 할 수 있는 일은 아무것도 없다. 그녀는 정우를 붙잡을 수도 없고 탈해 머리돌 무사장이 자신의 뜻을 따르게……

소리 없는 비명이 멈췄다.

지키멜은 자신의 무릎을 보며 생각했다. '그럴 수 있을까?' 탈해 머리돌 무사장에게는 정우만큼 강력한 호위가 붙어 있진 않을 것이다. 사실 사람들은 즈믄누리의 무사장에게 호위가 필요하다는 생각도 하기 어려울 것이다. 그녀의 생각이 맞다면 정우보다 탈해가 훨씬 더 무방비한 상태다.

지키멜은 머릿속에 두서없이 계획이, 아니 계획의 파편들이 떠오르는 것을 느꼈다. 그녀는 똑바로 앉아 눈을 감았다. 그리고 머릿속에 떠오른 것들을 연결 짓기 시작했다. 차츰 얼개를 갖추는 계획을 조망하며 지키멜은 몸을 떨었다.

갑작스럽게 지키멜은 눈을 떴다.

그녀는 벌떡 일어나 자신의 소지품이 있는 곳을 뒤졌다. 곧 작은 단검 하나를 찾아냈다. 무기라기보다 도구로 쓰이는 조그마한 물건이었다. 하지만 상관없었다. 인간의 팔뚝을 자를 만한 커다란 단검이든 편지칼이든 그녀에겐 마찬가지다. 좋은 칼솜씨가 있기 때문이 아니라 어떤 칼이든 제대로 쓸 수 없기 때문이다. 조그마한 칼이 오히려 숨기기 좋다. 지키멜은 그것이 충분히 날카로운지 확인한 다음 소매 속에 감췄다. 그리고 소지품을 더 뒤졌다. 지키멜이 두 번째로 집어 든 것은 초라한 단검보다는 훨씬 음험한 분위기를 풍겼다. 그것은 조그마한 약병이었다. 지키멜은 그것을 가슴 속에 밀어 넣었다. 전무후무한 암살자라도 된 것 같은 기분이 들었다. 지키멜은 손바닥에 땀이 맺히는 것을 느꼈다. 손수건을 꺼내어 손바닥과 손가락 하나하나를 세심하게 닦으며 호흡을 가라앉히려 애썼다.

시간이 없다. 시간이 너무 없다.

모닥불 가로 돌아온 자유무역당 제22상단장 사이케라 호미스는 얼굴을 덮고 있던 목도리를 끌어내렸다.

땀과 입김이 배었다가 얼어붙어 구덕구덕해진 목도리를 접으며 그는 얼굴에 닿는 따가운 온기에 얼굴을 찌푸렸다. 사이케라는 허리를 굽혀 지리적으로 따지면 주갈 북서쪽 200킬로미터 지점, 정치적으로 따지면 제국 행정관들이 하인샤 대사원의 입김을 무시할 수 있는 곳, 역사적으로 따지면 지긋지긋하게 혼란스러운 곳, 하지만 그의 입장에서는 모닥불 가인 곳에 앉았다.

먼저 앉아 있던 자들이 아는 체를 했다. 여러 종류의 인사가 있었지만 살가운 인사는 없었다. 오랜 세월 함께 상단을 꾸려 온 동료들은 격식을 갖추려 하지 않았고 최근 상단에 들어온 자들은 아직 어색한 티를 벗지 못해 뻣뻣한 인사를 보내왔다. 사이케라는 특히 신참자들을 주의 깊게 살폈다. 그의 눈에는 신참자 모두가 부주의함 때문에 얼어죽을 녀석이나 밤중에 불침번을 찌르고 돈주머니를 챙겨 도망칠 녀석으로 보였다. 사이케라는 자신이 좀 날카로운 상태라는 것을 인정했지만 신참자들의 태도는 확실히 만족스럽지 않았다.

짜증 나는 시기다.

독립 중대들이 돌아오고 있긴 하지만 아직 대부분의 제국군이 남쪽에 있어 치안이 불안했다. 게다가 냉혹한 추위가 기승을 부리는 혹한기였다. 상단 활동은 상단장이 피를 토하고 쓰러져도 이상할 것이 없을 만큼 위험해져 있었다. 그런데 그에겐 다른 시절이었다면 상대적으로 안전한 상단에서 충분히 경험을 쌓은 후에 위험한 상단에 배속되었을 신참자들이 떠맡겨져 있었다. 경험 많은 상단원들이 다양한 재난에 희생당했기 때문이다.

재난의 형태는 다양하지만 그 본질은 하나뿐이다. 재화의 강탈. 자유무역당의 상단에는 언제나 상품이나 판매 대금이 있다. 언제 덮치더라도 좋은 수익을 기대할 수 있는 목표인 셈이다. 그리고 제국이 사라진 이후로 갑자기 자신의 가병들로 하여금 상단을 공격하게 하면 전투 훈련과 재원 확충이라는 일석이조의 효과를 얻을 수 있다고 믿게 된 귀족들이 늘어났다. 그런 자들은 예외 없이 소귀족들이었다. 소귀족들이 더 탐욕스러워서 그런 것은 아니다. 오히려 더 소박해서라고 설명해야 할 것이다. 자유무역당이 즐기는 보복은 경제 보복인데 그것은 상대방의 경제 규모가 클수록 효과가 높아진다. 소귀족들의 조그마한 영지에는 자유무역당의 경제 보복도 쉽게 먹혀들지 않았다. 당은 어쩔 수 없이 보복 방식을 변경했다. 그리하여 자유무역당의 상단을 공격한 소귀족들이 호위대장이나 혈육, 측근들에게 목을 잃는 일이 발생하기 시작했다. 아무도 그것이 자유무역당의 매수에 의한 일임을 증명해 내지는 못했지만 어차피 증명할 필요도 없는 일이었다.

　자유무역당은 그것이 더 큰 손실을 부르는 방식임을 누구보다 잘 알고 있었다. 당장 자유무역당을 보는 귀족들의 시선이 험악해졌다. 공공연하게 자유무역당의 출입을 금하는 귀족도 나타났다. 하지만 다른 방식으로 상단을 보호하기는 힘들었다. 그럭저럭 상단이 공격당하는 일이 줄어들자 자유무역당은 다시 막대한 자금을 풀어 자신들을 백안시하는 권력자들의 환심을 사기 위해 애썼다. 한번 무너진 신뢰를 회복하기는 어렵다. 자유무역당이 그들의 돈을 살인 무기로 쓸 수 있다는 것을 확인한 권력자들은 마음을 쉽게 돌리지 않았다. 그들의 마음을 돌리기 위해 자유무역당은 상당한 출혈을 감수해야 했다.

사이케라 호미스는 그런 사정을 잘 알고 있었다. 당이 필사적인 검약을 실천해야 한다는 것을 이해했고 그 때문에 상단의 질적 수준이 떨어지는 것 또한 이해했다. 하지만 밥만 먹여 주면 좋다는 저급 인력들을 임시 당원으로 삼아 상단의 결원을 메우는 것은 역시 불안했다. 당은 노련하고 수완 좋은 상단장들에게 그런 신참자들을 보내었다. 유능한 상단장들이 상단원의 능력 부족을 스스로 메우고 신참자들에게 당원으로서의 자부심을 불어넣는 정신 교육을 해 주기를 기대하고 있는 것이다. 사이케라는 유능하다는 평을 받았다는 사실을 저주했다. 그리고 당의 기대를 심술궂게 충족시키기로 했다. 사이케라는 모닥불에서 조금 떨어진 위치에 앉아 있는 두 사람을 바라보았다. 며칠 전 그들의 여행에 합류한 여행자들이었다.

든든한 상단과 합류하기를 바라는 여행자들은 많지만 보안상의 이유에서 상단은 길동무를 받아들이지 않는다. 하지만 사이케라는 두 사람이 요청하자마자 즉석에서 상단의 규칙을 어기며 그들을 받아들였다. 사이케라는 만약 당에서 그 일로 그를 문책하면 어떤 대답을 할지도 결정해 두었다.

'나한테 어떤 기대를 하는지는 잘 알지만 나도 전능하지 않다. 당신들은 내가 멍청이들을 교육시키며 동시에 상단을 지휘할 것을 요구했고, 나는 그 지시를 따를 테지만, 그래도 내겐 조력이 필요하다. 내가 그들을 받아들인 것은 그 때문이다. 그런 내 판단이 마음에 들지 않는다면 멍청이들을 모두 데려가고 제대로 된 당원들을 보내 줘.'

물론 그들은 이렇게 물을 것이다.

'그들이 어떻게 당신에게 도움이 된다는 건가?'

그러면 사이케라는 이렇게 대답할 것이다.

'내 상단에 반 톤은 됨 직한 망치를 들고 있는 레콘이 포함되어 있다면 누구라도 공격하기 전에 재고할 테니까. 그건 상당한 도움이 되지.'

사이케라는 그것이 행운이라고 생각했다. 그 망치는 정말 위풍당당했다. 그리고 망치의 소유자 또한 철판 몇 장과 쇠사슬을 건네주면 그걸로 바느질을 해서 옷이라도 한 벌 만들 수 있을 만큼 강력해 보였다. 어디를 봐도 안전을 위해 상단에 합류 부탁을 할 필요가 없는 레콘이었지만 어쩔 수 없는 사정이 있었다.

사이케라는 술주머니 하나를 집어 들고 다시 일어났다. 레콘에게 다가간 사이케라는 어머니에게 안겨 있는 아기처럼 그의 품 속에 앉아 있는 인간 소녀에게 말했다.

"제미니, 왜 이렇게 멀리 앉아 있지? 불 가까이 오지 않고."

제미니라 불린 소녀는 힘없는 목소리로 말했다.

"여기도 꽤 따스해요, 상단장님."

"그래도 감기 나으려면 몸을 따스하게 해야지."

"모닥불 근처에 있으면 앞은 따뜻하고 뒤는 추워서 정신이 없어요."

레콘이 사이케라에게 합류를 부탁한 이유는 그의 동행자가 감기에 걸렸기 때문이다. 사이케라는 그들에게 약을 나눠 주고 제미니가 낮 동안 수레에 누워 여행할 수 있도록 해 주었다. 하지만 제미니의 독감은 쉬 낫지 않았다. 사이케라는 레콘에게 술주머니를 건넸다.

"좀 드시지요. 몸이 훈훈해질 겁니다, 후치."

후치라 불린 검은 레콘은 말없이 술주머니를 받아 들었다. 하지만 한쪽 팔로 제미니를 감싸 안고 있기 때문에 술주머니를 열기 어려웠다. 사이케라는 손을 뻗어 술주머니를 열어 주고 그 앞에 앉았다.

"상당한 추위죠?"

부리 안쪽에 술을 부어 넣은 후치는 대화하기 싫다는 기색을 역력하게 드러내며 말했다.

"괜찮아."

"이 계절에 왜 여행을 하시는 겁니까? 목적지가 어딥니까?"

"앞쪽."

퉁명스럽게 대답한 후치는 술주머니를 사이케라에게 돌려주었다. 사이케라는 그것을 들이마시고 입 주위를 닦았다. 목구멍이 따스해졌다. 그때 제미니가 손을 내밀었다.

"아플 때 술 마시면 안 돼, 제미니."

"잘 수 있도록 한 모금만 하죠."

사이케라는 제미니에게 주머니를 건넸다. 제미니는 입만 조금 적시는 정도로 술을 마시고 이맛살을 찌푸렸다. 그녀는 술주머니를 사이케라에게 돌려주었다.

"좋은 술인 것 같은데 영 입맛에 안 맞군요. 확실히 몸이 안 좋은가 봐요."

제미니는 몇 번 콜록거리다가 괴롭다는 듯이 눈을 감았다. 후치는 부리를 단단히 붙인 채 제미니를 내려다보았다. 잠시 후 제미니의 숨소리가 평온해졌다. 그녀가 잠든 것을 확인한 후치가 고개를 들었을 때 사이케라가 다시 술주머니를 건넸다. 후치는 말없이 받아 들고 단숨에 주머니를 비웠다.

사이케라가 말했다.

"겨울 여행은 정말 힘들지요. 이 짓거리 하느라 집구석에 엉덩이 붙이고 있는 시간보다 밖에 싸돌아다니는 시간이 더 많은데, 겨울만큼 사람이 잘 죽어 나가는 때도 없어요. 밤 동안 얼어 죽는 놈, 빙판에 미끄러져 죽는 놈, 폭설에 낙오해서 죽는 놈, 굶어서 눈 뒤집힌 늑대들에게 물려 죽는 놈. 끔찍하지. 내년엔 기필코 남쪽의 상단으로 옮겨 달라고 세퀴라도에 요청할 작정입니다. 안 들어주면 관두는 거지."

자유무역당원답지 않은 장광설을 늘어놓은 사이케라는 한마디 거들어 보라는 듯이 후치를 바라보았다. 하지만 후치의 부리는 요지부동이었다. 사이케라는 두꺼운 옷 속에서 몸을 움츠렸다. 추위에 대해 계속 이야기했지만 사실 그렇게 춥지는 않았다. 야영지는 후미진 곳이었고 상단의 짐수레들이 그들 주위를 막고 있어 그들을 괴롭히는 바람은 없었다. 사이케라는 귀를 만지작거리며 말했다.

"당신 숙원은 어떻게 된 겁니까, 지멘?"

검은 레콘은 조금도 놀란 기색을 보이지 않았다. 사이케라는 그의 품속에 누워 잠든 애꾸눈 소녀를 들여다보며 말했다.

"우리 정보에 의하면 당신은 그 말리라는 하늘치에서 황제와 지극히 가까운 거리에 있었습니다. 하지만 당신은 그녀를 공격하지 않았지요. 약점을 잡혔습니까? 아니면 그건 황제가 아니었습니까?"

지멘은 눈동자만 움직여 사이케라를 보았다. 늙은 자유무역당원은 코를 킁 들이마시는 소리를 냈다.

"우리 쪽에서는 그런 가설도 나왔습니다. 당신이 황제를 죽였지만 제국에 혼란을 주고 싶지는 않기 때문에 황제를 닮은 나가를 데려와 황제로 내세웠다는 거죠. 나는 허무맹랑하다고 생각합니다. 너무 많은 사람을 속이거나 너무 많은 사람을 음모자로 만들어야 가능한 이야기입니다. 그 사람은 진짜 치천제일 겁니다. 맞습니까?"

"내게 뭘 원하나."

"정보입니다. 물론 정당한 대가를 지불하고서."

지멘은 그 대가라는 말에서 사이케라가 아픈 아실을 받아들였다는 것을 떠올렸다. 지멘은 사이케라가 처음부터 두 사람의 정체를 짐작하고 정보를 캐내기 위해 받아들인 것이 틀림없다고 생각했지만 그렇다고 해서 도움을 받았다는 사실 자체를 무시할 수는 없었다.

"그녀는 진짜 황제다."

"그렇군요. 그런데 왜 공격하지 않았습니까?"

"네가 알 바 아니다."

"그렇습니까? 그러면 당신은 어떻게 해서 황제 곁에 있었던 겁니까? 황제가 당신의 접근을 허락했을 리 없는데."

"황제에게 물어봐."

"당신은 숙원을 포기했습니까?"

"나는 황제를 죽일 거다."

사이케라는 머리를 가로저었다.

"이해가 안 되는군요. 그녀가 진짜 황제라면 당신을 접근시킬 리가 없죠. 그런데 접근시켰습니다. 그녀에게 접근했다면 당신은 그녀를 죽일 겁니다. 그런데 그렇게 하지 않았습니다. 그리고 당신은 지금 그녀에게서 떠나고 있습니다. 그런데 그녀를 죽이겠다고 말하는군요. 앞뒤가 하나도 안 맞잖습니까?"

"유감이군."

사이케라는 지멘의 얼굴을 빤히 바라보았다.

"무슨 약점을 잡혀 있는 겁니까?"

지멘은 침묵했다. 사이케라는 상체를 앞으로 기울였다. 사태를 설명할 수 있는 방법은 그것뿐이다. 황제는 자신이 쥐고 있는 지멘의 약점을 이용하여 지멘을 마음대로 이용했을 것이다. 그렇다면 지멘이 황제를 죽일 거라는 말은 그 약점을 되찾았을 때 그러겠다는 의미일 것이다.

"우리가 도와줄 수도 있습니다."

지멘은 무표정한 얼굴로 사이케라를 바라보았다.

"왜?"

"아, 우리와 황제는 사이가 나쁜 편입니다. 황제는 유료도로당을 좋아하지요. 어쩌면 그녀는 제국 정부를 재건하면서 자유무역당을 고사시킬지도 모릅니다. 우리를 재건 사업에서 배제시키고 우리 경쟁자를 육성해서 우리 숨통을 조이겠지요. 제국 실종 기간 동안 우리는 약화되었기 때문에 그런 공격도 우리에겐 치명적입니다. 따라서 우리는 친구가 되어 줄 사람이 필요합니다."

"우습군. 황제가 없는 동안 너희들이 힘들어졌다고 말해 놓고는 황제를 없앨 암살자를 원한다고 말하다니."

사이케라는 어깨를 으쓱였다.

"황제가 우리 곁을 다시 떠난다 해도 자유무역당의 가치를 더 잘 이해하는 후계자가 그 뒤를 바로 이으면 문제는 발생하지 않을 겁니다. 우리가 겪은 문제들은 사실 계승이 곧 이루어지지 않았기 때문에 일어난 일이지요."

"지테를 시야니의 딸이 규리하 변경백의 어머니지?"

"저희 당주님의 외손녀라는 점을 제외하더라도 그녀는 황위 계승자가 될 자격을 충분히 가지고 있습니다. 유서 깊은 규리하 가문의 주인이니까요."

"치천제를 죽이고 규리하 공을 황제로 옹위한다는 것이군."

사이케라는 긍정도 부정도 하지 않은 채 미소 띤 얼굴로 지멘을 바라보았다. 지멘은 아실을 내려다보았다. 이런 대화라면 아실이 더 잘 처리할 것이다. 하지만 아실은 감기와 술 몇 방울 때문에 발갛게 변한 얼굴로 잠들어 있었다. 지멘은 있지도 않은 바람이 아실에게 닿는 것을 막으려는 듯 몸을 웅크렸다.

"어려울걸."

"왜지요?"

"엘시 에더리가 황제가 될 가능성이 더 높지 않나?"

"아, 예. 그럴 수도 있지요. 하지만 다행히도 칼리도 백과 규리하 공은 성별이 서로 다릅니다."

"둘이 결혼한다는 것이군."

사이케라는 고개를 끄덕이고 말했다.

"이 정도면 우리가 왜 당신을 도울 수 있는지 이해했을 겁니다. 그러니 말해 보십시오. 황제에게 어떤 약점을 잡혀 있는 겁니까?"

"안 도와줘도 돼."

"스스로 해결하겠다는 겁니까?"

지멘은 대답하지 않았다. 사이케라는 다시 그를 설득해 보려 했다. 그때 저편에서 누군가가 상단장을 불렀다. 사이케라는 조금 기다리라고 말하려다가 지멘의 무뚝뚝한 모습을 보고는 생각을 바꿨다. 그는 지멘이 생각해 볼 시간을 주기로 하고 자리에서 일어났다.

"잠시 실례하겠습니다."

지멘은 사이케라의 친절을 받아들이지 않았다. 그의 이야기에 대해 아무 생각도 하지 않은 것이다. 그는 잠든 아실만 내려다보았다.

아실이 감기에 걸린다는 것이 지멘에겐 너무도 이상한 일처럼 느껴졌다.

물론 아실이 한번도 감기에 걸리지 않았던 것은 아니다. 아실도 때론 잔병치레를 했다. 하지만 지금처럼 고작 감기 때문에 몸에 힘이 하나도 없다는 듯이 행동한 적은 없었다. 아실의 태도는 오히려 그 반대쪽이었다. 니어엘 헨로에게 쫓겼을 때처럼 지쳐 쓰러질 정도로 힘들 때도 아실은 지멘을 끌고 다닐 수 있다는 듯이 행동했다. 병에 걸려 몸이 아플 때도 아실은 자기 몸을 혹사시키듯 움직이곤 했다. 그런 아실이 고작 가벼운 감기 때문에 여행도 감당할 수 없을 만큼 피로해한다는 것은 지멘이 이해하기 힘든 일이었다.

어쩌면 오랜 시간 동안 최후의 대장간에 누워 있었기 때문에 그런지도 모른다. 그렇게 생각하자 지멘은 가슴이 아팠다. 아실을 제대로 간호하지 못했다는 생각이 들었기 때문이다. 지멘은 수염볏이 아실의 얼굴에 닿을 정도로 고개를 떨어뜨렸다. 아실의 가느다란 숨소리가 들려왔다. 지멘은 그 숨소리에 집중했다.

황급한 발소리가 들려왔다.

지멘은 고개를 들었다. 떠났던 사이케라가 벌써 돌아오고 있었다. 지멘은 그를 쫓아 버려야겠다고 생각했다. 하지만 그가 뭐라 말하기도 전에 사이케라가 말했다.

"지멘, 당신 일입니다."

"뭐?"

"누가 당신을 만나러 왔습니다."

지멘은 의아해했다. 치천제가 자신을 부르는 것일까?

"누군데?"

"그건 밝히지 않았습니다. 하지만 이렇게 전하라더군요."

사이케라는 말을 끊고 잠시 머뭇거렸다. 그가 곤혹스럽다는 표정을 짓는 것을 보며 지멘은 눈을 찌푸렸다. 사이케라가 말했다.

"무슨 뜻인지 모르겠군요. 흐음. 그 사람은 황제 사냥꾼에게 이렇게 전하라고 했습니다. 식기를 그리워하는 남자의 말을 가지고 왔다고."

정우는 어리둥절한 표정을 지은 채 자신의 방으로 들어섰다. 그곳에 오기 전 성을 순찰하다시피 돌아다녔기 때문에 숨이 약간 가빴다. 시중 들 사람을 모두 물린 다음 정우는 혼자 방에 남았다. 그녀는 이상하다는 듯이 턱을 만지작거렸다.

정우는 탈해가 어디 있는지 잘 안다고 생각했다. 두 번의 방화 사건 이후로 사람들이 자신을 무서워하게 되었다는 것을 잘 아는 탈해는 사람들이 불편해하지 않을 위치를 정해 놓고 그곳에만 머물곤 했다. 그런 탈해를 불쌍하게 생각한 정우는 잠깐이라도 시간이 나면 그를 찾았다. 정우는 성루나 규리하 성 꼭대기, 번뜩이가 있는 마구간, 탈해의 방 중 한 곳에서 틀림없이 그를 찾을 거라 생각했다. 하지만 탈해는 어디에도 보이지 않았다. 시간이 충분히 있었다면 정우는 탈해를 찾을 때까지 규리하 성 안을 돌아다녔을(아마도 숨바꼭질을 하는 즐거움을 느끼면서) 테지만 그날 저녁에는 만찬회 약속이 있었다. 정우는 그 만찬회가 결국 농한기를 맞아 시간이 난 유력자들을 불러모아 변경백과 그들간의 결속을 재확인하는 단합 행사라는 것을 파악하고는 그 만찬회의 목적을 잊어버렸다. 아마도 규리하 시 노인 위로 잔치였을 것이다. 어쨌든 그 진짜 목적 때문에 규리하 공이 꼭 참석해야 하는 자리였고 정우는 수색을 중단하고 참석 준비를 위해 돌아왔다.

탈해가 어디로 갔는지 안다 해도 더 이상 시간이 없다는 것을 깨달은 정우는 한숨을 쉬고 사람들을 부르려 했다. 그때 그녀의 아쉬운 눈길이 문득 창가를 스쳤다. 정우는 탄성을 지르듯 입을 조금 벌렸다가 재빨리 창가로 다가갔다. 그곳에는 인조새가 들어 있는 새장이 있었다. 며칠째 계속된 눈 때문에 햇빛을 제대로 받지 못한 인조새는 졸고 있었다. 정우는 새장을 들어 벽난로 가로 가져갔다. 활활 타오르는 불 가까이로 새장을 가져가자 인조새가 눈을 떴다.

"이야옹!"

"어머? 양친 중에 어느 분이 고양이……."

인조새의 혈통에 관한 흥미진진한 생각을 하던 정우는 인조새에겐 부모가 없다는 것을 떠올리고 싱긋 웃었다. 그녀는 인조새에게 질문했다.

"새님, 탈해는 어디 있죠?"

"일찍 일어나는 새는 일찍 일어나는 벌레밖에 못 잡지."

"라수의 방? 아. 거기도 조용하겠군요. 고마워요."

어느새 새장 자체도 뜨거워졌기 때문에 정우는 재빨리 새장을 끌어당겼다. 황급히 창가로 달려가 새장을 내려놓고 두 손을 후

후 불었다.

그녀는 탈해에게 라수의 방에 들어가는 방법을 알려 준 적이 없지만 도깨비니까 알아낼 수도 있을 것이다. 라수의 방에 탈해가 있다면 옆방에 있는 것이나 다름없다고 생각한 정우는 잠깐 탈해를 만나 보자고 결정했다. 그녀는 문으로 다가가 라수의 방에 들어가기 위한 조처를 취하고는 문을 열었다.

문 뒤편에는 어두운 방이 있었다. 정우는 의아해하며 라수의 방 안으로 들어섰다.

"탈해, 나 왔어. 왜 불도 안 만들어 두고……."

무엇인가가 그녀를 낚아챘다.

정우는 사태를 파악할 수 없었다. 그녀의 몸이 거칠게 이리저리 끌려다녔고 쾅 하는 문 닫히는 소리도 들려왔다. 문이 닫히자마자 찾아든 어둠은 모든 것을 감추었다. 시야를 상실하고 당황해하던 정우는 조금 후에야 누군가가 등 뒤에서 팔뚝으로 자신의 목을 조르고 있다는 것을 깨달았다. 질식할 정도는 아니었지만 꽤나 거칠게 조르고 있었다. 정우가 그 팔을 붙잡았을 때 그녀의 귓가에서 억누른 목소리가 들려왔다.

"당신 목 옆에 칼이 있어. 꼼짝하지 마."

"지키멜?"

"움직이지 말라고 했어!"

"당신이 그렇게 저를 흔들면 움직일 수밖에 없는데요."

정우의 지적처럼 지키멜은 그녀를 붙잡은 채 자꾸 움직이고 있었다. 아마도 어딘가로 그녀를 데려가는 것 같았지만 지키멜 또한 어둠 때문에 빠르게 움직이지 못했다. 지키멜은 욕설을 중얼거리다가 갑자기 정우를 팽개쳤다.

정우는 바닥에 쓰러질 거라 생각했다. 하지만 뜻하지 않은 곳에서 그녀의 동작이 중단되었다. 그녀는 자신이 의자에 앉아 있다는 것을 깨달았다. 어둠 속에서 예상하지 못한 채 의자에 앉게 되자 그런 일상적인 자세도 정우를 꽤 놀라게 했다. 놀람 때문에 머뭇거리고 있을 때 무엇인가가 그녀의 가슴을 꽉 붙잡았다. 정우는 기겁하여 허리를 튕겼다.

"움직이지 마!"

'입장을 바꿔 생각해 봐요, 지키멜.'

그렇게 말하려던 정우는 갑자기 자신의 가슴을 붙잡은 것이 무엇인지 깨달았다. 그것은 밧줄이었다. 지키멜은 정우를 의자에 묶고 있었다. 정우는 보이지 않는 지키멜에게 의문의 표정을 던졌다. 하지만 돌아온 것은 지키멜의 헉헉거리는 숨소리뿐이었다. 볼 수 없는 상태에서 누군가를 의자에 묶는 일의 어려움과 흥분 때문에 지키멜의 숨소리는 듣기 싫을 정도로 거칠었다.

정우가 의자에 단단히 결박되자 비로소 지키멜은 한숨을 내쉬었다. 정우는 그녀의 숨소리가 멀어지는 것을 느꼈다. 무엇인가를 더듬더듬 찾는 소리가 들리다가 조금 후 갑자기 그녀의 앞쪽에 괴물이 나타났다.

깜짝 놀랐던 정우는 그것이 그림자라는 것을 깨달았다. 그녀의 등 뒤에서 아마도 촛불인 듯한 빛이 나타났고 그로 인해 정우의 앞쪽에 묶여 있는 그녀의 그림자가 라수의 방을 메우고 있는 여러 물건들 때문에 일그러진 모습으로 나타났다. 정우는 안도하며 어깨 너머를 돌아보았다. 하지만 눈이 부셔서 다시 앞쪽을 쳐다보았다. 그때 지키멜이 말했다.

"무사장, 허튼짓을 하면 정우는 죽어요. 알겠죠?"

"아, 아무 짓도 않겠습니다."

탈해의 목소리였다. 정우는 반가운 얼굴로 목소리가 들려온 쪽을 보았다. 그녀가 묶여 있는 의자에서 몇 미터 떨어진 곳에 또 다른 의자가 있었고 그곳에는 탈해가 정우와 같은 모습으로 묶여 있었다. 탈해의 모습을 살펴본 정우는 아무 이상이 없음을 확인하고 안도했다.

"탈해, 이건 납치놀이는 아니겠지?"

"그랬다면 참 좋을 텐데."

탈해는 허탈한 표정으로 말했다. 정우의 뒤에 있던 지키멜이 말했다.

"미안해요, 정우. 이해해 달라고 하진 않겠어요. 나는 이런 극단적인 방법밖에 쓸 수가 없어요. 나는 나라도 잃었고 병사도 없어요. 연인마저 내 바람이 비현실적이라고 말했어요. 하늘치를 마음대로 다룰 수 있는 당신과 달리 내가 마음대로 다룰 수 있는 건 내 몸뿐이에요. 그래서 이렇게 한 거예요. 내 행동에 공감할 수 없겠지만 이해할 수는 있죠?"

정우는 머뭇머뭇 말했다.

"저, 이해하길 바라세요, 이해하지 않길 바라세요?"

"네?"

어리둥절해하던 지키멜은 자신이 앞뒤가 안 맞는 말을 했다는 것을 깨달았다. 지키멜은 맥빠진 한숨을 내쉬고 혼잣말을 중얼거렸다.

"정말 미치겠어."

"괜찮아요, 지키멜? 앞쪽으로 와 주세요."

침묵이 조금 이어지다가 지키멜이 말했다.

"아뇨. 당신 얼굴을 보지는 않겠어요."

지키멜의 목소리는 차분해져 있었다. 정우는 자신의 어깨를 짚는 손을 느꼈다. 고개를 돌리자 지키멜의 손이 보였다. 그 손은 미세하게 떨리고 있었다. 하지만 지키멜의 목소리는 평온했다.

"무사장을 인질로 당신을 움직일 수는 없었어요. 무사장은 두 번 죽는 사람이니까. 그래서 당신을 인질로 삼기로 했어요. 무사장에게 라수의 방으로 들어가는 방법을 아냐고 물어봤어요. 자해하겠다고 협박했더니 내가 놀랄 정도로 열심히 시도해서 결국 알아내더군요."

"미안해, 정우."

탈해는 신음처럼 말했다. 정우는 그를 돌아보았다.

"아냐, 아냐. 네 잘못이 아니야. 나는 네가……."

지키멜이 정우의 어깨를 세게 붙잡았다. 정우는 입을 닫았고 그러자 탈해도 걱정스러운 표정으로 정우의 뒤쪽을 바라보았다. 지키멜이 말했다. 설명하는 듯한 그녀의 어투는 스스로 침착을 되찾으려는 시도 같았다.

"이곳에 들어온 다음 무사장과 함께 당신을 기다렸어요. 어두워서 시간이 얼마나 지났는지도 모르겠어요. 바깥은 밤인가요?"

"아뇨, 아직은."

"그래요. 알겠어요. 당신이 들어온 다음의 일은 당신도 알겠지요. 이제 당신은 내 인질이에요."

"어떻게 할 거죠?"

다시 침묵이 이어졌다. 정우가 다시 질문하려 했을 때 갑자기 그녀의 의자가 기우뚱 움직였다.

정우는 의자가 옆으로 돌아 탈해에게로 움직이고 있음을 깨달앉다. 정우는 탈해와 등을 마주하게 되었다. 다시 밧줄이 나타나서 두 사람을 서로 묶기 시작했다. 그때 정우는 그들을 묶고 있는 지키멜을 보았다.

지키멜의 머리카락은 흐트러져 있었고 얼굴은 땀으로 번들거렸다. 지키멜의 눈은 계속 보고 있기 힘든 기이한 빛을 뿜었다. 밧줄로 정우와 탈해를 묶으며 지키멜은 중얼거렸다.

"대단하지 않아요? 여긴 완벽한 감옥이에요. 당신들 두 사람이 이곳에 있으면 규리하 성에서 이곳을 드나드는 방법을 아는 사람은 나뿐이지요. 그러니까 내가 계속 당신들을 감시하고 있을 필요가 없지. 그리고 나는 성안 어디에서든 여기로 올 수 있고…… 정말 멋지죠."

지키멜은 히죽히죽 웃었다. 정우는 그만 고개를 돌려 자신의 무릎을 바라보았다. 그때 차가운 액체가 그녀에게 뿌려졌다.

냄새를 맡은 정우는 그것이 기름임을 깨달았다. 지키멜은 탈해와 정우에게 기름을 흠뻑 뿌리고 있었다.

"무사장, 내가 나간 다음에 불로 밧줄을 끊어 보려는 시도는 안 하는 것이 좋을 거예요. 당신은 어르신이 되고 규리하 공은 숯덩이가 될 테니까."

탈해는 지키멜이 쓸데없는 걱정을 한다고 생각했다. 정우가 말했다.

"당신은 나갈 건가요?"

"나가야지요. 물론 가끔 돌아올 거예요. 당신들에게 음식도 가져다줘야 할 테고 기름도 다시 뿌려야 할 테니까요. 계속 앉아 있으려면 힘들겠지만 좀 참아요. 다행히 두 사람이잖아. 이야기 상대가 있으니 괜찮겠지."

"나가서 뭘 어쩔 생각이죠?"

촤악! 지키멜은 마지막 기름을 쏟아 부었다. 정우는 어깨를 움찔했다.

"당신은 알 것 없어요."

정우는 눈으로 들어오는 기름 때문에 눈을 꼭 감았다. 눈꺼풀 저편으로 움직이는 불빛이 느껴졌다. 그리고 발소리도. 지키멜이 촛불을 들고 문 쪽으로 걸어가고 있었다. 정우는 눈에 기름이 들어오는 것을 감수하고 눈을 떴다. 그때 지키멜이 촛불을 불어 껐다. 정우가 본 것은 문을 통해 들어오는 사각형의 빛과 그 속에서 움직이는 그림자뿐이었다. 곧 문이 닫혔다.

밖으로 나온 지키멜은 문에 등을 기대고 숨을 몰아쉬었다.

'했어.'

지키멜은 부들부들 떨리는 두 손을 들어 올렸다. 그녀의 손엔 기름이 묻어 있었지만 단검은 아직도 단단하게 쥐어져 있었다. 지키멜은 움찔하며 손을 폈고 그러자 기름 묻은 단검이 그녀의 손가락 사이를 빠져나갔다. 지키멜은 발등을 찔릴까 봐 황급히 발을 끌어당겼지만 단검은 이미 땅에 떨어진 후였다. 지키멜은 이상하다는 듯이 바닥에 떨어진 칼을 바라보았다.

'했어. 저질렀어.'

정신을 헝클어 놓는 취기 같은 흥분이 빠져나가며 지키멜은 추위를 느꼈다. 그녀는 근육이 뒤틀릴 정도로 몸이 아팠다. 비틀거리며 걸어가 가까이 있던 의자에 주저앉았다. 그러나 곧 깜짝 놀라서 주위를 둘러보았다.

'정우를 만나러 온 사람이…….'

들어올 리는 없었다. 그곳은 탈해의 방이었다. 지키멜은 탈해의 방문을 통과하여 라수의 방으로 들어갔으므로 그녀가 나온 곳 또한 탈해의 방이었다. 하지만 지키멜은 정우의 방으로 나오지 않았다는 것에 굉장히 기묘한 기분을 느꼈다. 머리가 다시 혼란스러워졌다. 지키멜은 머리를 세차게 흔들었다.

'생각하지 말자. 냉정해야 해. 이젠 돌이킬 수 없어. 그냥 밀고 가는 수밖에 없어. 세상에, 내가 규리하 변경백과 즈믄누리의 무사장을 납치했어!'

계획의 첫 번째 단계는 끝났다.

'그런데 두 번째 단계가 뭐더라?'

떠오르지 않는 것이 당연하다. 두 번째 단계는 없으니까. 지키멜은 자기 목을 조르고 싶은 기분을 느꼈다.

물론 그녀가 아무런 목표도 없이 행동한 것은 아니다. 그녀가 지휘하려는 곡은 대강 이러하다. 서장에서는 규리하 변경백과 즈믄누리의 무사장이 억류된다. 그리고 그들의 부재 기간 동안 황제와 규리하 사이의 관계가 악화된다. 고조되는 긴장. 마침내 전쟁이 불가피해졌을 때 변경백과 무사장은 억류에서 풀려난다. 결국 그 두 사람이야말로 규리하에 있는 진정한 힘이니만큼 그들을 가둬 둔 채 황제와 싸운다는 것은 말이 안 된다. 풀려난 두 사람은 전쟁이 불가피한 상황임을 깨닫고 후시지탄 속에서도 자신의 힘을 사용한다. 그 다음은 아마도 화려한 전투 묘사로 이루어진 절정 부분. 그리고 황제의 장엄한 최후와 제국의 사분오열을 노래하는 비장한 종장. 박수. 실로 아름다운 곡이지만, 지키멜에겐 '규리하 변경백과 즈믄누리의 무사장을 억류' 부분을 작곡할 시간밖에 없었다.

 탈진한 듯한 기분 속에서 지키멜은 어떻게 황제와 규리하의 관계를 악화시킬지 고민했다. 하지만 흥분은 쉽게 가라앉지 않았고 그녀의 눈길은 계속해서 문으로 돌아갔다. 그들이 밖으로 나오는 순간 자신의 교수형이 집행될 것임을 아는 상태에서 지키멜은 라수의 방에 무관심하기 어려웠다. 지키멜은 라수의 방으로 돌아가 두 사람의 결박 상태를 확인하고 싶은 충동을 참느라 자신의 몸을 부여잡았다.

 그때 무엇인가가 가슴에 배기는 것을 느꼈다. 지키멜은 의아하여 가슴에 손을 넣었다. 그곳에서 약병을 꺼내 든 지키멜은 어리둥절한 눈으로 그것을 바라보았다.

 갑자기 두 번째 단계가 떠올랐다.

 지키멜은 다시 벽에 몸을 부딪히고 싶은 기분을 느꼈다. 그녀는 무의식중에 두 번째 단계를 결정해 두었다. 아니, 두 번째 단계의 일부라고 표현해야 옳을 것이다. 그 약병 하나로 규리하와 황제의 전쟁을 일으킬 수는 없으니까. 하지만 관계에 흠집은 낼 수 있을 것이다. 지키멜은 희열 속에서 약병을 바라보았다.

 약병을 바라보고 있는 동안 그녀의 희열이 빠르게 사라졌다.

 지키멜은 입술을 떨며 약병을 바라보았다. 두려움이 느껴졌다. 그녀는 독물학에 밝은 편이 아니었다. 귀족들이 일상적으로 익히는 정도, 즉 독살 시도를 당했을 때의 응급 처치 정도는 알고 있었지만 그런 지식을 시험해 볼 기회는 없었다. 그리고 그런 기회가 없었기에 지키멜은 독에 대한 자신의 저항력이 어느 정도인지도 알지 못했다.

 그런데 지키멜의 손에 있는 것은 그녀의 눈 앞에서 홀빈 퍼스

노후작을 절명시킨 것과 같은 것이었다.

생각하고 싶지는 않았지만 지키멜은 그녀 혼자 목격했던 노후작의 최후를 떠올렸다. 노후작은 괴로움에 몸을 뒤틀거나 먹은 것을 토하거나 하지는 않았다. 독배를 비운 홀빈 퍼스는 몇 번 빠르게 호흡한 다음 조용히 숨을 거두었다. 격렬한 반응이 없기에 더 소름 끼치는 죽음이었다. 지키멜은 진저리를 쳤다.

'밀고 나갈 수밖에 없어.'

지키멜의 두 손이 와들와들 떨렸다. 약병을 놓칠까 봐 두려워진 그녀는 두 손을 무릎 위에 내려놓았다. 하지만 손은 무릎 위에서도 덜덜 떨렸고 약병이 손 안에서 꿈틀거렸다. 지키멜의 눈에서 눈물이 흘러나왔다.

'돌이킬 수 없단 말이야.'

이렇게 떨려서는 제대로 할 수 없다. 지키멜은 심호흡을 하다가 작은 비명처럼 말했다.

"세 왕국!"

떨림이 조금 가라앉았다. 지키멜은 화를 내는 편이 낫겠다고 생각했다. 그녀는 황제를 저주했다. 사라티본 부대를 이끌고 온 스카리 빌파도 저주했다. 황제에게 돌아가 그녀의 발등에 입을 맞추겠다는 시오크 지울비도 저주했다. 정우와 탈해도 그녀의 저주를 피하지 못했다. 그녀가 정말 가지고 싶은 능력들을 그들이 가지고 있다는 이유에서다. 사태를 이 지경까지 밀고 와 버린 자신까지 저주한 다음부터 지키멜은 별 이유도 없이 아무나 저주했다. 떠오르는 이름들을 닥치는 대로 저주하다 보니 어느새 떨림이 가라앉았다. 지키멜은 다시 약병을 바라보았다.

변경백과 무사장이 사라지고 독행왕이 음독한 모습으로 발견

된다면, 사람들은 독행왕이 두 사람을 납치한 다음 자살 시도를 했다고 생각하기보다는 누군가가 규리하 공과 무사장을 납치하고 독행왕에겐 독을 먹였다고 생각할 것이다. 납치한 다음 자살한다는 것은 말이 안 되니까. 그러면 지키멜은 자연스럽게 납치 혐의를 벗게 될 것이다. 그리고 규리하 사람들은 자신들이 공격받고 있다고 생각할 것이다. 운이 좋아서 규리하 사람들이 황제에게 공격당한 거라고 생각하게 된다면 완벽한 일석이조다. 물론 인사불성을 헤매는 지키멜의 모습을 보고 시오크가 그녀 곁에 남는다면 더 바랄 나위도 없을 것이다. 하지만 그 모든 행운은 그녀가 죽을 정도로 괴로워한 다음 가까스로 살아났을 때만 누릴 수 있는 것이다. 한 잔의 독은 홀빈 퍼스를 절명시켰다. 반드시 극소량이어야 한다.

지키멜은 갑자기 약병을 열었다.

그녀는 생각할 여유도 없이 약병을 입에 가져갔다. 입을 벌리고 병을 기울였다. 딱 한 방울이 그녀의 입에 떨어졌다. 지키멜은 자신의 상태를 생각하지 않으려 애쓰며 재빨리 약병 뚜껑을 닫았다.

지키멜은 창가로 다가가 덧창을 열고는 밖으로 약병을 힘껏 집어던졌다. 창가를 떠났을 때 뱃속이 뜨끈해지는 것을 느꼈다. 그 반응은 지키멜을 정말 두렵게 했다.

지키멜은 황급히 문을 열고 복도로 나갔다. 탈해의 방 안에 쓰러져 있는 것보다는 복도가 나을 것이다. 복도를 따라 두어 걸음 걸었을 때 갑자기 눈이 밝아지는 기분을 느꼈다. 눈앞이 환했다. 그런데 이상하게도 보이는 것은 점점 줄어들었다.

지키멜은 무릎에서 둔한 충격을 느꼈다. '내가 무릎을 꿇은 건가?' 그런 듯하다. 지키멜은 앞으로 고꾸라졌다. 머리부터 바닥에 부딪혔지만 별로 아프지도 않았다.

확신할 수는 없었지만 자신이 아마 복도에 엎드려 있을 것 같았다. 환해졌다고 생각한 시야가 다시 어두워졌다. 지키멜은 자신의 속눈썹인 듯한 그림자를 보았다. 위아래의 속눈썹이 서로 얽히고 있었다. 곧 눈이 감길 것이다. 눈이 감기는 시간은 너무도 길고 또한 너무도 짧다. 지키멜은 공포가 자신의 정신을 으드득으드득 씹어 먹는 것을 느꼈다. 얼음물 속에 빠진 듯한 추위가…… 갑작스럽게 의심이 불꽃처럼 떠올랐다.

만약 눈을 뜨지 못하면?

지키멜은 대답하지 못했다. 죽음이 그녀에게 입맞추었다.

눈을 뜬 아실은 두 가지 사실을 깨달았다. 늦은 아침이라는 것과 뭔가가 이상하다는 것.

머리가 아팠고 몸은 밤새도록 수천 마리의 고양이가 핥고 지나간 것 같았다. 감기 때문에 그런 것이다. 정신을 집중할 수 없었다. 아실은 뭐가 이상한지 궁금해하지 말자고 생각했다. 그녀는 눈을 감은 채 아무 생각도 하지 않았다. 그러자 뭐가 이상한지 깨달았다.

소리가 들리지 않았다.

많은 사람이 머무는 야영지의 아침에 반드시 있어야 하는 소음이 없었다.

아실은 허물을 벗듯 몸을 둘둘 만 담요 속에서 빠져나왔다. 그녀 곁에는 조그마한 모닥불이 피워져 있었다. 아실은 모닥불 옆에 앉아 상한 고기처럼 느껴지는 얼굴을 주무르고 다시 주위를 둘러보았다. 그리고 주위에 상단의 모습이 보이지 않는다는 것을 확인했다.

그녀가 잠든 동안 움직인 것은 아니었다. 그곳에는 사람들이 밤 동안 머물렀던 흔적들이 많이 남아 있었다. 그곳은 아실이 잠든 야영지였다. 상단은 새벽 무렵에 떠났고 어떤 이유에선지 그녀만 남은 모양이다.

'나만?'

아실은 깜짝 놀라서 주위를 둘러보았다. 지멘이 보이지 않았다. 아실은 당황하여 어처구니없는 생각을 떠올렸다. '지멘이 나를 버리고 상단과 함께 떠났나?' 그 생각을 비웃으려 했지만 그럴 수가 없었다. 그녀는 일어나려 했다. 하지만 다리가 약간 떨렸고, 그래서 아실은 무릎을 바닥에 댄 채 몸을 세웠다.

밤새 눈이 살짝 내렸는지 메 뿌리들은 하얗게 변해 있었고 그녀 주위의 그늘진 곳에도 싸락눈이 마른버짐처럼 쌓여 있었다. 메마른 풀잎과 울퉁불퉁한 바위들, 낙엽 무더기 속에 서 있는 앙상한 나무들은 있었지만 지멘은 보이지 않았다. 비명이 나올 것 같은 기분에 아실은 입을 틀어막았다. 다른 손으로는 바닥을 짚으며 아실은 옆으로 앉았다.

그녀는 눈을 꼭 감았다. 입술에서부터 목구멍 깊은 곳까지 바싹 말라 버린 것 같았다. 침을 삼키려 했던 아실은 질식할 것 같은 기분을 느꼈다. 갑자기 격렬한 기침이 터져 나왔다. 그녀는 두 손으로 바닥을 짚고 허파가 불타는 기분을 느낄 때까지 기침했다.

아실은 눈 주위를 닦았다. 손에 묻은 흙이 얼굴을 찔렀다. 아실은 처량한 기분을 느끼며 손등으로 다시 눈 주위를 문질렀다. 얼굴을 대강 정리한 아실은 가부좌를 틀고 앉아 다리 사이에 손을 파묻었다. 모닥불 한 군데가 흐트러져 있었다. 기침을 하면서 그녀가 찬 모양인지 재가 흩어져 있는 모습도 보였다. 그럴 필요가 없었지만 아실은 멍하니 발끝으로 흩어진 나뭇조각들을 모닥불 안으로 밀어 넣었다. 모닥불을 정돈한 아실은 무릎을 세웠다. 그녀는 세상이 진력난다는 듯이 무릎 사이에 얼굴을 파묻고 허벅지를 감싸 안았다.

그러자마자 소리가 들려왔다.

아실은 고개를 들지 않은 채 그 소리에 집중했다. 바람 소리? 나무에서 눈이 떨어지는 소리? 그것은 규칙적으로 들렸다. 쿵, 쿵, 쿵. 아실은 그것이 사람이 내는 소리라고 생각했다. 아주 큰 사람이 땅을 울리며 달려오고 있었다. 아실은 고개를 들어 확인하지 않았다. 쿵, 쿵, 쿵. 아실은 자신의 심장 박동 소리를 들었다. 두 무릎과 얼굴 사이에 갇혀 방황하는 호흡 소리를 들었고 앞머리카락과 바지가 비벼지는 소리를 들었다. 하지만 곧 쿵, 쿵, 쿵 하는 소리가 그 소리들을 모두 집어삼켰다.

'가까이 왔어. 가까이…… 옆이야.'

쿵! 그리고 어색한 고요가 있었다. 아실은 입술을 깨물었다.

"왜 그러고 있어?"

아실은 침을 삼켰다. 이번에는 그렇게 어렵지 않았다. 다시 목소리가 들려왔다.

"아실?"

아실은 적당한 신음을 흘리며 천천히 고개를 들었다. 눈이 부시다는 표정으로 옆을 바라본 아실은 지멘의 가슴 근처에서 시선을 멈추었다. 그녀는 두 팔을 펼쳤다. 기지개 동작을 약간 과장되게 취한 아실은 부드럽게 미소 지으며 말했다.

"아, 음, 앉아 있다가 졸았나 보네. 푹 잔 것 같은데. 음. 어디 갔었어요? 일어났을 땐 안 보이던데."

"상단이 떠나는 것을 확인하고 왔어."

"그래요? 음, 그런데 왜 우리는 함께 안 갔죠?"

그렇게 말한 다음 아실은 시선을 더 올렸다. 지멘의 얼굴이 보였다. 지멘은 아실을 마주 보며 바닥에 앉았다. 아실은 계속 미소를 지었다. 얼굴에 닿는 바람이 차다.

지멘은 팔짱을 꼈다.

"네가 자는 동안 누가 우리를 찾아왔어."

"누가?"

"아이저 규리하가 보낸 사람."

아실은 휘파람을 불듯 입술을 오므렸다. 지멘은 수염볏을 긁었다.

"와 달라고 하더군."

"어디 있는데요?"

"하인샤 대사원."

아실은 두 손을 모아 손장난을 했다. 손가락을 잡아당기다가 얽어서 꼬고 비틀었다. 그러다가 뺨을 받친 채 말했다.

"갈 거예요?"

"약속했어."

"그때⋯⋯ 즈라더의 도끼를 납병하러 마지막 대장간에 갈 때?"

"응. 그때도 함께 황제와 싸우자고 했어. 즈라더의 도끼를 최후의 대장간으로 가져가야 했기 때문에 거절했지. 다음에 다시 부르겠다고 했어."

아실은 입술을 깨물었다. 그러지 않으면 입술과 이가 떨릴 것 같았다. 그녀는 그저 심심해서 그러는 것처럼 입술을 질겅거리며 모닥불을 바라보았다. 지멘은 그녀의 시선을 좇아 모닥불을 보고는 그것이 조만간 꺼질 것이라고 생각했다. 하지만 땔감이 없었다. 지멘은 몸을 기울여 담요를 집어 들어 아실의 등을 덮었다. 지멘이 담요를 여밀 때 아실이 말했다.

"황제와 관련된 사람은 만나고 싶지 않은데."

지멘의 손이 잠깐 멈췄다가 다시 움직였다. 담요를 세심하게 여민 지멘은 뒤로 물러나 앉았다. 그는 아무것도 없는 풍경을 이곳저곳 바라보았다. 아실은 밥상머리에서 꾸지람을 들은 아이처럼 시들한 표정으로 말했다.

"당신을 부른 것을 보니 전 변경백께서 황제와 싸울 결심을 했나 보군요. 스님들만 있는 하인샤 대사원에서 무슨 싸움 준비를 했는지는 모르지만."

"아실."

"예?"

"나도 황제와 관련된 사람이야."

아실은 다시 입술을 깨물었다.

"그렇군요."

"우리 둘 다 그랬지."

"예."

"가기 싫어?"

아실은 고개를 떨어뜨렸다.

"갈 데가 따로 있는 것도 아니죠."

"가고 싶지 않아?"

"괜찮아요. 하인샤 대사원으로 가요. 음. 먼저 뭐 좀 먹고."

부리를 열던 지멘은 아실이 일어나는 것을 보고 도로 닫았다. 아실은 배낭으로 다가가 뒤적거렸다. 그러다가 갑자기 움찔했다. 지멘은 무슨 일인가 했지만 아실은 아무렇지도 않게 다시 손을 움직였다.

아실은 배낭이 이곳에 있다는 것을 자신이 왜 깨닫지 못했는지 알 수 없었다. 지멘의 배낭이 이곳에 있다면 지멘은 떠난 것이 아니다. 아실은 어처구니없다기보다 슬프다는 생각이 들었다. 배낭 안쪽에 머리를 묻고 고함지르고 싶은 것을 참으며 조금도 먹고 싶지 않은 것들을 열심히 찾았다.

불행한 소식만 가져오는 자들에게 지친 나머지, 규리하의 총리대부 리시오 느베라이는 불운한 소식을 가져온 다음 전령의 목을 부러뜨려 놓겠다고 결심했다. 그가 진짜로 전령의 목을 부러뜨렸을 리는 없지만 복도를 황급히 지나던 그를 붙잡은 사람이 율형부사 사라말 아이솔이라는 것은 리시오에게 일종의 정당성 같은 것을 부여했다. 율형부사니까 참는 거라고. 다른 녀석이었다면 정말 목을 부러뜨렸을걸.

사라말은 자신의 목을 자꾸 바라보는 리시오를 의아하게 여기며 용건을 말했다.

"조금 전 어떤 병사가 지나가던 나를 붙잡고 규리하 공을 보지 못했느냐고 쾌활하게 묻더군요."

"그래서?"

"혹 병사가 되기 전에 연기자의 꿈을 가지고 있었다면 포기한 것이 다행이라고 생각했습니다."

"내 얼굴은 어떤가?"

"유언장은 어디 두셨냐고 묻고 싶어지는군요."

총리대부는 이를 악물었다. 사라말 아이솔은 규리하 정부에 정식으로 소속된 인물은 아니지만 규리하 공이 그를 신뢰하는 것 같았다. 리시오는 주군의 모범을 따르기로 했다. 그는 복도 옆의 기둥으로 사라말을 끌고 갔다. 사람들의 눈이 닿지 않는 곳에 몸을 숨긴 리시오는 듣는 귀가 없는지 살펴보고 재빨리 속삭였다.

"간단히 말하지. 각하께서 실종되었네."

사라말은 눈을 가늘게 떴다.

"그리고 즈믄누리의 무사장 탈해 머리돌 또한 종적을 감췄어. 자네라면 두 사람이 딱정벌레를 타고 즈믄누리로 도망친 거라고 생각하겠지?"

"제가 왜요?"

'그야 당신은 비정상이니까.'라고 말할 뻔한 리시오는 가까스로 제때 입을 단속했다.

"아, 그건 내가 그렇게 믿고 싶다는 의미야. 하지만 그렇게 생각하긴 어렵군. 가장 나쁜 소식이 있어. 비나간 후 지키멜 퍼스가 독극물에 중독되어 인사불성이 된 채 발견되었어. 무사장의 방 바깥 복도에서."

"인사불성이라고요?"

"그래. 후작을 진찰한 의사는 그녀의 목숨에 대해 아무것도 보장할 수 없다고 하더군. 지금 후작은 자기 방에 누워 있어. 나는 도무지 이 사태를 어떻게 이해해야 할지 알 수 없군. 자네는 뭐 떠오르는 것 없나?"

겉으로 보기에 사라말의 모습에는 아무 변화도 없었다. 리시오는 율형부사가 되기 전에 연기자의 꿈을 가지고 있었다면 참 아까운 포기라고 생각했다. 완벽하다 할 만큼 침착한 목소리로 사라말이 말했다.

"물론 성문을 지키는 병사는 아무도 보지 못했고 무사장의 번뜩이도 그대로 있겠군요."

"어, 어떻게 알았나? 설마 자네?"

"그야 그럴 경우엔 추적대가 출발하지 병사들이 당황하여 성안을 돌아다니지는 않을 거 아닙니까."

리시오는 자신이 세상에서, 아니, 최소한 규리하에서는 가장 멍청한 인물임이 분명하다고 생각했다. 사라말이 말했다.

"라수의 방은 조사해 보셨습니까?"

"라수의 방? 거긴 들어갈 수 없어. 거기 들어가는 방법을 아는 것은 규리하 공뿐이야."

"그리고 즈믄누리에 익숙한 탈해 머리돌 무사장이 알지도 모르는군요. 흐음, 이거 재미있군. 이 성에서 라수의 방에 출입할 수 있는 사람이 모두 종적을 감췄단 말이군요. 라수의 방이 수상하지 않습니까?"

"하지만 들어갈 수가 없는데? 비나간 후를 데려왔던 도깨비들도 벌써 떠났고 이 성에는 즈믄누리를 방문이라도 해 봤던 사람이…… 자네 혹시 거길 방문한 적이 있나?"

사라말은 고개를 가로저었다. 리시오는 실망하여 어깨를 늘어뜨렸다. 그때 사라말이 갑자기 몸을 돌렸다.

"따라오십시오."

사라말은 대답도 기다리지 않고 걸어갔다. 리시오는 허둥지둥 그 뒤를 따랐다.

"어디로 가는 건가?"

"규리하 공의 방."

"왜? 라수의 방에 들어가려면 성안 어디에서든⋯⋯."

"방법을 모르잖습니까."

"규리하 공의 방에 그런 방법이 있나?"

리시오는 반색했다. 하지만 사라말은 무뚝뚝한 얼굴로 아무 대답도 없이 걸어갔다.

잠시 후 그들은 정우의 방에 들어섰다. 혹 규리하 공이 돌아왔을지도 모른다는 생각에 리시오는 주위를 둘러보았다. 그의 바람은 성취되지 못했다. 한편 사라말은 한번 둘러보지도 않고 곧장 창가로 다가갔다. 조금 늦게 그에게 다가간 리시오는 사라말이 새장을 들여다보고 있음을 알고 당황했다.

사라말은 새장을 들어 벽난로 가로 가져갔다. 하지만 불이 꺼져 있었기에 먼저 사람을 불러 벽난로에 불을 붙여야 했다. 하인이 벽난로에 불을 피우고 나가자 사라말은 새장을 벽난로 앞에 내려놓았다. 곧 잠들어 있던 새가 눈을 떴다. 리시오는 혹여나 하는 기대감과 자신이 무슨 짓을 하고 있는지 모르겠다는 창피함을 동시에 느끼며 새장과 사라말을 번갈아 바라보았다.

사라말은 새장을 향해 허리를 굽히고 단도직입적으로 물었다.

"규리하 공은 어디 계신가?"

"미나리아재비의 조카는 미나리."

사라말은 고개를 끄덕이며 허리를 폈다.

"역시……."

리시오는 숨을 멈춘 채 율형부사를 바라보았다. 율형부사는 날카로운 표정으로 총리대부에게 말했다.

"사람은 새의 말을 알아들을 수 없군요."

리시오는 불운한 소식을 가져온 전령에게 해 주겠다고 다짐했던 짓을 율형부사에게 저지를 뻔했다. 만약 사라말이 즉각 몸을 돌려 그를 떠나지 않았다면 리시오는 그의 목을 붙잡고 바닥에 쓰러졌을지도 모른다.

문으로 다가간 사라말은 곧 문을 노려보고 고민에 빠졌다. 이젠 기대감이 많이 희석된 리시오는 그 모습을 못마땅하게 바라보며 말했다.

"뭐 짐작 가는 거라도 있나?"

"노력해 보지요. 이 문은 당분간 한가할 테지요?"

"그럴 거야."

사라말은 고개를 끄덕이고 문을 벌컥 열었다. 리시오는 깜짝 놀라 바깥을 바라보았고, 아직도 희망을 품고 있는 자신을 원망했다. 사라말은 밖으로 나가라는 뜻으로 문을 열어 준 것이다.

"그럼 이 문을 조수로 쓰겠습니다."

대답도 하기 싫었던 리시오는 말없이 밖으로 나왔다. 그가 밖으로 나오자 문이 닫혔다. 뒤로 돌아선 리시오는 문 쪽을 향해 매우 무례한 손짓을 해 보였다. 그때 문이 벌컥 열렸다.

사라말과 눈이 마주친 리시오는 손을 어떻게 하지도 못한 채 굳어 버리고 말았다.

"어, 어떻게? 어?"

"실험 중입니다."

사라말은 리시오의 손짓에 아무 비난 없이 문을 도로 닫았다. 리시오는 뒤로 주춤 물러났다. 그때 다시 문이 벌컥 열렸다. 사라말은 바깥을 한 번 내다보고 다시 문을 닫았다. 리시오는 이 짓이 계속되리라는 것, 그리고 자신이 해 보였던 손짓을 떠올리고 황급히 그 자리를 떠났다.

스무 걸음도 가기 전에 총리대부는 연기자의 꿈을 품었다면 포기하는 것이 다행인 듯한 병사와 마주쳤다. 병사는 아무렇지도 않다는 표정으로 대단한 일이 발생했음을 알려 주는 재주를 부리며 말했다.

"대부님. 황제 폐하로부터 규리하 공에게 내리는 사어가 왔습니다."

"뭐? 아, 그래. 알았다. 빨리 가자."

"예? 하지만 규리하 공께 직접……."

"내가 책임진다!"

리시오는 병사를 앞질러 달음박질하듯 달려갔다. 병사는 그 뒤를 따를 수밖에 없었다.

뱀단지가 보관된 방으로 달려가며 리시오는 더욱 커지는 불안감을 느꼈다. 단지 사어를 받아야 할 규리하 공이 없다는 것 때문에 느끼는 불안이 아니었다. 리시오는 미신적인 인물은 아니었지만 이토록 흉흉한 때에 온 황제의 사어가 좋은 내용일 거라고 생각하기는 어려웠다. 아니, 좋은 내용이기는커녕 지독한 소식일 것 같다는 예감만이 자꾸만 그를 괴롭혔다.

빽빽이 들어선 나뭇가지와 나뭇잎 사이로 용케 파고든 햇살이 방울방울 떨어졌다.

 암흑의 키보렌이 갈맷빛으로 깨어났다. 햇빛의 침입을 달가워하지 않는 키보렌의 아침은 밤과 낮이 혼재된 것처럼 보인다. 머리 위를 덮고 있는 숲이 두꺼운지 성긴지에 따라 그 아래쪽의 밝기는 극명하게 달랐다. 몇 걸음 걸으면 낮이고 다시 몇 걸음 더 걸으면 밤이다. 또는 좌우에 밤과 낮을 둔 채 걸을 수도 있다. 어떤 곳은 위아래로 낮과 밤이 쌓여 있다.

 낮 속에 떠 있는 거미줄에서 새벽녘에 맺힌 이슬이 제 무게를 이기지 못하고 떨어졌다. 이슬은 다시 밤으로 들어가 땅 위를 기어다니는 딱딱한 나무뿌리에 부딪혀 부서졌다. 여상히 볼 수 있는 그 모습을 뚫어지게 바라보는 자가 있었다.

 레콘 론솔피는 아침의 이곳저곳에 많은 이슬이 매달려 있음을 깨달았다. 론솔피는 근처에 큰 강이 있을 거라 생각했다. 그렇게 생각할 만한 이유가 있었다.

 "무룬 강에 가까이 왔나 보군. 이젠 정말 돌아가야겠어, 론솔피."

 론솔피는 아래쪽을 보았다. 사모 페이가 경사진 햇살 속에 서서 그를 올려다보고 있었다. 론솔피는 투덜거렸다.

 "그렇군."

 론솔피는 부리를 살짝 부딪쳤다. 몇 십 미터 앞도 제대로 보기 힘든 키보렌에서 하텐그라쥬까지 가려면 무룬 강을 따라 움직이는 것보다 더 쉬운 방법은 없다. 론솔피는 도끼창을 어깨에 걸어 양손을 없었다.

 "알았어."

 그렇게 대답했지만 론솔피는 여전히 움직이지 않았다. 사모가 떠나는 모습을 보고 움직이겠다고 말하는 듯했다. 사모는 론솔피를 향해 미소 짓고 고개를 돌렸다. 하지만 그대로 떠나는 대신 그녀는 팔을 들어 햇살 속에 내밀었다. 키보렌의 좁은 틈을 통해 새어 들어온 햇살은 가늘었다. 사모는 팔 전체에 햇빛이 닿도록 하기 위해 천천히 팔을 움직이며 말했다.

"고마워."

"뭐가?"

"여러 가지. 우선 밤새도록 함께 온 것도 그렇고."

"길이 같잖아. 어차피 나도 악타그라쥬로 가야 하니까."

"속도는 다르지."

론솔피는 부리를 부딪쳤다. 사모는 부드럽게 몸을 돌려 반대쪽 팔 또한 데웠다. 밤새 식은 체온을 데우는 행동은 인간의 세수처럼 나가들의 아침 일과다. 보통은 햇빛이 잘 비추는 곳을 찾아 가만히 서 있는 편이지만 가느다란 빛만 이용할 수 있었던 사모는 느린 춤을 추듯 움직였다. 햇빛을 찬미하는 무용수 같았다.

"그리고 그 레콘 이야기 해 준 것도 고마워."

"주테카 말이야?"

"그래. 내 말 황당하게 들렸을 텐데 그렇게 진지하게 생각해 줘서 고마워. 네 말처럼 그 레콘이 요술쟁이일지도 모르겠군. 하지만 그에게 말할 땐 조심스럽게 말해."

"왜?"

"그 숙원 때문에. 정의 실현이라. 참 난감한 숙원이군."

"흐음."

론솔피는 도끼창을 어깨에서 내려 나무에 기대 놓고 나무 뿌리에 걸터앉았다. 사모는 눈을 감고 뒷짐 진 채 빛 속에서 천천히 돌며 몸을 데웠다. 생각에 잠겼던 론솔피가 말했다.

"뭐가 문제야? 정의는 사람마다 다른 거라서? 그래서 주테카가 추구하는 정의는 모든 사람과 관련 있는 것은 아니라는 거야?"

사모는 빙그레 웃었다.

"거기에 대해 생각을 많이해 봤군. 고마워."

"뭐, 걷다 보면 잡생각 많이하게 되니까. 어쨌든 그게 문제인 거야?"

"그렇지 않아."

"아니라고?"

"론솔피. 사람마다 다른 모습인 사랑은 부정되지 않는데 정의는 왜 사람마다 다르다는 이유로 그렇게 자주 천시되는 것일까? 심지어 그런 것이 없다는 이야기까지 나오고 말이야. 사랑은 쉽지만 정의를 지키는 것은 힘든 것이라고 생각하기 때문일까? 하지만 나는 사랑도 결코 쉬운 일이 아니라고 생각하는데."

론솔피는 멋쩍은 얼굴로 수염볏을 주물럭거렸다. 사모가 말했다.

"네 말처럼 정의는 사람마다 달라. 때론 두 사람의 정의가 대립하기도 하지. 하지만 그렇다고 해서 정의가 부재하는 것도 아니고 그 가치가 깎이는 것도 아니야. 정의는 모든 사람에게 중요해. 주테카가 추구하는 정의가 어떤 것인지 정확하게 알 수 없으니 판단은 유보하겠지만, 정의가 사람마다 다르다는 이유로 주테카가 모든 사람과 상관없는 숙원을 가지고 있다고 단정 짓지는 않겠어."

"그럼 뭐가 난감한 거지?"

"정의와 요술은 반대되거든."

"응?"

느리게 움직이는 햇빛을 따라 사모는 걸음을 옮겼다. 그녀는 우아한 발놀림으로 허리와 다리를 차례로 데웠다.

"정의(正義)를 가장 간단히 정의(定義)하면 같은 것은 같게, 다른 것은 다르게 대하는 거지. 내 목숨과 네 목숨은 같다. 따라서 내 목숨과 네 목숨은 똑같이 대해야 한다…… 이런 식이지. 그런데 요술은 같은 것을 다르게, 다른 것을 같게 만드는 것이지. 주테카가 세 번째 레콘이라면 그는 요술쟁이여야 하는데 정의를 사랑한다면 그 역할을 수행하기 힘들 것 같다는 생각이 드는군."

"굉장히 머리 아픈 이야기군."

론솔피는 성난 것처럼 말했다. 하지만 그가 정말 성이 난 것이 아니라는 것은 그도 사모도 잘 아는 일이었다. 론솔피는 주무르던 수염볏을 한 번 튕기고 말했다.

"나는 그런 골 복잡한 이야기 별로 안 좋아해. 그런데 네가 하는 이야기는 그럭저럭 들을 만하군. 그러면 내가 어떻게 해야 하지? 주테카에게 말할까, 말까?"

"네가 결정해."

"이봐. 나는……."

"너를 믿는다. 넌 내가 해 줄 수 있는 이야기 전부를 들었고 그것을 다 이해했어. 그렇다면 넌 나와 같아. 나라고 해도 네가 내리는 결정보다 더 현명하게 결정할 수는 없을 거야. 그러니 네가 관찰해서 결정하도록 해."

론솔피는 어깨를 조금 늘어뜨렸다.

"난 네 이야기 이해 못했어."

"이해했어."

"그런 척한 거야. 젠장. 난 네가……."

론솔피는 말끝을 삼켰다. 두 다리를 데운 사모가 춤 아닌 춤을 끝내고 론솔피를 향해 섰다.

"내가, 뭐?"

론솔피는 벼슬을 쓸어 넘겼다. 하지만 그의 손이 떨어지자마자 그것은 빳빳하게 섰다. 그는 한숨을 토하듯 말했다.

"제기랄. 너는 시모그라쥬군에게 가서 싸우라고 했겠지. 분쟁으로 레콘을 찾을 수 있으니까. 그러면 세 명의 레콘을 찾으려고 도대체 몇 명이나 죽은 거야?"

"많이 죽었지. 하지만 그건 세 명의 레콘을 찾는다는 목적만으로 일어난 전쟁은 아니야. 나는 다른 이유도 있다고 말했어."

론솔피는 답답하다는 듯이 목 주위의 깃털을 움켜쥐었다.

"그게 무슨 이유인데?"

"그건 너와 별 상관이 없어."

"말해 줘."

"그럼 좋아. 차기 황제의 계승 절차는 아마도 이런 식이었을 거다. 나를 포함하여 차기 황제의 경쟁자가 다 제거된 다음 마지막 경쟁자인 그녀가 지멘에 의해 죽는 것."

"그 이야기는 들었어. 지멘이 말해 줬어."

"그래. 그런데 그렇게 되지 않았다. 내가 죽지 않았고 시모그라쥬 공이 죽지 않았고 지멘이 황제를 죽이지도 않았는데 황제가 실종되었어. 난 뭔가가 잘못되었다고 생각하고 그것을 확인하기 위해 세상으로 나왔어. 그리고 내게 기회가 왔다는 것을 알았지."

"기회? 무슨 기회?"

"레콘들을 도울 기회."

론솔피는 부릅뜬 눈으로 설명을 촉구했다. 사모는 설명했다.

"나는 황제가 다시 돌아올 거라고 확신했다. 나는 그녀에게 말리가 있다는 것을 알고 있었으니까. 황제가 무슨 사고를 겪었든 말리에 있는 세 번째 벽난로 방의 나가들이 그녀를 구출했을 것이다. 하지만 그녀는 당장 돌아오지 않았어. 나는 그녀가 그대로 신이 되었다고 추리했지. 엘시가 발케네 공을 물리쳐 황제의 복수를 한 다음 제위에 오르면, 원래 계획과는 좀 다르지만 그럭저럭 결과는 비슷해지니까. 그런데 엘시는 황제의 복수를 하지 않았고 제위에 오르지도 않았다. 대신 사람들에게 귀족원 회의 개최를 요구했지."

"그랬어."

"엘시가 경쟁자 제거를 시작하지 않는다면 억지로라도 하게 해야겠지. 그는 혼란을 종식시킨 영웅이 되어야 해. 누군가 그 역할을 맡아야 하고, 나는 나 스스로 그렇게 하면 된다고 생각했다. 시모그라쥬 공에게 나를 팔아서 그가 당장 전쟁을 시작할 수 있게끔 해 주었지. 그건 약간 어긋난 황제의 계획이 바로잡아지도록 돕는 일이었어. 그리고 나 자신에겐 세 명의 레콘을 찾을 기회였고."

론솔피는 수염볏을 움켜쥐었다.

"그것이 네 바람이라면…… 원시제나 치천제의 계획에는 신을 상대할 레콘 세 명을 찾아낸다는 이야기가 없었군."

"없었다. 이미 말했듯이 치천제는 분리주의를 거부해. 그녀는 모든 사람을 똑같이 대할 생각이었어. 레콘들을 위해 특별히 셋을 찾아 준다는 것은 그녀에겐 맞지 않는 생각이지. 하지만 나는 레콘의 약점 때문에 레콘에겐 세 명을 찾아 줄 필요가 있다고 생각했다. 내가 일조한 분란을 통해 그 셋을 찾아내면 난 그들에게 신을 상대할 방법을 결정하라고 말해 줄 생각이었어. 끝내 실패할 뻔했지만, 내가 하텐그라쥬로 돌아가기 전 마지막으로 나를 찾아온 것이 다름 아닌 레콘이기에 나는 이 희망을 너에게 넘기기로 했다."

"바로 그거야!"

사모는 고개를 갸웃했다. 론솔피는 자기 깃털을 모두 뽑고 싶은 사람처럼 보였다.

"바로 그거야. 왜 너만 그렇지?"

"내가 뭐?"

"아무도 레콘을 걱정하지 않아. 레콘도 다른 사람에게 걱정해 달라고 말하지 않아. 그런데 넌 왜, 삼십만 년 후의 미래를 계산한다느니, 일만육천 년 동안 살아남겠다느니 하는 잘난 두 황제도 안 그랬는데 우리를 그렇게 걱정하는 거야!"

갈바마리가 두 얼굴 모두에 의심을 담은 채 위협적으로 다가왔다. 하지만 론솔피는 신경도 쓰지 않았다.

"그 때문에 나도 너에게 신경을 쓰고 싶어졌어. 네 말을 이해한 척하고 싶어졌어! 좌절한 채로 하텐그라쥬로 돌아가지 않도록 해 주고 싶어졌어! 젠장, 기분이 이상해. 쌍!"

론솔피는 두 손으로 머리 양쪽을 짓누르며 하늘을 올려다보았다. 고함을 지를 것처럼 부리를 쩍 벌렸지만 아무 소리도 내지 않았다. 사모는 마치 정신적 비명을 지르는 나가처럼 보인다고 생각했다. 그렇게 한참 동안 소리 없는 비명을 지르던 론솔피는 두 팔을 양쪽으로 뿌렸다.

그는 기운이 죽 빠진 사람처럼 사모를 보며 말했다.

"왜 우리가 신을 상대할 수 있도록 돕는 거야?"

"너희들에게 도움이 필요하니까."

"누가 도와달래? 누가 감히 레콘을 제멋대로 돕는다는 거야?"

힐난하는 내용이었지만 론솔피의 어조에는 그런 기색이 없었다. 사모가 대답했다.

"바위를 깨고 하늘을 나는 너희들의 강력한 겉모습 때문에 아무도 너희들을 걱정하지 않는 것이다. 너희들도 다른 선민 종족의 나약한 겉모습 때문에 그들에게 도움 받을 생각은 하지 않지. 하지만 우리는 서로를 도와야 해. 모두 함께 도달해야 할 목표가 있으니까."

론솔피는 부리를 조금 벌렸다가 말했다.

"무슨 목표?"

사모는 대답하는 대신 한 걸음 물러났다.

론솔피는 그녀를 붙잡으려는 듯 몸을 조금 일으켰다. 하지만 사모가 팔을 뻗어 손바닥을 앞으로 내보였다. 론솔피는 반쯤 일어난 자세에서 멈춘 채 그녀를 바라보았다.

사모는 머리를 옆으로 약간 기울이며 말했다.

"론솔피, 나와 함께 스러졌을 내 희망을 받아 줘서 고마워."

론솔피는 누가 누구에게 감사해야 하는지 모르겠다고 생각했다. 하지만 대호왕이 뻗은 손은 그의 몸뿐만 아니라 그의 부리까지 결박했다.

"잠깐 보기만 해도 불가능함을 짐작할 수 있는 것을 희망하는 이 태도를 끝내 버릴 수 없군. 그러니 이렇게 네게 넘기고야 마는 것이지. 단지 그뿐이야. 네가 그것을 어떻게 하건 상관없어. 그러니 부담은 갖지 마."

사모가 다시 뒤로 물러났다. 갈바마리가 그녀의 곁으로 다가왔다. 그 뒤를 이어 지금까지 어디 있었는지도 알 수 없던 두억시니들이 나타나 그녀의 주위로 다가섰다. 론솔피는 몸을 완전히 일으켰다. 하지만 두억시니의 거대한 모습이 사모를 감추고 있었다. 론솔피는 사모의 얼굴을 보았다.

"나는 이 시대와 관련을 끊는다. 그리고 나무의 꿈을 꾸는 동생에게 돌아갈 것이다."

두억시니들의 모습이 사모를 감췄다. 그리고 나무와 풀이 다가왔다. 론솔피는 눈을 부릅떴다. 잎사귀가 무성한 나뭇가지와 덤불이 사방에서 다가와 대호왕과 그녀의 두억시니들을 가렸다. 넋을 잃고 그 모습을 바라보던 론솔피는 가까스로 나무가 움직인 것이 아니라 그들이 나무 사이로 멀어지고 있음을 깨달았다. 론솔피는 휘청하듯 앞으로 한 걸음을 내디뎠다.

"안녕."

그들이 사라졌다.

새들이 지저귀는 소리가 들렸다. 지금껏 두억시니들 때문에 두려워 움직이지 못한 새들인 것 같다. 그리고 이야기를 나누느라 듣지 못했던 바람 소리와 물소리도 들려왔다. 무룬 강이 꽤 가까운 곳에 있는 모양이다.

론솔피는 흠칫하며 물소리가 들려오는 방향을 가늠해 보았다. 그 소리는 대호왕이 떠난 방향에서 들려오고 있었다. 감정의 기묘한 손길이 정신의 현을 긁었다. 론솔피는 대호왕이 들어 올린 손이 무슨 뜻인지 알 것 같았다. 앞으로 걸어갈 수 없는 론솔피는 대신 자신의 목소리를 앞으로 보냈다.

"대호왕."

새들의 지저귐이 잠시 멈췄다가 다시 들려왔다. 그리고 나뭇잎이 바람에 쓸리는 소리와 무룬 강의 물소리가 들려왔다. 론솔피는 똑바로 서서 고개를 떨어뜨렸다.

대호왕의 말처럼 론솔피는 불가능을 희망해 보았다.

"50년만 빨리 태어났다면 네 금군이 될 수도 있었을 텐데."

론솔피는 몸을 돌렸다. 그는 나무에 기대 놓은 도끼창을 집어 들고 지금까지 걸어왔던 방향으로 달리기 시작했다. 그의 질주 앞에서 덤불이 부서지고 가지가 부러졌다. 노래하던 새들이 일제히 날아올랐고 조금 떨어진 곳에서는 놀란 동물들이 달음질치는 소리가 들려왔다. 론솔피의 발길에 채어 폭발하듯 튀어오른 나뭇잎들은 키보렌의 늙은 나무들 아래 조그마한 회오리 같은 것을 만들었다.

론솔피는 도끼창과 대호왕의 희망을 가진 채 악타그라쥬를 향해 달렸다.

제 36 장

단순화해서 생각해 보자. 살인자와 피살자 중 누가 살아남는가? 살인자다. 후손을 남기는 것은 생존자와 사망자 중 누구인가? 생존자다. 따라서 우리 모두는 살인자의 후손이다. 당신의 삶이 행복하다면 당신의 살인자 조상들에게 감사해라. 당신이 태어날 수 있었던 것은 태초부터 당신까지 이어지는 기나긴 시간 동안 당신의 조상들이 죽느냐 죽이느냐 하는 선택의 기로에서 항상 죽이는 쪽을 선택했기 때문이다. 단 한 명이라도 선택을 잘못했다면 당신은 태어날 수 없다.

우리는 존재 자체로 허다한 살육의 증거다.

— 라수 규리하

가벼운 것과 가여운 것

"오래간만입니다, 지멘."

지멘은 자신을 향해 미소 짓는 남자를 바라보았다. 얼룩 한 점 찾아볼 수 없는 새하얀 옷은 그 빛깔 때문에 차가워 보였지만 실제로는 따스한 모양이다. 제이어 솔한의 모습에는 추위를 타는 기색이 없었다.

깃털을 잔뜩 부풀린 채 앉아 있던 새들이 나뭇가지를 박찰 때마다 잔설이 아래로 후드득 떨어졌다. 눈이 떨어지며 드러나는 상록수의 푸른빛은 검게 보일 지경이다. 하인샤 대사원으로 올라가는 오솔길. 완만한 경사로와 낮은 계단들뿐인 걷기 좋은 길이지만 어지러운 세상사는 올라오지 못하는 듯 정순하다. 하지만 사람들 중엔 세상의 어느 곳에 있어도 그곳과 분리된 채 자신인 인물들이 있는데 제이어 솔한 또한 그런 인물이었다. 어떤 천부적 척력 같은 것을 타고났다고 할까. 그에게서는 사찰의 냄새가 조금도 나지 않았다. 그렇다고 해서 다른 곳의 냄새가 나는 것도 아니다.

살인 기사를 짧게 관찰한 지멘은 시선을 돌려 일주문 앞에 서 있는 무리를 바라보았다. 지멘은 그 무리를 인솔하는 청년이 규리하 가문의 일원일 거라 생각했고, 한 번 보았던 이이타 규리하가 아니므로 시카트 규리하일 것이라 생각했다. 지멘이 다가오기를 기다리고 있던 시카트는 갑자기 나타나 지멘을 가로막은 살인 기사에 놀라고 화가 나서 아직 대응책을 결정하지 못한 것처럼 보였다. 지멘은 그 소년이 환영의 주체 노릇을 뺏겨서 그러나 보다 생각하며 말했다.

"제이어, 네게 물어볼 것이 세 개 있다."

제이어는 씩 웃더니 손을 들어 손가락 세 개를 펴 보였다.

"황제의 심장병은 어디에 있나."

제이어는 손가락을 하나 굽혔다. 거리가 멀어 지멘의 말을 듣지는 못했지만 대화가 시작된 것을 본 시카트는 잠시 상황을 관망하자고 결정한 것 같았다.

"아실의 편지는 어디에 있나."

제이어는 다시 손가락을 굽혔다. 지멘은 하나 남아 있는 손가락을 내려다보며 말했다.

"요즘은 어떤 실패를 추구하고 있나."

제이어의 손이 주먹으로 바뀌었다. 자신의 주먹을 바라보던 살인 기사는 그것을 좌우로 두어 번 장난스럽게 비틀다가 내려뜨렸다.

"황제의 심장은 용의 탑에 있습니다."

지멘은 가늘게 뜬 눈으로 살인 기사를 보다가 어깨 너머를 슬쩍 돌아보았다. 눈에 들어오는 것은 거의 없었지만 가늘고 규칙적인 아실의 숨소리를 들을 수 있었다. 그녀는 배낭 속에서 잠들어 있었다. 지멘은 다시 제이어를 돌아보았다.

"용의 탑? 그런 탑은 들어 본 적이 없다."

"물론 그렇겠지요. 누군가가 신의 심장병을 깨트리면 곤란하니까요. 그래서 용이 그 탑을 지키고 있습니다."

"하텐그라쥬의 심장탑 말인가? 지금 지상에 있는 용은 아스화리탈······."

지멘은 말을 멈추고 두 그루의 용화가 피어났으며 하나는 황제에게, 하나는 즈믄누리로 갔다는 사모의 말을 떠올렸다. 어쩌면 세상에는 아스화리탈 외에 두 마리의 용이 더 있을지도 모른다.

갑자기 지멘은 자신이 무엇인가를 놓쳤다는 느낌을 받았다. 지멘은 의심 속에서 제이어를 노려보았다. 제이어는 어슴푸레한 미소를 짓고 있었다. 그의 말을 다시 생각해 본 지멘은 자신이 지나친 것이 무엇인지 깨달았다.

"신의 심장병? 너도 그 계획에 대해 알고 있나?"

"재미있는 계획이지요? 신수황권을 누리는 황가가 바람잡이 노릇을 하는 동안 야바위꾼 신이 사람들을 일만육천 년 동안 등쳐먹는 겁니다. 자, 거기 가는 아저씨. 행운에 관심 있으신가? 맞추면 열 배! 아무것도 필요 없어. 눈만 똑바로 뜨고 있으면 되니까. 이보다 쉽게 돈 버는 길은 없지."

지멘은 불쾌한 기분을 느꼈다.

"네가 암살공과 규리하 공을 돕는 줄로 알았는데."

"그렇습니다. 그러라는 명령을 황제에게 받았고, 그 명령을 따르기로 결정했으니까요."

"그게 무슨 말이지?"

"말 그대로입니다. 황제가 제게 두 사람을 도우라고 명령했고 그것이 제 뜻과 맞기 때문에 그 명령을 따랐습니다. 당신을 하텐그라쥬로 보내는 것 같은 경우가 그렇지요. 발케네 공은 황제의 전력 약화를 위해 대장군이 황제의 곁에 없기를 바랐고, 황제 또한 후계자가 질 도덕적 채무를 피하기 위해 대장군이 자기 곁에 없기를 바랐습니다. 그래서 따르기로 했지요."

자기 뜻과 맞지 않았다면 무시했을 거라는 투였다. 지멘은 혼란스러웠다. 그는 직설적으로 물었다.

"너는 황제의 부하냐?"

제이어는 몸을 돌렸다. 제이어는 일주문에 있는 시카트 일행들을 향해 움직였고 지멘은 대답을 들으려고 따라 움직였다. 지멘이 걸음을 떼자 제이어는 곧 대답했다.

"부하이고 싶을 땐 그렇습니다."

"그러고 싶지 않을 때는?"

"적도 됩니다."

"황제도 네가 그렇다는 것을 아나?"

"저만큼 잘 압니다."

"그게 부하냐?"

"황제는 서약을 거부했습니다."

다가오는 지멘과 제이어를 보며 시카트는 난감한 표정을 지었다. 그는 자기가 보고 있는 광경을 무시하고 싶다는 듯 수행원과 잡담을 나누기 시작했다. 시카트와의 거리가 점점 가까워지자 지멘은 자기도 모르게 속삭였다.

"야바위꾼이라고 했지. 그 계획에 반대하나?"

"그 계획이 여자라면 저는 청혼했을 겁니다."

제이어의 대답은 지멘을 피로하게 했다. 하지만 반문하기엔 시카트와의 거리가 가까웠다. 걸음을 멈추고 아는 체를 해야 할 거리였다.

지멘이 걸음을 멈추자 제이어는 따라 멈췄다. 지멘의 곁에 바짝 붙어 선 채로. 그리고 지멘과 시카트 중 누가 말하기 전에 재빨리 말했다.

"지멘, 이쪽은 시카트 규리하 공자입니다. 시카트 공자님, 이쪽은 춘부장의 명망 높은 친우이신 지멘입니다."

지멘은 시카트가 왜 허를 찔렸다는 표정을 짓는지 알 수 없었다. 애써 귀족다운 태도를 유지하며 지멘에게 인사하는 동안에도 시카트는 제이어를 사납게 노려보았다. 제이어는 그 눈길을 못 본 척했다. 의아해하던 지멘은 시카트가 순순히 휘둘리지 않겠다는 듯이 말했을 때 비로소 정황을 어렴풋이 짐작했다.

"제이어 솔한, 각하의 친구 분과 함께 은근슬쩍 우리 곁으로 돌아오려는 졸렬한 시도는 그만둬."

제이어는 창피해하지 않았다. 그러기는커녕 넉살 좋게 말했다.

"들으셨습니까, 지멘? 저는 규리하 가 사람들에게 인기가 없습니다. 당신이 뭐라 말 좀 해 주십시오."

시카트가 재빨리 말했다.

"상관없는 분을 끌어들이지 마라. 이건 우리와 너 사이의 일이다. 죄송합니다, 지멘. 저희들이 제대로 단속하지 못해서 이런 불쾌한 자가 나타났습니다. 이자는 저희들에게 맡기고 아버님께 가시지요."

아직 지멘과 제이어의 관계가 불확정적이었기 때문에 시카트는 행동으로 돌입하지는 않았다. 하지만 지멘이 제이어에게 짤막한 작별 인사 한마디만 하면 시카트와 그 수행인들은 제이어를 붙잡아 파름 산 아래까지 집어던질 것이다. 제이어는 어쩔 거냐는 투로 지멘을 느긋하게 바라보았다.

지멘은 제이어가 자신을 동행으로 받아들일 만큼만 정보를 노출시켰음을 깨달았다. 틀림없이 걸음 하나하나를 계산했을 것이다. 그가 던진 질문 중 두 가지는 아직 대답을 받지 못했다.

"내가 제이어를 단속하지."

시카트는 낭패감을 필요 이상으로 드러내었다. 그 과장된 반응을 본 지멘은 제이어를 미워하는 것은 시카트가 아니라 아이저나 이이타인 모양이라고 생각하며 말했다.

"그쪽이 제이어에게 신경 쓸 필요가 없도록 하겠다."

시카트는 불만스러워했지만 책임이 지멘에게 넘어갔음에 안도하는 것을 숨기지 못했다. 청년은 제이어를 무시하며 정중하게 지멘을 안내했다. 제이어 또한 그들을 자극하는 짓은 하지 않으려는 듯 지멘의 소지품이나 되는 것처럼 움직였다.

그들의 모습은 곧 하인샤 대사원의 복잡한 경내로 사라졌다.

볼을 찌르는 햇살을 느낀 시오크 지울비는 창밖으로 고개를 돌렸다.

아마도 정오로 치닫는 시간이겠지만 겨울의 낮은 태양은 창턱에 턱을 괸 채 방 안을 훔쳐보고 있다. 규리하 성의 높은 곳에서는 고드름이 녹아내리고 있었다. 후드득, 후드득. 눈 치우는 소리와 규리하 성에서 자신이 제일 분주하다고 믿는 자들이 오가는 소리가 쿵쿵 들려온다. 어떤 여름이 한없이 음울하듯 어떤 겨울은 꽤나 자발머리없다. 시오크가 바라보고 있는 겨울이 그러했다.

시오크는 눈 주위를 비비고 다시 침대를 돌아보았다.

침대에는 지키멜 퍼스가 누워 있었다.

지키멜은 불규칙한 숨소리를 내고 있었다. 독행왕의 몸 전체에서는 차가운 생선이나 비 맞은 땔감에서 느낄 수 있는 냉기가 흘러나왔다. 지키멜을 본 의사는 꽤나 장황한 단어와 복잡한 문장들로 자신이 아무것도 모른다는 뜻을 전달하는 재주를 펼쳐 보였다. 혼란 때문에 의사에게 홀린 시오크는 몸을 따스하게 해 주고 환자를 안정시키라는 원론적인 이야기를 신비의 치료법 정도로 오해하고 말았다. 뭔가 속았다는 느낌을 시오크가 받은 것은 의사가 떠나고 한참 후의 일이었다. 분노로 이를 가는 것은 지키멜에게도, 치아에도 별 도움될 것이 없었기에 시오크는 여름이 되돌아온 것으로 착각할 만큼 난방에 힘쓰는 것으로 분풀이를 대신했다. 하지만 지키멜의 몸은 여전히 차가웠고 그 호흡은 깃털 한 조각 날릴 수 있을까 의심스러울 만큼 미약했다.

시오크는 몸을 수그려 팔꿈치를 허벅지에 얹었다. 지키멜의 생기 없는 얼굴은 밀랍과 지푸라기를 섞어 만들어 놓은 모조품처럼 보였다.

문 두드리는 소리가 들렸다.

시오크는 재빨리 허리 쪽으로 손을 뻗었다. 하지만 그 손은 옷자락을 거머쥘 뿐이었다. 초자연적인 공포에 빠질 뻔한 시오크는 가까스로 자신이 칼을 풀어 두었음을 떠올렸다. 몸을 움직일 때마다 칼집이 이곳저곳에 부딪히며 시끄러운 소리를 내어 지키멜의 숙면을 방해하는 것 같았기 때문이다. 하지만 시오크는 침착을 되찾지 못했다. 자신이 그 빌어먹을 칼을 도대체 어디에 두었는지 떠올릴 수 없었다. 그때 문 열리는 소리가 들렸다. 시오크는 공황 상태에 빠졌다. 그는 지키멜을 보호하려는 듯 두 팔을 좌우로 펼치며 돌아섰다. 그리고 문을 열고 들어서는 파라말 아이솔과 눈이 마주쳤다.

파라말은 헐떡거리는 시오크를 보다가 두 손을 들었다.

"진정하시지요."

자신의 모습을 자각한 시오크는 천천히 두 팔을 내렸다. 파라말은 시오크를 안정시키기 위해 뒤로 손을 돌려 문을 확실히 닫았다. 방 안으로 들어선 것이 파라말 한 사람뿐이라는 것을 확인하고서야 시오크는 긴 한숨을 내쉬었다.

파라말은 두 손을 배 아래에 깍지 껴 시오크가 잘 볼 수 있게 해 주었다. 시오크는 의자를 가리키며 앉으라는 소리를 웅얼거렸다. 파라말은 목례하고 시오크가 가리킨 의자에 앉았다.

산공부사는 병자에게 의례적인 관심만 보였다. 지키멜의 상황에 변화가 있다면 당장 알려졌을 것이므로 파라말은 그녀에게 변화가 없다는 것을 알고 있었다. 그는 시오크에게 주의했다. 파라말은 시오크의 상태가 걱정스러웠다.

"얼굴이 안 좋습니다, 지울비."

"저는 괜찮습니다. 형님께서는 좀 어떠십니까?"

파라말은 갑자기 늙어 버린 것처럼 보였다. 그는 피로한 목소리로 말했다.

"형님이오? 문을 사랑하게 된 것 같습니다."

시오크는 머릿속에 떠오르는 기묘한 생각들을 떨치려 애썼다. 파라말 또한 형에 대한 생각을 떨치고 말했다.

"아직 그 방에 들어갈 방도는 찾지 못했습니다. 그런데 여전히 혼자 계십니까? 도와줄 사람들을 부탁하시지요."

시오크는 끈적끈적한 머리카락을 뒤로 쓸어넘겼다.

"제가 불안해서 안 되겠습니다. 차라리 혼자 있는 편이 낫습니다."

"규리하 사람들도 선뜻 후작을 폐하께 보내기는 어려울 겁니다. 후작은 변경백 각하의 소재에 대해 알고 있는 유일한 사람일지도 모르니까요."

"무향인들은 황제와 의견 충돌을 일으키면 어떻게 되는지 잘 알고 있습니다."

지키멜 퍼스가 혼수상태로 발견된 직후 규리하 성으로 온 황제의 사어는 규리하 사람들을 당황시켰다. 황제는 칭왕자 지키멜 퍼스를 즉각 비나간으로 돌려보내라고 명령했다. 그 명령을 통해 황제가 시오크와 지키멜의 소재를 정확히 알고 있음이 드러났다. 그리고 그 사실은 규리하 인들을 불안하게 했다.

시오크는 그들이 황제의 명령을 해석할 시간을 주지 않기로 했다. 그는 즉각 지키멜의 방으로 쳐들어왔고 병 간호를 자신이 책임지겠다는 핑계 하에 다른 사람들이 그녀에게 접근하지 못하도록 했다. 결과적으로 시오크는 정신적 압박감과 피로에 시달리고 있었다.

두통을 호소하는 머리를 짚던 시오크는 파라말이 딱하다는 표정으로 바라보고 있음을 깨달았다.

"왜 그러십니까?"

"지울비, 규리하 사람들이 우려하는 사람은 후작이 아니라 당신입니다."

"저요?"

"당신도 폐하께 명령을 받았습니다. 유료도로당으로 돌아가 왕위를 받아야 하지요. 그리고 후작과 달리 당신은 아파서 못 간다는 핑계도 댈 수 없습니다."

시오크는 당혹했다. 파라말은 지키멜을 돌아보며 말했다.

"야박한 말이지만 당신은 후작을 구할 수 없습니다. 후작이 아직까지 이곳에 누워 있는 것은 규리하 인들이 그것을 바라기 때문입니다. 그들이 정말 후작을 돌려보내기로 작정했다면 당신 혼자서 그들을 막을 수나 있겠습니까? 그들은 당신에게 아무 해도 끼치지 않고 후작을 데려갈 수도 있을 겁니다."

시오크는 머리를 떨어뜨렸다. 입속에 쓴맛이 가득 느껴졌다. 파라말은 여전히 지키멜에게 시선을 둔 채 말했다.

"규리하 정부 쪽에서는 대강 결정이 난 것 같습니다. 그들은 후작의 혼수상태를 핑계로 최대한 시간을 끌어 볼 작정인 것 같습니다. 후작이 깨어나야 규리하 공의 소재에 대한 단서라도 얻을 수 있을 테니까요. 당신이 이렇게 지키고 있어서 그들이 오지 않는 것은 아닙니다. 그들을 더 곤혹스럽게 하지 마십시오, 지울비."

"그들의 부탁을 받고 왔군요."

파라말은 시오크를 돌아보았다. 시오크는 자신의 몸이 하나라는 사실에 분노하며 말했다.

"저도 알고 있습니다. 아버님께서는 폐하께 억류되어 있을 테고 자칫하면 유료도로당은 수습하기 힘든 혼란에 빠질지도 모릅니다. 여기 이렇게 있어 봐야 지키멜에게 아무 도움도 안 된다는 것, 차라리 당으로 돌아가 왕위를 받는 것이 아버님과 지키멜에게 더 도움이 되리라는 것도 잘 알고 있습니다."

"안다면 왜……."

"당연하다는 것이 의심스럽습니다."

파라말은 입술을 살짝 깨물었다. 시오크는 정신을 차리려는 듯 눈을 세게 문질렀다. 눈 주위가 벌게진 채 그는 빠르게 말했다.

"모든 것이 계획적으로 준비되어 있는 것 같습니다, 부사님.

부사님의 형님께서는 황제 폐하께서 도로를 직접 통제하기 위해 허울뿐인 왕위를 내리는 거라고 설명하셨지요. 스스로는 자신을 지킬 수 없는 왕이라니, 대단합니다. 기막히다고 할 수 있군요. 그런데 그 시점에서 왕이 되지 않는 왕자들의 마지막 후손이 실종되었습니다. 그렇다면 그게 누구의 소행인 것 같습니까?"

"누구 소행이란 말입니까?"

"이것은 폐하가 한 일입니다."

"뭐라고요?"

"이건 오래된 계획입니다. 충성 서약을 거부했을 때부터 황제는 대귀족들을 쓸어 버리기로 결정했던 겁니다. 충성 서약을 받으면 보호할 의무도 지지 않습니까?"

"맙소사, 지울비······."

"그겁니다. 대귀족들을 파멸시킬 생각이었던 황제는 그래서 충성 서약을 거부한 겁니다. 규리하가 가장 먼저 공격을 받았지요. 아이저 규리하가 서약 지지파의 거두라는 점과 규리하가 가진 전통 때문에 최우선 공격 대상으로 결정되었을 겁니다. 하지만 다른 대귀족들을 모두 제거할 때까지는 규리하를 남겨 둘 필요가 있었습니다. 이것이 대귀족 사냥이라는 것을 들키면 안 되니까. 그래서 꼭두각시 변경백을 잠시 규리하 공의 보좌에 앉혀 둔 겁니다."

파라말은 말도 하고 싶지 않았다. 하지만 시오크는 주의를 촉구하는 눈빛으로 계속 말했다.

"이제 모든 대귀족이 사라지거나 그 세력이 극도로 축소되었습니다. 차기 황제와 유료도로왕을 등극시키기에 앞서 필요가 없어진 변경백을 제거해야 합니다. 그래서 황제는 그렇게 했지요. 어쩌면 동정심 때문에 무사장과 함께 즈믄누리로 돌려보냈을지도 모르지요."

파라말은 퉁명스럽게 말했다.

"무사장의 딱정벌레는 그대로 있습니다."

"그러면 죽였나 보지요."

"지울비, 도무지 논리적이지 않습니다. 정우는 죽는 것보다 칼리도 백과 결혼하는 편이 훨씬……."

파라말은 자신도 모르게 꺼낸 말에 놀라 입을 다물었다. 계속 말하는 것보다 못한 중단이다. 파라말은 자신을 동정하기 시작했다. '아무리 어처구니없는 추리에 화가 났다지만 이런 멍청함이라니.' 할 수 없이 파라말은 끝까지 말했다.

"훨씬은 잘못 표현한 말이군요. 절대적으로 낫습니다."

시오크는 둔한 칼로 고기를 썰어야 하는 사람처럼 파라말을 노려보았다. 파라말은 그 눈빛을 침착하게 받으며 말했다.

"저도 이게 어떤 그림인지는 대강 짐작합니다. 예, 대귀족들은 약화되었고 차기 황제로 생각해 볼 수 있는 사람은 한 사람밖에 남지 않았습니다. 하지만 저는 당신처럼 이 모든 일이 단 한 사람의 의도에 의해 이루어졌다고 설명하지는 않습니다."

'형님처럼 황제 폐하나 그 주변의 누군가가 희대의 정신 억압자라는 식으로 설명하지도 않고 말이야.' 파라말은 그렇게 생각했다. 파라말은 그 이론을 오래전에 무시하기로 결정했다. 그것이 지나친 논리적 도약이기 때문에 그런 것은 아니다. 진실로 그런 말도 안 되는 정신 억압자가 황제 주변에 있다면 황제는 스스로 위험에 빠질 필요가 조금도 없기 때문이다.

만약 그런 정신 억압자가 있다면 황제는 발케네 공을 공격할 필요가 없다. 빌파 가문 내의 중요 인사 한 사람만, 예를 들어 스카리 빌파를 정신 억압한다면 그 강력한 가문을 내부에서부터 무너뜨릴 수 있다. 그것이 훨씬 효율적으로 발케네 공을 무너뜨리는 방법이다. 특히 스카리는 하늘누리에, 즉 황제 가까이에 있었으므로 그를 정신 억압하는 것은 어렵지 않았을 것이다. 그런데도 황제가 발케네를 공격했고 그 과정에서 실종될 뻔한 큰 타격을 입었다면 그 사실 자체가 그런 초인적인 정신 억압자가 부재한다는 증거가 된다.

"그보다 훨씬 이성적인 설명을 할 수 있으니까요. 지금 우리가 목도하고 있는 상황은 모든 사람이 자신의 길을 추구한 끝에 나타난 우연한 결과일 뿐입니다. 발케네 공은 황제 폐하를 싫어했고 칼리도 백을 두려워했습니다. 시모그라쥬 공은 피지배자들에게 받는 무시에서 비롯한 자격지심 때문에 토프탈 가문을 황가로 만들겠다는 야망을 품게 되었겠지요. 여기 누워 계신 후작님은 제국의 영속성을 믿지 않으셨고, 칼리도 백은 제국군이 제국을 난자하는 칼날이 되어선 안 된다고 믿었습니다. 지울비, 당신은 황제 때문에 아버지와 적대하게 되었다고 설명할 겁니까? 유료도로당의 변화는 당신 자신의 바람 아니었습니까?"

그 질문은 시오크로 하여금 허리를 뒤로 조금 젖히게 만들었다. 자신에 대한 질문을 피하기 위해 시오크는 파라말의 질문을 모든 사람에 대한 질문으로 바꿨다.

"모든 사람이 자신의 바람을 추구했을 뿐이라고요?"

"그랬을 뿐입니다."

"그런데 우연히도 황제가 가장 바랄 것 같은 모습이 되었다고요?"

"꼭 그렇지는 않습니다. 정우는…… 음, 자꾸 이렇게 부르게 되는군요. 규리하 공은 칼리도 백과 맺어지는 편이 절대적으로 낫습니다. 따라서 규리하 공의 실종은 절대로 황제 폐하의 바람이 아닐 겁니다. 저는 차라리 아이저 규리하가 훨씬 의심스럽습니다."

"전 변경백이오?"

"예. 들으셨는지 모르지만 아이저 규리하에겐 도깨비감투를 가진 조력자가 있습니다. 규리하의 변경백과 즈믄누리의 무사장이 이렇게 감쪽같이 사라지게 할 수 있는 사람이지요."

"납치자가 아이저 규리하였다면 그는 오래전에 나타났어야 합니다. 규리하 정부가 충격에 빠졌을 때 지체 없이 규리하를 탈환해야 하니까요. 왜 아직까지도 모습을 드러내지 않는단 말입니까?"

"그건 알 수 없는 노릇이지요. 나름의 사정이 있나 봅니다."

시오크는 고집스럽게 말했다.

"그렇다면 그 또한 증거가 없는 가설이군요. 저는 아직도 황제가 의심스럽습니다. 새로운 황제와 새로운 왕에게 공공연히 반대할 수 있는 실력자들을 제거한 거라고 생각합니다. 규리하 공이 있는데 신왕을 만든다면 그 꼴이 얼마나 우습겠습니까."

"지울비, 사실을 자기 편리한 대로 끼워 맞추면 곤란합니다. 규리하 변경백은 락토 가와 토프탈 가의 봉작에도 반대하지 않았습니다."

"그건 원시제의 시대였고 공작이었습니다, 부사님. 지금은 치천제의 시대이며 왕입니다."

파라말은 그와 말을 나누기가 힘들었다.

"좋습니다. 이 모든 일의 배후에 폐하가 있다고 칩시다. 그런데 그 사실과 당신이 당으로 돌아가지 않는 것에 무슨 관련이 있습니까?"

"아버지를 보호하기 위해서입니다. 제가 왕위에 오르는 순간 아버지는 인질의 가치를 잃고 맙니다. 쓸모없어진 아버지는 제거당할 겁니다."

파라말은 시오크를 똑바로 바라보았다. 상대방이 불편해하거나 화를 낼 만큼. 시오크가 입을 열 때까지 그렇게 바라보던 파라말은 시오크가 말하려 할 때 재빨리 말했다.

"지울비, 당신은 후작님에게 죄의식을 느끼고 있는 겁니다."

파라말의 말은 단검처럼 시오크의 가슴을 찔렀다. 그는 하려던 말을 삼키고 황급히 지키멜에게 고개를 돌렸다. 파라말은 시오크의 떨리는 턱을 보며 측은함을 느꼈다.

"당신이 후작님을 배신했다고 생각하겠지요. 그리고 후작님이 저런 꼴이 되자 남자들의 고질병이 도진 겁니다. 여자들이 항상 자기 때문에 상처 입는다고 믿는 측은한 과대망상 말입니다."

"부사님……."

"후작님이 지금 겪고 있는 일은 당신과 아무 관련이 없습니다. 후작님을 이렇게 만든 것은 당신이 아니라 정체를 알 수 없는 미량의 독물입니다. 당신은 그것을 인정해야 합니다. 당신을 생각해서 하는 말이 아닙니다. 인질이 된 춘부장 때문에 하는 말도 아닙니다. 당신 때문에 난처해하는 규리하 사람들과 지도자를 잃고 당황하고 있을 유료도로당원들 때문에 이렇게 말하는 겁니다. 지울비, 당신은 정말 당원들에게 아무런 책임감을 못 느낍니까? 당신과 당신의 연인을 위해 수천 년 동안 지켜 온 당의 이상을 버리고 시모그라쥬군과 싸웠던 자들에게? 하르체 도빈이 당신을 보았다면 뭐라고 할 것 같습니까?"

마치 유료도로당원이나 되는 듯한 파라말의 말은 시오크를 화나게 했지만 그는 화낼 수 없었다. 파라말의 지적은 정확했다. 제2차 대확장 전쟁 당시 소멸이나 다름없는 상태에 이르렀던 유료도로당을 다시 부활시킨 당의 영웅 하르체 도빈이라면 시오크를 상대로 나가의 식습관을 시험하려 할 것이다. 시오크는 어금니를 깨물며 지키멜의 창백한 얼굴을 바라보았다.

'왜 우리를 떼어 놓으려 할까.'

시오크는 가지 말라고 말하는 지키멜의 목소리가 들리는 것 같았다. 그 도도하던 모습, 용감한 모습을 모두 잃고 이렇게 무력한 모습으로 누워 있는 그녀 곁을 떠난다고 생각하자 시오크는 심장이 서늘해지는 것 같은 추위를 느꼈다.

'너는 제국을 조롱했다. 너는 암살공과 무서운 레콘들을 거침없이 야유했다. 너는 죽을 나를 거리낌 없이 사랑했다. 그런 네가 왜 이렇게? 왜 이래야 하는 거지?'

시오크는 고개를 홱 돌려 무서운 분노로 파라말을 노려보았다. 파라말은 미간을 찌푸렸다.

"지울비, 이런 말을 하고 싶지는 않았습니다만, 규리하 사람들은 내 방문을 일종의 최종 경고로 간주하는 것 같습니다."

시오크는 가슴속이 시커멓게 타들어 갔다.

"최종 경고입니까."

"이성적으로 생각하십시오. 당신이 이곳에 있다고 해서 후작님에게는 전혀 도움이 되지 않습니다. 하지만 당으로 돌아가면 아버지와 당원들, 그리고 당신 때문에 곤혹스러워 하는 규리하 사람들을 도울 수 있습니다."

시오크는 입을 열었다. 하지만 말이 나오지 않았다. 시오크는 물 밖에 던져진 물고기처럼 소리 없이 입을 꿈틀거렸다. 파라말은 그의 어깨를 붙잡아 흔들고 싶었다.

시오크가 간신히 말을 짜냈다.

"당으로 돌아가겠습니다."

파라말은 기쁨을 말하려는 입을 단속한 채 조용히 고개를 끄덕였다.

"그 사람들에게 제가 떠날 거라고 말해 주십시오. 겨울 여행이라 준비할 것이 많을 테니 언제 떠난다고는 지금 말할 수 없습니다. 하지만 준비가 끝나는 대로 떠나겠습니다."

"후작님은 이쪽에서 잘 돌볼 겁니다."

시오크는 넋이 나간 사람처럼 멍하니 파라말을 바라보다가 말했다.

"무향인들은 지키멜이 깨어나면 필요한 것을 물어본 다음 황제에게 보낼 테지요. 황제는 지키멜의 목을 벨 겁니다."

"지울비, 그렇게까지는……."

"아마도 칭왕자의 최후라는 친절한 설명까지 덧붙여서 비나간의 대로에 효시되겠지요. 자신의 후계자를 보호하기 위해…… 엘시 에더리에게 주어질 제국을 탐내면 무슨 꼴을 당하는지 알려 주기 위해……."

시오크의 말꼬리가 젖기 시작했다. 파라말은 말할 수 없는 거북함과 동정심을 동시에 느끼며 시오크를 바라보았다. 시오크는 뜨거운 눈물을 흘리며 중얼거렸다.

"그래도 나는 아무 일도 할 수 없겠지요."

파라말은 입을 다물었다. 창밖은 여전히 소란스럽다. 어떤 여름이 한없이 음울하듯 어떤 겨울은 꽤나 자발머리없다. 시오크가 우는 겨울이 그러했다.

레콘 힌치오는 좌우를 둘러보았다. 비나간의 꽤 번화한 대로였고 사람들이 드문 시간도 아니었지만 그의 근처에는 오가는 사람이 한 명도 보이지 않는다. 행인들은 거의 백 미터 저편에서 갑자기 더 빠른 지름길을 떠올렸다는 듯 황급히 방향을 바꾸었고 무심히 건물 바깥으로 나오던 자들은 힌치오의 모습을 보자마자 갑자기 잊은 물건을 떠올린 듯 황급히 집 안으로 돌아갔다. 물론 그들은 다시 나오지 않았다.

힌치오는 그 상황이 마음에 들었다. 근처에 아무도 없다는 것은 바꿔 말하면 많은 자들이 숨어서 이 광경을 보고 있다는 의미가 된다. 많은 목격자들은 그만큼 많은 윤색을 가하겠지만 어쨌거나 이곳에서 일어난 일들을 오늘 밤이 오기 전 비나간 전체에 전달할 것이다. 그러는 편이 좋았다.

힌치오는 다시 앞쪽에 있는 문을 바라보았다. 그 문은 커다란 창고에 달린 출입문이었다. 창고에는 그 문 말고도 화물이 드나드는 큰 문이 있었지만 사라티본 부대 3대대장 야키보로가 대대원들과 함께 그곳을 지키고 있었기에 힌치오는 그 문에 대해서 신경 쓰지 않았다. 힌치오는 자신의 앞쪽에 있는 문을 향해 최후의 경고 삼아 말했다.

"이봐, 그냥 문 열고 나오지그래?"

문 안쪽에서 무시무시하게 들리려 애쓰는 외침이 들렸다.

"이 안에 있는 자들은 모두 물통을 가지고 있다! 이 안으로 들어왔다간 물벼락을 맞을 거다!"

힌치오는 그 경고를 똑똑히 들었다. 하지만 문 안에 있는 자들이 원하는 것과 좀 다른 의미로 그 경고를 해석했다.

"흠. 그렇다면 그 안에 비밀 통로 같은 것은 없다는 말이군."

문 저편에서 당혹감이 잔뜩 묻어나는 침묵이 되돌아왔다. 힌치오는 피식 웃었다.

"멍청한 녀석들. 빠져나갈 구멍이 있는 곳에 모여 작당을 했어야지. 그러니 꼼짝 못하고 잡히잖아."

다시 문 뒤편에서 악쓰는 소리가 되돌아왔다.

"그래? 그러면 들어와서 잡아 보지그래!"

"시간 낭비는 그만하고 투항해라, 팩스벗 졸다비."

팩스벗도 이것이 시간 낭비라고 생각한 듯했다. 문 뒤편에서 쿵쿵거리는 소리가 들려왔다. 힌치오는 그 소리가 무엇인지 고민하다가 어쩐지 사다리를 움직이는 소리 같다고 생각했다. 조금 후 누군가가 사다리를 오르고 있는 소리 같은 것도 들려왔다. 힌치오는 위쪽을 올려다보았다.

창고의 지붕 가까운 곳에 환기구 삼아 뚫어 놓은 듯한 조그마한 창이 보였다. 그곳에서 아래로 물을 끼얹는다면 창고를 포위한 레콘들을 기함하게 할 수 있겠지만 힌치오는 그럴 가능성이 적다고 생각했다. 힌치오의 예상대로 창문에서 나온 것은 물통이 아니라 팩스벗의 머리였다. 팩스벗은 아래쪽의 레콘들을 잠깐 살펴보고는 고함을 꽥 질렀다.

"들으시오! 비나간 이들이여!"

힌치오는 고개를 끄덕였다. '그래. 그런 짓이 어울리지.' 팩스벗은 비장하게 외쳤다.

"우리는 드라카의 아이들이라고 합니다. 이곳에는 열여섯 명의 사람이 있습니다! 열여섯 명입니다! 우리 드라카의 열여섯 아이들은 오늘 죽습니다. 우리가 왜 이곳에서 죽는지 말하고 싶습니다! 들어 주시오!"

힌치오는 몇 군데서 오는 눈짓을 느꼈다. 창고를 에워싸고 있던 레콘들이 팩스벗을 어떻게 할 것인가 눈으로 묻고 있었다. 힌치오는 기다리라는 손짓을 보내고 팔짱을 꼈다.

"당신들이 듣고 있다는 것을 압니다. 말하겠습니다. 당신들은, 비나간의 여러분은 우리가 선택한 드라카의 아이들이라는 이름이 무슨 의미인지 짐작할 겁니다. 우리는 용의 아이들인 키탈저 사냥꾼의 후예입니다! 그들이 어떤 자들이었는지 생각해 보십시오! 고아라짓 왕국을 멸망시킨 자들이 나가입니까? 천만에, 바로 키탈저 사냥꾼들이었습니다! 키탈저 사냥꾼들이 오만한 권능왕을 저주했을 때 고아라짓은 왕을 잃었습니다! 우리는 거칠고 용감하고 아무것도 두려워하지 않던 자들의 후손입니다. 지금 여러분의 모습을 보십시오! 레콘들이 여러분의 대로를 빼앗아 저렇게 서 있는데도 여러분은 두려움에 빠져 집 안에 숨어 있습니다!"

팩스벗은 자기 말에 빠져 점점 분노했다. 그는 아래쪽에 있는 레콘들에게 험악한 시선을 보내며 외쳤다.

"여러분이 모두 집 밖으로 물만 쏟아도 도망갈 자들을 무서워하고 있는 겁니다. 키탈저 사냥꾼의 후손인 여러분이!"

팩스벗이 시사하는 상황은 레콘들을 격분시키고 안절부절 못하게 했다. 많은 사라티본 부대원들이 두렵다는 듯이 주위의 높은 곳을 훔쳐보는 광경을 보자 팩스벗은 기가 오른 듯했다.

"예! 우리는 용감무쌍했던 조상을 잊어버렸습니다. 우리는 키탈저 사냥꾼의 후예라는 우리의 자랑스러운 신분을 타향인에게 으스댈 때만 썼습니다. 우리 자신을 단속하는 데는 쓰지 않았습니다! 키탈저 사냥꾼답게 생각하고 키탈저 사냥꾼답게 행동하지 않았습니다! 우리 중 진정한 키탈저 사냥꾼은 한 명뿐입니다!"

힌치오는 수염볏을 만지작거렸다. 그는 팩스벗이 누구의 이름을 말할지 알았다.

"그분은 바로 독행왕 폐하이십니다!"

팩스벗은 아래로 떨어질 듯 위태롭게 몸을 내밀었다.

"생각해 보십시오! 황제는 발케네를 불의하게 공격하다가 실종되었습니다. 힘을 보여 주고 싶은 야망 때문에 자신의 제후를 공격하다가 제국을 보호해야 할 자신의 의무를 다하지 못하게 된 겁니다! 황제가 실종되자 시모그라쥬 공은 당장 자신의 검은 야망을 드러내었습니다. 황제가 우리를 보호하지 못할 때 우리를 보호한 것이 누굽니까? 독행왕 폐하이십니다! 여러분은 그것을 부정할 수 없을 겁니다! 우리의 진정한 신분을 일깨워 주고 키탈저 사냥꾼의 후예답게 적에 맞서는 법을 알려 주신 분은 바로 독행왕 폐하이십니다!"

힌치오는 갑자기 주위를 둘러보았다. 조금 떨어진 곳의 창가에서 황급히 물러나는 자들의 모습이 보였다. 그리고 골목길 속으로 숨는 그림자도 보였다. 충분히 많은 자들이 이 광경을 주시하고 있다. 힌치오는 고개를 한 번 끄덕이고 옆에 꽂아 두었던 이쑤시개를 붙잡았다.

"그런데 뻔뻔한 황제가 우리의 키탈저 사냥꾼을 어떻게 대했습니까? 황제는 제국 수호의 의무를 다하지 못한 것을 사과하기는

커녕 우리의 유일한 키탈저 사냥꾼을 죽이려 했습니다! 그 때문에 독행왕 폐하는 그분께서 가장 사랑하시는 백성들의 곁을 떠날 수밖에 없었습니다. 이같이 어이없는 일을 저는 들어 보지 못했습니다! 어떻게 이럴 수 있단 말입니까? 제가 뭔데, 제까짓 것이 뭔데 우리의 왕을 우리 곁에서 도망치게 만든단 말입니까? 우리의 키탈저 사냥꾼을! 제까짓 것이 뭔데!"

점점 고조되던 팩스벗의 목소리는 마침내 심하게 갈라지기 시작했다. 팩스벗은 말이라기보다 짐승의 울음처럼 외쳤다.

"우리의 왕을 되찾아야 합니다! 여러분이 누굽니까? 키탈저 사냥꾼의 후예입니다! 자기 것을 빼앗아 간 자를 키탈저 사냥꾼은 절대로 용서하지 않습니다! 아비가 죽으면 자식이, 자식이 죽으면 손자가 보복에 나서는 것이 키탈저 사냥꾼입니다! 끝까지 추적하여 원수를 죽이고 그 생간을 꺼내어 씹는 것이 키탈저 사냥꾼입니다! 어찌하여 우리가 우리의 왕을 빼앗기고……."

거대한 것이 앞을 스쳐 지나가는 느낌 때문에 팩스벗은 입을 다물었다. 제대로 관찰하지는 못했지만 그것이 아래에서 위로 올라간다는 희미한 인상을 받았다. 그 인상을 증명하듯 위쪽에서 쿵 하는 소리가 들렸다.

창고 주변에 있던 레콘들과 숨어서 그 광경을 보던 비나간 인들은 무슨 일이 일어나는지 똑똑히 보았다. 땅에 꽂아 두었던 이쑤시개를 슬쩍 뽑아 낸 힌치오는 그것을 어깨에 걸친 채 다리를 굽혔다. 그리고 발을 굴러 뛰어올랐다. 그 강력한 도약은 힌치오를 높은 창고 지붕까지 이끌었다. 이곳저곳에서 작은 비명이 터져 나왔을 때 지붕에 선 힌치오는 다시 위로 뛰어올랐다. 허공에서 힌치오는 이쑤시개를 거꾸로 쥐었다.

힌치오는 이쑤시개와 함께 창고 지붕을 강타했다.

힌치오가 지붕을 꿰뚫었음을 알려 주는 것은 치솟아 오르는 파편과 굉음뿐이었다. 힌치오의 모습은 마치 아무 장애물이 없는 것처럼 그대로 지붕 아래로 사라졌다. 묘하게도, 지붕이 뚫리는 소리가 사라진 직후의 짧은 순간은 놀랍도록 고요했다. 숨소리조차 들리지 않는 침묵.

그리고 비명이 터져 나왔다.

울부짖음, 단말마, 절규, 애원, 저주의 외침, 아니, 애원이다. 애원, 애원, 살려 줘. 제발 살려 줘요. 죽고 싶지 않아. 아냐, 이건 안 돼. 무슨 짓이든 하겠어요. 살려만 줘요. 눈감고 싶지 않아. 이 세상을 떠나고 싶지 않아. 모든 것을 잃어버리고 싶지 않아. 다시는 깨어나지 않는 잠이라니, 말도 안 돼!

비나간 인들은 강제로 심장 적출을 당하는 듯한 기분을 느꼈다. 창고 주변의 레콘들 중에는 웃기는커녕 미소 짓는 자도 없었다.

애원이 울음으로 바뀌고 울음은 다시 목을 조르는 것 같은 침묵으로 바뀌었다.

문이 열렸다.

인간이 걸어 나왔다. 비틀거리며 눈부시다는 듯이. 그리고 또 인간이 걸어 나왔다. 서로를 부축한 채 걸어 나오는 자들도 있었다. 레콘들이 그 인간들 곁으로 다가갔다. 보고 있던 사람들은 자기도 모르게 숫자를 헤아렸다. 셋…… 일곱…… 열하나…… 열넷, 열다섯.

열다섯 명이었다.

팽윤하는 정적이 폭발음을 낼 듯한 시점에 힌치오가 걸어 나왔다.

 힌치오는 한 손에 이쑤시개를 들고 있었다. 그리고 다른 손으로는 인간 한 명을 겨드랑이에 끼우고 있었다. 힌치오는 이미 나와 있던 열다섯 명 옆에 마지막 사람을 내려놓았다. 그러자 열여섯 번째 인간은 신음을 흘리며 꿈틀거렸다. 기절했던 모양이다.

 힌치오는 무관심한 표정으로 레콘들에게 지시를 내렸다. 곧 레콘들은 반항하지 않는 인간들을 하나씩 주워 들었다. 힌치오는 그들을 인솔하여 후작궁으로 돌아갔다. 발소리만 남긴 채.

 낮잠을 자다가 악몽을 꾼 듯한 기분 속에서 비나간 인들은 대로를 바라보았다. 대로엔 아무것도 남아 있지 않았다. 레콘들 때문에 숨을 죽이고 있던 바람이 살짝 불어와 열린 창고문을 한 번 흔들었다. 그마저도 곧 멈췄다. 햇빛과 먼지, 정적이 대로에 떨어졌다.

 그날 오후, 전 세계의 뱀단지가 움직이기 시작했다.

 여름의 제국과 겨울의 제국에서 사람들은 뱀단지를 꺼냈다. 일출의 제국과 일몰의 제국에서 사람들은 뱀들을 쏟아 부었다. 귀를 기울인다는 표현은 부적합하다. 사어는 소리가 아니므로. 그 때문에 제국 전체에서 스무 명쯤 되는 사람들이 의문을 가졌다. 쓰고 읽는다는 표현을 쓰는데 왜 사문(蛇文)이 아니라 사어(蛇語)일까. 그중 일부는 사어가 실시간으로 움직이며 고정된 기록이 아니기 때문에 문자가 아닌 말이라는 설명을 들었다. 그리고 일부는 입 닥치고 보기나 하라는 대답을 들었다. 대부분은 아무 대답을 듣지 못했다. 질문하는 대신 다른 자들처럼 입을 다문 채 뱀들을 바라보았기 때문이다.

 바라보는 이들의 침묵 속에서 뱀들은 몸뚱어리를 뒤틀어 황제의 뜻을 표현했다. 황제의 사어는 별다른 수식 없이 명료했다.

"아라짓 제국의 황제이자 살아 있는 모든 것들의 주관자인 치천제가 제국에 고한다.

최근 있었던 불미스러운 사건으로 짐은 짐의 합당한 후계자가 없다는 사실이 내포한 위험을 알았노라. 심장을 적출한 황제에게조차 이런 위험이 있다는 사실은 제국의 신민 모두에게 크나큰 불행인 바, 제국 신민의 진정한 보호자인 짐은 이를 간과할 수 없노라. 이에 짐은 칼리도 백 엘시 에더리에게 원시제 그리미 마케로우의 이름을 하사하여 짐의 양자로 삼는다. 이 시간 이후로 칼리도 백은 엘시 에더리 마케로우가 될 것이다. 제국의 신민은 짐에게 보내는 것과 같은 사랑과 경의를 짐의 아들에게 바치도록 해라."

뱀들을 바라보고 있던 자들은 그 사어에 충격을 받고 제각기 그 의미를 해석하기 시작했다. 어떤 자들은 이를 반겼고 어떤 자들은 분통을 터뜨렸다. 어떤 자들은 황태자라는 말 대신 양자라는 표현이 쓰인 것에 주의했고 어떤 자들은 황제가 자신의 이름 대신 원시제의 이름을 사용했다는 사실에 어떤 의미가 있을 거라 추측했다. 뱀들을 직접 볼 수 있는 위치에 있는 자들만 따져도 수만 명이, 그리고 조금 후에는 그 사어를 알게 된 수십수백 만 명의 사람들이 하던 일을 모두 멈춘 채 황제의 말에 대해 고민하기 시작했다.

하지만 제국 사람들 중 유일하게 규리하 사람들만은 생각을 뒤로 미룬 채 뱀들의 움직임을 계속 바라보았다. 규리하에는 황제의 특별한 지시가 있었다.

"규리하 변경백 비셀스 규리하에게 고한다. 짐의 아들을 대신

하여 그대에게 청혼한다. 그대가 엘시 에더리 마케로우의 아내가 되어 줄 것을 바란다. 이에 대한 대답은 짐이 직접 들으리라. 짐이 곧 그곳에 갈 것이다. 규리하의 신민은 너희들의 지배자인 규리하 변경백을 지금보다 더 귀히 여기고 존중해라. 짐의 자부가 될지도 모르는 사람이 합당한 존중을 받지 못한다면 짐은 결코 용서하지 않을 것이다."

규리하에 도달한 황제의 사어는 규리하 사람들과 그곳에 머물고 있는 사람들에게 다양한 반응을 일으켰다. 규리하의 총리대부 리시오 느베라이의 반응은 이러했다. 그는 황제에게 '이걸 어쩌나, 폐하의 며느릿감을 잃어버렸는데요?'라고 말하는 것과 레이헬 라보 태위를 본받아 집무실 벽에 사직서를 휘갈겨 놓고 야반도주를 하는 것 중 어느 것이 나을지 궁금해했다.

황제의 사어는 하인샤 대사원에도 전달되었다. 사어 전달이 끝나고 한 시간쯤 지났을 때 대사원의 모처에서는 겉으로 보아 그 연관성을 짐작하기 힘든 고위 승려들이 회동을 가졌다.

그곳의 이름은 연행원이라고 한다. 하지만 대사원의 일반적 방문객들은 물론이거니와 많은 승려들도 그런 곳이 있다는 것을 알지 못한다. 연행원은 상설 기구라고 말하기도 어렵고 임시 기구라고 말하기도 어렵다. 대선사를 자문하는 역할을 주로 담당하지만 많은 경우 의결 사항을 집행하기도 한다. 연행원은 사찰의 삼대 목표인 포교, 교육, 수양과 아무 관련이 없으므로 종단 내부에서 보면 불필요한 조직처럼 보이기도 한다. 하지만 종단 바깥의 지도층 인사들에게 가장 진지한 영향을 끼치는 결정은 대부분

연행원에서 나온다.

연행원에 출석한 고승들 중 어떤 자들은 황제의 후계자 발표에 관한 예상 대응책이 이미 수립되어 있다는 것에 놀랐다. 연행원이 종단 대외 업무를 자주 다룬다는 점을 놓고 보면 그런 것이 준비되어 있음은 당연한 일이고 놀랄 일도 아니지만 그렇다고 해서 그들의 반응을 탓하기는 어렵다. 비록 상당히 정치적으로 행동할 수 있다 해도 승려들을 완전한 정치인이라고 하기는 어렵다. 또 그들은 다른 이들과 마찬가지로 심장을 적출한 황제가 오랫동안 제국을 다스릴 거라 믿었다. 적어도 삼사십 년 후에 고민해야 할 일이 아닌가 생각했던 고승들은 그 소속이 불명확한 학승 한 명이 낭독하는 예상 대응책을 들으며 기뻐했다. 그리고 그것이 주로 엘시 에더리에 대한 것임을 알고는 더욱 큰 만족감을 느꼈다.

엘시 에더리에게 유념할 만한 부적합 사유가 없다는 것을 확인한 다음 승려들의 토의는 빠르게 진행되었다. 그들은 칼리도 백이 탈법의 소지까지도 엿보이는 제국 만병장이라는 권한을 받았을 때부터 후계자 지명은 예정되어 있었던 것이나 다름없다는 것에 모두 동의했다. 황제와 백작이 다른 종족이라는 것을 놓고 본다면 양자 입양이라는 방식은 확실히 파격적인 일이지만 이 또한 후계자에게 지고의 권위를 부여하기 위한 수단으로 이해할 수 있을 것이다.

승려들의 토의가 난항을 겪게 된 것은 황제의 선언 시점에 대한 해석이었다. 많은 승려들이 왜 지금 그런 선언이 이루어져야 하는지 이해할 수 없었다. 심장을 적출한 나가의 기대 수명을 고려할 때 황제는 앞으로 삼사십 년은 제위에 머물 수 있다. 그 정도의 시간이 지난 후라면 칼리도 백은 독서왕의 고령 즉위 기록 갱신에 도전할 수 있을 것이다. 더군다나 인간은 나가보다 쉽게 죽고 백작이 전장을 누비는 장수라는 점을 놓고 본다면 그를 후계자로 지명하는 것은 계승을 안정화시킨다는 목적에 부합한다고 보기 어렵다. 그렇다면 왜?

상황을 설명할 수 있는 합리적인 가설은 두 가지였다. 황제가 진짜 바라는 후계자는 아직 태어나지 않은 엘시의 자손이라는 가설과 황제가 조만간 퇴위할 거라는 가설. 하지만 승려들은 아직 태어나지 않은 자의 존재를 포함하는 전자가 나가답지 않다고 느꼈다. 역시 황제는 조만간 퇴위하리라는 관측이 좀 더 사실적이었다. 승려들은 황제가 그런 결심을 한 이유를 고민하다가 동포들의 곁에서 떨어져 혹독한 날씨를 매일 겪어야 하는 것만으로도 제위를 포기하고 싶은 사유로는 충분하다는 잠정적인 결론을 내렸다.

또한 그들은 황제가 후계자를 지명한 것은 분란의 시기가 끝났음을 암시적으로 천명한 것으로 간주하기로 했다. 어쩌면 칼리도 백은 갈등의 종식과 화합의 시작을 알리는 새로운 상징이 될지도 모른다. 그들은 그 시점에서 바로 자신들의 가람에 머물고 있는 한 망명 군주를 떠올릴 수밖에 없었다.

"절대로 성공할 수 없다는 우리의 믿음을 비웃듯 규리하 공은 하늘치를 통제하는 데 성공했습니다. 그것은 원한에 사로잡힌 사람이 손에 넣으면 곤란한 힘이지요."

"그 하늘치로 황제를 공격할까요?"

"상상하고 싶지도 않은 일입니다만 어쩔 수 없이 생각해 봐야겠군요. 스님의 질문에는, 아니라고 대답하겠습니다. 하늘치 자체는 군사가 아닙니다. 규리하 공은 아마도 최대한 빨리 규리하를 되찾은 다음 자신의 근거지에서 황제와 맞서 싸우려 하겠지요. 그곳에서라면 군사도 물자도 쉽게 조달할 수 있을 테니까요."

"변경백을 설득할 수 없을까요?"

"하늘치를 움직인 원념을 우리가 어떻게 할 수 있을까요? 그리고 그를 설득한다 해서 황제가 그를 용서할지도 의문입니다. 그런 상황에 손에 쥔 무기를 놓는 것은 강대한 군주였던 자에게 쉬운 일이 아닙니다."

"그렇다면 우리가 황제와 변경백의 화해를 주선하는 것은 어떨까요?"

"쥬타기 대선사께서 뭐라고 하셨습니까? 우리가 제국의 정치에 간섭하기 시작하면 그 순간 우리도 제국의 정치에 간섭당하게 됩니다. 일방적인 관계라는 것은 불가능해요."

"옳은 말씀이지요. 종단의 역사에서 가장 정치 편력이 화려했던 분의 말씀만 아니라면 받아들이기도 쉬울 텐데."

고승들은 실소할 수밖에 없었다. 대호왕 사모 페이가 북부의 왕이 된 곳이 바로 하인샤 대사원이었고 당시 종단의 우두머리는 쥬타기 대선사였다. 물론 실제로 사모 페이를 왕으로 추대한 것은 대사원에 집결한 북부의 군웅들이었지만 그렇다고 해서 쥬타기 대선사가 장소 제공만 담당했다고 말할 수는 없다.

"그리고 잘 알려져 있듯 황제는 하인샤 대사원으로부터 어떤 것도, 사실상 지상으로부터의 어떤 설득도 받아들이지 않으려는 성격을 지녔습니다. 조금 전 일방적인 관계란 없다고 말해 놓고 이렇게 말하려니 좀 뭣합니다만 우리가 알고 있는 것 중에 일방적인 관계에 가장 가까운 것이 있다면 황제와 제국의 관계일지도 모릅니다. 그런 황제가 우리의 설득을 받아들일 것 같지는 않습니다. 하지만 노력은 해 봐야겠지요. 무수한 피가 흐를 것이 뻔한데 못 본 척할 수는 없으니까요."

"그렇다면 일단 황제와 화해하는 것에 대해 변경백이 어떻게 생각하는지 물어보도록 합시다."

하지만 연행원의 승려들은 아이저 규리하의 의견을 구할 수 없었다. 변경백과 그의 무리들을 찾아갔던 수좌는 그곳이 이미 텅비어 있다는 소식을 전했다. 그 수좌는 눈치가 제법 빠른 인물이었으므로 하늘치의 소재 또한 확인한 후에 돌아왔다. 승려들은 변경백이 작별 인사도 생략한 채 하늘치를 타고 떠났다는 결론밖에 내릴 수 없었다. 말할 수 없이 씁쓸한 기분 속에서 승려들은 규리하에 소식을 전달하기로 결정했다. 황제에게도 보내고 싶었지만 그들은 황제의 소재를 정확히 몰랐다.

즈믄누리는 딱정벌레를 필요로 하는 자들에게 좋은 딱정벌레들을 공급한다. 하지만 도깨비의 사육술을 따를 수 없는 다른 자들은 딱정벌레를 왜소하게 길러 낼 수밖에 없다. 아이저 규리하가 하늘치를 손에 넣은 채 움직이기 시작했다는 소식을 가지고 규리하로 날기 시작한 딱정벌레도 즈믄누리 출신의 동족보다는 왜소했다. 그 조그마한 딱정벌레가 서쪽으로 날아가는 모습을 보며 승려들은 그것이 겨울의 모진 날씨를 무사히 이겨 내길 기원했다.

하늘을 날아다니는 것 중에 딱정벌레는 결코 작은 것이 아니다. 하지만 그때 규리하 방향을 향해 날고 있는 비행체 중에서 딱정벌레는 결코 크기로는 수위를 다툴 수 없었다. 두 번째나 세 번째와의 비교가 무의미할 정도로 거대한 물체가 규리하를 향해 날고 있었기 때문이다.

말이나 니름을 할 줄 아는 이들은 모두 그것의 이름을 알고 있었다. 세상에서 가장 거대한 생물이 바다나 땅이 아닌 하늘에 있다는 모순을 가능하게 하는 그 생물은 하늘치였다. 하지만 그 하늘치는 극소수의 사람들에게 다른 이름으로 불렸다. 지금 하늘치의 등에 있는 일군의 사람들은 자신들을 태우고 있는 하늘치를 소리라고 불렀다.

따라서 이이타 규리하는 소리에 앉아 소리를 껴안고 있는 셈이었다. 이이타는 그 상황에서 희극적인 분위기를 느끼려 애썼다.

"온세상이 소리로군. 최고야."

소리는 그 말을 정확하게 이해할 수 없었지만 빙긋 웃으며 이이타를 끌어안았다. 그것은 애정 표현이라기보다는 생존 활동이다.

그들은 하늘치의 등 위에 천막이나 피난처 같은 것을 만들 수 없었다. 환상 계단은 그것을 상상한 자에게만 영향을 끼치며 그것을 상상한 자가 타고 있는 말이나 끌고 있는 수레 같은 것에는 아무 영향도 끼치지 않았다. 하늘누리처럼 승강기가 있는 것도 아니기 때문에 그들은 휴대할 수 있는 것만 가지고 소리 위로 올라올 수밖에 없었다. 숲도 동굴도 모닥불도 없는 하늘치의 등 위에서 고공을 치닫는 겨울 바람을 고스란히 받으며 앉아 있었다간 기껏 손에 넣은 하늘치를 무덤으로 쓸 수밖에 없을 것이다.

하지만 지멘은 휴대의 개념이 인간들과 많이 달랐다. 지멘은 하인샤 대사원의 공방에서 수리하기 위해 놓여 있던 옷장 몇 개를 구한 다음 그것을 한데 묶어 소리 위로 들고 올라갔다. 그들은 소리의 등 위에서 우묵한 곳을 찾아 옷장들을 눕혔다. 그리고 그 안에 소지품들을 집어넣고 하늘치를 규리하 방향으로 출발시켰다. 얼마 후 이이타는 자신이 계속 조종하지 않아도 하늘치가 계속 같은 방향으로 움직일 거라 확신하게 되었다. 밤이 되었을 때 그들은 옷장 문을 열고 그 속에 드러누웠다. 초소형 오두막인 셈이다. 물론 지멘은 옷장 안에 누울 수 없었지만 설원에 드러누워 자도 동사를 걱정할 필요가 없었기에 상관없었다. 지멘은 옷장 옆에 앉아 불침번을 섰다. 물론 습격이 있을까 봐 불침번을 서는 것은 아니었다. 하늘치가 계속 같은 방향을 유지하는지 관찰하고 혹시 비나 눈이 와서 옷장 속에 있는 자들이 봉변을 당하는 사태를 예방하기 위해서였다.

옷장 덕분에 동사는 피할 수 있었지만 그 속에 누워 있는 것은 굉장히 답답했다. 보온을 위해 모포를 두툼하게 깔아 두었지만 어느 틈에선가 자꾸 새어 들어오는 바람 또한 신경에 거슬렸다. 이이타는 잠을 잘 수 없었다. 그는 옆에 누워 있는 소리의 몸을 힘껏 끌어안았다. 옷장 속의 어둠 때문에 공자를 볼 수 없었지만 이이타의 불안한 숨소리를 들은 소리는 그의 뺨을 어루만졌다. 뺨은 싸늘했다. 소리는 그 뺨을 살살 문지르며 말했다.

"그러고 보니 파지트 스님에게 인사도 못했네요, 공자님. 왜 이렇게 황급히 규리하로 돌아가죠? 봄이라면 이렇게 힘들게 여행하지 않아도 되었을 텐데."

이이타는 소리가 그저 그의 주의를 돌리려고 질문하는 것임을 알고 있었다. 그 호의를 거절할 필요는 없었다.

"황제가 돌아왔기 때문이야. 규리하를 되찾기 위해서든 복수를 위해서든 황제와의 대결은 불가피해. 그렇다면 한시라도 빨리 규리하를 되찾아야지. 하늘치만 가지고서는 황제와 싸울 수 없어. 지상군도 필요하고 보급도 필요하니까."

"하지만 이렇게 옷장 속에 누워 여행해야 하는 우리가 규리하를 되찾을 수 있을까요? 밖에 있는 황제 사냥꾼은 굉장히 무서워 보이지만 그래도 혼자잖아요. 공자님의 누님 곁에는 무서운 레콘이 둘이나 있고 도깨비 무사장도 있어요. 그런데 우리에겐 더 이상 헤어릿 언니도 없고요."

이이타는 그 지적을 모두 감수해야 한다는 사실이 슬펐다.

"그래. 상황이 결코 좋다고는 할 수 없어. 하지만 기다리면 기다릴수록 상황은 더 악화될 거야. 도리가 없는 거지……."

"공자님?"

이이타는 속 젖은 목소리로 말했다.

"어떻게 표현해야 할지 모르겠어. 그러니 그냥 말하지. 나는 너를 사지로 끌고 가는 걸지도 몰라."

"제가 따라오겠다고 한 거잖아요, 공자님."

"그냥 대사원에 남았어야 했어."

소리의 손가락이 이이타의 입 주위를 스쳤다. 이이타는 입을 다물었다. 소리는 이이타의 차가운 입술을 어루만지다가 말했다.

"안 졸리시면 잠깐만 문 열어 볼까요?"

"응?"

"우리는 지금 하늘치의 등 위에 누운 채 밤하늘을 날고 있어요, 공자님. 밖에는 별들이 반짝일 거예요."

"추울 거야."

"우리는 두꺼운 옷 입고 있잖아요. 잠깐 문 여는 것 때문에 얼

가벼운 것과 가여운 것 **429**

어죽지는 않아요."

소리는 몸을 돌려 문을 향해 누웠다. 그리고 힘껏 문을 밀었다. 문이 활짝 열리는 순간 이이타는 냉기 때문에 눈을 찌푸렸다.

하지만 별빛은 찌푸린 눈 속으로도 가득 쏟아져 들어왔다.

별들이 어찌나 많은지 어떤 별들은 다른 별의 빛 때문에 감춰지는 것처럼 보일 지경이었다. 밤을 추방하기 위해 피워 놓는 지상의 그 어떤 빛도 닿지 않는 이 높은 곳은 자신의 손조차 볼 수 없을 만큼 어두웠고 그 암흑 속에서 빛을 뿜어내는 것은 별들뿐이었다. 그 때문에 별들은 한 됫박의 쌀을 바닥에 쏟은 것처럼 무수히 번쩍였다. 더군다나 지평선이 한참 낮은 곳에 있기 때문에 별은 위쪽뿐만 아니라 전후좌우에 가득했다. 마치 별들 속을 나는 것 같았다. 이이타는 태어나서 처음 별을 보는 사람처럼 정신없이 밤하늘을 바라보았다.

그때 그의 머리 쪽 어딘가에서 지멘의 목소리가 들려왔다.

"뭐지?"

문 열리는 소리를 들은 지멘이 안부를 묻고 있었다. 소리가 재빨리 외쳤다.

"잠깐 별 좀 보는 거예요, 황제 사냥꾼님! 곧 닫을 거예요."

지멘은 침묵했다. 이이타는 별이 저토록 많은 것을 보니 지멘을 괴롭힐 비는 걱정하지 않아도 되겠다고 생각하며 찬란한 별들을 바라보았다.

이이타의 생각처럼 지멘은 비에 대해서는 걱정하지 않았다. 그리고 이이타나 소리가 그러는 것처럼 경외감 속에서 별들을 바라보지도 않았다. 하늘치의 비행 방향에 대해 보내는 주의를 제외한 그의 주의력은 모두 배낭 속에 누워 있는 아실을 향해 있었다.

아실은 옷장 안에 들어가는 것을 사양했다. 혹독한 야외 생활에 익숙한 그녀는 옷장보다 배낭이 훨씬 낫다고 여겼다. 그래서 고공의 바람이 세차게 몰아치는 하늘치의 등 위에서도 아실은 배낭을 선택했다. 지멘은 그것이 바람직한 선택이라고 믿기 어려웠다. 하늘치의 등은 산꼭대기나 다름없었고 아무리 야외 생활에 익숙한 자라고 해도 산꼭대기에서 불기운도 없이 밤을 보낼 수는 없다. 그래서 지멘은 배낭 옆에 모로 누워 그 위에 팔뚝을 살짝 얹어 두고 있었다. 아실이 들어 있는 배낭은 현재 지멘의 깃털 속에 반쯤 파묻힌 듯한 모습으로 누워 있었다.

누군가가 일어나 앉는 소리가 들렸다. 이윽고 옷장 문이 닫혔다. 그 소리를 듣던 지멘은 배낭을 살짝 들어 옷장 속에 집어넣을까 생각했다. 하지만 아실은 잠이 얕게 드는 편이다. 배낭을 건드리면 바로 깰 터였다. 지멘은 머뭇거리며 조심스럽게 배낭을 건드렸다.

"응? 뭐죠, 지멘?"

지멘은 예상이 맞았다는 것에 실망하며 말했다.

"아냐."

부스럭거리는 소리가 들렸다. 별빛밖에 없지만 눈이 밝은 지멘은 아실이 배낭 밖으로 머리를 내미는 희미한 모습을 보았다.

"다른 사람들은 다 자요?"

"몇 명은 아직 못 자는 것 같군."

"조용히 이야기 좀 해요."

"그래."

"아이저 규리하를 따라 규리하로 간 다음엔 어쩔 거죠? 정말 그의 규리하 탈환을 도울 건가요?"

"황제가 거기로 갈 거야. 살육을 위해. 그리고 나에게 죽으려 하겠지."

"그건 대강 짐작해요. 하지만 당신은 황제를 가짜로 죽일 거죠?"

지멘은 대답하지 않았다. 아실은 약간 큰 숨소리를 내다가 말했다.

"진짜로 죽일 거예요?"

"내 숙원이야."

지멘은 어쩐지 자기 말이 거짓말처럼 들린다고 생각했다. 아실도 그렇게 느꼈다.

"지멘, 당신도 계획을 알잖아요. 황제가 정말로 죽으면 앞으로 수많은 사람이 죽을 거예요."

"그게 내 책임이 될 거라는 거야?"

"즈라더는 황제가 불쌍한 사람이라고 했어요."

아실은 지멘을 잘 알고 있었다. 즈라더의 이름은 지멘을 침묵하게 했다.

"즈라더가 그 계획을 알고 있었을 것 같지는 않아요. 그에게 알려 줄 필요가 없었으니까. 하지만 즈라더는 항상 황제의 곁에 있었으니까 뭔가를 느꼈겠지요. 황제가 죽음이나 다름없는 생을 선택하려 한다는 것을…… 지멘, 당신이 죽이지 않아도 황제는 죽은 것이나 다름없어요. 죽은 자를 또 죽일 필요는 없어요. 당신은 철의 대화도 포기했잖아요. 숙원은 왜 포기할 수 없죠?"

지멘은 대답하지 않았다. 자신도 뚜렷이 설명할 수 없었다. 숙원을 성취한다 해도 말리 위에서 아실이 그를 불렀을 때만큼의 만족감도 느낄 수 없을 것 같았다. 아실의 치료를 위해 황제를 도울 때부터 지멘은 숙원에 대한 절실한 욕구를 잃었다. 공정하게 평가한다면 이제 숙원은 그의 삶을 지탱하는 유일한 원인에서 부담스러운 짐으로 전락했다. 지멘은 그것을 느낄 수 있었다. 그런데도 그는 숙원을 포기하겠다는 선언을, 하고 나면 홀가분해질 것 같은 그 말을 할 수 없었다. 그의 다층적인 정신 속에서 의식보다 낮은 곳, 꿈과 대화하길 즐기는 부분에서 그것을 거부하고 있었다. 레콘들의 표현을 따른다면 그래야 할 것 같다는 감이 든다고 말할 수 있다.

하지만 이성의 영역에서는 압도적인 반대 증거 때문에 질식할 것 같았다. 황제의 계획이 실패할 경우 죽을 무수히 많은 사람들. 물론 그들은 자신들의 우행 때문에 죽는 것이다. 백 년 뒤의 누군가가 다른 누군가를 죽인다면 그것을 가리켜 백 년 전에 죽은 어떤 황제 때문에 일어나는 일이라고 말하기는 어려울 것이다. 그건 변명도 될 수 없다. 하지만 지멘이 죽이지 않는다면 황제는 백 년 후에도 살아 있을 것이다. 그리고 백 년 뒤에 일어날 어떤 살인을 막을 수 있을지도 모른다. 천 년 뒤의 어떤 살육도, 만 년 뒤의 어떤 전쟁도 막을 것이다. 그녀의 목표가 바로 그것이니까.

'그런데 왜 나는 숙원을 포기할 수 없을까? 이 절실한 느낌은 타이모가 죽었을 때도 느끼지 못했던 것이다. 아득한 곳에서부터 느껴지는 이 미약하지만 분명한 절실함……'

지멘은 아실의 숨소리가 바뀌었음을 깨달았다. 아실은 다시 배낭 속에 들어가 잠들어 있었다. 지멘을 잘 아는 그녀는 지금이 그를 설득할 수 없는 시점이라는 것도 알고 있었다. 지멘은 그녀가 좌절감 속에서 잠들지 않았나 걱정했다. 지멘은 분노했다.

가벼운 것과 가여운 것 433

'빌어먹을. 포기해도 그만이잖아. 타이모는 쟁룡해의 바닥으로 가라앉으면서도 내가 복수해 줄 거라고 생각하지는 않았을 거야. 나를 멍청한 신부 탐색자 정도로밖에 생각하지 않았을 테니까. 그녀가 그곳에 있던 다른 레콘들보다 나를 더 특별하게 생각하기나 했을까? 그랬을 것 같지 않다. 그렇다면 내가 하는 짓은 도대체 무엇이지?'

그 생각은 지멘을 부풀어 오르게 했다. 자신도 모르게 배낭을 뒤덮어 버릴까 걱정된 지멘은 몸을 돌려 하늘을 향해 누웠다. 그는 벅차오르는 호흡을 애써 억눌러 조심스럽게 숨을 내뱉었다.

당장 쏟아져 내릴 것 같은 별 속에서 지멘은 자신의 호흡을 세었다. 그는 황제를 죽여야 할 이유가 하나만이라도 있기를 바랐다. 단지 자신의 숙원이기 때문에 황제를 죽이는 것이 아니라 그래야 할 보편 타당한 이유가 있기를 바랐다. 하지만 그런 것은 떠오르지 않았다.

'제이어 솔한.'

지멘은 천천히 몸을 일으켰다. 하늘치의 등에 앉은 지멘은 칠흑 같은 어둠 속을 바라보며 제이어가 누워 있는 옷장을 찾았다. 아이저 규리하는 하인샤 대사원을 떠날 채비를 하느라 바빠 제이어의 존재를 따지지 못했고 그 틈을 타 제이어는 소리의 위까지 따라 올라왔다. 물론 조심스럽게 행동하긴 했지만 꽤나 뻔뻔한 사내였다. 그리고 지금 소리 위에 있는 자들 중 아마도 황제에 대해 가장 잘 아는 인물일 것이다.

지멘은 제이어가 누워 있는 옷장을 찾아내어 거기로 다가갔다. 옷장 문을 열자 조금 후 안쪽에서 투덜거림이 들려왔다. 제이어의 목소리였다. 지멘은 어둠 속으로 손을 뻗어 어둠을 붙잡아 올렸다.

"뭐야? 어? 지멘?"

"조용히 해라."

제이어는 입을 닫았다. 지멘은 제이어를 든 채 하늘치의 등 저편으로 걸어갔다. 지나치게 멀어지면 어둠 속에서 길을 잃을지도 모르기에 지멘은 가장 가까운 둔덕 위에서 멈춰 섰다. 뒤를 돌아보고 별빛만으로도 옷장들의 위치를 찾을 수 있다는 것을 확인한 다음 제이어를 내려놓았다.

자다가 깨어나 갑자기 추위에 노출된 제이어는 몸을 와들와들 떨었다. 그는 지멘만큼 밤눈이 좋지 못하기에 고개를 좌우로 돌리며 지멘의 위치를 찾았다. 지멘이 말했다.

"너는 황제의 계획이 실패할 거라 믿기 때문에 따르는 거지?"

"예예예예? 아아아, 지지지멘."

"떨지 말고 말해."

"제제제제젠장. 추, 추추춥단 말입니다."

제이어는 추위를 이기기 위해 제자리에서 팔짝팔짝 뛰었다. 지멘은 그 모습을 내려다보다가 제이어에게 불어 가는 바람을 막는 방향으로 움직였다. 조금 후 제이어는 좀 더 안정된 목소리로 말했다.

"뭐라고 했습니까? 실패할 거라서 따른다고요?"

"넌 그렇잖아. 황제의 계획은 실패하는 거지?"

"젠장, 지멘, 제가 살아오면서 많은 실패를 겪었다는 것은 인정합니다만 그렇다고 해서 남의 인생사를 그렇게 비웃는 것은 너무하잖습니까. 실패주의자 제이어는 실패할 일이라서 찬성한다고요? 쳇. 그러면 황제는 왜 실패할 일에 매달리는 겁니까? 황제도 실패주의자입니까?"

지멘은 그 지적을 수용할 수밖에 없었다. 그는 부리를 닫고 팔짱을 꼈다. 그런데 제이어가 갑자기 그에게 다가왔다. 더듬더듬 지멘에게 닿자 제이어는 태연히 그에게 안겼다.

"실례 좀 합시다. 너무 추워서."

지멘은 이 기막힐 정도로 낯 두꺼운 행동에 할 말을 잃었다. 제이어는 지멘의 깃털 속으로 파고들듯 몸을 밀어 대며 말했다.

"황제는 성공할 겁니다. 내버려두면 서로를 죽일 사람들을 살릴 겁니다. 뜻 깊은 일이지 않습니까?"

"그 일을 하느라 많은 사람들을 죽였다. 나는 파르바리 계곡을 보았다."

"그거요? 그거야 레콘들이 한 일이지요."

"황제가 명령했어."

"황제는 그런 명령 안 내렸습니다. 그 명령은 시허릭 마지오 상장군이 내린 거죠."

"황제가 발케네 공격을 명령했기 때문이야."

"그거요? 발케네 공이 황제에게 적대했기 때문이죠. 그 아들은 황제의 죄수를 훔쳤고. 그런데 이 이야기가 끝없이 이어지리라는 것은 알고 있지요?"

"황제에겐 아무 죄도 없다는 거냐?"

"죄를 싫어하는군요. 예비 살인자가 그렇게 말하니 안 어울리는군요."

지멘은 부리를 닫았다. 제이어는 쿡쿡 웃었다. 조금 후 그 웃음이 사그라졌다. 제이어는 지멘을 꼭 끌어안은 채 나직하게 말했다.

"지멘, 고민이 뭡니까?"

지멘은 그 말을 무시하고 싶었다. 하지만 그는 부리를 열었다.

"내가 왜 황제를 죽여야 하는지 모르겠다."

"그건 당신 숙원 아닙니까."

"그래. 옛날에는 그걸로 설명이 되었어. 그런데 이젠 안 돼. 모르겠어. 황제가 아실을 치료해 줬기 때문인지, 아니면 황제가 미래에 많은 사람을 구할 인물이라서 그런지…… 어쨌든 난 황제를 죽일 이유를 모르겠어. 하지만 그래야 한다고 느낀다. 모르겠어. 혹시 황제가 나를 정신 억압한 걸까? 아실을 치료했으니 분명히 황제는 다른 사람의 정신을 조작할 수 있어. 그 능력으로 나를 어떻게 한 걸지도 몰라. 대호왕도 내가 준비된 암살자라고 했어. 황제는 안 그랬다고 말했지만, 그러면 도대체 왜 내 생각이 이렇게 꼬이는 거야?"

"황제의 정신 억압에 대해 고민하지 마십시오, 지멘."

"고민하지 말라고?"

"고민할 필요가 없더군요."

지멘은 몸을 조금 부풀렸다. 지멘에게 밀착해 있던 제이어는 그 반응을 곧장 깨달았다. 제이어는 희미한 웃음기가 묻어나는 목소리로 말했다.

"예, 저는 황제에게 정신 억압당했습니다, 지멘."

눈길을 뽀드득뽀드득 밟으며 걷던 세레지 파림은 갑자기 뛰어올랐다.

공중에서 몸을 한 바퀴 돌려 맹렬한 뒤후려차기로 그곳에 서 있던 나무를 걷어찼다. 이 경쾌한 일격에 나무는 비장해 두었던 눈을 듬뿍 뿌려 주는 것으로 반격했다. 세레지의 상반신은 단숨에 눈사람과의 근연 관계를 주장할 수 있는 모습으로 바뀌었다. 세레지는 목으로부터 풀죽은 소리를 내며 허리를 앞뒤로 크게 흔들었다. 열심히 인사하는 것 같은 동작으로 머리와 어깨에 쌓인 눈을 떨어뜨린 세레지는 남은 눈을 손으로 털어 내며 말했다.

"웃어요."

세레지의 말은 함께 걷고 있던 야리키를 향한 것이었다. 야리키는 고개를 갸웃했다.

"웃으라고 한 거냐?"

"그건 아니지만 이런 모습 보면 보통 웃거나 조롱하잖아요."

야리키는 그 말을 잠깐 생각해 보고 어떻게 할지 결정했다. 그는 세레지를 내버려둔 채 앞으로 휘적휘적 걸어갔다. 세레지는 작게 으르렁거리고 재빨리 야리키의 뒤를 쫓았다. 다시 야리키의 옆으로 돌아온 세레지는 잔뜩 화가 나서 중얼거렸다.

"아무래도 라수의 방이 맞는 모양이에요. 어디에도 두 사람의 흔적이 없어요. 각하처럼 조그마한 사람이라면 몰라도 무사장처럼 커다란 사람이 눈에 띄지 않게 규리하 성을 빠져나갈 수는 없어요. 두 사람은 틀림없이 라수의 방에 있을 거예요."

세레지는 어제부터 시작되어 조금 전에 끝난 규리하 성 수색 결과를 그렇게 정리했다. 야리키는 그 말에 동의했다. 사실상 세레지와 함께 수색에 나서기 전부터 야리키는 그럴 거라 믿고 있었다. 하지만 라수의 방으로 들어가는 방법을 알지 못했기에 그 쪽으로는 손을 쓸 수 없었던 야리키는 답답한 마음에 세레지를 따라나선 것이다. 두 사람의 흔적을 찾아 규리하 성의 출입구 전부와 성벽 바깥까지 샅샅이 뒤져 본 수색은 무위로 돌아갔고 이제 그는 사라말 아이솔이 라수의 방으로 들어갈 방도를 찾아냈기만을 바랐다. 세레지는 걷어찰 만한 또 다른 나무를 찾아 주위를 둘러보며 말했다.

"하지만 그것도 말이 안 돼요. 라수의 방에 들어갈 수 있는 사람은 나올 수도 있을 텐데 왜 아직까지도 나오지 않는 거죠? 그 안에 음식물 잔뜩 싸들고 들어가서 농성이라도 하는 걸까요? 그렇다면 왜 농성을? 알았다. 각하께서는 시집 가기 싫은 거예요. 황제의 청혼은 규리하 공이 사라진 후에 오지 않았느냐고요? 그건 문제가 안 되죠. 틀림없이 그 신비한 기계새가 미래를 예언한 거예요. 그렇다면 방법은 하나뿐이죠. 제가 각하로 변장하고 칼리도 백이 기다리는 신방에 들어가는 거예요……."

세레지가 고질병의 재발에 시달리고 있는 거라 판단한 야리키는 보나마나 세레지 에더리 마케로우 황비의 파란만장한 일대기가 펼쳐질 거라 생각했다. 그런데 이어지는 세레지의 말은 그의 예상과 달랐다.

"그래야 백작님도 덜 놀라겠지요."

세레지의 말을 완전히 무시하기로 마음먹고 있었지만 야리키는 그 말에 부리를 열 수밖에 없었다.

"더 놀란다고?"

"덜 놀라는 거죠."

"왜?"

"그야 제 옷 아래에는 여자의 몸뿐이니까."

야리키는 '그렇다면 정우의 옷 아래에는 남자의 몸이라도 있다는 거냐?'고 되물으려다가 자신이 세레지의 병에 전염되었나 보다 생각했다. 부리 밖으로 나오려는 어처구니없는 질문을 도로 삼키고 그것을 좀 더 상식적인 질문으로 바꿨다.
"그러면 정우의 옷 아래에는 뭐가 있는데?"
"아마 그래서 시집 가기 싫으신 걸 거예요. 그걸 보이기 싫어서."
"그게 뭔데?"
세레지의 얼굴을 본 야리키는 그녀가 대답하지 않을 것임을 알았다. 세레지는 아랫입술을 질겅질겅 씹으며 말없이 걸었다. 야리키는 오른쪽 어깨에 걸치고 있던 낚싯대를 왼쪽 어깨로 옮겼다. 질문을 반복하는 것은 그의 성격에 맞지 않았지만 야리키는 규리하 공의 몸에 있을지도 모르는 문제에 민감할 수밖에 없었다.
"정우의 몸에 목숨과 관련된 큰 문제가 있나?"
"목숨? 글쎄요. 그건 아니에요."
야리키는 충분한 대답을 얻었다고 생각했다. 그는 부리를 닫았다. 그러자 세레지가 입을 열었다.
"안 궁금해요?"
"목숨과 관련 없는 문제라고 했잖아. 어디가 기형인지 모르지만······."
"기형? 야리키, 당신이 무슨 상상을 하고 있는지 모르지만 진실은 그 이상이에요."
야리키는 툭 던지듯 말했다.
"그렇게 입이 간지러우면 말해. 이야기하는 거 좋아하잖아. 비밀이면 지켜 주지."
세레지는 완강히 입을 닫고는 그것으로 부족하다는 듯 두 손으로 입을 틀어막았다. 야리키는 벼슬을 꿈틀하고 다시 걷는 데 열중했다. 세레지는 목으로 앓는 소리를 내며 그 뒤를 따라 걸었다. 조금 후 세레지가 걱정스럽게 말했다.

"제가 이 정도나마 이야기한 것도 당신 입이 무겁기 때문이에요. 안 그러면 제가 미칠 것 같으니까. 야리키, 절대로……."

"알아."

"알아요?"

"정우에게 뭔가 이상한 것이 있다는 식의 암시는 아무한테도 하지 않는다."

"고마워요. 이건 정말 비밀이에요. 비밀? 이런, 젠장! 비밀은 무슨! 결혼하면 다 알 텐데!"

세레지는 다시 도약했다. 이번 목표는 근처에 놓여 있던 나무통이었다. 세레지의 호된 발길질은 나무통을 날려 버리는 대신 박살 냈다. 통 바닥이 땅에 단단히 얼어붙어 있었던 모양이다. 세레지는 발을 움켜쥔 채 통의 잔해 속을 깡충깡충 뛰었다. 그 모습을 보던 야리키는 세레지의 걱정이 자신과 좀 다르다는 것을 알았다. 세레지는 정우의 행방불명보다 그녀가 청혼을 받았다는 것에 더 신경 쓰고 있었다. 그 이유는 틀림없이 세레지가 감히 말할 수 없는 정우의 몸에 있는 이상 때문일 것이다. 자신이 바보가 되는 것 같은 기분이 들었지만 야리키는 정말 정우가 남자의 몸이라도 가지고 있는 건가 의심했다.

발의 통증에서 회복된 세레지는 절뚝거리며 야리키의 곁으로 돌아왔다. 그녀는 침울한 표정으로 하늘을 한 번 올려다보고 나서 눈 주위를 세게 문질렀다.

"불쌍하신 규리하 공. 기계새의 예언을 듣고는 그만 어쩔 줄 모르게 되었을 거예요. 그래서 이 성에서 유일하게 혼자 있을 수 있는 라수의 방으로 도망쳤겠지요. 무사장은 각하를 위로하러 그 안에 들어갔을 테고…….”

자신의 추리가 정확한 사실인 양 중얼거리던 세레지가 갑자기 어조를 바꿔 말했다.

“저 사람, 시오크 지울비죠?”

야리키는 세레지가 가리키는 곳을 보았다. 그들에게서 조금 떨어진 곳의 본관 계단에서 시오크가 걸어 내려오고 있었다. 먼 여행을 떠나는 차림새였다. 주위를 조금 둘러본 야리키는 역시 먼 여행을 떠날 준비가 된 말들과 병사들이 걸어오는 것을 보았다.

두 사람은 제자리에 서서 시오크가 말에 오르는 것을 보았다. 안장에 오른 시오크는 본관 쪽을 뚫어지게 쳐다보았다. 가까이 있던 규리하 병사가 재촉한 후에야 시오크는 말을 출발시켰다. 그리고 그 뒤를 따라 규리하의 병사들이 움직였다. 그들이 성 바깥으로 나가는 것을 보던 세레지는 설명하듯 말했다.

“당으로 돌아가는 모양이군요. 저 병사들은 유료도로가 있는 곳까지 바래다 주러 가는 것일 테고. 저 사람도 참 불쌍해요. 당을 바꾸고 싶어했는데 이제야말로 그럴 기회가 왔잖아요. 왕이 될 테니까. 그런데 그게 하나도 기쁘지 않을 거예요. 아버지도 위험하고 애인도 위험하고.”

야리키는 별 감흥을 못 느꼈다. 그런 야리키를 보던 세레지는 짜증스럽게 말했다.

“야리키, 당신이 하늘 낚시터를 얻어도 그게 하나도 즐거운 일이 아니라면 기분이 어떻겠어요?”

“즐거울 거야.”

"안 그럴 수도 있잖아요."

"그럴 리 없어."

세레지는 세 번째 타격 대상으로 레콘의 다리를 선택하면 어떨까 생각했다. 그녀의 생각을 눈치 챈 것은 아니지만 야리키는 세레지를 놔둔 채 본관 계단을 향해 성큼성큼 걸어갔다. 그 모습을 보던 세레지는 머리를 가로젓고 걸음을 옮겼다.

정우의 방에서는 아트밀이 두 사람을 내려다보고 있었다. 세레지와 야리키의 모습을 본 아트밀은 그들이 아무 소득도 올리지 못했다는 것을 짐작했다. 아트밀은 몸을 돌려 방 안을 보았다. 잠깐이지만 아트밀은 꽤 놀랐다. 정우의 방으로 통하는 문 앞에 사라말이 드러누워 있었다. 아트밀은 사라말이 기절했다고 생각하고 황급히 걸음을 옮겼다.

그러나 사라말에게 다가가던 아트밀은 뭔가 이상했다. 사라말은 바닥에 누운 채 다리를 구부렸다 폈다 하며 자벌레처럼 기어가고 있었다. 기가 막힌 아트밀은 걷는 속도를 늦추며 사라말의 행동을 좀 더 자세하게 관찰했다. 사라말은 그가 처음 생각했던 것처럼 발바닥을 문으로 향한 채 기어가고 있었다. 문에 도달한 사라말은 발로 문을 밀었다.

문이 열리며 복도가 나타났다. 머리를 들어 문밖의 광경을 보던 사라말은 몸을 일으켰다. 등과 엉덩이를 툭툭 터는 그를 보다가 아트밀은 참을 수 없다는 듯이 말했다.

"그건 뭐였냐?"

"라수의 방으로 떨어지려고 해 봤습니다."

혼란스러워하던 아트밀은 문을 바닥으로 생각한 후에야 사라말의 말을 이해했다. 기발하다는 생각보다 제정신이 아닌 것 같다는 생각이 먼저 들었다. 문을 닫는 사라말을 향해 아트밀은 단호하게 말했다.

"너 좀 쉬어야 해. 미친 짓 하는 걸 보니 상태가 안 좋아…… 뭐냐?"

"짐작할 텐데요?"

"라수의 방으로 기어 올라가려는 거야? 그만둬!"

하지만 사라말은 바닥에 엎드린 채 문으로 기어가는 동작을 멈추지 않았다. 문에 도달한 사라말은 손으로 문을 밀었다. 조금 전에 제지했는데도 아트밀은 문 뒤에 뭐가 나타나는지 바라보았다. 나타난 것은 복도였다. 사라말은 일어나서 가슴을 툭툭 털고 문을 닫았다.

"하긴 정우나 도깨비들이 이렇게 다녔을 것 같지는 않군요."

"그만두고 쉬어, 사라말!"

"정우가 라수의 방에 있다면 아직 나오지 않는다는 것에서 미루어 짐작할 수 있듯 자기 몸을 제대로 움직일 수 없는 상태일 겁니다. 묶여 있거나 어쩌면 혼수상태일지도 모릅니다. 서둘러야 합니다."

아트밀은 같은 말을 몇 번씩 반복하지는 않았다. 그는 사라말에게 다가가며 의자를 집어 들었다. 그리고 사라말 뒤편에 의자를 내려놓고 그를 툭 밀었다. 사라말은 의자에 털썩 주저앉아 아트밀을 빤히 바라보았다.

"아트밀, 고맙지만……."

"시끄러워! 앉아서 쉬고 있어. 내가 해 볼 테니까."

"당신이오?"

"그래. 젠장. 네가 하는 미친 짓들은 많이 봤으니 그거 빼놓고 다른 방법으로 해 보지. 어디 보자. 빌어먹을. 문이야, 문. 이건 문이라고. 드나드는 거지 기어오르거나 떨어지는 것이 아니야."

사라말은 의자에서 일어났다.

"고맙습니다만 나를 도와주고 싶다면 다른 문으로 가서 시도하시지요. 어느 문이든 상관없을 테니까."

"사라말, 말 좀 들어."

"저를 그렇게 걱정할 필요 없습니다."

화를 내려던 아트밀은 갑자기 부리를 닫았다. 아트밀은 의심스러운 눈으로 사라말을 노려보았다. 사라말은 그 눈을 피해 문을 바라보았다.

아트밀이 말했다.

"걱정할 필요가 없다고?"

"예."

"내가 정신 억압당했으니까?"

"그렇게 말한 적 없습니다."

"그렇게 말한 거야. 네 말투는 그런 걱정은 잘못된 거라는 투였어. 그래. 내가 널 보호하도록 정신 억압되어 있어서 말리는 거다, 이 말이지? 이건 가짜 걱정이라는 거지?"

변명은 악효과만 가져올 것이 뻔한 상황이었기에 사라말은 입을 닫았다. 아트밀은 그 침묵을 긍정으로 해석했다.

"사라말 아이솔을 따라다니며 보호하도록 정신 억압되어 있다고 했지. 그래서 얼음바다도 건넜고 시냇물도 건넜다고. 그래, 그거였군. 그래서 내가 네 미친 짓을 계속 보고 있었던 것이군. 밥도 안 먹고 잠도 안 자고 문 여는 법만 연구하는 네 꼴이 불쌍해서 그런 것이 아니라…… 그냥 그렇게 하도록 되어 있다는 거지? 누가 내 정신을 비틀어 놓아서? 젠장. 그 말이 맞아. 진작 깨달았어야 하는 건데."

"아트밀, 당신의 배려를 무시하는 듯이 말한 것을 사과하겠습니다. 나는……."

"부리 닫아."

부리가 아니라 입이었지만 사라말은 그것을 닫았다. 아트밀은 사라말에게서 돌아서서 문을 열었다. 지극히 평범한 방법으로. 그러자 문이 열리며 복도가 나타났다. 아트밀은 밖으로 성큼 걸어 나갔다. 그리고 역시 평범한 방법으로 문을 닫았다.

방 안에 홀로 남은 사라말은 뒤로 풀썩 주저앉았다. 그리고 아트밀이 놓아 준 의자에 앉아 두 주먹으로 관자놀이를 짓눌렀다.

소리 로베자는 무거운 눈꺼풀을 몇 번 껌뻑였다. 하늘치 소리는 서쪽을 향해 날고 있었지만 소리는 하늘치의 꼬리 쪽을 향해 서 있었다. 그 때문에 소리는 가장자리가 발갛게 변한 보랏빛 구름들 사이로 얼굴을 반만 내민 해를 마주 보고 있었다. 햇빛의 무게가 얼마인지는 모르지만 그것이 눈꺼풀 위에 내려앉자 눈꺼풀이 더 무거워지는 것을 느꼈다. 소리는 눈꺼풀에 묻은 햇살을 문질러 떼어 내듯 눈을 문질렀다.

그녀가 바라보는 곳에서는 지멘이 걷고 있었다. 지멘은 주위를 두리번거리며 어떤 장소를 찾듯 움직이고 있었고 그 곁에는 아실이 무심한 표정으로 나란히 걷고 있었다. 밤새 불침번을 섰던 그레콘은 소리가 일어나는 것을 보고는 햇빛 잘 드는 곳을 찾아 뭘 먹은 다음 잠들겠다고 말하고 그들이 있던 우묵한 곳을 떠났다.

소리가 바라보는 동안 두 사람은 적당한 장소를 찾은 것 같았다. 그들은 하늘치의 융기 너머로 모습을 감췄다.

꽤 오래 잤지만 춥고 불편한 잠자리 때문에 소리는 쉬었다는 기분을 느낄 수 없었다. 몸은 얼기설기 엮어 놓은 막치라도 되는 것 같았고 파리 떼가 들어와 있는 것 같은 머리는 움직이는 것만으로도 현기증이 날 지경이었다. 소리는 되도록 빠르게 움직이지 않도록 주의하며 천천히 몸을 돌렸다. 다른 사람들은 아직 옷장 속에 잠들어 있었다.

하늘치의 등 위에 버린 쓰레기처럼 널려 있는 옷장들을 보던 소리는 갑자기 당혹감 같은 것을 느꼈다. 일찍 일어났지만 할 일이 없었다. 하늘치 소리의 휑한 등에는 당연히 아침 식사를 준비할 수 있는 부뚜막이나 이이타 공자의 세숫물을 퍼 올릴 우물 등은 없었다. 그들이 지참한 먹을거리는 모두 물이나 불 없이도 먹을 수 있는 것들이기에 따로 준비할 일도 없었다. 아무 할 일이 없다는 사실은 소리를 느긋하게 만들기보다 안절부절못하게 만들었다. 소리는 자신을 끌어안은 채 정처없이 눈길을 보냈다. 그때 소리의 눈에 기이한 것이 들어왔다.

소리는 어리둥절해하며 걸어갔다. 하늘치의 등에 밤새 반점이라도 생긴 걸까? 소리는 발을 멈추고 바닥에 있는 이상한 얼룩을 보았다. 곧 그녀는 어떻게 된 영문인지 깨달았다.

비바람을 제외하면 하늘치의 등을 청소하는 손길은 없었다. 하늘치의 등에는 기나긴 시간 동안 먼지가 쌓여 굳어 있었다. 그 먼지층에 누군가가 글을 써 놓았다. 옆에서 비추는 햇살 때문에 그 글에는 짙은 명암 차가 생겼고 그래서 소리의 눈에 띈 것이다. 글자들 옆에 있는 큼직한 자국을 본 소리는 그곳이 지멘의 배낭이 놓여 있던 곳이라고 생각했다. 글씨를 쓴 것은 아마도 아실일 것이다. 지멘의 손가락으로는 그렇게 가느다란 글을 쓰기 어려울 테니까. 소리는 쭈그려 앉아서 바닥에 있는 글자들을 바라보았다.

조금 후 소리는 흥미를 느꼈다. 그 글은 오래된 먼지 위에 또박또박 곱게 쒸어져 있었다. 소리는 보존성이 없는 글을 그렇게 정성껏 쓴 것은 기묘한 일이라고 생각했다. 소리는 두 손으로 뺨을 받쳤다.

'내용을 알 수 있으면 좋을 텐데.'

소리가 글씨부터 살핀 것은 글을 모르기 때문이다. 소리는 글씨를 이루는 선과 선이 꺾이고 만나고 구부러지는 모습을 살피다 보면 갑자기 그 뜻을 알 수 있을 거라 믿는 사람처럼 그 글을 바라보았다. 바람만 불면 사라질 글을 그렇게 정성껏 쓴 이유는 무엇일까. 원래 아실의 필체가 그렇기 때문일까? 소리는 그 이상한 글의 내용을 이리저리 상상해 보았다. 우리는 하늘치를 타고 여행 중이다. 규리하로 가고 있다. 소리와 이이타 공자는 참 잘 어울리는 한 쌍처럼 보인다…… 소리가 히죽 웃었을 때 옆에서 갑자기 말소리가 들려왔다.

"소리, 왜?"

소리는 부끄러운 짓을 하다가 들킨 사람처럼 화들짝 놀라서 옆을 돌아보았다. 이이타 규리하가 걱정 가득한 얼굴로 소리를 내려다보고 있었다.

"아실과 안 좋은 일이라도 있었어? 왜? 누가 너에게……."

공자의 말을 이해할 수 없었던 소리는 눈을 크게 뜬 채 그를 바라보았다. 소리의 표정을 살피던 이이타는 문득 그녀가 문맹자라는 것을 떠올렸다. 이이타는 자신이 착각했음을 깨달았다.

"네가 쓴 것이 아니지? 미안해. 네가 이 글 앞에 쭈그리고 앉아 있어서 네가 쓴 줄 알았어."

"제가 안 썼어요. 그런데 왜 아실과 안 좋은 일이 있냐고 물으셨죠?"

이이타는 대답하려다가 갑자기 턱을 만지작거렸다.

"네가 안 썼다면 누가 쓴 거지?"

"아실이 잔 곳이 여기니까 아마 아실이 썼을 거예요."

그 대답에 이이타는 눈을 찌푸렸다. 그가 낮은 목소리로 말했다.

"아실은 어디 있지?"

"황제 사냥꾼님과 함께 떠났어요. 그 레콘은 볕 좋은 데로 가서 한숨 자겠다고 했어요. 공자님, 이 글이 뭐 잘못되었나요?"

이이타는 어떻게 말해야 할지 모르겠다는 표정으로 소리를 바라보다가 차분하게 말했다.

"지독한 욕설이야."

"욕설이오?"

"그래. 어떤 여자를 무시무시하게 저주하고 있어. 이렇게 험악한 이야기는 처음 보는 것 같군. 이곳에 여자는 너와 아실뿐이라서 난 네가 아실을 욕하고 있다고 생각했어. 그래서 그렇게 물었고. 그런데 이 글을 쓴 것이 아실이라면 아실이 어떤 여자를 욕했다는 건데."

소리는 그 설명에 당황과 분노를 느꼈다. 이이타가 말한 것처럼 그곳에 여자는 소리와 아실뿐이었다.

"아실이 저를 욕한 거라고요?"

"잠깐만 기다려 봐. 좀 더 자세히 읽어 보지."

소리는 재빨리 옆으로 비켜섰다. 이이타가 허리를 굽히고 글을 읽는 동안 그녀는 분노가 점점 커지는 것을 느꼈다.

'아니꼽다는 거지? 천한 신분인 주제에 감히 무향의 공자님과 사귄다는 거지? 그래서 나 보라고 이렇게 또박또박 써 둔 거지?'

소리는 눈물이 날 것 같았다. 보라는 듯이 욕설을 써 뒀는데도 읽을 수 없어서 이이타에게 대신 읽어 달라고 해야 하는 자신의 처지가 화가 났다. 그리고 이이타가 그 글을 읽어야 한다는 사실이 너무도 가슴 아팠다.

'네 인생이 망가진 것이 나 때문이야? 황제랑 싸우다가 그렇게 된 거잖아. 내가 너한테 무슨 짓을 했어? 왜 아무 상관도 없는 사람을…… 너무해!'

"네가 아냐, 소리."

이이타가 허리를 펴며 말했을 때 소리는 그를 부여잡고 천한 신분이라서 미안하다고 외치며 울 뻔했다. 이이타를 향해 몸을 내밀던 소리는 문득 이이타의 말을 이해했다.

"제가 아니라고요?"

"그래. 아실이 욕한 것은 다른 여자야."

"공자님, 혹시 제가 상처 입을까 봐 괜히 그러시는 거 아니에요? 여기에 여자라곤 아실과 저밖에 없잖아요."

"여기 있는 여자가 아냐. 황제야."

소리는 안도감과 허탈감을 동시에 느꼈다. 아실이 황제를 욕했다면 그건 당연한 일이다. 고조되었던 분노가 사라지면서 감정의 혼란을 느낀 소리는 좀 기묘한 목소리로 반문했다.

"황제요?"

"응. 이거 지독하군. 읽는 나까지 기분이 이상해지는데. 누가 나한테 이런 이야기를 하면 당장 칼을 뽑을 것 같아. 아실은 황제를 정말 증오하는군. 하긴 그러니 그 긴 세월 동안 지멘과 단 둘이서 황제와 싸울 수 있었겠지. 어? 왜 그래?"

이이타는 소리에게 다가와 그녀의 얼굴을 들여다보았다. 문득 소리는 자신의 눈 주위가 축축하다는 것을 깨달았다. 그녀는 황급히 눈물을 훔쳤다.

"아. 아뇨. 공자님."

"왜 울어?"

"안심이 되어서…… 아실이 저를 욕한 줄 알았어요. 자기는 인생이 망가진 거나 다름없는데 저랑 공자님이랑 맺어진 것을 보니 질투 나고 화가 나서, 제가 얄미워 욕했다고…… 안심도 되고 아실한테 미안하기도 하고. 기분이 굉장히 이상해요."

이이타는 빙긋 웃고는 발을 옆으로 뻗었다. 그는 바닥에 있는 흉악한 욕설들을 발로 문질러 지우고 소리의 어깨를 감싸 쥐었다. 위로의 말은 없었지만 소리에겐 그 손길로 충분했다.

배낭에서 꺼낸 건량으로 아침 식사를 끝낸 지멘은 아침 햇살이 내리쬐는 곳에 드러누웠다. 그의 허리 곁에 앉아 지멘에게 몸을 기대고 있던 아실은 식사하는 동안 들었던 말을 생각했다.

"제이어 솔한이 정신 억압을 당했다고요?" 아실은 대답을 기다리지 않았다. "그런데 자기가 그것을 알고 있으며 상관없다고 생각하고 있다는 것이군요. 다른 말은 없었어요?"

그건 대답이 필요한 질문이었다. 지멘은 말했다.

"그 말뿐이었어."

아실은 두 손으로 뒤통수를 받쳤다. 지멘이 호흡할 때마다 그녀의 몸이 가볍게 흔들렸다.

"그러면 이젠 확실히 포기했겠군요, 지멘."

"포기?"

"황제를 죽이는 것 말이에요. 당신이 그러려 해도 그럴 수가 없어요. 그녀에게 다가가면 정신 억압을 당해서 못 죽이게 될 테니까."

지멘은 벼슬을 꿈틀했다. 그는 그런 생각을 하지 않았다. 그가 밤새도록 생각했던 것은 제이어의 앞뒤가 맞지 않는 말이었다.

하인샤 대사원의 일주문 앞에서 제이어는 자신이 황제의 적도 될 수 있고 동료도 될 수 있다는 식으로 말했다. 그리고 어젯밤 제이어는 자신이 황제에게 정신 억압을 당했음을 고백했다. 지멘은 정신적으로 지배받는 자가 어떻게 지배자의 적이 될 수도 있다는 것인지 알 수 없었다.

지멘은 과거 말리에서 있었던 황제와의 대화를 떠올렸다. 자신을 정신 억압했느냐는 그의 질문에 황제는 이렇게 대답했다.

'짐은 그런 식으로 정신 억압하지 않는다.'

지멘이 생각하는 방식과 다른 형태의 정신 억압이 있다는 말투였다. 지멘은 제이어의 그토록 모순된 모습은 황제가 암시한 '다른 방식'의 결과물일지도 모른다고 생각했다. 하지만 지멘이 느끼기에 그 다른 방식이라는 것은 '정신 억압하지 않음'과 마찬가지인 것 같았다.

지멘은 그 판단하기 어려운 문제를 잠시 접어 두기로 했다. 좀 더 현실적인 문제도 많이 있었다.

"아이저에게 말해야 해."

"예?"

"황제에게 정신 억압을 받고 있는 자가 이 하늘치에 타고 있다는 것을 알려야 해. 이건 함정이야. 엘시에게 황위를 물려주기 전 황제가 마지막으로 노리는 대상이 바로 규리하야. 이미 지키멜 퍼스와 시오크 지울비가 규리하로 갔지."

"부냐 헨로와 스카리 빌파."

"그래. 지금 아이저도 규리하로 향하고 있어. 이건 모든 문제를 규리하에 모아서 한꺼번에 처리하려는 거야."

"그리고 당신도 규리하로 가고 있고요."

"맞아. 규리하 정벌이 끝난 다음에 나한테 가짜로 죽어서 신이 되어야 하니까. 그게 황제의 계획이지. 제이어가 따라온 건 우리가 제대로 규리하로 가는지 감시하려는 거야."

"알리지 마요."

"황제를 도우라고?"

"알려도 소용없을 거예요. 규리하 공은 규리하로 갈 수밖에 없어요. 그러지 않으면 황제와 싸울 수 없으니까. 함정은 사실상 사냥감에게도 기회예요. 사냥꾼은 사냥감이 다니는 길에 덫을 놓지요. 그런데 거꾸로 사냥꾼을 공격하고 싶은 사냥감이라면 어디로 가야겠어요? 사냥꾼이 반드시 찾아오는 곳에서 기다려야겠지요. 바로 함정이죠. 이게 함정이라도 규리하 공은 규리하로 갈 거예요."

아실의 말이 옳았다. 아이저 규리하는 규리하 외엔 돌아갈 곳이 없다.

"그 모든 이야기를 꺼내면 규리하 공은 오히려 당신을 의심할 거예요. 황제의 계획에 따르면 당신도 황제를 돕게 되어 있잖아요. 칼리도 백이 황위를 이어받을 수 있도록 황제를 위장 살해하는 것이 당신 역할이지요. 그런 상황에서 진짜로 황제를 죽일 거라고 말해 봐야 설득력이 없을 거예요."

지멘은 촘촘한 거미줄에 붙잡힌 파리가 된 것 같았다. 모르고 들어가는 덫이라면 억울하지는 않을 것이다. 하지만 덫이라는 것을 잘 알면서도 그 안으로 걸어 들어가야 하는 이 상황은 도대체 무엇인가. 지멘은 신음이 흘러나올까 봐 부리를 꽉 붙여야 했다.

지키멜 퍼스는 새카만 별들이 반짝이는 새하얀 밤하늘을 날았다. 시작은 도통 끝나지 않았지만 끝은 오래전에 시작되었다. 인지할 수 있는 모든 사물의 운동 방향은 그녀로부터 멀어지는 것이었다. 하지만 그녀는 답답했다. 모든 것이 그녀에게서 멀어지고 있는데도 지키멜은 쥐어짜지는 압박감을 느꼈다. 지키멜은 떨어지는 천장을 막으려 했다. 하지만 손이 움직이지 않았다. 지키멜은 겁에 질린 눈으로 천장을 바라보았다.

'천장?'

지키멜은 눈을 깜빡였다. 천장이 있었다. 눈동자를 옆으로 굴리자 천장과 이어진 벽들도 보였다. 꾸물거리고 있는 것이 공기 속을 떠다니는 먼지인지 그녀의 눈 속에서 떠다니는 것인지 알 수 없었다. 냉기 때문에 지키멜은 몸을 움츠렸다. 그리고 그녀는 이불을 느꼈다.

지키멜은 침대에 누워 있었다. 아마 잠에서 깬 모양이다.

입속이 견딜 수 없이 건조했다. 지키멜은 억지로 침을 삼켰다. 이 아침은 좀 기묘하다. 왜 이렇게…… 문득 지키멜은 그것이 매일 겪는 기상과 다른 무엇임을 깨달았다. 조각조각 부서진 기억들이 그녀에게 쇄도했다. 지키멜은 눈을 감고 안간힘을 다해 뒤죽박죽된 기억들을 정리했다. 하지만 누군가의 비명 같은 외침이 그녀를 방해했다.

"후작님! 깨어나셨군요!"

지키멜은 흠칫하며 눈을 떴다. 누군지 모를 여자가 겁을 주려는 것 같은 얼굴로 그녀를 내려다보고 있었다. 너무 놀라서 비명도 지르지 못한 채 그녀를 마주 보던 지키멜은 갑자기 그녀가 반가운 표정을 짓고 있음을 알았다. 그 여자가 얼굴을 잔뜩 일그러뜨리고 있는 것은 놀람 때문이다. 혈색이 좋아 보이는 여자는 어디에도 없는 신께 감사한다느니, 먹을 것을 가져오겠다느니 빠르게 말을 쏟아 내고는 갑자기 사라졌다. 그녀의 목소리에 질려 있던 지키멜은 그녀가 사라진 것에 안도했다. 지키멜은 베개에 머리를 파묻고 아마도 길지 않을 듯한 고요 속에서 재빨리 상황을 정리해 보기로 했다. 차츰 기억들이 연관성을 가지게 되었다. 혈색 좋은 여자(지키멜은 이제 그녀가 규리하 성의 하녀라는 것을 짐작할 수 있었다.)가 의사로 짐작되는 사람과 돌아왔을 때 지키멜은 정신을 잃기 전의 상황을 완전히 떠올렸다. 그래서 의사가 도달하자마자 그녀는 질문했다.

"내가 며칠 만에 깨어난 거지?"

의사는 그 질문을 무시했다.

"자신이 누군지 말해 보십시오, 각하."

지키멜은 그런 질문을 하는 의사를 이해했지만 그 질문에는 짜증을 느꼈다. 그녀는 메마른 입을 힘겹게 움직였다.

"나는 지키멜 퍼스다. 내가 정신을 되찾았는지 확인할 질문들이 더 있다면 잊어버려. 나는 제정신이니까. 그러니 내 질문에 대답해. 내가 며칠 만에 깨어났지?"

의사는 고개를 끄덕였다.

"사흘입니다. 후작님. 정말 위험하셨습니다."

지키멜은 바싹 마른 입술을 깨물었다. 그녀가 사흘 동안 정신을 잃었다면 정우와 탈해는 사흘 동안 물 한 모금 마시지 못한 채 묶여 있었을 것이다. 그녀의 맥박을 재고 이마를 짚는 등 부산을 떠는 의사에게 지키멜은 조심스럽게 질문했다.

"변경백은? 변경백과 무사장은 어떻게 되었지?"

지키멜이 먹을 것을 가져오라고 지시하던 의사는 당황한 표정으로 지키멜을 돌아보았다.

"저, 두 분은 사라졌습니다. 저희들은 후작님께 두 분의 소재를 여쭙고…… 그런데 지금 괜찮으십니까? 대화를 하실 수 있겠습니까?"

지키멜은 상체를 일으키며 말했다.

"난 괜찮아."

그 말은 곧 거짓말이 되었다. 사흘 동안 혼절했던 사람답게 지키멜은 눈앞이 캄캄해지는 것을 느끼며 다시 쓰러졌다. 의사는 황급히 그녀의 상태를 검사했다. 지키멜은 주먹을 꼭 움켜쥐어 손톱으로 손바닥을 찔렀다. 잠들고 싶은 유혹이 너무도 강했지만 그럴 수 없다. 두 사람이 굶어 죽을지도 모르니까. 지키멜은 되도록 정확히 발음하려 애쓰며 말했다.

"조금 어지러운 것뿐이야. 난 괜찮아."

두 사람의 실종과 자신의 음독을 어떻게 설명하려고 했더라? 기억이 잘 나지 않았다. 지키멜은 머릿속으로 이야기를 짜내며 동시에 말했다.

"침입자들이 있었어…… 자객처럼 보이는 자들. 얼굴은 기억이 안 나…… 복면으로 가렸던가? 그놈들이…… 나를 인질로 삼아서…… 아니, 길잡이야. 인질이면서 길잡이야. 무사장에게 안내하도록 했어. 그놈들은 규리하 공이 어디 있는지 알지만…… 무사장은 어디 있는지 모르는 것 같았어. 그래. 그래서 나를 데려갔던 거야. 무사장의 방 앞에서…… 그놈들이 내게 뭘…… 약 같은 것을 먹였어."

지키멜은 안도했다. 급조한 것치고 앞뒤가 그럭저럭 맞는 설명이었다. 어쩌면 무의식중에 남아 있던 이야기가 떠오른 것일지도 모른다. 지키멜은 눈을 떠 의사의 반응을 살폈다. 의사는 상당한 집중력으로 그녀의 말을 듣고 있었다. 지키멜은 마른기침을 하고 말했다.

"무사장은 어떻게 되었지? 규리하 공은? 사라졌다고?"

"예, 사라지셨습니다. 그리고 아직 나타나지 않으셨습니다. 후작님의 말씀대로라면 두 분은…… 아니, 이건 군인들이 신경 쓸 일이겠지요. 제가 할 일은 후작님의 회복을 돕는 것일 테고요. 혹시 드셨던 약의 냄새나 색깔, 맛 같은 것이 기억나십니까?"

의사의 치료를 돕기 위해선 약에 대한 정보를 알려 주는 것이 좋겠지만 지키멜은 억지로 먹은 약에 대해 지나치게 잘 기억하고 있다는 인상을 줄까 봐 두려웠다. 그래서 그녀는 약에 대해서는 잘 기억나지 않는다고 얼버무렸다. 의사는 애석해하다가 의식을 회복했으니 이제는 위험하지 않을 거라고 말했다.

조금 후 소식을 들은 자들이 몰려왔다. 오니샤 퓨덴 병무대부와 경비대장, 그 밖에 온갖 사람들이 지키멜을 닦달했다. 그들은 형식적으로 의식을 되찾은 것을 축하한다고 말했지만 자신들이 지키멜의 안위보다는 규리하 공과 무사장의 소재에 더 관심을 가지고 있음을 숨기지도 않았다. 침입자에 대한 끝없는 추궁과 질문을 피하기 위해 지키멜은 신음을 토하고 몸을 뒤틀어 의사의 사명감을 자극했다. 의사는 자신의 첫 번째 소임이 환자를 돕는 것이며 지키멜의 도움을 받으려면 그녀가 빨리 회복하는 것이 낫다고 주장하여 그들을 모두 쫓아냈다. 이윽고 음식이 왔다.

"조용히 혼자 먹고 싶어. 시중들 사람은 필요 없어. 사람들을 더 견딜 수 없을 것 같으니까."

"하지만 후작님."

"제발 나가 줘. 사람 냄새만 맡아도 비위가 뒤틀리는 것 같아."

지키멜은 발광이라도 할 듯한 태도로 그들을 쫓아냈다. 방 안에 홀로 남자 그녀는 심호흡을 하고 조심스럽게 침대 밖으로 발을 뻗었다.

눈앞에 벼락이 치는 것 같았다. 지키멜은 침대 옆에 주저앉았다. 한참 동안 자신을 다그친 후에야 겨우 일어났다. 후들거리는 다리를 독려해 가며 탁자로 다가간 다음에 힘겹게 초에 불을 붙였다. 한 손으로 촛대를 들고 다른 손으로 가까이 있는 가구들을 짚으며 지키멜은 문 쪽으로 다가갔다.

문을 열기 전 지키멜은 고민에 빠졌다. '이런 상태에서 내가 정우와 탈해를 통제할 수 있을까?' 하지만 두 사람도 사흘 동안 묶여 있었을 테니 팔팔하진 않을 것이다. 그리고 더 지체하다간 두 사람이 죽을지도 모른다. 지키멜은 그 시각 성의 다른 쪽에서 사라말 아이솔이 알아내기 위해 무진 애를 쓰는 방법을 통해 문을 열었다.

라수의 방이 나타났다. 지키멜은 무의식적으로 코를 벌름거렸다. 시체 썩는 냄새가 나지는 않았다. 그녀는 방 안쪽으로 걸어 들어갔다.

촛불 빛 속에서 라수의 방을 채우고 있는 골동품들이 떠올랐다. 지키멜은 촛대를 머리 높이까지 들어 올렸다. 곧 방 저편에 있는 두 사람의 모습이 보였다. 지키멜이 묶어 둔 대로의 모습이었다. 의자에 묶인 채 서로 등을 마주 대고 있었다. 그런데 두 사람은 머리를 떨어뜨린 채 꼼짝도 하지 않았다. 촛불 빛을 보았다면 뭔가 반응을 보여야 할 것이다. 지키멜은 몸이 싸늘해지는 불안감을 느꼈다. 벌써 죽었나? 그녀는 당장 쓰러질 듯한 불안한 걸음으로 두 사람에게 다가갔다.

지키멜은 정우의 앞쪽에 섰다. 정우는 턱을 가슴에 묻고 있었다. 지키멜은 촛대를 옆에 내려놓고 그녀의 코 앞으로 손을 가져갔다. 그때 갑자기 정우가 눈을 감은 채 말했다.

"날개. 그래. 날개가 좋아."

지키멜은 기절할 뻔했다. 수사적인 표현이 아닌 사실 그대로. 잠깐 동안 선 채로 의식을 잃었던 지키멜은 쓰러지기 직전에 의식을 회복했다. 그녀는 쓰러지지 않기 위해 무릎을 꿇었다. 그녀는 정우의 얼굴을 좀 더 자세히 관찰했다.

정우는 잠들어 있었다. 조금 전 지키멜을 기겁하게 한 것은 잠꼬대였다. 지키멜은 무릎걸음으로 움직여 탈해 쪽으로 돌아갔다. 탈해 역시 머리를 떨어뜨린 채 깊이 잠들어 있었다. 배고픔을 잊기 위해 두 사람은 잠든 모양이다. 잠에 관해서라면 도깨비들은 모두 전문가다.

지키멜은 촛대를 내려놓고 다시 밖으로 나와 음식이 놓인 쟁반을 들고 돌아왔다. 깨어난 정우가 들려준 설명은 지키멜의 예상과 일치했다. 지키멜은 정우가 식사를 할 수 있도록 한 손만 풀어 주었다. 정우는 그 손으로 힘들게 음식을 들며 말했다.

"중간중간에 몇 시간씩 깨기는 했지만 대부분은 잤어요. 사흘이라고요? 그렇게 오래되었을 줄은 몰랐어요."

"춥고 자세도 불편했을 텐데 참 대단하군요. 도깨비들이 잠 잘 자는 것을 존경할 만한 일로 여긴다는 것은 알고 있었지만…… 혹시 자는 것을 따로 연습하기도 하는 거예요?"

입에 음식이 든 정우는 고개를 가로저었다. 지키멜은 그녀를 만류하기로 했다.

"미안하지만 많이 먹지는 마요. 계속 묶여 있어야 하는데 볼일이 급해지면 곤란하니까."

정우는 자유로운 손으로 입 주위를 대강 훔치고 지키멜을 빤히 바라보았다. 지키멜은 그 시선이 불편해 쟁반을 들고 탈해에게 돌아갔다. 그녀가 잠든 탈해를 깨우려 할 때 정우가 말했다.

"지키멜, 아무 짓도 안 하고 얌전히 있을 테니 풀어 달라고 말하면 들어줄 건가요?"

"내가 왜 그 약속을 믿어야 하지요?"

"약속이니까요."

"미안해요, 정우. 나는 도깨비가 아니에요. 그리고 그건 당신도 마찬가지죠."

"인질이나 약점, 담보물 같은 것이 필요한 것이겠죠?"

"그런 것이 필요해요."

"당신이 그래야 편하겠다면 그런 걸 주고 싶어요. 하지만 뭘 주어야 할지 모르겠네요."

지키멜은 입을 닫고 탈해를 깨웠다. 탈해의 팔을 풀어 식사할 수 있도록 해 준 다음 정우에게 돌아와 그녀의 팔을 묶었다. 정우는 반항하지 않았다. 하지만 손에 힘이 없었던 지키멜은 정우를 도로 묶느라 기진맥진했다.

"지키멜, 너무 안 좋아 보여요."

"당신은 건강해 보여서 다행이군요. 아무리 계속 잤다지만 사흘 동안 굶은 사람 같지 않아요. 무사장님도 그렇고."

"우리를 여기 붙잡아 두고 뭘 어떻게 할 생각이죠?"

지키멜은 정확히 무엇인지 모를 물건에 걸터앉았다. 아직은 계획을 알려 줄 때가 아니었다. 그녀가 침묵하자 정우 또한 입을 다물었다. 지키멜은 정우와 마찬가지로 탈해 또한 아사하지 않을 정도만 먹게 한 다음 그의 식사를 중단시켰다.

"내가 깨어났으니 이젠 자주 올 수 있을 거예요. 밤에 다시 돌아오지요."

지키멜은 촛대를 쟁반 위에 놓고 힘겹게 그것을 들어 올렸다. 밖으로 나가는 짧은 길이 들어올 때보다 훨씬 길어진 것 같았다. 그녀가 문에 도달했을 때 정우가 말했다.

"지키멜, 몸조심해요."

지키멜은 잠깐 멈춰 섰다가 다시 밖으로 나갔다. 자신의 방으로 돌아와 쟁반을 탁자에 내려놓았을 때 지키멜은 자신이 정신을 잃으리라는 것을 직감했다. 무의식 상태에서 움직이던 지키멜은 자신이 제발 잠자리에 제대로 들어와 있길 바라며 잠들었다.

깊은 밤, 규리하 성의 대부분 구역은 불이 꺼져 있었다. 밤늦게까지 불이 밝혀진 몇 군데에서는 규리하가 직면한 복잡한 문제를 좀 더 단순한 것으로 바꾸기 위한 노력들이 진행되고 있었다. 문제 해결이 아니라 단순화라는 것은 규리하의 상황이 얼마나 복잡한지, 그리고 그들이 얼마나 의기소침해 있는지에 대한 증거일 것이다. 그런 노력을 기울이고 있는 사람들 중 한 명이었던 세레지는 기나긴 정신 노동 끝에 바깥 공기에 대한 그리움에 사로잡혔다. 그녀는 주저 없이 외투를 꺼내어 어깨에 걸치고 밖으로 나왔다.

설핏 부풀어 오른 달이 파르스름한 빛을 뿌렸다. 별다른 목적 없이 정원과 연병장, 계단과 축대를 거닐던 세레지는 우연히 바라본 성벽 위에서 거대한 형체를 발견했다. 그녀는 멈춰 서서 그 모습을 보다가 성벽으로 올라가는 계단을 찾았다. 가장 가까운 계단으로 걸어간 세레지는 그대로 주랑 위까지 걸어 올라갔다. 경비를 서고 있던 병사들이 다가왔다가 세레지임을 확인하고 물러갔다. 세레지는 주랑 저편에 있는 커다란 형체 쪽으로 다가갔다. 대화가 가능한 거리에 이르자 세레지는 곧장 말했다.

"밤낚시?"

야리키는 성 안쪽을 향해 흉벽에 걸터앉아 있는 자세를 바꾸지 않았고 세레지에게 대답하지도 않았다. 세레지는 그의 곁에 섰다. 야리키는 성 안쪽을 향해 자신의 낚싯대를 드리우고 있었다. 하지만 줄은 풀지 않았다. 세레지는 성 안쪽을 순찰하던 경비병의 머리를 때릴까 봐 줄을 감아 둔 거라고 판단했다.

"당신에게 전할 기쁜 소식이 있어요."

세레지는 그런 말이 보통 받게 되는 관심을 받지 못했다. 야리키는 세레지가 또 이야기를 지어내기 시작한 거라 믿었다. 세레지는 볼을 조금 부풀렸다가 아무렇지 않게 말했다.

"아까 저녁 무렵에 온 딱정벌레는 하인샤 대사원에서 온 거였어요. 아이저 규리하가 온대요. 그는 하늘치를 다룰 수 있게 되었어요."

야리키는 벼슬을 꿈틀했다. 그제야 세레지에게 얼굴을 돌려 둔하게 말했다.

"성공했군."

"하늘 낚시터를 만들어 줄 수 있을지도 모르는 사람이 늘어난 거죠. 어때요?"

"아냐."

"아니에요?"

"나는 정우에게 걸었다."

세레지는 자신의 코에서 새어 나오는 하얀 김을 바라보았다. 사실상 야리키가 아이저의 호의를 기대하기는 어려웠다. 이이타 규리하의 습격 당시 야리키는 지금 생각해도 오싹해지는 무시무시한 방식으로 그들을 물리쳤다. 야리키가 정우에게 희망을 품는 것은 당연하다. 하지만 세레지는 정우에게 걸었다는 그 말에서 어떤 각별함이 느껴졌다. 그녀의 희망일지도 모르지만.

"규리하 공은 아직도 못 돌아왔어요. 도대체 비나간 후가 말하는 침입자들이란 어떻게 성으로 들어왔다가 나간 거죠? 이해할 수가 없어요. 아무도 그런 침입자를 보지 못했어요. 어쩌면 그 침입자들은 성안의 배반자들일지도 모르지요. 하지만 아무리 조사해 봐도 혐의를 둘 만한 사람이 없어요."

"돌아올 거다."

"그랬으면 정말 좋겠지만…… 돌아오실 거라면 빨리 돌아와야 해요. 황제가 며느릿감 만나겠다고 오고 있다는 것만 해도 머리가 아픈 노릇인데 이젠 아이저 규리하까지 오고 있어요. 여기 바깥은 고요해서 알 수 없겠지만 지금 저 안쪽은 벌집 쑤셔 놓은 것 같아요. 자칫하면 규리하의 하늘에서 황제와 전 변경백이 맞닥뜨릴지도 몰라요. 그러면 무슨 일이 일어나겠어요?"

"둘이 동시에 도착하나?"

"그렇지는 않을 거예요. 전 변경백이 손에 넣은 하늘치는 아무런 부대 시설이 없는 야생 하늘치니까 빨리 오기는 어려울 거예요."

"아무 시설이 없으면 더 빠른 속도를 낼 수 있지 않나?"

"그러면 위에 있는 사람들이 죽어요."

"아아."

"자주 하늘치를 멈춰 세우고 내려와서 보급을 해결해야 할 거예요. 그러니 빨리 오기는 어렵겠지요. 아무래도 황제가 먼저 도착할 것 같아요. 지금까지 결정된 것은 황제가 먼저 도착하면 아이저 규리하가 오고 있다는 것을 알리고 황제에게 대응책을 요청하자는 것이에요. 하지만 그러면 규리하는 아무 주도권을 가질 수 없어요. 최악의 경우 황제가 아이저 규리하에게 규리하를 다시 넘겨줄 수도 있어요. 싸움을 일으키기도 싫고 규리하의 현 지배자도 없어졌으니 일을 그렇게 처리할 수도 있지요. 그렇게 되면 우린 정말 골치 아파지는 거죠. 우리는 아무래도 아이저 파가 아니라 정우 파니까."

"아이저 규리하가 황제의 그런 주선을 받아들일까."

"모르겠어요. 규리하를 되찾는 것이 복수보다 더 중요하다고 생각한다면 그럴 수도 있지요. 어떤 사람들은 그걸 은근히 바라는 것 같아요. 만약 일이 그렇게 되면 당신은 어떻게 할 거죠?"

야리키는 규리하 성의 본관을 바라보았다. 이 늦은 밤에도 불을 밝힌 곳 중 하나는 정우의 방이었다. 그곳에서는 사라말이 라수의 방으로 통하는 길을 열기 위해 고군분투하고 있었다.

"나는 정우에게 걸었어."

"만약 규리하가 다시 아이저에게 넘어가면 당신은 여기서 못 버텨요. 당장 도망쳐야 하지요."

"너 도망치는 거 도와주길 바라는 거냐?"

세레지는 움찔했다. 하지만 곧 상체를 똑바로 세우며 말했다.

"저와 아버지요."

"난 정우가 돌아올 때까지 여기 있을 거다."

세레지는 한숨을 내쉬었다.

"좋아요. 알았어요. 나도 도망치는 건 싫어요. 일이 꼭 그렇게 풀릴 것 같지도 않고. 하지만 아버지 때문에 여러 가지를 생각해 둬야……."

"내가 어떻게 네가 하려는 말을 짐작했겠냐."

세레지는 눈을 커다랗게 떴다. 야리키는 어둠 속에 드리운 자신의 낚싯대를 바라보고 있었다.

"아버지도 당신한테……?"

"딸 때문에 여러 가지 생각해 둬야겠다고 말하더군."

세레지는 웃음을 터뜨렸다. 꽤 명랑한 웃음이었지만 마냥 유쾌한 웃음은 아니었다.

"알았어요. 아버지는 당신하고 헤어질 때 뭐라고 하셨지요?"

"생각 바뀌면 말해 달라더군."

"제가 하고 싶은 말이네요. 저도 그걸로 작별 인사 삼지요. 그럼 잘 자요!"

"잘 자."

잠에서 깬 사라말 아이솔은 자신에 대한 의문에 빠졌다. 그는 자신이 어디에, 그리고 어떻게 있는 것인지 알 수 없었다.

머리를 이리저리 돌려 주위를 살핀 후에야 자신의 현재 상태를 이해했다. 그는 의자에 앉아 있었다. 그 의자는 앞쪽의 다리들을 허공에 띄우고 등받이는 벽에 기댄 비스듬한 모습으로 놓여 있었고 그 때문에 사라말의 시야에 들어오는 모든 것이 비스듬해 보였다. 사라말은 자신이 왜 그런 기묘한 자세로 잠들었는지 추리해 보았다. 하지만 잠든 시점이 정확히 떠오르지 않았다. 아마도 잠깐 휴식을 취하기 위해 그렇게 앉았다가 자신도 모르게 잠들었던 모양이다. 사라말은 그 불안한 수면 자세에서도 의자가 미끄러지거나 자신이 굴러떨어지지 않았다는 것에 별로 놀라지 않았다. 그보다 다른 걱정이 머리를 꽉 채웠기 때문이다.

몸을 살짝 흔들어 의자를 똑바로 세운 사라말은 창밖을 바라보았다. 낮이었다. 그의 계산이 맞다면 정우와 탈해가 사라진 후 열이틀째 되는 날이었다. 사라말은 팔꿈치로 무릎을 짚은 채 머리를 떨어뜨렸다.

사람들은 오래전부터 정우와 탈해가 라수의 방에 있지 않기를 바라고 있었다. 만약 그들이 아직도 그 방 안에 있다면 이미 굶어 죽었을 테니까. 그 때문에 사람들은 라수의 방으로 들어가려는 사라말의 계속된 시도를 무시하거나 심지어 그에 대해 화를 내었다. 하지만 사라말은 포기할 수 없었다.

'어르신이 나타나지 않았다. 탈해 머리돌이 사망했다면 그는 어르신이 되었을 테고 즈믄누리로 돌아가기 전에 짤막한 말 정도는 남겼을 것이다. 탈해 머리돌은 아직까지 무사하다. 그렇다면 정우도 무사할 가능성이 높다. 세레지가 그토록 고생했지만 바깥에서는 두 사람의 흔적이 발견되지 않았다. 딱정벌레 번뜩이도 여전히 규리하 성에 있고, 두 사람은 라수의 방에 있다.'

하지만 열이틀 동안 온갖 해괴한 문 열기를 시도해 본 끝에 사라말은 더 이상 아무런 발상도 할 수 없었다. 사라말은 무뚝뚝한 눈으로 문을 바라보았다. 사라말에게 끊임없이 시험당한 그 문은 경첩이 느슨해져서 잘 닫히지도 않았다.

아직까지 시도해 보지 않은 새로운 문 열기를 떠올리려 애쓰던 사라말의 귀에 소음이 들렸다.

사라말은 의자에서 일어나 창가로 다가갔다. 밖을 내다본 사라말은 많은 사람들이 바깥에 서 있는 것을 발견했다. 눈을 찡그린 채 그들이 나와 있는 이유를 추측해 보고서 그는 입술을 깨물었다. 그는 재빨리 시선을 들었다.

하늘 저편에는 사라말이 예상했던 것이 있었다. 하늘치가 규리하 성을 향해 똑바로 날아오고 있었다.

파라말 아이솔은 황제를 환영하기 위해 규리하의 고관들과 함께 바깥에 서 있었다. 환영식은 그렇게 거창하지 않았다. 황제는 지상으로 내려오지 않는 것으로 유명했기에 그들이 황제를 직접 맞이할 일은 없을 것이다. 아마도 황제의 대리인이 지상으로 내려와 황제가 왔음을 알리고 규리하의 대표가 황제를 환영한다는 말을 하는 것으로 끝날 것이다. 그래서 환영식장에 모여 있는 자들의 숫자는 많지 않았다. 그리고 그 많지 않은 자들은 한결같이 불행한 얼굴을 하고 있었다. 자신들의 지배자가 없는 상황에서 황제를 맞이해야 하면 누구나 불행해진 기분을 느끼겠지만 규리하 사람들의 불행은 그 이상이었다. 그들의 지배자는 황제로부터 청혼을 받았다. 황제는 규리하 공의 실종을 불쾌하게 받아들일지도 모른다.

파라말은 체념한 표정으로 서 있는 총리대부 리시오 느베라이를 보았다. 그는 규리하 공의 대행자이고 이 환영식의 주체지만 이 자리를 자신의 은퇴식장 정도로 생각하고 있는 듯했다. 황제의 대리인이 내려오면 그는 유려한 환영사를 말하는 대신 주군을 제대로 모시지 못한 죄를 인정하고 벌을 요청할 것이다.

파라말은 자신에 대해 생각해 보았다. 아직 은퇴를 생각할 나이는 아니니 다시 제국 정부로 돌아가 제국을 위해 일할 것이다. 비록 황제의 실종으로 제국에 크나큰 위기가 있었지만 황제는 다시 돌아왔고 혼란을 틈타 할거했던 야심가들도 모두 패퇴되었다. 그동안 일어났던 혼란을 전부 일어나지 않았던 것처럼 만들 수는 없을 테지만 웃으면서 그 혼란에 대해 이야기할 수 있을 정도로는 만들 수 있을 것이다. 파라말은 자신의 실질적인 직속 상관이라 할 수 있는 데라시를 생각했다. 황제가 돌아왔다면 비스그라쥬 백 또한 돌아왔을 것이다. 다시 그를 보좌하며 제국을······.

파라말은 입을 벌렸다.

지키멜에게서 엔거 평원에 나타난 말리에 대한 이야기를 전해 들었지만, 파라말은 속도를 점점 줄이며 규리하 성으로 다가오는 하늘치가 하늘누리가 아니라는 사실에 놀랐다. 무의식중에 파라말은 말리가 또 다른 하늘누리일 거라 기대하고 있었다. '결국 둘 다 똑같은 하늘치고 하늘치의 압도적인 크기에 비하면 거기에 덧붙인 구조물들의 차이는 별로 두드러지지 않을 것이다. 아마 비슷하게 보이겠지.' 그것이 파라말의 예상이었다.

하지만 말리는 하늘누리와 대단히 다른 인상을 풍겼다. 파라말은 자신이 왜 그런 인상을 받았는지 궁금했다. 분명 차이는 있었다. 보안판을 수납하는 장치들의 형태가 달랐고 나루터가 너무 짧았다. 하지만 그것은 하늘치의 크기에 비하면 그야말로 조그마한 차이일 뿐이다. 파라말은 자신이 어디서 그런 이질성을 느끼는 것인지 알 수 없었다. 문득 파라말은 소름 끼치는 생각을 떠올렸다.

'혹시 저건 아이저 규리하의 하늘치가 아닐까?'

아니다. 그럴 리가 없다. 아이저 규리하라면 하늘치에 보안판을 장착하고 나루터를 만드는 일 따위는 할 수 없었을 것이다. 그런 것을 만들 수 있는 것은 제국, 그러니까 황제뿐이다. 그것은 분명히 황제의 하늘치 말리였다. 하지만 하늘누리와 너무 다르다…….

갑자기 들려온 굉음에 파라말의 상념이 멈췄다.

사람들은 당혹하여 소리가 들려온 쪽을 돌아보았다. 성의 본관 모퉁이에서 한 명의 레콘이 걸어오고 있었다. 아트밀이었다. 아트밀은 한 손으로 기름통과 철극을, 다른 손으로는 방금 뽑아낸 듯한 8미터짜리 소나무를 어깨에 걸치고 있었다. 사람들은 그들을 놀라게 했던 굉음이 무엇인지 알았다.

아트밀은 사람들을 향해 주저 없이 걸어왔다. 사람들은 황급히 좌우로 물러나 길을 열어 주었다. 사람들 사이를 성큼성큼 걸어가는 아트밀과 그의 어깨에 걸쳐져 있는 소나무를 보며 파라말은 저것이 레콘 식의 화환일까 하는 황당한 생각을 해 보았다. 도대체 왜 소나무를 뽑아 들고 왔을까?

아트밀은 성벽 위로 올라갔다. 주랑 위에 도달한 아트밀은 하늘치를 흘긋 올려다보고 나서 소나무를 주랑에 내려놓았다. 그는 기름통 윗부분을 주먹으로 때려부수고 소나무의 수관 부분에 기름을 뿌렸다. 그 모습을 보던 파라말은 갑자기 심장이 오그라들었다.

아트밀은 점화통을 꺼내어 수관에 불을 붙였다.

기름을 부어 놓은 소나무의 수관은 당장 화르르 타올랐다. 아트밀은 점화통을 집어던지고 불타는 소나무의 줄기 아랫부분을 붙잡았다. 그는 불티를 흩날리며 소나무를 집어 들었다.

아트밀은 다시 하늘을 바라보았다.

하늘치는 멈춰 있었다.

아트밀은 뿌리를 쥔 오른팔을 뒤로 끌어당기며 줄기를 부여잡은 왼팔은 높이 들어 올렸다. 소나무는 뭉게뭉게 피어오르는 연기와 새빨간 불티를 깃발처럼 흩날리며 솟아올랐다. 소나무가 수직에 접근함에 따라 아트밀의 오른팔이 부풀었다. 긴장한 근육 때문에 깃털이 곤두서 아트밀의 오른팔은 왼팔보다 두 배는 더 굵어진 것처럼 보였다. 나무에서 떨어진 불티들이 아트밀의 깃털을 불살랐고 그 때문에 아트밀의 몸 여기저기서도 연기 줄기가 가느다랗게 피어올랐다.

사람들 사이에서 비명이 터져 나왔다. 대부분의 사람들은 상황 자체를 이해할 수 없었고 앞으로 무슨 일이 일어날지도 짐작할 수 없었다. 하지만 모두 뭔가가 완전히 꼬였다는 느낌, 멈출 수 없는 비탈길에 접어들었다는 느낌을 받았다. 아트밀은 규리하 성 전체가 토해 놓는 듯한 비명과 절규를 무시했다.

그는 도저히 말이라고 할 수 없는 소리를 내지르며 소나무를 집어던졌다.

거꾸로 떨어지는 유성처럼 불타는 소나무가 솟아올랐다.

사람들이 처음 느낀 감정은 공포가 아니었다. 그들은 이 도발적인 시위에 우려를 느꼈다. 그도 그럴 것이 말리는 사람이 던진 물건이 도저히 닿을 수 없는 높이에 있었으므로 아트밀의 행동은 공격이라기보다 시위다. 사람들은 곧 불타는 소나무가 포물선을 그리며 떨어질 거라 생각했다.

하지만 소나무는 마치 무엇인가가 위에서 세차게 잡아당기는 것처럼 굽힘 없이 날아올랐다. 그 나무에 얼마만 한 힘이 실렸는지 어렴풋이 짐작한 사람들은 경악을 금치 못했다. 소나무는 똑바로, 똑바로 날며 점점 작아졌다. 그것은 곧 하늘치의 거체가 던지는 그림자 속에서 까불거리는 광점이 되었다. 이른 저녁에 너무 빨리 나타난 반딧불이 한 마리. 또는 모래알 위에서 반짝이는 햇빛. 한없이 움츠러든 빛은 마침내 사라졌다. 그리고…….

하늘치의 배, 그 광활한 어둠의 한 부분에서 갑자기 작은 폭발이 나타났다.

폭발이 일어난 지점에서 불티들이 떨어져 내렸다. 대부분의 불티들은 낙하하면서 사라졌지만 그중 거대한 것들은 바라보는 자들의 망막에 광선으로 맺히는 선을 그리며 떨어졌다. 마치 하늘치가 빛나는 피를 흘리는 것 같았다.

바람에 따라 구불구불 떨어지는 광선 사이로 소나무가 떨어졌다. 하늘치와 충돌할 때 많은 가지와 뿌리들을 잃은 소나무는 화염에 휩싸인 통나무 같은 모습으로 낙하했다. 규리하 성 근처의 황야에 충돌한 그것은 팽그르르 돌며 뛰어올라 다시 불티를 흩뿌렸다. 몇 번을 그렇게 되튀어 오르던 소나무는 마침내 땅에 쓰러져 검게 사그라졌다.

소리의 부재로 나타나는 침묵이 아니라 소리를 다 죽여 버린 것 같은 침묵이 규리하 성을 점령했다. 정적 속에서 갑자기 무엇인가가 움직였다. 사람들은 느리게 그곳을 돌아보았다.

철극을 꼬나 쥔 아트밀이 달리고 있었다. 하지만 그의 발아래엔 아무것도 없었고 그 진행 방향도 수평이 아니었다. 아트밀은 말리로 이어지는 사면을 따라 달리고 있었다.

아트밀이 규리하 성과 하늘치 사이의 중간쯤 되는 지점에 도달했을 때, 불타는 나무의 일격에도 아무 반응을 보이지 않았던 말리에서 갑자기 반응이 나타났다. 말리를 쏘아보고 있던 아트밀은 거목이 쓰러진 숲에서 일제히 날아오르는 거대한 새 떼를 떠올렸다. 하늘치의 옆에서 갑자기 출현한 검은 점들의 모습은 꼭 그와 같았다.

폭포의 수많은 물방울처럼 하늘에서 오천 명의 나가들이 뛰어내렸다.

아무런 함성도 고함도 지르지 않는 그 조용한 무리들은 보이지 않는 사면을 따라 아래로 급격하게 쇄도했다. 아트밀은 철극을 뒤로 잡아당겼다. 그 기묘한 정적 속에서 누군가의 절규가 들렸다.

"아트밀!"

사람들은 그것이 규리하 성의 본관 쪽에서 들려온다고 생각했다. 고개를 돌린 몇몇 사람들은 정우의 방에서 몸을 내민 채 하늘을 향해 손을 휘두르는 사라말 아이솔의 모습을 목격했다. 하지만 대부분의 사람들은 뒤를 돌아보지 않았다. 기우는 햇빛에 비늘을 반짝이는 나가들과 깃털을 빳빳하게 세운 채 달려 올라가는 아트밀 모두 놀랄 정도로 빠른 속도로 움직였지만 바라보는 자들의 눈에 그 광경은 멈춘 그림 같았다. 다시 한번 사라말의 갈라지는 비명이 들려왔을 때 길 잃은 천둥 같은 아트밀의 계명성이 들려왔다.

"나는 내가 된다—!"

대략 한 시간 전부터 독행왕 지키멜 퍼스는 창가의 어둑한 자리에서 하늘치의 접근을 바라보고 있었다. 무거워지는 공포와 고조되는 희망 사이에서 부침하며.

지키멜의 목적은 정우의 부재 기간 동안 규리하와 황제 사이에 회복 불가능한 반목을 만드는 것이었다. 하지만 지키멜이 그 세부 계획의 담당자로 선택한 것은 자신이 아니었다. 퍽이나 역설적인 사실이지만 그 시점에서 지키멜이 가장 신뢰하고 있었던 사람은 바로 치천제였다. 지키멜은 황제가 기필코 규리하를 공격할 것이라고 믿었다. 그 믿음이 지극히 확고했기에 지키멜은 정우가 엘시로부터 청혼을 받았다는 소식에 당황하지 않았다. 그것은 단지 규리하에 오기 위한, 그리고 기습을 성공시키기 위한 핑계일 뿐이다. 지키멜은 그토록 분명한 사실을 왜 규리하 사람들이 깨닫지 못하는지 이상하게 여겼다.

황제의 도착 시점에 어떤 사고가 일어날 것이다. 보는 사람 모두가 단번에 그 의미를 이해할 수 있는 단순하면서도 직접적인 형태로 황제와 규리하 사이에 갈등이 출현할 것이다. 만약 어떤 사고도 일어나지 않는다면 그것은 지키멜의 추리에 대한 결정적 반증이 되겠지만 지키멜은 그 경우에 대해서는 생각하는 것 자체를 거부했다.

분명히 일어나리라 확신했던 일이 일어났지만 그 형태는 기대하고 있던 지키멜도 놀라게 만들었다. 아트밀이 불타는 소나무를 들어 올릴 땐 지키멜도 다른 규리하 사람들과 마찬가지로 자기 눈을 믿을 수 없었다. 그것은 염치없다 할 만큼 직설적이고 단순한, 도저히 변명이나 다른 해석이 불가능한 적대적 상징이었다. 그러면서도 황제 자신에겐 아무 피해가 없는 공격이었다. 지키멜은 규리하 사람이 된 듯한 공포와 황제가 느낄 법한 만족감을 동시에 느끼며 창틀을 부여잡았다.

"그래, 이거였군!"

레콘 아트밀이 바로 황제가 준비해 둔 미끼였다.

황제는 이 적대 행위에 '당연한' 분노를 표시할 수 있고 또한 그렇게 했다. 마치 기다렸다는 듯이 쏟아져 내려오는 나가들의 모습은 모든 것이 예정된 일이었음을 알려 주고 있었다. 황제가 준비한 다음 단계는 나가들에 의한 규리하 성 함락일 것이다. 성채 매장자의 성이 황제의 분노 앞에서 매장될 것이다······.

그 시점에서 지키멜은 자신의 만족을 느꼈다. 그녀는 취한 사람처럼 물러나 가장 가까운 문으로 달려갔다.

'그 계획의 결정적 변수를 목격할 시간이야, 황제!'

지키멜은 라수의 방으로 통하는 문을 열었다.

쏟아져 내려오는 나가들을 향해 달리며 아트밀은 몸속의 혈관들이 꿈틀거리는 것 같은 기분을 느꼈다.

정신 억압은 나가의 능력이다. 하늘치 위에 있는 어떤 나가가 그를 정신 억압했으리라는 것은 의심할 필요도 없는 일이므로 아트밀은 하늘치 위의 나가를 다 죽일 작정이었다. 그것이 세 번째 벽난로 방의 어떤 나가든, 비스그라쥬 백 데라시든, 치천제든.

비늘 덮인 것을 모조리 제거하면 정신 억압에서 빠져나올 수 있다는 단순한 논리 앞에서 상대방의 다른 것들, 성별이나 나이나 신분 같은 것에 대한 고려는 피어날 틈도 없었다. 오직 종족만이 중요하다. 나가를 전부 죽인다.

그런 결심으로 비상한 아트밀을 향해 쏟아져 내려온 것이 다름 아닌 나가들이라는 사실은 아트밀을 주춤하게 하기는커녕 그의 분노를 오천 배로 증폭시키는 결과를 낳았다. 정신이 돌아 버릴 것 같은 분노 속에서 아트밀은 더 이상 생각하는 것을 멈추기로 했다. 그 순간 한 명의 레콘 남자가, 아트밀이라는 이름이, 10년 근속 휘장을 가지고 있으며 수교위 진급에 관심 없는 척하지만 마음속으로는 구구단 7단을 만든 녀석을 불구대천의 원수라 생각하는 한 교위가 사라졌다. 격노는 그 모든 것을 불태워 버렸다.

그리고 아트밀은 살인의 등가물이 되었다.

이성적인 판단이 아닌 맹목적 본능에 의해 아트밀은 평상시라면 꿈도 꿀 수 없는 일을 성공시켰다. 그는 거의 깨닫지 못했지만 어느 순간 아트밀이 달리고 있던 환상 계단의 폭이 오백여 미터로 늘어났다. 그가 살인을 위해 새로 마련해야 할 것은 그것뿐이었다. 나머지는 모두 그의 몸과 그의 철극에 준비되어 있었다.

아트밀은 무지막지한 기세로 나가들에게 격돌했다.

지상에서 정적으로 비명을 지르며 허공을 바라보던 규리하 인들이 동시에 숨을 들이쉬었다. 보고도 믿을 수 없는 광경이었다. 쾌속으로 움직이는 배의 이물에서 일어나는 일이 규리하 성의 상공에서 일어났다. 아트밀과 격돌한, 쏟아져 내려오던 나가들의 대열이 좌악 찢어지며 뱃머리에서 갈라지는 물처럼 세차게 튀어 올랐다.

"나는 내가 된다—!"

폭포를 반으로 갈라 놓듯 나가들의 대열을 찢은 아트밀이 멈춰섰다. 완전무결한 살인이 된 아트밀이 철극을 휘둘렀다. 온전한 나가들이, 반 토막 난 나가들이, 나가의 파편들이 가을 숲에 불어닥친 돌풍에 휘날리는 낙엽을 연상시키는 모습으로 날아올랐다. 소드락을 복용했지만 이곳은 겨울의 규리하였고 나가들은 한 계선 남쪽에서 움직이는 정도의 속도밖에 보여 줄 수 없었다. 그런 나가들을 상대로 아트밀은 계속해서 나가의 회오리를 만들어내었다.

"내가 된다—!"

사라말은 아트밀이 내뿜는 계명성의 여운 속에서 고개를 가로저었다. 열린 그의 입에서 사라말을 아는 사람들이 잘 기억하는 침착한 목소리가 흘러나왔다.

"아냐."

뒤로 물러난 사라말은 바닥에 무릎을 꿇었다. 두 손을 창턱에 얹고 두 팔 사이로 머리를 떨어뜨렸다. 마치 형벌을 기다리는 사람 같은 모습이 된 사라말은 아트밀의 계명성이 들려올 때마다 정신의 일부가 뜯겨져 나가는 기분을 느끼며 흠칫했다.

"내가 된다—!"

"유감이지만 사실에 부합하는 발언이라고 할 수 없군요."

사라말은 갑자기 모든 것이 맞아떨어진다고 생각했다. 아트밀이 사라말을 따라온 것이 아니다. 사라말이 아트밀을 안내한 것이다. 형식적으로는 같지만 내적 논리는 완전히 다르다.

왜 정신 억압이라는 방식을 썼는가? 수교위 진급이 가장 큰 야망인 평범한 교위가 사라말을 보호할 것을 황제가 바랐다면 황제는 짧막한 명령만으로도 목적을 이룰 수 있을 것이다. 사라말이 바다를 가로지를 것을 예견하고 강력한 정신 억압이 아니면 그런 여행을 따를 수 없다고 판단하여 명령 대신 정신 억압을 선택했다는 것은 지나치게 복잡한 설명이다. 훨씬 간단한 설명이 있다.

명령 대신 정신 억압을 쓴 이유는, 그래야만 필요할 경우 억압 당사자의 분노를 끌어낼 수 있기 때문이다.

따라서 정신 억압된 아트밀에게 필요한 것은 두 가지다. 아트밀을 규리하로 끌어 줄 사람, 그에게 '너는 사실 정신 억압되어 있다.'고 알려 줄 사람. 그런데 율형부사 사라말 아이솔은 그 두 가지 일을 모두 할 수 있다. 그 때문에 아트밀의 길잡이로 사라말이 선택된 것이다.

"그곳에서, 하늘누리가 파멸을 향해 날고 있는 그때 폐하께서는 이미 귀환과 발케네 다음 목표를 모두 준비하고 있었던 겁니까? 이 복잡한 계획을 아트밀의 머릿속에 '사라말을 따라가야 한다.'는 강박관념을 밀어 넣는 단순한 행동으로 해치우셨군요. 존경스럽습니다, 폐하. 그리고 저는 자신도 모르는 새 폐하의 바람을 모두 성취시켜 드렸고요. 흐음. 그렇다면 저는 황제의 으뜸가는 신료라고 주장할 수 있겠군요. 마음대로 행동해도 황제의 뜻을 따르게 되니 이보다 더 충성스러운 신하가 어디 있겠습니까. 무의식적 충신이라고 할 수 있군요."

"내가 된다—!"

사라말은 한 손으로 입을 틀어막았다. 구토가 치밀었다. 그의 손가락 사이로 흘러나오는 단어들은 사라말의 차분한 말을 형성했다.

"아니요. 정반대입니다. 당신은 황제의 도구로써 기능하고 있어요. 그 어느 때보다도 분명하게."

차분한 말투도 무표정한 얼굴도 그대로다. 하지만 사라말의 눈에선 눈물이 주르륵 흘러내렸다. 그는 표정도 소리도 없이 오직 눈물만으로 울었다.

갑자기 사라말이 일어났다. 그는 하늘에 있는 아트밀을 뚫어지게 바라보다가 손바닥으로 창턱을 탕 내리쳤다.

"사라말이 친구에게 저지른 실수를 만회하기로 결정한 창턱이다."

율형부사는 발을 들어 창턱을 밟았다. 아트밀에게 접근하기도 전에 죽을 가능성이 높았지만 사라말은 아랑곳하지 않았다. 아트밀에게 다가가 자신이 되려는 그 시도가 바로 황제의 뜻에 놀아나는 것임을 알려야 한다. 그가 정신 억압에 대해 알려 주었으니 그것은 그의 책임이다.

사라말은 환상 계단을 상상했다.

아트밀은 자신이 죽이고 있는 나가들에게 대해 그들이 나가라는 것 외에는 아무것도 알지 못했다. 그들이 나가라는 것만으로도 아트밀에겐 충분한 투쟁의 이유가 되었다. 하지만 그 나가들에게도 자신들 모두를 가리키는 이름은 있었다. 가없는 미래로 떠날 치천제를 끝까지 따르기로 맹세한 나가들의 이름은 아라짓 전사였다.

그들의 종족 특성 때문에 아라짓 전사들은 아트밀에 대해 냉철한 계획을 가지고 있었다. 강대한 적을 상대로 자신의 모든 것을 담은 무용을 펼치는 일은 아라짓 전사들에게 조금도 매력적이지 않았다. 그들은 그저 자신들 전체의 무게로 아트밀을 '그의 환상 계단' 밖으로 밀어내는 것으로 만족할 작정이었다. 그 다음에는 중력이 아트밀을 죽일 것이다. 오천여 명이라는 그들의 숫자는 그런 작전에 필요한 무게를 간단히 만들 수 있었고 그들은 쉽게 재생하는 몸을 지니고 있었다. 피해를 무시한 채 그저 달려가서 몸통으로 부딪치기만 해도 된다.

그 때문에 아라짓 전사들은 아트밀에 대해 별다른 고려를 하지 않았다. 격돌 직후의 짧은 시간 동안 아트밀이 놀랄 만한 전과를 올린 것은, 위로 달리는 것인데도 조금도 줄어든 것 같지 않은 레콘의 돌파력 때문이기도 하지만 아라짓 전사들의 그런 판단 때문이기도 하다. 아라짓 전사들은 아트밀이 자신을 어떻게 하든 상관하지 않는다는 태도로 계속 접근했다.

하지만 시간이 조금 지난 후 아라짓 전사들은 계획의 수정이 불가피함을 느꼈다. 아트밀은 근처의 모든 나가들을 때려눕히고는 다른 나가들을 따라 종횡무진으로 달렸다. 그 모습을 본 나가들은 아트밀이 상상한 환상 계단이 예상외로 넓다는 것을 깨달았다.

아라짓 전사들은 초조했다. 소드락의 약효는 17분. 그동안 규리하 성에 치명적인 공격을 가하고 말리로 돌아가야 한다. 그런데 뜻하지 않게 아트밀 때문에 시간이 지체되었다. 니름들이 재빨리 교환되었다. 그들은 몇 개의 무리로 자연스럽게 흩어지기 시작했다.

대략 이천여 명의 나가들이 온갖 궤도의 환상 계단을 만들어 전후좌우에서뿐만 아니라 위아래에서도 아트밀에게 달려들었다. 위에서의 공격도 위험했지만 아래쪽으로부터의 공격은 치명적이라 할 수 있었다. 아트밀이 만든 넓은 환상 계단은 다른 사람에겐 보이지 않지만 그것을 만들어 낸 자신에겐 잘 보였다. 따라서 아트밀은 자신이 딛고 있는 계단 때문에 아래쪽에서 치솟아 오르는 나가들을 볼 수 없었다. 아트밀에게 달려들던 아라짓 전사들은 곧 그가 아래쪽의 공격에 대처하기 어려워한다는 것을 깨달았다. 곧 아래쪽으로부터의 공격이 늘어났다. 그에 대한 아트밀의 대처는 계속 달리고 도약하는 것뿐이었다. 그 시점에서 그를 돕는 것은 레콘의 힘이나 속도가 아닌 야수적인 감각이었다. 아트밀에게 공격당하는 나가들의 숫자가 차츰 줄어들기 시작했다.

그동안 다른 아라짓 전사들은 더 중요한 목표인 규리하 성을 향해 쇄도했다. 넋을 잃은 채 허공을 바라보던 규리하 인들은 비명을 지르기 시작했다.

잠들어 있던 정우 규리하는 자신의 몸이 거칠게 다루어지는 것을 느끼고 눈을 떴다. 그러자 밝은 빛이 눈을 찔렀다. 깜짝 놀라 그녀는 다시 눈을 감았다. 그러자 누군가의 손이 그녀의 어깨를 붙잡고 흔들었다.

"일어났어요? 눈을 떠요!"

정우는 실눈을 떠서 앞을 보았다. 지키멜 퍼스가 창백한 얼굴로 그녀를 바라보고 있었다. 정우가 눈을 뜬 것을 본 지키멜은 안도하며 몸을 움직였다. 지키멜은 탈해에게 다가가 그의 몸을 묶고 있던 밧줄을 단검으로 끊었다. 그녀가 탈해의 몸을 흔들자 곧 탈해도 정신을 차렸다.

결박이 풀린 것을 안 정우는 오랫동안 묶여 있던 팔다리를 움직여 보았다. 열이틀 동안 계속 묶여 있었던 것은 물론 아니다. 나흘만에 돌아온 후로 지키멜은 간혹 그들을 찾아와 음식을 주었고 또 눈을 가린 채 그들이 조금씩 몸을 움직일 수 있게 해 주었다. 만약 그런 배려가 없었다면 정우는 풀리자마자 쓰러져 일어나지도 못했을 것이다. 팔다리에서 자신의 수족이 아닌 것 같은 생경함이 느껴졌지만 정우는 의자를 붙잡고 간신히 일어날 수 있었다. 그때 지키멜이 부축하듯 정우를 붙잡았다.

"나가야 해요, 정우!"

나간다는 말은 고마웠지만 정우는 지키멜의 목소리에 담긴 다급함이 신경 쓰였다. 그녀는 지키멜이 이끄는 대로 비틀비틀 걸으며 말했다.

"왜죠? 무슨 일인데요?"

"규리하 성이 공격받고 있어요."

"뭐라고요?"

정우를 밖으로 데려가려고 애쓰던 지키멜은 헐떡이며 말했다.

"지금 황제가 규리하를 공격하고 있어요! 내가 그랬잖아요. 황제는 규리하도 공격할 거라고! 당신은 그것을 막아야 해요!"

정우는 가슴이 철렁 내려앉는 것을 느끼며 스스로 발을 내디뎠다. 그때 등 뒤에서 탈해의 목소리가 들렸다.

"공격받고 있다고요?"

문을 나서려던 지키멜은 탈해의 목소리에 놀랐다.

"따라오면 안 돼요! 밖은 유혈인데 당신은……."

지키멜의 목소리와 정우를 부축하던 그녀의 손이 한꺼번에 사라졌다. 정우는 휘청하며 자신의 방 안으로 들어섰다. 쓰러지지 않기 위해 몇 발자국 걷는 동안 무슨 일이 일어난 것인지 알게 되었다. 라수의 방은 들어간 곳으로만 나올 수 있다. 열이틀 전 자신의 방에서 라수의 방으로 들어갔던 정우는 그곳에서 나오자 다시 자신의 방으로 돌아왔다. 정우를 부축하던 지키멜은 그녀의 방으로 돌아갔을 것이다. 그렇다면 탈해 또한 탈해의 방으로 갔을 것이다. 정우는 똑바로 설 수 있게 되자 탈해가 뒤따라 나오는 것을 기다리지 않고 재빨리 방 안을 둘러보았다.

창 쪽을 보았을 때 정우는 비명을 지를 뻔했다. 지키멜에게 습격에 대한 이야기를 들었던 정우는 창턱에 발을 올린 남자가 자살하려 한다고 생각했다. 하지만 정우의 발소리를 들은 남자가 고개를 돌렸다. 정우를 본 그는 황급히 방 안으로 돌아왔다.

"정우?"

"좋은 꿈 꾸셨어요, 사라말? 성이 공격받고 있다고요?"

정우는 조금 멈췄다가 말했다.

"우신 거예요, 사라말?"

"지금까지 어디에…… 아니, 됐습니다. 지금 급한 일은 그것이 아니니까."

사라말은 눈 주위를 빠르게 훔쳤다. 팔뚝이 사라지자 그곳에는 그의 엄격한 얼굴이 나타났다. 그는 정우에게 다가오라는 손짓을 했다. 하지만 정우는 빨리 걷기 어려운 형편이었다. 정우의 상태를 깨달은 사라말은 그녀를 부축해서 창가로 인도했다.

창밖을 보자마자 정우는 숨이 막혔다. 그녀가 받은 최초의 인상은 하늘에서 나가눈이 쏟아지고 있다는 것이었다. 하늘과 땅 사이의 허공에서 수천 명의 나가와 한 명의 레콘이 싸우고 있었다. 그때 아래쪽에서 다급한 외침들이 들려왔다. 정우는 아트밀에 대한 걱정을 억지로 뿌리치며 아래쪽을 살폈다.

사람들이 쏟아져 내려오는 나가들을 피해 미친 듯이 도망치고 있었다. 제대로 된 지시를 받지도 못한 상태에서 달려 나온 병사들이 하늘을 향해 창칼을 드는 모습도 보였다. 도망치려는 자와 싸우려는 자들이 뒤엉켜 엄청난 혼란이 일어났다. 그 상황을 통제해 보려 애쓰는 사람들이 있긴 했지만 숫자가 너무 적었고 혼란의 요인이 지나치게 공포스러웠다. 규리하에 나타난 나가도, 하늘에서 내려오는 적도 모두 상상할 수 없는 것들이다. 그런데 규리하 인들이 맞닥뜨린 것은 그 두 가지가 복합된 것이었다. 그들을 도와야 했지만 정우는 도대체 무슨 말을 외쳐야 할지도 몰랐다. 다행히 사라말이 해결책을 제시했다.

"정우! 저 하늘치를 움직이십시오! 규리하 성에서 멀어지게 해요!"

정우는 황급히 말리를 올려다보았다. 그녀의 다음 행동은 사라말을 낙담하게 했다. 평범하다 못해 좀 한심해 보이기까지 한 행동이었기 때문이다.

정우는 두 손을 입 앞에 모아 손나팔을 만들어 외쳤다.

"가! 제발 가! 부탁이야!"

자신이 이해할 수 없는 일을 평가하는 우를 범하고 싶지 않았던 사라말은 그 정도의 일이라면 나도 얼마든지 할 수 있다고 말하고 싶은 생각을 꾹 눌러 참았다. 사라말은 희망을 담아 말리를 올려다보았다. 목적만 달성할 수 있다면 그 형식의 기품이야 그리 중요할 것이 없다.

말리는 미동도 하지 않았다.

사라말은 일그러진 얼굴로 정우를 돌아보았다. 정우는 좌절을 담아 말했다.

"안 돼요. 제 말을 안 들어요. 저 하늘치에게 가만히 있으라고 부탁하는 사람들이 많은 것 같아요. 저 하늘치를 부리는 사람들이…… 고모부님?"

사라말은 황급히 아래쪽을 보았다. 단구의 무사가 장창을 꼬나든 채 하늘로 뛰어오르고 있었다.

판사이 남작 발리츠 굴도하는 말이 환상 계단을 상상할 수 없다는 것에 큰 아쉬움을 느꼈다. 물론 말 아래에서도 그는 탁월한 무사였지만 그의 기량이 십분 발휘될 수 있는 곳은 역시 마상이었다. 말을 통제하면서 동시에 무기를 다루는 어려움은 발리츠와 관련 없는 말이었다. 발리츠 굴도하가 갑주로 몸을 두르고 손에 장창을 들고 명마 위에 앉았을 때 남작과 장창과 말은 하나의 무기, 발톱과 이빨 대신 창이 달려 있는 한 마리의 맹수였다.

하지만 세상의 그 어떤 말도 환상 계단을 상상하지는 못했다. 그리고 조금 전까지는 발리츠 굴도하도 환상 계단의 사용에 그리 능숙한 편이 아니었다. 하지만 아트밀의 움직임과 아라짓 전사들의 움직임은 그에게 좋은 시범이 되어 주었다. 발리츠는 자신이 환상 계단에 대해 좀 더 많은 것을 상상할 수 있게 되었음을 깨달았다. 그러자 발리츠는 더 생각할 필요 없이 창을 꼬나 쥐고 허공에 비스듬한 싸움터를 만들었다. 바라던 것이 나타나자 그는 그 위를 따라 달려 올라갔다.

아라짓 전사들은 자신의 머리 위로 뛰어오르는 발리츠를 보고 당혹했다.

발리츠는 자신의 무술을 신뢰했지만 결코 바보는 아니었다. 수천 명의 적을 향해 용감하게 쇄도하는 것은 레콘의 일이지 인간의 일이 아니다. 수천 명은커녕 적이 세 명만 넘으면 발리츠는 좁은 통로에 서거나 벽을 등지지 않는 이상 주저 없이 도망쳤을 것이다. 그리고 허공에 통로나 벽 같은 것은 없었다. 그래서 발리츠는 뛰어 내려오는 나가들의 머리 위로 뻗어 있는 환상 계단을 만들었다. 그의 목표는 하늘치 말리였다. 말리를 통제하는 자들을 장악하거나 황제 자신을 장악할 수 있다면 단숨에 전세를 역전시킬 수 있다. 발리츠는 아트밀의 실수를 사과하고 황제를 설득한다는 생각은 하지 않았다. 이 일은 아트밀의 돌출 행동 때문에 일어난 일이 아니다. 기다렸다는 듯이 쏟아져 내려오는 나가들의 모습으로 보건대 분명히 황제는 규리하를 칠 의도를 가지고 있었다. 나가들에게 소드락을 먹이려면 시간이 필요할 테니까. 그는 이미 황제를 적으로 규정했다.

발리츠의 의도를 눈치 챈 아라짓 전사들은 황급히 니름을 교환했다. 다시 몇 무리의 나가들이 딛고 있던 환상 계단의 형태를 바꾸며 발리츠를 추적하기 시작했다. 발리츠는 자신을 향해 달려오는 나가들을 뒤돌아보고는 자신의 단신을 원망했다. 키가 작으면 당연히 다리도 짧은 법이고 다리가 짧으면 빨리 뛰기 어렵다. 그리고 말리는 너무 높은 곳에 떠 있다. 발리츠는 숨이 가빠 오는 것을 느꼈다. 나가들에게 붙잡히기 전에 말리에 오르는 것은 불가능했고 호흡이 힘든 상태에서 불사에 가까운 적과 싸우는 것은 무모하다. 발리츠는 차라리 지금 싸우는 것이 낫다고 판단했다. 그는 창을 휘두르며 돌아섰다. 곧 첫 번째 나가가 사이커를 휘두르며 다가왔다. 발리츠는 짧게 속삭였다.

"아이넬."

남작에게 돌격한 아라짓 전사는 눈앞에 있는 인간이 혹 인간 전용 소드락을 먹은 것이 아닌가 의심했다. 순식간에 목과 배, 무릎을 찔려 자신이 만든 환상 계단 위를 우당탕 구르면서 쓰러진 나가에서 눈을 돌린 남작은 다음 상대의 접근을 기다렸다. 그때 커다란 계명성이 들려왔다. 발리츠는 그 말이 익숙한 말의 변형된 형태임을 깨달았다.

"공기 반 고기 반이군—!"

발리츠는 왼쪽 눈 아래의 살이 꿈틀거리는 것을 느끼며 계명성이 들려온 쪽을 바라보았다. 지상에서는 열성적인 조사를 연상시키는 모습으로 야리키가 낚싯대를 휘두르고 있었다.

야리키는 자신의 괴기스러운 농담을 즐기지는 않았다. 필요할 땐 상당히 괴기스러운 행동을 하지만 그런 행동을 즐기지 않는 것과 마찬가지다. 그의 외침은 아라짓 전사들에게 공포를 주기 위한 전술적인 시도였다. 하지만 그 시도는 큰 반응을 얻지 못했다. 아라짓 전사들은 모두 적출식 직후에 곧장 냉동되어 육성을 쓸 기회도 적었고 낚시 취미를 가져 본 적도 없었다. 야리키의 협박을 이해할 만한 소질을 결여한 자들인 것이다.

별 반응을 보이지 않는 아라짓 전사들을 본 야리키는 평소 성격대로 그냥 부리를 닫고 행동에 돌입했다. 그는 조간을 채찍처럼 휘둘렀다. 인간이 쓰는 조간이라면 그런 짓은 불가능하겠지만 야리키의 낚싯줄은 쇠사슬이었고 그 자체로 상당한 무게를 가지고 있었다. 곧 운 나쁜 나가들이 별철 낚싯대와 쇠사슬에 맞아 쓰러지기 시작했다. 아라짓 전사들은 그 웃기게 생긴 도구가 무기로 사용될 수 있음을 인정했다. 형태는 격투에 적합하다고 할 수 없지만 무게는 어느 무기에도 부족하지 않았다. 그리고 그 길이는 오히려 여느 무기 이상이었다. 기다란 낚싯대에 낚싯줄까지 더해지자 야리키의 조간은 투사 병기에 가까운 공격권을 가지게 되었다.

하지만 그것이 격투에 적합하지 않은 것은 명백했다. 그 커다란 물건을 휘두르느라 야리키는 많은 틈을 보였다. 재생하는 몸을 가진 나가들이 그 틈을 파고들었다.

곧 아라짓 전사들은 자신들이 뭔가를 간과했음을 깨달았다.

조간을 무기로 보지 않는다면 야리키에게는 무기가 없다. 따라서 야리키는 손발과 부리를 사용하는 것에 익숙했다. 야리키의 빈틈을 파고든 나가들은 곧 한두 군데씩 부러지거나 몸 어딘가에 구멍이 난 채로 쓰러졌다. 가까이 접근하기도 어렵고 워낙 긴 조간 때문에 거리를 두기도 어렵다는 것을 깨달은 아라짓 전사들은 주춤할 수밖에 없었다. 주변의 나가들이 뒤로 물러나자 야리키는 태연히 아트밀을 올려다보기까지 했다.

아트밀의 상태는 좋지 않았다. 아직도 기운차게 허공을 뛰어다니고 있고 철극이 닿는 거리에 나가가 들어오면 반드시 중상을 입혔지만 주도권을 잡고 있다고 말할 수는 없는 상황이었다. 야리키는 지상으로 내려오는 편이 낫겠다고 생각했다. 지상에서라면 발아래에서 오는 공격을 걱정하지 않아도 될 테니까.

"아트밀―! 내려와―! 땅에서 싸워―!"

아라짓 전사들이 아무 소리를 내지 않았기에 야리키의 계명성은 고공에 있는 아트밀에게 확실히 전달되었다. 아트밀은 야리키의 지시가 옳다고 생각했다. 하지만 그 지시를 따를 수가 없었다. 아라짓 전사들이 그를 보내 주지 않았다. 추락한 벌집에서 뛰쳐나온 벌들을 연상시키는 모습으로 아라짓 전사들이 날아들자 아트밀은 화를 내며 다시 더 높은 곳으로 움직였다. 야리키는 벼슬을 빳빳하게 세웠다.

사라말은 정우의 어깨를 살짝 붙잡았다.
"항복하십시오."
"예? 예?"
"당신은 환상 계단을 능숙하게 다룹니다. 저기에서 싸우는 자들을 피해 하늘치 위까지 날아오를 수 있을 겁니다. 황제에게 찾아가 항복하십시오."
정우는 입술을 깨물었다. 그녀가 항복을 거부한다고 생각한 사라말은 재빨리 설명했다.
"정우, 규리하 병사들이 아무리 용맹하다 해도 죽지 않는 적을 상대로 이길 수는 없습니다. 설령 소드락의 약효가 떨어져서 돌아간다 해도 저 나가들은 충분히 쉰 다음 말끔히 나아서 다시 돌아올 수 있습니다. 당신이 저 하늘치를 움직일 수 없다면 규리하엔 아무 희망도 없습니다. 이길 수 없다면 개죽음이라도 막아야 합니다. 보십시오. 아트밀과 남작은 당장이라도 죽을 지경에 처해 있습니다."
정우는 커다랗게 뜬 눈으로 사라말을 바라보았다. 조금 후 그녀가 약간 코 막힌 소리로 말했다.

"항복을 받아 주실까요?"

"예?"

정우는 후웅 하는 소리를 내며 코를 들이마셨다.

"지키멜은 폐하께서 원하는 것이 바로 유혈이라고 말했어요. 자꾸만 쪼개지려는 제국을 지금 상태로 유지하기 위해 계속 피를 흘려야 한다고 말했어요. 그 말이 맞는 것 같아요. 피를 마시는 새가 가장 오래 사니까……."

정우는 자신의 말에 놀란 표정을 지었다. 그녀는 사라말을 물끄러미 바라보았다. 그 시선이 조금 후 낯선 것에 당황한 시선으로 바뀌었다. 사라말은 그녀가 자신이 아닌 '킴'을 보고 있다고 생각했다.

"한 번밖에 못 사는…… 그래서 그 한 번을 오래오래 살아야 하고 그 때문에 피를 마셔야 하고……."

정우는 움찔하고 아랫입술을 붙잡았다. 조금 후 다시 사라말에게 말했다.

"폐하께서 원하시는 것이 승리가 아니라 유혈이라면 항복을 받아 주시지 않을 거예요."

"하지만 시도는 해 봐야 하지 않겠습니까."

"시도요?"

"예."

정우는 잡아당기던 아랫입술을 놓고 고개를 떨어뜨렸다. 마치 자신의 발끝을 보듯 고개를 숙이고 있던 정우가 말했다.

"예. 시도해 봐야지요. 사람들이 죽으면 안 되니까."

말이 끝나자마자 정우의 몸이 부웅 떠올랐다. 그녀는 고향인 하늘로 돌아가려는 커다란 새처럼 날렵하게 창문을 빠져나갔다.

오래전 하늘누리에서 한 번 일어났던 일이지만 사라말은 발을 움직이지도 않은 채 날아가는 정우의 모습을 보고 놀람을 금할 수 없었다.

그때 정우의 방으로 통하는 문이 벌컥 열렸다. 사라말은 혹 라수의 방에서 탈해가 나타났나 생각했지만 열린 문 뒤편은 복도였다. 문을 열고 들어온 것은 옷차림이 흐트러지고 숨이 턱에 닿아 있는 파라말이었다. 어디서 구한 것인지 파라말은 손에 칼 한 자루를 들고 있었다. 그는 문을 잠그고 탁자와 의자를 문 앞에 쌓기 시작했다.

"형님. 이제 폐하께서 정신 억압자가 아니라는 것을 아셨죠? 폐하께서 정신 억압자셨다면 아트밀을 정신 억압해서 그 광태를 멈추셨을 겁니다. 소드락 약효가 떨어질 때까지 여기서 버티다가 저 위로 올라가도록 하지요. 그리고 폐하를 뵙고……."

"아트밀은 정신 억압당했다."

의자를 밀던 파라말은 어이없다는 표정으로 사라말을 돌아보고 자신이 밀어 놓은 의자에 걸터앉았다. 형의 말에 반박하려던 파라말은 잠시 생각해 보고 미심쩍게 말했다.

"공격 빌미란 말씀입니까? 하지만 왜 며느리의 영토를 공격합니까?"

"결혼도 빌미다."

파라말은 다시 고민에 빠졌다가 말했다.

"방심시켜 놓고 기습하기 위한? 형님, 그러면 왜 폐하께서 폐하의 부재 기간에도 아무 역심을 드러내지 않았고 심지어 황제의 대장군을 돕기까지 했던 규리하를 공격하는 겁니까?"

"그건 모르겠다. 하지만 규리하 공격은 그 전에 이미 결정되어 있…… 뭐 하시는 거야?"

사라말은 창밖을 향해 말하고 있었다. 어리둥절해진 파라말은 의자에서 일어나 형의 곁으로 다가갔다. 형과 같은 방향을 본 파라말은 형과 똑같은 반응을 보였다.

"뭐 하시는 거죠? 설마……?"

파라말은 말을 멈췄다. 스스로 생각해도 어처구니없는 말이었기 때문이다.

하지만 그 어처구니없는 일은 실제로 일어나고 있었다.

규리하 성을 빠져나온 정우는 날개를 접고 활강하는 새처럼 치솟아 올랐다. 그녀가 상상하여 자신을 떠받치게 한 환상 계단은 계단이라고 부를 수도 없는 것이었다. 그리고 다른 사람들의 눈에 보이지 않을뿐더러 그녀의 눈에도 보이지 않았다. 정우는 시야를 가리는 형태와 빛깔, 질감 등을 구태여 상상하지 않았다. 하늘을 나는 데에는 불필요하니까. 따라서 정우가 상상하는 것은 그녀 자신도 설명할 수 없는 불확실한 것이었다. 하지만 그것은 정우를 안전하고 빠르게 날아다닐 수 있게 해 주었다.

규리하 성과 허공의 전쟁터, 말리가 모두 잘 보이지만 그 모든 곳에서 상당히 떨어진 곳으로 치솟아 올라 정우는 멈춰 섰다. 그녀는 허공에 똑바로 서서 잠시 쓸쓸한 표정으로 먼 지평선 쪽을 보았다.

조각구름들이 뚜렷한 목표를 가진 양 한 방향으로 흐르고 있었다. 음지마다 남아 있는 잔설과 곳곳에 형성된 빙판, 그 사이사이에 노출된 검은 흙 때문에 규리하의 평야는 차가운 무채색으로 물들어 있었다. 초록빛이나 붉은빛은 보이지 않았다.
'바보. 한 번밖에 못 사는 사람들이 죽고 있어.'
정우는 하늘치와 규리하 성 사이에서 싸우고 있는 아트밀과 아라짓 전사들을 보았다. 그들 각자가 딛고 있는 환상 계단이 보이지 않기 때문에 끊임없이 움직이는 그들의 모습은 커다란 파리떼와 그 속에 뛰어든 한 마리 잠자리처럼 보였다. 발리츠 굴도하는 장창을 휘두르며 이리저리 도망쳐 다니고 있었다. 규리하 성에서는 야리키와 규리하의 병사들이 땅에 내려선 아라짓 전사들과 싸우고 있었다.
'한 번밖에 못 살면서. 그렇게 빨리들 사라지면서.'
정우는 합장하듯 두 손을 가슴 앞에 모았다. 그녀의 떨리는 손가락이 몇 번 미끄러지다가 손목을 죄고 있는 소매의 여밈끈을 풀었다. 소맷자락이 풀리자 바람이 그것을 파르르 흔들었다. 양쪽 소매를 푼 정우는 가슴으로 손을 옮겼다.
정우는 옷을 벗기 시작했다.
머뭇거림 때문에 정우의 동작은 옷 입는 법을 처음 배우는 아이처럼 서툴렀다. 간신히 윗옷을 벗자 세찬 바람이 그녀의 손에서 그것을 낚아챘다. 정우는 무의식적으로 움찔하며 두 팔로 앞을 가렸다. 고개를 숙인 채 가늘게 떨다가 한숨을 내쉬고는 팔을 들어 속옷을 벗었다. 추웠다. 노출된 팔은 순식간에 얼어 버린 것 같았다. 정우의 코와 입에서 하얀 입김이 흘러나왔다. 위아랫니가 덜덜 부딪쳤다. 입을 꼭 붙이려 했지만 소용이 없었다. 그래서 정우는 입을 조금 벌렸다. 입속이 얼어붙는 것 같았다.
윗옷을 뺏어 가고 그녀에게 혹독한 추위를 선사하던 바람이 정우의 속옷을 내리눌렀다. 그래서는 안 된다고 만류하는 것처럼 바람은 얇은 속옷을 정우의 몸에 대고 눌렀다. 정우는 바람의 제지를 살짝살짝 피하며 속옷들도 벗었다. 바람은 체념하듯 그녀의 속옷을 받아 들었다. 작고 얇은 천들이 깃털처럼 정우의 몸에서 떨어져 나갔다.

정우는 알몸으로 허공에 섰다. 옷을 벗는 동안 풀린 머리카락이 사방으로 흩날렸다. 두 팔로 가슴과 아랫배를 가리고 있던 정우는 그 팔들을 천천히 들어 올렸다. 정우는 눈을 감았다. 그것으로 부족하다는 듯 정우는 들어 올린 두 팔을 얼굴 앞에서 엇걸었다. 가리고 덮어 줄 것 없는 허공에서 그녀의 작은 몸이 낱낱이 드러났다.

그리고 '그것'이 꿈틀거리기 시작했다.

황제는 말리의 나라미에 서서 아래를 내려다보고 있었다.

한 번의 공격으로 규리하를 함락시키기는 불가능해졌다. 많은 규리하의 병사들과 규리하 인들이 아라짓 전사들의 공격으로 사망했지만 아트밀과 야리키, 두 명의 레콘은 아직까지도 하늘과 땅에서 아라짓 전사들을 거침없이 때려눕히고 있었다. 그리고 발리츠 굴도하는 허공을 뛰어다니며 나가들을 이리저리 흩어 놓고 있었다. 허공에는 몸을 감출 곳이 하나도 없었지만 바꿔 말하면 뛰어다니는 것에 방해될 것이 하나도 없었다. 그들도 영원히 그렇게 싸울 수는 없겠지만 아라짓 전사들에게 허락된 시간은 그들보다 더 짧다. 소드락의 약효가 끝나서 물러나기 전 최대한 타격을 입혀야 한다고 결정한 황제는 강력한 니름을 보냈다.

〈두 레콘과 장창 든 인간의 곁에서 물러나라.〉

황제의 니름에 따라 아트밀과 야리키, 발리츠의 주위에서 나가들이 물러났다. 발리츠는 헐떡이며 환상 계단에 주저앉았고 야리키는 의아해하며 물러나는 나가들을 따라 움직였다. 셋 중 가장 많은 피를 뒤집어쓰고 있는 아트밀은 어찌해야 좋을지 모르겠다는 얼굴로 말리와 지상을 번갈아 바라보았다. 그는 이것을 지상으로 내려갈 좋은 기회로 삼아야 할지 말리 위로 뛰어오를 기회로 삼아야 할지 알 수 없는 것처럼 보였다. 아트밀의 곁에서 물러나던 아라짓 전사들은 그 모습을 보고 주춤했다. 그들은 아트밀이 황제에게 다가갈까 봐 걱정하고 있었다.

〈내버려둬! 모두들 지상으로 내려가라. 규리하 성의 인간들을 죽여라!〉

황제의 명령에 따라 아라짓 전사들은 황급히 물러났다. 하지만 지상을 향하던 그들의 움직임이 다시 멎었다. 그 정지에 조금 놀란 황제가 다시 다그치려 할 때 아라짓 전사들에게서 니름이 들려왔다.

〈이라세오날이여, 저곳을 보십시오.〉

그 니름에는 의아함과 두려움이 조금씩 섞여 있었다. 황제는 그들이 가리키는 곳을 보았다.

그들의 유일한 주인에게 바쳐야 하는 헌신과 복종을 놓고 볼 때 그런 보고는 하지 않는 편이 좋았다. 아라짓 전사들이 가리킨 것이 무엇인지 확인한 순간 치천제는 죽을 뻔했다.

하늘과 땅에서 벌어지던 모든 싸움이 멈췄다.

규리하 성과 그 상공에서 나가와 인간, 레콘은 모두 하늘을 바라보았다. 그들의 시선은 정우를 향했지만 그들이 보고 있는 것은 정우가 아니었다. 그것은 정우의 몸에 있었다. 하지만 거리와 상관없이 그것은 눈앞에 있는 것처럼 똑똑히 잘 보였다. 원근은 상당히 무의미해졌다. 멀지만 잘 보이고 가깝지만 결코 손 뻗어 만질 수 없을 것 같았다.

그것은 아름다웠지만 꿈처럼 아름답다고 말할 수는 없다. 그것은 무시무시했지만 악몽처럼 무섭다고 말할 수도 없다.

왜냐하면 그것이 바로 꿈이고 악몽이니까.

정우의 몸은 꿈으로 덮여 있었다.

눈을 감아도 꿈을 가릴 수 없다. 고개를 돌려 꿈을 외면할 수도 없다. 사람들은 정우를 바라보고 있었지만 그럴 필요 없었다. 그들이 뒤로 돌거나 눈을 감는다 해도 그들은 정우의 몸을 뒤덮고 있는 꿈을 볼 것이다. 꿈은 과거를 예견하고 미래를 기억할 수 있다. 공간이 꿈을 제약할 수 없듯 시간 또한 마찬가지다. 사람의 정신을 둘러싸고 있는 강력한 요새를 무시하며 가장 용감한 자도 두려움에 빠트리고 가장 무정한 자도 숨 막히도록 울게 만드는 그것이 그들을 내려다보고 있었다. 그들은 피할 수 없었다.

규리하 성의 본관에서 아이솔 형제 또한 정우의 모습을 뚫어지게 바라보았다.

"밤의…… 다섯째 따님?"

파라말은 헐떡였다. 사라말은 정우가 들려준 이야기를 떠올렸다.

'큰 사고가 났고 그 소녀는 죽을 뻔했지요.'

나야. 내가 그 소녀를 죽일 뻔했어. 왜냐하면 그녀는 나의 반갑습니다. 붉은 개구리의 등을 밟고 뛰어올랐을 때 나비는 바람으로. 그 의자에는 분명히 비행하는 정적이었어. 소녀가 죽는 것이 두꺼웠지.

'제가 옷을 벗으면 아마 굉장히 놀라실 거예요.'

좋은 돌려줘. 그 책은 뜨거운 얌체. 너의 추적은 미끄러워. 정말이야? 내가 뭐라고 했어. 그럴 줄 먹었어. 안 돼. 살려 줍시다? 살려 줄까요! 살려 줌! 알아차렸군. 맞아. 살려 줌이지. 그런데 껴안고 의자는 왜 이러십니까?

"형님, 형님?"

사라말은 자신의 상태를 비몽사몽 속을 헤매는 것 같다고 말할 수 없었다. 그는 비몽사몽을 헤매고 있었으니까. 파라말이 힘겹게, 하지만 달콤하게 말했다.

"이상해, 너무…… 지금 제가 제대로 말하고 있습니까? 나는…… 으악!"

사라말은 이름을 말할 수 있는 온갖 것을 보았지만 그중 아무 것도 기억할 수 없었다. 사라말은 자신의 뺨을 꼬집었다. 그런데 아프지 않았다. 그는 잠에서 깨어났다. 그런데 자고 있었다. 어렴풋이 사라말은 자신이 꿈을 꾸고 있다는 것을 깨달았다. 그의 눈앞에 미소를 머금은 채 비명을 지르고 있는 파라말의 얼굴이 보였다. 사라말은 따스한 목소리로 동생의 이름을 불렀다.

"파라말."

사라말은 동생의 이마에 박치기를 했다.

파라말은 비명을 지르며 주저앉았다. 그는 이마를 부여잡은 채 사라말을 올려다보았다. 사라말은 이마를 게으르게 문지르며 말했다.

"정신이 좀 드는군."

파라말은 씩씩거리며 꼭 그런 방법을 쓸 수밖에 없었냐고 말하려 했다. 하지만 사라말은 자신의 팔을 꼬집으며 창밖을 보고 있었다.

"올라가고 있어."

"예?"

"나가들이 하늘치로 올라가고 있다."

사라말의 말대로였다. 규리하 성을 공격하던 나가들이 겁에 질린 채, 도취된 채, 의혹에 빠져서, 또는 즐거워하며 하늘치로 오르고 있었다. 파라말은 형을 따라 자신의 몸을 여기저기 꼬집으며 말했다.

"왜 돌아가는 거죠?"

"모른다. 어쩌면 자기 잠자리로 돌아가고 있는 저기가 그들의 잠자리니까 잠자리로 돌아가니 자고 있어……."

횡설수설하던 사라말은 고개를 툭 떨어트렸다. 파라말은 형이 서서히 드러누워 잠드는 것을 보았다. 그것을 말려야 한다는 생각이 들었지만 파라말은 꼼짝도 할 수 없었다. 그는 안간힘을 다해 창 쪽을 보았다. 하늘치가 움직이고 있다는 어렴풋한 느낌이 들었다. 그것도 잠시, 파라말은 곧 바닥에 누워 잠들었다.

그것은 수면이라기보다는 꿈에서 빠져나가는 과정이다. 꿈에서 빠져나가려면 잠에서 깨야 하는데, 잠에서 깨려면 당연히 잠들어 있어야 한다. 아이솔 형제들뿐만 아니라 정우를 보았던 사람들은 모두 차례차례 잠에 빠졌다. 잠에서 깨어나기 위해.

그 시각 하늘치 한 마리가 과텔의 교외 상공을 지나고 있었다.

과텔 사람들은 그 하늘치에 특별히 주의하지 않았다. 그 하늘치는 눈이 몇 개 깨어진 것 외에 보통의 하늘치와 다를 게 없었다. 적어도 아래에서 보면 그러했다. 하지만 그 하늘치의 등 쪽에는 다른 하늘치에 없는 것이 있었다. 몇 개의 옷장과 초췌한 얼굴의 사람들이었다.

그들은 규리하로 향하는 아이저 규리하 일행이었다. 불기나 물기라곤 찾아볼 수 없는 하늘치의 등에서 오랫동안 생활한 끝에 그들은 모두 어지간한 전쟁 유민도 비교하기 힘든 처참한 꼴을 하고 있었다. 하지만 고향으로 다가감에 따라 그들의 얼굴에는 조금씩 흥분이 떠오르고 있었다. 아이저 규리하와 그의 두 아들, 그리고 그때까지도 그들을 따르고 있던 규리하 가의 옛 가신들은 규리하 수복의 계획을 검토하고 또 검토했다.

세상의 다른 곳에도 그런 자들이 있지만, 하늘치 소리 위의 조그마한 사회에도 다른 자들의 흥분에 동화되지 않는 자들이 있었다. 지멘과 아실, 제이어는 다른 자들에게서 멀찌감치 떨어져 소리의 지느러미 쪽에 앉아 있었다. 아이저는 제이어가 자신의 곁에 접근하는 것을 불쾌해했다. 제이어를 관리하겠다고 약속했기에 지멘 또한 제이어 곁에 있었다. 아실은 바닥을 짚은 지멘의 손등을 벤 채 누워 있었다.

지느러미에는 융기가 없기 때문에 풍경을 보기 좋았다. 세 사람은 각자의 생각에 잠긴 채 그 풍경들을 바라보았다. 드러누운 채 구름의 움직임을 보던 아실이 지나가는 말처럼 말했다.

"하늘치는 가볍지요."

지멘은 아실을 내려다보았다. 아실이 말했다.

"하늘에 떠 있으니까."

지멘은 아실이 심심해서 농담하고 있다고 생각하고는 대답하지 않았다. 그때 제이어가 말했다.

"하늘치는 가엾지요."

지멘은 제이어를 돌아보았다. 아실 또한 머리를 조금 들어 살인 기사를 보았다.

"아직까지도 약속을 기다리고 있으니까."

"무슨 약속?"

제이어는 빙그레 웃을 뿐 대답하지 않았다. 세 사람은 다시 침묵 속에서 각자의 생각에 빠졌다. 그리고 약속을 기다리는 하늘치는 규리하를 향해 조용히 날았다.

피를 마시는 새 7

1판 1쇄 펴냄 2005년 7월 8일
1판 21쇄 펴냄 2022년 11월 25일

지은이 | 이영도
발행인 | 박근섭
편집인 | 김준혁
펴낸곳 | 황금가지

출판등록 | 2009. 10. 8 (제2009-000273호)
주소 | 06027 서울 강남구 도산대로 1길 62 강남출판문화센터 5층
전화 | 영업부 515-2000 편집부 3446-8774 팩시밀리 515-2007
홈페이지 | www.goldenbough.co.kr

도서 파본 등의 이유로 반송이 필요할 경우에는 구매처에서 교환하시고
출판사 교환이 필요할 경우에는 아래 주소로 반송 사유를 적어 도서와 함께 보내주세요.
06027 서울 강남구 도산대로 1길 62 강남출판문화센터 6층 민음인 마케팅부

ⓒ 이영도, 2005. Printed in Seoul, Korea

ISBN 978-89-8273-938-5 04810 (7권)
ISBN 978-89-8273-931-6 04810 (세트)

㈜민음인은 민음사 출판 그룹의 자회사입니다.
황금가지는 ㈜민음인의 픽션 전문 출간 브랜드입니다.